Slm 1
4/98

HEYNE BÜCHER

SCIENCE FICTION

Herausgegeben
von Wolfgang Jeschke

GWYNETH JONES

WEISSE KÖNIGIN

Roman

Aus dem Englischen übersetzt und
mit Anmerkungen versehen von
HENDRIK P. und MARIANNE LINCKENS

Deutsche Erstausgabe

WILHELM HEYNE VERLAG
MÜNCHEN

HEYNE SCIENCE FICTION & FANTASY
Band 0605484

Titel der amerikanischen Originalausgabe
WHITE QUEEN
Deutsche Übersetzung von Hendrik P. und Marianne Linckens
Das Umschlagbild malte Karel Thole

Umwelthinweis:
Dieses Buch wurde auf chlor- und säurefreiem Papier gedruckt.

Redaktion: Wolfgang Jeschke

Printed in Germany 1996
Umschlaggestaltung: Atelier Ingrid Schütz, München
Technische Betreuung: M. Spinola
Satz: Schaber Satz- und Datentechnik, Wels
Druck und Bindung: Elsnerdruck, Berlin

ISBN 3-453-10922-8

Inhalt

1 Hühnerhund 7
2 Die Aleuten 70
3 Um die Realität zu entdecken und zu bestätigen 108
4 Uji 113
5 Ende der Flitterwochen 132
6 Mr. Kaoru disponiert 180
7 Vor den Toren Samarias 212
8 Parsifal 269
9 Die fünfte Kraft 307
10 *The Back Of The North Wind* 363
11 Der Katze die Schelle umhängen 372
12 Östlich der Sonne und westlich des Mondes . 395
13 *Liebestod* 431
14 Abgesang: Selig, die reinen Herzens sind 442

1 Hühnerhund

Gerardville, Westafrika · Juni 2038

i

In Afrika fand Johnny nie in den Schlaf. Manchmal zwang er sich, darauf zu reagieren, stand auf und spazierte durch die Straßen. Viele Menschen waren noch munter, tanzten in halbleeren Vergnügungszelten zu den dumpfen Klängen einheimischer Instrumente, spazierten verträumt durch die blaue Nacht oder saßen schwatzend auf dem rissigen Pflaster. Er stieg über die Gefallenen und schnappte den einen oder anderen friedvollen Seufzer auf. Die zufälligen Posen erinnerten ihn an Bella, die es mit ihren achtzehn Monaten nicht auf die Reihe bekommen hatte, erst ihr Lager aufzusuchen, bevor sie sich hinlegte. In ihrer Welt gab es keinen falschen Platz. Sie war überall zu Hause.

Diese Nacht war er liegengeblieben. Die klamme Morgendämmerung hatte das Muster des Moskitonetzes angenommen. Er stand auf, steckte Robert in die Tasche, überließ das Zimmer den einheimischen Kakerlaken und machte sich auf den Weg in die Altstadt zu seiner Frühstücksbar. Es war Regenzeit – wobei es nicht viel ausmachte, ob es ein bißchen mehr oder weniger regnete, selbst heutzutage. Hinter den bröckelnden UNESCO-Barrikaden glänzten die klumpigen Lehmruinen des Heidenpalastes. Auf der anderen Straßenseite bot der Islamische Palast, in dem noch Landesbehörden residierten, der Welt die hohe, blinde Stirn dar. Die neue Stadt über dem Fluß war eine Fata Morgana aus weißen Türmen und Grünanlagen.

Johnny überquerte die stillgelegten Bahngeleise und holte sich von seinem Kiosk eine gefaxte amerikanische

Zeitung. Wie immer hielt ihn verletzte Eitelkeit davon ab, sein eigenes Blatt in dieser schäbigen Form zu kaufen. Auf dem Flohmarkt wurde nach dem ortsüblichen Kalender Markt abgehalten (immer vorausgesetzt, der Markt fiel nicht zufällig auf einen Freitag). Den Platz säumte eine Reihe von Eßbuden.

Er mochte *Mama's*, weil die Klientel so bunt gewürfelt war, daß er hier nicht mehr auffiel als alle anderen. Die Bar war eine wacklige Konstruktion aus Stangen und Zelttuch über schmutzigem Boden. Doch die Gegenwart von Mama, dieser dicken Frau mit ihrer Aura träger Autorität und ihrem Faible für prächtige und verschlungene Kopftücher verlieh dem Ort eine gewisse Würde.

Außen vor beschloß eine Gruppe Unentwegter in zerdrückter Abendgarderobe die Nacht mit Kaffee und Brandy. Er setzte sich mit seiner Zeitung nach innen, nickte scheu in die Nachbarschaft. Unter dem Tresen hockten drei Kinder in unbequemer Schuluniform und verschlangen ihr Frühstück und einen Zeichentrickfilm. Die Gegenwart des Fernsehgeräts bedrückte Johnny, aber er starrte hungrig auf die Kinder: Kinder und daheim!

Dominic, der acht Jahre alt war und Football liebte, aber Cricket noch mehr, brachte Maisporridge, zerkleinerte Banane und ein Glas ›Bitterkaffee‹ im zerbeulten Metallhalter.

»Hallo! Mr. Amerikaner. Guten Appetit.«

Köpfe drehten sich, als die Nationalität des Fremden laut wurde. Die Stadt war klein und Klatsch die natürlichste Sache dieser Welt. Johnny versuchte, seine jämmerliche Unterwürfigkeit in den Griff zu bekommen. Einer der Nachtschwärmer draußen merkte auf und entpuppte sich als sein bester Freund in der Stadt. David Mungea schlenderte herüber, schlaksig und voller Anmut.

»Deine Glückssträhne hält an!«

Er zeigte auf die Zeitung, die voll war mit zurechtgestutzten Berichten über die Revolution, die sich in den USA vollzog. In Asabaland hatte es ein paar Jahre lang ein marxistisches Regime gegeben, und aus unerfindlichen Gründen trauerte man ihm nach. Trotz einer erfreulich rücksichtslosen freien Marktwirtschaft und einer der verheerendsten Energiebilanzen auf dem Kontinent waren sie hier alle Sozialisten.

Johnny zuckte die Achseln.

David, seines Zeichens Transportminister und unermüdliches Party-Tier, war sage und schreibe über sechzig; also alt genug, um sich zu erinnern, was Exil bedeutete.

»Oh, nur ein Narr wäre nicht zynisch. Aber du wirst rehabilitiert, Johnny. Du wirst deine Familie wiedersehen.«

»Scheiße, ich weiß nicht. Zum Teufel mit den Revolutionen – die haben noch nie was getaugt.« Heute tat seine Hoffnung weh, er wollte nicht, daß man daran rührte.

David wechselte taktvoll das Thema und nickte einer Ausländerin am Nebentisch zu. »Deshalb liebe ich meine Stadt ja so, Johnny. Hier sitzen wir, Amerikaner, Afrikaner, Dozenten und Truckfahrer, und frühstücken zusammen. So sollte das Leben sein – Verschiedenheit und Harmonie!«

Es war das Mädchen.

Es war Johnny schon lange auf den Fersen, eigentlich schon, seit er hier angekommen war. Er wußte noch immer nichts über sie. Johnny war aus zweierlei Gründen in Afrika. Der erste war, daß er ebensogut hier wie woanders hätte sein können. Der zweite war zu absurd, um ihn zu erwähnen; aber nur zum Spaß – es war nämlich nicht ausgeschlossen, daß er einer Sache auf der Spur war, einer Story; und *die* mochte mit dem Mädchen zu tun haben.

Sie schien seiner Meinung zu sein. Dann schien sie

die zutrauliche Unterhaltung mit ihrer Nachbarin wieder aufzunehmen – einer Hochschullehrerin, nach der formellen Kleidung zu urteilen. Wie kam es, daß er sie nicht bemerkt hatte, als er Platz genommen hatte? Er starrte sie an und versuchte dahinterzukommen, was da *wirklich geschah.* Sie redete nicht. Kein Wort kam über ihre Lippen. Er war doch nicht blind!

»Ich glaube, sie mag dich«, sagte David. »Glückspilz. Wir meinten eben schon, die da drüben, das ist eine sehr attraktive junge Lady.« Er wog ab. »Nicht mein Typ natürlich. Ich würde mich nur mit einer Frau anlegen, die mir den Arm brechen könnte, falls ihr danach ist... Aber ihre Ausstrahlung – mmm. Du kennst sie?«

»Niemand kennt sie.«

»Aha! Ich wußte, du interessierst dich. Gutes Omen.« Er hob Johnnys Hand und ergriff sie. »Kopf hoch, mein Freund. Glaube an das Gute. Und vergiß nicht, ich bete für dich.«

Johnny verließ die Bar knapp nach dem Mädchen; beim Hinausgehen steckte er die *Tribune* in einen Recyclingbehälter. Dominic holte mit behandschuhten Händen das Geschirr des Amerikaners und brachte es zu einem hageren Burschen, der im Hintergrund kauerte und den Sonderabwasch besorgte. Er kehrte mit einem Eimer zurück und reinigte Johnnys Platz mit heißem Wasser und Bleichmittel.

Johnny war skeptisch, was die Gebete des Ministers anging. David gab zwar vor, sich um einen christlichen Lebenswandel zu bemühen, aber diese prächtige Walküre von Jazzsängerin, mit der er bei *Mama's* saß, war nicht seine Frau. Und das Land war übersät mit jungen Straßen, die bereits verrotteten, nur weil Mungea sich korrumpieren ließ, die Anschaffung von zwei neuen Jaguar-XL-Hubschraubern zu favorisieren.

Er folgte dem Mädchen zu einem kleinen Supermarkt und sah, wie sie eine Packung gesalzene Röstsaubohnen und einen großen Karton Damenbinden kaufte. Er erkundigte sich an der Kasse nach ihr. Das hiesige Englisch war ziemlich durchsetzt mit Französisch, neben Arabisch und weiß der Himmel was noch für afrikanischen Idiomen. Es gelang ihm, sich verständlich zu machen.

Die junge Frau strahlte. »*Ah, l'Américaine! La jolie-laide!* Eine so hübsche Mädschen.« Mehr wußte sie nicht.

Das geheimnisvolle Mädchen war groß und schmal, ihre staksige Art, sich zu bewegen, erinnerte entfernt an ein junges Fohlen – als sei sie noch nicht ausgewachsen. Sie hatte dunkles Haar und einen schattigen olivfarbenen Teint, der nur wenige Nationalitäten mit absoluter Gewißheit ausschloß. Sein Bauch sagte ihm, daß sie weder Nord- noch Südamerikanerin war. Grob gesagt hatte das Geheimnis nur zwei Elemente. Einmal die Tatsache, daß diese Fremde immer da auftauchte, wo auch Johnny war, ohne irgendwo zu verweilen oder sich in die Enge treiben zu lassen. Und dann die schlimme Hasenscharte, die über der gespaltenen Oberlippe kaum Platz für eine Nase ließ. Die Mißbildung erklärte ihre Abneigung, laut zu sprechen, wurde aber anscheinend von niemandem wahrgenommen mit Ausnahme von Johnny. Die hübsche Amerikanerin!

Draußen war sie nirgends zu sehen.

Er ging bis zum Tor einer Kunststoffschmelze, die erst zum Leben erwachen würde, wenn der Industriestrom eingeschaltet wurde. In dieser Richtung lagen weder Hotels noch Geschäfte. Sie war fort. Wohin auch immer. Sein Interesse war eher unterschwellig, ein Gemisch aus Phantasie und Selbsttäuschung, der jüngste Zug in dem Einmannspiel, mit dem er sich die Zeit im Exil vertrieb.

Man muß eben an das Gute glauben, dachte Johnny. Wer immer diese junge Frau aufgezogen hatte, er war ihm unsäglich dankbar dafür. Sie hatte eine solch sonnige Zuversicht mitbekommen, ein so starkes Selbstwertgefühl, daß ihr die Mißbildung nichts ausmachte – ihr nicht und niemandem, der ihr begegnete.

Asabaland war ein Binnenstaat ohne Gold und Öl. Aber dank des großen Stroms, der das Land im Norden begrenzte, war es nie isoliert gewesen. Im Gegenteil: Die Region war ein kontinental bedeutender Warenumschlagplatz, und das nicht erst seit dem Bau der Pyramiden. Die Geschichte des modernen Staates war auch die Geschichte der Sahara. Im frühen dreizehnten Jahrhundert christlicher Zeitrechnung wurde das bis dahin ›ungläubige‹ Land zum Islam bekehrt, später wurde es portugiesisch und dann ›heidnisch‹; es folgte eine prägende französische Periode, eine kurze deutsche und schließlich die britische. Die britische Periode wurde von einer blutigen Rechtsdiktatur abgelöst und diese von den verrückten Marxisten; dann kam der wirtschaftliche Kollaps. Im dritten Viertel des zwanzigsten Jahrhunderts erlebte das Land eine Bevölkerungsexplosion und büßte gleichzeitig fünfzig Prozent seines Waldbestandes ein. Zwischen 1985 und 2010 gingen weitere dreißig Prozent Wald verloren und die Bevölkerung wurde durch eine beispiellose Welle von Krankheit und Hunger dezimiert; trotzdem blieb die Bevölkerungszahl weit über der vorindustriellen. Gegenwärtig führte Asaba einen kleinen Krieg und litt im Norden unter der Verödung. Aber im Grunde durfte man dem Staat attestieren, sich mit honorigen Anstrengungen um Wohlstand zu bemühen.

Die Hauptstadt Gerardville wurde ›Fo‹ genannt, ein etymologisch umstrittenes Fulani-Wort, das jedermann benutzte und das landesweit zu lesen stand, außer auf den Straßenschildern zum Flughafen. Die Stadt lag in den Ausläufern des Hochlands, abseits der Invasionsrouten. Hierzulande drängte sich niemand vor, der Wüste Einhalt zu gebieten oder die Stammesfehden zu beenden, die immer noch an den Grenzen schwelten, die der Versailler Vertrag diktiert hatte. Asaba hatte den Ehrgeiz – so David – ein *grüner Vorort* der globalen Stadt zu werden. Fo glaubte sich bereits am Ziel. Für Johnny war das ein merkwürdiges Bild, das weit abrückte von dem Afrika, wie es seinen Landsleuten vorschwebte. Und er ertappte sich immer wieder bei der Frage – Nerven züngelten nach dem amputierten Arm seiner Profession, die für immer zum Teufel war –, wie er diese Version zurechtbiegen konnte, damit sie telegen wurde.

Johnny wählte die Gromyko-Brücke; sie brachte die Granderoute Macmillan, die südliche Ausfallstraße, über den kleinen lokalen Fluß in die neue Stadt. Drüben empfing ihn das morgendliche Getümmel aus Straßenbahnen, Ochsenkarren, Drahteseln, Benzinrikschas und schnurrenden Elektromobilen. Er mied die öffentlichen Verkehrsmittel. Er war zwar überzeugt, daß die Leute nichts von ihm zu befürchten hatten. Nur machte das die Erfahrung, entdeckt und hinausgeschmissen zu werden, keinen Deut erfreulicher.

Die amerikanische Botschaft war ohnehin nur zu Fuß oder mit dem Helikopter zu erreichen. Die Leute schienen etwas gegen Gelegenheitsbesuche zu haben, und zwar nicht erst, seit in seiner Heimat die Dinge vollends aus dem Ruder liefen. Die Zufahrt war nicht einmal mehr mit dem Fahrrad befahrbar; sie war mit Gras bewachsen und erstickte im üppigen afrikanischen Unkraut. Der Weg zum adlergekrönten Tor war wie ein grüner Tunnel, der in ein verwunschenes Land führte, ins schlafende Königreich Dornröschens.

Unter dem Nachbild von Fo war der Anblick des Gebäudekomplexes ein Schock: obenauf die riesigen weißen Monde der Satellitenschüsseln, die erdrückende Krone der spartanischen Unterbringung. Auch wenn die meisten internationalen Geschäfte inzwischen über Unterseekabel liefen, hielt die US-Regierung tapfer an den alten Symbolen fest. Johnny spürte das labile

Gleichgewicht und schluckte besonders schwer daran. Schließlich war das jetzt eine Art Heimkehr.

»Tut mir leid, daß ich Ihnen das Tor von hier aus öffnen mußte. Wir haben das einheimische Personal entlassen, Sie verstehen. Sparmaßnahmen.«

Der amerikanische Botschafter war ein höflicher Mann aus dem Mittleren Westen namens Joseph (Josh) Kent. Johnny hatte keine Ahnung, welche Zielvorgaben Kent aus dem Ruhesitz der Präsidentin und von den neuen Herren im Weißen Haus erhielt, doch der Mann bewahrte eine bemerkenswerte Ruhe.

Johnny blieb stehen. Er durfte hier nichts berühren. Seine Schuhsohlen stellten ein Problem dar, das der Botschafter geflissentlich ignorierte. Die Entschuldigung wegen des Empfangs via Sprechanlage gehörte zur Routine – wenngleich es stimmte, daß die Botschaft nur noch aus Josh Kent bestand.

»Josh, ich möchte mit Ihnen reden.«

»Worüber, Johnny? Schießen Sie los, ich habe jede Menge Zeit.«

Worüber! Scheinheiliger Halunke. Johnny bezähmte seine Wut. »Die Zeitung schreibt über Barr und Matthias und Ledern. Josh, gibt es überhaupt noch Hoffnung?«

Kent setzte eine tadelnde Miene auf. »Johnny, die Führungsriege des Interregnums muß in der Öffentlichkeit den Eindruck zerstreuen, daß der Coup eine rassistische Komponente hat. Selbstverständlich wird man weiße liberale ›Kriminelle‹ der Opposition soweit wie möglich rehabilitieren. Aber Ihr Fall liegt anders, ich brauche Ihnen das nicht zu erklären.«

»Ich wurde reingelegt«, sagte Johnny.

Kent hätte ihm eigentlich ins Gesicht lachen müssen. Es ist schon erstaunlich, wie naiv ein kritischer und erfahrener Journalist reagieren kann, wenn er selbst der Betroffene ist. Alles durfte man dem gestürzten Regime vorwerfen, nur eines nicht: Man *durfte* einfach nicht zugeben, daß irgendeine Abteilung jemals die Macht besessen hatte, das *National Institute of Health* zu korrumpieren. Die Große Maschinerie, *unser System von Gottes Gnaden,* ist über jeden Verdacht erhaben. Er spürte, wie er aufs tiefste und einfältigste von dieser Wahrheit überzeugt war. Er blickte zum Schreibtisch, wo seine Datei auf dem integrierten Bildschirm geöffnet war. John Francis Guglioli, sechsundzwanzig, zwölf Jahre jünger als das Jahrtausend. Wie er den Namen Francis haßte – Frank, ein alter Bursche mit dickem Bauch und grauen Stoppeln, Baseballfan, im Unterhemd vor einer TV-Wand sitzend ... Kent tat gut daran, die Datei offen zu lassen, aber sie erinnerte schmerzlich daran, daß Johnny Guglioli früher ein Insider gewesen war, jemand den man hinter den Bildschirm und in die kritischen Sendungen gelassen hatte.

Er hatte das verwirrende Gefühl, nicht in diesem Zimmer zu sein. Er sah Kent wie durch einen Bildschirm hindurch. Wenn er die Hand ausstreckte und Kent die Hand gab (die Kent bei aller Höflichkeit ignorieren würde), aber gesetzt den Fall, dann wäre damit nichts gewonnen. Es gab keinen Kontakt, nicht den geringsten.

Joseph Kent musterte seinen Besucher – einen jungen, etwas aufgeschossenen Mann mit glatt zurückgekämmtem Haar, das zu einem adretten Zopf geflochten war. Abgetragene aber ordentliche Kleidung; offenes, kindlich gerundetes Gesicht ohne ein Anzeichen angegriffener Gesundheit. Der Bursche tat ihm aufrichtig leid.

»Sie waren Auslandskorrespondent, Johnny. Immer auf Achse, einsam, manchmal hungrig auf Informationen, und vielleicht haben Sie Dummheiten gemacht. Mal ehrlich. Sie können doch nicht mit letzter Sicherheit ausschließen, daß Sie kontaminiert sind. Aber angenommen, Sie sind sauber.« Er legte eine Pause ein. »Ich bin kein Sozialist. Ich halte es diesen Leuten zugute, daß ich keine Angst habe, das zuzugeben. Wenn sie ordentliche Wahlen gewinnen, und zwar bald, dann werde ich sie so akzeptieren, wie ich jede andere gewählte Regierung akzeptieren würde. Mehr kann ich nicht tun.«

Gut für Josh. Wie alle öffentlichen Büros war auch das hier ein Lebensraum. Die Gefahr, daß sich jemand darum riß, hielt sich in Grenzen, doch es war nie falsch, sich von der besten Seite zu zeigen.

»Aber Sie sind einer von denen, Johnny. Sieht ganz so aus, als würde Ihre Seite diesmal gewinnen. Wenn es Ihnen hilft, betrachten Sie sich einfach als menschliches Opfer.«

Johnny nickte benommen.

Kent schob zwei Kuverts über den Bildschirm. Das eine enthielt Johnnys regelmäßiges Taschengeld in Asa-Pfundnoten. Das andere war ein Brief von zu Hause. Da Johnny kein Telefon hatte, war er auf Post angewiesen.

»Ein Brief für Sie. Und ein Bild von Ihrem Töchterchen. Ganz süß, die Kleine.«

»Danke.«

Der Botschafter schien zu grübeln. Johnny, der sich noch gelitten fühlte, schöpfte unwillkürlich Hoffnung.

»Etwas bereitet mir Kopfzerbrechen, Johnny. Was genau machen Sie eigentlich in Afrika, in Gerardville? Sie sind jetzt wie viele Monate hier? Drei, hab ich recht?«

»Nichts Bestimmtes. Afrika ist überall.«

»Doch nichts Politisches, hoffe ich.«

Johnny lachte. »Nicht die Spur.«

»Gut. Also bis dann, Johnny. Nett, daß Sie mal vorbeigeschaut haben.«

Als Johnny und Izabel sich verlobt hatten, fuhr Johnny mit ihr aufs Land hinaus (in die freie Natur, nicht in einen Erlebnispark) und erzählte ihr, daß er aktiver Gewerkschafter war. Sie waren beide neunzehn. Von Talentsuchern aus der High School geholt und durch ein intensives Trainee-Programm geschleust, war er jahrelang gehätschelter Besitz einer Mediengesellschaft gewesen. Er war ein Eejay*, ein technisch orientierter Wissenschaftsjournalist – mit seinem phantastischen Rüstzeug im Gepäck war Johnny Guglioli einer der wenigen, die die Außenwelt in die USA holten. Er ging auf in seiner Arbeit, wollte aber die künstlerische Kontrolle. Er war so einfältig zu glauben, daß er in seinem Kampf um eine unverfälschte Berichterstattung schon alles tat, was die geschundenen Menschen von ihm erwarteten.

Izzy hatte immer Angst gehabt. Aber sie hatte ihn bestimmt nicht angezeigt. Wahrscheinlich würde er nie erfahren, wer dahintersteckte. Doch das Rätsel war von untergeordneter Bedeutung. Er gab ihr nicht die Schuld an der Scheidung. Er vermißte sie nicht einmal, jedenfalls nicht so, daß es Sinn machte. Bella, sein Kind, vermißte er dagegen schrecklich. Und das ohne Hoffnung auf ein Wiedersehen, denn das Baby, die Sonne seines Lebens, existierte nicht mehr. Zwei Jahre war das jetzt her. *Zwei Jahre.*

Für Johnny wäre es besser gewesen, die Revolution hätte nicht stattgefunden. Dann wäre ihm immer noch das politische Exil geblieben, insofern er von dem Tag hätte träumen können, da alle Ungerechtigkeit ein Ende hatte.

Er warf den Brief ungelesen fort. Fast hätte er auch das Foto weggeschmissen, doch eine Art störrischer Selbsterhaltungstrieb bewahrte ihn davor. Er wanderte ziellos unter der Gromyko-Brücke umher, wo sich der soziale Abschaum von Fo etabliert hatte. Es schüttete inzwischen vom Himmel, und die neue Stadt war so unsichtbar wie die alte.

---

* *eejay = engineer journalist* (läßt späterhin auch denken an: *ee = error excepted* = Irrtum vorbehalten!).

Er musterte die Heruntergekommenen und mißbrauchte sie als abschreckendes Beispiel.

Sein Verstand sagte ihm, daß er sein Baby nie wiedersehen würde. Doch er sagte ihm auch, daß er nichts verbrochen hatte. Etwas, das tiefer saß als sein Schmerz, riet ihm, nicht aufzugeben. Die Unschuldigen werden nicht verdammt. Irgendwie würde er alles wiederbekommen. Bis dahin mußte er alles daransetzen, um heil zu überleben: um Johnny Guglioli zu bleiben.

ii

Vor den Werkstätten war ein Kampf entbrannt. Die beiden eigentlichen Kontrahenten und ihre Lemminge brüllten und rauften unter dem strömenden Regen. Inzwischen war ein mit Gütern beladener Raupenschlepper in einem Schlagloch steckengeblieben. Die Maschine rackerte sich ab und rief verbissen um Hilfe. Der Händler gestikulierte, sein runder, protzig umwickelter Leib bebte vor Empörung. Der Tölpel von Fahrer löste sich aus dem Handgemenge, schwang sich in die Kabine und schaltete die Signalanlage ab. Beide kehrten stumpfsinnig zu der Keilerei zurück.

Niemand nahm Notiz von den Forschungsreisenden. Sie benahmen sich nicht anders als die übrigen Gaffer, die zappelig herumstanden und nur darauf warteten, daß Blut vergossen wurde. Doch sie waren überzeugt, daß ihnen das Wort *Fremde* auf der Stirn geschrieben stand. Ihr Käpten war eben zugange, sie beisammenzuhalten, als die Lastfahrer plötzlich den rackernden Schlepper zum Vorwand nahmen, um das Handtuch zu werfen. Schubsend und fluchend drängten sie zum Schlepper. Der Fahrer jagte die Maschine hoch und entlockte ihr fürchterliche Geräusche. Allen war schrecklich zumute. Doch der Käpten, jene Person, die sich durch Mitgefühl für die Hilflosen auszeichnet, hielt den Krach nicht länger aus.

»Aufhören! Aufhören! Aufhören!«

Seine scharfe, gellende Stimme trieb die anderen in Panik. Während ihr Anführer zurücklief, trippelten sie los, machten keinen Hehl aus ihrer Furcht und verzichteten auf jede Anstrengung, normal zu erscheinen. Sie versteckten sich hinter einer Reihe von Schuppen an einer ungeteerten Zufahrt zum großen Highway. Kurz darauf traf der Käpten ein, von Kopf bis Fuß mit Schlamm bekleckert. Zum Glück schien niemand das seltsame Gebaren einer kleinen Gruppe von Gaffern bemerkt zu haben.

Die anderen waren beschämt ob der Erfahrung, wie rasch eine Widrigkeit die kleinen Attitüden des Lebens bis zur Unkenntlichkeit verschmieren konnte. Jene Person, deren Pflicht, vorbildlich zu handeln, durch nichts eingeschränkt wird, sie hatte niemanden in Verwirrung stürzen wollen. Der Käpten war jetzt selbst verwirrt; aber nicht verlegen.

»O Agnés!« seufzte sein Hüter. »Sieh uns an. Wir können nicht alle so rein im Geiste sein wie du!«

Agnés war der hiesige Name des Käptens.

»Na ja, wie dem auch sei. Jedenfalls haben sie damit aufgehört.«

Es lag nicht am Käpten. Die Langzeiteffekte der Bruchlandung machten sich bemerkbar, und das nicht bloß in Gestalt praktischer Probleme; auch die Moral litt darunter. Die Leute hatten Angst, daß man sie im Stich ließ. Wann immer die Person, von der sie abhingen, einen Streifzug unternahm, folgte ihr alsbald ein Suchtrupp – und wurde ein Klotz am Bein. Eine alberne Situation. Aber jemand mußte schließlich die Besorgungen machen, und an wem blieb es hängen?

Während man in die Autos kletterte, legte er den Arm um seinen Hüter und schwenkte eine der Tragetaschen.

»Sieh mal! Saubere Unterwäsche!«

»O Agnés!« Benoit umarmte ihn.

Welch bezaubernde Gesellschaft, wiewohl die faszinierend unsteten Züge von Agnés keinesfalls das Attribut schön verdienten. Die Leute hier hatten einen poetischen Ausdruck für diese Wirkung. Es war hübsch zu beobachten, wenn zwei Erregte beieinander waren. Agnés war so oft zornig. War es der Funkenflug seines Weltschmerzes, der die Leute anlockte? Oder waren es schlicht und einfach die sexuellen Attribute – die funkelnden Augen, die gerötete Haut, die geblähte Nase?

»Kein Wunder, daß wir dich lieben. Du siehst so sexy aus, wenn du wütend bist!«

Der Scherz kam nicht besonders an, und nicht nur bei denen, die die gesprochenen Worte nicht verstanden. Der größte Teil der Crew tat sich schwer damit, daß Benoit, um sich lustig zu machen, Person und äußere Erscheinung in einen Topf warf. Sie lachten, einer nach dem anderen: ein absurder Kanon, der schließlich in ein allgemeines Gelächter mündete; man fühlte sich jetzt besser. Mit Ausnahme des Käptens.

Agnés hätte es vorgezogen, Hunger zu leiden und durch Sümpfe zu waten. Daß ein Schiffbruch in Gesellschaft von Feinwerkern und Kaufleuten eine solche Strapaze war, hätte er nicht gedacht. Im Augenblick war er alles andere als guter Laune und brummte eine diesbezügliche Bemerkung – und litt auf der ganzen Rückfahrt zum Camp mehr unter dem Stachel seiner Worte als besagte Feinwerker und Kaufleute.

Genau genommen war die Expedition nicht gescheitert. Es hatte Verluste gegeben, und die drei Gruppen fanden sich weit voneinander getrennt. Doch das Unternehmen war von vorneherein ein Sprung ins Ungewisse gewesen: Es war unsinnig zu lamentieren, daß nicht alles nach Plan verlief. Nach der Bruchlandung hatte Agnés, wohlwissend, daß die beiden anderen Besatzungen ihre eigenen Probleme hatten, das Beste aus der Situation gemacht. Er hatte die Bergung des Landefahrzeugs angeordnet und mit seiner Crew die Erkundung angetreten. Die Verletzten hatte man mitgenommen und so gut wie möglich versorgt.

Der größte Teil der Warenladung war verlorengegangen, doch es ist immer wieder erstaunlich, was die Leute für ein Objekt herausrücken, das ihnen völlig unbekannt ist. Die Autos hatte man ihnen ohne Meilenlimit überlassen, für eine Handvoll Babyspielzeug.

Um so größer war die Bestürzung gewesen, als diese Kreaturen nach zwei Tagen vor lauter Nahrungsmangel ohnmächtig wurden. Der Hüter des Käptens scheute zwar keine Mühe, jedermann den Witz an der Sache schmackhaft zu machen. Doch die flüssige Nahrung war derart kostspielig, daß die Forschungsreise bald ein jähes Ende gefunden hatte. Nun kampierte man schon eine ganze Weile in einem leidlich dicht bewaldeten Park draußen vor der Stadt Fo.

Die selbstbewußteren Mitglieder der Crew trugen Agnés vor, daß es in der Stadt bestimmt eine Menge Hotels gebe. Man habe zwar so gut wie keinen Penny mehr, gewiß, aber nichts spreche gegen die Liquidität der beiden anderen Gruppen. Er, Agnés, brauche sich lediglich an eine bedeutende Persönlichkeit der Stadt zu wenden; ein Arrangement müsse doch möglich sein. Agnés weigerte sich, diese Idee überhaupt in Betracht zu ziehen. Er sei nicht den ganzen weiten Weg gekommen, um sich in einem Hotel zu verkriechen. Sie hätten es besser wissen müssen. Schließlich bestieg ihr Anführer die heimatlichen Berge, und zwar weil es ihm Spaß machte.

Agnés wollte Beute machen und Ruhm ernten, doch auf seine Weise; um Profit zu machen, anzugeben oder den Hals zu riskieren, hätte er doch nicht seine Heimat verlassen. Er war ein Poet. Er war fest entschlossen zu tun, was er sich vorgenommen hatte: ruhig zu erkunden und zu erforschen, ruhig und für sich allein, um so wenig Aufsehen zu erregen wie möglich. Er hatte weder die Absicht, sich einer Handelsdelegation anzuschließen, noch sich in einen Staatsbesuch verwickeln zu lassen. Es drängte ihn auch nicht, den hiesigen Leuten zu begegnen. Die Leute sind überall die gleichen. Er war gekommen, um zu starren, schlicht und einfach zu starren … seinen Geist mit neuen Empfindungen aufzuladen, mit neuen Wahrnehmungen.

Die Lage des Camps war ein Kompromiß. Einerseits lag es so tief im Park verborgen, daß Agnés sich ungestört seinem berühmten Starren hingeben konnte, und andererseits versprach die schiere Anwesenheit von Bäumen, Gras und Büschen die Nähe menschlicher Behausungen.

Man verbrachte den Rest dieses Tages mit gelassener Ruhe. Beträchtliche Waffen regten sich ab und an im Unterholz, doch keine einzige schien in der Lage, ernsthaften Schaden anzurichten. Obwohl herrenlose Waffen etwas Unheimliches waren, unternahm man nichts gegen die Bedrohung. Man hielt es für besser, Anzeichen von Feindseligkeit zu ignorieren, bis man unmißverständlich angegriffen wurde.

Der Stabswachtmeister, eine Person mit ausgeprägtem Sinn für Gerechtigkeit, hatte die Perfidie der Mietwagenfirma noch immer nicht verwunden.

»Ohne Meilenlimit!« knurrte er so verbittert wie jedesmal, wenn die Flüssignahrung zur Neige gegangen war.

Agnés besuchte die Verletzten, dann entfernte er sich, aber nicht außer Sichtweite. Er setzte sich zwischen die Wurzeln eines riesigen Baums. Die hölzernen Hände umgaben ihn wie ein Haus. Am Boden lag ein gefingertes Blatt. Er legte seine Hand daneben. Die abgespreizten Blättchen waren ein Echo, ein Echo der Heimat; ein Echo des Ichs. Um zu geben und zu empfangen, öffnet das *eine* Ich die Hände. Er schüttelte dem gefallenen Blatt die Hand und fragte sich, welch winzige, ferne Berührung die Einheimischen spürten. Keine vielleicht: Vielleicht nahmen sie ihn ja gar nicht wahr. Agnés kostete die bevölkerte Luft, doch die winzigen Boten hatten ihm nichts mitzuteilen. Die Einsamkeit machte schwindlig. Er nahm den Skizzenblock zur Hand und fing an zu entwerfen. *Hier,* Gestalt und Struktur der Einsamkeit ... und in der Einsamkeit eine körperlose Einheit: die unentrinnbare Einheit mit der Weltseele.

Ich kam, um das Neue zu suchen, doch es gibt nichts Neues. Es gibt nur die Weltseele, die sich selbst wahrnimmt. Jedes Gehäuse, aus dem ich blicke, ist das meines Leibes. Jedes Blatt ist meine Hand. Ich kann nicht entfliehen; ich bin immer zu Hause.

Die ungehaltene Bemerkung ging ihm nach. Die Person, die für Sicherheit und Wachsamkeit verantwortlich war (und die zugleich der Geliebte von Benoit, dem Hüter, war), mied normalerweise das gesprochene Wort. Der immer wieder laut bekundete Unmut über die Autonahrung entsprang wachsender Sorge um die Zukunft. Zwar bot das Landefahrzeug nach wie vor Schutz, doch es gab niemanden mehr, der es hätte erhalten, geschweige denn instandsetzen können. Und da waren noch andere Alltäglichkeiten wie Essen und saubere Unterwäsche, mit denen die Überlebenden überfordert waren. Jene, die sich mit den hiesigen Ressourcen abfanden, taten es: doch nicht mehr lange, und man hatte keine Wahl mehr.

Die bloßen Hände und Handgelenke des Käptens, sein Gesicht und sein Hals, sonderten winzige Partikel ab, die in der kaum vorhandenen Brise zur Lichtung schwammen und den anderen den chemischen Hauch seiner Nähe brachten. Wie erschreckend klein die Anzahl der Reisenden in diesem unsäglichen Meer von Fremden war! Sofort wies Agnés diese Vorstellung zurück. Und zum Glück hatte niemand das Halbgedachte bemerkt. Das Bild kam nicht zurück und erlosch. Poetisch und auch nüchtern betrachtet glich diese Welt so sehr der Heimat.

Agnés verfiel in eine weitere Runde seines Disputs mit Guillaume, dem fernen Anführer einer der beiden anderen Gruppen. Mit Eustache konnte man nicht streiten, niemand konnte das. Eustache interessierte sich ausschließlich für praktische Dinge, doch zwischen Agnés und Guillaume gab es ständig Reibereien. Daß Agnés hier im Park kampierte, hatte auch damit zu tun, daß er es unerträglich fand, sich von diesem unverschämten Materialisten aushalten zu lassen. Er wußte, er würde bald einlenken müssen, und der Gedanke war nicht gerade angetan, ihm die Laune zu versüßen. Guillaume triumphierte natürlich. Zum Glück (wie Benoit zu bemerken pflegte) hielten sie beide die schlimmsten Beleidigungen für Komplimente: was wiederum eine Art Frieden stiftete.

Es gab andere Gedanken... so viel erfreulichere. Agnés verdünnisierte sich in die Stille, die Muße und das Frohlocken.

»Weltseele und ich: *Hier beginnt ein neues Leben.* Hier, in dieser fremden Stadt...«

Die Person, die nur die unverblümte Tat kannte, war jetzt schockiert. Wie sich der Poet in einer solch gefährlichen, ja verzweifelten Lage in einen dieser hedonistischen Dämmerzustände flüchten könne? Der hehre Künstler, der eigentlich das Gute verkörpern und so besorgt sein sollte um das Wohlergehen seiner Leute... Agnés gluckste nur.

»Du übertreibst...« Er ließ sich treiben.

Bei Einbruch der Nacht zogen sie sich um und tanzten, alle bis auf die Verletzten und das Baby der Expedition. Agnés und sein Hüter führten einander durch die Tanzfiguren und bückten sich, wenn sie an dem Baby vorbeikamen, um es mit einzubeziehen. Es saß am Rand und klatschte. Das Schlurfen der Füße in Morast und Blättern, die Zweige, die sich in den Haaren verfingen, all das machte sie kichern wie eh und je. Nicht, daß man den Brauch nicht ernst nahm. Was sich nicht auf übliche Weise mitteilen ließ, das mußte in Worte gekleidet werden. Und was zu tiefgründig war, um es in Worte zu kleiden, das wurde getanzt. Die anderen Crews, in weiter Ferne, sie tanzten auch. Eine Zeitlang waren die Gruppen friedlich vereint.

Benoit war auch Hüter des Babys. Es fiel erst in Schlaf, nachdem es tränenreich die Zusage ertrotzt hatte, daß man inzwischen nicht noch mehr von seinen Lieblingssachen verhökern würde. Die Erwachsenen hockten beisammen und schwatzten. Man hätte sich ein Band angesehen, aber ein Unglück kommt selten allein: Auch die Märchenkiste war kaputt, und niemand war imstande, sie zu reparieren. Der Geistliche trug Agnés seinen Kummer und seine Besorgnis vor. Doch der Käpten bat ihn schmunzelnd, nicht dem Götzendienst zu frönen. Niemand werde in Ohnmacht fallen oder sterben, nur weil er eine Zeitlang auf Märchen verzichten müsse. Wiewohl dieser Aberglaube bei den Einheimischen verbreitet schien …

»Sie sind von Geistern umgeben«, erklärte Agnés. »Die andere Welt, das Reich der Toten, es zeigt sich überall. Wer weiß, ob sie überhaupt eine vernünftige Vorstellung von Gott haben.«

Einige Zuhörer, die abstrakte Beschreibungen nicht gewohnt waren, begriffen nicht ganz. Sie lachten, um sich keine Blöße zu geben, und waren getröstet. Es zahlte sich aus, in Gesellschaft eines großen Poeten zu sein, auch wenn einem manchmal der Kopf schwirrte.

Agnés saß entspannt da, Kniekehlen nach außen gedreht und eine Hand über die Nasenlöcher gestülpt als Schutz gegen die kühle Abendluft. Er diskutierte mit Guillaume über die Episode bei den Werkstätten.

»Geht mich nichts an«, erwiderte er schroff. »Ich halte nichts von Leuten, die gemein zu Maschinen sind. Aber ich halte es für viel widerwärtiger, wie du sie aufs

Kreuz legst. Sie werden dir auf die Schliche kommen; und sie werden fuchsteufelswild sein. Keiner von uns will mit leeren Händen nach Hause, bestimmt nicht. Aber Lügen und Betrügen ist nicht mein Fall.«

Bei Agnés, versetzte Guillaume, sei Mitleid schon fast eine Krankheit. Und fragte, wie Agnés denn von fremden Besuchern behandelt werden wolle? Agnés räumte grinsend ein, er wolle viel lieber beschwindelt werden.

Benoit, der immer einen Grund zum Lächeln fand, kam herüber, um die Wanderer aus dem Haar des Käptens zu kämmen. Der geliebte Anführer, braves Kind, kippte mit einer blinden, zutraulichen Bewegung seitüber, rollte sich zusammen und barg das Gesicht im Schoß des anderen. Wie schrecklich süß es war, ihn dort zu spüren: kleine Raupe, allzeit einsam und verlassen.

»Wie war noch dein Name hier? Ich kann mir das nicht merken.«

»*Benoit.* Das kommt ihm noch am nächsten.«

»Wenn dieses Leben mir sonst nichts bringt«, mümmelte Agnés in Benoits Kleidung, »auf jeden Fall gehören wir von nun an zusammen, du und ich.«

Endloses Reden! Auch so eine bestrickende Heimsuchung, wenn man mit Agnés auf Tuchfühlung war. Benoit nahm ihn in die Arme, und sie erörterten auf eine mehr allgemeine Art die aktuellen Probleme. Das Arrangement mit Guillaume war unvermeidbar. Natürlich fiel dadurch der Wert der Anteile, die diese Crew an dem Unternehmen hatte.

»Na und?« konstatierte Benoit. »Wir kannten das Risiko, als wir uns bei dir eingeschrieben haben!«

Grämelndes, ersticktes Kichern des Poeten. Seine laxe Einstellung zum materiellen Erfolg war ein offenes Geheimnis.

»Kein Erfolg ist von Dauer. Der Unterschied, mein Liebling, ist der, daß du nichts beschönigst. Aus unerfindlichen Gründen scheint dir am Versagen gelegen zu sein. Und dennoch reißen sich die Leute unerklärlicherweise darum, dir zu dienen. Ja, selbst Guillaume.«

Agnés entrollte sich und schnitt Gesichter.

»Wir halten noch eine Zeitlang durch.«

Guillaume, der Eigensinnige, hatte schon vor ihrer Abreise den Standpunkt vertreten, sich den Einheimischen zu erkennen zu geben. Agnés war dagegen gewesen und hatte sich durchgesetzt. Das Blatt würde sich unweigerlich wenden, wenn er der Gunst des anderen ausgeliefert war. Doch, der für sich den Namen ›Benoit‹ gewählt hatte, empfing eine letzte Bemerkung, die nicht in Worte gekleidet war und rasch wieder verblaßte. Aufschnappen konnte sie nur, wer mit Agnés so vertraut war wie Benoit. Eine Mitteilung, die auf einem Mißverständnis beruhen mußte.

»Tatsächlich? Warum auf einmal?«

Agnés zuckte die Achseln. »Du würdest mir nicht glauben.«

In dieser Nacht starb wieder ein Verletzter. Der Arzt war bei der Bruchlandung ums Leben gekommen. Für alle Schwerverletzten war das Wrack gleichsam zur Falle geworden: Man konnte nichts für sie tun. Wer mit dem Feuer spielt, kann darin umkommen. Wer an der Expedition teilnahm, tat es freiwillig und hatte zweifellos den Hang, mit einem frühen und womöglich gewaltsamen Tod zu flirten. Doch das neue Totenlager brachte ihnen wieder die ganze Misere zu Bewußtsein. Agnés half seinem Geistlichen, die Aufzeichnung des Betreffenden zu ergänzen, und dann zog er sich mit Skizzenblock und Lampe zwischen die Wurzelhände des Baums zurück. Er beschäftigte sich nicht mehr mit seinem Gedicht. Doch er blieb stundenlang dort draußen und zeichnete aus dem Gedächtnis bestimmte Muster aus Linien und Punkten und Kurven.

Er fühlte sich in seiner Entschlossenheit bestätigt, seine Unabhängigkeit zu bewahren – und nicht bloß um seinetwillen. Er mußte sein Bestes tun für jene, die auf ihn angewiesen waren – in diesem Leben und in denen, die noch kamen. Guillaume tat alles, um Eindruck zu schinden. Agnés wußte aber um Dinge in dieser neuen Welt, die der Eigensinnige nicht bemerkt oder völlig mißverstanden hatte. Und sollte er schließlich doch gezwungen sein, sich mit Guillaume zu treffen, wollte er nicht mit leeren Händen kommen.

iii

L'Iceberg war eines dieser Monsterhotels, die der Zusammenbruch des Charter-Tourismus weltweit zurückgelassen hatte. Der vergilbte Turm, einsames Wahrzeichen einer weit zurückgewichenen Flutwelle, ragte aus dem von Frankreich entworfenen Stadtzentrum. Tatsächlich aber täuschte der Anschein von Verfall. L'Iceberg (offiziell das St. Maurice) kam nämlich prächtig über die Runden. Johnny würde es nie wagen, den Haupteingang zu benutzen; doch auf der Rückseite gab es *Planter's*, eine Gartenbar, die weniger einschüchternd war. Sozusagen das ›Wasserloch‹ für die Fremden in der Stadt.

Planter's lag auf Johnnys Parcour, wenn er auf der Suche nach dem mysteriösen Mädchen war. Nicht, daß er sie jemals hier angetroffen hätte, aber irgendwann gab es immer ein erstes Mal. Außerdem brannte ihm das Taschengeld ein Loch in die Hosentasche. Schmierige Banknoten waren zwar nicht die hausübliche Währung in L'Iceberg, doch die Bedienung war freundlich. Johnny trug sein Bier zu einer roten Plüschinsel.

Die Glaswand zum Garten war dunkel, die Bar eine kühle, düstere Kaverne im rauschenden Regen. Auf seinem Bildschirm debattierten *talking heads* mit schlecht verhohlener Genugtuung das Ableben der New Yorker Börse; den Köpfen war eine Karte der Westpazifikstaaten unterlegt. An der Bar besprachen sich weiße Südafrikaner mit ihrem Reiseleiter. In einem winzigen Alkoven saßen ein Mann und eine Frau, beide aus der Fo-Bourgeoisie; sie führten eine dringliche und bedrückte Unterhaltung. Mehrere Geschäftsleute kamen vorbei, breit grinsend und einander auf den Rücken klopfend; sie verließen die Bar, um essen zu gehen. Der Nachmittag klappte die Bürgersteige hoch. Johnny hätschelte sein Bier und fragte sich, wie lange es jetzt her war, daß man ihn abgeschoben hatte.

Eine weiße Frau kam die Hoteltreppe herunter, sie trug ein eng tailliertes, dunkles Kostüm, eine Art Harnisch aus Blumenblättern. Zwischen den Segmenten des Kleids spielte ein kaltes grünes Fluoreszieren Verstecken. Ein Kleid der Haute Couture. Zu teuer für eine Prostituierte von Fo. Der Gedanke war kaum gedacht, als Johnny der Schreck in die Glieder fuhr: Er *kannte* diese Person.

Sie sah ihn. Mit einem aufgesetzten und bedeutungslosen Lächeln steuerte sie auf seine Plüschinsel zu.

»Das ist doch Johnny Guglioli, habe ich recht? Wissen Sie noch, wie wir zusammen auf Sendung ...«

Die *talking heads* umringten jetzt eine Aufnahme des Times Square. Tausende wogten unter einer großen Texttafel, die mit feurigen Slogans gespeist wurde. Offenbar hatten diese Rhetorik-Parties inzwischen den New Yorker Lifestyle erobert. Eine Art Tanzhysterie. Scheißrevolution. Latinos und Schwarze gegen Juden und angelsächsische Protestanten, und was sprang dabei für Johnny heraus? Johnny war nach wie vor auf dem Abstellgleis. Zum Teufel mit dem Kongreß.

Die Frau mit dem aufgesetzten Lächeln hieß Braemar Wilson. Sie war Britin. Europäische Auslandskorrespondenten und Wissenschaftsjournalisten wie Johnny arbeiteten für nationale Regierungen oder Mediengiganten. Für feste Jobs war Wilson nicht gut genug, oder sie hatte nicht den richtigen Background dafür. Sie war keine Wissenschaftsjournalistin, sie war einfach eine begehrte ›Darstellerin‹. Ihr Metier war die pseudointellektuelle ›Aufbereitung‹ von Nachrichten und aktuellen Themen, die sie dann an Programmgestalter, TV-Magazine oder britische Wochenblätter verkaufte. Johnny war ein paarmal mit ihr auf Sendung gewesen, aber er war ihr noch nie leibhaftig begegnet. Hatte das auch nie gewollt. Sie verdiente ihre Brötchen damit, den Leuten zu erzählen, was sie hören wollten. Macht den Kopf zu. Sperrt die Armen in Ghettos. Ihr seid nicht verantwortlich. Wer untergeht, wer schwimmt, das entscheiden die Großen Drahtzieher – oder Mutter Natur (im Sinne der Sozialdarwinisten).

Für jeden aus der Vergangenheit war es der Gipfel des Pechs, hier aufzukreuzen. Vielleicht war er froh, daß es sich um eine unsympathische Fremde handelte.

»Ich habe gehört, was passiert ist. Wie schrecklich für Sie, es tut mir so leid. Darf ich mich setzen?« Sie nahm neben ihm Platz. »Was für eine Bombenparty die feiern«, bemerkte sie im Tonfall provozierender Verachtung. »Nächsten Juli kollidieren wir mit Mars, doch wen kümmern Bagatellen? Seien Sie froh, daß Sie mit dem ganzen Schlamassel nichts mehr am Hut haben.«

Johnny sah sich beiläufig um und war sofort peinlich gefesselt von halbnackten Brüsten, die aus einem Blätterkelch schwollen. Auch die Lippen fluoreszierten. Es war ein nasses Rubinrot, eine schamloses Signal für alle, die Braemars Weg kreuzten.

»Ich wäre zu Hause, wenn ich könnte. Ich liebe mein Land.«

»Haben Sie denn Anlaß dazu, Johnny?«

Er starrte vor sich hin. Alle wußten Bescheid. »Ich bin das Opfer eines vertrackten medizinischen Irrtums. Die Allermeisten kommen ganz gut weg bei Behörden. Ich bin Demokrat. Ich kann mich nicht beklagen.«

»Medizinisch? Mir kam zu Ohren, es war ein politisches Problem.« Sie nahm ein mattschwarzes Etui aus dem Täschchen, zog eine Tabakzigarette heraus und setzte sie in Brand. Blausilbernes Gift kräuselte auf, während sie sich dem Times Square widmete. »Wissen Sie, ich glaube, es begann mit der Identitätskrise. Sie sind durch und durch Amerikaner. Man riecht es förmlich. *Capitalisto rococo,* die Kinder des Eldorado: noch dieselbe orgiastische Gewaltbereitschaft, dieselbe oral fixierte Traumwelt, dieselbe wahnwitzige Kluft zwischen Arm und Reich. Wärt ihr imstande gewesen, das zu durchschauen, anstatt euch und der ganzen Welt unentwegt vorzumachen, die Dritte Welt sei etwas, das anderen passiere …«

In Ms. Wilsons Anwürfen lag nichts Unverschämtes. Ihre Aggressivität war nichts als Methode. Sie fand es völlig in Ordnung, vermittels der Geschehnisse auf dem Bildschirm einen oberflächlichen Kontakt zu knüpfen. Johnny hatte kein Recht, ihre Bemerkungen persönlich zu nehmen. Doch seine verletzte Seele behielt die Oberhand.

»Ma'am, Sie verschwenden Ihre Zeit. Falls ich einen Mund für meine Steckrübe brauche, beschwöre ich im allgemeinen den Geist meiner Exfrau herauf. Sein Tarif ist absolut konkurrenzlos.«

Ms. Wilson lachte. Sie lehnte sich mit elektrisierender Verwegenheit zu ihm herüber – und setzte sich wieder zurück, bevor er noch nach Luft schnappen konnte vor Schreck. Sie hatte ihn nicht berührt. Sie hatte eine blaßgrüne Visitenkarte auf den Tisch gelegt. Der schmale dunkle Balken darauf knickte an einem Ende perfekt rechtwinklig nach unten ab:

BRAEMAR WILSON
New Things Inc.
More …

Er rührte die Karte nicht an.

»Ich *ver*kaufe nicht«, sagte sie. »Ich kaufe. Sie und ich haben ein gemeinsames Interesse.«

»Sind Sie die richtige Braemar Wilson?« sagte Johnny. »Bei Gott, ich bin beeindruckt. Wissen Sie, auf dem Schirm, da sehen Sie viel jünger aus.«

Er stand auf und ging.

Seimwa L'Etat, Eignerin des *State of The Nation*, war vor Johnnys Geburt eine sehr reiche alte Lady gewesen. Als er ihr begegnete (nicht leibhaftig, versteht sich), da war sie unsäglich alt, unsäglich reich und total übergeschnappt (wie total, darüber ließ sich streiten). Sie ließ keine Familienbande gelten, erlaubte niemandem, sie zu erwähnen oder anzusprechen, es sei denn unter Verwendung dieses *Nom de guerre**. Ihr ganzer Stolz war, daß ihr kleines Imperium an Nachrichten- und Unterhaltungsholdings bis auf die wenigen Auserwählten, ihre ›Künstler‹ nämlich, kaum durch menschliche Arbeitskräfte kontaminiert war. Die Beziehung zwischen Johnny und Seimwa war von vorneherein eine persönliche gewesen. Er ließ dem alten Drachen seinen Willen, fand Gefallen an ihr und liebte das Leben, das sie ihm ermöglichte.

Eines Tages fiel ihm auf, daß Seimwa L'Etat über seine Aktivitäten in der Gewerkschaft Bescheid wußte – sie oder sonst jemand in ihrem Dunstkreis. Er machte sich auf ein Erdbeben gefaßt – es blieb aus. Johnnys nächste Reise sollte ihn zur Raumstation bringen. Auf den ersten Blick ein ziemlich obskures Abenteuer. Niemand flog mehr in den Raum. Vor Jahren schon hatte man die Station aufgegeben. Dieser bemannte Flug war eine einmalige Sache; es ging darum, Eindrücke zu sammeln und sich ein Urteil zu bilden. Die Praxis zeigte, daß der Augenschein nicht mehr Details lieferte als die Bilder, die von der kompromittier-

---

* wörtlich: *Kriegsname;* ursprünglich: Name, den man beim Eintritt in die französische Armee annahm; heute: Deck-, Künstler- oder Spitzname.

ten Datenverarbeitung übermittelt wurden. Man kam sozusagen mit leeren Händen zurück, und die Einschaltquoten der Fernsehübertragung waren niederschmetternd. Doch bei Johnnys medizinischer Nachschau stellte sich heraus, daß er sich mit dem Petrovirus Q infiziert hatte.

Das Petrovirus gehörte zur einer Serie von Viren, die das Militär um die Jahrtausendwende entwickelt hatte, und die imstande waren, sich in organische Polymere aufzulösen. Das Q-Virus verband diese Fähigkeit mit der Neigung, das auf Protein basierende ›lebendige‹ Kernmaterial der modernsten Datenverarbeitungsanlagen zu attackieren. Niemand wußte Genaueres über das Q-Virus; es war gleichsam aus dem Nichts aufgetaucht, hatte die Marsmission ruiniert und die amerikanisch-russischen Beziehungen getrübt. Es schien der Raumfahrt den endgültigen Todesstoß versetzt zu haben. Niemand hatte bis jetzt die Verantwortung für dieses Debakel übernommen. Der Mythos, das Q-Virus gehe auf das Konto von Terroristen, war wohl nicht mehr als ein sanftes Ruhekissen.

Die Infektion war auf den Weltraum beschränkt gewesen. Bis zu Johnnys Untersuchung hatte es keinerlei Beleg dafür gegeben, daß QV jemals die Erde erreicht hatte. Nach dem Stand der Forschung sollte das Virus ursprünglich über schweißige Fingerabdrücke auf einer Tastatur in die Maschinen gelangt sein. Aber wenn das Virus Kunststoffgehäuse durchdringen konnte, vielleicht konnte es dann auch den Hautschutz durchdringen. Johnny war nicht bloß Journalist, er hatte auch etliche Semester Ingenieurwissenschaften studiert. Er nahm die Dinge auseinander, er hatte mit der magischen ›blauen Keramik‹ hantiert, wobei ihn nur eine hauchdünne Kunstoffolie von dem Material getrennt hatte. Er würde so etwas nie wieder tun können. Nach den Statuten der US-Seuchenbekämpfung war er ein Sicherheitsrisiko, egal wie er lebte und was er tat.

QV tötete nämlich auch Menschen. Sie starben, wie glaubhaft versichert wurde, binnen zwei oder drei Jahren, und zwar nach einer kurzen Periode rapiden geistigen Verfalls. Das infizierte Raumfahrtpersonal war in Quarantäne gesteckt worden und dort vermutlich gestorben. Johnny wäre es nicht anders ergangen. Zwar wurden in den Vereinigten Staaten der dritten Dekade des einundzwanzigsten Jahrhunderts nur noch wenige Gesetze respektiert, aber das Quarantänegesetz war eines davon. Es war Seimwas Arzt gewesen – ein diskreter und distinguierter alter Herr –, der ihm den Tip gegeben hatte, daß man den Paß eines Auslandskorrespondenten nicht ohne weiteres sperren konnte; daß es dazu immer ein paar Stunden brauchte. Johnny hatte nur noch Zeit gehabt, nach Hause zu fahren und sich mit einem Kuß zu verabschieden; dann hatte er das Flugzeug bestiegen, wohlwissend, daß er Seimwa nicht nur die Strafe sondern auch die Strafmilderung zu verdanken hatte. Denn der Arzt hätte ihm diesen Wink niemals aus eigenem Antrieb gegeben.

Johnny hätte von der Bildfläche verschwinden, hätte untertauchen können. Doch Johnny wollte überleben. Also hielt er seine amtliche Identität aufrecht, tat alles, was von Leuten mit meldepflichtigen Krankheiten in Ländern ohne Quarantänevorschrift erwartet wurde, und wurde nicht müde, seine Harmlosigkeit zu beteuern. Er bekam eine Rente vom *State of The Nation*, die er sich weltweit in jeder US-Botschaft abholen konnte. Er hatte nach wie vor Kontakte zu Fluggesellschaften, die ihm das Reisen ermöglichten. Obwohl die Reisen mit scheußlichen Entwürdigungen einhergingen, verschafften sie ihm Abwechslung und Zerstreuung. Sie erlaubten ihm, sein Fantasy-Spiel, seine imaginäre Schatzsuche aufrechtzuerhalten. Doch das Leben war scheußlich, einfach scheußlich.

Johnny kam vom L'Iceberg nach Hause und legte sich aufs Feldbett, starrte auf *Byron the Bulb* (wie er die

Deckenlampe nannte) und ließ sein grausames Schicksal Revue passieren.

Und die Moral von der Geschichte ist, dachte Johnny: Kinder, versucht ja nicht, einen Dinosaurier an der Nase herumzuführen! Egal wie alt und klapprig euch so ein erbsenhirniger Knochenberg vorkommt. Seine Zähne, die wachsen nämlich immer weiter, kapiert?

Johnnys Hotel nannte sich *The Welcome Sight*, eine billige Absteige, aber tolerant und freundlich. Das Zimmer war einigermaßen sauber (er putzte es selbst), das Mobiliar erschöpfte sich in einem Eisenbett und einer dreibeinigen Garderobe. Der antiquierte Rapbooster war die hiesige Variante ökonomischer weil allgegenwärtiger Unterhaltung. Der Zimmer-Service kam, wenn man den Kopf aus der Tür steckte und brüllte; an der Rezeption gab es ein Telefon und einen großen Notizblock, um Nachrichten zu hinterlassen.

Im Bad, einer winzigen Kammer, konnte er die uralte Alchemie aus beschichtetem Papier und Licht praktizieren, die passable Fotos zauberte. Mit dem Rapbooster konnte er seine Notizen auf Kassette sprechen. Neben dem Bett lag ein steifes, vom Alter gegerbtes Lederköfferchen mit Johnnys Bibliothek. In jungen Jahren war er ein verschwenderischer Büchersammler gewesen. Der Bestand hatte sich inzwischen gesundgeschrumpft, und ein paar ausgewählte Exemplare begleiteten ihn überallhin – aber wirklich *überall* hin. Sie waren wie Diamanten – wie Diamanten, eingenäht in einen Leibgürtel. Und sollte er jemals einen versetzen, dann war das der Anfang vom Ende; dann war er auf dem besten Weg unter die Gromyko-Brücke.

Ein zehn Zentimeter langer, gescheckter Kakerlak krabbelte ihm über den Bauch, der Regen rasselte auf das düstere gewellte Plastikdach. Die Außenseite der Badezimmertür war seine Fotogalerie. Eine dürftige Ausstellung: nichts als flüchtige Eindrücke der geheimnisvollen Unbekannten. Ihre Augen; ein Halbprofil; die schlaksige Figur, verwischt und anonym, wie sie die Straße hinunterging. Wenn dieses Mädchen war, wofür Johnny es hielt, dann war das vielleicht sein Ticket nach Hause.

Er starrte apathisch. Dabei hätte sein Herz höher schlagen müssen. Falls nämlich noch ein Profi interessiert war, dann verlieh das seiner Phantasie durchaus reale Flügel. Tatsächlich wußte er nicht, was ihn mehr deprimierte. Wilsons Anwesenheit in Fo oder ihr Körper.

»Robert ...«

Der Kakerlak hielt inne und drehte sich auf eine Weise dem Geräusch zu, die seltsam verständig anmutete. Johnny setzte sich auf, fischte unter dem Kopfkissen nach der kleinen Plastikschachtel und bugsierte seinen Liebling hinein. Ein abgewetztes Etikett auf dem Deckel sagte *ESaZRT ...* Die Nummer dahinter, Roberts Kennziffer, war bis zur Unkenntlichkeit verblaßt.

»Probleme. Das alternde Betthäschen ist nicht hier, um eine Entziehungskur zu machen.«

Wahrscheinlich war es schon zu spät, aber er hörte auf, dem Mädchen nachzustellen, und mied L'Iceberg. Ein paar Abende später kreuzte Braemar Wilson, wieder aufgemacht wie eine Edelnutte, im *Mama's* auf. Johnny schätzte sie auf Mitte Vierzig. Was heutzutage ein Klacks war, obwohl seine Großeltern das noch ›mittleren Alters‹ genannt hätten. Aber darum ging es ja nicht. Johnny haßte die Art weiblicher Vollziehungsgewalt, die Wilson verkörperte. Diese Kombination aus Prostitution und Macht, die Art, wie sie Sex transpirierte, war ein Affront: gegen Izzy, gegen jede Frau, die sich mit Würde in der Männerwelt behauptete. Er schützte totale Gleichgültigkeit vor. Schließlich zog sie mit David Mungea und seinen Freunden ab, und Johnny mußte am nächsten Morgen Davids Glückwünsche über sich ergehen lassen.

»Diesmal haben Sie sich also eine afrikanische Frau gegönnt.«

Johnny war verwirrt. »Sie ist Britin.«

David lachte hellauf. »Wir waren alle Briten, das ist hierzulande ein Berufsrisiko. Ihre Freundin wurde in Kenia geboren: afrasische Mutter, sie gehört zu uns. Sie Glückspilz. Die ganze Nacht über hat sie mir Fragen gestellt – über Johnny Guglioli.«

Johnny war das egal. Sich auszumalen, welchen Anblick Ms. Wilson heute bieten würde, wenn sie damals in Afrika geblieben wäre, bereitete ihm ein bittersüßes Vergnügen. Ziemlich tot würde sie aussehen. Es gab nur noch wenige ostafrikanische Nutten ›mittleren Alters‹.

Er konnte nicht anders.

Wie eine Ratte schlich er sich ins Planter's, von Neugier verzehrt, nachdem er sich tagelang auf seinem Zimmer herumgedrückt hatte. »Oi!« schrie der Schankkellner. »*La jolie-laide,* sie war hier, Johnny. Sie hat eine Nachricht hinterlegt!«

Er trank sein Bier im Stehen, er trank hastig. Zu spät fiel ihm ein, daß er sich kein zweites leisten konnte, und begann mit dem Rest herumzutändeln. Der Kellner schnappte das Glas mit glibbrig behandschuhten Händen vom Tresen und stieß es in den Dampfreiniger.

Johnny trug den bedruckten Wisch zu einer Plüschinsel. Auf dem Bildschirm lief eine koreanische Animation, ein neues Feature über 2004. Er starrte erschrocken auf den Schatz in seinen Händen. Er türmte Krabbenbrot vom Cocktailtablett zu einem Mini-Wohnturm und las die Nachricht noch einmal.

> *I must see you. I'll come to the Devereux fort at midnight, tonight and every night until you're there. Please be there.*

Keine Anrede, kein Name. Idiomatisches Englisch. Sie kam zur Bar und tippte die Nachricht, als habe ihr

Freund sie versetzt. *He, du, du weißt, wer du bist? Wo warst du?*

Er war ratlos.

Der Schankkellner kreuzte auf und lud ein frisches Bier ab.

»Wer hat das bestellt?«

Der Mann grinste breit. »Das andere Mädchen, Johnny. Sie können eine Weile bleiben, wenn sie die Zeche zahlt.«

Sieh aber zu, daß dein Atem nichts streift, was einen Prozessor hat, sagten die mitleidigen Augen.

Ms. Wilson kam aus dem Hotel herunter; sie steckte in einem maulbeerfarbenen Wickelkleid, einem launischen Spiel zwischen hauteng und fließend. Warum, fragte Johnny sich ernsthaft, schleppte sie eine derartige Garderobe mit ins dunkelste Afrika, wenn nicht, um sein Leben zur Qual zu machen. Sie mußte das Barpersonal bestochen haben, es sei denn, sie hatte ihr Zimmersystem darauf programmiert, die Hoteleingänge nach etwas abzufischen, das aussah wie Johnny Guglioli. Was nicht von der Hand zu weisen war. Das und Ähnliches war in der alten Welt etwas durchaus Alltägliches. Sie kam langsam, gab ihm Gelegenheit aufzustehen und zu gehen. Er blieb.

Das Kleid hatte denselben Farbton wie ihr Haar. Irgendwie brachte der Schnitt des letzteren das Nichtkaukasische in ihrem Gesicht zur Geltung – die Haut hatte die Farbe von hellem Milchkaffee.

»Sie sprechen doch Französisch«, sagte Johnny nach einer schwangeren Sekunde. »Was bedeutet *Jolie-laide?*«

»Na ja. Anziehend abstoßend, würde ich sagen. Attraktiv, obwohl man damit nicht das gute Aussehen meint.« Sie lächelte boshaft. »Warum wollen Sie das wissen?«

»Nur so.«

Braemar setzte sich. »Sieht aus, als wollten Sie mich

nicht länger in der Kälte stehen lassen. Ich hoffe doch, Johnny. Sie brauchen mich nämlich.«

»Ach?«

Sie seufzte verärgert. »Ich will ja nicht Ihren Stolz verletzen, aber wie soll ich das vermeiden? Sie könnten eine heiße Story haben, mein Junge. Alles ist möglich. Aber Sie können sie nicht an den Mann bringen.«

»Sie machen mich neugierig.«

Sie bewegte sich rasch: zu ihm her und gleich wieder zurück. Sie zog die Beine auf den roten Plüsch, den bedruckten Wisch in den Fingern.

»O Johnny.« Sie grinste. »Es ist lange her, hab ich recht? Seit Sie beruflich gefordert waren, meine ich. Solche Dinge sollte man besser aufessen, nachdem man sie auswendig gelernt hat.«

Johnny hätte sich ohrfeigen können, doch dann kamen ihm plötzlich gewaltige Zweifel: Wilson schien gar nicht so gefährlich zu sein, wie er gedacht hatte.

Er stand auf.

»Okay, Johnny, Sie haben gewonnen. Machen Sie auf eigene Faust weiter. Ich kann Sie nicht aufhalten.« Braemar zündete sich eine Zigarette an und wies damit auf Johnnys Füße. Seine Schuhe waren durchnäßt vom Fußmarsch hierher. »Sie ist verknallt, Johnny. Sie wird den Unterschied schon noch merken. Aber von Fo bis Fort Devereux sind es dreißig Kilometer. Wollen Sie den ganzen Weg laufen?«

»Ich habe Geld.«

»Schön, Sie haben also Geld. Mir schon klar, daß sich auch im dunkelsten Afrika noch Möglichkeiten auftun, es loszuwerden. Aber wollen Sie wirklich alleine los? Ist das der Weisheit letzter Schluß?«

Sie blickte an ihm vorbei und via Bildschirm auf eine Serie technischer Bravourleistungen, die roten Chrysanthemen: eine schreckliche feuerspeiende Litanei: Asamajama, Asosan, Sakurajima, Mikhara, Fudschijama.

»Ich weiß, wie Ihnen zumute ist. Sie sind gezwungen, sich mit einer hirnrissigen Lappalie abzugeben, während zu Hause der große Coup stattfindet. Es ist demütigend. Aber eine Zeitung ist mehr als Druckerschwärze auf Papier, mehr als ein Comic-Strip auf dem Schirm, als ein Datenpaket per Modem oder das TV-Programm, das irgendwem gehört. Sie ist ein Resümé kritischer, aktueller Ereignisse, das nur dem Wort verpflichtet ist – ein Relikt menschlicher Kommunikation in einer Welt, die nicht schnell genug zu den Klopf- und Pflegelauten von Schimpansen zurückfindet. Sie sind Wissenschaftsjournalist, Berichterstatter. Man kann Sie in den Gulag stecken, aber man kann Sie nicht hindern zu tun, was Sie tun.«

Ihre Augen, dunkel und klar, sagten *mehr* ... Nimm mich in die Arme, und ich rede immer so weiter. Er hatte sich nicht getäuscht. Sie verkaufte sich, ihr Geisha-Service und eine diskrete Ego-Massage für ein Stück aus Johnnys Fantasy-Puzzle. Er wehrte sich nicht länger. Sein Herz schlug höher. Das war immerhin etwas – für nichts. Er war doch nicht verrückt!

In einem monströsen weißen Kabrio fuhr sie am *Welcome Sight* vor. Sie hatte kaum den Motor abgestellt, als die Leuchtreklame des Hotels aus der Haube flammte, ein Hologramm des Hochhauses. Wie das Horn eines Rhinozeros. Die nächtliche Straße – namenlos wie alle Straßen der Altstadt – bekam Stielaugen.

»Was, zum Henker, ist das? Ist ja zum Davonlaufen.«

»Ich glaube, im Keimplasma steckt ein '58er Cadillac. Ein paar Flossen mehr oder weniger, was soll's? Ich dachte, Sie wären Amerikaner.«

Er stieg ein. Sie zog die Türe ins Schloß und kam fast wieder in Tuchfühlung mit ihm, oder er mit ihr: Der Schreck war nicht von schlechten Eltern. Johnny sah aus dem Fenster und grinste säuerlich. Er kam sich vor wie ein Vierzehnjähriger, nur daß er inzwischen Profi war. Er wußte mit sexueller Erregung umzugehen, die ungelegen kam. Der Wagen war halbautomatisch. Man durfte davon ausgehen, daß Fo beleuchtet war, doch nur ein Verrückter fuhr auf diesen Straßen Auto. Er war heilfroh, daß die Umstände Braemar Wilson ans Steuer fesselten.

Die Macmillan war leer. In den nächtlichen Vororten sollten Banditen und Guerillas lauern, doch sie ließen den mutierten Cadillac zufrieden. Er ratterte wie ein Panzer über die Schlaglöcher.

»Wie fühlt es sich an, Johnny?«

»Häh?«

»Wenn man es mit einer Maschine treibt«, erklärte Braemar.

»Ich weiß nicht.«

Sie erreichten Fort Devereux eine Stunde vor der Zeit. Früher einmal tief im Wald verborgen, lag es heute, umgeben von Reihenhäusern, praktisch an der Grande-route. Nur ein paar hundert Meter trennten es von der Straße. Man hatte den halbherzigen Versuch gestartet, aus dem Fort eine Touristenattraktion zu machen. An dem verrotteten Tor ließ Braemar ihn aussteigen und fuhr den Wagen außer Sicht. Johnny drückte sich auf dem Parkplatz und der Hubschrauberplattform herum, er kam sich reichlich exponiert vor. Die Taschenlampe ließ er ausgeschaltet. Ein unsichtbarer Halbmond versilberte die Wolken, und aus der Finsternis hier unten blinzelten sporadisch die Lichter benachbarter Häuser.

Das Fort trotzte dem halbdunklen Himmel, ein Haufen Bauklötze, liegengelassen von einem Riesenbaby. Ehemals portugiesisch, war es später von einem Konsortium einheimischer und staatenloser Europäer übernommen worden. Im Hauptturm, dessen Dach nicht überdauert hatte, konnte man die Relikte aus jener Zeit bewundern. Die feuchten Gestellbretter des Warenlagers, gestapelt wie Brennholz; die rostroten Löcher im Stein, wo dereinst Ketten befestigt waren. Demnächst würden jene Südafrikaner mit ihrem Reiseleiter hier aufkreuzen, ihre Camcorder aufstellen und oben auf der verrottenden Kanone posieren. Es gab sogar Souvenirs zum Nulltarif, man brauchte bloß im Dreck herumzuscharren. Manche waren nicht sehr alt. Zur Zeit der blutigen Rechtsdiktatur war das Fort ziemlich verrufen gewesen.

Johnny hatte sich angewöhnt, solchen Gelegenheiten aus dem Weg zu gehen: die Stille ringsum, die überflüssige Wachsamkeit. Er hatte hier nichts verloren. Er hatte nur eins im Sinn: irgendwie wieder nach Hause zu kommen. Bella wieder in die Arme zu schließen. Zwischen diesem Ziel und seiner Spiegelfechterei gab es keine Verbindung. Das Ganze war ein imaginärer Faden, der verschwand, sobald man ihn berührte. Er kam sich unsäglich verlassen vor.

Irgendwo hinter ihm knirschten Schritte. Es war Braemar mit einem nadeldünnen Lichtstrahl. Sie bückte sich nach einem kleinen Erdhügel, und als sie sich wieder aufrichtete, hielt sie einen Zweig mit farblosen Blüten in der Hand; ein namenloses Grab vielleicht. »›*Blume eines Herzens, dessen Schmerz ganz gewiß schlimmer war als der meine …*‹ Was für ein schauriger Ort.«

»Wenn es hier nicht spukt, dann spukt es nirgends.«

»Es spukt ja. Das Wort meint ein Gefühl, nicht mehr und nicht weniger. Wo es ›richtig‹ spukt, da sind Kulissenschieber am Werk, wie damals für diese Blödmänner, die sich heutzutage in Horror-Feelys einstöpseln, um sich Graupelschauern in den Rücken zu jagen.«

»Macht Spaß, Ihnen zuzuhören.«

»Danke. Damit verdiene ich meine Brötchen.«

Sie schlenderten zu einem Steinhaufen und setzten sich. Sie tastete nach der Dreisechzig, die wie ein großes Insekt neben ihrem Gesicht stand, und las die Eckwerte für die Licht- und Tonmuschel von ihrem Armband. Die Daten waren okay.

Johnny schauderte. »Warum nur Mitternacht, um Himmels willen?«

»Vielleicht weiß Ihre Freundin nicht, was Dunkelheit bedeutet.«

»Ms. Wilson ...?«

»Braemar. Ein *Nom de guerre,* Johnny. Wie bei Ihrer Seimwa. Wissen Sie übrigens, warum sie sich einen zugelegt hat? Ist sie Feministin?«

»Glaub ich kaum. Sie neigt eher dazu, die Welt auf die übliche Weise einzuteilen, in Menschen und Untermenschen. Aber nicht nach Geschlechtern.«

Dumm gelaufen, Ms. Wilson. Es macht mir überhaupt nichts aus, wenn Sie die Kritik an meinem Ex-Boss aufzeichnen.

Er spürte sie lächeln.

»Braemar, was, glauben Sie, passiert *wirklich* heute nacht?«

»Sie haben ein Stelldichein mit Ihrer Freundin. Und dann folgen wir ihr, wenn irgend möglich, bis zu ihrer Wohnung. Abgemacht?«

Selbst ihre absurde britische Dschungelmontur war sexy – gegürtete Taille und hautenge Breeches. Er würde sich Braemar einprägen, um sie bei Bedarf abzurufen. Das mit Izzy stimmte nicht. Fo war voll von herrlichen Frauen, deren Nachbilder ihm höchste Wonnen und klebrige Finger beschert hatten: In wieviel schlüpfrige Spalten war er gedrungen, wieviel maulbeerige Brustwarzen hatte er geleckt! Diese Frau hatte ein besonderes Aroma. Sie redete mit ihm und blickte ihn an und duftete nach vergangenen Zeiten. Worüber beklagte er sich eigentlich?

»Abgemacht.«

»Und Sie? Was erwarten Sie?«

Johnny kauerte über seinem Genitalschmerz und schubste mit dem Finger mondbeschienene Kiesel herum.

»Bei meinen Spekulationen bin ich ziemlich lange davon ausgegangen, daß die Besucher eines Tages hier aufkreuzen würden. Manche Leute kaufen Lotterielose, manche glauben an Gott. Ich habe auf die Aliens gewartet. Ich hab sie mir menschenähnlich und mehr oder weniger zugänglich vorgestellt, nicht weil ich das für wahrscheinlich halte, sondern weil … das Spiel sonst nicht soviel Spaß macht. Ich habe regelrecht Feldforschung betrieben und nichts als Unsinn gefunden. Das hat mich nicht gestört. Im Gegenteil, ich bekam dadurch das Gefühl … – hm, wie soll ich sagen –, daß, statistisch gesehen, der Ernstfall sozusagen vor der Tür steht. Vielleicht macht das keinen Sinn, aber ich bin nach wie vor klar bei Verstand. Ein Lügendetektor würde an den Tag bringen, daß ich selbst jetzt und hier nicht daran glaube … Dieses Hobby hatte ich schon lange vor meinem Zusammenstoß mit dem NIH. Aber in letzter Zeit, also nach der Sache mit NIH, was aber nicht heißen soll, daß da ein Zusammenhang besteht: In letzter Zeit also fing ich an, einem bestimmten, ziemlich populären Szenario den Vorzug zu geben.«

»Das, wo sie in aller Stille landen und sich eine Zeitlang unter uns mischen, bevor …«

»Eja. Genau das.«

»Und Sie geben dieser Variante den Vorzug, weil im letzten Jahr …«

»Nein, so lange noch nicht«, sagte Johnny.

»Warum sind Sie nach Fo gekommen?«

»Na ja, da fingen diese unheimlichen Träume an.« Johnny lachte. »Nein, im Ernst, keine Träume. Vor Monaten war da ein UFO-Bericht unten aus dem Asa-Kriegsgebiet. Ich erzähle Ihnen vermutlich nichts Neues. Wahrscheinlich ein Robot-Jäger, der sich in die Luft gesprengt hat; die armen Viecher sind heutzutage so programmiert, damit nur ja nicht herauskommt, wer sie baut. Wer immer die Bastarde sind, ich setze auf die, die aus dem Verborgenen operieren, und außerdem kann ich nicht mehr nach Arizona. Also bin ich hierher.«

»Und hatten – schwups – eine ulkig aussehende Freundin. Und weiter?«

Er sah sie neckisch an. »Ich glaube, Sie haben die Story schon mal gehört, Braemar.«

»Brae. Meine Freunde nennen mich Brae. Gibt es noch mehr zu erzählen?«

»Nur, daß ich einen Plan habe. Wissen Sie …«

Er hatte inzwischen ein Häufchen Steine beisammen und probierte sich geduldig an einem kleinen Turm.

»Ich habe es noch nie mit einer Maschine getrieben. Ich will es nicht heruntermachen, weil ich es noch nie probiert habe, aber computergestützter Sex hat sich bei mir einfach nie ergeben. Es stimmt, ich war im Weltraum. Ich habe die Quarantänezone gesehen. Aber niemand, der mit mir da oben war, einschließlich der Überwachungssysteme, kann sich vorstellen oder demonstrieren, wie ich den Dingern zu nahegekommen sein könnte. Und niemand und nichts hat versucht, mich anzumachen, nicht mal ein elektrischer Dosenöffner. Ich schwöre. Ich hatte zu keiner Zeit Körperkontakt mit kontaminierter Nanotechnik.«

»War das ein europäischer Test?«

Der Turm war sechs Kiesel hoch. Er drohte einzustürzen. Mit Fingerspitzengefühl korrigierte Johnny die zweite Lage.

»Es gab eine ganze Menge NIH-unabhängiger Tests. Ohne schlüssiges Ergebnis. Immer wiederkehrender und wenig hilfreicher Rat: Ich solle mich an das System mit der größten Kompetenz halten.«

»Catch 22*.«

»Was?«

»Ein dramatischer alter Streifen. Ein passendes Kürzel für Ihre Situation.«

Er war verärgert. Er hielt sich für einigermaßen ge-

---

* Film von *Mike Nichols* (1970) nach dem gleichnamigen Roman (1961) des amerikanischen Autors *Joseph Heller* (geb. 1923), eine Groteske über die Sinnlosigkeit des Krieges.

bildet, doch falls sie vorhatte, das Gespräch mit cineastischen Anspielungen zu dopen, dann ...

»Ich sehe mir keine Filme an. Warum Schauspielern zusehen, wie sie einen Sturm geheuchelter Emotionen entfesseln, wenn man sich per Abo in Seifenopern einstöpseln kann. Vorausgesetzt man liebt diese Art von Exhibitionismus ... Aber der Knackpunkt ist, daß ich genau weiß, daß ich sauber bin. Ich brauche nur meinen Boss zu überreden, den Fall wieder aufzurollen. Ich bin überzeugt, Seimwa kann das, auch mitten in dieser Revolution. Ich habe vor, ihr die Aliens anzubieten. Mal sehen, ob wir ins Geschäft kommen.«

Seimwa würde anbeißen, dachte Johnny. Sie hatte ein Faible für unverblümtes Auftreten.

»Können Sie Ihre Gefühle beschreiben? Gibt es irgendwelche Symptome?«

Ihr Timing war gemein.

»Ich fühle mich scheußlich. Wie würden Sie sich denn fühlen? In einem Jahr oder so fange ich an, senil zu werden, und dann kann man mich guten Gewissens begraben, weil man recht behalten hat. Braemar, ich habe Sie nicht gebeten, mich auf diesem Ausflug zu begleiten. Ich erwarte nicht, daß Sie aus derselben Tasse trinken wie ich. Aber wenn Sie schon das Risiko eingehen, dann reden wir nicht mehr darüber, okay?«

»Eine Frage noch.«

»Eine. Und eine harmlose, oder ich drehe noch durch.«

»Warum müssen Sie immerzu etwas bauen?«

»Oh.«

Er schnippte mit dem Daumennagel, und die Kiesel purzelten und kullerten. »Ein Nervenleiden. Mom wollte, daß ich Ingenieur werde, so richtig, wissen Sie.«

Johnny betrat das Fort alleine. Erdboden, klammkalte Luft. Er war in einem Mausoleum. Er löschte die Taschenlampe, und hoch oben erschien das silbrig geriffelte Rund des Himmels. Es gab zwei Zugänge: den, den er benutzt hatte, und ein finstres Loch mit verwitterten Stufen, die in ein Kellergewölbe führten. Er postierte sich so, daß er beide im Auge behalten konnte.

Ohne Kamera kam er sich nackt vor; er hatte nicht mal einen Recorder. Aber es wäre hirnrissig gewesen, ausgerechnet bei dem Versuch, sich zu rehabilitieren, die Auflagen der US-Quarantäne zu ignorieren. Und er hatte Angst. Er hatte vergessen, wie das war: diese reale/fiktive Gefahr, in der ein Journalist immer schwebte. Die Stunts, die manchmal echten Duelle. Er hatte beides erlebt. Wenn man sich einmal eingelassen hatte, lief man allzu leicht Gefahr, das eine mit dem anderen zu verwechseln. Die Anwesenheit von Braemar Wilson sprach allerdings dafür, daß das hier eine Farce war.

Wie kindisch, das Gespräch mit Anspielungen aufzumotzen! Wie kindisch, sein Land zu verhöhnen! Der Niedergang der USA hatte keine internen Gründe. Es war das Jahr '04 gewesen und seine verzweigten Nachwirkungen. Und der Aufstieg des europäischen Mega-Staats, die Mißwirtschaft der Großindustrie, der Wirtschaftskrieg. Was scherte das Braemar? Wahrscheinlich hatte sie eine Sippe rumänischer Analphabeten mit faulen Zähnen gedungen, die ihr die Toiletten putzten. *In Horror-Feelys einstöpseln.* Wie er solchen Retro-Slang haßte!

Auch wenn er ihn laufend selbst benutzte.

Wenn Brae nicht gewesen wäre, er hätte bestimmt einen Grund gefunden, die Nachricht zu ignorieren. Das Spiel bestand darin, zu suchen, nicht zu finden: das Interesse schön träge und pedantisch über Tage hinweg wachzuhalten, wie ein Sträfling, der irgend etwas Zweckloses aus Streichhölzern baute. War Braemar wirklich so naiv, das alles für real zu halten? Die ›Außerirdische‹ war nichts weiter als das Kind reicher Eltern, das mit einer Mißbildung auf die Welt gekommen war und sich inkognito von einer widerwärtigen

Gentherapie erholte. Da war soviel Geld im Spiel, daß die Leute erst gar keine Lust hatten, dumme Fragen zu beantworten …

Er hörte ein Scharren, zielte mit dem Lichtstrahl und sah eine dunkle Gestalt, die sich aus einer der bröckelnden Schießscharten wand. Sie sprang auf den Boden. Aus einer kurzen, rotglühenden Hantel sickerte Licht durch die Finger. Sie kam auf ihn zu, dann blieb sie stehen und starrte ihn geraume Zeit an. Das Befremdliche an ihrem Gesicht verlor sich. Die gespaltene Lippe und die konkave Nase verflüchtigten sich wie die Züge, ja selbst die Schönheit eines geliebten und vertrauten Gesichts. Vielleicht, dachte er, war sie auch damit beschäftigt, in ihm den Menschen zu suchen.

»Hallo. Ich bin John Francis Guglioli aus New York City. Wer bist du?«

»Ich bin du …«

Sie hatte also keine Gaumenspalte. Sie redete zwar Unsinn, aber ihre Sprechweise war normal, ein bißchen nasal vielleicht. Sie war sehr jung. Wie man es auch drehte und wendete, sie war höchstens fünfzehn, diese Außerirdische. Wie sie ihn ansah, so scheu und dreist und skeptisch, erinnerte sie unweigerlich an eine High-School-Julia. Sie hatte das romantisch gefunden, ein Stelldichein mit Romeo um Mitternacht in einer Turmruine. Jetzt kamen ihr Zweifel.

»Was willst du von mir? Warum wolltest du unbedingt, daß ich herkomme? Vor wem hast du Angst?«

»Angst? Oh …!« Sie dehnte die Oberlippe.

Sie schob die Taschenlampe in eine Schlaufe an ihrem Ärmel und streckte die Arme aus. »Ich glaube, ich bin dein Kind. Du bist mein Daddy.« Sie bebte am ganzen Leib. Ihre hübschen Augen füllten sich mit Tränen. »Kennst du mich denn nicht? Bitte! Du *mußt* mich kennen!«

Johnny schrie auf, ihm war plötzlich angst und bange. War das Englisch? *Die Worte waren in seinem*

Kopf. Die Taschenlampe fiel ihm aus der Hand, er grapschte im Dreck herum, duckte sich zurück und schwang die Lampe wie eine Waffe.

»Was redest du da? Meine Tochter ist in New York.«

Sie schien starr vor Schreck, dann reagierte sie. Sie benutzte weder seine noch sonst eine Sprache. Und er verstand jedes Wort.

»Nein! Das glaubst du vielleicht, aber du irrst dich. Ich kenne dich, es gibt kein Vertun. Ich hab dich gleich wiedererkannt. O Daddy!«

Johnny war das Opfer irgendeiner psychischen Invasion. »Nein!« schrie er. »Du bist verrückt! Das ist nicht wahr! Verschwinde aus meinem Kopf!«

Sie hörte ein Geräusch von draußen. Ihr Kopf ruckte herum. Johnny hatte es nicht gehört.

»O nein!« schrie sie, *ohne den Mund zu bewegen.* »Sie sind mir gefolgt!«

Sie ließ sich auf Hände und ... Füße fallen. Wie ein Bär. Sie steckte in einem lockeren khakifarbenen Overall mit allerlei Schlaufen, der eng geschlossen war an Handgelenken und Fesseln. So war sie immer angezogen, ganz wie eine OP-Schwester oder eine Arbeiterin der Müllabfuhr: adrett aber bereit, sich schmutzig zu machen. Die Beine drehten sich in der Hose, so daß die Knie nach hinten wiesen. Es passierte nicht bloß, sie *tat* es, wenn auch eher unbewußt. Sie war ein Wolf, ein Pavian mit halbmenschlichen Zügen. Sie war über ihm, unwirklich groß wie ein großer Hund, wenn er einem zu nahe kommt. Sie heulte etwas Unverständliches und sprang an der Mauer hoch.

Johnny hätte so nicht springen können. Er stürzte ins Freie.

Der Schein seiner Taschenlampe, der sich im Mehltau des Mondes verlor, erhaschte einen Schatten, der in leichten Sprüngen das Weite suchte. Er vernahm ein scharfes Luftholen ganz in der Nähe. Das war nicht

Braemar. Ringsherum waren die Feinde des Mädchens. Entweder bemerkten sie ihn nicht, oder sie ignorierten ihn. Sie liefen und drängten sich – mehrere jedenfalls – in einen großen dunklen Wagen. Der Wagen rollte zum Tor hinaus, Johnny rannte hinterher. Draußen wartete Braemar mit dem Cabrio. Er warf sich hinein.

Braemar trug außer der Dreisechzig noch etwas um den Kopf: ein Nachtsichtgerät. Sie hatte alles ans Autonetz gehängt, dessen Kapazität den Radius dieses monströsen E-Mobils zwar einschränkte, zumal bei den Straßenverhältnissen, doch fürs erste konnten sie die Verfolgung aufnehmen – ohne Licht und so gut wie lautlos.

»Was ist passiert, Johnny? Ist sie echt?«

Er hatte sich wieder in der Hand. »Keine Ahnung. Bevor wir richtig reden konnten, hat sie die Panik bekommen.«

»Sie waren am Cabrio. Ich bin noch mal zurück, um… um irgendwas zu holen, da wuselten sie drum herum wie ein Putzgeschwader. Hab mich zu Tode erschrocken. Als sie mich hörten, sind sie auf und davon.«

Gut eine Meile hinter den letzten Vorortlichtern bog das Gebrumm eines Benzinsäufers ab. Braemar verließ die Macmillan. Die Straße hatte nie ein Pflaster gesehen und entwickelte sich zu einer mörderischen Route. Die Fahrspuren waren so tief wie Flußbetten. Der große Wagen tanzte und sprang derart, daß Johnny nichts mitbekam von Breas Restlichtverstärker.

»Bei der Geschwindigkeit werden wir uns noch überschlagen«, knurrte sie. »Wenn ich das Fahrgestell ausklinken könnte, würden wir abheben.«

»Fahrgestell ausklinken?« sagte Johnny. »Sie konnte das.«

Das Geräusch des anderen Wagens war nicht mehr zu hören.

»Verloren«, knurrte Brae. »Abgebogen, verdammt.«

Doch sie waren nicht abgebogen, sie hatten sich quergestellt. Braemar japste und stieg auf die Bremse. Automatisch flammten die Scheinwerfer auf, eine Sicherheitsroutine. Finstre Gestalten tauchten auf, standen wie angewurzelt: darunter ein Vierbeiner, der einem Wolfshund das Wasser reichen konnte. Braemar grapschte nach hinten und sprang aus dem Wagen. Sie hatte ein Gewehr. Johnny traten die Augen aus dem Kopf.

»Aus dem Wagen, Johnny! Mein Gott, *komm raus* da! Sie haben ihn manipuliert!«

Doch er konnte sich nicht rühren. Ein Alien näherte sich im Scheinwerferlicht. Es war ein ... ein Mann? Die Männergestalt streckte die Hände aus, machte eine besänftigende Geste, die an Jesus erinnerte. Johnny spürte, wie das Cabrio reagierte. Es ächzte, pustete. Es fuhr die Räder ein und versuchte seine Spurweite zu verkleinern. Es schloß die großen weißen Augen und legte sich schlafen.

Die Aliens drängten sich in ihren Wagen und fuhren davon.

Johnny ging es inzwischen sehr schlecht. Speichel schoß ihm in den Mund, Galle stieg ihm in den Hals. Er kippte aus dem Cabrio, torkelte durchs nasse Gras, das sich an seine Knie klammerte, und fiel gegen etwas Hartes, einen Baumstamm. Ihm war unsäglich schlecht. Ein warmer Urinstrahl waberte zwischen Hose und Oberschenkel. Johnny konnte sich weder rühren, noch konnte er atmen. Ebenbürtige und schreckliche Kräfte versuchten, ihn vom Baum fort- und in die Rinde hineinzuzerren. Ihm war so elend, als müsse er sterben ...

Er wachte in jemandes Vorraum auf. Er lag auf einer Matratze, die ihrerseits auf blankem Betonboden lag. Er lag unter einer braungrauen Ziegenhaardecke und steckte in jemandes Schlafanzug. Der Betonboden war extrem sauber, die Matratze dünn wie Wellpappe. Am Fuß seines Lagers stand eine Plastikkiste, darauf ein klobiger Schwarzweiß-Fernseher und darauf ein Weihnachtsschmuck aus Stechpalmenblättern und Christrosen. Dämmerlicht fiel durch die unverglasten Fenster und die Überdachung aus trüber Umschmelze.

Er schloß die Augen und vergegenwärtigte sich die zweite ungeplante Wildniserfahrung seines Lebens. Er und Braemar Wilson mußten fünfzehn Flüsse durchwatet und hundert dornige Gräben durchklettert haben, bevor sie zu dieser Vorortstraße gefunden hatten. Berichte über das Ableben von Mutter Natur waren eine schamlose Übertreibung.

Er verspürte wenig Lust, darüber nachzudenken, was vorangegangen war. Wie ein Volltrottel kam er sich vor. Immerhin schien er nicht in einem Raumschiff zu liegen. Was unerträglich banal gewesen wäre.

Als er die Augen wieder öffnete, war Braemar da und stöberte, umgeben von einer Horde Kinder, in seinen Habseligkeiten. Der Schwarzweiß-Schirm plärrte vor sich hin, und am Boden saßen zwei erwachsene Afrikaner in Landestracht und schauten ehrerbietig zu. Eben war es Braemar gelungen, Roberts Mobilhelm zu öffnen. Mit einem Plumps fiel Robert auf den Beton. Sie stieß einen spitzen Schrei aus, und die Kinder kreischten vor Vergnügen.

»He! Dieser Kakerlak steht unter meinem persönlichen Schutz, Ms. Wilson!« Falls sie in Verlegenheit war, überspielte sie es mit Bravour. »Setzen Sie die Schachtel hin.« Johnny wälzte sich auf die Schulter und pochte mit dem Fingerknöchel auf den Boden. »Alles okay, Robert. Du gehst jetzt nach Hause.«

Der große Kakerlak nahm Johnnys Witterung auf, dann kroch er gehorsam in sein Domizil zurück.

»Gescheiter als die meisten Orthoptera* hier.«

---

* Eigentlich *Blattoidea* (Schabenartige); zu dieser Überordnung der Insekten gehören die Termiten, die Schaben und die Fangschrecken. – Die Überordnung *Orthopteroidea* oder *Orthoptera* (Geradflügler) umfaßt dagegen nur die Heuschrecken, Gespensterschrecken und Ohrwürmer.

Sie kam herüber. Die Art, wie sie ihn ansah, war ein bißchen zu verständnisvoll, um noch Trost zu spenden. »Mein Freund, der Kakerlak. O Johnny. Warum lassen Sie die Viecher nicht da, wo sie hingehören?«

»Er ist ein Talisman«, erklärte Johnny. »Wir haben uns im Hospital kennengelernt. Eines Tages ist die Welt bereit für kluge Kakerlaken. Dann drück ich den Knopf zur Selbstwiederholung und laß mich vom Schicksal verwöhnen. Was halten Sie davon?«

»Zu viele Beine.«

»Wo sind meine Klamotten?«

»In der Wäsche.«

»Ich habe mich bepinkelt, stimmt's? Wie ekelhaft. Danke fürs Kümmern. Ich war völlig hilflos.«

»So was nennt man Kulturschock.« Sie war immer noch geschminkt, aber dezent. Schöne Frauen müssen sich schminken. Vielleicht war Schminken immer noch besser als das endlose Liften oder diese neuartige kosmetische Behandlung, die so entsetzlich in die Hose gehen konnte.

»Haben Sie jemals erlebt, wie jemand stirbt, der Ihnen nahesteht, Johnny? Ich ja. Es ist ganz sonderbar. Ein bißchen so wie Afrika. Es gibt Dinge in uns, die wir in Schach halten können, so wie wir uns gegen die Parasiten und Wanzen wappnen, denen dieser Kontinent gehört. Aber wenn es eine Schwachstelle gibt, oder wenn wir unser Schneckenhaus verlassen, dann ist Afrika, was es immer schon war: das feindselige Paradies, das uns erschaffen hat – wie, das weiß der liebe Gott. Wenn man mit einem großen, unausgereiften, emotionalen Nexus konfrontiert wird, etwa mit dem Tod des Ehepartners oder mit einem Alien, dann wirft es einen zurück nach Eden. Egal, wie souverän wir uns geben: Wir werden zu Fremden in einer fremden Welt.«

»Sie sind nicht ohnmächtig geworden?«

»Ich saß nicht im Auto, als es zum Leben erwachte.

Und ich habe Ihre Freundin weder gesehen noch reden hören.«

Johnny fuhr hoch und saß kerzengerade.

»*Bella!*«

»O Scheiße. Johnny, es ist alles okay. Ich habe Ihre Frau angerufen. Ihr kleines Mädchen ist zu Hause und putzmunter.«

»Habe ich geredet?«

»Ja, das haben Sie. Was immer in dem Fort passiert ist, Sie kamen jedenfalls raus und dachten, die Aliens hätten Ihre Tochter gekidnappt. Der Schock sitzt Ihnen noch in den Knochen, Johnny. Nun kommen Sie, das wissen Sie doch alles. Denken Sie an die Szenarien. Solche Szenen hat man Ihnen eingeträufelt, seit Sie von alleine sitzen können.« Sie zog ihr Handy aus der Tasche. »Passen Sie auf, ich versuche noch mal durchzukommen. Dann können Sie zuhören.«

Er durfte nicht mit seiner Tochter reden. Izzy war strikt dagegen. Sie sei für das Kind verantwortlich und müsse es beschützen. Der Gedanke, daß Braemar Wilson das wußte, schmerzte derart, daß er einen Augenblick brauchte, um die volle Tragweite ihres Angebots zu erkennen.

»Sie haben die Telefonnummer meiner Ex-Frau?«

»Ja.«

Er trug keine Telefonnummern bei sich. Die wenigen, die noch von Bedeutung waren, behielt er im Kopf. Was wußte sie noch? Wie tief hatte sie ihre Nase da reingesteckt? Fragen war zwecklos. Ein Objekt der US-Quarantäne wird, was den Datenschutz betrifft, zum Staatsmündel. Johnny hatte sich verdünnisiert, und damit selbst diesen läppischen Schutz in den Wind geschlagen. Er konnte nichts dagegen tun, es gab keine juristische oder praktische Handhabe. Jeder konnte nach Lust und Laune in seiner Intimsphäre herumstochern.

»Ach was, zerbrechen Sie sich nicht meinen Kopf. Es ist mitten in der Nacht. Die Märchenstunde ist vorbei.«

Braemar nickte und steckte das Handy weg. Eine hübsche, ökonomische Verständigung, dieses Nicken. Es akzeptierte seine unausgesprochene Verachtung für ihre Schnüffelei beinah ... mit Ergebenheit. Sie blickte ihn weiterhin an und offerierte ihm diese Ergebenheit wie ein Geschenk. Sie hatte braune Augen: eine glühende kastanienbraune Iris ohne die grauen oder grünen Speichen der meisten braunen Augen. Fasziniert hielt er ihrem Blick stand, bis dieses Starren förmlich zum Auftakt eines Katzenduells wurde. Einer von beiden mußte klein beigeben, oder sie würden mit Klauen und Zähnen übereinander herfallen.

Sie erhob sich.

»Ich könnte Ihre Mutter sein.«

Die Gastgeberin hatte den Raum verlassen und war zurückgekommen. Sie setzte ein Tablett mit Kaffee und Porridge neben Johnny ab und beugte sich besorgt über ihn.

»On doit fai 'mene la para ...«

»Sie meint, wir sollten einen Arzt holen.« Braemar schlug einen sachlichen Ton an. »Ich denke, das ist überflüssig. Erinnert zu sehr an die Darmspülung in dem Raumschiff, wissen Sie noch? Überhaupt nicht das Richtige für uns. Der Helikopter wird gleich hier sein. Die Gute soll jetzt besser Ihre Sachen holen.«

»Lassen Sie uns heute zusammen essen, Johnny«, sagte sie bei der Landung am L'Iceberg. »Essen und reden.«

Er kehrte ins *Welcome Sight* zurück und verbrachte die Zeit mit Dösen und Grübeln. Was glaubte er wirklich ...?

Er und Braemar Wilson hatten minutiös die Rolle besprochen, die er im Vorspann spielen sollte. Das Publikum sollte sich mit ihm identifizieren können; es galt jeden hämischen Voyeurismus zu vermeiden und dennoch eine gewisse intellektuelle Glaubwürdigkeit zu bewahren. Und die beinah zwangsläufige Unterstellung, daß Johnny Guglioli alles mögliche zusammenspinnen würde, nur um auf seine Misere aufmerksam zu machen, sollte dadurch entschärft werden, daß sie auf entwaffnende Weise in die Story integriert wurde. Wie aber sah die Wahrheit aus? Irgend etwas hatte ihn nach Afrika gelockt. Irgend etwas hatte ihn über Jahre hinweg unterschwellig beschäftigt. Man durfte ihn einerseits nicht zu den Leichtgläubigen zählen. Aber ein eingefleischter Realo würde seine Berichte, sein ›vorurteilsloses Interesse‹, für nichts weiter als eine idiotische Verschwendung an Papier und Speicherplatz halten. Damit mußte er rechnen. Jetzt steckte er mitten in einer von diesen dämlichen Stories, wie das Leben sie schrieb, und hatte trotzdem nichts in der Hand. Alles, was er vorzuweisen hatte, war dieses markerschütternde und schweißtreibende Entsetzen, das weit überzeugender war als die konfusen und leicht zu inszenierenden Ereignisse.

Doch Braemar schien etwas zu ahnen – etwas, das sie bewogen hatte, eine tödliche Waffe mitzunehmen. Entweder hatte sie das Ding eingeschmuggelt, oder sie hatte es sich in Fo beschafft; kein Journalist würde sich ohne triftigen Grund ein Gewehr zulegen. Es war ethisch einfach unvertretbar; anders gesagt: Falls man sie damit erwischte, dann war ihre Karriere nur mehr so viele Pfifferlinge wert wie Johnnys.

Machte sie ihm was vor? War er die Marionette irgendeiner unbekannten Organisation? Der Gedanke an das Gewehr machte ihn wütend.

Sie aßen im Planter's, als sei die Bar inzwischen zum Ort ihrer Rendezvous avanciert. Braemar trug ihr Glühwürmchen-Kleid, ganz wie Johnny gehofft hatte. Da das Dinner auf ihre Rechnung ging, wählte er frischen Spargel, Möhrensoufflé, *cœur de paume gratin aux truffes* und eine alberne Mischung aus Schokowatte, Kakaolikör, *marrons glacé* und Eiscreme; und bestellte eine Flasche Wein vom Feinsten. Mit stillem Schmunzeln akzeptierte sie seinen Überfall auf ihr Portemonnaie, dann unterlief sie ihn (was ihm kindisch vorkam), indem sie für sich Fufu*, eine gängige afrikanische Speise, und den ortsüblichen ›Grüntopf‹ bestellte.

Soviel zu essen hatte er seit Jahren nicht mehr vor sich gehabt. Leider rebellierte sein Magen: Er brachte nichts runter. Er probierte den Wein. Das Zeug duftete entfernt nach Hundekot und mundete wie Druckerschwärze mit Karamelgeschmack. Auf dem Bildschirm sang Bob Marley**, Johnnys Wahl. Johnny saß da und starrte auf den schmerzlich schönen Sangesfürst, auf Braemars prachtvollen Leib und jene außerirdisch wirbelnden Gelenke, die ihm nicht mehr aus dem Kopf wollten.

»Ich wünschte, er wäre nicht an Krebs gestorben. Das ist so defätistisch.«

»Typisch Amerikaner. Kann ein Mensch nicht einfach krank werden, muß er da gleich moralisch degeneriert sein?«

»Manche Krankheiten sind gewollt. Das ist nachgewiesen, Braemar.«

»Und manche sind uns auferlegt, was, Johnny?« Sie hatte ihren Wein ausgetrunken, ließ sich aber nichts anmerken. Sie schüttelte zwei kleine Pastillen aus dem Grund ihres Zigarettenetuis und nahm sie unter die Zunge.

Johnny war hellwach. Die Ärzte favorisierten heute die Einnahme von Pillen. AIDS, Polio, TB, Malaria:

---

* *Fufu* ist eine in Westafrika übliche Speise: mit stark gewürzter, öliger Brühe übergossene Klöße aus zerstampften Maniok- oder Jamsknollen (auch unter Beigabe von Mehlbananen).

** *Robert Nesta Marley* (1945–81), jamaikanischer Reggae-Sänger, Gitarist und Liederschreiber – die Alben mit seiner Gruppe, den *Wailers*, enthalten u. a. *Burnin'* (1973), *Natty Dread* (1975), *Rastaman Vibration* (1976) und *Exodus* (1977).

Jeder, der reiste, mußte regelmäßig seine Abwehr schlucken. Aber in den klassischen Szenarien kamen auch merkwürdige Drogen vor. Er hatte womöglich eine Ex-Menschin vor sich, die bereits im Bann der telepathischen Affenarmee stand …

Der Kellner hatte ihnen Kaffee und Armagnac serviert. Johnny rührte nichts an. Sie tastete den Schirm aus und kappte die Verbindung mit den Hotelsystemen.

»Wir sind unter uns. Reden wir über Aliens?« Sie lächelte ihn an. »Was dagegen, wenn ich rauche?«

»Ja. Das tun all die anderen schon.« An zwei Tischen weit hinten tief in der roten Kaverne saßen Leute und dinierten. »Was halten Sie von einem hübschen, sauberen, modernen Habitus? Kauen Sie Betel*.«

Braemar seufzte.

Er langte über den Tisch und nahm ihre Handtasche. »Fairer Tausch ist kein Raubüberfall, okay?« Er schüttete den Inhalt auf das geräumte Tischtuch. »Nehmen Sie Ihr Handy. Erzählen Sie mir nicht, Sie würden es nie benutzen, um private Konversation aufzuzeichnen. Ich will sehen, wie Sie es abschalten. Wir haben nicht vor, uns weltbewegende Dinge zu sagen. Nennen wir es eine kleine Gefälligkeit.«

Sie zog den Akku heraus.

Er ließ ihr Zigarettenetui aufschnappen, kippte zwei Pastillen heraus, wickelte sie in den Fetzen einer Papierserviette und steckte sie ein. Sie benutzte einen europäischen Reisepaß, keinen britischen. Er las die erste Seite. Am liebsten wäre er mit dem Daumen über den Magnetstreifen gefahren, doch das wollte er nicht. Nicht einmal aus Rache.

»Ich sehe, wir gehören zum selben Achtel der Menschheit. Das ist nicht verkehrt. Eine gute Kollegin in diesen Breiten muß schon ein Blutsbruder sein. Oder

---

* Berauschendes Kaumittel aus Arekanuß, Kalk und Betelblättern.

eine Blutsschwester. Hab ich recht?« Er schielte verbittert. Sein Blut war zu nichts zu gebrauchen. »Haben Sie einen Ex-Mann, Brae? Kann ich seine Rufnummer haben?«

Sie schüttelte den Kopf. »Wenn ich sie hätte, ja. Ich hab sie aber nicht.«

»Wieso eigentlich ›Braemar‹? Gräßlich. Klingt so britisch provinziell: wie der Name einer Doppelvillahälfte in der Akazien-Allee.«

»Trifft den Nagel auf den Kopf. So heißt der Ort*, wo ich gewohnt habe, als ich meinen ersten TV-Vertrag bekam. Ich fand den Namen passend für eine altmodische Hausfrau.«

»Sie sehen mir nicht wie eine altmodische Hausfrau aus.«

»Ich war damals viel älter. Aber der Name paßt noch immer. Ich bin der Ort, nach dem sie suchen. Ich bin die Muschel, die sie hereinläßt.« Sie glühte wie eine Lötlampe und schlug die Augen nieder. »Bildlich gesprochen, versteht sich.«

Oh, Flirten machte wirklich Spaß. Fragte sich nur, ob er dem ganzen Spaß noch gewachsen war, wenn es ernst wurde. Oder war sie nur eine raffinierte Gauklerin, die ihm die Glut nur vorspielte, um die seine zu schüren? Er stopfte alles wieder in ihre Tasche zurück.

»Ich bin nicht scharf auf sexuellen Vollzug«, sagte er. »Ich dachte, wir wollten uns über Aliens unterhalten. Wie wir beide wissen, können Sie das Blaue vom Himmel herunterlügen, und ich bin Ihnen auf Gedeih und Verderb ausgeliefert. Sie können mich kirre machen, und ich komme Ihnen kein Jota näher. Aber erzählen Sie mir irgendeine Story. Nur um den Schein zu wahren.«

---

* Ein Dorf in Nordost-Schottland, wo das jährliche *Royal Braemar Gathering* stattfindet, eine Art sportlicher und folkloristischer Wettbewerb.

Sie lächelte nachsichtig. »Okay. Damit kann ich dienen. Also, es gab da drei Landungen. Die eine Gegend liegt in Nordamerika, die andere in Thailand. In beiden *könnte* es sein, daß Aliens Kontakt mit den Einheimischen haben, aber da ist eine – eine Mauer des Schweigens. Man kommt nicht weiter. Die Menschen, die von den Aliens wissen, wollen nicht reden. Buchstäblich kein Wort. Zu niemandem. Ganz so, als wollten die Aliens unerkannt bleiben, und als hätten sie Mittel und Wege gefunden ... Ich habe Freunde darauf angesetzt. Wir sind diesmal so gut wie überzeugt, daß da etwas dran ist. Das Asa-Ufo gehörte zur selben Staffel, aber die Berichte waren widersprüchlich, und wir haben zu spät reagiert. Ich bin nach Fo gekommen. Und als ich Sie hier entdeckte, da habe ich Ihnen natürlich aufgelauert. Mich interessiert jeder, der sich für Aliens interessiert; mir war sofort klar, daß Sie auf derselben Spur sind. Ich habe ein paar Fragen gestellt. Ich bekam heraus, daß Sie irgendeinen Kontakt haben. Ich habe Ihnen mein Angebot gemacht. Und da sind wir.«

»Sie glauben wirklich, diese Typen vergangene Nacht waren ... daß sie Aliens aus dem Weltraum sind?«

»Schon möglich. Und eins der Aliens interessiert sich für Sie. Und Sie reden noch. Und mir ist daran gelegen, daß Sie weiterreden.«

Mit Schaudern vergegenwärtigte er sich diese unsäglich verwirrende Stimme in seinem Kopf. Er glaubte nichts, außer daß Braemar weit mehr wußte, als sie sagte ... und trotzdem: Seine simpleren Instinkte schrien im Chor, daß sie verrückt sein mußte, wenn sie diese seine nächtliche Erfahrung mit ihm teilen wollte.

»Ich verstehe. Ich küsse und rede. Und Sie vermarkten meine Story.«

»Seien Sie ehrlich. Sie haben den Kontakt, ich habe den Zugang zu Systemen. Ich will Sie nicht über den Tisch ziehen. Ich will einfach da sein, wo die Aliens sind. Vor Ort. Von Anfang an. Als eine von wenigen.«

Sie grinste. »Ich bin ein Alien-Groupie, das sich mit Ihrer Hilfe in die Garderobe schmuggeln will.«

Sie hatte Johnny die Rolle eines Kundschafters zugedacht. Diese Besetzung gefiel ihm nicht. Wenn er schon verhökert werden sollte, dann wollte er haben, was er nicht haben durfte, nämlich Braemar Wilsons Körper. Offen gestanden war jetzt und hier kein Deal in Sicht, der auch nur annähernd so verlockend war. Lieber wollte er gleich jetzt auf der Stelle Braemar Wilson haben, als sofort und unversehrt wieder in den Genuß seines alten Lebens zu kommen.

Ein Haufen lachender, plappernder Afrikaner zog vorbei.

»Johnny! Braemar! Meine Freunde!«

Wie ein Falke aus luftiger Höhe stürzte sich David Mungea auf die beiden und trug sie mit sich davon.

Johnny war oft mit David unterwegs gewesen, allerdings nicht mehr, seit Braemar sich dem feuchtfröhlichen Trupp angeschlossen hatte. Er hatte es geschafft, sich auch auf stillere Art zu amüsieren. Er lernte die Musik zu schätzen, klammerte sich in rauchgeschwängerten Clubräumen an sein Glas oder verstrickte sich in endlose intellektuelle Gespräche mit Alkoholisierten. Anders heute abend. Ob er wollte oder nicht, er mußte sich gehen lassen. Und so überließ er sich dem schmerzlichen Vergnügen, Braemars Nähe ohne pingelige Vorbehalte zu genießen. Im Rudel hatte er keine Skrupel: Sie neckten sich und streiften einander mit schalkhaften Blicken. Man scharte sich um die wackligen Tische einer Betonkneipe. David legte den Arm um Brae und raunte laut vernehmlich:

»Sag mal, Braemar, findest du diesen Burschen da attraktiv?«

»Ja.«

»Das klingt aber traurig, sei nicht traurig. Es wird schon werden. Alles wird gut.«

»Wir besprechen das, wenn du wieder nüchtern bist«, meinte Johnny.

»Aber das bin ich nie«, lachte der Minister. »Das ist mein großes Geheimnis.«

In einem Tanzsalon mit Zeltwänden, draußen prasselte der Regen, sah er ihr beim Tanzen zu und ließ seiner Phantasie die Zügel schießen. Der Boden war mit Kunststoffplatten ausgelegt, der Musiker am Pult nahm Stichproben vom Knarren und Quietschen der Füße und schlug mit ihnen und dem Regen den Rhythmus. Afrika! Alle sangen. Das ist afrikanische Musik. This is Natural music. Musiiique Naatuuurellle ...

Um zwei Uhr früh hatte sie genug. Er brachte sie zu Fuß zum L'Iceberg. Aus dem Planter's sickerte noch gedämpftes Hallo, von vorne lag das Hotel dunkel und still.

»Johnny«, sagte sie. »Ich kapiere ja, daß dieses Korallin seine Macken hat. Wenn ich das richtig sehe, ist die blaue Keramik zwar robuster als jede Hardware aus geätztem Quarz, aber eben auch anfällig, und zwar auf eine Weise, die niemand vorhersehen konnte. Aber Datenverarbeitung war immer schon anfällig – gegen Gewitter, Hacker, Haare und Staub und Bugs und Software-Viren und gegen Kaffee, den die Leute am Keyboard verschütten. Es gibt Vorsichtsmaßnahmen und eine regelrechte Paranoia. Wissen Sie, es ist wirklich ziemlich schwer, einen Retrovirus weiterzugeben. Der Prozessor in meinem Welt-Handy ist aus Korallin, sicher. Aber selbst wenn Sie kein Latex trügen, würden Sie wohl kaum die unsichtbaren Mauern dieser Welt zum Einsturz bringen, wenn Sie den Akku anfassen.«

Sex mit einem Apparat. Dieser gehässige Witz erklärte sich aus der Tatsache, daß QV zum Teil ein Abkömmling der Virengruppe war, die zu *der* Seuche des letzten Jahrhunderts geführt hatte. AIDS hatte inzwischen jede Besonderheit verloren, war nur mehr eines unter vielen mysteriösen Seuchengespenstern, die auf der Erde umgingen. Doch der Witz hatte eine gewisse Berechtigung. Intimer Kontakt, Austausch von Körpersekreten: Johnny hatte kein Recht, so leichtfertig zu sein.

Er starrte vor sich hin, verzehrte sich, haßte den schelmischen feuchten Blick, den er erhaschte, derweil sie lächelte und redete. Sie konnte das nicht wollen.

»Kann sein, Ihre Karriere als Eejay ist zu Ende, Johnny. Ich habe kein naturwissenschaftliches Studium. Meine Sachen werden trotzdem gesendet, Ausnahmen bestätigen die Regel. Und keiner erwartet, daß meine Hände sauber sind. Dafür gibt es Sicherheitsmaßnahmen, man sieht sich eben vor.« Wieder dieser steinerweichende, vielsagende Seitenblick. Wie er sie haßte. »Was soll diese Geißelei? Denken Sie, der Große Bruder sieht zu, wie geduldig Sie leiden, und läßt Gnade vor Recht ergehen?«

Das war ziemlich genau das, was Johnny dachte: Wenn er nämlich die Auflagen minutiös erfüllte, daß ihm das irgendwie zugute kommen würde. Weil das reichlich kleinkariert klang, gab er keine Antwort. Er wollte nicht reden. Er kam sich vor wie ein wandelnder Schwellkörper: der gestielte Pubertant, eine der kleinen Gemeinheiten, die Mutter Natur sich herausnahm.

Sie benutzte die Zimmerkarte, um das Tor zu öffnen. Vor dem Kabäuschen des Nachtwächters lag friedlich zusammengerollt ein Schemen. Sie berührte das Laub, das über eine niedrige Mauer lugte. Wie *Königinnen der Nacht* erblühten gedämpfte Lichter. Braemar setzte sich in den Schein einer Blüte.

»Die Stadt steht am Abgrund und weiß es nicht«, sagte sie. »Fo, New York, Seoul, Brüssel … Sie und ich sind wahrscheinlich die einzigen in Afrika, die das Ticken der Sekunden hören. Das ist ein merkwürdiger Zustand. Alles ist so eindringlich bei diesem Countdown. Was wollen Sie jetzt tun, Johnny?«

Sie sah zu ihm auf, so still, daß er wußte, sie würde stillhalten, wenn er sie berührte. Er konnte mit ihr machen, was er wollte. Er konnte den blättrigen Harnisch von ihren Brüsten schälen, sie würde nur den Hals recken, um sie vollends zu befreien und näher an seinen Mund zu bringen. Er konnte ihr die Schlangenhaut hochraffen, seinen Gürtel öffnen und sie hier und jetzt nehmen. Sie wollte das. In seinem ganzen Leben war er sich einer Sache noch nie so sicher gewesen.

So wird man zum Frauenschänder.

Johnny spürte seine Gewaltbereitschaft. »Was ich jetzt tun will? Ich glaube, Sie wissen sehr genau, daß ich Sie ficken will, bis uns schwarz wird vor Augen. Und da nicht sein kann, was nicht sein darf, werde ich mich jetzt verdrücken. Vielleicht bleib ich unterwegs in einem Torweg stehen, um mir einen abzuwichsen. Ich habe zwei verdammte Jahre keine Frau mehr gehabt. Wenn wir kooperieren wollen, dann müssen Sie kapieren, was das heißt. Ich habe ein hormonelles Problem. Eins, mit dem sich jeder junge Zölibatär herumschlägt. Ich komme damit zurecht, *aber treten Sie Ihr Glück nicht mit Füßen.* Ich bin größer als Sie. Verzeihen Sie meine Offenheit. Das ist das einundzwanzigste Jahrhundert, und wir sind beide trocken hinter den Ohren.«

Er sackte gegen die Schmalseite der Mauer und starrte auf seine Füße.

»Ach, da fällt mir ein: Auf einer Party in Amsterdam, ein paar Monate, nachdem ich der Quarantäne entwischt war, da hab ich versucht, einen Burschen zu verführen. Konnte ihn allerdings nicht überreden, es auf den Punkt zu bringen. Jedenfalls nicht richtig.«

»Ich hatte keine Ahnung, daß Sie bisexuell sind.«

Sie hatte den Nerv, sich lustig zu machen.

»Nichts darüber in den Dateien, in denen Sie geschnüffelt haben, nein? Ich bin es nicht. Nein. Ich war total – sagen wir, unzurechnungsfähig.«

Sein seelischer Erguß hatte den Druck momentan verringert. Gott segne die Worte, dachte er. Ohne Worte wären wir aufgeschmissen. Er sollte jetzt besser verschwinden und nach dem Torweg suchen. Doch seine Erregung war über die des Blutes hinausgewachsen. Braes Körper war inzwischen von einer Tragweite, die über das Körperliche hinausging. Er nahm die Fäuste vor die Augen, sah die Einheimischen in ihrer jämmerlich ehrbaren Armut, fragte sich, was die Besucher mit ihnen vorhatten, mit den Milliarden Menschen. Seinem Gedächtnis war nicht zu trauen – das Auto, das winselte und sich hinkauerte wie ein Hund, seine Tochter entführt. Trotzdem, eine Begegnung hatte stattgefunden. Davon war er überzeugt, im Moment jedenfalls. Die Welt würde nicht mehr die gleiche sein. Doch er würde ein Aussätziger bleiben. Er wollte sich verkriechen, unsichtbar sein. Bitte! Laßt mich heim.

»Johnny, komm her.«

Er war so verzweifelt, daß er gehorchte.

Sie nahm seine Hand und schloß sie um ein kleines, glibbriges Päckchen. Eine Geste, die er nur aus schlüpfrigen ausländischen Filmen kannte. Anständige Kinder in New York brauchte man nicht vor unerwünschter Schwangerschaft oder Ansteckung zu schützen. Man heiratete und blieb verheiratet – basta. Die Berührung ihrer Hand, die behutsame und bestimmte Art, wie Brae ihm die Finger schloß: Das war unsäglich erotisch. Die Zunge lag ihm schwer im Mund.

»Kein Hindernis für QV. Okay, du setzt zwar nicht den Job aufs Spiel. Aber was ist mit deinem Leben?«

»Ich dachte, ich hätte mich klar ausgedrückt. Also noch mal. Du törnst mich an. Ich bin siebenundvierzig. In meinem Alter zögert man nicht, wenn der Blitz einschlägt. Du sagst, du bist nicht infiziert: Das reicht mir. Man trifft angemessene Vorkehrungen, man trägt das Risiko. *C'est tout simple, l'amour.* – Oder bin ich zu alt? Ist es das?«

Sie zog seine geschlossene Hand auf ihre nackte Schulter. Sie waren sich jetzt nahe, er fiel vornüber, trunken vor Dankbarkeit.

Dann geschah etwas Merkwürdiges. Braemar wurde nicht rücklings ins Gebüsch gekippt, womit sie fest gerechnet hatte. Sowie sie einander in den Armen lagen, hielten sie ganz still: und zwar so lange, als hätten sie, die beiden Sparringpartner, die rätselhafte Entdeckung gemacht, daß es mehr nicht brauchte. Johnny seufzte. Braemar stand auf und nahm ihn bei der Hand; ruhig und gelassen gingen sie ins Hotel.

In seinem Bauchtäschchen fand sie ein Buch: ein vergilbtes, kartoniertes Buch, nahezu hundert Jahre alt, die Seiten mit hauchdünner Klarsichtfolie geschützt. Er hatte eine Schwäche für alte Bücher, das stand in seinen Akten. »›*Eine Wohnung ohne Vögel*‹«, las sie, »›*ist wie Fleisch ohne Gewürz.*‹ *So war meine Wohnung nicht, denn ich war plötzlich den Vögeln ein Nachbar geworden, nicht indem ich sie einsperrte, sondern indem ich meinen Käfig in ihre Nähe versetzte.*«*

Sie sah ihn vor sich, den Prinzen von New York, diesen bizarren Camelot des einundzwanzigsten Jahrhunderts, mit seinem Babyface und seinem motorisierten Skateboard und der unsympathisch arroganten Attitüde des juvenilen Tugendbolds. Er trug immer ein silbriges Instrument bei sich, ziemlich auffällig am Gürtel oder in der Jeanstasche. Ihr Schandauge sah in dem Ding irgendein antiquiertes Junkie-Utensil. Tatsächlich war es eine kleine Korallin-Bohrmaschine, das Wahrzeichen der jüngsten Elite-Bruderschaft, Verschmelzung von Kunst und Wissenschaft; Wortarchitekten. Und jetzt… Ob Johnny sich dessen bewußt war, wie er die-

---

* *Thoreau, Henry David* (1817–1862), amerikanischer Schriftsteller, lebte 1845–47 in einer selbstgebauten Blockhütte am Walden-Pond bei Concord und reflektiert diese Zeit in ›*Walden: or, Life in the Woods*‹. Zitiert wurde nach der deutschen Übersetzung von *Emma Emmerich* und *Tatjana Fischer:* ›*Walden oder Leben in den Wäldern*‹, Diogenes Taschenbuch 20019, Seite 93.

ses Bauchtäschchen trug? Landauf, landab baumelten sie auf den Hosenschlitzen junger Männer – und er trug es wie eine Schultertasche. Natürlich wußte er das. Er war ja nicht blöd.

Es war schon unsäglich rührend, daß dieser junge Exil-Amerikaner *Walden* mit sich herumtrug. Der Jäger, der dazu verurteilt war, Teil seiner Beute zu werden: der Hühnerhund in seinem Käfig und draußen die zwitschernden Vögel. Und der Versuch, daran Gefallen zu finden. Allerliebst.

Das Traurigste war, daß er glaubte, hinter allem, was ihm widerfahren war, stecke eine Absicht. Merkwürdig, wie die ganze Welt in immer engeren Kreisen zur Geisteshaltung des alten Afrikas zurückkehrte. Jedes Unwetter die Antwort auf eine Schurkerei. Jeder Tod das Ergebnis schwarzer Magie.

Manche behaupteten, QV sei von A bis Z erstunken und erlogen. Das Virus habe es nie gegeben. Gegeben habe es nur einen Vorwand, das Raumfahrtprogramm zu kappen, um sinnloser Verschwendung und politischem Selbstmord zu entgehen; ein Vorwand, der lediglich ein Hokus-Pokus-Verschwindibus für eine Handvoll Astronauten kostete. War das die Wahrheit? Vielleicht war die Wahrheit schlimmer, vielleicht war die ganze Angelegenheit einem singulären Fehler im Großen Apparat zu verdanken, den Johnny so schätzte. Oder (warum nicht?) das Virus war Realität, das NIH hatte recht, und sie und Johnny waren dem Tod geweiht. Man kannte nie die Wahrheit, konnte nur zwischen den Risiken wählen.

Hinter den Glastüren, die auf den Balkon hinausführten, dräute ein barocker Himmel aus Violett, Magenta und düsterem Orange, dessen Faltenwurf sich auf dem schwarzen, unglaublich zerklüfteten Grat von Asabas Vulkangebirge staute. Die Chance, daß sich der Vorhang hob und Gottvater persönlich erschien, war zwar gering, zumindest in dieser Saison, doch das tat dem prächtigen Schauspiel keinen Abbruch. Um 2004 hatte man solche Sonnenaufgänge selbst im lauen postindustriellen Britannien erleben können, doch das war Schnee von gestern. Heutzutage mußte man schon weit nach Süden reisen, um einen schönen, deftigen, vergifteten Himmel aufzutun.

Sie hatte Flammen, Fluten und Erdbeben durchlebt und zugesehen, wie die Welt unverdrossen weitergemacht hatte. Die empfindliche Erde zuckte mit ihrem Harnisch, die Meere schäumten, die Inseln krümmten sich und stürzten lichterloh in den Abgrund. Der blaue Himmel wurde fahlgrau und zerschlug mit wütenden Blitzen die unsichtbaren Netze, die der Mensch durch den Äther gesponnen hatte. Kälte und Hunger überzogen eine Welt, die mit Hitzewellen und Überschwemmungen gerechnet hatte ... Die Menschen sahen dem Tod ins Auge. Doch ein paar Jahre später schien alles vergessen. Die Menschheit, ein wenig umgruppiert, fuhr fort, wie eh und je ihre Ressourcen zu vergeuden, Politik zu treiben und sich zu amüsieren. Gehungert und gelitten wurde heutzutage nicht viel weniger als in Braemars Jugend.

Wiewohl das einem Mann wie Johnny kaum beizubringen war.

Sie fragte sich, wie lange es noch brauchte, bis die Wirkung abklang (der Droge, die Johnny genommen hatte), und er wieder zu grübeln anfing. Er würde sich an das Gewehr erinnern. Dämliche Panik, vor seinen Augen nach der Waffe zu greifen. Es würde ein paar geschickte Gesten brauchen, um das Thema zu wechseln. Sollte nicht allzu schwer sein. Armer Kerl, er war anfangs so sehr auf Haltung bedacht gewesen – und das zurecht –, aber jetzt hatte er die Tatze trotzdem im Honig. Es war so leicht, sie sollte sich schämen. Und das tat sie auch. Und tröstete sich mit dem (höchstwahrscheinlich unsinnigen) Gedanken, eines Tages (bestimmt) mildernde Umstände zu bekommen.

Ohne die Seite zu verschlagen, drehte sie sich nach Johnny um. Seine Arme sahen erschreckend weiß aus, verletzlich und rührend wie die eines Kindes, trotz ihrer ausgeprägten Muskeln. Unter dem Einfluß von Oneirizin, das die Wachwelt mit der ungezwungenen Poesie der Träume infiziert, sah sie da einen weißen Jagdhund liegen: voller Ebenmaß und Eifer, mit ernsten Augen und von absurder Gutgläubigkeit. Das Relief der Muskeln ein Schattenspiel drängender Fragen. Ein lahmender Jagdhund ist ein toter Jagdhund. Ein Betrug mehr würde ihn nicht verletzen. Sie hatte ihm kein Unrecht getan. Johnny war über jedes Unrecht erhaben.

Auf dem Nachtschränkchen lag ein knittriges 3D-Foto, der Schnappschuß eines kleinen Mädchens (besser, sie steckte das wieder fort); dann stand da noch ein Zahnputzbecher voll Wasser mit dem Ableger einer Kletterpflanze; die blauen Blüten waren schon verwelkt.

Was für ein Hundeleben er geführt hatte. Johnny Guglioli, Freund der Kakerlaken, mit seiner Lepraglocke und seinem Zölibat. Die Macht der amerikanischen New-Age-Moral war erstaunlich. »Wenn man bedenkt«, murmelte sie, »daß ich mich mal gefragt habe, wie diese Teufelskerle auf die glorreiche Idee kamen, man würde ihnen Coca-Cola ohne Zucker und Coffein abkaufen ...

Ich will jedenfalls meinen Spaß«, sagte sie halblaut.

2 Die Aleuten

i

Am Vormittag des 15. Juli 2038 um 10.58 Uhr (Normalzeit Zone 10) besprach sich Colonel Hebron Everard, Commander der USAF-Basis St. Francis, Cape Copper Ridge, Alaska, im Konferenzzimmer mit seinem PR-Officer. Gleich würde man die ersten Besucher einlassen. Der Colonel, ein Mann slawischer Abstammung am Ende einer normalen Laufbahn, hatte dieses Kommando als friedlichen Übergang in den Ruhestand betrachtet. Politisch war er ziemlich unbedarft. Die Revolution hatte ihn in eine akute, beinah präkanzerogene Depression gestürzt. Seit einer Generation ließ sich an der kalten Grenze kein Feind mehr blicken. Aber knapp zehn Meilen entfernt gab es eine neue Stadt mit vielleicht anderthalb Millionen Einwohnern, ein wuchernder De-Facto-Arcologie* aus modernen Plastikhöhlen, klapprigen Schindelbauten und halbleeren, vom Stromnetz abgeklemmten Wohntürmen. Wenn es in St. Francis zu revolutionären Ausschreitungen kam, dann hatte Everard eine klar umrissene und schreckliche Pflicht.

Major Louis Parker, der PRO des Commanders und (in der modernen Militärstruktur) sein Stellvertreter, war ein stämmiger Afro-Amerikaner, der hier mit seiner Frau und zwei Kindern lebte (Everard war Witwer und kinderlos). Was die Leute an ihm schätzten, war seine behutsame und verständnisvolle Freundlichkeit. Während man noch darauf wartete, daß sich das Schleusentor öffnete, hörte er Everard geduldig zu.

* Aus **architecture** und **ecologie**, eine umweltfreundliche Bauweise von weitgehend autarken Gebäuden resp. Gebäudekomplexen.

St. Francis – die blau erleuchteten Wohnhöhlen, mit elastischen Teppichfliesen gepflastert, die immer nach schalem Bier und Erbrochenem stanken, die Überbevölkerung, die sinnlosen Morde. Die Leute wußten nichts zu tun, als zu trinken und sich in den Kinos hahnebüchene Animationen reinzuziehen. Oder zu Hause zu bleiben und sich vermittels interaktiver Seifenopern zu bespitzeln. Sie lebten von Almosen. Sie kamen nicht aus der Stadt heraus. Niemand hinderte sie. Aber woher sollten sie den Sprit nehmen.

Seit der Notstand erklärt worden war, war die Basis in Alarmbereitschaft, die Überboden-Aktivität ruhte. Das Hauptbildschirmfenster des Bunkers zeigte eine idyllische Szene: Wohnhöhlen und Silos, überwachsen mit nickenden Blumen, wie friedliche Ruinen einer vergangenen Zivilisation. Eine Allwetter-Luftaufklärung, und der Grenzzaun zerstörte die Illusion.

»Das ist der Tod des Kapitalismus«, sagte Everard. »Okay, er hat den Kommunismus überlebt. Aber es gibt einfach zu viele Menschen, das ist der Anfang vom Ende. Kein System kann überleben. Wir erleben, wie das finstre Mittelalter zurückkehrt, Lou, ausgerechnet hier in den USA.«

Die Revolution, der anfänglich ein so mitreißender Erfolg beschieden schien, hatte in den letzten Wochen ein paar Stimmungsumschwünge erlitten. Doch die Arcologisten würden bestimmt nicht Sturm laufen, und mit einem Befehl, sie mit Gewalt zu hindern, falls sie es doch taten, war kaum zu rechnen. Parker erwartete jeden Augenblick die Nachricht, daß die Präsidentin endlich kapituliert hatte und der angebliche Bürgerkrieg vorbei war. Aber Everard war in einer Gemütsverfassung, die ihm den Blick für die Realität verstellte.

Ein Flugzeug im Landeanflug erschien plötzlich wie aus dem Nichts am Himmel. Es setzte lautlos auf, ein schwarzweiß geschecktes Raumflugzeug ohne Kennung. Beide Männer starrten auf die Maschine, dann, wie in Zeitlupe, erhoben sie sich von ihren Sitzen. Sechs Leute stiegen aus. Nichts sonst rührte sich.

»O mein Gott.«

»Die Systeme sprechen nicht an«, konstatierte Parker. »Sie entschuldigen mich, Sir ...«

Die Maschine war nicht registriert worden, wurde nicht registriert, und das bei einem Radarnetz, das keinen Horizont kannte. Sie existierte nicht, war nie am Himmel gewesen. Aber da stand sie.

Vor Ort gab es keine Wachposten, erst an den Haupttoren. Keinerlei Hinweis auf der Kontrolltafel, daß irgendein Wachhabender im Innern diese Invasion bemerkt hatte. Parker löste keinen Alarm aus. Sechs Gestalten durchquerten das Fenster. Eine vollständige Frontalansicht, durchsetzt mit tanzenden Linien, erschien auf dem Monitor des Besuchereingangs.

»Wer sind Sie?« sagte Parker. »Was wünschen Sie?«

Der Mann trug einen hellbraunen Overall, ebenso ohne jede Kennung. Er war unbewaffnet, kein Rangabzeichen, kein Sprechfunkgerät oder dergleichen.

»Zugang«, näselte er seltsam hölzern. »Jetzt ist für Besucher geöffnet. Oder stimmt das nicht?«

Alle sechs trugen hellbraune Overalls, doch jeder hob sich auf seine Weise vom anderen ab. Eine Frau hatte sich Bruchstücke von Plastikmuscheln ins Haar geknotet, ein anderer trug eine ›Robbenfell‹jacke mit Fransen und Perlen ... Sie waren allesamt schmalgliedrig, aber von klobigem Rumpf. Dunkles glattes Haar, mittelhelle Haut. Keine richtigen Nasen. Mit groteskem Lächeln betraten sie das Konferenzzimmer des Colonels und zeigten die Handflächen mit abwärts gerichteten Fingern.

Unter den sechs war ein vielleicht zehnjähriger Junge. Er setzte sich an die Kommunikationskonsole rechts vom Schreibtisch des Commanders. Seine Hände strichen über die Tastenfelder: eine seltsame Geste, als streichle er sein Lieblingstier. Dann ging er ans Werk, virtuos, hielt keine Sekunde inne.

Louis Parker sah ihm zu, fasziniert aber ohne recht zu wissen, was da vor sich ging. Öffentlichkeitsarbeit – Auge in Auge – war ein so geheiligtes Konzept, daß er in diesem zeitlich und räumlich begrenzten Umfang beinah alles tolerierte. Ein Rudel nackter Feministinnen konnte hereinkommen und die Wände, ihn und auch den Colonel mit Graffiti besprühen: was sie tatsächlich schon getan hatten. Und in dieser unglaublich delikaten Situation... Der Junge führte nichts Böses im Schild, sagte er sich. Ausgeschlossen, daß ausgerechnet ein Kind den Dritten Weltkrieg auslöste. Die Großen Apparate konnten auf sich aufpassen. Das mußten sie heute mehr denn je. Alles ging drunter und drüber!

Die anderen standen nur herum. Sie redeten nicht, aber ihre Gesichter zuckten unentwegt. Es war unheimlich: Sie schienen tatsächlich geistesgestört. Aber es gab kein Anzeichen für Gewaltbereitschaft. Der Junge verschaffte sich Zugang zu einem Geschenkkatalog, der Morgenzeitung des Commanders und zum LANDSAT-Ortsnamenregister. Als er mit LANDSAT fertig war, stand er auf und schluckte ein hasenschartiges Grinsen hinunter, als wolle er nicht unverschämt wirken. Er zuckte die kleinen Achseln.

»Vielen Dank«, näselte er flach.

Parker lächelte warmherzig. »Nichts zu danken, Kleiner. Wonach hast du übrigens gesucht?«

»Nach dem Sitz eurer Regierung natürlich.«

Die sechs nasenlosen Besucher faßten sich bei der Hand und fingen an zu tanzen.

Louis Parker bekam große Augen. Plötzlich beseelte ihn ein Urvertrauen, gänzlich irrational aber über jeden Zweifel erhaben. Aus dem Tanz heraus wandten sie sich wie selbstverständlich ab, um zu gehen.

»Halt!« schrie Parker. »Warten Sie einen Moment. Wäre einer von Ihnen so freundlich, mir mit wenigen Worten zu erklären, was eigentlich los ist?«

Der mit der ›Robbenfell‹jacke war, nach allen nonverbalen Äußerungen zu urteilen, der Anführer der Gruppe. Er hob die Augenbrauen. »Was meinen Sie, warum wir getanzt haben?«

Sie spazierten hinaus.

Auf einem der kleinen Monitore flackerte ein beunruhigendes Bild. Colonel Everard und der Chef der Aliens Lehnstuhl an Lehnstuhl in konvergierender Ausrichtung nebeneinander vor dem blauen Faltenrelief eines Vorhangs. Ein rotbackiger, alternder blonder Mann mit dem Blick eines zermürbten Farmers neben einem olivfarbenen Vierschrot ohne Nasenbein ... Irgendein Public-Domain-Trawler, der an einer Newspage bastelte. Das Bild huschte davon.

Colonel Everard bebte am ganzen Leib. Ihm war hundeelend. Als habe jemand Nervengas in den Raum gepumpt.

Wir müssen sie zurückholen, rief Parkers innere Stimme. *Die Hübsche mit den Muschelstückchen im Haar. Sie ist ihre Achillesferse, ihr Sexualmaskottchen. Wir könnten sie dazu bringen ...*

So hatte man ihn gelehrt, mit Terroristen umzugehen.

»O Lou«, rang Everad nach Worten. Schweiß glänzte auf seinem käsigen Gesicht. »O Lou ... Die Aliens sind gelandet!«

Es klopfte an der Tür, ein erschreckend unmittelbarer und gegenständlicher Laut. Parker zögerte den Bruchteil einer Sekunde ... dann drückte er die Taste. Die Besucherin mit den Muschelstückchen im Haar marschierte herein und baute sich mit hängenden Armen und geballten Fäusten dicht vor ihm auf.

»Sie sind eine Frau, nicht wahr? Sie sollten es besser wissen. Sex ist nicht von Bedeutung. Aber *Loyalität.*«

Sie marschierte hinaus. Sie hatte kein Wort geredet. Parker las das aus Everards Miene und begriff, was ihm da widerfahren war.

»Was?« kreischte er. Er wich vor der geschlossenen Tür zurück. »*Was?*«

Auf dem Bildschirmfenster hob das gescheckte Raumflugzeug sanft von der Piste ab.

Parker holte tief Luft, durcheinander und gestreßt, wie er war, hatte er sich gleichwohl wieder unter Kontrolle. Für das Versagen der Systeme und das eigenartige Luftfahrzeug gab es bestimmt eine Erklärung. Selbst von Leuten ohne Nase hatte er gehört. Es war ein Saint-Francis-Kult, eine Algenblüte auf dem Ozean der Verzweiflung. Die Leute ließen sich die Nasen abschneiden, nahmen nichts Festes mehr zu sich und wurden spirituell geläutert oder so. Vielleicht was Feministisches, Nase gleich Penis. Aber warum dann Männer ohne Nase?

Colonel Everard hing mit Hundeaugen an seinem PR-Mann; ein verstörter Foxterrier und sein Herrchen. Parker lachte kurz und trocken. »Nicht der Glücksfall, für den Sie ihn halten, Hebron. Keine Halbgötter, die vom Olymp steigen und unseren Karren aus dem Dreck ziehen. Das ist ein Schabernack. Hören Sie. Wir werden die letzte Stunde aus den Camcordern löschen, auch das, was ich jetzt sage. Nichts ist passiert, okay? Wir wollen doch jetzt nicht die Medien auf dem Hals haben. Bringen wir erst mal die Revolution hinter uns, dann können wir uns immer noch mit der Invasion aus dem Weltall beschäftigen.«

Das außerirdische Mädchen hinterlegte im Planter's erneut eine Nachricht für Johnny. Diesmal verlief das Stelldichein ohne Zwischenfälle. Da Johnny keinerlei korallinhaltiges Gerät anfassen wollte, kaufte Braemar einen ›koscheren‹ Camcorder und einen Vorrat entsprechender Kassetten, beides aus hiesiger Produktion aber trotzdem lächerlich teuer. Das Hotelterminal auf ihrem Zimmer hatte einen Eingang für ihren Adapter. Sie konnte die Videobänder überspielen und mit Hilfe statistischer Algorithmen aus der vorhandenen Information Bilder erzeugen, von der ein Camera-Objektiv nur träumen konnte.

Sie saß auf ihrem Bett, die Fernsteuerung in der Hand, und nahm Johnny und seine Außerirdische Standbild um Standbild auseinander: Linksprofile, Rechtsprofile, Aufwärtsansichten, Ansichten von hinten. Es hatte Braemar einmal das Leben gerettet, eine populärwissenschaftliche TV-Reihe über Anthropologie auszuwerten, in der eine Hausfrau allen anderen auseinanderlegte, welche weitreichenden Schlußfolgerungen sich aus dem Verhalten einer englischen Mittelschicht-Braut bei der Hochzeit ziehen ließen. Sie wandte diese Wissenschaft auf die Außerirdische an. Um in der Gestik, den flüchtigen Blicken und der Kleidung Antworten auf die Fragen zu finden, die von so vitaler Bedeutung waren.

Was für eine Mentalität haben diese Leute? Was respektieren sie, was schätzen sie? Wovor haben sie Angst?

Braemar gab es bald auf, nach dem Reißverschluß zu suchen. Die Fremde behielt ihren Overall an, und auch die Baseball-Boots aus braunem Leinen mit der Knöchelschnürung. Es gab keinen Anhaltspunkt, daß sie die ›fremde Lebensform‹ mimte; sie überzog nicht. Sie spielte ihre Rolle absolut überzeugend.

Die Kreatur ließ es geschehen, daß Johny ihre Hand nahm. Drei ziemlich kurze Finger, ein Daumen, der Stummel eines fünften Fingers. Wenn sie die Hand um den ›Daumen‹ schloß, bildeten die äußeren Ballen eine dicke, hornige Pfote. Die Fingernägel waren gestutzte Krallen. Die Haut im Gesicht und an den Händen sah ein bißchen schilfrig aus, man konnte deutlich die Poren sehen: eine regelrechte Gänsehaut, aber ohne die geringste Spur von Flaumfedern. Er befühlte ihren Unterarm unter dem Stoff, hielt den seinen daneben.

»Das ist das fünffingrige Glied!«

Mit dem Anflug eines Lächelns beobachtete die Fremde Johnnys Ehrfurcht. Braemar sah ihr die insgeheime Frage an. *Wieso sollte ein Arm nicht wie der andere sein?* Als Johnny ihr freimütig vorschlug, einander nackt zu zeigen, kugelte sie sich erst vor Lachen; dann war sie plötzlich ausgesprochen vorsichtig.

Warum die Scheu? Sie war nicht sexueller Natur, jedenfalls nicht nur.

Die anderen nannten sie Agnés. Das war der einzige Name, den Braemar zu hören bekam, und Johnny wußte von keinem anderen. Verwirrend war nur, daß Agnés mit ›Agnés‹ manchmal auch Johnny zu meinen schien. So weit so gut. Sie war eine Sie. Johnny hielt das Geschöpf für weiblich, also schlug Braemar sich auf seine Seite. Doch es brauchte nur ein paar Standbildanalysen, bis sie Gewißheit hatte: Agnés war keine Frau. ›Sie‹ hatte nicht geahnt, daß ›sie‹ sich einen weiblichen Namen ausgeliehen hatte. Die Reaktion auf Johnnys Vorstoß – Bist du weiblich? – war komisch. ›Sie‹ sah nicht so aus, als ob sie ihn mißverstehe; ihr schien die Frage auch nicht fremd zu sein. Auf Johnny hatte sie verlegen gewirkt. Er hatte kein Tabu verletzt, nein, eher die Umgangsform. Johnny brachte sie unentwegt in Verlegenheit. Sie konnte nicht glauben, wie leicht er zu beeindrucken war.

Johnny wollte wissen: »Warum seid ihr hergekommen?«

»Aus Neugier. Um das Fremde zu erleben.«

Agnés merkte, daß Johnny unzufrieden war. Sie zuckte enttäuscht die Achseln.

»Meinst du handfestere Gründe? Da müßtest du mit Guillaume reden. Will man wissen, warum er tut, was er tut, hat er immer eine gescheite, handfeste Antwort. Er will mit euren Anführern reden. Ich nicht. Über diesen Punkt streiten wir zur Zeit.«

Braemar achtete auf die Körpersprache: die Emotionen und unbewußten Einstellungen. Sie hatte keine Stimme im Kopf. Die Mimik der Fremden war flink und sensibel, doch ein systematischer Code war nicht auszumachen. Auf dem Band redete Johnny laut, während die Fremde kaum ein Wort verlor. Als die Unterhaltung sachlicher wurde, mußte Braemar sich auf Johnnys Kommentar verlassen. Soweit sich das beurteilen ließ, paßten die ›telepathischen Äußerungen‹, die Johnny kolportierte, durchaus in die Dialoglücken. Aber was hieß das schon. Vielleicht gar nichts.

»Unser Planet ist eurem so ähnlich«, sagte Agnés. »Sieh nur!« (Auf dem Bildschirm deutete sie auf die wäßrige, aber kräftige Sonne.) »Eure Sonne, sie ist wie die unsere, nur daß unsere blau ist. Wie ihr lebt, die Leute draußen in den Städten, drinnen die Farmen und die Fabriken. Die Art, wie ihr die Toten respektiert, all das ist wie bei uns.«

(›draußen‹ und ›drinnen‹ exakt nach Johnnys Angaben.)

»Aber Johnny, hast du dich nie gefragt, was uns mit dem Ich vereint, wenn nicht der Tod? Jene aufgezeichneten Bilder, ist das alles, was du von Religion weißt? Denkst du nie an das Ich an sich, an die Weltseele, die überall dieselbe ist, und von der das einzelne menschliche Dasein nur ein kleiner Teil ist?«

Braemar vernahm nicht ein Wort davon, sie mußte sich mit dem rührenden Eindruck unerschütterlicher, jugendlicher Aufrichtigkeit begnügen.

»Was ist das, die Weltseele?« fragte Johnny.

Die Fremde ließ einen schlichten und eindringlichen Satz verlauten: »Die Weltseele ist Gott.«

Sie verdeckte kurz ihr Gesicht – für Braemar eindeutig ein Ausdruck von Verehrung.

Oh, es war in jeder Hinsicht wie ein in Textilien verwickeltes, schweißtreibendes Gespräch zwischen dem Missionar und dem staunenden Heidenkind.

Johnnys Staunen, die stillvergnügte Ruhe der fremden Kreatur.

Ist das Lachen ein Lachen? Sind Ausflüchte Ausflüchte. Ist Verehrung Verehrung? Ist sexuelle Anziehung Anziehung?

Die telepathische Seite der Unterhaltung bereitete Johnny Unbehagen (und wer wollte es ihm verdenken?). Er ging das Thema behutsam an.

»Agnés, kannst du mir erklären, wie wir uns eigentlich verständigen? Wie kommt es, daß ich dich verstehe? Hast du meine Sprache gelernt, oder ... äh ... übersetze ich das alles irgendwie selbst?«

Das machte ihr jetzt Kummer. Auch diesmal nicht ernstlich, sondern mehr des Umgangs wegen. Der Missionar wird ein Tourist, ein Tourist, der einen Moment lang Angst hat, diesem attraktiven Vertreter der eingeborenen Intelligenz könnte es daran fehlen.

Agnés war verwirrt (so Johnny). Konsternierter Tonfall. »Das *ist* meine Sprache. Natürlich ist die Gemeinsprache überall dieselbe. Wir hatten noch nie ein Problem damit.«

Auf Braemars Bildschirm schob die Fremde plötzlich ihre Bedenken beiseite und strahlte wie ein Honigkuchenpferd. (Übertragung unterbrochen, sagte Johnnys Kommentar.)

»Oh! Aber du liebst Worte! Du liebst sie so sehr wie ich. Laß mir Zeit. Ich werde es lernen, dir solche schrecklichen Ansprachen zu halten!«

Agnés machte keine Geräusche. Kein Räuspern. Keines dieser unbewußten, beiläufigen ›Hms‹ und ›Ähs‹, die der Taubstumme im Umgang mit den Hörenden zu unterdrücken lernt. *Sie sind von Natur aus still,* notierte Braemar; und dachte an Beispiele aus dem Tierreich.

Es gab einen Strudel, vor dem Braemar sich hüten mußte: eine Art Grauen. Während sie Agnés beobachtete, konnte es vorkommen, daß sie sich unversehens am Rande einer unumkehrbaren Zersetzung fühlte. Sie strengte sich an, zu interpretieren, wo *ihre* Interpretationen gar nicht zutreffen konnten ... Es gab Momente, da hatte sie das Entsetzen im Mund, das Johnny anfangs empfunden hatte; es schmeckte gallebitter.

Trat dieser Zustand ein, dann ließ sie die Videos Videos sein und malte sich in verlockenden Farben aus, wie es sein würde, wenn der verstoßene Eejay und die altmodische Hausfrau der Welt die Augen öffnen würden: Agnés, die nasenlose Touristin.

Sie hatten sogar ein Artefakt der Fremden. So standhaft Agnés sich geweigert hatte, den Overall auszuziehen, so standhaft hatte sie sich geweigert, Johnny mit zu ihrem Schiff zu nehmen. Aber sie hatte ihm etwas geschenkt. Ein Blatt Lumpenpapier, faserig und rauh, abgerissen von einem dieser Kinderschmierblöcke, wie sie in Fo in jedem Supermarkt an der Ecke zu haben waren. Das Blatt trug ein abstraktes Farbmuster. Es mochte sich um gewöhnliche Wachskreide handeln, doch in den fremden Schwüngen und Linien erkannte Braemar (oder war es Einbildung?) Talent und Können. Die Fremde ist eine Künstlerin.

Dem Auge eines mit Worten gefüllten Geistes fällt es extrem schwer, ›leer‹ vor ein Bild zu treten: es einfach nur anzusehen. Je weiter sich ein menschlicher Künstler von der bloßen Darstellung entfernt, um so literarischer wird sein Werk, nicht umgekehrt. Agnés rang nicht mit dem Paradoxen. Sie nannte es ein Gedicht.

Braemars Korallinplatte, auf dem die Originale eines ganzen Arbeitslebens gespeichert waren (und noch reichlich Platz war für ein paar weitere Arbeitsleben), war in Wirklichkeit eine Kassette mit unsäglich dünnem Band, das mit lauter winzigen Fasern der blauen Keramik beschichtet war. Während der Sitzungen pflegte sie die bearbeiteten und um Johnnys Kommentare ergänzten Agnés-Interviews auf dieser ›Platte‹ abzuspeichern: nicht mehr als eine grobe Montage. Später konnte das Ganze dann auf Dreisechzig-Qualität gebracht werden, allerdings ohne den Bogen zu überspannen. Es sollten schon noch die Ecken und Kanten einer echten Romanze zu spüren sein.

Braemar studierte natürlich auch Johnny. Es gab ein

paar Bandminuten von der Nacht in Fort Devereux, und noch ein paar mehr aus Johnnys Zimmer im *Welcome Sight* – menschliches Interesse, Hintergrundinformation. Da war Johnny mit seinem zweisprachigen Taschen-Dante und ließ den Finger vom Italienischen zum Englischen wandern, ein Bild betrogener Unschuld, das ihn edelmütig aufwertete. Daß er *Die göttliche Komödie* las, war fauler Zauber. Er hatte das Buch nur wegen der Miniaturen von Doré gekauft. Schande über dich, Mr. Guglioli. Sie hatten gelacht, als sie die Sequenz zusammengestellt hatten. Ihm würde das Lachen vergehen, wenn er sehen könnte, wie sie über jedem Bild brütete und ihn genauso unter die Lupe nahm, wie sie es mit der Fremden tat. Aber sie mußte auch ihn kennenlernen, das Publikum hatte ein Recht auf Johnny. Wir haben einen der Auserwählten erwischt. Wie springt er? Was ist anders an ihm? Was macht ihn so attraktiv?

Sowie die Story ins Laufen kam, verschickte Braemar die ersten Kopien an ihre Clique daheim. War wirklich der Moment gekommen? Ihr wurde speiübel bei dem Gedanken. Bitte laß es eine Farce sein, betete sie. Einfach eine raffiniert eingefädelte Farce, der ich auf den Leim gegangen bin, wofür ich mich zu Tode schäme. Oder laß es ein *unerklärliches Ereignis* sein. Laß Agnés verschwinden (und versprechen, uns zu schreiben) und Johnny und mich den Rest unseres Lebens mit dem vergeblichen Versuch verbringen, uns und sonstwem zu beweisen, daß es sie wirklich gegeben hat. Laß es sein, was es will, nur bitte nicht das, was es zu sein scheint. Als sie nach Afrika gekommen war, war sie auf alles gefaßt gewesen. Nur nicht (wie sie jetzt wußte) auf eine Bestätigung.

Johnny verstand nicht, daß seine Kollegin nicht wild darauf war, selbst mit der Außerirdischen zu reden. Und die Kollegin ließ ihn in dem Glauben, daß sie schlichtweg Angst hatte. Warum kompliziert werden?

Es stimmte. Sie weigerte sich, an Hirngespinste zu glauben. Für das, was Johnny ›Telepathie‹ nannte, mußte es eine andere Erklärung geben. Das war ihr viel zu riskant.

ii

London, 31. Juli: Um diese Jahreszeit lastete für gewöhnlich trockene, schwere Hitze auf der Stadt. Doch heute früh wehte ein freundlicher Monsun. Die Luft war frisch und kühl, als Ellen den Wasserbus aus Brentford bestieg. Der Bus war halb leer um diese Stunde; der Morgenhimmel war blau, und über dem östlichen Horizont türmten sich leuchtende Gewitterwolken. Die Klärbeete am Ufer entfalteten eine purpurne und goldene Blütenpracht, hinter der sich die jungen Platanen auf dem Flußwehr noch kümmerlicher ausnahmen, als sie es ohnehin schon waren. Es lag so gut wie kein Geruch in der Luft. Diese jüngsten Kulturen schienen das Problem zu lösen. Ellen kam die EG-Regelung für Stadtfäkalien in den Sinn und die witzige Umkehrung des alten Spruchs. Maß für die Zivilisation ist heutzutage jene Entfernung, die der Mensch *nicht* zwischen sich und seine Exkremente legt.

Sie stieg an den Toren der Fußgängerzone aus und schlug sich zwischen bizarren und staubigen Vehikeln zur Straße durch. Die Leute hatten es gar nicht gern, wenn das Winterhochwasser den Schlick aus Kot und gierigen Mikroben in ihren Wohnungen verteilte. Aber, so alogisch wie sie waren, schimpften sie über den Hochwasserschutz *an sich.* Überall auf der Welt mußten Städte an Flüssen mit solchen Maßnahmen leben: die den Ausblick verschandelten, teuer in der Unterhaltung und ein ständiger Stein des Anstoßes waren. Der Öffentlichkeit war nicht klarzumachen, daß die eine Katastrophe die andere nicht abschafft. Man fürchtete sich jetzt eben vor Erdbeben und Vulkanausbrüchen, nicht mehr vor der nächsten Überschwemmung. Was soll's, dachte Ellen. Wenn du *mich* fragst, ist alles nur eine Frage der Mode: heute dies und morgen das. Wer weiß, wovor sie morgen wieder Angst hatten?

Das *New European Office* stand da, wo das alte *Westminster Hospital* gestanden hatte, das man vor zwanzig Jahren wegen Baufälligkeit abgerissen hatte. Für den rundschultrigen Bau mit seinen gelben und blauen Glaswänden hatte sie nur einen scheelen Blick übrig. Einfach geschmacklos, die naive Protzigkeit dieser modernen Architektur. Sie sehnte sich nach dem kantigen und eckigen Stadtbild des vorigen Jahrhunderts.

»Legoland«, murmelte sie laut und genoß ihre gereizte Laune. »Autos, die aussehen wie Telephone. Albern nenn ich so was.«

An der Tür zu ihrem Exil hing eine handgeschriebene Notiz: STRASSEN UNTER WASSER. BITTEN UM HILFE. Der Zettel ließ bereits die Eselsohren hängen.

Die *World Conference on Women's Affairs* (WOCWOM)* tagte nun schon zwei volle Jahre. Tagungsort war Krung Thep** in Thailand. Jeden Arbeitstag hatte Ellen Kershaw zusammen mit ihrem Assistenten in Krung Thep verbracht. Sie war keine sehr eifrige Delegierte. Ellen Kershaw, Erz-Anti-Balkanistin, verabscheute den Begriff *Women's Affairs.* Doch sie hatte sich eine einzige Blöße gegeben, in einem Wortscharmützel, das längst vergessen war. Und ihre Feinde hatten sich auf sie gestürzt, und jetzt saß sie im Videokonferenz-Exil. Obwohl physische Präsenz in der gastgebenden Hauptstadt nicht unbedingt erforderlich war, hätte man Ellen ebensogut auf den Mars verbannen können. Ihre Funktion als Delegierte wurde von einer Stellvertrete-

---

* *Weltfrauenkonferenz.*

** Hauptstadt Thailands, bekannter unter dem inoffiziellen Namen *Bangkok.*

rin wahrgenommen. Am Europolitischen Tagesgeschäft konnte sie für die Dauer der Konferenz nicht teilhaben, und die konnte noch lange dauern.

Sie orientierte sich grundsätzlich an den Londoner Dienstzeiten. Kurz nach dreizehn Uhr Ortszeit loggte sie in Krung Thep ein und loggte nach zehn Stunden, zum späten Londoner Nachmittag, wieder aus. Um der Gesundheit ihres jungen Sekretärs willen lehnte sie Nachtarbeit kategorisch ab. Zeitlich nicht festgelegte Arbeit hatte bei Außenstehenden einen geringen Status. Ellen wollte nicht, daß sie beide wie Maschinenwärter dastanden. Man verpaßte nicht viel, wenn man zu spät kam. Es gab nicht viel zu verpassen.

Robin Lloyd-Price saß im toten Winkel, frühstückte und las auf dem Schirm die *Bangkok Post*. Ein langer, dünner Junge mit glattem blonden Haar und einem frischen rosaweißen Gesicht. Gainsborough hatte solche Kindergesichter gemalt. Er erinnerte Ellen an ein blitzblankes Spielzeug, aber sie lächelte, als sie ihn sah. Vor dem Malheur hatte Lloyd-Price sie nur amüsiert; er hatte offensichtlich gehofft, die Anstellung als PPS* einer resoluten, älteren, sozialistischen Feministin würde sein aktives Privatleben in ruhigeres Gewässer bringen. Zwei Jahre lang zusammenhocken, das mußte entweder eine Beziehung stiften oder zerstören. Zu ihrer Überraschung war die alte Sozialistin inzwischen ziemlich vernarrt in diesen Ausbund biblischen Lasters.

»Da ist etwas passiert«, sagte er mit vollem Mund. Diese Schülermanieren konnte Ellen nicht ausstehen.

»Ach. Was denn?«

»Die Aliens sind gelandet.«

»Pah. Dachte, Sie meinten in KT. Hätte mich auch gewundert.«

»Meine ich aber. Sie sind in den USA zwischengelan-

* Parlamentarischer Privatsekretär.

det. Heute um sechs Uhr Ortszeit waren sie in Bang Khen. Mit einem Raumflugzeug, das seither verschwunden ist. Sie suchen die Weltregierung. Hat die Punsuk vor einer halben Stunde verkündet. Hier der Wortlaut. Wollen Sie? Die wollen über Grundbesitz reden.«

»Ach, ja? Sieh einer an.«

»Es sind Telepathen.«

»Wer sagt das?«

»Die US Air Force.«

Ellen schnaubte verächtlich.

Ein Klopfen an der Tür, und das Dienstmädchen brachte Ellens Frühstück. Eins von den braunen Mäuschen, die ungeachtet des historischen Widerspruchs zwischen allen Büros von Westminster hin- und herliefen. Diese Maus leistete sich ein weißes sichelförmiges Krönchen und ein Spitzenschürzchen, zwei Accessoires, die nicht zu ihrer Uniform gehörten.

»Radarmäßig sind sie unsichtbar. Und sie haben eine Art intuitiven Zugang zu unseren Computern. Sie sind auf den Aleuten gelandet, und sie haben in einer von diesen geschlossenen Städten von Alaska gehaust, wo sie die Leute mit Hypnose ...«

Ellen bedachte Robin mit einem gereizten Blick und hätte sich beinah für ihren Kaffee und die Brioche bedankt. »Sarah«, bemerkte sie, als das Mädchen zögerte. »Ist dieses Häubchen satirisch gemeint?«

»Ja, Ma'am.« Das Krönchen nickte, als die Kleine einen schelmischen Knicks machte.

»Froh, das zu hören. Du kannst gehen.«

Ellen setzte sich an ihr Pult. Zu ihren Privilegien gehörte ein Virtuality-Set (Single-Ausführung), mit dessen Hilfe man ›wirklich‹ auf den Straßen der Wasserstadt bummeln und allerlei touristische Vergnügungen genießen konnte (passiv, versteht sich). Robin hatte eine Zeitlang damit herumgespielt. Ellen war nicht interessiert. Ihr reichte das Multifon; die interaktive Übersetzungskabine der Videokonferenz war schon verwirrend genug.

Wenn schon kein vernünftiger Mensch auf die Idee kam, so etwas zu bauen, dann sprangen die Thais in die Bresche: um Eindruck zu schinden, aus Jux und Tollerei; im Fahrwasser jener komischen Thai-Tugend, die zu pingeliger Toleranz aufrief. Jeder hat ein Recht auf seine Muttersprache und was er sonst noch an Macken hat. Eine Attitüde, mit der sie Jahrhunderte lang die Welt in Schach gehalten hatten. Doch Ellen sträubte sich. Jeder normale Mensch wickelte seine Geschäfte in Englisch ab. Wer historische Gründe hatte, die dagegen sprachen (wie etwa die Franzosen), mußte sehen, wo er blieb. Der ganze Hardware-Popanz für die Simultanübersetzung war so typisch für das halbgare Filzhütchenanarchistenethos der WOCWOM.

Das hier war keine virtuelle Realität. Ellens Sinne hausten in Westminster, verfolgten das Treiben auf den Bildschirmen und lauschten dem Kopfhörer. Eben jetzt widmete sie sich dem Hauptschirm, auf dem die TV-Übertragung lief. Bei näherem Hinsehen sah sie sich dasitzen, im EC-Block. Nicht, daß ihr dabei astral zumute war – nur manchmal, nach einem besonders langen Arbeitstag, da kam es vor, daß sie einen kurzen Schwindelanfall hatte. Die Sitzung war ungewöhnlich gut besucht, mehr ›Astralkörper‹ und auch mehr leibhaftige. Die Statistik auf einem Nebenschirm sagte, daß die ›Pressetribüne‹ zum Bersten voll war. Was nicht viel zu bedeuten hatte. Die Nachrichtentrawler waren nicht wählerisch; das meiste flog wieder über Bord.

Weit und breit keine Aliens. Auf dem Großbildschirm über dem Podium – Ellen sagte ›Boden‹ dazu – redete ein australischer Fabrik-Inspekteur und spulte Zahlen herunter über Freiheitsentzug, Hungerrationen und ›Unmoral‹ (er meinte lesbische ›Liebe‹) in ex-japanischen Produktionsstöcken, *jenen Zwangsgemeinschaften von jungen Frauen und Mädchen …*

Die ›unbefleckte‹ Punsuk Masdit, Vorsitzende des *Thai National Women's Committee*, nahm sich unter dem riesigen Konterfei des Australiers winzig aus; sie lag mehr auf ihrer Couch, als daß sie saß – mußte ein stressiger Tag sein.

Ellen sah sich im Sitzungssaal um, ein Manöver, bei dem sich ihr Pult auf dem TV-Schirm auf verräterische Weise leerte. Im Multifon war Neugier keine Privatsache. Indem sie sich buchstäblich über die Schulter sah, entdeckte sie Gesichter im USA-Block, an den Pulten, die so lange verwaist gewesen waren. *Das* war nun wieder interessant. Sie forderte Daten zum Objekt USA-Delegation an. Ohne Erfolg. Die Genialität des Multifons erschöpfte sich in TV-Effekten und Sprachmanagement. Ein verläßlicher Sekretär war es nicht.

Ein Sprecher des multinationalen Produktionsstocks (er redete von Melbourne aus) trat den Ausführungen des Inspekteurs entgegen, indem er belegte, daß die jungen Fabrikladies dank der *Schonkost* in der Tat gesünder waren als die meisten anderen.

Vielleicht klang das auf vietnamesisch überzeugender.

Auf ihrem Schoß unter der Konsole hantierte Ellen mit einem Stapel Belastungsmaterial, einem Bruchteil der Dokumentation, die sie studieren sollte. Da war etwas über Quoten junger Frauen im öffentlichen Dienst des UK. Diagramme, mit denen die Regierung nachwies, daß die Bewegung hin zur ›Hausfrau‹ und fort vom ›qualifizierten Beruf außer Haus‹ ganz unverdächtig chaotisch war und keinerlei linearen Trend verriet. Da war das Zahlenmaterial zu einer anderen Geschichte. Dann ein Bericht über das Schicksal weiblicher Bediensteter, denen man gekündigt hatte, als sie schwanger waren; die Kinder, lernschwach und vaterlos, in Klassenzimmer gesperrt, die den Namen nicht verdienten, derweil die alternden ›Mädchen‹ in den Produktionsstöcken des United Kingdom schwitzten.

Für die Nationen der ehemaligen ›Dritten Welt‹ waren solche Zustände ein gefundenes Fressen; sie pochten darauf, daß die Weltfrauenkonferenz zur Kenntnis nahm, daß Diskriminierung und Mißbrauch überall zu Hause waren. Ellen schnitt eine ungeduldige Grimasse. Die Frauenfrage war zweifellos ein weltweiter Skandal, aber dieses Marathon-Palaver war nicht die Lösung.

Mich würde vom Stuhl reißen, dachte sie zynisch, wenn die Fabrikarbeiterinnen von Liverpool mal so richtig Randale machten. Das würde der WOCWOM Delegierte bringen.

Doch die Unruhen waren in Karatschi, Lagos, Djakarta, Neu-Delhi – in monströsen, abgelegenen ›Glaspalästen‹ mit Namen wie *Black Stump* und *Lizard's Knee.* (Wer, zum Teufel, sollte sie also das Fürchten lehren? Diese winzigen zerlumpten Mumien mit ihren fuchtelnden Ärmchen – ein so schriller und armseliger Widerstand?) Ellen seufzte. Auch ein Heer von Mäusen kann alarmierend sein, weil man seinen Augen nicht traut.

Ellen war ihr Leben lang Feministin gewesen, und sie war es immer noch; und deshalb wußte sie, wie sehr dieses politische Etikett die wahren Mißstände verschleierte und den Gegnern in die Hände spielte. Und deshalb ging ihr die WOCWOM so gründlich auf die Nerven. Die Arbeitgebernationen hielten es nicht für nötig, an einer Konferenz teilzunehmen, in der es praktisch nur um globale Arbeitsbedingungen ging. Ein flüchtiger Blick genügte. Die voll besetzten Blocks gehörten zu Indien, zu Pakistan, zu bestimmten Teilen der Europäischen Föderation und des Mittleren Ostens, zur ASEAN* und zu Australien und Afrika. Die eigent-

---

* *Association of South East Asian Nations:* 1967 gegründete Vereinigung südostasiatischer Nationen zur Förderung von Frieden und Wirtschaft in ihrer Region (Indonesien, Malaysia, Philippinen, Singapur, Thailand und Brunei).

lichen Weltmächte, China, die Westpazifikstaaten, die Multis, die GUS-Staaten und die EG glänzten durch Abwesenheit. Sie ließen sich durch ihre Mündel, die ›protegierten Wirtschaften‹ vertreten; ihre Partner in ›Energiebilanzausgleichsmaßnahmen‹. Im EG-Block war Ellen wie gewöhnlich allein auf weiter Flur.

Den Amerikanern konnte man keinen Vorwurf machen. Sie waren bis über beide Ohren mit sich selbst beschäftigt. *Gewesen,* um genau zu sein. Sie versuchte noch einmal, Daten über die USA-Delegation zu bekommen: zwecklos.

Schon lustig, wie sich die Dinge entpuppten. Das Jahr '04 war angeblich *die* große Umweltkatastrophe gewesen, Gottes Strafgericht über die Schandtaten der Menschheit. Dreißig Jahre danach zeigte sich das wirklich Bedeutsame daran: Japan hatte seinen uralten Traum verwirklicht und wurde eins mit China. Und, du liebe Zeit, hatte die Welt denn kein Gespür dafür? Worauf es wirklich ankommt, das ist – das Gleichgewicht der Macht und so weiter. Was die Ohnmächtigen betraf, so hatte sich überraschend wenig geändert.

Ellen schob die Schmetterlingsflügel der kosmischen Ordnung beiseite, die vom Statistischen Amt bis zur Lächerlichkeit entstellt worden war. ›Unverdächtig chaotisch‹, in der Tat!

»Robin, mein Junge, ich kann mich jetzt nicht damit abgeben. Ab sofort holen Sie rein *gar* nichts mehr aus dem Klosett. Verstanden? Haben Sie ein, zwei Jahre Geduld, und jede Reform, um die man im großen Krung-Thep-Wigwam ringt, ist den Abfluß hinunter. Nichts bleibt übrig, außer ein paar legislative Schnipsel, so selbstverständlich und unbedeutend, daß man sie ohne Murren passieren läßt.«

Sie war von Mitleid ergriffen: für das Mäuseheer, für ihr eigenes Volk, die verlorenen Generationen unter dem Joch von King ›Cotton‹. Sie schmeckte den Zynismus in ihren Worten. Bedrückend fand sie ihn.

Sie ruderte kurz mit den Schultern. »Die Frauen sind die Ärmsten der Armen«, verkündete sie. »Die letzte Arbeiterklasse. Sie machen jetzt solchen Wirbel, *weil* sie stärker werden. Wir können ihnen nicht helfen, wir können sie nur anfeuern. Man darf nicht aufgeben. Aber während man sich engagiert, darf man nicht vergessen, daß man nur ein Symptom ist, kein Heilmittel. Ein Fortschritt, den die Politik durchsetzt, hat noch nie was getaugt.«

»Und das heißt?« grollte Robin sanft.

»Rache, mein Junge. Her mit dem Horoskop.«

»*Plan your day with care*«, rezitierte Robin das Englisch der *Bangkok Post*. »*This could be a disturb week, so you will need to think carefully about what you want to do. It could be easy to be saddle with a bad bargain. Also, you may believe rumours that are unfounded. Stick to routine jobs if you can.*«*

Das war internationale Verständigung nach Ellens Geschmack: ohne Schnörkel, salopp, für jedermann verständlich.

»Gut. Die Kolleginnen sorgen schon dafür, daß die Sitzung nicht überkocht. Reichen Sie mir mal richtige Arbeit.«

Robin tat, wie ihm geheißen. An ihre burschikose Art war er gewöhnt. Das war kein Affront. Er besah sich Ellen: eine rundliche alte Lady, die der späten Queen mehr als nur flüchtig ähnelte: die gleichen runzligen Wangen, die gleiche stereotype Frisur (abgesehen von der Haarfarbe, die bei Ellen herausfordernd schwarz war) mit Wellen, die so unverrückbar steif wirkten, als hätten sie ein halbes Jahrhundert überdauert. Robins

---

* *»Planen Sie Ihren Tag mit Bedacht. Ihnen könnte eine unruhige Woche bevorstehen, also sollten Sie sich jeden Schritt sorgfältig überlegen. Es könnte leicht sein, daß man Ihnen ein unseriöses Angebot macht. Außerdem könnten Sie auf unbegründete Gerüchte hereinfallen. Halten Sie sich nach Möglichkeit an Altbewährtes.«*

Freunde (beiderlei Geschlechts) bedauerten ihn. Er nahm das Mitleid, wie es kam, und machte es sich zunutze; doch seine Loyalität Ellen gegenüber war eine wohlkalkulierte Entscheidung gewesen. Er war jung, er hatte Auslauf. Von Stund an genoß er eine gewisse Kreditwürdigkeit. Er war der Junge, den man im Schützenloch gerne hinter sich wußte. Das sind die Dinge, auf die es ankommt.

Es gab weniger greifbare Vorteile. Ellen ist mein Einsiedlerkrebs, dachte Robin, der passionierte Gelegenheitsspieler. Er fühlte sich zwar deutlich unterbezahlt, und außerdem war sie aus dem Rennen. Doch an ihrer Seite konnte er seinen Horizont erweitern, ohne dabei in Scherben zu gehen.

Draußen in Westminster schmiedeten die ›Autonomisten‹, die Ellen in diesen Knast manövriert hatten, ihre üblichen Ränke. Ellen fing an, gewisse Dokumente in den Privatakten eines prominenten Kleinengländers* mit beinah bösartiger Genauigkeit unter die Lupe zu nehmen. Sie wußte, daß der Junge ihre ungesetzlichen Methoden höchst unterhaltsam fand. So lange sie konnte, ignorierte sie seine schweigsame, stillvergnügte Aufmerksamkeit.

»Na, was ist, Robin?«

»Wollen Sie mehr über die Aliens wissen?«

»Welche Aliens?«

»Von denen ich geredet habe, vorhin. Man will sie der Queen vorführen, sagt Punsuk. Niemand im Sitzungssaal weiß, was er davon halten soll, aber *ich* glaube nicht, daß Punsuk flunkert. Die nicht, Ma'am. Ich glaube, sie sind in London.«

»Wenn das eine Provokation sein soll, Sie Grünschnabel ...«

Sie widmete sich wieder Krung Thep. Rache ist Moschus und Ambra, aber sie mochte es, wenn Robin sie

---

* *Little Englander:* Gegner der imperialistischen Politik Englands.

aufzog. Im Saal kam Unruhe auf. Stühle leerten sich, als Videoteilnehmer sich nach besseren Kamerapositionen umsahen; die Leibhaftigen drängten in die Gänge. Ein Trupp schmucker, junger Soldatinnen bog in Ellens Blickfeld. Sie eskortierten mehrere Leute in hellbraunen Overalls und marschierten geradewegs auf das Podium zu; auf dem Wandschirm dahinter marschierte ihnen ihr eigenes Bild entgegen. Die Zensur brach zusammen. Seltsame hastende Gestalten auf dem TV-Schirm, Geräteschaften und nachschleppende Kabel. Ellens Kopfhörer in Westminster rauschte wie das Meer in der Muschel. Die Techniker würden wahrscheinlich den Astrologen der *Bangkok Post* verklagen.

»... in der Zwischenzeit lassen wir die ›aleutischen‹ Besucher aus den USSA zu Wort kommen«, blökte das Multifon wie eine dieser neumodischen Hausanlagen.

Endlich wurde Ellens Datenanforderung entsprochen, der Text erschien auf einem Nebenschirm: *Delegationsname geändert.* Die erbetenen Daten ...

Das Bild auf dem Hauptschirm stürzte sich auf die ehemaligen USA. Mehr braune Overalls erschienen auf der Bildfläche. Zum ersten Mal sah Ellen, was, zum Kuckuck, überhaupt los war.

»Offenbar hat es drei Landungen gegeben«, dozierte Robin von seinem Pult aus. »Eine in einem westafrikanischen Land in der Nähe des Kamerunbergs, den Namen hab ich vergessen. Eine in Birma ... ich meine, in Karen, oben über Chiang Mai; und eine in Alaska. Die Alaska-Gruppe scheint das Sagen zu haben.«

Mein Jungchen, du siehst ziemlich ulkig aus. Was, zum Kuckuck, hast du bloß mit deiner Leibwäsche angestellt?

Ellen klatschte die Hand ans Ohr, als sei sie von einem Insekt gestochen worden. Aliens! Plötzlich gab es nur noch eine Großaufnahme des Podiums. Auf dem Podium ein wirrer Haufen transparent verpackter Sachen. Spitzentaschentücher. Samtene Schmuckschachteln; TV-Portables mit Globalübersetzer und Bildwiederholung;

ein Gruppen-Virtuality-Set; Anzüge, die sich wie runzlige schwarze Larven um das Rednerpult krümmten; eine Decke aus tankgezüchtetem Zobel – kurz, alle Sorten teurer und widerwärtiger Schenkbarkeiten.

»Glasperlen für die Eingeborenen«, sagte Robins Stimme in ihrem Kopfhörer. »Was die wohl dafür haben wollen? Hawaii?«

Ellen murrte und hieb auf die Tasten, ohne Erfolg.

»Hören Sie auf, Robin, und schalten Sie den Fernseher ein. Wahrscheinlich ist das ergiebiger.«

Das Multifon riß sich zusammen. Der Sitzungssaal kehrte zurück, mitsamt Podium und der Schirmherrin und einem schmalen älteren Gentleman im schwarzen Kimono, der auf einem Stuhl neben ihrer Couch saß.

»Die Weltregierung«, sagte Punsuk.

Ellens Mailbox blinkte munter drauflos. Natürlich. Ellen war die einzige EG-Delegierte im Saal. Gewissenhaft, wie sie nun mal war, war sie hier nicht selten die einzige Delegierte aus dem gesamten Weißen Norden gewesen. Sie behielt das Blinken im Augenwinkel, das Signal wurde immer verheißungsvoller. Sie bemerkte, daß es leere Pulte gab. Schlamperei: Ein paar Delegierte schienen im emotionalen Koma zu sein.

Auf einem Nebenschirm schrieb sich ein Text: zusammengeflickte Informationen. Der Mann im Kimono war der Mittelsmann der Besucher. Mr. Kaoru, ein ehemaliger Geschäftsmann, lebte auf seinem Landsitz im winzigen Staat *Karen* (nicht zu verwechseln mit *Karenstaat** nebenan im Bundesstaat Birma). Er hatte als Gastgeber einer der Aliengruppen fungiert. Und nun *allen* seine Gastfreundschaft angeboten. Die *Aleuten* (das Multifon hatte sich wohl entschieden, daß der Planet der Aliens *Aleut* oder so ähnlich hieß) waren sich einig, seine Gastfreundschaft zu akzeptieren.

---

* Jetzt: nationales Sondergebiet im südöstlichen Birma an der Grenze zu Thailand.

(Was? dachte Ellen. Bestimmt hatten sie Kontakt miteinander gehabt …)

»Kaoru ist wieder so ein dämlicher *Nom de guerre*«, behauptete Robin. »Dieser Japs führt nichts Gutes im Schild, wenn Sie mich fragen.«

»Ex-Japaner. Ich muß doch bitten, Robin. Wir sind beide in einem Zimmer. Unbeabsichtigte Grobheiten sind eine alberne Verschwendung an Munition.«

Auf BBC der unausweichliche Sterbegesang der Schwäne: Staatsoberhäupter bekundeten, *na ja, es verschlägt mir die Sprache.* Und dann die Arcologen, haufenweise Slums in der nördlichen Wildnis. Die Alienfans, Jünger einer neuen Religion: Verlierer aller Sorten mit drogengezeichneten, verklärten, verstümmelten Gesichtern.

Was die wohl von uns halten? fragte sich Robin.

Und die Story züngelte wie ein Schwelbrand um die Welt, wurde hier durch eine offizielle Verlautbarung erstickt und griff dort wie ein Lauffeuer um sich. Robin hielt sich mit seinem Urteil zurück. Genüßliche Aufmerksamkeit war angesagt. Er gefiel sich in der Rolle des Zuschauers. Ende offen, alles offen. Warum Hals über Kopf Partei ergreifen?

Ellen nahm die außerordentliche Tatsache zur Kenntnis, daß aus den *United States of America* (USA) inzwischen die *United Socialist States of America* (USSA) geworden waren. Und die Welt verlor kein Wort darüber! War das ein gutes oder ein schlechtes Omen? Sie fragte sich, wie lange es noch dauern würde, bis sich der Rest des *New European Office* an den Konferenzraum 27/2W erinnerte und man ihnen die Tür einrennen würde. Oh, das war Moschus und Ambra in Reinkultur!

War das nun Männlein oder Weiblein, das da so leichtfüßig zum traditionellen Rednerpult der *World Conference on Women's Affairs* schwebte? Wie immer diese angeblichen Aliens es mit dem Sex hielten, was diese komische Figur zu sagen hatte, mochte von unglaublicher Tragweite sein. Die ersten Worte in der Dämmerung eines neuen Schöpfungsakts.

»Robin, mein Junge, spitzen Sie die Ohren. Wenn das nicht der Auftakt zu einem albernen Werbefeldzug ist, dann höre ich die Schallmeien. Es geht bergauf! Außerdem werden wir beide ziemlich gefragte Leute sein, und das noch vor 17.00 Uhr.«

iii

»Izzy machte Werbung«, sagte Johnny. »Innerbetrieblich, damit die im dritten Stock mal wußten, was die im zweiten machten, so was. Das konnte sie nicht in Heimarbeit machen. Sensible Interna, die nicht aus dem Haus durften. Na ja, kein großer Job ...«

»Reihenweise hübsche junge Ladies, die auf Kommando ein Schmollmündchen machten.«

»Eja. Aber für uns stand fest, daß Izzy die Arbeit nicht aufgeben würde, und wir waren glücklich, als sie einen Job im Dunstkreis von Seimwa bekam – diese hundsgemeine CofI*-Klausel, du weißt schon. Schlechte Neuigkeiten für 'ne Menge Ehen. Wenn ich wegmußte, kam Bel in eine Tagesstätte. Ansonsten hab ich mich um sie gekümmert.« Johnny räusperte sich, wälzte sich auf den Rücken und blickte an die Decke. »Bella war das Beste, was mir je passiert ist.« Er lachte. »Ich muß aufpassen, wem ich das sage. Hilfloses kleines Mädchen in den Händen eines zügellosen Mannes!«

»Keine Sorge«, sagte Braemar. »Ich bin ausgesprochen tolerant.«

Eine Pause des Unbehagens.

»Das war ein Scherz«, versicherte sie trocken. »Sexueller Mißbrauch von Kindern kommt in meinem

* Church of Ireland.

schockierend breiten Spektrum erlaubten Verhaltens nicht vor.«

Dafür eine ganze Menge anderer Sachen.

Johnny lag einsam auf seinem Feldbett im *Welcome Sight,* seine Gedanken kreisten um Braemar Wilson und die Außerirdische. Die Partnerschaft florierte. Johnny traf sich mit der Fremden in den *Royal Botanical Gardens,* die auf dem Gelände des Heidenpalastes lagen. Der Park war keine Attraktion, die Grünanlagen und die ziemlich kraftlosen Springbrunnen erinnerten eher an einen ruhigen Platz auf einer altmodischen Mall. Eine Umgebung, die auf Johnny beruhigend wirkte, und ›Agnés‹ erging es nicht anders.

Sie hatte nie wieder Angst gezeigt und kam ihm nie wieder so jung vor wie beim ersten Mal. Und sie hatte nie wieder seine Tochter erwähnt. Dafür war er ihr dankbar. Sie erzählte von ihrem Heimatplaneten, der blauen Sonne, den winzigen Monden und der Savanne und den Städten und den Naturschutzgebieten. Wie auf der Erde gab es riesige Wüsten, doch sie griffen nicht um sich. Sie erzählte ihm von einem Ausflug ans Meer, als sie noch ein Kind gewesen war. Das Meer war weit von dem Ort entfernt, wo sie jetzt lebte, sie vermißte es. Vor langer Zeit schon hatten sie die globale Klimakontrolle perfektioniert. Man kannte keine Überbevölkerung. Sie schien nicht zu sehen, wo das Problem lag.

Sie hatte nichts gegen den Camcorder einzuwenden, den Johnny aufbaute. Kamera und Stativ waren offenbar Dinge, die ihr in der einen oder anderen Form vertraut waren. Schwer tat sie sich mit der Vorstellung, daß die menschliche Rasse nicht telepathisch war. Sie hatte wohl immer das Gefühl, als wüßten gleich alle Menschen auf der Erde, was Johnny wußte.

Einmal hatte sie wissen wollen, was ein alter Kauz trieb, der vorbeigeschlurft war und auf dem Rasen ein

Procedere mit Nadel, Feuerzeug und Löffel entfaltete. Im Zuge des historischen Eintopfs über die Drogenkriege, den Johnny ihr servierte, wurde ›Agnés‹ ganz mulmig zumute.

»Ist Bergsteigen auch verboten?«

»Wie meinst du das?«

»Wenn die Leute in die Wildnis hinausgehen. Hinaus auf den steilen Fels, wo es kalt ist und die Luft dünn wird, und wo du, wenn du fällst, tot bleiben kannst. Ist das ein Verbrechen?«

Er konnte sie beruhigen und wechselte so schnell wie möglich das Thema. Es war schwer, der Versuchung zu widerstehen, eine so tolerante und mitfühlende Kultur zu schildern wie die ihre, wo jeder die Freiheit hatte, so zu leben, wie es ihm gefiel; und man sich dennoch liebevoll geborgen fühlte. Doch er wollte jetzt nicht auf etwas eingehen, was sie selbst herausfinden würde, wenn sie blieb, auf all die miesen Umstände auf der Erde.

Sie war voller Ungeziefer und ging völlig unbefangen damit um. Was ihm Einblick in den *Way of Life* auf ihrem Sternenschiff gab. Und ›Agnés‹ gleich eine Spur menschlicher erscheinen ließ, nicht umgekehrt. Schiffsjunge auf der *Santa Maria.*

Nur, daß es keine *Santa Maria* gab. Es gab drei Landetrupps (Braes Fakten stimmten); und kein Mutterschiff. Agnés machte Ausflüchte, als er sie bat, ihm das Fahrzeug zu zeigen, in dem sie und ihre Gefährten gekommen waren. Schließlich gab sie zu, daß es verschwunden war. Es würde sich rematerialisieren, wenn es wieder gebraucht wurde. Er kam zu dem Schluß, daß die Reise von ihrem Heimatplaneten bis hier eine Angelegenheit von Stunden war. Mehr durfte (oder wollte) sie ihm nicht verraten. Leute aus den anderen Gruppen konnten vielleicht technische Einzelheiten beisteuern. Agnés war ständig mit ihnen in Verbindung, aber ohne technische Hilfsmittel. Auf eine Weise, an der Johnny nicht partizipieren konnte. Manchmal hielt sie inne, ›unterbrach die Übertragung‹, und bekam diesen mystischen Erleuchtungsblick; dann kommunizierte sie mit ihren Freunden.

Er bat sie, in die Richtung ihrer Heimatsonne zu deuten. Ob sie ihm den Stern in einer klaren Nacht zeigen konnte?

Das war eine Fangfrage. Johnny kannte den Stand der Diskussion über bewohnbare Planeten. Er wußte, daß dieses Schiffsgör eine unvorstellbar weite Reise gemacht hatte.

Agnés lachte. »Du bist gut. Von hier aus kann man doch unsere Sonne nicht sehen«

Er hatte so ein Gefühl, als könne er alles, was Agnés in seinem Kopf sagte, für bare Münze nehmen. Dann war die Sonne, von der sie kam, vielleicht weiter entfernt, als er vermutet hatte. Mit an Sicherheit grenzender Wahrscheinlichkeit besaßen sie einen überlichtschnellen Antrieb. Wurmlöcher, irgendeine Methode, die galaktische Spaghetti sinnreich zu verknoten. Kein Wunder. Es war eine Binsenweisheit, daß Aliens, die auf der Erde landen würden, den Menschen technisch überlegen waren. Sonst wären *wir* nämlich die Besucher gewesen und nicht sie.

Beim Abspielen der Videos versuchte er, seine Außerirdische ganz naiv zu betrachten. Schon merkwürdig, zu erleben, wie sie ihre Lippen nicht bewegte. Als ihm die Unterhaltung mit ihr noch ganz natürlich vorgekommen war, war ihm das nicht aufgefallen. Das machte ihn ganz krank. Besser, wenn man das globale Publikum gleich damit konfrontieren würde. Er überlegte, wie man die anfängliche Barriere aus Skepsis und Zweifel überwinden konnte. Telepathie läßt sich im Fernsehen schlecht beweisen. Der beste Beweis wären Gewebeproben, doch das führte schnurstracks in einen Bereich, den er rundweg zum Tabu erklärte hätte, hätte Agnés nicht den Eindruck gemacht, daß sie über solche irdischen Macken erhaben war. Aber sobald sie ihnen die Bänder zur freien Verfügung überließ, war alles in Butter. Das Okay war so gut wie versprochen. Und dann stand ihrem TV-Auftritt nichts mehr im Wege, dem Debüt von Agnés, der Außerirdischen.

Er und Braemar spielten mit der Schwindeloption und benutzten sie gegeneinander. Doch er wußte, daß sie wußte, daß er es wußte; das Faustpfand war Johnnys Leben, seine Freiheit. Ihm zitterten jedesmal die Hände bei dem Gedanken, was diese Interviews für ihn bedeuteten. Ohne Braemar ging gar nichts. Von seiner Rente hätte er sich nicht mal einen optischen Camcorder leisten können, und einen Flohmarkt für Bücher gab es in Fo nicht. Zum Glück, sonst würde er jetzt sein Leben unter der Brücke fristen ... Er war in ihrer Schuld.

Doch der Verbindungsmann blieb Johnny.

Das *Welcome Sight* erlitt einen Zustrom an polnischen Bauarbeitern; rauhe Sitten waren eingerissen. Es war früher Morgen, und noch immer drang das gedämpfte Spektakel der Zechbrüder aus der Wirtsstube herauf.

Er setzte sich auf und fischte nach dem Riemen seiner Tasche. Er glättete die Knitter und starrte auf das Bild von Bella. Sein Gesicht war abgewandt; da war auch Izzy, und da waren noch andere Generationen. Doch er sah vor allem Johnny – in diesem leider recht winzigen dunklen Augenpaar, der weiten Stirn, dem Mund. In der angeborenen Ängstlichkeit, die er mit dem bravourösen Gehabe eines Journalisten kompensierte. In der unverkennbaren, tugendhaft sanften Miene, die ihr zeitlebens zu schaffen machen würde – und ganz entschieden ein Kapital war.

Er suchte im Geiste wieder die *Upper West Side* auf: unter den Fenstern des Wohnabteils die ruhige, winterliche Straße, geräumt und gefegt. Im Purpurlicht des verschneiten Nachmittags hielt er sein schluchzendes Baby auf den Armen. Bella hatte die Fingerchen schon wieder durch die Papierspiegel beider Schiebetüren gestoßen, ein niedlicher Trick, der ihn aber rasend machte. Jedesmal schrie er sie bis zur Schmerzgrenze an, aber sie hernach zu trösten, war so köstlich. Mein Gott, das kann förmlich zur Sucht werden. Genau da fängt das Feedbacksystem an, diese ganze Schleife aus Schmerz und Freude …

Ich tue das für dich, Baby.

Sein Kopf bekam eine Gänsehaut. Die Krabbeltiere in ihrem Haar, die klaffende Spalte in ihrem Gesicht, das alles konnte er verkraften. Aber das andere! Er konnte sich zwar in pseudowissenschaftlichen Spekulationen über Telepathie ergehen, aber schlauer wurde er dadurch nicht. Er kam sich vor wie ein Chemiker aus alten Tagen, der in den unbekannten Gefilden giftiger Substanzen wilderte; wie Marie Curie, die sich mit dem Nobelpreis ihren Krebs zugezogen hatte. Die Außerirdische hatte ihre eigene Art, sich ohne Worte auszudrücken, benutzte Wendungen, die in ihrem flachen, formellen Englisch keinen Platz hatten. Sie war *in* seinem Kopf; was trieb sie da? Und warum er? Verschiedene Erklärungen gingen ihm durch den Kopf: Keine war erbaulich.

Er legte sich in das graue Bettzeug zurück, das nach Braemar roch – nach Vanille und Rosen und dem Moschus von Sex. Wiederholung hatte ihn unsensibel gemacht für ihre frappierende Großzügigkeit. Sie lebte gern gefährlich, das war es! Sie war eine *Femme fatale*. Sie begriff nicht, daß ihm der Umgang mit dieser Kamera – bei dem, was er gewesen war – in der Seele weh tat. Sie brachte ihm bei, mit seiner Invalidität zu leben; zu akzeptieren, daß es ihm nie mehr besser gehen würde, als es ihm zur Zeit ging. Er hätte sie dafür hassen können. Aber der von ihr bevorzugte Intimschutz, der sich so kühl anfühlte, wenn sie sich in rasend machender Langsamkeit auf ihm niederließ; die Erotik, mit der sie ihn ganz allmählich in sich eindringen ließ und schließlich umschloß – und dann: pumpen, pumpen, *bis er barst.* Damit hatte er keine Probleme.

Unflätig reden und keusch leben war Johnny auf den Leib geschrieben. Das war sein Image: Ich bin hartnäckig, weil das mein Job ist, aber du kannst mich ruhig heimholen, Amerika; meine Hände sind sauber. Johnny grub das Gesicht ins Kissen und stöhnte vor Wonne. Heute wollten sie zusammen frühstücken gehen. Sie hätte schon hier sein sollen.

Ihr Handy lag auf dem Bett, wo sie es fallengelassen hatte. Braemar setzte sich und betrachtete argwöhnisch das unscheinbare Gehäuse. Das fast lebendige Etwas darin war ein Computer. Ein Ding, das Informationen aufnahm, verarbeitete und weitergab. Dieses Modell, das trotz diverser Spitznamen nichts von einem Tier, einer Pflanze oder einem Mineral hatte, war, was mehrwertige Logik und neuronale Vernetzung betraf, den besten Modellen aus geätztem Quarz kein bißchen überlegen. *Aber* es war schnell und robust; *und* unempfindlich gegen Stromstöße, Staub, magnetische Stürme und Sonneneruptionen. Das Tollste war, daß es sich mir nichts dir nichts neu organisieren konnte, falls fremde Impulse auftauchten, die einer besonderen Behandlung bedurften. Und wenn es *etwas* gab, triumphierten die Computerfreaks, mit dem die blaue Keramik nichts anzufangen wußte, dann war es das Wort ›inkompatibel‹.

Braemar machte sich nichts aus den phantastischen Eigenschaften des Korallins. Sie teilte nicht Johnnys Ehrfurcht vor den Apparaten, weder den ganz großen noch den kleinen. Doch sie war nicht gefeit gegen abergläubische Vorstellungen. Es passierten unerklärliche Dinge. Es kam vor, daß ein Handy eine Nachricht ablieferte, die zwanzig Jahre alt war, oder einem gebührenfrei mitteilte, daß soeben die eigene Mutter verstorben war … Vielleicht spukte es im Weltnetz.

Es ist lebendig. Es hat mich reingelegt.

O nein. Diesmal nicht. Die Nachricht war leider echt.

Sie wählte das rote Kostüm mit dem engen Mieder und dem weiten Rock. Er hatte ihr vorgehalten, solche Garderobe nur deshalb mit nach Fo gebracht zu haben, um ihn kirre zu machen. Das stimmte natürlich. Aber er profitierte auch davon. Sie legte Make-up auf. Während sie sich zum Spiegel lehnte, sah sie ihre scharlachroten Brüste, angehoben und feilgeboten wie gespreizte und schamglühende Hinterbacken. So preiswert, diese hübschen Sachen, so reizend und preiswert. Eine sensible berufstätige Frau fragt tunlichst nicht nach der Herkunft. Der arme Süden, die Wohnfabriken im Hinterhof der Nation. Doch Furcht nagt, und dagegen gibt es ein Mittel, das älter ist als die Menschheit. Im Zweifelsfall: aufplustern.

Sollte der Aufstand von Evas Töchtern weiter eskalieren, würde Klein Johnny auf den Flaniermeilen von London, Paris oder Straßburg alle Hände voll zu tun haben, seinen Hosenstall zu verteidigen.

Durch die offene Balkontür drang das Geschrei von Fo herauf. Keine Air-Condition vor Mittag: L'Icebergs Tribut an die Götzen der Zeit. Sie blieb wieder vor dem Spiegel stehen. Es war ein Kinderspiel gewesen, ihn unter Strom zu halten. Armer Johnny! Eine Mischung aus Schuldgefühl, Verachtung und reumütiger Zuneigung starrte ihr entgegen. Für gewöhnlich hatte sie sich besser in der Gewalt. Sie spielte ein paar Gesichter durch, griff aber nicht mehr zur Schminke. Da war nur mehr Kostüm und Maske.

Die kostümierte Clownette wird die Welt retten. Und sollte sich kein anderer Grund finden, dann um deinetwillen, du Kindskopf.

Jetzt hieß es, dem Welpen die Wildnis zu zeigen, auf daß er sein Abenteuer heil überstand.

Auf der Straße begegnete ihr David Mungea. Er war unterwegs zu einer Projektbesprechung mit Ex-Mitsubishi (Hoch- und Tiefbau) und mußte ins Konferenz-

Studio von Fo. Sie ging neben ihm, bissig wie immer, wenn sie mit einem Mann zusammen war, der als Lover nicht in Frage kam.

»Was soll ich Ihnen mitbringen von Flanders? Ein Gebinde aus Mohnblumen?«

»Schokolade wäre mir lieber.« Ihre Augen flirteten. »Und aus Kakao, wenn ich bitten darf. Nicht dieses Ersatzzeug, das man mir in Fo immer andrehen will. Was wollen Sie ihnen diesmal erzählen?«

Was den Umweltschutz betraf, war David durchaus auf Johnnys Seite. Wenn er stockbesoffen war, versuchte er Johnny davon zu überzeugen, allerdings ohne nennenswerten Erfolg. Aber es stimmte. Im Asaba der Zukunft würden die Leute, wenn es nach David ging, zu Fuß reisen und ein paar wenige den Hubschrauber benutzen. Alles, was nicht Frachtverkehr war, würde über Schiene und Wasser abgewickelt, und Frachten in abgelegene Gebiete würden *faute de mieux* per Fallschirm abgeworfen. Was konnte tugendhafter sein in einer Weniger-ist-besser-Welt?

David grinste. »Mir fällt schon was ein. Wir Afrikaner müssen pragmatisch sein. Um unsere Zukunft zu retten, müssen wir benutzen, was wir haben, und nicht, was wir nicht haben. Und eins haben wir reichlich …«

»Bestechung und Korruption. Ich weiß, David. Sie sollten sich schämen.«

»Ja. Aber mehr Straßen haben wir nicht.«

Sie lachte. Der Minister beäugte ihre Haute Couture mit leutseliger Wertschätzung. »Wie kommen Sie voran? Schlägt die Therapie an?«

Braemar seufzte. »O ja. Ich kann nicht klagen.«

Johnny saß barfuß auf seinem Bett. Sein Gesicht entgleiste.

»Hallo, David.«

»Ich muß gleich weiter«, sagte der Minister. Er beugte sich theatralisch über Braemars Hand.

»Dieses Kleid ist abscheulich«, sagte Johnny verliebt. »Wundert mich, daß er es dir unterwegs nicht vom Leib gerissen hat.«

»Ich will offen zu dir sein, also bin ich es. Ich bin immer wieder erstaunt, mit was für Mätzchen ich Erfolg habe. Ich bin eine Zauberin.«

»Du kommst spät.«

»Jemand hat angerufen.«

Sie schloß die Tür. Das Zimmer war stickig und schäbig. Das Personal im St. Maurice war toleranter, als Johnny wahrhaben wollte. Er ließ sich von der alles umfassenden Paranoia der Armen anstecken. Das L'Iceberg würde niemals den *homme libre* eines zahlenden Gastes vor die Tür setzen, auch dann nicht, wenn man sich zwei bis drei Gedanken über seine Fingerabdrücke auf den DV-Möbeln machen würde. Doch hier fühlte Johnny sich wohler.

»Mir ist nicht nach Frühstücken«, sagte sie. »Reiß es mir vom Leib.«

Es war wunderbarer Sex. Er war von Anfang an wunderbar gewesen, und er wurde immer besser: Diesmal war der Übergang von intensiver Erregung zu eruptiver Erfüllung stürmischer und nahtloser denn je gewesen. Hinzu kam, daß er immer länger durchhielt.

Als der Spaß vorüber war, lag er erschöpft da, ihr Gesicht in der Mulde seines Schlüsselbeins. Über ihm das schläfrige Trommeln des Regens. Die Wirtsstube war endlich zur Ruhe gekommen. Er vermißte sein Moskitonetz. Liebend gerne hätte er jetzt hineingestarrt, aber angeblich nahm es ihr die Luft, und also mußte ihr zuliebe der elektronische Mückenkiller laufen. Sie konnte einfach nicht begreifen, wie sehr er gegen jede Verschwendung war; so wenig, wie sie begreifen konnte, was es hieß, unter Quarantäne zu stehen.

Im Zustand der Übersättigung wurde er jedesmal ruppig. Daß er den Sex mit ihr so überwältigend fand, war höchstwahrscheinlich seiner Abstinenz (und Einfalt!) zuzuschreiben. Sie war zu alt und zu zynisch und zu konservativ. Bislang hatte sie keinen vernünftigen Grund genannt, warum sie eine tödliche Waffe besaß. Und mit den Aliens wollte sie doch nur ihren Reibach machen. Sie verfügten beide über Kopien der Interviews, aber *sie* gluckte auf dem bearbeiteten Material. Braemar war ihm haushoch überlegen. Er durfte ihr nicht trauen.

»Braemar, wir müssen reden.«

Sie stützte sich mit dem Ellbogen ab, das derangierte Haar wirkte wie ein Weichzeichner, das Make-up war ein wenig verwischt. Wie hübsch sie war. Plötzlich war er wieder so glücklich, sie bei sich zu haben, daß sein Argwohn verflog.

»Ich habe schreckliche Angst«, sagte er. »Brae, ich kann mir nicht helfen, aber eine Stimme am Telefon beweist noch gar nichts. *Vielleicht haben sie Bella doch.* Und ich weiß nicht, was Agnés mit mir anstellt.« Er tippte sich an die Stirn. »Was *macht* sie da oben mit mir?«

Braemar schob eine Falte des Lakens zwischen ihre klebrigen Körper. »Johnny, vertrau mir. Du wirst schon nicht zum Telepathen.«

Der mütterlich hänselnde Tonfall rief sofort wieder seine Widerborstigkeit auf den Plan.

»Okay, Ms. Wilson. Reden wir Tacheles. Langsam geht mir auch *diese* Partnerschaft auf den Geist. Wir vögeln, aber sind wir deshalb auch Freunde? Du nimmst nichts ernst, sage ich dir, und ich weiß, daß du mir eine Menge verschweigst.«

Draußen auf dem schmutzgepflasterten Gang stürmten Füße auf Johnnys Tür zu. Sie flog auf. Zwei zehnjährige Jungs, das halbe Junior-Personal des Hotels, platzten herein. Sie kreischten vor Lachen, schlugen die Hände vors Gesicht und sprangen rücklings aus dem Zimmer. Hinter den Kids tauchte David Mungea auf.

»David.« Braemar ordnete ohne Eile ihr Bettuch. »Sie

sind früh zurück. Sagen Sie nicht, Sie hätten meine Schokolade vergessen?«

Er spreizte theatralisch die Hände und tat überrascht. »Scheint so, als wär sie im Märchenland geblieben, Hokuspokus Schwindibus, ich hätte besser aufpassen sollen. Meine Freunde, ich wollte nicht so dramatisch stören. Ich kam nur vorbei, und da fielen mir zwei Menschen ein, die vermutlich nicht vor dem Fernseher saßen. Die Aliens sind gelandet. Wir sind nicht mehr mit Gott allein im Universum. Sie sind in Krung Thep, ausgerechnet auf dieser Emanzenkonferenz. Das Beste kommt noch, ihr beiden Diplomreporter: Ein paar sind auch in Fo.« Er rieb sich vergnügt die Hände. »Tja, jetzt ist mir klar, wie die Milch in die Kokosnuß kommt. Ihr solltet mal lieber ins Studio, aber ich fürchte, ihr werdet nicht die ersten sein.«

Sein Gelächter kollerte den Gang hinunter, überrollte förmlich das Kichern der Kids. Dieser Bastard.

Braemar glitt vom Bett und fahndete nach ihren Dessous.

»Nun guck nicht so, Johnny. David meint es nur gut mit uns. Wer zuerst kommt, mahlt am besten, und wer zu spät kommt, den bestraft das Leben, das ist ein Naturgesetz.«

»Du auch«, sagte Johnny. »Ich hab's ja gleich gewußt.«

Das war ein Schuß ins Blaue. Er konnte keinen klaren Gedanken fassen, er war zu wütend. Sein großer Plan, alles Makulatur, alles nur Hirngespinste. Sie stülpte sich das rote Kostüm über den Kopf. Als ihr Gesicht wieder zum Vorschein kam, war es auf eisige Distanz gegangen: keine Spur von Sinnlichkeit, kaum wiederzuerkennen.

»Natürlich wußte ich, daß etwas im Gange war. Schon aus den Interviews. Agnés wollte noch nicht ins Fernsehen, sie erwartete jeden Tag, daß sich etwas änderte. Vor ein paar Stunden hab ich davon erfahren.

Warum sollte ich uns einen Strich durchs Bett machen?« Sie stieg in die Schuhe und ließ ihr Handy aufschnappen. »Zumal ich wieder nach Hause fliege, Johnny.« Ein kleines Bedauern huschte über ihr Gesicht. »Das klingt brutal, aber Fo ist jetzt nicht der richtige Standort, und ich kann nicht warten, bis du dir ein Ticket beschafft hast. Schau mal vorbei, wenn du in London bist. Irgendwann.«

Zu seinem tiefsten Bedauern hatte sie nicht die Stirn, ihn zum Abschied zu küssen. Er hätte sie erdrosselt.

3 Um die Realität zu entdecken und zu bestätigen…

Die hereinbrechende Nacht war fast sternenlos, und das, obwohl der Himmel klar war. Peene kauerte am Rand eines Fleckens aufgeschossener Vegetation, die ihr Verstand ›ein Wäldchen‹ nannte, und starrte in die ehrfurchtgebietende Leere. Doch *Dunkelheit* ging in diesem Kontext eben *nicht* mit Leere einher, eine irreführende Wahrnehmung, die sie unterwegs nicht vergessen hatte. Andere Illusionen waren ihr dagegen abhanden gekommen: *Ebenheit, Oben, Unten.* Ihr Gewicht schien unverändert, der dunkle Horizont war weit, doch sie hielt sich immer irgendwo fest, als gelte es, nicht in den Himmel zu stürzen.

Neben dem Wäldchen, in dieser dunklen, dunklen Nacht, gab es stetige, rhythmische Geräusche. Vermutlich war der Rhythmus ein Zufall, doch beim Umhertappen stolperte sie über eine kantige Barriere. Schwaches Licht sickerte aus den Wänden eines breiten Grabens. Sie gewahrte, wie ihr zwei große Tiere entgegenkamen. Sie konnte kaum Einzelheiten ausmachen, aber hinter ihnen auf der fettigen Oberfläche unterhalb des Treidelpfads bewegte sich etwas: Sie zogen eine Barkasse. Sie hatte Angst, daß da irgendwelche Leute waren, und nahm Reißaus. Sie stellte sich vor, wie ihr jemand mit einer Taschenlampe nachkam, wie der Lichtstrahl ihren weißen Schwabbelpo erfaßte. Sie hätte eigentlich kühn vortreten und den Stolz ihrer Rasse behaupten sollen: *Ich komme von weither, ich komme in Frieden …* Na ja, ein andermal vielleicht, wenn sie besser drauf war.

Sie versteckte sich in etwas, das hohem Gras ähnelte,

und kicherte in sich hinein: *ci sono canali.** Das schien so fabelhaft zu passen. Sie war kein sinnliches Wesen, ihr Leben spielte sich im Kopf ab. Sie kauerte da, das Kinn auf den Knien, und verschiedene Eindrücke, die sie nicht vermißt hatte, stellten sich wieder ein. Kälte, Prickeln, Prellungen. Die Luft, die sie atmete, bekam einen merkwürdigen Geschmack.

Sie schloß die Augen. Diese fast sternenlose Weite. Die wenigen klaren Lichtfunken.

Peene öffnete die Augen. Sie war wieder heil in ihrer Zelle, wie man ihr Zimmer wegen seiner klösterlichen Kargheit nannte. Besuch hatte sie schon eine Weile nicht mehr gehabt, und das war gut so. Die Apparatur, die sich leise über ihr regte, ging niemanden etwas an. Nicht, weil man sie vielleicht ausgelacht hätte. Das nicht. Die Uhr stand so, daß Peene die Augen nicht zu bewegen brauchte, um sie zu sehen. Sie blieb genau zwanzig Minuten ruhig liegen, dann schälte sie sich vorsichtig aus dem weichen Schaumstoff und erhob sich.

Es war kühl im Zimmer. Sie zog den geliebten alten Kaftan an, der ihr als Morgenmantel diente, und setzte sich eine Zeitlang. Dann ging sie zu ihrem Computer. *Wo bin ich gewesen?* Das war der heikle Teil, denn sie hatte nichts als ihre Erinnerung. Sie ›malte‹ auf dem Schirm, schob solange mit den Pixeln herum, bis sie ein minutiöses Phantombild des spärlich ausgestatteten Himmels vor sich hatte. Man darf nicht einfach drauflosgehen. Man muß irgendwohin wollen. Sie hatte ihr Ziel mit Bedacht aus einer kleinen Schar von Möglichkeiten gewählt. Sie hatte die vierdimensionalen Koordinaten eines relativ winzigen Bereichs, der ihre Suche nach dem passenden Loch für das Puzzlestück ein-

---

* *Es gibt Kanäle:* die Entdeckung der sogenannten *Marskanäle* durch den italienischen Astronomen *Giovanni Virginio Schiaparelli* (1835–1910).

schränkte. Der Rest war höhere Mathematik. Sie startete das Programm und ging ans Fenster.

Jenseits des Campus standen zwei Radioteleskope, von hier aus wirkten sie klein, und die Traggerüste nahmen sich wie Spinnweben aus. Diese Technik taugte nicht viel. Erdgestützte Teleskopie, seit jeher ein Stiefkind, siechte seit 2004 nur noch dahin. Da sich der Himmel inzwischen beruhigt hatte, mochte sich diese Technologie wieder erholen. Vielleicht fing man noch einmal ganz von vorne an. Peenemünde fand diese Idee verlockend. Es sollte immer einen Platz für das menschliche Auge und seine fruchtbare Neugier geben.

Astronomie war ihre Leidenschaft, nicht ihr Arbeitsgebiet. Sie mußte Schleichwege benutzen, wenn sie Zugang zum Raumteleskop ›Cannon‹ wollte; dasselbe galt für die Maschinenzeit, die sie brauchte, um ihre Berechnungen durchzuführen. Niemand sollte ihr unangenehme Fragen stellen. Woran es teilweise lag, daß sie so spät noch auf den Beinen war – und das, obwohl sie bereits eine Nacht und einen Tag durchgearbeitet und alles andere vernachlässigt hatte. Die Straßenbeleuchtung auf dem Campus und die Wolkenfetzen löschten die sommerlichen Sternbilder über dem Preußischen Landrücken. Keine Menschenseele weit und breit. Was seltsam war, weil gleich mehrere zeitlich nicht festgelegte Projekte liefen. Abgesehen von Peene und ein paar anderen Freaks gab es hier keinen, dem das Hickhack nicht zuwider war, doch der Widerwille hielt sich für gewöhnlich in Grenzen. Zu wilden Streiks kam es deswegen nicht. Sie zuckte die Achseln und ging zurück, um nachzusehen, wie weit die Rechnerei gediehen war.

Nach vierzig Minuten (sekundenweise zusammengestohlen aus einer großen Maschine, die anderweitig beschäftigt war) bekam sie das Resultat. Sie druckte das endgültige Bild aus und legte es neben das Phantombild.

*Nunc dimittis, Domine.**

Peenemünde weinte und schneuzte sich. Die süßeste Wonne auf Erden verklärte ihr pummeliges Gesicht.

> *Lord, now lettest thou thy servant depart in peace:*
> *according to thy word.*
> *For mine eyes have seen thy salvation,*
> *Which thou hast prepared before the face of all people;*
> *A light ...***

Peene hatte keineswegs die Absicht *dahinzuscheiden.* So heilig war sie nun auch wieder nicht. Der Ruhm, der ihr winkte, hatte nicht nur mit Gott zu tun. Alles was recht ist. Er hatte dieses wundervolle Spiel erfunden, diesen köstlichen Trick, über den man sich ewig ins Fäustchen lachen konnte. Doch diese ersten Tränen entsprangen selbstloser, nackter Wonne, die sich selbst genügte.

Sie schneuzte sich wieder.

»Es ist Unsinn«, murmelte sie. »Alles blanker Unsinn, Selbsttäuschung und – und Pseudowissenschaft. Ich muß mir das genauer ansehen, morgen früh.«

Sie strahlte wieder über das ganze Gesicht: Sicher ist sicher. Sie tapste barfuß zu ihrer Kochnische und wärmte ein paar süße Semmeln und einen Becher Kakao auf. Hungrig, wie sie plötzlich war, setzte sie noch Käse und Marmelade aufs Tablett, trug es zu ihrem einzigen gemütlichen Stuhl und schaltete das Fernsehen ein – zum ersten Mal, seit sie vor gut sechs-

---

* Bibel: ›Die Gute Nachricht nach Lukas‹, Kap. 2, Vers 29 (lateinischer Wortlaut der Vulgata) / entspricht den Worten: »Lord, now lettest thou ... depart ...« = *»Herr, nun läßt du ... scheiden.«*

** Bibel: ›Die Gute Nachricht nach Lukas‹, Kap. 2, Vers 29–32 (deutscher Wortlaut der ›Einheitsübersetzung‹): *»Nun läßt du, Herr, deinen Knecht, wie du gesagt hast, in Frieden scheiden. Denn meine Augen haben das Heil gesehen, das du vor allen Völkern bereitet hast, ein Licht ...«*

unddreißig Stunden mit ihrem jüngsten Experiment begonnen hatte. Das war nichts Ungewöhnliches. Das bestätigte nur, wie exzentrisch Peenemünde war: Wer brachte es schon fertig, stunden- geschweige denn tagelang nicht ein einziges Mal die Läden dieses so lebenswichtigen Fensters zu öffnen?

Sie gehörte wahrscheinlich zu den allerletzten auf der Welt, abgesehen von den Ärmsten der Armen, den hoffnungslos Siechen, den Wahnsinnigen und den Säuglingen, die noch nicht wußten, was dem Planeten Erde widerfahren war.

Sie saß da und halbierte ihre süßen Semmeln, lauschte und säbelte vom Käse und strich Marmelade auf die Stücke. Schließlich saß sie nur noch da und starrte mit offenem Mund. Eine Rasse telepathischer, technisch überlegener Wesen hatte die Erde erreicht, und zwar mit Hilfe eines überlichtschnellen Transportmittels.

»Oh«, sagte sie. Und dann in einem Englisch von solcher Süffigkeit, daß sie es gar nicht mitbekam: *»That's torn it.«**

Die Leute hielten Peenemünde für weltfremd, weil sie als besonders gescheit galt und keinen Smalltalk kannte. Und sie hatte sich in der Tat, wie die meisten scheuen, ›weltfremden‹ Genies (und jeder andere Mensch) in dem Sumpf aus Soll und Haben und Status und Ansehen etabliert. Sie saß kauend und schmatzend da und war voll hilfloser Wut. Sie wollte jemanden umbringen. Und wenn sich niemand zur Verfügung stellte, dann mußte eben Gott dranglauben.

---

* *»Aus der Traum.«*

4 Uji

Staat Karen · Mai 2039

Clavel (früher Agnés) ertappte sich manchmal, wie er im Dunkeln lag, kaum gewärtig, daß er wach war, und lauschte. Das Geräusch kreiste in ihm: irritierend, melancholisierend, gefangen in einer endlosen Wiederholung. Draußen unter seinem Fenster hatte sich eine Kehrmaschine festgefahren. Er wartete voller Hoffnung, daß die Maschine sich fing und weiterfuhr, bis ihm schließlich einfiel, daß der Fluß von Uji das Geräusch machte und er, Clavel, weit weg war von zu Hause. Er wälzte sich auf die andere Seite und berührte seinen Hüter und lauschte auf das Atmen der anderen. Zählte sie, als wäre man noch in Afrika. Immerhin lag diese Nacht niemand im Sterben. In einem Geviert aus zerbrechlicher Sicherheit mit Wänden aus kränkenden Lauten schlief er sodann wieder ein.

Am frühen Morgen schlüpfte er aus dem Bett und ging sich umziehen. Er trug jetzt tagsüber keine Unterwäsche mehr. Staub bedeckte die weiße Duschtasse und das Klosettbecken in seinem Verschlag. Clavel wollte alles ausprobieren, doch selbst sein langmütiger Hüter rebellierte gegen das Ansinnen, im Umkleideraum mit Schmutzwasser herumzupanschen. Nackt dastehend fuhr er mit dem Finger durch seine Bauchfalte und schnippte die Wanderer dahin, wo es am dreckigsten war.

»Fressen – fressen!«

Es würde Jahre brauchen, bis dieser Ort hygienisch war.

Der Hygienebehälter war randvoll. Die hiesigen ›Pampers‹, die ihnen ihr Gastgeber zur Verfügung stellte, paßten, waren aber ziemlich sperrig. Er nahm den Behälter und machte sich auf den Weg zur Küche, die außerhalb ihres Flügels lag. Das Haus von Uji bestand aus einem langen Haupttrakt, an dessen Enden rechtwinklig Flügel angesetzt waren, sowie aus verschiedenen Nebengebäuden, die über Säulengänge zu erreichen waren. Der Garten aus geharktem Kies ringsum ruhte auf einer Art Luftmatratze. Clavel kürzte den Weg zur Küche ab: Der Garten ließ ihn passieren, räkelte sich und lag wieder schön ordentlich da, aber anders als zuvor.

»Danke euch, ihr Steinchen. Habt ihr hübsch gemacht.«

In der Küche fütterte er den Müllmagen, den Atha gebaut hatte, Rajaths Kommissar, und tätschelte ihn. »Gute Maschine, schön aufessen.« Clavel hatte kein Talent, ein technisches Artefakt mit Seele auszustatten. Doch der Gestus, die habituelle Zärtlichkeit angesichts einer beseelten Welt, war tief in ihm verwurzelt.

Die normale Verdauungsarbeit von Clavels Volk hinterließ keine klobigen Exkremente. Die natürliche Folge hiesiger Eßgewohnheiten hatte jeden anderen, der sich (mit oder ohne Unterwäsche) darauf eingelassen hatte, mit Abscheu erfüllt. Schließlich und endlich hatte sich die Afrika-Gruppe – anders als ihr Käpten – auf Kuhmilch beschränkt, ein eher medizinisches Gebräu, das Fo zu bieten hatte, und das ihrer gewohnten Nahrung noch am nächsten kam. Jetzt hatte Mr. Kaoru feste Nahrungsmittel eingeflogen, die sich auf der Heli-Plattform stapelten und vom Küchenpersonal in einem großen Faß einem Gärungsprozeß unterzogen wurden. Nur Clavel hielt sich an die hiesigen Bräuche.

»Warum haben wir denn den ganzen, weiten Weg hierher gemacht?« wandte er ein.

»Um so zu tun, als wären wir noch daheim!« hörte er sie im Chor witzeln.

Er füllte eine Schale mit Reis, den man speziell für

ihn auf hiesige Art in Wasser zubereitet hatte. *»Der Poet ißt wieder ohne Unterwäsche!«* Es stimmte, daß er bei seiner Übung ein mulmiges Gefühl hatte. *»Du wirst noch deine Verdauung ruinieren«*, war ein eher sensibler Einwand. Clavel hob eine Schulter angesichts der zweideutigen Frotzeleien ringsumher. Er zog mit seinem Reis und den Eßstäbchen ab. Ein Poet hatte eben auch für Unterhaltung zu sorgen.

Im letzten Zimmer des Abendflügels, in Rajaths Trakt, lag Lugha zusammengerollt auf dem gebohnerten Boden; er trug einen Lernreif um die Stirn. Als Clavel hineinsah, fuhr er aus seiner Versunkenheit und raffte sich zu einer etwas würdevolleren Haltung auf.

»O Poet. Sieh dir das mal an.«

Clavel tat, wie ihm geheißen. Ohne Reif sah er nur flache, bunte, schlierende Muster. Darunter wechselnde Zeilen aus hiesigen Schriftzeichen.

»Was sagt das Gekrakel?« wollte Lugha wissen.

Clavel kniff die Augen zusammen. »Das ist das Bild eines Moleküls.«

Lugha reagierte gereizt. »Das weiß ich auch. Was da *steht*, will ich wissen. Sag es laut.«

»Deso ... xyri ... bonuklein ...«

Clavel hatte keine Mühe, die Schriftzeichen mit der hiesigen Lautsprache zu assoziieren. Er fand es komisch, daß andere, die die hiesige Lautsprache benutzten, sich so schwer damit taten. Träumt denn von euch keiner? pflegte er zu fragen.

Der Kleine zeigte schon kein Interesse mehr. »Es geht um die Elemente. Sie lassen nur fünf gelten. Kein Holz, kein Metall, nur Milch und Blut und Wasser und Feuer, zusammengefaltet in ihren Paarungen, und dann noch der Atem, der aus dem einen das andere macht. Clavel, warum wollen die Leute Gewebeproben von uns haben? Ich habe Mr. Kaoru gefragt, und er meinte, ich soll mir das hier reinziehen.«

Clavel kaute seinen Reis und starrte ein Loch in die

Welt. Das Märchen über die Elemente rührte ihn an: Wasser und Blut und Feuer! Doch er ging zu oberflächlich damit um. Er spürte der Faszination nach, die diese alten Bilder auf den scharfen Verstand ausübten.

»Hast du nicht gesagt, über höhere Physik wüßten sie besser Bescheid als wir? Na ja, wenn sie mit fünf Elementen auskommen, um so besser. Du hättest dir keine Gedanken machen brauchen. Du bist zu ängstlich, Clavel.«

Der Poet und der scharfe Verstand hatten die Verbindlichkeit der Sprache gemein, doch es gab Barrieren, die ersterer nicht zu durchbrechen vermochte. Lugha war nicht behilflich. Er gab sich mit einem überheblichen Achselzucken zufrieden.

»Warum sträuben wir uns? Wir sind nicht in solchen versiegelten Anzügen herumgelaufen. Von uns könnten sie überall was aufkratzen.«

Der Wechsel zur normalen Konversation war ungehörig abrupt, doch Clavel sah, daß Lug wirklich wißbegierig war: ein Kompliment vom Schlauberger der Expedition. Er hockte sich auf die Fersen und fuhr mit der Hand über die Flanke des Kindes. Die hegende Geste bewirkte bei beiden eine winzige Schweißabsonderung. Das Kind fügte noch ein artiges, knappes Nicken hinzu: »Ja, sei mir nah.«

»Wie immer man einen Wanderer verschneidet, man kann aus ihm keine Waffe machen, die sich gegen seinen Besitzer richtet – oder gegen einen Landsmann des Besitzers. Das leuchtet dir doch ein, oder? Waffen werden aus totem Gewebe gemacht, aus ahnungslosem Fleisch. Und das will man von uns haben.«

Lugha war, was die menschlichen Verhältnisse betraf, von einer lächerlichen Naivität. Er versteifte sich und kniff sich vor lauter Schreck in die Trennwand zwischen den Nasenlöchern. »Das ist furchtbar. Heißt das, wir haben Krieg?«

»Hm ... Handel ist Krieg, sagen viele. Nein, nicht unbedingt, mein Kind. ›Austausch von Geiseln‹ sagt man dazu. Wenn du älter bist, verstehst du das besser.« Er wollte Lugha aus der Reserve locken. Wer nur lebt, um zu lernen, wird dieses Mysterium nie begreifen.

Lugha bekam eine krause Stirn. »Aber die haben doch keine Wanderer.«

»Unsinn. Alle haben welche.«

»Haben sie nicht.«

Clavel sah sich im Zimmer um. Noch so ein Schrein wie der große in Fo, von dem man ihre Bilder zum Regierungssitz geschickt hatte. An den Wänden reihten sich lauter Bildschirme und Konsolen, Kästen voller Aufzeichnungen, Nischen mit Stirnreifen und Handapparaten, Kombinationen wie die von Lug. Die Ausstattung war zwar vertraut, aber unglaublich verziert und vielfältig. Dieser Raum hatte es Lugha angetan. Den anderen, selbst Clavel, war Ujis Reichtum an okkultem Spielzeug ein bißchen unheimlich. Praktisch jedes Zimmer hatte seinen Schrein. Sie waren nicht umhin gekommen, die meisten der geweihten Möbel zu entfernen; es waren ihrer einfach zuviel. Er mußte an die verrückten Heiligen von St. Francis denken. Sie lebten auch inmitten von Geistern und wurden rundherum von Befehlen und Omen aus dem Jenseits regiert.

Aber nirgends in Francistown war es so leblos gewesen wie in Uji. Was man auch anfaßte, es war tot. Abgesehen von Mr. Kaoru hatten sie es nur mit Bildern zu tun, meistens jedenfalls: mit Geistern auf einem Schirm.

»Das hier ist eine sterile Umgebung, mein Kind. Deshalb treiben sich hier auch keine fremden Wanderer herum. Wir leben in Quarantäne.«

Lug bedachte ihn mit einem sengenden Blick. »Sie haben keine. Du wirst schon sehen.«

Er zog den Reif wieder auf die Stirn, kleine hornige Finger in schlabbrigen Handschuhen bohrten sich in das Kästchen auf dem Schoß.

»Komm, sing deine Minnelieder woanders. Ich hab zu tun.«

Nachts war das ganze Tal vom Tönen des Wassers erfüllt. Tagsüber zog sich das traurige Geplapper zurück. Clavel folgte ihm durch die Gartenanlagen und vorbei an dem Weg zur Helikopterplattform. Es hatte eine Aschezufahrt gegeben, als sie hier angekommen waren, doch Kaoru hatte ihnen geraten, sie zu blockieren. Der Erdhaufen an der Abzweigung war bereits dicht mit Grünzeug bewachsen.

Das Cottage, in dem ihr Wohltäter wohnte, lag versteckt in dem Hain, der die Helikopterplattform umgab. Kaoru kam und ging sehr diskret. Clavel sah ihn am häufigsten. Dann und wann erhaschte der wandelnde Poet einen Blick auf die schlanke Gestalt, die in ihrem dunklen, steifen Anzug auf einem Stein oder unter einem Baum saß, wie eine Statue, die den Anflug von Fassungslosigkeit oder Verlegenheit verkörperte; sie kamen ins Plaudern. Clavel hatte eine Kaoru-Aufzeichnung gemacht. Eigentlich hatte er das gar nicht gewollt. Clavel war auf seine Weise sehr religiös, doch das konventionelle Ritual brachte ihn stets in Verlegenheit. Aber von Johnny wußte er, daß das die feine Art war, Freundschaft zu schließen.

Kaoru war ihnen ein Rätsel. Seine Gastfreundschaft war ein Mysterium, das anders geartet war als das Verhalten jener heiligen Spinner von Francistown. Im Grunde handelte er so, wie man sich wünschte, daß man selbst sich verhalten würde, wenn die Besucher von einem anderen Stern im Garten landen. Oft sagte er, ihre Ankunft habe seinem Leben einen Sinn gegeben, und es gab keinen Grund, ihm nicht zu glauben. Daß er in jüngster Vergangenheit eine Tragödie erlebt haben mußte, lag auf der Hand. Doch da war auch die Quarantäne, die so stillschweigend verhängt worden war. Es mußte andere Bereiche geben, in denen er seinesgleichen favorisierte: Das Mysterium bestand darin, daß er sich offiziell oder privat herbeiließ, diesen Interessenkonflikt auszuhalten. Solange sie keinen Anlaß hatten, ihm zu mißtrauen, mußten sie ihn nehmen, wie er sich gab. Kaoru war ein Manager, ein Makler, ein Kommissionär, der Geschäftsbeziehungen knüpfen und pflegen half. Die Bezeichnung ›ehrbar‹, die mit diesem Beruf einherging, war ein hiesiger Scherzartikel.

Clavel ergötzte sich an diesem Humor; er war so trocken, so knuffig.

Über Stufen aus gekramten Felsblöcken und gefiedertem Grün fiel ein Strom in den Fluß hinunter. Er stürzte sich ruhelos von Teich zu Teich. Clavel saß ganz in der Nähe an seinem Lieblingsplatz, die Knie nach hinten geknickt, und fand Trost in Johnnys Nähe.

Dann sprach Gott: Ein Gewölbe entstehe mitten im Wasser und scheide Wasser von Wasser. Gott machte also das Gewölbe und schied das Wasser unterhalb des Gewölbes vom Wasser oberhalb des Gewölbes. So geschah es, und Gott nannte das Gewölbe Himmel …

Wie ergreifend, daß sich jemand auf diesem Planeten frei fließenden Wassers erkühnt hatte, eine Situation zu schildern, die er selbst nie erlebt haben konnte. Während Clavel sich die Verse dieses fremden Poeten Wort für Wort vergegenwärtigte, bekam er eine Gänsehaut. Seine Unterarme trieben winzige Knospen und weinten allerkleinste Tröpfchen. Ein Hauch von Clavel entfleuchte durch das textile Gewebe ins Freie.

Jenseits des Tales erstreckte sich Farmland: Felder, die *Maulbeere* (eine Textilfaser) produzierten und *Kuhmilch*, jene Flüssigmedizin, die von einem großen ›materiellen Wesen‹ hergestellt wurde. Die Quarantänezone reichte weit hinaus. Nichts Natürliches, nicht der simpelste Parasit, regte sich auf diesen Feldern. Und was kam dahinter?

Der Park, in dem der Landsitz Uji lag, war weitläufig. Kaoru zu fragen, ob das Land sein Privatbesitz war oder ob man den Einheimischen nur auf unbestimmte Zeit untersagt hatte, sich hier zu ergehen, erschien dem Poeten unhöflich. Doch er kam sich vor wie in einer Falle. Außerhalb von Uji gab es eine ganze Welt, die er nur flüchtig zu Gesicht bekommen hatte. Und daran würde sich nichts ändern, ehe nicht Rajath und die übrigen befriedigt waren.

Rajath, der Guillaume gewesen war. Denn zu Ehren ihres Gastgebers hatten sie inzwischen Namen aus Kaorus traditioneller Sprache angenommen, die er sichtlich bevorzugte (und die sich wiederum von seiner eigentlichen Sprache unterschied; diese Leute waren in jeder Hinsicht ausgesprochen kompliziert).

Rajath also. Er war ein Teil von Clavel, ein weltlicher Appetit, der erst gestillt werden mußte, bevor sich der Poet aufs Staunen konzentrieren konnte. Rajath war außerdem ein sehr schillernder Charakter. Nach der Trennung hatte er eine gänzlich andere Meinung über den letzten Stand ihrer langen Diskussion vertreten als Clavel. So war das immer. Verglich man die Notizen, dann zeigte sich, daß er den Disput ganz anders erinnerte: und das mit der lautersten Unschuldsmiene … Clavel war ganz und gar nicht erfreut gewesen, daß Rajath ihn wie einen Bittsteller behandelt hatte, der um Anschluß nachsuchte. Wenn überhaupt, dann hatte Kumbva das Recht, sich zum Diktator aufzuschwingen. Kumbva (der für ›Agnés‹ in Afrika ›Eustache‹ gewesen war) hatte schließlich diesen Ort ausfindig gemacht; *ihm* hatten sie Kaoru zu verdanken. Doch dieser offenherzige Charakter legte keinerlei Wert auf solche Mätzchen, und Clavel liebte die innere Freiheit des Ingenieurs. Er würde sie um keinen Preis kompromittieren.

Also hatte Clavel das Beste daraus gemacht. Er hatte, inspiriert durch seine Unterhaltungen mit Johnny, zu Rajaths Handelskriegsstrategie ein paar eigene Vorschläge eingebracht. Was ihm und seiner Crew zu Ansehen verholfen hatte; außerdem war man wieder substantiell am Gewinn beteiligt. Aber er hatte sich gleichsam selbst überlistet. Die Einheimischen waren inzwischen so beeindruckt, daß Rajath dachte, er könne den Reibach aller Zeiten machen. Er war so zappelig und närrisch vor Gier, daß er nicht wußte, wo er anfangen sollte, und der Poet blieb, was er war: ein Gefangener.

Blätter, Felsen, Sonne. Es gibt nichts Neues. Wir sind immer zu Hause. Da hatte sich etwas bewegt! Clavel war bei dem Geräusch zusammengefahren, das sich deutlich vom weißen Rauschen des Stroms abgehoben hatte. Er sah auf und begegnete einem leuchtenden Auge, das durchs Laub zu ihm her spähte. Das Ding stieß wütende Kaskaden winziger hoher Triller aus. Sie hatten keine Parasiten von zu Hause mitgebracht. Folglich hätten sie in der Quarantänezone unter sich sein sollen. Man hatte ihnen versichert, daß die ›materiellen Wesen‹ harmlos waren, doch es fiel äußerst schwer, die Ruhe zu bewahren, wenn etwas so Halblebendiges wie eine Waffe aus dem Gebüsch geraschelt kam.

Alles war so vertraut. Das hier hätte ein Park wie jeder andere sein können, egal in welcher Stadt. Und dann wurde man jählings an die schreckliche Wahrheit erinnert.

Clavel wußte, daß sie alle miteinander die Heimat erst in Uji verlassen hatten. Solche poetischen Bemerkungen ärgerten den selbsternannten Diktator mächtig, aber sie trafen zu. Jede Gruppe hatte am Rand ihres eigenen Abenteuers agiert, Denkgewohnheiten hatten die Erfahrung verfälscht und die Sinne verstellt. Jetzt war man *innerhalb* des Abenteuers, und Clavel war angst und bange, was es mit ihnen anstellen würde. Zu Hause war man schon so lange ein einziges Volk. Gelegenheiten zu lügen, zu betrügen und zu stehlen waren dünn gesät. Furcht vor Waffen spielte dort bei den wenigsten eine Rolle. Hier aber kamen Dinge zur Sprache, die schon seit Generationen begraben waren:

verlorene Erinnerungen, die man besser hätte schlafen lassen.

Clavel nahm wahr, wie unten im Charakterschrein das Schlitzohr mit dem klugen aber trägen Kumbva schwätzte. Eben machte Rajath sich über des Poeten Abneigung lustig. Die Vorstellung, gewisse menschliche Verhaltensweisen ›müßten‹ für immer verschwinden, fand Rajath absurd. *»Wir sind, was wir sind. Es gibt keine Zukunft, keine Vergangenheit …«*

Der Vogel flatterte davon. Clavel grübelte. Er spürte, daß er Rajath zu sehr unterstützt hatte. Eine Intuition tat not, um das Gleichgewicht wieder herzustellen. Ihm schwebte etwas vor, das den Eindruck erweckte, als ließen sich die Einheimischen doch nicht so leicht übertölpeln. Wer immer nur an den Profit denkt und seine Felle davonschwimmen sieht, der wird sich zusammenreißen und ins kalte Wasser springen.

Die Luft war so bevölkert wie in Afrika, doch sie hatte nichts wirklich Lebendiges zu bieten. Clavel fragte sich, wie eigentlich die Quarantäne funktionierte. Hatte er bei irgendwem in Fo *keine* Hautwanderer bemerkt? Er konnte sich nicht erinnern. Wie sieht, schmeckt, spürt man ein Nichtvorhandensein? »Sie müssen doch Leben haben«, sagte er zu Lugha. »Sie haben Häuser, Kleidung, Lebensmittel, Geräte und Pflanzen. Wie denn sonst? Durch Zauberei? Man kann die Toten doch nicht aufessen.«

Er steckte einen Finger in den Kragen, beförderte einen zappelnden Winzling ans Licht und besah ihn sich: den Mikrokosmos, der alle Komplexität, alles Sein in sich vereinte. Und vertilgte sich selbst.

Er rollte sich in seiner Nische zusammen, zog sich von seinen Gefährten zurück. Er sang also Minnelieder. Na, und? Er gönnte ihnen den Spott. Uji war schon Gefängnis genug. Clavel wollte sich die Süße nicht versauern lassen, die er hier genießen durfte.

Man hatte ihm gesagt, daß die Verliebtheit vergehen

würde, daß sie physisch unmöglich war – und er hatte das auch halbwegs geglaubt. Doch die Zeit verging, und mit jeder Stunde nahm ›Johnny Guglioli aus New York City‹ realere Züge an. Der Poet starrte in den Strom. Johnnys Gegenwart wurde so real wie das Wasser. Johnny saß zwischen den Felsen, so eckig vorgekrümmt wie seinesgleichen, die nie die Würde der Zweibeiner verleugneten. »Ich war zu ungestüm, und dann waren wir zu schüchtern«, sagte Clavel zu Johnny. »Ich hätte mehr Selbstvertrauen haben sollen. Mit fünfzehn ist ein Poet stets ein Poet. Mein Talent ist ungebrochen: Ich sage, was ich denke.«

bei der Erinnerung an jene verpatzte Offenbarung entblößte er die Zähne und schauderte.

»Aber so schlimm kann es nicht gewesen sein. Du bist zurückgekommen. Wir haben uns Stunde um Stunde unterhalten. Es ist kein Wort über Liebe gefallen, aber wir wußten, was mit uns geschah. Was sonst hätten die linkischen Allgemeinplätze kaschieren sollen?«

»Tja«, räumte Johnny achselzuckend ein. *»Ist schon verdammt komisch, aber du hast recht. Du bist mein kleiner Liebling. Ich wußte es von Anfang an, alles an mir wußte es, nur nicht der Teil von mir, der laut redet. Deshalb war ich so fürchterlich erschrocken.«*

»Du haßt mich doch nicht, weil ich den anderen das alles erklärt habe? Das mit dem ... äh ... ›Ftl-Antrieb‹* und so? Ich habe dich irgendwie ausgenutzt, ich weiß ...«

Johnny lachte. *»Handel ist Krieg, und Krieg ist Handel. Davon wird auch die Liebe nicht verschont, warum auch? Wie könnte sie?«*

»Es gibt Geschichten von Liebenden, die aus verschiedenen Lagern kommen ...«

»Eja, ich weiß. Sie dienen verschiedenen Interessen, versu-

---

* faster than light = überlichtschnell.

chen sich gegenseitig mit den geistreichsten, gemeinsten Schachzügen zu beeindrucken. Aber diese Stories, Kleines, haben eins gemeinsam: Sie gehen traurig aus.«

»Ich bin zum ersten Mal verliebt«, sagte Clavel. (Das kam ihm wie die Wahrheit vor. Mit jemandem schlafen, ja selbst die Ehe, bedeutete nichts angesichts dieser Seelenbeziehung.) »Du und ich, wir sind uns vorher noch nie begegnet, zu keiner Zeit, auf keiner Welt. Die traurigen Geschichten sind die süßesten. Unsere soll die beste sein.«

Im Rückblick waren die Jahre verflogen. Er war beschäftigt und glücklich gewesen, voll und ganz darin aufgegangen, zu sich selbst zu finden. Es war eine Zeit des Lernens, der Episoden, der Rebellion gewesen – eine Zeit, da er zu der anmaßenden Überzeugung gelangt war, daß niemand besser war als er: wobei er in Sackgassen hinein- und herausgerauscht war, daß er sich nicht einmal mehr an die Abzweigungen erinnerte.

Der Maßstab wechselte, die Spielregeln wechselten: Das Muster war immer das gleiche. Clavel erinnerte sich vage, wie an eine Absicht, die im Laufe der Jahrhunderte verblaßt war, daß er bei diesem Unterfangen auch deshalb mitmachte, weil er nach dem Ende seiner Kindheit suchte. Er saß am Strom und starrte durch die Augen seines Geliebten verzückt auf den Poeten.

Kenner behaupteten, dies sei der beste Teil einer Liebesaffäre. Die Liebe kehrt zurück, aber nicht erklärtermaßen. Körperliche Trennung zur rechten Zeit konnte überaus köstlich sein. Jeder von beiden war sich des anderen in der Ferne bewußt – mit solcher Schärfe, daß es wie eine Entzündung schmerzte, wie eine Erregung, die auf halbem Wege chronisch wird. Er staunte über die Macht dieser Erfahrung. Aber warum sollte sie nicht wichtiger sein als alles andere? Das ist das Ereignis, sann Clavel, das dem ganzen Kosmos einen Sinn verleiht, das unendliche Reflektieren der Reflexion. Und dann brach sie aus ihm heraus, jene Ansprache, wie er sie Johnny auf der Parkbank in Fo versprochen hatte:

»Seele meiner Seele, Sonne meines Herzens.
Wenn ich in meinen Gedanken nach dir greife, so spürst du meine Berührung, wo immer du bist.
Lasse ich mich nieder, um einen anderen zu umarmen, so küsse ich nur dich.
Denn die Wonne ist unteilbar, sie gehört allein der Weltseele.
Nur zu dir kann ich kommen, nur bei dir kann ich verweilen, im Schlafen, im Wachen, im Leben und im Sterben, immerdar.
Dein Mund trinkt aus meinem Kelch, meine Klaue ist in deinem Fleisch ...«

Die Worte hatten ihn derart aufgewühlt, daß er mit glühenden Wangen aufsprang und erst mehrere Felsblöcke stromabwärts seine Fassung zurückgewann. Dann war es zu spät, um fortzufahren: Die Stimmung war gebrochen. Er ging weiter, in einem Zustand der Isolation, den er vor Fo nicht gekannt hatte.

Eines der Flußbecken war in Gebrauch. Aus einer Masse von Seifenschaum ragten Knie, Kopf und Schultern eines sichtlich zufriedenen Maitri, der in Afrika Benoit gewesen war.

»Ich könnte mich direkt ans Baden gewöhnen, mein Lieber, aber nicht im Ankleideraum. Hast du nicht eben von Liebe gesungen?«

Clavel bleckte die Zähne. Er ließ sich neben dem Teich nieder. »Hört auf, mir nachzuspionieren! Alle miteinander!« Junge Schultern flogen in einer zickigen Geste. »Mit der Seife verdirbst du das Wasser. Du solltest achtsamer sein.«

»Unsinn. Da, wo es herkommt, gibt es noch viel mehr davon. Sieh dir den Himmel an. Die Wolken.« Maitri drückte nachdenklich den Schwamm aus. »Ach, Kind, ich weiß doch, wie dir zumute ist. Dir ist, als sei dieser Johnny genauso eins mit dir wie eine von den kleinen Kreaturen, die auf dir herumkriechen und deine Hautschüppchen vertilgen. Dir ist, als sei er ein Sekret deiner Drüsen und du eines von ihm, und als müßtest du dich allem anderen Fleisch verwehren.«

Clavels Selbstsicherheit schlug in kindlichen Trotz um. »Lach mich nicht aus. Ich bin nicht verrückt, und ich bin nicht krank. Es ist nicht unmöglich. Denk an die Aufzeichnungen, die Lugha sich ansieht. Diese Leute bestehen aus Atomen. Sie gehören der natürlichen Welt an. Wir alle kennen Geschichten über Fremde, die sich in Fremde verlieben, und dann stellt sich heraus, daß sie sich gar nicht so fremd sind. Und unsere Wanderer, da hast du ganz recht, sie beweisen doch, daß es geht. Was hier passiert, kann auch dort passieren. Der Zufall gibt nie auf, hörst du? Die Wahrscheinlichkeit kann winzig sein, aber verschwinden kann sie nicht.«

Maitri machte eine träge Geste. »Bitte, verschone mich mit Ansprachen. Meinst du den Zufall, der manchmal einen Unbekannten zur Welt bringt? Meinst du, dieser Junge ist geisteskrank?«

»Nein! Nur, daß Zufälle passieren.«

Clavel wandte sich an den scharfen Verstand: Zeige definitiv, daß diese herrliche Koinzidenz möglich ist.

»In Ordnung«, räumte Maitri ein. »Das Menschengeschlecht ist ein Zustand von Dingen, kein in charakteristischer Weise geformtes Objekt. Daß du so weit von zu Hause jemanden gefunden haben sollst, der dir sehr ähnlich ist, das ist lediglich sehr unwahrscheinlich.«

Clavels Hüter seufzte. Es war so verlockend, seinen Liebling wiederzuhaben, wie es bestürzend war, Clavel, von dem man zutiefst abhängig war, derart dumm daherplappern zu hören.

Das Kind hob demonstrativ die Schultern und ließ sie wieder fallen. »Keine Sorge, mein Lieber. Ich bin nicht komplett verrückt.« Clavel krauste die Stirn, stülpte die Hand über die Nasenlöcher. »Na, Hilfsbereiter, hast du nachgedacht? Es könnte sein, daß sie damit beschäftigt sind, uns zum Narren zu halten, derweil wir damit beschäftigt sind, *sie* zum Narren zu halten. Unser scharfer Verstand bezeichnet ihre Wissenschaft als geistreich, aber vielleicht stimmt das ja gar nicht. Vielleicht ist ihre Wissenschaft ein ausgeklügelter Schwindel. Oder sie täuschen, ohne es zu wollen, so wie wir am Anfang.«

Maitri mußte lachen. »Bis du erklärt hast, daß so was besser funktioniert, wenn man es absichtlich macht!«

Das Lachen war falsch. Es weckte ein paar komplizierte poetische Befürchtungen. Vielleicht hatte Clavel zu der Farce beigetragen, wohlwissend daß er damit Durcheinander stiftete. Denn er hatte aus unerfindlichen Gründen *Angst*, sich selbständig zu machen und nach seinem geliebten Johnny zu suchen …

Die Mitteilung platzte derart erstickt heraus, daß selbst Maitri nicht sofort begriff. Er setzte sich auf, fuhr zusammen auf den rutschenden und spitzigen Kieseln. »Ich wollte dich nicht aufregen.«

Clavel erhob sich abrupt. »Ich habe einen weiten Weg vor mir. Das sollte euch allesamt gefallen. Ich weiß, daß ihr euch über meine verschrobenen Einfälle lustig macht.«

»Warte, mein lauteres Herz!« schrie Maitri. »Vergiß nicht die ›Priesterkonferenz‹. Komm rechtzeitig zum Umziehen!« Zu spät. Diese junge, ach, auf immer junge Person war schon wieder zwischen einem Konglomerat aus Felsblöcken verschwunden.

Clavels Hüter war wieder allein, drückte Schaumblasen aus dem Schwamm und brütete vor sich hin. Da waren sie nun, ein winziger Trupp von Händlern, die man in Quarantäne gesteckt hatte, und die sich kaum noch erinnern konnten, wie alles gekommen war – und Rajath, der darauf aus war, sie alle in einen Coup zu verwickeln, der mit jedem Tag gefährlicher aussah. Sie alle brauchten Clavel, den Zögernden, die *widerstrebende* Kraft, die die treibende jenes anderen bremste. Es war Maitris Schicksal, derjenige zu sein, den Clavel brauchte. Und was tat er? Anstatt dem Poeten die Augen zu öffnen, ließ er sich mit dem Teenager in eine Debatte über die große Liebe ein.

Er fragte sich verdrossen, ob sein Schützling es leichter gehabt hätte, wenn er als Junge zur Welt gekommen wäre. Solche Umwandlungen kamen vor. Maitri und sein Geliebter waren beide maskuline Typen. (Nicht, beeilte er sich hinzuzufügen, daß sie sich viel aus solchen Wortspielen gemacht hätten!) Es *hätte* helfen können. Er schüttelte den Kopf. Unmöglich, sich seinen Clavel anders vorzustellen, nicht einmal in allertrivialster Hinsicht.

Im Charakterschrein von Uji saßen Rajath und Kumbva beim Frühstück. Von zu Hause hatte man Aufzeichnungen von jedem Expeditionsteilnehmer mitgebracht. Wohlbehütet hatte man die Bänder durch jedes Abenteuer geschleust, auch wenn die leibhaftigen Objekte nicht überlebt hatten. Hier in Uji eine zünftige Kapelle einzurichten und die Bildsichtapparatur auf den hiesigen Stromgenerator umzustellen, war mit das erste gewesen, was man gemeinsam in Angriff genommen hatte. Keiner von ihnen war besonders religiös, mit Ausnahme von Clavel, und der war es auf seine eigene, besondere Weise: Aber in dieser von Geistern geplagten Welt war Religion schon fast ein Diktat des Selbsterhaltungstriebs.

Gerade lief ein Auszug aus Rajaths Geschichte. Ein Kind, in Armut geboren, das sich tags durch Sümpfe und Wälder zur großen Stadt durchschlug, um seine Größe zu behaupten; und nachts unter den Sternen schlief. Keiner von beiden sah zu, aber es war eine Episode, die Rajath Kraft gab. Sie beschwor das Beste, was er über sich wußte.

»Was ich nicht begreife«, sagte Rajath, während er seinen Mehlschleim mit dem gewohnten Feuereifer löffelte. »Wieso haben sie uns erwartet? Und du, du hast doch dasselbe erlebt.«

Das Essen war schrecklich, Schlabberschleim ohne jeden Geschmack. Atha war schlichtweg unfähig, aus dem hiesigen Angebot etwas Vernünftiges zuzubereiten.

Kumbva gluckste. »Nicht wir wurden erwartet. Das waren andere wichtige Leute.«

Rajath nickte. »Ein hübscher Fall von Verwechslung. Gott sei Dank – Dank dir, o Makelloser –, daß wir für die anderen einspringen durften.«

Rajath hatte in Francistown keine Ansprachen gehalten, was anscheinend niemanden gestört hatte. Es wurmte ihn gewaltig, daß ausgerechnet Clavel, der ewige Zauderer, vorgeschlagen hatte, formelle Aussagen zu machen, die glatte Lügen waren.

Er schlürfte den Löffel leer und legte ihn ab; und hielt eine Rede: »Du sollst es als erster erfahren. Heute, wenn die Priester kommen, dann wird uns einer von ihnen beleidigen. Wir fordern Entschädigung. Und zwar in Form von Vermögensrechten. Wir verkaufen mit immensem Gewinn und bringen die Beute heim.«

Kumbva war nicht begeistert. »Du willst ihnen verkaufen, was sie vorher besessen haben? Mit allem Respekt, mein Lieber, sie waren nicht gerade beeindruckt von deinem ersten Versuch: Und das waren Geschenke. Die Immobilienidee hat mir von Anfang an gefallen – man weiß ja, wie der Markt sich überall verhält. Aber warum so kompliziert? Zeit ist billig. Wir haben einigen Staub aufgewirbelt; für Sachen, die uns gehören, wird man tief in die Tasche greifen. Unsere Ware gegen ihr Land, warten, verkaufen, einfacher geht es doch nicht. Wir heimsen den Gewinn ein und noch eine Menge Kuriositäten, von denen sich gut leben läßt.«

Die Afrika-Gruppe hatte den größten Teil ihrer Ware

bei der Bruchlandung verloren und praktisch das Hemd auf dem Leib verhökern müssen, um sich über Wasser zu halten. Die anderen Gruppen hatten mehr Glück gehabt. Aber Rajath bestand darauf, ihre Schätze an Spielzeug, Textilien, Totenzeug und seltenen Mineralien totzuschweigen. Er war überzeugt, sie würden mit leeren Händen besser abschneiden.

»Und außerdem«, grübelte Kumbva träge. »Woher soll denn die Beleidigung kommen? Sie beten uns an. Ehrlich gesagt, sie wollen doch geradezu, daß wir sie übers Ohr hauen.«

Kumbva schwante dasselbe wie Clavel: Es konnte auch ein schlimmes Erwachen geben. Aber die Aussicht auf mehr Gewinn für sich und seinen Haushalt wog das Risiko auf. Dennoch platzte er mit einer formellen Warnung heraus: ausgerechnet er, der sonst alles auf die leichte Schulter nahm.

»Sei bloß vorsichtig, Rajath, um Himmels willen! Wenn sich zwei Fremde begegnen, weiß keiner, was er glauben soll, und der frechste Lügner räumt ab. Aber keiner läßt sich gern verschaukeln. Ein einziger Trick, der zu weit geht, und der Respekt kann in Feindseligkeit umschlagen. Dieser Planet ist wimmelig voll. Wir wissen nicht, wie viele es sind. Und wir sind gerade mal vierzig.«

»Jeder erwartet, daß ich Ideen habe«, grummelte der Anführer. »Also habe ich Ideen, und was ist der Dank?« Er blickte finster drein. Draußen im Park saß Clavel und haßte ihn. Die Mißbilligung durch den Poeten war ihm ein Stachel des Ansporns. Er haßte sich dafür, weil er ständig nach Clavel schielte. Dem war doch egal, ob Rajath tot oder lebendig war. *»Jetzt übertreibst du aber«*, murmelte Clavel. Kumbvas Fingernägel lausten die Nackenstränge des anderen. »Schsch. Niemand haßt dich.«

Rajath hieß die Berührung mit einem winzigen Nicken gut; sie besänftigte ihn.

»Was ich noch wissen wollte«, sagte Kumbva pflükkend und vertilgend. »Warum drohen sie uns immer mit einer Leibesvisitation? Die Quarantäne lasse ich noch gelten. Das vereinfacht die Sache: Sterilisierte Maschinen sind ziemlich anfällig. Aber was hat die Farbe meines Hinterns mit dem Geschäft zu tun? Ich glaube, die sind verrückt.«

Rajath nahm den anderen bei den Schultern und drehte ihn zum Bildschirm. »Sieh dir *das* an«, sagte er. »Sieh *mich* an, wie ich Kopf und Kragen riskiere für diese kindische Auszeichnung. Willst du *dich* sehen? *Du* bist verrückt, mein Freund. Wir alle sind es. Deshalb sind wir hier.«

Er lachte. »Wie dem auch sei. Ich bin lieber verrückt, als daß ich heimkomme und man mich bloß für einen dieser Tölpel hält, die ihren Campingurlaub ohne zweiten Klosettdiener antreten.«

Es war schlimm. Die Afrika- und auch die Alaska-Gruppe hatten Verluste zu verzeichnen, unter denen in beiden Fällen diese äußerst wichtige Person war. Selbst jetzt konnte Kumbvas Feinwerker sie nicht alle versorgen. Es hatte bereits peinliche Momente gegeben. Solcherart sind die Freuden eines abenteuerlichen Lebens.

5 Ende der Flitterwochen

i

Braemar ergriff die Hand ihres Gefährten und nahm artig die Stufen.

»Ich bewundere Frauen, die mit solcher Anmut aus einem Hubschrauber steigen.«

Sie akzeptierte das Kompliment mit einem Lächeln.

Die Sache war nicht so heikel, wie sie hätte sein können. Die Welt der Damenmode schien ihre Leidenschaft für Overalls mit lauter Schnallen und Schlaufen entdeckt zu haben. Solcherart war auch Braemars Quarantäne-Uniform, die die Regierung von Karen als Kompliment an ihre weiblichen Gäste entworfen hatte. Die Herren konnten tragen, was sie wollten, vorausgesetzt, sie hatten nichts gegen die ›zweite Haut‹ einzuwenden, die man ihnen über die Kleidung sprayte. Jeder Zoll Haut war mit Antikontaminationsfilm bedeckt, an jedem Kopf saß irgendeine glubschäugige Dreisechzig: Die Journalisten boten einen furchterregenden Anblick. Die Aliens konnten einem leid tun.

Aus der Sicht der Erdlinge griffen die Sicherheitsvorkehrungen reichlich spät. Nachdem gewisse Artefakte der Aliens bereits mehrere Hände passiert hatten, trotzten sie jetzt irgendwo im geheimen den Bemühungen, sie zu analysieren. Von anderen Objekten wußte man, daß sie in Privatsammlungen verschwunden waren – und niemand wußte, was für Picknick-Abfälle noch in westafrikanischem Boden oder auf den fernen Aleuten vor sich hin faulten. Nichtsdestoweniger waren die Maßnahmen nötig. Die ›Aleuten‹ sollten sehr penibel sein, was ihre Körper anging, und niemand wollte den Superwesen auf die Füße treten. Kein menschliches

Hautschüppchen, nicht ein einziges Haar sollte ihre Enklave kontaminieren, und nicht das kleinste Fitzelchen von aleutischem Gewebe dieselbe verlassen.

Nach Karen-City war die Luft hier draußen ein wahrer Luxusartikel; selbst Plastikfilm vermochte diese Wohltat nicht zu trüben. Die Monstercrew passierte den Torweg aus alter balinesischer Steinmetzarbeit und hielt Einzug in die gepflegten Anlagen von Kaorus Ruhesitz. Wie ein Mahnmal ragte der einzige Überlebende des alten Teakwaldes in den Himmel. Es gab kunstvolle Grotten, eine ›Tempelruine‹ in der Ferne und am Wasser ein paar possierliche Tierfiguren. Das Haus stand am Flußufer. Metallene Libellen umschwirrten die Besucher beim Abstieg: ein verspielter Hinweis auf Kaorus Sicherheitssystem.

In Afrika und in Alaska schwärmten Suchtrupps über die Landegebiete. Die einen wollten Wissenschaftler sein, die anderen gaben offen zu, daß sie Amateure waren. Sie alle machten Jagd auf die geheimen Portale, die Tore in der Luft, durch die man von einer Galaxie in die andere gelangte oder in einen anderen Flügel des Multiversums. Braemar gehörte nicht zu den Gläubigen. Und ertappte sich trotzdem, wie sie mit unnatürlicher Aufmerksamkeit auf gewisse Bereiche des Zierrasens starrte, auf Stellen, wo unsichtbare Dinge seltsame Schatten warfen und die Luft zu schimmern schien. Die Presseerklärungen aus Uji legten Wert auf die Feststellung, daß dieses Tal absolut sicher war. Die Aliens seien hier ›bestens aufgehoben‹ und würden keinerlei Bedrohung darstellen. Wenn irgend etwas stimmte, was die ›Aleuten‹ behaupteten, dann war diese Behauptung blanker Unsinn. Hier konnte jeden Moment der Rest der Invasionsflotte auftauchen – hier oder sonstwo.

Braemar setzte artig einen Fuß vor den anderen und dachte an das Jahr 2004, da sich alle Welt (zumindest die TV-Gemeinde) zum Expertengremium in Sachen Plattentektonik und Magmaströme aufgeschwungen hatte. Da wurde in der Schlange vor der Imbißbude über den Winkel zwischen komprimierten Kristallen in der Erdkruste gefachsimpelt, besonders wenn er kleiner war als 60°, und über Tiefseerücken und überhitzte Gasfahnen. Die Wirtin in der Kneipe ließ sich über die unbeachtete Warnung vor dem großen kalifornischen Beben aus, zu dem es nie gekommen war, und über jenen grausamen uralten Präzedenzfall, als sich mächtige Lavaströme durch Südindien wälzten, die (wußten Sie das nicht?) der *wahre* Grund für das Aussterben der Dinosaurier waren.

Wenn die Aliens eine Schlagzeile wert waren, dann wegen der interstellaren Raumfahrt oder, genauer, wegen der Frage, warum unterbelichtete Erdlinge überlichtschnelles Reisen für unmöglich hielten. Die administrativen Relikte verschiedener Raumfahrtprogramme waren aus allen Wolken gefallen, denn die Akte ›interstellare Raumfahrt‹ war inzwischen bis zur Unkenntlichkeit verstaubt. Doch das kurze Aufflackern der Aktivität hatte nichts weiter zu Tage befördert als ein Sammelsurium an Stories über ein paar zeitgleiche Ufosichtungen, über die sich jetzt alle den Mund zerrissen; und daß es keinerlei Anhaltspunkte für ein Mutterschiff gab, das irgendwo im Orbit lauerte. Alle wußten sie Bescheid. Jedermann wußte, daß es unter den Systemen in diesem Teil der Galaxie so gut wie keinen ›Hoffnungsträger‹ gab. Hausmädchen konnten einem verklickern, aus welcher Entfernung (in Lichtjahren) die Aliens mit an Sicherheit grenzender Wahrscheinlichkeit kamen.

Nicht etwa die sozialistische Revolution in Amerika machte Schlagzeilen; wohl aber eine kalifornische Datenbank namens SETI*. Und in der Schlange vor der

---

* *Search for Extraterrestrial Intelligence* – ein wissenschaftliches Programm mit dem Ziel, durch den Empfang und die Sendung von Funksignalen Kontakt mit Außerirdischen zu bekommen.

Imbißbude debattierte man über Clavels ›blaue Sonne‹ und versuchte einander die Bedeutung der Formel $E = mc^2$ zu erklären.

Der Heimatplanet der Aliens entzog sich dem Zugriff menschlicher Wißbegierde, und die Ftl-Fahrzeuge waren bis auf weiteres ›verschwunden‹. (Die USSAF, wie die USAF nun hieß, hatte angeblich ein paar Filmmeter von einer Ufolandung besessen, doch die waren auf mysteriöse Weise abhanden gekommen.) Die Aliens, inzwischen aus dem Brennpunkt des öffentlichen Interesses, hatten sich auf Mr. Kaorus Landsitz eingenistet, und ihr Gastgeber (ihr Aufseher?) lud gelegentlich bestimmte, von ihm favorisierte Vertreter der Medien zu einem ›Tag der offenen Tür‹.

Durch ein lächerliches Mißverständnis waren die Besucher von den Sternen zu der Überzeugung gekommen, daß die ›Weltkonferenz von Evas aufmüpfigen Töchtern‹ der Sitz der Erdregierung war. Die Konferenz hatte zur fraglichen Zeit getagt und war nominell mindest so umfassend wie eine UN-Vollversammlung. Man hatte den Irrtum nicht korrigiert. Er kam den richtigen Regierungen sogar gelegen, da er ihnen eine Atempause gönnte, in der man sich beraten konnte. Die Gefahr, daß die Besucher den Schwindel bemerkten, war gering. Die Aliens hatten kein Interesse an der Konferenz gezeigt. Sie hatten – durch Mr. Kaoru – verlauten lassen, daß sie sich menschliche Gesellschaft wünschten, und gleich eine Handvoll Delegierte beim Namen genannt.

Letztere wurden rasch mit allem gefüttert, was SETI über Xenologie und verwandte Gebiete wußte. (»Wir verbrachten ein Wochenende in mehr oder weniger unfreiwilliger Klausur«, berichtete Robin Lloyd-Price, »und wurden gezwungen, eine Unmenge Science Fiction zu konsumieren.«) Dann wurden sie entlassen und durften sich den Rest zusammenreimen. Sie übernachteten nicht in Uji. Sie reisten von Karen an und blieben den ganzen Tag über, zu sechst bzw. acht im vierzehntäglichen Turnus. Mit Rücksicht auf die Gepflogenheiten der Aliens benutzten sie keine Aufnahmegeräte. Wenn sie abgelöst wurden, erstatteten sie SETI Bericht, angeblich lückenlos. Aber es gab keinerlei technische Überwachung innerhalb des Landsitzes – diesbezüglich sahen Kaoru und die ›Weltregierung‹ einander gründlich auf die Finger. Wenn man es also genau nahm (und von den speziell inszenierten ›Tagen der offenen Tür‹ absah) wußte kein Außenstehender, was sich inwendig abspielte.

Die Uji-Beobachter redeten und redeten. Daß sie ihre Loyalität gewechselt hatten, war den Presseerklärungen anzumerken.

Braemar hakte im Geiste die Gesichter ab. Das britische Gespann, Ellen Kershaw und Robin Lloyd-Price – dieser famose Junge, der jede Frage, die man stellte, in einen ach-so-britischen Scherz ummünzte. Dougie Milne aus den USSA und seine Assistentin Martha Ledern. Der hagere alte Vietnamese Wu Nyang Hong (Chas) mit seiner ätherisch aussehenden Landsmännin Rosalie Troi, die außerdem seine Nichte war, und irgendein römisch katholischer Kleriker.

Milne hatte vor der Revolution als Psychotherapeut gearbeitet. Rosalie Troi war von Geburt an stocktaub und zu arm, um etwas gegen ihre Behinderung zu unternehmen. Braemar hatte versucht, sie auf dem Weg hierher etwas zu fragen, aber Mutter Rosalie hatte ihre holprige BSL* verschmäht. Soviel hatte Braemar mitbekommen: Rosalie hegte keinerlei Zweifel an den telepathischen Fähigkeiten der Aliens. In ihren Augen war das *keine* versteckte Form von Zeichensprache. Ledern war ein interessanter Typ. Das Mädchen war (da gab es nichts zu beschönigen) eine ehemalige Stadtterroristin. Hatten die Aliens sie wirklich ausgeguckt oder war sie eingeschmuggelt worden?

---

* *British Sign Language* = britische Zeichensprache.

Die Beobachter konnten ihre Geheimnisse für sich behalten. Braemar machte sich nichts daraus, wenn das Team sie für feindselig hielt. Aber sie war nicht nach Uji gekommen, um mit ihnen *Sag-mir-was-du-mir-verschweigst* zu spielen.

Die Agnés-Interviews waren noch in ihrem Besitz. Sie hatte nichts unternommen, das Material an den Mann zu bringen. Doch sollte Johnny Guglioli, wo immer er war, von ihrer Fairness angetan sein, so war er auf dem Holzweg. Seit dem Tag, da die Aliens nach der Führungsriege der Erde gefragt hatten, hatte sich das Spiel geändert. In dieser Runde mußte sie wie eine Jungfrau aussehen.

Die Außerirdischen gingen voran, gefolgt von einer kichernden Schar einheimischer, mit Schutzfilm besprühter Mädchen, die Servierwägelchen mit Nahrung hinter sich herzogen (die Aliens aßen keine irdischen Gerichte). Hier waren keine Personenfahrzeuge erlaubt; und nur Aufnahmegeräte, die auf Herz und Nieren untersucht waren, keine weitere Technik, nicht einmal ein Handy oder eine Armbanduhr. Und ganz bestimmt keine Live-Übertragungen. Niemand stellte diese Einschränkungen in Frage. Man kam in Anerkennung ›angemessener Sicherheitsvorkehrungen‹.

Braemar fröstelte. Ein Horrorbild aus Afrika holte sie ein, der Anblick eines Cabrios, das auf mysteriöse Weise manipuliert worden war. Es gab auch keine Zugeständnisse an die Gruppe: keine Polizisten in Zivil und keine Leibwächter. Keinen starken Arm, keine Waffe und keine Anlaufstelle für den Fall, daß man in Bedrängnis kam. Der Pfad war weder uneben noch besonders abschüssig, und trotzdem nahm Arthur, der Mann vom BBC, sie vorsorglich beim Ellbogen. Er hatte die Einladung natürlich eingefädelt. Als Freiberufler war man aufgeschmissen, auf eigene Faust wäre sie nie an die Aliens herangekommen. Sie sah zu dem ziemlich schlampigen, feisten Exemplar englischer Männlichkeit in den mittleren Jahren auf und lehnte sich ein wenig zutraulicher in die feste Hand.

Es würde nicht zu Gewalttätigkeiten kommen. Bis jetzt war immer alles friedlich verlaufen.

Kaoru wartete im Haupttrakt des Landsitzes, eine stille Gestalt in einem dunklen, altmodischen Anzug. Er begrüßte seine Gäste mit Zurückhaltung, dann zog er sich in den Hintergrund des Saals zurück. Diejenigen, die ihm folgten, wußten, daß sie willkommen waren, und alle anderen taten gut daran, Distanz zu wahren. Mr. Kaoru, zuweilen als Botschafter und Chefideologe für eine japanische Handelsgesellschaft tätig, verstand sich vorzüglich darauf, einen Nebel von Prestige zu verbreiten.

Ellen Kershaw, Senior-Gouvernante, hielt eine kurze Ansprache, in der sie noch einmal daran erinnerte, daß man sich vor Verlassen der Hubschrauberplattform ›erleichtert‹ haben sollte. Bis auf den Tag war man nicht dahintergekommen, wie die Aliens mit ihren Verdauungsresten umgingen; nur eins stand fest: Die menschliche Version war ihnen absolut fremd. Es würde sie folglich beunruhigen, wenn jemand das Hearing ohne ersichtlichen Grund verließ. Der Lunch würde im Hofraum serviert. Die ›Aleuten‹ scheuten sich nämlich, Menschen beim Essen zuzusehen.

Karen-Kellnerinnen trugen Tabletts mit Karen-Schnäpsen herum. Mehr Programm war nicht vorgesehen. Die Aliens gaben sich zwanglos: saßen, lagen oder kringelten sich am Boden. Sie trugen die inzwischen berühmten graubraunen Overalls mit den inzwischen berühmten Klecksen aus dem lokalen Malkasten. Sie erwarteten den ›Ansturm‹, so gelangweilt und so herrlich unbekümmert wie die Tiger in einer Tierschau.

Arthur stahl sich davon und suchte Anschluß bei den Ausläufern von Kaorus Hofstaat. Er war nicht zum ersten Mal hier, er kannte das Zeremoniell. Braemars

Mund war trocken, die Handflächen schwitzten. Ihre Selbstsicherheit wollte sich verdünnisieren.

Im Video hatte ›Agnés‹ annähernd menschlich ausgesehen. So wie es die Darsteller mit den Dämonen-Masken in den spärlichen TV-Berichten über das Leben von Uji taten. Hier verschwand diese beruhigende Illusion. Was Braemar sah, waren Affen in Kleidern. Bewegte Tiergesichter, mit Zügen und Fältchen, die soviel Emotion verrieten, soviel Erfahrung, daß sie sich dagegen wie ein Plattwurm vorkam. Sie hätte am liebsten gelacht und wie ein Kind mit dem Finger auf die Mimen in einem Gebärdenspiel gezeigt, doch sie spürte auch das schreckliche Bedürfnis, sich auf die Knie fallen zu lassen. Man hatte sie vor dem Erscheinungsbild der ›Aleuten‹ gewarnt. Sie sträubte sich, ihre spontanen Eingebungen zu bewerten, aber unterdrücken konnte sie sie nicht.

Wir wissen nicht, wie sie ihre Notdurft verrichten. Wenn sie denn eine haben. Das war die ultima ratio menschlicher Hilflosigkeit.

Derweil sie vermutlich unsere Gedanken lesen können.

Die Zeiten der Videokonferenzreisen waren vorüber. Die Einstellung der Aleuten zur Telekommunikation gab Rätsel auf, deren Lösung nobelpreisverdächtig war; eins stand fest: Es war unmöglich, mit ihnen zu kommunizieren, wenn man nicht leibhaftig anwesend war. Ellen Kershaw und Robin waren inzwischen in Krung Thep ›stationiert‹ und verlegten, wann immer sie turnusmäßig nach Uji mußten, ihren Standort nach Karen City.

Ellens Hoffnung hatte sich zerschlagen. Ein Jahr nach dem Vorfall hatten die Aleuten weltweit eine Art kultische Anhängerschaft, beeindruckten aber weder die Gemüter von Westminster noch die von Brüssel. Sie und Robin waren von den Aliens aus Gründen herausgepickt worden, die immer noch im dunkeln lagen, sie waren von einem Exil ins andere geschlittert. Doch Ellen stellte zu ihrer großen Überraschung fest, daß ihr das ziemlich egal war. Vor Ort zu sein, war schlichtweg ein Privileg.

Der Saal, mit Räucherwerk parfümiert und kühl, warf seine Schatten kreuz und quer durch ihr Zuhause. Die Medienleute schwärmten allmählich aus. Rajath, der ›Piratenkäpten‹, kam lächelnd zu ihr herüber – gebleckte Zähne, immer dieselbe verhaltene Aggression.

»Danke, daß wir Sarah mitbringen durften«, sagte Ellen. »Davon wird sie noch ihren Enkeln erzählen.«

Sie und Rajath waren alte Freunde. Aber vielleicht stellte sich irgendwann heraus, daß die ›Sprecher‹ gar nicht das Sagen hatten. Sie waren vielleicht hoch trainierte Vermittler oder verrückte Parias. Wie Naturforscher, die einem Affenstamm folgten, betrieb das Team eine subjektive Rollenzuweisung (die Geschlechtszuweisungen waren auch nicht objektiver).

Sarah, dieselbe braune Maus, über deren ironische Aufmachung Ellen sich in ihrem ersten Exil amüsiert hatte, machte einen nervösen Knicks. Sie führte jetzt Ellens Haushalt in Krung Thep oder in Karen City, je nachdem wo Robin und Ellen gerade ›stationiert‹ waren. Sie war ganz närrisch auf die Aliens gewesen. Ellen war froh, daß es ihr gelungen war, der Kleinen diesen Traum zu erfüllen, auch wenn dem einen oder anderen dadurch ein Stein aus der Krone fiel. Das Mädchen war in den vergangenen Monaten ein Geschenk Gottes gewesen – bescheiden, fröhlich und unbezahlbar effizient.

Rajath machte einen übertriebenen Diener. Er nahm die Hand der Kleinen und las in ihrem Gesicht. Er wandte sich an Ellen. *»Never give a sucker an even break!«**

---

* *»Gib einem Säugling (Grünschnabel, Schmarotzer) nie die gleiche Chance.«*

Sein Gebaren signalisierte eine Art Galgenhumor. Ellen lachte, auch wenn sie den Scherz nicht verstand. Rajaths Laune war immer ansteckend.

Sarah lachte nicht. Einen Moment lang sah es aus, als wolle sie schreien und Reißaus nehmen. Manche Leute reagierten so. Doch sie riß sich zusammen. Rajath krümmte den Arm und bot ihr seinen graubraun verhüllten Ellbogen.

»Kommen Sie, Prinzessin. Verehrteste, wenn mich nicht alles täuscht. Erlauben Sie, daß ich Sie bekannt mache.«

Alles was recht war, Jung Sarah akzeptierte die Geste des Fremdlings, ohne zurückzuscheuen oder lange zu zögern. Tapferes Mädchen! Doch Ellen hatte keinerlei Bedenken. Die Aleuten waren stets wohlgesonnen.

Rajaths kauzige Ausdrucksweise war typisch. Diejenigen, die laut sprachen, schienen Humpty Dumptys* kecke Einstellung zu teilen: Worte bedeuten, was ich will, daß sie bedeuten. Sie kamen mit jeder Sprache zurecht, doch sie schienen ein Faible für Englisch zu haben. Aber sie redeten in Sprüchen, die mitunter einfach keinen Sinn machten. Die Bezeichnung ›Aleuten‹ war auch so ein Fall. Sie hatte sich eingebürgert, weil sie auf die Frage nach dem richtigen Namen ihres Planeten oder ihrer Heimat überschwenglich mit »Aleut!« antworteten. Ihre persönlichen Namen waren genauso unsichere Angaben. Sie waren sozusagen der letzte Stand der Dinge: Rajath hatte bereits ›Duke‹ geheißen und davor ›Hanuman‹; Lugha hatte ›Coyote‹ geheißen. Die SETI-Datenbank hatte diese Namen ›sanskritartige Termini‹ genannt, was für diejenigen aufregend war,

---

* Gemeint ist die gleichnamige Figur aus *Lewis Carrolls Through the Looking-Glass* (1872) – neuere deutsche Übersetzung von *Christian Enzensberger: Alice hinter den Spiegeln,* Insel-Tb 97, 1974 (Kapitel 6: wo *Humpty Dumpty* allerdings *Goggelmoggel* heißt).

die die menschliche Spezies für einen versprengten Stamm einer großen galaktischen Rasse hielten.

Besucher, die an Tagen wie diesem nach Uji kamen, fanden die Stille beklemmend und waren enttäuscht, wenn die Stimmen im Kopf ausblieben. Und wirklich, die menschliche Erfahrung mit der aleutischen Telepathie war eine flüchtige, schwer greifbare Angelegenheit. Die meisten Uji-Beobachter hatten noch nie ›Stimmen gehört‹. Trotzdem war Ellen sich am Ende eines Uji-Tages nicht bewußt, daß sie irgendwann einmal ›außen vor‹ geblieben wäre. »Wir sprechen immer mit euch, und ihr sprecht immer mit uns«, sagten die Aliens. Es stimmte. Ellen hätte nie sagen können, wann und wie es passierte, aber es herrschte andauernd Kommunikation, und sie war immer mit einbezogen.

Man lernte, auch die albernste Theorie zu dulden. So frönte Rosalie Troi allen Ernstes der Vorstellung, die Aliens seien Engel. Und Kaorus Beweggründe waren noch die verdrehtesten von allen. Ellen nährte insgeheim das Glücksgefühl, daß – falls diese Wesen Superwesen waren – alles gerechtfertigt war, wofür sie jemals ›gekämpft‹ hatte. Es traf sich so wunderbar, daß Wesen mit derart fortgeschrittener Technik und mit solch ehrfurchtgebietender Macht *alles* in den Schatten stellten, was sich Sozialismus nannte: Sie interessierten sich füreinander, befaßten sich miteinander; waren eine Kommune, wie sie im Buche stand.

Wenn Rajath ein Engel war, dann einer von der unheiligen Sorte. Sie nannten ihn ›Piratenkäpten‹, weil er sich wie ein Anführer benahm, wobei der Bestimmungsteil des Wortes ein bloßer Anthropomorphismus war. Sie sah schmunzelnd zu, wie er, die Hand ihrer Perle in der Armbeuge, davontänzelte. Wo hatte er solche Bewegungen aufgeschnappt? Fred Astaire! Es fehlte nur der Hut.

Sie ließ ihren Blick schweifen, um sich einen Eindruck zu verschaffen, was der Tag mit ihr vorhatte, und gab Robin mit einem Kopfnicken zu verstehen, daß sie ihn sprechen wollte. Es lebe die Pressefreiheit, doch Ellen hielt es mit der altmodischen Überzeugung, daß es besser war, das heilige Geschmeiß unter Kontrolle zu haben.

»Ich möchte, daß Sie die Frau mit dem dunkelroten Haar im Auge behalten. Braemar Wilson.«

Schweigen wurde zur Gewohnheit in Uji, und Robin schien nichts dagegen zu haben.

»Nicht, daß Sie mir auf dumme Gedanken kommen, sie würde Sie lebendig verschlingen. Nur auf der Hut sein. Sie führt was im Schilde.«

»Was trauen Sie ihr zu? Säure werfen? Unsittliche Unterstellungen?«

»Irgendwas in der Richtung. Sie sucht nach einer Schlagzeile und sorgt notfalls selbst dafür. Sie ist nicht der Typ, der mit leeren Händen abreist.«

An jenem historischen Tag in Krung Thep hatte Rajath in unvollständigen Floskeln geredet. *Wir kommen in Frieden – bringen Geschenke – seht uns nicht ins Maul – ich möchte euch die Hände schütteln.* Doch eins schien damals auf der Hand zu liegen: Die Aleuten waren gekommen, um Handelsbeziehungen zu knüpfen. Die Spekulationen hatten von aufregenden Recyclinganlagen bis zu genetischem Material für superertragreiche Nutzpflanzen gereicht. Nichts von alledem hatte sich bis jetzt bestätigt. Noch hatten die Aliens ihr Auftauchen auf andere Weise gerechtfertigt. Man konnte sie weder verhören noch vivisezieren. Die Uji-Beobachter fühlten sich allmählich in der Rolle von Leibwächtern.

Etwa in der Mitte des Saals plätscherte ein Springbrunnen. Braemar lehnte beiläufig am Rand des massiven Terracottabeckens. Die Aleuten hatten eine sonderbare Einstellung zu Wasser. Sie hegten eine Abneigung gegen Wasserinstallationen aller Art und empfanden die Flußgeräusche draußen als Belästigung; darüber war schon berichtet worden.

Das liebten die Leute, das ließ sich verkaufen. Denn Aliens, die auf Menschenwerk verständig reagierten – also praktisch überhaupt nicht –, das zog im Fernsehen nicht. (Sie dachte an Arbeit, Arbeit und Geld; und an das Objektiv, das ihr von wo auch immer auf die Finger sah.) Dieser Ausflug mußte sich bezahlt machen. Aber wie? Alle hielten die Hand auf: die Karen-Regierung für das hier und dann die sogenannte ›Weltregierung‹ für die ›Bearbeitung‹ ihres Materials (was bedeutete, daß man es nach Tendenzen abklopfte, die *gegen* die Aliens gerichtet waren). Ein Batzen ging an das IPB der ASEAN* und gut zwanzig Prozent an die TV-Agentur...

Sie faßte an ihr Armband und wechselte die Einstellung, um ihre eigene Erscheinung zu überprüfen. Sie sah okay aus, fand sie. Die Erfahrung sagte ihr, daß sie genauso aussah wie jemand, der über Geld nachdachte.

Im linken, hinteren Quadranten ihres Blickfelds tauchte eine Gestalt im graubraunen Overall auf. Sie unterschied sich von den anderen, weil ihr die Uniform paßte: Sie hatte gut gepolsterte Hüften und keinen Busen.

Hinter dem Springbrunnen stand eine übermannsgroße goldgerippte Glasvitrine. Der Itschiku-Kimono aus der Sequenz *Sinfonie des Lichts*: einer von den dreien, die noch existierten. Aitatabu. Kristallklares Wasser, die Ruhe der Berge. Die herrlichen Farben des Herbstes in Stille gebadet. Sie spazierte hinüber, um ihn zu bewundern. Die Gestalt folgte ihr.

»Finden Sie dieses Kunstwerk schön?« fragte die Menschin.

»Ja.«

»Können Sie mir sagen, was es bedeutet?«

---

* *International Press Bureau* der *Association of South East Asian Nations.*

»Mir fehlen die Worte angesichts fremder Poesie«, meinte Clavel. »Es spricht für sich, finden Sie nicht?«

»Sprachlos vor Bewunderung? Ja, das kann ich verstehen.«

Braemar wußte, daß es sich bei dem Alien um die frühere Agnés und den jetzigen Clavel handelte. In Fo war sie vorsichtig gewesen; ihres Wissens hatte Johnnys Alien sie nie zu Gesicht zu bekommen. Aber wenn das mit der Telepathie seine Richtigkeit hatte, dann war Agnés-Clavel in Johnnys Kopf gewesen, wo auch Braemar Wilson herumgespukt hatte. Na, wenn schon. Sie war aus demselben Grund hier, aus dem sie schon in Afrika gewesen war: Sie hatte keine Wahl. Kristallklares Wasser, die Ruhe der Berge. Er, sie, es *kann* keine Gedanken lesen. Warum in aller Welt war sie so nervös? Sie hatte nichts zu verbergen.

»Sie sind also mit ihm befreundet.«

Das Wesen hatte laut gesprochen. Braemar war schockiert. Hatte es nun die Lippen bewegt oder nicht? Es schien von seiner eigenen Keckheit überrumpelt. (Oder war das Einbildung?) Braemar suchte verzweifelt, den Anschein zu erwecken, als sinniere sie über den Itschiku-Kimono.

Doch das Wesen hatte bereits die Spur gewechselt. »Sie haben recht«, sagte es grinsend. Die Stimme klang hundertprozentig wie eine Stimme. »Ich habe gesehen, was Sie sich vorgenommen haben. Ein schönes Stück Arbeit, aus diesem Ausflug Geld zu machen.«

Und da stand Johnny Guglioli: reumütig, vorwurfsvoll.

Der Schock saß tief. Wie in einer Überblendung verschwand das Gespenst im Relief des fremden Gesichts.

Braemar lachte. »Sie werden es nicht glauben, aber ich bin nicht hier, um Geld zu verdienen. Ich habe mich in die Gästeliste gemogelt, weil ich vor Neugier platze.«

Das Wesen roch entfernt nach Hefe. Beide widmeten

sich wieder dem Kimono. Braemars Selbstvertrauen erholte sich. Wahrnehmung bleibt Wahrnehmung. Auch Telepathen (*es gibt keine!*) müssen dem Augenschein trauen; und überprüfen nicht jedesmal, ob er trügt. Wenn dieses Wesen sie kannte, dann nur durch Johnnys Augen. Also war sie in Abrahams Schoß.

Die Panik (die gegenstandslos war) verblaßte und machte dem Eindruck Platz, daß Clavel merkwürdigerweise Skrupel hatte, das Thema zu wechseln.

»Verzeihen Sie, Sir«, sagte Clavel schließlich. »Mr. Kaoru?«

In Braemars Kopf formten sich keine Worte; es gab keine Ergänzung. Kaoru, was? Offenbar hatten die Uji-Beobachter nicht eben viel zur Aufklärung dieser Leute beigetragen. Sie waren Amateur-Sklaven einer kalifornischen Datenbank, deren Ansichten, wie man mit intelligenten Aliens umzugehen hatte, ganz kräftig von TV-Shows des zwanzigsten Jahrhunderts geprägt waren. *Thou shalt not impose thine ideologie! Or even thine simple general knowledge.**

Kaoru saß ganz hinten im Saal in einem schweren englischen Clubsessel. Mehrere Eejays aus China und den Westpazifikstaaten und ein paar Angestellte besagter Handelsgesellschaft und deren Vertrauensmann beim BBC standen in Gruppen um ihn herum. Die Chinesen trugen ihre Hardware wie unerwünschte Blumensträuße in der Hand. Sie waren natürlich Diplomaten und hatten hier eigentlich nichts zu suchen, doch die ›Weltregierung‹ schien beide Augen zuzudrücken. Die ICI-Leute sahen in ihren antiquierten dunklen Straßenanzügen wie die Mitglieder eines Mönchsordens aus. Was man durchaus so sehen konnte. Die Dominikaner des neuen Christentums, wo der Mammon in den Tagen des Blutzolls zum greisen,

---

* *Du sollst niemandem deine Ansichten aufzwingen! Nicht einmal dein schlichtes Allgemeinwissen.*

respektierlichen Gott avanciert war: eine öffentliche Einrichtung. Tja, Clavel, so läuft das bei uns. Irgendwie paßt alles zusammen. Der alte Ex-Japaner nahm nicht teil an den Gesprächen. Er sog an seinem Inhalator, einer kostbaren Filigranarbeit, wahrscheinlich mit medizinisch indiziertem Inhalt, und starrte verträumt auf etwas, das weit, weit weg war und ihm besonders am Herzen lag.

»Sie wollen, daß ich Ihnen Kaoru erkläre? Also gut. Vor etwas mehr als dreißig Jahren ist eurem Gönner etwas Schreckliches passiert. Habt ihr Erdbeben und Vulkane auf eurem Planeten? Habt ihr mit Plattentektonik zu tun? Ich will ja nicht näher darauf eingehen, aber es war grandios. Großartige Städte versanken in Schutt und Asche, ganze Gebirgszüge explodierten und die Inseln, auf denen sie standen, versanken im Meer. Viele Menschen kamen ums Leben. Und Kaoru kann es nicht verwinden, daß er verschont wurde. Macht das Sinn?«

Clavels Mund und die Nasengegend hatten sich verformt.

»In gewisser Weise schon«, entschied Braemar. »Aber das Beste kommt noch. Danach kam nämlich die Legende auf, derzufolge eine Handvoll Menschen klammheimlich entkommen war, und zwar mit einem Raumschiff. Und Mr. Kaoru glaubt, daß *ihr* diese Menschen seid – beziehungsweise, daß *sie*, so paradox das klingt, eure Urahnen sind.«

»Stimmt das denn?«

Er, sie, es redete nicht. Nein. Wer von uns redet schon in einer beiläufigen Unterhaltung? Man sagt was Passendes: Jeder füllt die Lücke aus, die der andere ihm läßt, nur damit es weitergeht. Aber *Aliens?* Woher kannten Aliens das Spiel?

»Das mit dem Raumschiff? Ich weiß nicht, aber von nichts kommt nichts. Doch alles andere, na ja ... sagen Sie selbst.«

»Aber warum hat er uns nichts gesagt?«

»Warum er euch das nicht selbst gesagt hat? Das liegt doch auf der Hand. Weil er Angst hat, ihr könntet seine Seifenblase zum Platzen bringen.«

Johnny hatte recht. Diese Invasion war schrecklich. Fühlte sich an wie eine glühende Heizspirale (es gibt keine Invasion!) Erstaunlich, daß die Stammgäste in Uji Telepathie für etwas Wunderbares hielten, geradezu für eine geistige Genesungskur. Aber vielleicht war das so erstaunlich nicht. Man hatte sie ja ausgesucht: die Tiere, die am zugänglichsten waren für ein Training. Aber wie hätte man sich auch wehren können? Vage spürte sie den Hunger des alten Japaners und Johnnys Zuversicht. Die Offenbarung, die sie erfuhr, kam aus ihr selbst, war keine Ausgeburt der Aliens, sondern entsprang einem menschlichen Bedürfnis, kam wie ein Überfall, war nahezu unwiderstehlich. Rettet mich oder tötet mich. Tut etwas Wunderbares ...

»Clavel, es gibt vieles, was euch eure Betreuer nicht erzählen, nicht weil sie euch täuschen wollen, sondern weil sie denken, ihr wüßtet es. Vergeßt das bitte nicht. Was Mr. Kaoru passiert ist, ist uns allen passiert. Kennt ihr bei euch zu Hause so etwas wie postoperativen Schock? Ein solcher Organismus hat eine profunde Verletzung hinter sich. Wir haben einen beträchtlichen Batzen unseres Vermögens eingebüßt, aber das ist nur eine unter vielen anderen Beschwerlichkeiten. Stellen Sie sich vor, Sie wären in Europa gelandet, sagen wir, fünfzig Jahre nach dem Höhepunkt der Pest. Können Sie das in seiner Gänze nachempfinden? Die psychischen Auswirkungen eines solchen Kahlschlags, die ökonomischen Schockwellen eines massiven Wiederaufbaus? Ganz zu schweigen von den alltäglichen Katastrophen in Bangladesch und in der Sahelzone? Nein, natürlich nicht. Na ja, wir haben all die Evakuierten irgendwie verkraftet. Es war ziemlich eng; ist es immer noch. Unsere Kollektivseele erlitt einen gewaltigen Schock. Wir sind noch durcheinander. Die Leute glauben die wildesten Märchen. Aber es geht bergauf. *Macht euch keine falschen Hoffnungen.*«

»In der Liebe und im Krieg ist alles erlaubt«, sagte Clavel.

Er, sie, es hatte nicht zugehört, sie aber beobachtet: jede Regung, aber nicht die ihres äußeren Gesichts.

»Entschuldigen Sie mich. Da vorne ist jemand, den ich sprechen muß.«

Braemar floh.

Außerhalb des Saals, im schattigen Säulengang, stieß sie auf eine Flügeltür – die Fugen schienen mit Harz abgedichtet. Braemar erschrak, als sie Schritte hörte.

»Was ist da dahinter?«

»Ihre Toten«, sagte Ellen Kershaw. »Manche zogen sich unterwegs Verletzungen zu, die das medizinische Können der Aleuten übersteigen. Bei ihnen ist es Brauch, einen Totenraum zu versiegeln, die Luft darin auszutrocknen und die Leichen zu mumifizieren.«

Ellen konnte nur erzählen, was sie gesehen hatte, denn die Aleuten schwiegen sich aus. Sie klang, fand Braemar, erfreulich kompetent. Wilson schauderte auf die gängige Art.

»Gruselig.«

Der Raum daneben stand offen und flackerte trübe. Ellen folgte ihr ins Innere. Terminals mit Bildschirmaggregaten brabbelten vor sich hin, man hatte sie hier achtlos zusammengeschoben.

Das menschliche Team nannte diesen Ort ›Tabuzimmer‹. Die Aliens erwähnten ihn überhaupt nicht, jedenfalls nicht laut. Daß die Telepathen technische Kommunikation ignorierten, war nicht weiter überraschend. Sie waren geistig in Verbindung geblieben, obwohl es sie von Karen bis Alaska über den Globus versprengt hatte. Manche glaubten, daß die Aleuten so auch mit ihrer unsäglich fernen Heimat in Verbindung standen. Was also sollten sie mit diesen plappernden Peepshows?

Tatsächlich lagen die Dinge etwas komplizierter. Die ›Weltregierung‹ hatte die Außerirdischen gleich zu Anfang mit dem elektronischen Rüstzeug für Delegierte ausgestattet, um potentiell feindselige Invasoren auf die eine oder andere Weise hinhalten (sprich: hinters Licht führen) zu können. Die Aleuten hatten sich freundlich bedankt und dann alles still und leise in diesen Raum geschafft. Sie hatten die Terminals nicht abgeschaltet, vielleicht um niemanden vor den Kopf zu stoßen. Und hin und wieder hatte man Aleuten beobachtet, die diesem Raum einen kurzen, fast verstohlenen Besuch abstatteten.

Es gab noch einen anderen Raum, das Team nannte ihn ›Logzimmer‹, in dem die Aleuten ihre eigenen audiovisuellen Geräte aufbewahrten. Auch ein besonderer Raum, der aber mehr der Zerstreuung diente, vergleichbar mit Kaorus kostbarer Bibliothek. Manchmal traf man hier mehrere der Namenlosen an, wie sie versunken dasaßen und sich alte Filme ansahen.

Stein des Anstoßes waren die Konferenzterminals. Niemand wußte, ob die Aliens den wahren Status der großen Versammlung in Krung Thep nun kannten oder nicht. Höchstwahrscheinlich war ihnen die verzweigte Hierarchie irdischer Autorität völlig schnuppe. Doch sie nannten die Welt hinter den Bildschirmen ›das Land der Toten‹. Sie tolerierten Dreisechzig-Kameras: *Aufzeichnungen machen* war für sie eine vertraute und durchaus akzeptable Sache. Doch ihre erste Bekanntschaft mit dem Multifon war auch ihre letzte gewesen. Mit interaktivem Fernsehen wollten sie nichts zu tun haben.

Gott sei Dank, meinte Robin, sei niemand auf die glorreiche Idee gekommen, sie unterwegs in die Geheimnisse der Virtuality-Spiele einzuweihen. Sie hätten die Erde womöglich gleich ›in die Luft gejagt‹.

Daß Braemar Wilson sich hier umsah, war Ellen äußerst unangenehm. Sie wußte, wie sich dieses Zimmer im Fernsehen ausnehmen würde. Sie spürte es in den Knochen – die Kränkung, die Ablehnung. All diese Menschengesichter und Menschenstimmen, einfach aufs Abstellgleis geschoben und ignoriert.

Braemar machte große Augen. »Sieht ganz so aus, als ob unsere Gäste sich nichts aus Fernsehen machten.«

Sie singen und tanzen, dachte Ellen. Sie haben ihre eigenen Instrumente, und die Namenlosen singen ohne Worte. Sie malen, sie spielen. Sie finden einander endlos faszinierend, sie brauchen sich nicht künstlich aufzuputschen. Ellen zog es aber vor, alles hinunterzuschlucken, was sich nach Kritik an der heiligen Flimmerkiste anhörte.

»Ihre visuelle Aufnahmetechnik ist der unsrigen interessanterweise sehr ähnlich. Sie haben bestimmt vom ›Logzimmer‹ gehört, dem wir ein paar flüchtige Eindrücke von ihrem Heimatplaneten verdanken. Warum, frage ich Sie, sollten die Aleuten sich für unsere Querelen interessieren? Auf ihrer Heimatwelt gibt es keine organisierte Gewalt und schon gar keine Kriege.«

In der Nähe von Islamabad war es in einem Camp junger Bauarbeiterinnen zu einem Massaker gekommen: Mitteleuropäische ›Zugvögel‹ unterboten die lokalen männlichen Facharbeiter. Die WOCWOM wollte Pakistan einen ›Schlag auf die Finger‹ geben und feilte noch an dem Wortlaut herum, derweil man die Stimmung mit Filmmaterial über tote Bulgarinnen schürte.

Braemar hatte regelrecht die Flucht ergriffen. Eigentlich sollte sie so rasch wie möglich in den Saal zurück. Sagte sich aber, daß es zweckmäßiger war zu bleiben, wo sie die Chef-Gouvernante einmal beim Wickel hatte. Sie kannte Ellen Kershaw, die Frau gehörte zu den Idiotinnen, die allen Ernstes die Meinung vertraten, es sollte nicht mehr *die* ›Mayflower‹ oder *die* ›Titanic‹ heißen. Sie wollte der Frau nichts anhaben, aber wenn man jemanden in eine Unterhaltung verwickeln will, zahlt es sich aus, wenn man ihn zu nehmen weiß.

»Ms. Kershaw, Ellen. Sie vermissen bestimmt Ihr Konferenzpult in Krung Thep. Sie müssen doch angenehm überrascht sein, daß sich hier so viele Frauen eingefunden haben.«

Ellen räusperte sich vorsichtig. »Ja, junge Frauen mit Medienkarriere. Das ist nicht weiter verwunderlich.«

»Ja, schon. Aber ich kann nicht sagen, daß ich die Mütter unter ihnen beneide. Ich erinnere mich noch lebhaft, was für Schuldgefühle und Ängste so ein Ausflug mit sich bringt.«

»Manche Kinder sollen Väter haben.«

Braemar lachte leichthin und nickte in Richtung der Massakerszenen. »Was halten die Aliens von Frauenpolitik?«

Ellen kochte vor Wut. Die Dreisechzig, die wie ein zweiter kleiner Kopf neben Braemars Gesicht lauerte, hatte ein Gesichtsfeld, eine ›Lichtmuschel‹, die den größten Teil dieses Zimmers erfaßte. Es war unmöglich, ihr mit Würde zu entrinnen. Einen Moment lang spielte sie mit dem verwegenen Gedanken, sich auf ihre Zensurbefugnis zu berufen: ein gefundenes Fressen für dieses Medienmonster.

»Wir Menschen neigen dazu, ihnen Geschlechter zuzuschreiben, aber die Aleuten reagieren nicht auf solche Fragen. Wir haben nicht die geringste Ahnung, wie sie sich fortpflanzen.« Sie lächelte, weil sie die sexbesessene Journalistin bloßgestellt hatte.

Kershaw, die altjüngferliche Sozialistin, sah nur ›brüderliche‹ Liebe, keinen glibbrigen Sex. Selbst Punsuk Masdit, eine höchst achtbare Frau, redete distinguiert von ›medizinischen Möglichkeiten‹, während sie von einer Arznei gegen ihre mysteriöse Schwindsucht träumte. Braemar war plötzlich sauer. Sie waren blind vor lauter Privilegien, einer wie der andere. Sie ließen sich einfach nicht warnen. Nichts konnte sie lehren, *eine neue Rasse von Superwesen* mit den Augen der Ohnmächtigen zu sehen.

»Keine Geschlechter also, ich verstehe. Aber sie haben ein rigides Kastensystem. Ein paar von ihnen sind dominant, und die meisten anderen sind Sklaven, die nichts als ihre, sagen wir, angeborenen Pflichten kennen. Oder sehe ich das falsch?«

Dem Korrupten ist alles korrupt. Ellen war zutiefst überzeugt, daß die Aleuten so nicht dachten, doch Wilson konnte natürlich mit Dreck werfen. Es war absurd, voreilige Schlüsse zu ziehen. Uji brauchte Zeit – und Geduld, die der Menschheit anscheinend abhanden gekommen war.

»Ms. Wilson, ich fürchte, Sie greifen dem Projekt vor. Wir haben noch keine gesicherten Erkenntnisse, auf deren Grundlage wir über das Sozialverhalten der Aleuten spekulieren könnten.«

»Es gibt wohl überhaupt noch keine gesicherten Erkenntnisse, wie? Nun gut, aber erklären Sie mir eins: Wenn die Aleuten nicht bleiben wollen, warum haben sie dann ihre Kinder mitgebracht?«

Ellen biß die Zähne aufeinander, riß sich zusammen und holte Luft. »Sie glauben an eine Art Wiedergeburt. Die Kinder sind hier, weil man sie offenbar – nehmen Sie es mir nicht übel, Ms. Wilson – für wichtige Wesen hält.«

»Sie sind in Schiffen gekommen, die noch niemand gesehen hat. Sie verstehen nicht, was Fernsehen ist, sie haben überhaupt keine normalen Geräte oder Apparate, sie verbringen ihre Zeit mit rituellen Tänzen. Es heißt, sie sprechen Englisch, aber in Wahrheit mimen sie nur ein paar Phrasen. Man beschreibt sie als magische Wilde. Wie finden Sie das? Wir kommen, um uns mit Superwesen zu unterhalten, statt dessen bestaunen wir dressierte Tiere. Ellen, würde es Ihnen etwas ausmachen, mir zu verraten, wer Sie angerufen und in dieses Team geholt hat?«

Die Aleuten telefonierten nicht. Alle Fäden liefen bei Kaoru zusammen. Doch Kaoru war kein Marionettenspieler. Jeder, der hier eine Stunde zubrachte und Augen hatte, um zu sehen, mußte zugeben, daß die Aleuten offensichtlich alles verstanden, was vorging. Kaoru verfuhr genauso wie alle anderen: Er setzte auf Intuition und ›Trial and Error‹. Wie sonst hätte man verfahren sollen angesichts dieses Rätsels, angesichts eines mehr oder weniger apathischen Gegenübers?

Es gibt einen klassischen Test für die Fähigkeit zur Selbsterkenntnis: Erkennt sich das Geschöpf im Spiegel? Die Aleuten würden durchfallen. Sie blickten nicht in Spiegel, hatten die wenigen fortgeschafft, die Uji zu bieten hatte, wohl weil sie sie für genauso dummes Zeug hielten wie Fernsehgeräte. Die Menschen würden auch durchfallen. Vor der Bestie im Spiegel würden sie Hals über Kopf Reißaus nehmen.

»Ms. Wilson, falls Sie sich weiterhin der Methoden eines Boulevardjournalismus bedienen wollen ...«

»Soll das eine Beleidigung sein? Wollen Sie mein Interview abschmettern, Ms. Kershaw?«

Ellen stand kurz davor, dieser lächelnden, angemalten Göre eine schallende Ohrfeige zu geben, als ihre Rettung in Gestalt des Piratenkäptens über die Türschwelle tigerte. Hier hatte sich niemand zu verdrükken, weder allein noch zu zweit. Das sah man gar nicht gern.

Rajath warf einen flüchtigen Blick auf die Bildschirme und bedeckte sein Gesicht, eine seltsam menschliche Geste angesichts der Leichen, die nebeneinander in den Staub gelegt wurden.

Dann richtete er sich auf, spreizte die Oberschenkel in grauslich übertriebener Cowboymanier und zeigte mit den Fingern auf die beiden Frauen.

»Bang, bang! Get off my cape!« Er ruderte vorwärts, schielte nach einem anderen Schirm und wandte sich an Braemar. »Finden Sie es nicht komisch, daß Ihre Regierung sich von einem einzelnen, schlecht definierten Charakterzug tyrannisieren läßt?«

Er legte um jede der beiden Frauen einen langen, starken Arm. Er roch wie ein Geschirrtuch, das in die Wäsche mußte. »*No fighting in church?*«

Ein Journalist befragte Kumbva. »Glauben Sie an paranormale Phänomene?«

»Quakt ein Frosch? Das Paranormale ist mein Betriebskapital.«

»Ich denke, Sie sind Ingenieur?«

Der Aleute hatte die Statur eines Bären: Er war größer als die meisten und hatte besonders dicke Arme und Beine. In seiner Ärmelschlaufe steckte eine kleine Hüfttasche aus Plastikmuscheln; er zog sie heraus, stopfte seine Hand hinein und schnitt dem traubenförmigen Auge am Ohr des Journalisten ein paar stumme Gesichter.

»Das kann nicht Ihr Ernst sein«, sagte Kumbva und ging.

Maitri hatte einen Recorder geholt. Er hatte oft daran gedacht, kleinere Aufträge zu übernehmen, und fühlte sich in einer ›Priesterkonferenz‹ (oder ›Pressekonferenz‹, wie sich das bei den Erdlingen anhörte) ganz in seinem Element. Außerdem war es ein Gebot der Höflichkeit, wo so viele Leute *ihn* aufzeichneten. Rajath war nicht hergekommen, um religiöses Zubehör zu verkaufen, also konnte er sich schwerlich beklagen.

Ein hiesiger Kleriker kam zu ihm und betastete mutig den Apparat. Der ausgebeulte braune Kasten, den der Fremdling an einem Riemen geschultert hatte, fühlte sich wie Gummi an. Die Augenbinde war dick und undurchsichtig: ein Gummiband.

»Was ist das?«

»Ein Geheimnis«, sagte der Bärengroße leutselig.

Der Priester (oder Diakon oder was immer er war) schien ziemlich verwirrt.

»Es ist sehr traurig«, zog Clavels Stabswachtmeister die taube Rosalie ins Vertrauen. »Haben Sie jemals ein Paar gekannt, das ein echtes ›Doppel-Ich‹ war? Es ist wie bei Ihnen und Ihrem Liebhaber, obwohl Sie doch bestimmt sehr glücklich sind. Aber das ältere Mündel meines Partners ist wie besessen von dieser großen romantischen Illusion. Sie wissen schon: ›*Marriages are made in heaven.*‹ Kennen Sie den Jungen, für den er schwärmt? Könnten Sie mal mit ihm reden?«

Der Außerirdische sprach Englisch: *Ehen werden im Himmel geschlossen.* Rosalie Troi konnte nicht gut von den Lippen lesen, hatte aber diese fünf Worte deutlich verstanden. Wußte aber nichts Rechtes damit anzufangen. Es ging um die Begegnung zweier Rassen. Mimik und Gebärden verrieten elterliche Sorge, eine leicht spöttelnde Ängstlichkeit; vor allem tat der Außerirdische so *persönlich,* als ginge es um zwei Individuen und nicht um zwei Rassen. Sie war sich nicht sicher, und das war ärgerlich. Hielten sie die menschliche Rasse am Ende für minderbemittelt? Rede klar und deutlich! signalisierte sie dem Alien. Von Geist zu Geist!

»Aber das tue ich doch!« protestierte Maitris Geliebter.

Douglas Milne vermißte Lugha, den kleinen Teufelskerl, der heute aus irgendeinem Grund nicht da war. Er mußte sich mit dem namenlosen Aleuten begnügen, der als ›Rajaths Koch‹ fungierte und wahrscheinlich ein Elternteil von Lugha war. Nach allem, was Douglas hatte aufschnappen können, galt Lugha auch bei den Aleuten als außergewöhnliche Begabung. Das Schöne war, es machte keinen Unterschied, daß er einen simplen, stummen Erbdiener zum Vater hatte. (Oder zur Mutter?)

Douglas, der neben dem Namenlosen hockte, legte Bildkarten aus. Aleutenkind, Menschenkind. Erwachsener Aleute, erwachsener Mensch. Erwachsene Menschenpaare, die Zuneigung zeigten. Menschenmutter, die ihr Baby herzte. Die Menschen waren sittsam angezogen, da Nacktheit bei den Aleuten ein Tabu war. Douglas legte Sequenzen.

Woher kommen die Babies?

Der namenlose Aleute zeigte Anzeichen von Interesse.

Bei der Interpretation nonverbaler Äußerungen predigte Milne immer Zurückhaltung. Aber irgendwo mußte man ja ansetzen.

»Sie müssen Lugha sehr gern haben, er ist ein fabelhafter Junge. Ich nehme an, es war unbedingt nötig, ihn mitzubringen.«

Namenlos griff nach der Mutter-Baby-Karte. Er berührte die Augen der Mutter, sein Finger folgte dem zärtlichen Blick und landete auf dem kleinen Gesicht. Kein Mensch, der die Szene nicht süß und natürlich gefunden hätte. Namenlos schien angeekelt.

»Die Mutter sollte das Baby – *nicht* festhalten?«

Namenlos sah Milne kritisch in die Augen. Im Team herrschte die abergläubische Vorstellung, daß sie einem bei direktem Blickkontakt bis auf den Grund der Seele blicken konnten. Douglas hielt dem Blick stand. Namenlos legte einen Arm um seinen Leib. Diese Geste *konnte* eventuell Elternschaft bedeuten. (Mutterschaft?) Die Hand mit der Karte signalisierte Ablehnung.

Ich liebe mein Kind, wollte Namenlos vielleicht sagen. Aber *so* doch nicht!

Fasziniert versuchte Douglas es mit dem Menschenpaar, das sich umarmte. Er zeigte auf den Mann, zeigte auf Namenlos. Der Außerirdische schob den männlichen erwachsenen Menschen und das Menschenkind zusammen. Augen, Nüstern, Mund wurden weich und zärtlich und lüstern. Es war verlockend, sein Mienenspiel als Pantomime zu deuten: die sexuelle, romantische Liebe meinte.

Alle, die in ihrem Kopf Stimmen hörten, betrachtete

Douglas mit freundlichem Argwohn. Untereinander kommunizierten die Aleuten telepathisch; alles andere war Einbildung. Doch er hatte unerklärliche Momente, und jetzt eben war so ein Moment. Man dürfe sich, sagte Namenlos, nicht in das eigene Kind verlieben. Man verliebe sich in ein *anderes*.

Der Außerirdische nahm die Karten, wie Douglas es sah, mit Widerwillen in die Hand und legte Kind zu Erwachsenem, Kind zu Erwachsenem und machte wieder das Sexgesicht. Er kauerte sich mit überlegener, fast blasierter Miene zurück. Als habe er dem Erdling soeben eine wichtige Lektion in Sachen Moral erteilt.

Douglas war aufgeregt. Die Aleuten waren in dieser Hinsicht ein Rätsel, die wenigen Scanningbilder, die man freigegeben hatte, waren durch die Kleidung verfremdet. Man hielt die Aleuten notgedrungen für männlich bis geschlechtslos, wiewohl ein oder zwei von ihnen – ›das schöne Mädchen‹ und ›die Prinzessin der Poesie‹ – allgemein als weiblich betrachtet wurden.

»Ihr habt Sex mit Kindern?«

Der Namenlose hatte jedes Interesse verloren.

Robin hatte den Auftrag, Braemar Wilson zu beobachten. Er sah, wie Clavel sich ihr näherte, den man ulkigerweise ›Prinzessin der Poesie‹ nannte, und hörte auf, sich Sorge zu machen. Kein Alien hielt es lange bei einem Schwätzer aus. Robin pflanzte sich unauffällig in einen dieser unbezahlbaren Hepplewhite-Stühle* (keine leichte Aufgabe, doch seine Knochen und die des Stuhls waren eng verwandt, sie stammten aus demselben Jahrhundert) und beobachtete den Haupteingang. War das eine Atmosphäre diesmal! Die Namenlosen beäugten sich gegenseitig und bewegten sich durch den Saal wie halbstarke Hirnis, die sich warmliefen, um

* Möbelstil, benannt nach dem englischen Kunsttischler *George Hepplewhite* († 1786).

irgendwann loszuschlagen. Vielleicht war das nur eins ihrer Spiele. Vielleicht litt er schon unter Uji-Paranoia; trotzdem hätte er Sarah lieber in Karen-City gewußt.

Er saß noch immer da, als Braemar (er hatte ihren Abgang verpaßt) mit Ellen und dem Piraten wieder in den Saal kam. Gut, dachte er. Soweit alles unter Kontrolle. Doch ein Rest von Unbehagen blieb.

Rajath und Braemar setzten sich auf eine schöne Louis-seize-Chaiselongue. Der Pirat starrte gierig auf ihre Dreisechzig, geradezu wie ein Affe, der jeden Moment zulangen will. Er streckte den Arm nach Ellen aus, die fortgehen wollte.

»Tut mir leid, Sofa. Wir sind zu dritt.«

Die Aliens waren inbrünstige Animisten. Sie redeten mit Möbeln und behandelten ihre Apparate wie Haustiere. Reinkarnation, Animismus, ihre seltsame Animosität gegenüber bestimmten technischen Errungenschaften – Wilson hatte recht. SETI hielt es für ziemlich wahrscheinlich, daß die Aleuten nicht ›diejenigen, welche‹ waren: daß die eigentliche Superrasse, die Erfinder des Ftl-Antriebs, noch gar nicht in Erscheinung getreten war. Das allerdings wollte man dem globalen Publikum nicht auf die Nase binden.

Ellen nahm umständlich Platz. Ihr Instinkt sagte ihr, daß der Piratenkäpten etwas vorhatte.

Braemar lehnte sich vor und schickte Ellen ein neckisches Grinsen. »Mr. Rajath, wissen Sie wirklich immer alles, was wir denken?«

Der Alien runzelte die Nüstern. Er zwinkerte wie eine alte Königin, die sich über eine obskure Zweideutigkeit amüsiert. »Wenn ein Fremder den Raum verläßt, verschwindet er.«

Johnnys Alien durchquerte das Blickfeld des Sofas – wie eine trotzig entrückte Prinzessin, wie eine Affen-Infantin.

»Clavel zum Beispiel. Können Sie mir sagen, was Clavel denkt?«

Der wissende Blick erlosch. Die Augen der Aliens waren dunkel, das Stirnbein darüber trug keine Brauen sondern einen hornigen, schuppigen Wulst. Epikanthus*, braune Iris, runde Pupille, schimmernde Hornhaut: Menschenaugen also. Oder auch Krakenaugen. Das Licht bestimmt, wie Augen aussehen. Augen sind Löcher in der Gelatine.

»Die, welche die Macht haben«, hob Rajath an, »zu verletzen, und niemandem etwas zuleide tun. Die nicht tun, was sie ständig vorführen. Die andere rühren und selbst wie Stein sind. Gefühllos kalt und so schwer zu verführen. Sie erben zurecht die Huld des Himmels und den verschwenderischen Reichtum des Gatten Natur. Sie sind Herr und Gebieter über ihr Gesicht, das nicht zum Butler ihrer Vortrefflichkeit verkommt ...«

Leidenschaft brach sich Bahn und fuhr wie ein heißer Windstoß durch das Wortgerüst. Neidvoll, bestürzt und sich hassend für seinen Neid sprach der Pirat die Worte, als rede er aus dem Stegreif. Braemar saß wie vom Donner gerührt.

Ellen war eifersüchtig, tierisch eifersüchtig. Ihr Unmut war wie ein Harnisch, der die Spannung, die sich in Rajath und allen ringsum aufbaute, fast völlig absorbierte ...

Sarah saß neben dem Alien, das Maitri hieß. Sie hatte sich ihren Nähbeutel vorgenommen, und das Verrückte war, daß diese stinkreichen Bolzen *das* für die natürlichste Sache der Welt hielten. Daß sie anderer Leute Unterwäsche flickte! Angesichts leibhaftiger ETs! Ein Dienstmädchen hatte nicht neugierig zu sein. Ein Dienstmädchen war ja kein Mensch. Wußten die, wie man sich in den Arkaden behaupten muß, und daß man ein eigenes Leben hat, ein wildes Leben, mit Frem-

---

* Nasenseitige Hautfalte im oberen Augenlid (z. B. bei Mongolismus).

den e-mailt, die einen *richtig* duzen – und nicht siezen und ›du‹ meinen, aber nicht richtig.

Rein, raus, rein und raus. Ihre Hand tauchte artig auf und ab.

Braemar Wilson hatte Ellen Kershaws Hausmädchen ignoriert, hatte Sarah weder bei der Vorbesprechung noch auf dem Herflug eines Blickes gewürdigt. Was um so kurioser war, als beide unter nahezu gleichen Bedingungen hier waren. Vielleicht war die aufgeweckte Ms. Wilson gerade deswegen auf Distanz geblieben. Rajath hatte sie jetzt plaziert, wo sie dem Mädchen kaum ausweichen konnte. Sarah war in ihre Flickarbeit vertieft. Der Alien neben ihr schien ganz hingerissen von dieser uralten irdischen Kunstfertigkeit.

»Sie sind durchschaut«, sagte Maitri zu Sarah. »Warum geben Sie nicht auf? Genug der Ehre. Bitte, tun Sie nichts Dummes.«

Es war sinnlos, hier sitzenzubleiben. Er kam sich vor wie ein Idiot. Doch jedesmal, wenn er aufstehen wollte, zischte Rajath ihn quer durch den Saal an (selbst noch von draußen). *»Untersteh dich!«* Der Diktator bestand darauf, daß keine Gefahr im Verzug war, womit er wahrscheinlich recht hatte. Rajath hatte gut reden.

Er nahm betrübt zur Kenntnis, daß sein Mündel wieder ohne Unterwäsche unterwegs war.

Sarah haßte die Stopferei. Aber Kershaw haßte es, Sachen wegzuwerfen, und Sarah respektierte das. Die meisten Reichen, die sie kannte, waren in Sachen Umweltbewußtsein die größten Heuchler. Kershaw war nicht so eine alte Schlampe. Sie war eine ausgesprochene Lady, wie man sie ein bißchen spöttisch mit viktorianischen Kostümen und Hofknicks in Verbindung bringt.

Ich kann es machen, sagte sie sich und hielt den Blick gesenkt und ließ die Nadel flitzen. Ich kann es machen. Sie werden mir schon nichts tun. Sie sind harmlos. Ihr fiel ein, was man ihr gepredigt hatte. Tue immer ganz unschuldig, wenn dich die MPs anstarren.

Natürlich wird es Stunk geben, wenn herauskommt, daß ich es war. Und die arme alte Lady wird bis zum Hals in der Scheiße stecken. Aber so was wie Telepathie, das gibt es nun mal nicht.

Das Monster streichelte ihren Arm und tat einen tiefen Seufzer.

Eine Laus kroch aus Rajaths Kragen: ein rotes Viech, halb so dick wie ein Streichholzkopf. Braemar hatte eine plötzliche Eingebung. Jetzt oder nie. Sie langte hin, um Rajath zu lausen. Wer sich traute, der durfte; wie man das anstellen sollte, das hatte man ihnen vorsorglich gezeigt. Knochen und Muskeln des Außerirdischen fühlten sich unangenehm falsch an. Er verhielt sich wie eine Katze, die gestreichelt wird. Daß er nicht schnurrte, war alles. Sie pflückte die Laus fort. Das stand nicht in der Gebrauchsanweisung. Das Tierchen zwischen ihren plastikbesprühten Fingerspitzen hatte keine Beine und schwitzte buchstäblich Blut.

Es war wie ein Vulkanausbruch! Braemar spürte die wortlose Eruption. Braemar stand so unter Strom, daß sie Sekunden brauchte, bevor sie begriff, daß sie gar nicht der Auslöser war. Die trotzige Infantin kam durch den Saal geschossen, wechselte ihre Gestalt im Flug. Als Wolf erreichte sie das Handgemenge rings um die andere Sitzcouch und zerrte das irdische Dienstmädchen aus dem Tohuwabohu.

Jemand kreischte laut und menschlich.

»Ich habe doch gar nichts getan!« zeterte Sarah. »Es war ein Unfall!«

»Nein«, sagte Clavel.

Der rundliche Maitri stand stumm da und lutschte sein Handgelenk.

Einen Moment lang herrschte lähmende Stille im Saal. Die Leute um Kaoru wandten den Kopf. Eine der inneren Schiebetüren öffnete sich und entließ eine kleine Gestalt in den Saal. Der Rumpf steckte in einem graubraunen, gesteppten Trikot ohne Ärmel. Arme, Beine und Gesicht waren mit lauter winzigen Farbkringeln bedeckt. Die Gestalt ging mitten in die Gruppe um Kaoru und drehte eine langsame Pirouette. Wechselnde Farbmuster kabbelten über Augen und Mund.

Ein anderer Mensch schrie, ein Möbelstück fiel um.

Douglas Milne sagte leise zu seiner Assistentin: »Martha, würden Sie bitte mal nach dem Lunch sehen?«

»Ja, Sir.«

Als Martha Ledern aus dem Saal schlüpfte, waren weit und breit keine Karen-Mädchen zu sehen. Sie entfernte sich rasch vom Haupttrakt. Der nackte Himmel machte ihr Angst. Sie kannte ihn kaum. Sie mußte auf einen bestimmten Backenzahn beißen, um den Notruf abzusetzen. *Hilfe! Probleme!* Nur Dougie wußte, daß sie dieses Mayday bei sich trug. Soviel Vorsorge mußte sein, wenn man nur irgend bei Verstand war. Sie gab sich Mühe, letzteren mit unverfänglichen Dingen zu beschäftigen.

Wie aus dem Nichts stand plötzlich ein Alien vor ihr. Der Namenlose hielt ihr die Arme fest. Ein anderer zwang ihr die Kiefer auseinander und schob ihr einen gummiartigen Knebel in den Mund. Man entschuldigte sich mit einem Achselzucken und brachte sie in den Saal zurück.

Die Aliens übernahmen stillschweigend das Kommando. Sarahs Nadel war sauber, anscheinend hatte sie sie noch abwischen können. Sie filzten den Flickbeutel der Kleinen und fanden die andere Nadel, die hohl und mit Maitris Blut gefüllt war. Es war so rot wie Menschenblut.

Die Presse, abgedrängt von namenlosen Aleuten, murrte ungläubiges Entsetzen. Irgendwo dazwischen hörte man Braemar Wilson reden, bestimmt eine von den Hirnverbrannten, die auch jetzt noch aufzeichneten – wie immer die Aleuten das honorieren würden. Angesichts der unbestreitbaren Tatsache, daß ausgerechnet *ihre* Sarah den Diebstahl von aleutischem Blut geplant hatte, kam Ellen sich furchtbar ohnmächtig vor. Sie protestierte heftig. Die Kleine habe sicher nur ein Souvenir gewollt. Und war obendrein noch wütend, daß ausgerechnet eine Wilson Zeugin dieser Katastrophe wurde.

Kaoru und seine kleine Gemeinde blieben, wo sie waren. Ellens gesunder Menschenverstand sagte ihr, daß es zwecklos war, sich an den Ex-Japaner zu wenden. An seiner Stelle würde sie sich da auch lieber raushalten.

»Robin, Sie kümmern sich um Sarah. Ich rede mal mit Rajath.«

Der Piratenkäpten hatte sich an den Springbrunnen zurückgezogen, umringt von seinen – man könnte sagen – persönlichen Dienern. Ellen tobte, und Ellen flehte. Rajath zuckte die Achseln, grinste nervös und verschränkte verlegen die Arme: lauter menschliche Gesten. Es war sinnlos. Die Aleuten handelten nach einem Codex, den nur sie kannten, und der sah keine Diskussion vor.

Robin Lloyd-Price flüsterte: »Hab keine Angst, Sarah. Wir biegen das schon hin.« Er hätte die Kleine mit bloßen Händen erwürgen können. Oder hatte Ellen die Sache hinter seinem Rücken eingefädelt? Sie waren unten durch. Ein für allemal aus der Gästeliste gestrichen. Es kam noch schlimmer. *Ende der Flitterwochen.* Er sah schreckliche Konsequenzen am Horizont. Die Aliens haben unermeßliche Ressourcen… Sarahs dünnhäutige braune Händchen hielten die seinen umklammert; er hatte gar keine Ahnung mehr, mit welchen Worten genau er die Kleine beschwichtigt hatte.

Die Aliens bewegten sich wie Glasscherben in einem Kaleidoskop, die Muster redeten von Schock und Frevel: eine fortschreitende Sequenz mit unausweichlichem Ausgang. Sie bewegten sich wie die Perlen einer Kette. Douglas Milne mußte an den Tag in Krung Thep denken. An das nackte Entsetzen, das ihn beschlichen hatte, als er gewahr wurde, daß die Aliens ihnen nicht bloß weit überlegen waren, sondern daß sie … daß sie ihnen *unsäglich fremd* waren.

Sie trennten Sarah von Robin.

»Sei tapfer«, hörte Robin den Piraten sagen. »Hast du einen Geliebten? Denk an ihn, laß ihn jetzt bei dir sein.«

»Sie ist erst dreizehn!« schrie Robin.

Maitris Geliebter, der Stabswachtmeister, brachte eine lange, flache Schatulle. Die Menschen hatten sie zuvor noch nie zu Gesicht bekommen. Darin war nichts Geheimnisvolles. Die Menschen sahen zu, wie der Fremdling ein Messer mit schmaler Klinge wählte. Maitri und Clavel hielten Sarahs Schultern, zwei Namenlose breiteten ein lichtdurchlässiges Tuch aus. Der Stabswachtmeister ließ seine Hände über Sarahs Brustkorb gleiten, wählte den geeigneten Zugang. Die Klinge schnitt so akkurat, daß die Wunde kaum blutete. Sarah taumelte. Der Stabswachtmeister zeigte seine sauberen Hände. Die Menschen schwiegen wie die Aleuten und taten keinen Mucks.

Clavel legte den verhüllten Leib sanft an den Boden, wandte sich ab und zeigte seine sauberen Hände. Maitri hielt eine Ansprache.

»Er hatte andere Aufgaben in diesem Leben, doch seine Verpflichtung war stärker.«

ii

In einem so extrem peinlichen Moment war es nur natürlich, seine Zuflucht im Tanz zu suchen. Man tanzte *Die Gebeine der Stadt*, ohne sich umzuziehen, so wie man war. Nach der ersten Tanzfigur nahmen sich Rosalie und Chas bei den Händen und schritten in die zweite. Dann gesellte sich Dougie zu den Sängern und stimmte sanft mit ein. Schließlich schlossen sich auch Ellen und Robin dem Tanz an, wiewohl Ellen keine passionierte Tänzerin war.

Danach brachen die Erdlinge allesamt auf. Mr. Kaoru begleitete sie hinaus und kam in den Saal zurück.

»Vielleicht brauchen Sie meinen Rat«, sagte er. »Ich stehe Ihnen jederzeit zur Verfügung.« Er verbeugte sich und ließ sie allein.

Lug tauchte auf, ein adrett gekleideter und ziemlich mißmutiger Lugha.

Die kosmetischen Wanderer waren sein Handelsgut, ein genialer Einfall, weil sie keinen Platz einnahmen und sich die Bestände endlos auffüllen ließen. Kosmetika waren so kurzlebig, daß sie sich steigender Nachfrage erfreuten. Doch sein Verdacht hatte sich bestätigt, und das war ganz und gar nicht erfreulich. Wenn es danach ging, wie die Einheimischen auf seine Demonstration reagiert hatten, dann mußte er seine Ware verschleudern.

»Siehst du. Hab ich dir doch gesagt. Die kennen keine Wanderer. Die haben gar keine.«

Man brach in leicht hysterisches Gelächter aus.

»Du bist so borniert, mein Kleiner. Wann lernst du endlich, darauf zu achten, was die anderen für Wünsche haben?«

Athas Forderung war absurd. Lugha konnte nicht lernen, anders zu sein als Lugha. Doch welcher Hüter eines Kindes konnte das schon akzeptieren? Dieser Planet kennt eine Geschichte zu dem Thema: die *Ente*, die ein *Schwänchen* großzieht.

Wieder Gelächter – auch wenn keinem danach zumute war. Die Einheimischen hatten sich eingebildet, sie könnten ungestraft morden, nur weil Sarah für die Aleuten ein völlig unbeschriebenes Blatt war. Tatsächlich hatten die Aleuten gleich gewußt, was gespielt wurde. Der Waffendieb – die übliche Sorte Hitzkopf und Heißsporn – hatte sich selbst verraten. Sie hatten mehr oder weniger einmütig beschlossen, ahnungslos zu tun. Eine *Freveltat* wie der Diebstahl von Körperzellen war genau der Vorwand, der Rajath in den Kram paßte. Um sich gegen etwaige Klagen wegen böswilliger Unterlassung zu schützen, hatte man den sanftmütigen Maitri dazu auserkoren, einige wortlose Anstalten zu machen, den einheimischen Held von seinem Vorhaben abzubringen... mit dem unvermeidlichen Ergebnis.

Es war das Letzte, was man in einem Raum voller Kleriker erwartet hätte, doch niemand machte den Erdlingen einen Vorwurf. Der Versuch, Körperzellen zu stehlen, war eine Gemeinheit. Andererseits war es nicht minder gemein, sie gewähren zu lassen, und zwar wissentlich, bis die Tat vollbracht war. In so einer Situation ist keine Partei der anderen moralisch überlegen. Und selbst wenn es zur Tat gekommen ist oder jemand eine Ansprache darüber hält, ist noch lange nicht gesagt, welche Partei taktisch im Vorteil ist. Hätte sich zum Beispiel die zweite Nadel nicht gefunden, dann hätten die Aleuten ganz schön dumm aus der Wäsche geguckt.

Soweit, so gut; der Lauf der Dinge schien ihnen wohlgesonnen. Doch die Nachwirkungen waren alarmierend gewesen.

Die Aleuten hatten auf Sarahs Verbrechen mit der traditionellen Sonderangebotsmiene ›tiefster Schande‹ geantwortet. Doch die Erdlinge hatten nicht angemessen reagiert, weder mit Worten noch sonstwie. In ihren Augen war Sarahs Tod nicht fair, sie wollten ihre strenge Praxis nicht akzeptieren. Zeigten plötzlich offene Feindseligkeit, Zorn und Abscheu. Nicht, daß jemand lauthals Vergeltung angekündigt hätte, aber wenn es eine geben sollte, dann hatte sie sich gewaschen.

Was erwarteten sie? Bringt man Waffen ins Spiel, wird eben gestorben. Davon geht die Welt nicht unter.

Die Begegnung war ein offenes Spiel. Die Punkte vergab der Zufall, und aus dem Punktestand ergab sich Handlungsbedarf.

Der Freund von Clavels geliebtem Erdling war der unfähigste Lügner im ganzen Saal gewesen. Clavel wollte Braemars offenherzige Eingeständnisse aus der Beweisführung gestrichen wissen, doch er wurde überstimmt. Die Erdlinge mußten doch wissen, daß Braemar von Natur aus ehrlich war. Hätten sie keine Nutznießer gewollt, hätten sie ihn nicht nach Uji lassen sollen.

Kumbva wollte (schon wieder) wissen, »Wie kommen die nur darauf, daß wir schneller als das Licht gereist sind? Die Gesetze der toten Welt kennen die doch mindestens so gut wie wir. Die wissen genau, was nicht geht. Oder ist diese Unterstellung etwa ein Bluff mit doppeltem Boden?«

»Die haben Bedarf an Wundern. Und sie haben unsere Personalienbänder gesehen«, erklärte jemand. »Man hält uns für die komplette Expedition. Denkt nur! Hier kommen genau dieselben vierzig Leute an, die vor Generationen aufgebrochen sind. Ist das nicht absurd?«

Die neue Gemütsverfassung machte jede Merkwürdigkeit im Zusammenhang mit den Erdlingen zu einem Verdachtsmoment.

»Ihre Zunge redet von einem einzigen Volk, ›der Menschheit‹. Dabei steckt ihre Regierung bis über beide Ohren in einem heißen Krieg. Lügen über Lügen.«

»Natürlich ist das gelogen. Sagst du immer die Wahrheit, wenn du es mit einer Handelsdelegation zu tun hast? Mehrere haben mir wortlos eingestanden, daß wirklich Krieg herrscht. Was ich nicht begreife: Es sollen ›Männliche‹ gegen ›Weibliche‹ kämpfen. Das kann nur eine Schutzbehauptung sein.«

Für die Aleuten war die irdische Aufregung über diese personale Ambivalenz ein Aberwitz. Das Ulkigste daran war, daß die Menschen in Uji (ebenso wie in

Alaska und in Fo) *den Unterschied gar nicht zu kennen schienen.* Sie nahmen so wenig Notiz von ihrem persönlichen Weiblich-bis-Männlich-Spektrum wie der allervernünftigste Aleute: jemand, der nicht im Traum daran dachte, er könnte ein solches Profil überhaupt *haben*. Doch manchmal schien es, als würden sie über nichts anderes reden!

»Hier gibt es zwei Stämme«, erklärte der Poet. »Der eine bringt die Kinder des anderen zur Welt. Man nennt ihn ›weiblich‹ – und die Zwangsschmarotzer nennt man ›männlich‹. Wie die ›Purpurroten‹ und die ›Blumen‹ daheim, wißt ihr noch?«

Man wußte noch. Bei jedem regten sich längst begrabene Erinnerungen.

»Das ist ein hiesiger Witz.« Clavel zuckte unfreundlich die Achseln. »Ich weiß nur nicht, was daran so lustig ist.«

Der unleugbar männliche Anteil der Versammlung pfiff ihn aus. Clavel amüsierte sich; ein Rückzieher kam nicht in Frage.

Ihre Zweiteilung in Schmarotzer und Gebärer war genauso so seltsam wie ihr religiöser Tick oder ihr Durcheinander von gesprochener und nicht gesprochener Sprache. Oder wie ihr entsetzliches Essen. Doch die Variationsbreite menschlicher Beschaffenheit war erheblich, selbst innerhalb eines Stammes. Es war nicht von ungefähr, daß sich ein Henker vor der Vollstrekkung vergewisserte, wo das Herz seines Delinquenten plaziert war. Kumbva kleidete ihre kollektive Meinung in Worte:

»Erst die Mannigfaltigkeit macht eine Welt aus!«

Diesmal war es Rajath, der brütete; er war nicht in der Lage, an dem Geplänkel teilzunehmen, er konnte von nichts anderem reden als vom Kern der Sache: diesem gähnenden Abgrund, der sich zwischen ihnen und ihren Handelspartnern aufgetan hatte. Man mußte einen gehörigen Anlauf nehmen.

Als man auf diesem Planeten gelandet war, hatte er zu seiner Freude festgestellt, daß sein Talent für formale fremde Sprachen nach langem Schlummer nicht gerostet war. Es wurmte ihn, daß er die Grammatik nicht so gut beherrschte wie Clavel, doch er kam zurecht. Trotzdem, diese Erdlinge mogelten.

»Wie soll man wissen, wann jemand ernst genommen werden will, wenn er die Würde des gesprochenen Wortes nicht für ernste Gelegenheiten reserviert?«

Rajath machte rasch einen Rückzieher, bevor die Mehrheit seiner Freunde und Diener über ihn herfallen konnte.

»Ihr habt natürlich völlig recht. Laut zu sprechen ist nicht besonders würdevoll. Damit beschließt man einen Prozeß, schließt Mißverständnisse aus. Schon idiotisch. Aber manchmal muß man etwas festnageln. Sonst kommt man allzu leicht ins Schwimmen.«

Alle machten sich lustig. Rajaths Begabung für kreative Interpretation war ein allgemein tolerierter Skandal. Der Gauner fand immer ein Schlupfloch.

»So wie die Dinge liegen, würde ich Kaoru am liebsten töten; er weiß zuviel und hat zuviel gesehen. Aber wie soll man damit fertig werden? Er wird alles vermeiden, was uns irgendwie kränken könnte. Leider.«

Seit die Erdlinge fort waren, fühlte Atha sich nicht mehr wohl in seiner Haut. »Ihr würdet mich besser auch töten«, gestand er traurig. »Ich kann mich nicht mehr erinnern, Rajath. Ich kann mich nicht mehr erinnern, was geheim ist und was nicht.«

Lugha umarmte seinen Hüter und funkelte alle an. »Er hat nichts Böses getan. Haben wir die Sudelbilder nicht alle satt, die sie uns bieten? Eine Beleidigung ist das. Ob die immer noch glauben, wir würden eines Tages aufstecken und Preise nennen?«

Lugha wurde von mehreren ermahnt, seine Sprache

zu mäßigen. Was Erdlinge taten, wenn sie miteinander ins Bett gingen, stand hier nicht zur Diskussion. Clavels Minnelieder waren schon schlimm genug, doch Poeten konnten wohl nicht anders. Der kleine Geist, der nur Wissen speichern kann, brauchte keine schmutzigen Reden zu führen.

Rajath bereitete sich auf eine Ansprache vor. Seine Augen wurden dunkel, sein Gesicht glühte. Rajath, der Schöne, sah nie liebenswerter aus, als wenn seine Habgier etwas ausheckte.

»Hat der scharfe Verstand also recht, und sie haben keine Wanderer?«

Das galt als erwiesen und wurde bejaht. Nur Brhamari, Kumbvas Schiffsarzt, war nicht überzeugt. »Wenn sie keine Wanderer haben, wie kommen sie dann dazu, das hier« – er klopfte auf den gebohnerten Boden – »als Wanderer zu bezeichnen? Etwas, das, wie sie sehr genau wissen, so gut wie gar nicht von seiner vorgeschriebenen Bahn abweicht?« Brhamari nickte ein paarmal, er war unaussprechlich zufrieden mit sich. »Das sagt die Wissenschaft!«

Niemand teilte seine Ansicht. »Der Arzt ist ein Idiot«, hieß es unterm Strich. Der eine drückte es taktvoller aus, der andere nicht. Der Arzt fuhr hoch, dann ergab er sich stumm seinem Zorn.

Kumbva war verwirrt. »Worauf willst du hinaus, großmächtiger Diktator?« Laut setzte er hinzu: »Erinnerst du dich an meine Warnung?«

Rajath hopste aus Kaorus Sessel. Er hielt seine Ansprache:

»Ich habe einen Plan. Zugegeben, bei der Demonstration unserer Schmach sind wir zu weit gegangen. Wir können es nicht ungeschehen machen, also sollten wir sie lieber das Fürchten lehren, bevor sie an Rache denken. Sind sie zornig? Wir müssen doppelt so zornig sein. Daß sie keine Wanderer haben, ist unser Joker. Unsere Feinwerker haben bewiesen, wie einfach es ist, die

Apparate umzustellen. Ich brauche Hilfe von Lugha und Clavel und Mr. Kaoru. Vorerst wird es keine Besucher geben. Wir dürfen keine Zeit verlieren. Kommen wir endlich zur Sache.«

Clavel hatte eine Schiebewand geöffnet und saß angelehnt da, die Beine schamlos gespreizt, und starrte in das Abendlicht. Er stellte Betrachtungen an über den Charakterschrein und den Raum, der die Toten bewahrte: beide vollgestopft mit Handelsware. Auf der Abendseite und im Morgenflügel, in den Quartieren der anderen Kapitäne, häuften sich kleine Luxusartikel von zu Hause. Er ließ seine eigenen Habseligkeiten und die seiner Crew Revue passieren und gestand sich die Niederlage ein. Ein paar armselige Souvenirs und ein Karton mit Spielzeug, der aus einem Spind im Landefahrzeug stammte.

»Wenn ich irgend etwas zu verkaufen hätte, dann würde ich damit unter die Leute gehen und es verkaufen und dem ganzen Quatsch ein Ende machen. Aber da ich nun mal nichts habe ...«

Bleibt es, wie es ist. Die Unterhaltung wurde zum ziellosen Gerede.

Samhukti, Rajaths Geistlicher, erwog die Offenbarung, daß Mr. Kaoru sich für ein Mitglied ihres Volkes hielt, und verwarf sie.

Rajaths junger Partner, Aditya, rief sich die Zeit in Alaska in Erinnerung, da die Einheimischen ihn fast gezwungen hätten, seinen reichen Geliebten zu betrügen. Er sehnte sich nach einer neuen Bewährungsprobe.

»Herzallerliebster«, seufzte Rajath. »Könntest du mich lieben, ich würde all meine Pläne aufgeben.« Im nächsten Augenblick rätselte er schon wieder an seinem jüngsten Plan herum. »Kein leichtes Spiel, sich jetzt unter die Erdlinge zu mischen. Man müßte sich verkleiden.«

Maitri, überaus froh, daß man den Inhalt der hohlen Nadel geborgen hatte, entspannte sich allmählich. »Warum«, fragte er sich zaghaft, »soll ein Recorder ein ›Geheimnis‹ sein?«

Kumbva hatte ein Laptop geholt und brütete mit ein paar Leuten aus seiner Crew über den Berechnungen. Clavel schielte auf die Textur des Bildschirms: wie dicht gewebtes Tuch, das sich im Detail und aus dem Detail heraus veränderte. Kumbvas Funker verfolgte weit entferntes Totenzeug, und zwar mit magischen Mitteln, die nur er und sein Käpten verstanden.

»Sollten wir zu einer formellen Mitteilung gezwungen sein, dann muß alles sehr rasch gehen. Wir müssen immer bereit sein.«

Clavel war deprimiert. Alle hatten bemerkt, selbst diejenigen, die am wenigsten mit Worten anzufangen wußten, daß der Poet auf eine Ansprache verzichtet hatte, wohl um sich diese Möglichkeit irgendwie offenzuhalten. Man bemerkte, wie er mit seiner Zustimmung zurückhielt. Man war tolerant, man nahm es hin, es gab keine Sanktionen. Rajaths Einstellung hatte obsiegt, in Clavel so gut wie in jedem anderen. Und trotzdem waren die Leute ängstlich, die Angst war unterschwellig. Aditya erwartete einen dramatischen Verlauf, Kumbva bereitete sich auf den Notfall vor.

Er sinnierte über den Status, den das gesprochene Wort in seinem Volk hatte: der ihn sozusagen zum heiligen Narren machte und Rajath zu einem faszinierenden Unruhestifter. Was bedeutete den Erdlingen das gesprochene Wort, mit dem sie anscheinend so freizügig umgingen? Niemand kümmerte sich darum. Nur Lugha fragte sich, aus welchem Holz die Erdlinge geschnitzt waren. Aber er interessierte sich nicht wirklich. »Wir sind hier, um Handel zu treiben«, protestierten die Gefährten. *»Was schert dich der Rohstoff, Hauptsache, er* *läßt sich ins Faß füllen, und was herauskommt, ist genießbar?«* Vielleicht hatten sie recht.

Doch der Fluß erzählte Clavel von Johnny. Es hatte eine Menge Ärger gegeben über die ›Hinterhältigkeit‹ der Erdlinge. Wie lange noch konnte Clavel sein anderes Ich hinhalten?

Es war später Abend. Die Mahlzeit war zubereitet, serviert und verzehrt worden, und die Küche war wieder aufgeräumt. Lugha befand sich zusammen mit den anderen Kindern im Charakterschrein, wo er lernen sollte, er selbst zu sein, und wo er (soweit Lugha dazu imstande war) seine Gefährten kennenlernen sollte: die Gestik einer bestimmten Person, die Folgen von Feindseligkeit und die unzähligen winzigen Geschichtslektionen.

Atha schlüpfte in den anderen Schrein und bedeckte sein Gesicht. Er fiel vor den Bildern auf die Knie.

Weibliche Leute, so die Lehre von Athasgleichen, waren solche, die nachts lieber im Dunkeln arbeiten, als jemanden zu bitten, das Licht zu reparieren. Solche, die schwatzen, wenn sie erschöpft sind, und schlafen gehen, wenn sie glücklich sind. Solche, die nicht leben können, ohne gebraucht zu werden, sich aber weigern, irgendwas von irgendwem in Anspruch zu nehmen. Männliche Leute dagegen geben niemals Ruhe, machen kaputt, was sie verbessern wollen und machen alles, wirklich alles, wenn sie dafür einen Kuß und ein freundliches Wort bekommen ... Man hätte so fortfahren können, aber es fiel schwer, sich vorzustellen, was so ein eitles, geschwätziges Spiel mit dem zu tun haben könnte, was er auf diesem Bildschirm sah.

In Kaorus Charakterschrein hatte Atha bei den eher konventionellen Andachten assistiert. Er hatte teilgenommen an *Tampopo, Diamonds Are Forever* und an der NBC-Serie *Genji Monogatari*. Das erklärte, warum er sehr wohl wußte, daß diese Leute genauso waren wie er. Er akzeptierte, daß die meisten seiner Gefährten nicht an Magie glaubten. Doch Atha war jemand, den man nicht verhöhnte. Er hatte im Laufe seines Lebens ein paar sehr seltsame Dinge erlebt. Immerhin versuchte er, den Sterbenden Trost zu spenden und den Leidenden Mut zu machen. Der Koch schloß die Augen. Seine Haut weinte unsichtbare Tränen. Geht hin, kleine Athas. Eilt an diesen Ort, wo immer das ist in der wirklichen Welt, und tut, was ihr könnt.

iii

Karen-City. Das erste Hotel am Platze hatte eine von diesen defekten Klimaanlagen, die unendlich viel schlimmer sind als Schweiß und Deckenventilator. Der Bursche vom BBC wußte nicht, daß ›fünf Sterne‹ in einer verwahrlosten Industriestadt des Südens ein schlechtes Omen waren: Reisen war nicht sein Metier. Es war nicht Braemars Aufgabe, ihn aufzuklären. Sie lag in einem langen Korbsessel und stierte hinaus auf die Lichter verödeter Fabrikanlagen, die keine Nachtruhe kannten; die Lichter von Bootsstegen und schwimmenden Märkten, die auf dem Kok-Fluß schaukelten. Das schwüle Zimmer stank nach verbrannten Chemikalien.

Das Alienkind, das vor bunten Läusen gewimmelt hatte, war mit scharfen Worten von der Bildfläche vertrieben worden. Wie gedankenlos von dem Kind, mitten in eine solche Exekution zu platzen! Sie wollte über diesen komischen Auftritt nachdenken: Was hatte es mit dem Ungeziefer auf sich? Doch sie hatte Angst, an die Ereignisse in Uji zu denken.

Der Sessel war aus tankgezüchtetem Rattan, ein hübsches Stück Handarbeit. Die Möblierung war erstaunlich gut und modern. Man sollte den Dingen die schöne Seite abgewinnen.

Ihr war, als müsse sie ersticken.

»Was wird passieren?«

»Ich habe keinen blassen Schimmer. Vielleicht verzieht sich das Gewitter. Mein Gott, ein kleines Kaffernmädchen. Man kann nicht erwarten, daß sie unsere Ansichten über die Unantastbarkeit des menschlichen Lebens teilen.«

Arthur war nervös und redete unbedacht.

»Ähm. Auf Kershaw und Lloyd-Price ist Verlaß. Und auf die Vietnamesen. Absolut heroisch, wie sie bei dem Kabarett mitgemischt haben: möglich, daß wir ihnen das Leben verdanken. Sorge machen mir diese rosaroten Amis. Ein heimlicher Hilferuf, Himmel, was für Idioten... Und dann dieser undurchsichtige Kaoru. Und deine Leute, Braemar. Du könntest den ganzen Globus auf die Barrikaden bringen. Klingt das nicht verlokkend?«

»Ha. Wenn ich was vorzuzeigen hätte.« Sie kippte den Kopf in den Sessel zurück. »Oh, was für eine Ironie des Schicksals. Ehrlich, ich säh zu gern die Japaner wieder. Wenn die noch da wären, glaub ich, könnte ich mein Material austauschen und müßte nicht erst eine Hypothek aufnehmen.«

Die Leibesfülle des Engländers verlagerte sich auf dem Bett. »Glaubst du, man könnte das Material beschlagnahmen?«

»Wetten, daß?«

Braemar starrte auf die Lichter über dem dunklen Wasser. Wie zufrieden die Aleuten in diesem Tal waren. Sie vermißten die große, weite Welt gar nicht. Kaorus Helikopterpiloten waren ziemlich wortkarg, doch es war eine glucksende Bemerkung über *Pampers* gefallen... Contenance, ja: in jeder Beziehung. Die Menschen waren daran gewöhnt. Aber wozu Klatsch und Tratsch zusammenreimen? Man würde sowieso nur auf ›des Kaisers neue Kleider‹ starren.

Kaoru hatte Uji hermetisch abgeriegelt. Die eingefleischten Vorurteile der Weltfrauenkonferenz hatten für ihn gearbeitet: geschweige die Kretins von dieser kalifornischen Datenbank. Keine Einmischung! Und daß mir keiner ein Hautschüppchen klaut! Aber kein Wort darüber, wie ernst das gemeint war, statt dessen hieß es immer nur, die Aliens würden keiner Fliege etwas zuleide tun. Tja, nun wissen wir das. Wenn man ihnen ein Haar von der Schulter nimmt, ist man schon tot. So sah die unausgesprochene Wahrheit unter dem glänzenden Zuckerguß aus, und das nicht erst seit gestern.

Denk an was andres.

Was war mit Clavel? Mit Johnnys Alien. Dem fleischgewordenen Sonett von der ›Reinheit‹. Die ihren Chef auf die Palme brachte mit ihrer zögerlichen Bewunderung. Braemar ertappte sich wieder bei der Zuweisung von Geschlechtern; lag es daran, daß sie müde war? Meistens hatte es etwas zu bedeuten, wenn eine junge Frau zaudert, den Namen eines jungen Bekannten auszusprechen. Denk über sie nach, denk weiter! Etwas Schlimmes ist passiert. Vergiß es. Gewissensbisse sind sinnlos.

Handlungen und was sie bedeuten. Tätlicher Angriff: Blut abzapfen. Blutabzapfen ist ein kriegerischer Akt. Worte und was sie bedeuten… Sie benutzen das gesprochene Wort gleichsam als Dekoration, als Sahnehäubchen: Sie brauchen es eigentlich gar nicht. Gedankenlesen? Nein, nicht im herkömmlichen Sinne. Aber was sie statt dessen tun, braucht irgendeine vertrackte Vernetzung. Vielleicht *sind* sie uns überlegen, nicht wie in den Comics, sondern überlegen an Heimtücke. Hoffnungslos heimtückisch.

Stop! Du kennst die Falle.

Im Fernseher des Hotelzimmers lief ein Band aus

dem Uji-Archiv. Lugha, der Teufelskerl, saß zusammen mit Douglas Milne auf dem gebohnerten Teakboden. Douglas warf eine Münze: ein Metallscheibchen, so nahe am mathematischen Konstrukt einer *fairen Münze* wie es der Feinschliff zuließ. »Kopf. Zahl, Kopf, Kopf, Zahl, Zahl, Zahl, Kopf, Zahl, Kopf.« Lughas Stimme war kaum zu hören. Er kicherte wie ein Kind. Was benutzte dieses Kind für die Verbindung zwischen Auge und Hirn? Eine Kubikmeile Korallin? Sie hätte Arthur am liebsten gebeten, das abzustellen. Aber sie traute sich nicht.

»Du siehst nicht gerade aus, als ob du hingerissen wärst«, versuchte der Engländer zu scherzen. »Es war ein häßlicher Zwischenfall. Doch wenn du mich fragst, die Aleuten und wir, ich prophezeie uns Großes.«

Wenn man ihn gewähren ließ, dauerte es nicht lange, bis Arthur einen auf hundert Schleichpfaden davon überzeugt hatte, daß Weiße und vor allem weiße Männer von Natur aus besser, gescheiter …

Manchmal, nur manchmal gewann Braemar so etwas wie Befriedigung aus dem zweiten Gesicht, mit dem sie geschlagen war.

Jemand kam unten vorbei, er sang eine japanische Volksweise, die vor gut zehn Jahren ein Welthit gewesen war. »Die Krähen haben mich geweckt / Sie haben in den Mond gekrächzt / Ich bete, daß ich ihn vergesse / …« Die einsame Stimme klang rauh und unmelodiös.

Ich bete so inbrünstig,
Daß ich an nichts anderes mehr denke,
Und das geht mir auf die Nerven.
Ich frage mich, ob von diesem Wein noch übrig ist.

»Gehen wir ins Bett?«

Sie setzte sich neben ihn. Bei dem panischen Aufbruch von Uji hatten sie mehr oder weniger die Form gewahrt. Braemars Haut war gereizt von der Dekontamination. Das Jucken der Einsamkeit war stärker. Sie ließ zu, daß er nach ihren Brüsten faßte, legte ihm aber den Finger auf die Lippen.

»Psch, sag jetzt kein Wort. Ich möchte mir vorstellen, du wärst jemand anders. Macht es dir was aus?«

Eine Handvoll Fleisch. Brae kam immer auf ihre Kosten. Und setzte nicht einen Tropfen Blut ein.

6 Mr. Kaoru disponiert

Rajath und Clavel besuchten Mr. Kaoru in seinem Cottage.

Sein einziges Zimmer sah verblüffend anders aus als alle Räumlichkeiten im Hauptgebäude. Glänzend graue, quadratische Bodenfliesen, grell weiße Beleuchtung. An den Wänden hingen Fotografien: fade, monotone Bilder, wie die Aleuten sie noch nirgends gesehen hatten. In einem Alkoven stand komisches Totenzeug. Die Schirme zeigten Kolonnen von Schnörkeln, keine gegenständlichen Bilder, und nichts davon rührte sich. Bis jetzt war niemand von ihnen in diesem Haus gewesen. Sie spürten, daß sie einen sehr erhabenen Schrein betreten hatten, knieten sich hin und bedeckten ihr Gesicht.

Kaoru hatte Anstalten gemacht, sich zu erheben, um seine Gäste zu begrüßen, blieb aber halb sitzend, halb kniend hinter seinem niedrigen Pult; die dunklen, weiten Ärmel des Hausmantels schleiften am Boden. Kaorus Gesicht war sehr alt, die Haut zerknittert und von tausend feinen Furchen des Zerfalls gezeichnet. Keiner von den Aleuten kannte sich aus mit dem Alter, aber vielleicht fühlten sie sich in seiner Gesellschaft so wohl, weil sein Gesicht so eng beschrieben war. Sie konnten den komprimierten Kummer darin lesen, als betrachteten sie eine szenische Darstellung auf Band; den Kummer und die Wildentschlossenheit, die so sehr an Rajath erinnerte. Sie konnten sich vorstellen, die Person mit derselben Gewißheit zu erfassen, mit der sie einander kannten.

Rajath erklärte Kaoru den Plan. Als Wiedergutmachung für Sarahs abscheulichen Frevel forderte er mehrere Parzellen Land, die zu evakuieren waren, sowie die Aushändigung der entsprechenden Dokumente. Man hoffe, daß Mr. Kaoru, dem nicht der geringste Vorwurf zu machen sei, die nötigen Schritte in die Wege leiten werde.

Clavel setzte das in eine grammatisch korrekte Ansprache um, und Kaoru lauschte mit geneigtem Haupt und gelegentlichem Nicken. Schließlich sah er auf, und sein stilles Vergnügen sprach Bände.

»Und kommt jetzt die Invasionsflotte?«

Kaoru schob die polierte Platte seines Pults zur Seite. Er rief einen Atlas auf und wählte eine Projektion des Globus. Er reichte Rajath einen Lichtstift.

»Vielleicht möchten Sie die Gebiete selbst aussuchen. Ich schlage vor, Sie konzentrieren sich auf die gemäßigten Zonen. Sagen wir, zwischen dem dreißigsten und vierzigsten Breitengrad. Meiden Sie vulkanische Gegenden, aber gönnen Sie sich viel Küste. Das Zusammenwachsen der Städte wird auf lange Sicht zu Problemen führen.«

»Das gäbe den größten Ärger«, murmelte Clavel.

»Richtig. Kompromisse lassen sich also nicht ganz vermeiden.«

Rajath setzte den Stift auf die südliche Hälfte von Amerika und markierte ein Quadrat, ein anderes legte er in den Südzipfel von Afrika, und Clavel zuliebe malte er einen Kreis auf Westafrika. Er hielt die Bereiche klein, weil er nur eine vage Vorstellung vom Maßstab der Simulation hatte. Er wollte nicht maßlos erscheinen.

Mit sieben Landnahmen gab er sich schließlich zufrieden: eine in jeder Hälfte von Amerika, zwei in Afrika, ein Stück von Neuseeland, eins von Westeuropa und eins irgendwo zwischen Europa und China. Er setzte sich auf die Fersen. Kaoru vergrößerte jedes Gebiet und brütete über den winzigen Details der Hologramme, Details, die seinen Besuchern nichts sagten. Er versuchte, die willkürlichen Grenzen abzugleichen, entschied sich dann aber doch wieder für die ursprünglichen Linien.

Er lächelte an Rajath vorbei. Rajath kochte über. »Man könnte die Ländereien ›Vertragshäfen‹ nennen. Oder so ähnlich.«

Clavels Gelenke kribbelten in dem dringenden Verlangen, Reißaus zu nehmen. Auf einem solchen Planeten herumzukritzeln war ohne Zweifel lustig. Warum nicht lachen?

In ihren stillen Unterhaltungen hatte er sich Kaoru nahe gefühlt: als der alte Mann über die müden Geschäftsjahre sinniert hatte und sein Geist immerzu gestorben war. Als Clavel von dem Geheimnis des Alten erfahren hatte, war er überglücklich gewesen. *Aber ja!* hatte sein Herz gejauchzt. Das ist der Beweis. Das erklärt, warum ich dieselbe Person sein kann wie Johnny. Die Geschichte sei barer Unsinn, hatten ihm Kumbva und Lugha sofort erklärt. Aber für den Liebenden klang sie plausibel.

Doch Kaorus unbeugsamer Familiensinn und seine eigenartige formale Sprache ließen Clavel das Blut in den Adern gerinnen. Das furchtbare Leid, das Johnnys Freund beschrieben hatte, hatte man zweifellos Kaorus Sippe *zugefügt:* So etwas passiert nicht einfach. Auf jeden Fall war Kaorus Haltung alarmierend. Ob alle auf diesem Planeten ihr Unglück so horteten wie Kaoru? Ein beunruhigender Gedanke.

Clavel begriff, daß es keine ›Seifenblase‹ gab, die man ›zum Platzen bringen‹ konnte. Auch wenn es angebracht gewesen wäre, Kaoru darauf hinzuweisen, daß niemand auch nur das Geringste von einem geheimgehaltenen Raumschiff wußte: Wer würde sich trauen?

Rajath war fasziniert von der gefährlichen Zukunft, die seine Krakel auf dem Globus versprachen; die schrecklichen Andeutungen, die Kaoru gemacht hatte, ließen ihn kalt. Bei allem, was sie trennte, er und dieser alte Erdling waren sich sehr ähnlich!

Kaoru ließ die Gebiete ausdrucken. »Die Karten sind nicht auf dem neuesten Stand«, sagte er entschuldigend. »Das ist der Preis der Isolation. Doch ein paar Wochen machen keinen Unterschied, immer vorausgesetzt, es kommt keine Naturkatastrophe dazwischen. Dieser Planet ist wie ein Mund voll alter Zähne; die ständige Flickerei macht sie nicht neu.«

»Oh, ich verstehe sehr gut, was Sie meinen.«

Rajath log. Wie konnten Zähne ›alt‹ sein? Der alte Mann machte einen Witz, einen, den sie schon oft gehört hatten.

»Mr. Kaoru«, rief Clavel. »Rache ist im nachhinein so peinlich. Es kommen wieder bessere Zeiten, und dann kommt man sich so töricht vor. Warum nicht warten? Alles kommt wieder ins Lot.«

Kaoru war aufgestanden und kam um das Pult herum. Er zeigte ihnen die Ausdrucke, sie waren hübsch geheftet und steckten in einer durchsichtigen Plastikhülle. Er tätschelte Clavels Wange, ohne sie zu berühren, als sei Clavel sein Lieblingsenkel.

»Mein kleiner Amerikaner.«

»Warum haben Sie so lange weitergelebt, so einsam? Alt sein ist abscheulich.«

Kaoru wich zurück. Er blinzelte. »Im Gegenteil, es ist, als würde ich aus dem Gefängnis entlassen. Ein alter Mensch wie ich kann ...«, er schien die Worte zu kosten, bevor er sie aussprach, »nahezu alles tun, was er möchte.« Er überlegte. »Ich nehme doch an, Sie sind sich darüber im klaren, daß Ihre Handelspartner *sich selbst* als die eigentlichen Leidtragenden betrachten; es ist durchaus möglich, daß sie nicht kooperativ sind. Decken Ihre Pläne auch diesen Aspekt ab?«

Die beiden zuckten die Achseln: aber sicher.

»Ich frage mich, wie Sie Ihr Handeln rechtfertigen wollen.«

»Selbstverteidigung«, sagte Clavel prompt. »Wir wurden ausgerechnet von denen attackiert, denen wir vertraut haben. Wir sind nur wenige, wir sind verwundbar; da ist es nur natürlich, daß wir Stärke zeigen.« Er zog ein Nasenloch schief. »Es gibt immer Rechtfertigungen. Wir nehmen an, man wird sich etwas einfallen lassen.«

»So ist es. Aber oft ist es ratsam, dem anderen zuvorzukommen. Werden Sie Transportmittel brauchen?«

Seit Clavels Idee vom überlichtschnellen Antrieb im Raum stand, hatte Kumbva sich dafür eingesetzt, die Landefahrzeuge verschwinden zu lassen. Der Ingenieur meinte, daß jeder seines Schlags imstande sei, auf Anhieb zu erkennen, was sie waren.

»Ja, wir bitten darum.«

In Kaorus winzigem Entree schlüpften sie wieder in ihre Schuhe. Clavel half der Türe ins Schloß. Sie hätte sich auch ohne sein Zutun geschlossen, seine Geste war eine Frage des Takts. Rajath schluckte seinen Ärger über soviel poetische Fisimatenten hinunter. Er gestand sich ein, daß er die Unterredung nicht ohne Clavel hätte bewerkstelligen können. Der Park lag still da; es war heiß und strahlend hell. Clavel verdrehte die Augen gen Himmel und warf die Fäuste an die Schläfen.

»Ach, wie das wohl sein muß, so allein zu sein!«

Rajath bedachte ihn mit einem mitleidigen Lächeln. »Wenn du lange genug wartest, erfährst du es. Es gibt nichts, was sich nicht über kurz oder lang einstellt.«

»Glaubst du? Sag mal, Mann der Tat: Angenommen, wir kommen jetzt ins Haus zurück und finden … Die Köche sind in der Küche. Sie sind sauer, weil sie meine feste Mahlzeit zubereiten müssen.«

Rajath zuckte zustimmend die Achseln.

»Angenommen, wir kämen zurück und fänden sie im Saal beim ›Go‹*. Was würdest du denken?«

---

* Japanisches Brettspiel: zwei Spieler mit je 181 Steinen, Spielbrett mit 19 x 19 Linien bzw. 361 Schnittpunkten, bei abwechselndem Setzen sollen die gegnerischen Steine durch Kettenbildung eingekesselt werden.

»Was schon? Ich würde denken, wir haben etwas falsch gemacht. Du bist vielleicht ein komischer Kauz.«

Er folgte Rajath zum Haus zurück, trottete in dessen kaum erkennbaren Fußspuren über den smaragdgrünen, laminierten Torfboden. Sollte die Welt auseinanderfallen, dann war sie von vorneherein nicht aus einem Guß gewesen. Doch sie fiel nicht auseinander. Das Atom ist die kleinste materielle Einheit der Weltseele. Falsch: Die Teilung entspricht nicht der Wirklichkeit, sie ist eine notwendige Fiktion. Die Welt bleibt unteilbar, auch wenn wir sie nur stückweise erfassen können. Deshalb verwenden die Weisen unter uns, die wir unsere Diener nennen, so wenig Zeit wie möglich auf das unsinnige Spiel vom fertigen Gedanken oder von der formellen Sprache.

Clavel kam sich vor wie jemand, der versucht, sich in die Augen zu blicken: Zieh sie heraus und dreh sie an ihren feuchten Wurzeln, bis sie einander sehen. Nur schon die Vorstellung tat weh.

Er spürte die Sonne in den Haaren, hörte die gefiederten Pflanzen mit Namen ›Bambus‹ flüstern. Doch nichts war wach hier draußen: Alles war leblos, jeder Grashalm, isoliert und leer. Wie machten sie das? Vorneweg lachte Rajath. So sehr sie sich bemühten, einander unsympathisch zu sein, es war schier unmöglich, ihn zu befremden oder ihm Ekel einzuflößen. Man ist es immer selbst, mit dem man streitet, hadert oder zu Gericht geht. Das Ganze ist unausweichlich.

Unausweichlich, beteuerte er. *Unteilbar*. Und fröstelte.

Sie verließen das Tal in einem der Versorgungshelikopter und stiegen oben in den Hügeln in ein schnelleres Fahrzeug um. Es setzte sie mitten in der Nacht auf einem sehr kalten Behelfsflugplatz ab, der aus massiver Finsternis zu bestehen schien. Er hieß Bhutan, verriet ihnen der Pilot des Hubschraubers. Früher hatte Mr. Kaoru hier eine Art Wintersporthotel für junge Leute unterhalten. Die Aleuten bekamen schwere Mäntel verpaßt. Der Pilot des wartenden Jet kam mit einem Stativ, stellte es auf und trat zurück.

»Bitte verzeihen Sie die Kälte«, sagte Kaoru aus dem Land der Toten. »Noch eine Strafe für Einsiedler: Ich habe nur dieses eine Langstreckenflugzeug. Ein zweites zu kaufen oder das hier nach Uji zu verlegen, wäre auf öffentliche Kritik gestoßen.«

Sie verneigten sich. Rajath und Lugha hatten bei Clavel Nachhilfeunterricht bekommen. »Wir bedanken uns demütigst für Ihre großzügige Unterstützung!« Kaoru erlosch.

Der Pilot beugte sich über den winzigen Holoschirm, wickelte ihn in schwarze Seide und steckte ihn unter die Jacke. Er klappte das Stativ zusammen.

»Hinter Ihnen ist ein Gebirge«, sagte er, »sechstausend Meter hoch.«

Rajath und Clavel nickten. Nicht weiter verwunderlich, daß es hier ein Gebirge gab. Aber ›tief‹ meinte er, nicht ›hoch‹. Lugha trat an das Flugzeug, stellte sich auf die Zehenspitzen und befühlte die Metallflanke.

»Fühlt sich sehr … tot an.«

Seine Zähne klapperten.

»Steig schon ein, du Angsthase. Es gibt eine Menge Arbeit.«

Die Uji-Beobachter saßen im toten Winkel der Objektive und starrten auf die hochauflösende Präsentation von Kaorus Dokument. Der Raum in ihrem Hotel in Karen trug die stolze Bezeichnung ›Konferenzanlage‹. Das Team jenes schicksalsträchtigen Tages hatte sich hier eingenistet und wartete. Krung Thep hatte es erreicht, daß die Presse vorerst über die Sarah-Brown-Katastrophe Stillschweigen bewahrte. Punsuk war wütend, daß sie jetzt in eine Affäre verwickelt war, in der Material konfisziert und den Journalisten ein Maulkorb verpaßt werden mußte, aber sie blieb am Ball.

»Das kommt mir nicht ins Netz«, sagte Ellen Kershaw energisch. »Ich werde mit Rajath reden. Kaoru muß ihn falsch verstanden haben.«

Der Schurke hieß Kaoru. Er manipulierte, wie es ihm in den Kram paßte, und das von der ersten Minute an.

Jemand stürzte aus dem Studio nebenan. »Schnell, der Pirat! Er ist im Multifon!«

Alle sechs stürzten an ein Konferenzpult. Die Pulte hatten nur zwei Schirme, der eine redete Thai, der andere Englisch. Bis jetzt hatte sich niemand daran gestört. Der Sitzungssaal mußte halb leer gewesen sein, als Rajath anfing. Es schneite förmlich Gesichter, aber nur eine Stimme war zu hören.

Rajath redete über das Tabuzimmer in Uji. Die Sarah-Brown-Story hatte er schon ausposaunt. Die Nebenschirme schrieben kurze Zusammenfassungen.

Das Team in Karen war bestürzt. Aleuten konnten mit interaktivem Fernsehen nichts anfangen, ja, sie haßten es; machten einen Bogen darum. Doch Rajath ging damit um wie ein Profi. Sein Funke sprang über, er war mit Leib und Seele präsent.

»Nein! Bilde sich niemand ein, mit einer Entschuldigung sei es getan. Sie haben Vertrauen geheuchelt. Sie vertrauen niemandem. Sie lügen, betrügen und stehlen. Meinen Sie, wir wüßten das nicht! Wir kennen die Wahrheit über jeden von Ihnen. Uns bleibt nichts verborgen. Sie erklären den Krieg, während sie Frieden heucheln; Sie bauen heimlich an verbotenen Waffen. Warum reden Sie kaum leibhaftig miteinander? Weil Sie Angst haben, man könnte Sie durchschauen. Nun gut, Sie haben es nicht anders gewollt. Binnen zehn Tagen haben Sie die besagten Gebiete in gesäubertem Zustand zu übergeben. Und vergessen Sie nicht, wir verfügen über ungeahnte Möglichkeiten und unermeßliche Ressourcen. Wir werden Grausamkeiten bestrafen und Wohlverhalten belohnen!«

Seine Gestalt schien zu wachsen, beherrschte die

ganze WOCWOM. Die blaubraune rotierende Weltkugel, die eine wichtige Rede beschloß, hatte mit seinen ausgestreckten Händen zu kämpfen. Der Wandschirm über dem Podium erlosch.

»Das ist Kaoru, Kaoru hat ihn angestiftet«, murmelte Ellen störrisch. Doch ihre Stimme bebte.

Es gab keine planmäßigen Flüge von Thailand in die USSA. Douglas Milne brauchte fünf Tage bis Washington. Er gehörte der Generation an, die keine Düsenflugzeuge benutzte. Er war auf dem Wasserweg nach Krung Thep gefahren, mit sauberer Sonnenenergie und Segel. Er spürte, daß er rückfällig wurde.

Die geophysikalische Katastrophe von 2004, die das japanische Inselreich auf Nimmerwiedersehen versenkt hatte, markierte auch den Punkt, an dem sich die wirtschaftliche Talfahrt der USA in eine Lawine verwandelt hatte. Japanische Enklaven schossen wie Pilze aus dem Boden. Doch den Ausschlag gab das chinesische Phänomen. Japan und China wurden eins, ein Staatengebilde mit wenig Sympathie für die USA; und der hungrige Gigant begann ein paar Schulden einzufordern. Die ökonomischen und ökologischen Katastrophen arbeiteten Hand in Hand – nicht sofort, aber im Laufe der nächsten Jahrzehnte. Johnny Guglioli war ein Kind der Zeit danach und konnte sich keinen Begriff davon machen, welch schreckliches Gefühl von Verlust die ältere Generation lähmte. Er war imstande, für ein bescheidenes Auskommen – eine bessere Behandlung durch seine Lehnsherrin – zu arbeiten, wobei ihm nichts ferner lag, als die Wiedergeburt einer Nation zu betreiben. Da gab es, weiß Gott, größere Ideen.

2024 verklagte eine lateinafrikanische Lady namens Maria-Jesus, Putzfrau in einem Motel, einen der Reichen wegen ›illegaler häuslicher Überwachung‹. Sie tat es nicht aus eigenem Antrieb. Das Bild dieser armen Frau, die weder jung noch hübsch war, und die man heimlich aufgenommen hatte, während sie sich im Bad die Zähne geputzt oder den Tampon gewechselt hatte, sollte ein paar schlafende Hunde wecken. Und genau das passierte. ›Illegale‹ Überwachung war ein alltäglicher Tatbestand, der stillschweigend akzeptiert wurde, zugleich aber ein irrationaler Schmerzpunkt für eine Nation aus passionierten Seifenopern-Voyeuren. Wie dem auch sei. Der Prozeß wuchs sich im Laufe der Jahre zu einem nationalen Passionsspiel aus, bis schließlich und endlich Millionen auf der Straße waren und den Namen von Maria-Jesus skandierten.

Am Ende schlugen die Wogen ziemlich hoch, so daß der endgültige Umschwung ironischerweise vom rechten Flügel betrieben wurde. Diese Besonderheit wurde allerdings rasch vergessen. Der (sogenannte) Sozialismus hatte triumphiert. Es hätte die Jahrhundertstory werden können, ein herrliches Leinwanddrama – wären da nicht die Aliens aufgekreuzt.

Rajaths Ansprache schmetterte jeden nieder, der sie vernahm. Das Superwesen hatte am Ende so herablassend gesprochen, wie man es von ihm erwartet hatte. Rajath riß ganze Gräben voller Schuldgefühle und Ängste auf. Robin Lloyd-Price vermerkte, so ein Gefühl habe er zuletzt auf der Prep School* gehabt. Die Erleichterung, endlich entdeckt zu sein, der verzweifelte Wunsch nach Bestrafung. Als Douglas Milne zur Präsidentin vorgelassen wurde, hatte die Welt den Piraten vernommen – und das Strafgericht nahm seinen Lauf.

Das erste, was er beim Betreten des Oval Office sah, war ein riesiges Ölgemälde: Daniel Ortega** auf seinem Schimmel.

Darunter stand Carlotta. Seit er sie zuletzt gesehen

---

* Privatschule, die in England auf die Public School vorbereitet.

** *Daniel Ortega Saavedra* (geb. 1945): nicaraguanischer Politiker und ehemaliger Führer der Widerstandsbewegung; 1985–1990 Präsident von Nicaragua.

hatte, war sie schwerer geworden: *viel Frau* in einem gerippten kastanienbraunen Seidenanzug mit majestätischen Absätzen. Das dunkle Haar war zurückgekämmt und wurde im Nacken mit einer Silberspange gehalten. Der Papagei saß auf ihrer Schulter, sie fütterte ihn mit Sonnenblumenkernen.

»Was ist das denn?« sagte sie. »Eine Art *memento mori?«*

»Wenn du so willst? Kannst du damit leben?«

Sie war in dem Alter, da man aufhört, jung zu sein, und noch ganz gut drauf ist, sofern man sich die Ärzte leisten kann. Mehr ließ sich kaum sagen. Er hatte sie anders in Erinnerung: eine zornige junge Frau, die wußte, was Armut war.

»Nein«, sagte sie. »In den paar Jahren werde ich nicht nach Ausflüchten suchen, nur damit mir kein Stein aus der Krone fällt und meine Enkel hofiert werden. Ich fange so an, wie man mich in Erinnerung behalten soll: eine bunte Galionsfigur. Du weißt doch, Douglas, eine Revolution...« – sie sprach das Wort europäisch aus, weich in der Mitte – »ist nur dann von Erfolg gekrönt, wenn alles so bleibt, wie es war: fast genauso, nur ein klitzekleines bißchen besser.«

Sie tippte an die Krallen des Papageis. Er kam ihren Arm heruntergewatschelt. »Pirat, bring bitte die Schalen ins Töpfchen.«

»Okay, Schwester. Für meine Herzallerliebste tu ich alles.«

Douglas konnte den Vogel nicht ausstehen. Das Viech gab ihm das Gefühl, überflüssig zu sein. (Ihm war durchaus bewußt, was das bedeutete.) Carlotta ging um den Schreibtisch herum, und er setzte sich, besser gesagt, sackte in den Besucherstuhl.

»Wie sieht es aus?« fragte er kläglich. »Gibt es so etwas wie eine – eine Verlustliste? Ich habe nur die Blätter im Flugzeug gelesen: zusammengepfuschtes Zeug, weiter nichts.«

Carlotta sah ihn scheel an. »Da wär ich nicht so sicher. Nein, es gibt keine Verlustliste. Eins jagt das andere, zu viele Schreckensmeldungen.«

Drei Tage nach Rajaths Rede hatte die britische Boulevardpresse von einem grausig monströsen Vorfall bei Erdarbeiten längs einer alten Autobahn berichtet. Reichlich phantastisches Zeug: ergötzliche Artikel über amoklaufende Bulldozer, Bagger mit blutigen Zähnen und zerstückelte Menschen. Die unterste Kategorie der TV-Nachrichtenmagazine setzte keine Eejays ein und verzichtete auf Augenzeugen. Sie bediente sich der Sparte ›Gesundheit und Sicherheit‹ und braute aus dem blutigen Material von Industriepannen ihren Horrorsud. Das war kein Geheimnis. Es dauerte etwa zwölf Stunden, reichlich lange also, bis die Welt begriff, daß dieser Vorfall unverfälschte Realität war; und ihn sofort mit der von den Aliens angedrohten Strafe in Verbindung brachte.

In England war ein Team von intelligenten Tiefbaumaschinen über Aufseher und Passanten hergefallen. In Frankreich kam es im Flügel einer großen, modernen Klinik zu schrecklichen Verstümmelungen. In Pakistan erwachte eine Fabrik für Kälteaggregate zum Leben (teilweise zumindest) und beförderte die gesamte Belegschaft von Maschinenwärtern ins Jenseits. Dieser Vorfall war vermutlich der erste Ausbruch von Feindseligkeit. Er hatte sich vor Rajaths Rede ereignet. Andere Vorfälle kamen ans Licht; und es ging immer noch weiter, hauptsächlich in Südasien. Aber, meinte Carlotta, ein klares Muster auszumachen, werde immer schwerer.

Wenn man die Toten zählte, waren die Vorfälle an sich noch harmlos im Vergleich zu dem tödlichen Grauen, das sie verbreiteten.

»Mußtest du persönlich kommen?«

»Ich bin kein Telepath. Rajath hat mich überzeugt; auf die Art von Kommunikation, die den Aleuten gegen den Strich geht, ist bald kein Verlaß mehr.«

»Du übertreibst. Die Videofone funktionieren nach wie vor. Auf dieser Seite des Ozeans sieht es noch sauber aus.«

Douglas barg das Gesicht in den Händen und stöhnte. »Korallin ...«

An dem Tag, da sich die Aliens in Alaska gezeigt hatten, war es zu mysteriösen Ausfällen in den Informationsnetzen der USAF gekommen. Sie ließen sich zurückverfolgen bis zur Copper-Ridge-Basis. Aber ihr Timing ließ das Ausmaß des Schadens im dunkeln. In diesen wenigen, ziemlich turbulenten Tagen der Revolution war viel Datenmaterial vernichtet, verstümmelt oder sonstwie verloren gegangen. Und weil daran Korallin-Hardware beteiligt war, hatte man die ganze Angelegenheit totgeschwiegen. Keine Partei wollte eine QV-Hysterie riskieren. Später erst, nachdem sich die Wogen geglättet hatten, begriffen ein paar Leute, daß die Sache ganz ohne Frage mit den Aliens zu tun hatte.

In den frischgebackenen USSA betrachtete man die Aleuten mehr oder weniger als die Inkarnation übernatürlicher Engel. Gleichzeitig brachte man den ›Großen Apparaten‹ eine geradezu religiöse Verehrung entgegen. Die Revolutionäre waren, als sie das Dilemma kapierten, ein kalkuliertes Risiko eingegangen. Sie behaupteten, der kleine ›Teufelskerl‹ habe mit seiner übernatürlichen Begabung augenblicklich die Funktionsweise eines irdischen Computer-Terminals durchschaut. Die Spur der Vernichtung im Reich der Daten wurde einfach unter den Teppich gekehrt.

»Das ist *unser* Baby, Carlotta. Wir wußten Bescheid, und wir haben die Hände in den Schoß gelegt.«

»Was hätte es gebracht, wenn wir Alarm geschlagen hätten? Was hätten wir denn tun sollen? Hast du von dem französischen Krankenhaus gehört? Scheint, als könnten die Aleuten Kranke genausogut leiden wie Fernsehen.« Sie widmete sich dem imaginären Makel eines burgunderroten Fingernagels. »Wer weiß, vielleicht können sie alles Hops gehen lassen. Vielleicht ist nicht mal ein Schraubenzieher vor ihnen sicher. Aber unter Freunden, Dougie. Wenn du ›blaue Keramik‹ gekauft hast, in meinem Land, dann sieh zu, daß du sie loswirst.«

Sie können unsere Apparate übernehmen, die großen und die kleinen. Was sind wir ohne intelligente Maschinen? Douglas wußte, was für eine Klinik das war. Gentherapie: Langlebigkeit und Fruchtbarkeit. Roboter und Kältemaschinen. Die Aliens attackierten alles, was nach *slowdown* aussah, nach Stillstand, Verschleppung oder Verzögerung.

Als die beiden anderen Crews in Uji eintrafen, hatten sie ein paar Verletzte dabei. Man legte sie in ein Zimmer und überließ sie ihrem Schicksal. Ärztliche Hilfe wurde höflich abgelehnt. Niemand fand eine Erklärung. Milne hatte sich am heftigsten gegen jede Art von Einmischung gewehrt. Wenn die wissen, wie man stirbt, hatte er gesagt, dann können wir von ihnen lernen.

Und jetzt kam eine Lektion nach der anderen. Es lief ihm eiskalt den Rücken hinunter. Hört auf damit!

»Wenn man der Panik das Wasser abgraben könnte«, sagte Carlotta eben. »Die Smartware für die englische Straßenbauanlage ist neulich erst per Luftfracht aus Südchina gekommen, mit einem Kurzstreckenjet aus Thailand.«

Douglas zog eine Grimasse. *Roboter per Luftfracht.* Dasselbe Muster, Verbrechen und Strafe …

Carlotta runzelte die Stirn. »Ach, komm, Dougie. Das sind keine Todesstrahlen vom galaktischen Überhirn. Die sind aus Uji raus und machen *irgendwas*. Die haben irgendein Giftzeug über ein paar cybernetische Anlagen versprüht – weiß der Kuckuck. Könnten wir eine südostasiatische Muttergeschwulst für die ganzen Metastasen finden, könnten wir sie wenigstens in ihre Schranken weisen.«

»O Gott. Was sollen wir bloß machen?«

»Was weiß *ich*, Douglas? Sag es mir.« Sie starrte ihn an. »Ist dir klar, daß wir kurz vor einem Krieg stehen?« Die Hände mit den blutroten Fingernägeln lagen gespreizt auf der Schreibtischplatte, eine Geste der Stärke. In den Augen eine süße, freudlose Zärtlichkeit: Mutter der Welt. »Es sieht schlimm aus, ganz schlimm. Ich bin stolz. Stolz, daß die Jungs der Vereinigten Sozialistischen Staaten von Amerika schreckliche Soldaten sein werden; schrecklich, weil sie, um ihrer Rolle gewachsen zu sein, zuerst den Verstand verlieren müssen.«

Nicht, daß ihn das kurze Statement geschreckt hätte. Er bewunderte sie. Höchstwahrscheinlich würde niemand die audiovisuelle Aufzeichnung dieser Unterredung lüften, höchstwahrscheinlich war der Krieg gegen Kanada keine Schlagzeile mehr wert. Doch ihr Innenleben, dachte Milne, mußte eine einzige Bühnenwerkstatt für solche Phrasen und Gesten sein. Wie schön für Carlotta, vorausgesetzt, sie konnte das durchhalten.

Er war froh, daß sie im Weißen Haus geblieben war und die Fäden in der Hand hielt. So gehörte es sich für den Präsidenten. Als er zuletzt in diesem Raum gewesen war, hatten hier Schlafsäcke geraschelt, auf dem Boden standen Mikrowellengeräte und überquellende Kartons mit Küchenabfällen. Jetzt war alles besser organisiert. Er bemerkte, daß die Präsenz und der Mief der Großen Apparatur weniger aufdringlich war als früher. Das war eins ihrer Ziele: ungesunde Manien abzubauen. Und sie hatten noch so viele gute Absichten gehabt. Es hatte auch schon funktioniert. Angefangen zu funktionieren … Aber er hatte alles stehen und liegenlassen und war nur zu gerne nach Uji gegangen. Leider, leider. Hätte Carlotta seine Gedanken lesen können, hätte sie ihn für verrückt gehalten. Oder für hypnotisiert, besessen.

Die Gegenwart holte ihn ein. »Also was war nun die Flugkosten wert, Dougie?«

Seine Lebensgeister kehrten zurück. Auf dem ganzen Weg von Krung Thep bis hierher war er in einer Art Dämmerzustand gewesen. »Rajath ist nicht der Anführer. Er ist ein… ein Hut, wie die Japaner sagen. Es gibt aber einen Anführer, auch wenn Kershaw davon träumt, daß sie alle gleich sind. Vielleicht ist er gar nicht auf der Erde.«

»Oder sie.«

»Sie kennen den Unterschied nicht. Aber wir können mit Rajath Geschäfte machen: *Okay, raus mit der Sprache, was willst du?* Präsentieren wir ihm einen Blankoscheck und stecken den Wisch vor Vertragsabschluß wieder ein.«

Carlotta schickte ihm einen Seufzer. Plötzlich war ihm klar, warum sie so zahm war. Sie hatte aufgegeben. »Wenn dazu noch Zeit wär«, sagte sie. »Ihr blöden Kamele habt euch ausgeschwiegen. Jetzt ist es zu spät.«

Sie reichte ihm ein Papier und ging zur Kochnische. »Hast du Hunger? Kaffee? Ich kann dir ein Sandwich machen.«

»Mortadella!« krächzte der Papagei und sprang unter lautem Geflatter seiner kettenpanzergrauen Flügel von der Videofontastatur.

Milne las das Fax und spürte, wie das Blut aus seinem Gesicht wich. »Woher kommt das?« sagte er tonlos.

»Aus Peking. Direktleitung. Man hat uns anerkannt, wie du weißt.«

Sie kam zurück und lehnte sich über seine Schulter. »Als Mr. Rajath uns die Anweisungen für seinen Grundbesitz gab, schien er der Meinung zu sein, wir wüßten, wovon er redet. Er weiß nicht alles, hab ich recht? Aber drüben in Uji ist jemand, der ein bißchen patriotischer denkt als du und deine Martha.«

»Kaoru.«

»Wer sonst? So etwas konnte Peking seinen Vasallen nicht vorenthalten. Pakistan – ein Nuklearstaat, wie du dich erinnerst – macht sich wenig aus diesem Vorschlag hier. Oder aus dem Wort, das dieser Rajath in seiner großen Ansprache gebraucht hat… in *gesäubertem* Zustand.«

»O Gott!« flüsterte Douglas.

»Das Nest muß ausgeräuchert werden.« Sie lachte über seine Miene. »Das sage nicht ich, Dummerchen. Das ist der Zorn des Islam. Die Chinesen scheinen zu glauben, daß es einen Versuch wert ist. Ich nicht, ich bin bloß die Präsidentin der Vereinigten Staaten. Soll ich anderen sagen, was sie zu tun oder zu lassen haben?«

Sie reichte ihm einen Kaffee. »Ich kann dir nicht helfen. Tut mir leid. Dein Gnadengesuch ist zwecklos.«

Sie war so zahm. »Nein«, sagte Douglas. »Deshalb bin ich nicht hier. Ich möchte, daß du etwas tust, und mir war, als müßte ich dich persönlich darum bitten. Die Aleuten, sieh mal, sie kennen uns. Wir können uns bestimmt mit ihnen einigen. Wir haben die verdammte Pflicht, es zu versuchen.«

Die Präsidentin schwieg. Sie zwinkerte zweimal, dann lächelte sie für ihr Publikum. »Ah, ich verstehe.« Sie lachte. »O Dougie, diese verflixten Aliens. So wollte ich allerdings *nicht* in die Geschichte eingehen.«

Ellen Kershaw versuchte zu arbeiten. Der Sommerregen hatte eingesetzt, die feuchte Luft roch nach Jasmin und Fäulnis und Methylalkohol.

Diese Wesen sind Zweibeiner, sie sind (bei Erdschwere) nur wenig leichter als Menschen vergleichbarer Größe, haben weniger Körperfett; eine etwas niedrigere Körpertemperatur. Wahrscheinlich Luftkammern nahe am Rückgrat, einen Kugelbauch zwischen den Hüften, der für einen Darm spricht, der länger ist als bei uns. Räumliches Sehen. Bezahnung eines Allesfressers: Zahnschmelz sieht aus wie bei uns. Eine Zunge mit Wurzel. Menschliche Nahrung ist ihnen zuwider, doch vor nicht allzu langer Zeit (im Maßstab unserer Evolution), da haben sie sich nicht viel anders ernährt als wir. Es handelt sich aber keinesfalls um nackte Schimpansen.

Ihr Haar ist kein Haar. Es fühlt sich an wie – Muschelkalk? Wie lauter Ärmchen von Schlangensternen* oder *wie die Beine von toten Hausspinnen.* (Sie wichen menschlichen Händen aus; trotzdem hatte es jemand fertiggebracht, diesen lebhaften Eindruck zusammenzutragen und ihn für Ellens Fingerspitzen zu simulieren.) Das Marine an diesem Grasbüschelhaar, ein Anflug von Beringmeer, die Bimssteinhaut, diese knubbeligen, zerklüfteten Gelenke: Sie hätten mythische Vettern der eigentlichen Aleuten sein können, jener Eskimos, denen die kalten Inseln ihren Namen verdankten.

Und die Sexualität? Mit Douglas war die Phantasie durchgegangen: Die Aleuten seien von Natur aus pädophil. Was für ein Unsinn. Die Schirme der Multifonkabine waren hauptsächlich mit Leuten mittleren Alters bevölkert gewesen, der Anteil an Frauen lag durchweg bei dreißig Prozent. Jugendliche (im euroamerikanischen Sinne) waren dünn gesät. Die Aleuten hatten die wenigen ›normal aussehenden‹ Paare herausgepickt. Als man bei Dougies Durchbruch zusammengekommen war – vor dem Ultimatum, als es noch so ausgesehen hatte, als könne das Uji-Projekt gerettet werden –, da war es ihnen wie Schuppen von den Augen gefallen. Es war so einfach. Die aleutische Paarung kreuzte die Heranwachsenden mit dem reiferen Alter.

Ellen streunte durch die schmalen Gänge der SETI-Bibliothek; sie hatte genug von den Büchern. Die Aleuten gingen hier aus und ein. Wie albern mußten sie diese zusammengeklaubten Informationen finden? Ihre nicht zu überbietende Gleichgültigkeit gegenüber

---

* Seesternähnliche Stachelhäuter.

menschlichen Vorstellungen vom ›Erstkontakt‹ zehrte an den Nerven. Was hatte das zu bedeuten? Ihr könnt uns nicht kennen, ihr … ihr Hosenscheißer, ihr arroganten.

Ellen hatte sich für sie eingesetzt. Hatte darauf beharrt, daß Sarahs Hinrichtung nicht das war, was sie zu sein schien. Für ein Volk, das aufrichtig an die Wiedergeburt glaubt, hat die Todesstrafe eben einen anderen Stellenwert. Nicht zu vergessen, welch entsetzlichen Frevel die Aliens in der Absicht sehen, ihnen Blut oder Gewebe abzunehmen. Doch dann hatte Rajath ins Multifon gesprochen. Und diese Rede hatte auf Ellen eine ernüchternde Wirkung gehabt. Sie erlebte, wie das immer gleiche politische Monstrum die immer gleichen Drohungen formulierte: Interessen, die als Prinzipien daherkamen, die alte Geschichte. Nicht, daß sie Angst hatte. Eine Vision, ein närrischer Traum war zerstört. Das war alles.

Sie stieg aus SETI aus und schob die Kopfhörer zurück. Die guten Geister waren abgezogen, auf sie war eben doch kein Verlaß. Durch einen dummen Zufall hatten die fremden Invasoren ausgerechnet die Gedanken unter den Filzhütchen einer Gruppe von Sex-Pazifistinnen studiert und diesen Teil für das Ganze genommen. Was ein tragischer Irrtum war. Für den der blaue Planet bezahlen mußte – denn Pakistan würde zum Luftschlag ausholen. Das konnte niemand mehr verhindern.

Die Regierung in Westminster hatte Ellen und Robin zu Generalbevollmächtigten erklärt. Im Notfall waren sie ermächtigt, für die ganze Europäische Union zu sprechen. Im vergangenen Jahr hatte die WOCWOM an Popularität gewonnen, doch es war ganz und gar nicht sicher, ob die Aleuten sich auf Videodelegierte einlassen würden; und ziemlich schwierig, unter den gegebenen Umständen weitere Menschen von Europa nach Thailand zu verfrachten. Unglücklicherweise waren die beiden einsamen Kämpen des goldblauen Banners zu Multifon verdonnert und konnten schwerlich ihre Unschuld beweisen. Wie dem auch sei: Die Weltregierung hatte sich nicht auf ein abschließendes Kommuniqué einigen können. Punsuk Masdit war gezwungen gewesen, die Aleuten via Kaoru darüber in Kenntnis zu setzen, daß man ihre Forderungen zurückwies. Und sie so freundlich wie möglich aufzufordern, das Uji-Tal noch vor Ablauf ihres eigenen Ultimatums zu räumen, andernfalls man sie ausräuchern würde.

Was hätte sie tun sollen? Die islamischen Staaten waren nicht umzustimmen, sie hatten China im Rücken. Der Countdown lief. Keine Flüge mehr nach und aus Thailand, keine größeren Schiffe. Momentan wollte keiner sein Leben einem Computer anvertrauen, egal woraus die Hardware gemacht war. Kleine Proa-Flotten* machten mit den Flüchtlingen aus Karen das Geschäft ihres Lebens.

Arme Punsuk. Was für ein schreckliches und banales Ende für eine Konferenz, die angetreten war, den Mäusearmeen hilfloser Frauen den Rücken zu stärken.

Die Pfeiler des Hotelgartens ragten zu dieser Jahreszeit noch weit aus dem Wasser; auf dem Klong Ruam Rudi herrschte ein dichter, unheimlich stiller Verkehr: überall das Plätschern der Staken und Ruder. Ellen hörte geistliche Gesänge. Auf der Betoninsel thronte die verschwenderisch illuminierte Erlöserkirche. Im Zimmer nebenan betete das Thaimädchen, das sie nach Sarahs Tod eingestellt hatten; es kniete vor dem Fernseher, der zwischen Bildern der Königin und der Jungfrau Maria stand.

»Du kannst dich nicht mehr an 2004 erinnern, Robin. Die Leute nehmen sich so verdammt wichtig. So viele überspannte Idioten, die meinen, unsere kleinen Zündeleien hätten das Verhalten der Erdkruste verändert.

---

* Malaiische Segelboote.

Gaias Strafgericht: Wahnsinn, wie sich die Leute damals auf diese Idee gestürzt haben. Heute sieht das schon anders aus. Wenn wir allesamt in die Luft gehen, dann geschieht das einigen ganz recht.«

Robin schwieg sich aus. Ellen brauchte nicht zu wissen, daß er auch so ein ›überspannter Idiot‹ war. Sie war durch und durch aus Eisen, ein unerschütterlicher Idealist. Er dagegen war butterweich.

Plötzlich klackerten die Ventilatoren und blieben stehen. Robin hatte sich, einen Laut des Schreckens auf den Lippen, vom Schreibtisch abgestoßen. Seine Nerven lagen blank.

Ellen schüttelte den Kopf. »Die Stadtwerke von Krung Thep. Man will uns Angst machen.«

Robin lachte und nickte verschämt. »Kaoru wirkt wahre Wunder bei der Evakuierung. Offenbar stört es ihn schon lange, daß Karen bevölkert ist.«

Ellen hatte sage und schreibe Make-up aufgelegt, vermutlich das erste Mal in vierzig Jahren. Das Multifon war ein digitaler Jungbrunnen, der jeden bis zur Unkenntlichkeit retuschierte. Das war eine Masche des Thai-Fernsehens, doch sie hatten sich in den letzten Tagen vor anderen Kameras behaupten müssen. War schon ein Schock, sich pur zu erleben, während man von Schlaflosigkeit und Adrenalinschüben gebeutelt wurde. Am Überlauf von Ellens Wangen hatte sich altmodischer Puder gesammelt. Robin hatte überlegt, ob er ihr eine Alternative anbieten sollte, aber sie ahnte wahrscheinlich nicht, daß er kosmetische Mittel benutzte, und würde aus allen Wolken fallen.

Der Strom setzte wieder ein. Ellen und Robin machten sich nichts vor: Keiner hatte Lust, wieder an die Arbeit zu gehen.

»Ich kann es nicht glauben«, knurrte er. »Ich kann es nicht glauben. Warum hauen die nicht einfach ab?«

Doch die Aleuten blieben. Vielleicht glaubten sie einfach nicht, daß diese Saubermänner ihre Drohung wahrmachten. Vielleicht brauchte ihr Überlichtantrieb eine Vorlaufzeit. Wie auch immer. In zwei Tagen würden die Superwesen sterben. Nicht einmal die Regierung von Pakistan rechnete damit, daß sie mir nichts dir nichts abzogen.

Als das Ultimatum ablief, wußte niemand Rat. In Rajaths Plan war eine derart drastische Eskalation nicht vorgesehen. Schließlich gingen Clavel und Rajath wieder zum Cottage, beide in gänzlich anderer Verfassung als beim ersten Mal. Auch diesmal kam es ihnen nicht in den Sinn, Kaoru zuvor auf technischem Wege zu kontaktieren, und wenn es nur gewesen wäre, um sich seiner Anwesenheit zu versichern. Sie behandelten ihn schlichtweg wie ihresgleichen. Und sie taten gut daran, alles andere wären überflüssige Schnörkel gewesen. Er wartete bereits.

Kaoru erwähnte mit keinem Wort, daß die wirklichen Regierungen der Erde interveniert hatten; eine solche Klarstellung wäre nicht nur geschmacklos sondern auch sinnlos gewesen. Er ließ auch unerwähnt, daß er dafür gesorgt hatte, eben diese Regierungen von den aleutischen Forderungen zu verständigen. Wo doch die Aleuten zutiefst überzeugt waren, daß alles, was ein Erdling wußte, auch alle anderen wußten: Wie recht sie in diesem Fall hatten!

»Verzeihen Sie, gehe ich recht in der Annahme, daß Sie irgendwie mit Ihrem ›Planeten‹ in Verbindung stehen?« Er betonte das Wort geringfügig. Nie würde er einen Verdacht so rücksichtslos aussprechen, wie er ihn hegte. »Und daß Ihre Leute dort über ein Arsenal schwerster Waffen verfügen? Bitte mißverstehen Sie mich nicht, eine harmlose Demonstration würde reichen.«

Rajath war schrecklich verlegen.

»Nein«, meinte Clavel. »Ganz falsch. Zu Hause weiß man um den Schlamassel, in dem wir stecken: Man weiß um den Lauf der Dinge hier. Aber, sehen Sie, wir sind private Spekulanten. Diese Expedition hat keine großen Hintermänner. Sie ist eine Randerscheinung.«

Er hielt eine Ansprache: »Ich muß Sie enttäuschen, Mr. Kaoru. Aleut hat kein ›stehendes Heer‹.«

»Ah ja, ich verstehe.«

Kaoru wurde sehr schweigsam. Das unfreundliche, helle Zimmer rückte ihm auf den Leib, wurde zum Schrein, zur Gruft. Die Zahlen und Buchstaben auf den Bildschirmen erstarrten im Moment des Todes.

»Und Ihre präventive Warnung?«

Damals in Afrika, in einem Notfall, da hatte Maitri seine sagenhafte Macht über große, stumpfsinnige Maschinen benutzt, um eines der hiesigen Vehikel zu zähmen. Autos, selbst die primitivsten Mechanismen, fraßen Maitri aus der Hand. In Alaska hatte Lugha die weitverzweigte Kolonie einer rechnenden Kreatur mühelos dazu gebracht, ihm zu gehorchen. Damals waren sie in Gedanken noch zu Hause gewesen. Es ist ebenso taktlos, sich am Parasiten eines anderen zu vergreifen, wie es verlockend ist, sich im Eifer des Gefechts eine dumme Kreatur gefügig zu machen. Aus keinem anderen Grund war ihnen die Quarantäne als die natürlichste Sache der Welt erschienen.

Jetzt wußte Clavel, daß diese Kunststücke Eintagsfliegen waren. Man konnte zwar die eine oder andere Apparatur beeinflussen, den Großteil aber nicht. Es war alles ziemlich mysteriös. Er kam da nicht mit. Sie hatten entdeckt, daß *die Erdlinge keinerlei Wanderer hatten.* Allein ihm fehlte der Glaube, daß die Verhältnisse auf diesem Planeten wirklich so fremd waren, wie es den Anschein hatte.

Clavel hatte den Eindruck, daß hier nur die formale Sprache half, auch wenn das in dieser Situation nicht leicht war.

»Die Sache ist die. Wir besitzen nichts, woraus wir richtige Waffen bauen könnten. Wissen Sie noch? Angefangen hat das so. Lugha – besser gesagt, eine bestimmte Sorte von Lughas allerkleinsten Wanderern – hat das Verhalten von ein paar hiesigen Tierkolonien verändert. Na ja, ein paar Leute wurden verletzt und starben. Das war eigentlich nicht unsere Absicht. Wir sind davon ausgegangen... tja, Parasiten attackieren doch keine Artgenossen; nicht, wo wir herkommen. Wir dachten, wir würden ein bißchen Verstümmelung anrichten, nicht mehr.«

»Ein, zwei tödliche Unfälle«, murmelte Rajath, der Unbändige.

Kaoru tat ungerührt. »Wird das Phänomen weiter um sich greifen?«

»Lug ist kein Feinwerker. Seine Wanderer werden sich nicht zusammentun, sie werden sterben. Die Kolonien werden sich bald wieder normal verhalten – es sei denn, wir machen uns auf und bringen noch ein paar auf den Weg.«

»Das hielte ich für ausgesprochen unklug«, sagte Kaoru. »Sie haben also keinerlei Ressourcen?«

Rajath kauerte auf seinen Schienbeinen, die ›verkehrtherum‹ geknickten Knie hinter sich. Er blickte auf Kaorus welke Hand, die auf dem niedrigen Pult lag. Jetzt noch mit dem Bau von Waffen zu beginnen, war nicht unmöglich. Sicher – wer immer das Für und Wider abwägen würde, mußte am Ende dafür sein. Doch er würde sich hüten, diesen Vorschlag zu machen, den Clavel nicht einmal zu *denken* wagte. Wo Waffen sprechen, gibt es nichts mehr zu gewinnen. Tränen der Enttäuschung verschleierten seine Augen, die Nasenlöcher glitzerten. Die Schritte, die zu dieser Situation geführt hatten, nahmen sich so unschuldig aus.

»Und wenn Sie nun alle miteinander sterben?«

Clavel ließ den Kopf hängen. »Wir wußten nicht, daß Ihr Volk so reich ist. Wir können uns den Aufwand nicht leisten. Vielleicht müßten wir es Ihrem Volk mit gleicher Münze heimzahlen, aber es wäre ein Verhängnis für unsere ganze Wirtschaft und ein schrecklicher Prestigeverlust für alle Beteiligten.«

Der alte Mann lauschte der beredten Stille.

»Die Amerikaner kennen ein Sprichwort«, sagte er. »Im Land der Blinden ist der Einäugige König. Bitte verzeihen Sie mir, ich hatte vergessen, wie weit das von der Wahrheit entfernt ist. Bitte verzeihen Sie mir auch das: Wenn Sie sich nicht unterwürfigst ergeben, sollten Sie alle geschäftlichen Ambitionen vergessen und *sofort* die Erde verlassen. Jeder Versuch, mit Terminen zu jonglieren, macht diese Leute nur noch halsstarriger. Die Schuld liegt bei mir«, setzte er hinzu. »Ich hätte mich vorher vergewissern sollen, ob meine Einschätzung Ihrer Lage überhaupt zutraf.«

Kaorus Enttäuschung war eine bittere Schmach. Er hatte sich von Rajath blenden lassen, die Leute ließen sich immer von ihm blenden. »Wir sind es, die um Verzeihung bitten sollten«, sagte Clavel. Er rutschte an Rajath heran und massierte die gekrümmten Schultern des Diktators. »Kopf hoch. Das ist alles sehr peinlich, aber das Schlimmste ist bald überstanden.«

»Muß ich wieder mit den Toten reden?«

Rajath hatte Angst, mit den Toten zu reden. Alle hatten Angst davor. Daheim kümmerten sich Priester und Mönche darum. Solche Anlässe wurden aufgezeichnet. Hatte man Unrecht getan oder etwas Außerordentliches vollbracht, dann legte man Zeugnis ab; dann wurde das Band bearbeitet und der chronologischen Aufzeichnung hinzugefügt. Aber mit den Bildern *reden?* Nein! Wie sollte man mit jemandem reden, der nicht die gleiche Luft atmete? Clavel kam allerdings zu dem Schluß, daß es nichts gab, wovor man Angst haben mußte. Die Kluft zwischen ihnen und den leibhaftigen Erdlingen war auch nicht kleiner. Die Vision eines *heilen* Kosmos meldete sich zu Wort, fand aber diesmal kein Gehör bei Clavel.

»Ich wünschte, das Wort ›gesäubert‹ wäre nie gefallen. Es hat sie mit der Nase auf ihre eigene Unzulänglichkeit gestoßen. Das war eine ziemlich schlimme Kränkung. Ich hätte Ihnen dringend davon abgeraten!«

Der große Diktator schniefte. So war das immer bei Rajath. Er wußte nie, wann seine Machenschaften den Bach runtergingen, und er meinte es nie böse. Das war moralischer Schwachsinn, aber irgendwie auch ein liebenswerter Zug. Clavel wurde warm ums Herz. »Nein, kein Wort mehr an die Toten. Kein lautes und kein nichts mehr. Das hat uns nur Ärger gebracht.«

Kaoru verneigte sich sehr tief, als sie gingen, eine Ehrerbietung, die er bei anderer Gelegenheit tunlichst nicht bezeugt hatte. Er nahm eine Dose Glasreiniger zur Hand und ein Tuch und fing an, die Zeugen seiner Vergangenheit zu polieren.

Zwischen der Neuen Nationalversammlung und dem Dusit-Palast drängten sich die Menschen. Viele brachten ihre Holoschirme in Sicherheit, indem sie die Stative hochhielten: Freunde und Anverwandte in und über den Kästchen tanzten wie kleine Stabpuppen über den quirlenden Köpfen. Die jagende Dämmerung war voller Lichter, bedenklich tiefe Pfützen umspülten die Füße. Die drastische und glorreiche Maßnahme der Thais, ihre Hauptstadt zu fluten, hatte ihnen eine Zeitlang Erleichterung verschafft. Doch die Abgase des Wasserverkehrs verdichteten sich allmählich zum Smog, und bei schweren Regenfällen leckte das Wasser bereits über die Dämme rings um den Campus des Nationalmuseums.

Douglas hatte Mühe durchzukommen, obwohl die Menge lammfromm war. Man kannte ihn. Ein schwarzes Gesicht war in dieser Stadt nichts Alltägliches. Andauernd drückte man ihm etwas in die Hand. Als er die Tür erreichte, hatte er Hände und Taschen voller Jasminknospen und winziger goldfarbener Buddhas.

Er war zurückgekommen, weil im Multifon immer

noch verzweifelt um ein abschließendes Kommuniqué gerungen wurde; obwohl die pakistanische Luftwaffe vielleicht schon unterwegs war. Man schrieb den 26. Juni 2039 (2583 nach dem buddhistischen Kalender). Vor nicht ganz einem Jahr hatten sich die Aliens in Alaska zu erkennen gegeben.

Er fand sein Pult, und er fand Martha. Sie umarmten sich, hielten sich fest. Er gab ihr eine Jasmingirlande. »Carlotta plant einen Krieg«, sagte er; als hätten die Aleuten recht, daß Kommunikation erst zählt, wenn man die gleiche Luft atmet. »Sie lebt in der Vergangenheit.«

»Kann man es ihr verdenken?« Martha rang sich ein Lachen ab. »Diese saudämlichen Superwesen, sie haben uns die Schau gestohlen.«

»Irgendwas von Kaoru?«

»Er ist immer noch in Uji.«

Doug nickte. Er hatte nichts anderes erwartet.

»Er hat uns eine persönliche Nachricht übermittelt. Uns träfe keine Schuld, meint er.«

»Häh?«

»Am Manhattan Projekt* vermutlich. Wer weiß?«

So war das also, wenn man starb. Es machte einen irgendwie *roh*; genauer konnte er es nicht beschreiben. Und trotzdem redete, reagierte, lebte man weiter bis zum bitteren Ende. Er betrat das Multifon und sah sich um, grüßte kurz Freunde: das Team. Da waren die Briten. Keine vorwurfsvollen Mienen. Das hier war eine Nummer zu groß für Schuldzuweisungen. Arme Schweine, jedem hätte das passieren können. Alle hatten sie unter Druck gestanden, alle hatten ein Stück vom Kuchen gewollt.

(Hallo, Robin. Hallo, Ellen.)

Aus unerfindlichen Gründen herrschte Totenstille. Es

---

* Codename für das militärische Team von US-Ingenieuren, das 1942 gebildet wurde, um die Atombombe zu bauen.

gab auffallend viele ›Astralkörper‹. In diesem Punkt hatte keiner mehr Bedenken, die Aleuten zu brüskieren. Die Multifonkabine schien sich aufzulösen. Er war Teil einer großen Versammlung, ein Mensch in diesem Saal voller Menschen, jeder einzelne so anwesend wie der andere: alle hier drinnen, und die Milliarden draußen vor dem Fernseher. Sie waren ein einziges Wesen. Er starb, er konnte tun, was er für richtig hielt. Er nahm Marthas Hand und nahm seinen ganzen Willen zusammen, um Teil dieses Wesens zu werden. Alle, die leben wollen, treibt es voran, *treibt es voran* mit all eurer Kraft...

Ellen Kershaw war einfach nur müde. Uji war ein verlorenes Paradies, eines mehr in einer langen Kette. Aleuten und Erdlinge hatten eines gemeinsam: die erschreckende Neigung, der Freude den Rücken zu kehren.

Dann passierte etwas. Auf dem Hauptschirm erschien Punsuk, hob an zu sprechen. Sie wirkte verstört, stammelte ein paar Halbsätze; war mit Augen und Ohren woanders. Ellen konnte nicht hören, was Punsuk hörte, doch sie glaubte zu wissen, worum es ging: Uji war zerstört...

Sechs Aleuten gingen zum Podium hinunter, und dann immer mehr; die Kleinkinder wurden getragen. Zwei Aleuten stiegen zu Punsuk hinauf. Sie quietschten ihr zu, dann begannen sie ihre Kleidung abzulegen.

Nackt sahen sie tatsächlich wie menschenähnliche Engel aus. Ohne Brustwarzen, ohne Nabel, ohne schwellende Brüste – idealisierte, geschlechtslose Gestalten wie aus einem Kirchenfenster. Ellen schüttelte sich und brachte es über sich, genauer hinzusehen; sie wollte es wissen. Die übergroßen Hüftgelenke waren ausgesprochen knochig und muskulös, keinerlei Fleischpolster. Am Unterleib immer die gleiche Schattenführung: eine vertikale, dreieckige Nische von pelziger (oder schuppiger) Dunkelheit, nach unten zu mehr oder weniger ausgeprägt. Sie standen einfach da.

»Gott hab dich selig, Tantchen«, sagte Ellen Kershaw mit weicher Stimme. »Nackt in den Konferenzsaal. Ich kann Aleutisch. Robin, tun Sie, was ich tue.« Wildentschlossen stand sie auf und fingerte an ihrem Rock.

Douglas sah, was Robin und Ellen taten. Er tat dasselbe. Es war ansteckend. Die Menschen begannen sich auszuziehen. Die einen hastig, die anderen zögerlich, manche wie in Trance. Ein linkischer, täppischer Striptease erfaßte nach und nach den ganzen Saal; auch die Videodelegierten zogen sich aus. *Frieden,* sagte das nackte, wehrlose Fleisch, *Frieden.* Es war so unglaublich leicht, miteinander zu kommunizieren, einander zu verstehen. Wie abwegig sich mit einem Mal dieses verrückte ›Multifon‹ ausnahm.

Auf dem Hauptbildschirm Kopf und Schultern von Punsuk Masdit, dahinter die braunblaue Erdkugel in bestirnter Schwärze. Punsuk schien in sich hineinzulauschen.

»Ich möchte etwas bekanntmachen. Ms. Nasarin Rahchan und Mr. Chen Juntao sind ermächtigt, für die pakistanischen Völker und die Volksrepublik der chinesisch-japanischen Union zu sprechen. Wir haben uns über das Abschlußkommuniqué geeinigt. Wir sind die Weltregierung. Und wir sind ermächtigt, mit unseren Besuchern Frieden zu schließen.«

Der Saal brach in Schluchzen und befreites Lachen aus. Was für Szenen, was für außergewöhnliche Szenen! schrie ein Journalist auf der Pressetribüne. Er war nicht dagegen gefeit. Seine Stimme war so nackt wie am Tag ihrer Geburt.

»Wir sind gekommen«, sagte ein Aleute, »um Frieden zu schließen. Wir wollen nicht, daß irgend jemand Schaden nimmt. Wir haben soviel zu bieten, wenn Sie uns nur Ihre Freundschaft gewähren.«

Redete er oder sie Englisch? Laut? Was immer er

oder sie tat, es wurde von allen verstanden. Der Saal barst vor Begeisterung.

Douglas Milne ließ *willentlich* alle Vernunft und Vorsicht fahren und stürzte sich kopfüber in die unbändige Freude über diesen Besuch von den Sternen; er war stolz auf diese Begegnung. Ihm war, als sei *dies* der Moment des Erstkontakts. Er schnappte Marthas Hand und die Hand des nächstbesten Nachbarn und brüllte – »Arise!«

»Arise! Ye nations of the earth
The day of glory is at hand
*Stained with the blood of martyrs shed ...«**

Die Hymnen wetteiferten, fanden sich, umarmten sich, verschmolzen, ganz so wie die nackten Leiber, ein beachtlicher Grad von prinzipieller Austauschbarkeit. ›Die Internationale‹ trug den Sieg davon, abgesehen von Australien, das nicht müde wurde, ›Waltzing Matilda‹ zu grölen. Singende Menschen strömten von den Pulten zum Podium, und die Aleuten strebten in die Menge.

»Ich möchte außerdem noch erklären«, schrie Punsuk gegen das Tohuwabohu an, »daß die Weltfrauenkonferenz hiermit beendet ist! Hier gibt es weder Frauen noch Männer. Wir sind Menschen!«

Ellen murmelte durch die Zähne: *»Reiß dich zusammen, Mädchen, reiß dich zusammen, wenn sie hier alle ...«* Das ist Trunkenheit am Steuer, dachte sie. Wir sind übergeschnappt. Morgen früh sind wir wieder nüchtern, und da sind immer noch ein paar Dinge zu erledigen ... Aber die guten Geister waren zurück! Auf sie war eben *doch* Verlaß. Die Aleuten hatten ohne Not um

---

* Etwa:
Erhebt euch, ihr Völker der Erde!
Der Tag der Herrlichkeit ist angebrochen,
Befleckt mit dem Blut der Märtyrer.

Frieden geworben. Obwohl sie die Erde in ihrer Gewalt hatten. Und hier, wo die Ohnmächtigen der Welt versammelt waren, war es die erste Amtshandlung der ersten Weltregierung gewesen, ihrer Bitte mit Großmut und Vertrauen zu entsprechen.

Sie haben mich nicht hängenlassen! Ihre Augen brannten. Diesmal – auch wenn alle anderen edlen Ansätze in der Geschichte in ihr Gegenteil umgeschlagen waren –, diesmal könnte es klappen. Eine geeinte Welt! Wenn die Aleuten *das* fertigbrachten, und wenn es nur für eine Stunde war, was war dann noch unmöglich? Sie schnappte Robins Hand. Hoffnung und Zuversicht! Auf daß wir sie nie wieder verleugnen. Nie wieder, egal, wie oft wir sie scheitern sehen.

Außergewöhnliche Szenen. In Uji schaltete Kaoru den Fernseher ab; er blieb eine Zeitlang sitzen und starrte in die blinde Mattscheibe. Der Morgen graute, die Berichterstattung war schon längst ausgedünnt und kaute auf jedem emotionalen Krümel herum.

Er erhob sich, ging nach draußen und zerrte aus dem Stauraum unter dem Cottage die Überreste eines aufblasbaren Gefährts heraus, die beiden anderen waren ordentlich zusammengepackt und in weit besserem Zustand. Die Reste der Außenhülle waren schwarzweiß gescheckt. An manchen Stellen, wo die Schale fehlte, zeigten sich Schriftzeichen; die Stücke waren längst von aleutischen Bakterien entsorgt worden. Er schleifte die drei Vehikel durch den Regen und auf die vordere Steinterrasse. Er brauchte lange dazu. Er goß die Flüssigkeit kreuz und quer über den Haufen und legte die Lunte. Er kniete in sicherer Entfernung und schickte das Feuer auf die Reise; es tat ein Keuchen, als soviel Luft auf einmal abhanden kam: Es ging alles recht leise vonstatten und fast ohne Flammen.

So seine Schützlinge denn unbedingt zu ihrem ›Planeten‹ zurückwollten, waren sie in der Lage, sich neue

Vehikel zu züchten, aus irgendwelchem Plunder, der gerade zur Hand war, davon war er überzeugt. Diese Vernichtung von Beweismaterial war eine Art Wiedergutmachung für den schlechten Rat, den er ihnen gegeben hatte. Er hoffte zuversichtlich, daß sie nun zurechtkamen: als Gleichberechtigte, respektiert um ihrer selbst willen und erfolgreich aus eigener Kraft. Doch er wußte nur zu gut, daß sich die Neugier und der Wissensdurst einer ganzen Welt nicht länger aufhalten ließen.

Er ging ins Haus zurück und setzte sich nachdenklich an sein Pult.

Zur Zeit der Katastrophe hatte jeder die Wahl gehabt. Manche hatten es vorgezogen zu sterben. Kaoru respektierte alle jene, die irgendwo Fuß gefaßt hatten; doch er konnte kein anderes Land akzeptieren, nicht einmal China.

»Ich werde es nie erfahren«, sagte er schließlich.

Er träumte von einer unermeßlichen Reise, außerordentlichen Veränderungen. Da draußen ist die Zeit nicht das, was sie hier ist. Die Zukunft kann ihre Vergangenheit besuchen.

»Niemand wird es je erfahren. Ich darf glauben, was ich glauben möchte.«

Er zog die Schublade auf und nahm das Schwert heraus. Und den Dolch. Er hatte die Waffen auf einer Auktion erstanden. Er hatte einfach kein Recht, sie zu besitzen. Er prüfte die Klingen und schüttelte den Kopf.

»Damals nicht, warum heute?«

Er schob die Hand oben in seinen Kimono und schälte behutsam eine kreisrunde, transparente Folie von der linken Brust.

Er schob die Tür zum Garten beiseite und legte sich an den Boden, den Kopf auf den Arm gebettet. Er sah dem Sommerregen zu, wie er in die grünen und stillen Bäume fiel.

7 Vor den Toren Samarias*

London · 2040

i

Johnny schoß Ochsen für einen Fleischverwerter. Sein Arbeitgeber, ein Mr. Hargood, hielt auf einer Farm bei London dreihundert Stück *Sussex Reds*, teilweise auf zurückgefordertem Autobahngelände. Außerdem hatte es da einen stattlichen Landsitz gegeben, den man zum Konferenzzentrum umgebaut hatte, dessen Karriere an einer Typhusvariante gescheitert war. Die Sportflinte geschultert marschierte Johnny über die kalte Februarweide. Auf das Gewehr war Verlaß, es war vierzig Jahre alt und vom Feinsten. Er benutzte das Visier, um die numerierten Opfer zu identifizieren, und näherte sich dann unauffällig dem Zaun, hinter dem sie grasten. Hinter den Gemäuern verlor sich das Weideland in staksigen Baumschulen, in denen Mr. Hargood Fasane hielt. Leute mit Gewehren waren der Herde nicht fremd.

Krepau!

Das letzte Tier brach auf der Stelle zusammen. Die anderen sahen kaum auf. Es war ein deprimierend korruptes Einvernehmen. Er kam sich vor wie die Gestapo. *Kopf runter, Leute. So tun, als ob nichts wär. Ihr wollt doch zu fressen und eure Schutzimpfung, oder?*

Mr. Hargood lehnte am Gatter neben Johnny und

---

* *Samaria* ist die historische Bezeichnung für eine bestimmte Bergregion Palästinas und zugleich für eine dortige Stadt. Die Samariter sind die historischen Bewohner dieser Region, die Samaritaner eine von den Samaritern gegründete jüdische ›Sekte‹, die bis auf den heutigen Tag existiert (drei- bis vierhundert Mitglieder).

knurrte beifällig. »Wußte gleich, daß sie der Richtige sind, John. Gleich, als Sie das Schießeisen angepackt haben. Er weiß wenigstens wo vorne ist, hab ich zu Mrs. Ruthie gesagt, nicht wie unsere Junior-Cowboys hier. Aber die vom Festland sind auch nicht besser.«

»Mein Daddy wollte, daß ich Buchhalter werde.«

Johnny rauschte durchs Gatter, fegte über das graue Gras und gabelte den Kadaver auf. Die Herde ging ihm apathisch aus dem Weg. Er rauschte zurück, fuhr den nassen Luftkissenmantel hoch und setzte den Gabelstapler mit den Rädern aufs Gleis. Mr. Hargood war zu Fuß und ließ sich hinaufhelfen. Johnny hakte das Tier auf dem Kontrollschirm ab und blinzelte, als er zufällig den Tagespreis für Rindfleisch sah.

»Spekulieren Sie auf einen Bonus, John?«

»Wie schmeckt es denn? Ich meine, lohnt es sich, soviel dafür hinzublättern?«

»Nicht für mich. Mir sind die gängigen Produkte lieber.« Hargood wußte, wie das klang. Er warf Johnny einen kurzen, tadelnden Blick zu. »Ich bin nicht besonders wählerisch, John. Farmer machen nicht soviel daher. Ich esse, was mir schmeckt. Das heißt, *gesund* ist es schon«, räumte er im Brustton der Überzeugung ein. »Aber ich kann's mir nun mal nicht leisten.«

Johnny fand es lächerlich, wie der Mann mit der Armut kokettierte. Eine Krankheit der britischen Mittelschicht, chronisch wie ein Raucherhusten. Er wartete in der funkelnden Küche, wo der Sprößling des Hauses die Köchin neckte und ein junges Mädchen in adretter Tracht inbrünstig Messer putzte, bis Hargoods Frau – Mrs. Ruthie – ihm ein lauwarmes, weiches Päckchen aushändigte. »Hat sie eigenhändig für Sie eingewikkelt«, bemerkte Hargood. »Ich sehe schon, ich muß aufpassen.«

Das Fleisch war fein säuberlich in ›Rhabarberblattfolie‹ eingeschlagen (die lebende und atmende Lebensmittelverpackung), als sei er ein richtiger Kunde. Das

Leben bei den Hargoods war eine seelische Kneippkur. Sein grausames Los interessierte sie nicht. Ein vernünftiger Mensch, der da draußen anzupacken wußte und das blutige Handwerk besorgte, war einfach Gold wert. War ein Pfeiler des Geschäfts.

Er fuhr mit der U-Bahn nach Hause, die erst leer war und sich füllte, je dichter die Bebauung wurde; das Video plapperte sanft auf die stehenden Fahrgäste ein. Eine dünne Schale seiner Kultur blätterte ab. Er genoß die scheelen Blicke auf sein Gewehrfutteral und das eigene Wissen um das blutige Päckchen in seiner Schultertasche. Er streckte die Beine so mannhaft, wie es die Enge erlaubte, und bedachte sein Gegenüber mit einem aggressiven Lächeln. *Ich mache einen schmutzigen Job, Ma'am. Und ich mache ihn gut.*

Der Zug tauchte in seine Höhle, in den Kaninchenbau von London.

Johnny war aus den verschiedensten Gründen in England geblieben. Amsterdam, Wien und London waren die Heimstätten Exilamerikas. Ihn verband nicht viel mit den hiesigen Emigranten, aber hier sprach man seine Sprache; das war der eigentliche Grund, warum er sich hier eingenistet hatte, bevor die Revolution und nachdem er selbst den medizinischen Teufelskreis durchbrochen hatte. Wahrscheinlich wurden die Meldepflichtigen nirgends auf der Welt so tolerant behandelt wie hier, wo man so wenig beeindruckt war von den Großen Apparaturen, daß man QV nicht dramatischer einstufte als irgendeine Typhusvariante. Der Durchschnittsbrite wußte ja kaum, daß geätztes Silizium längst durch ein ›lebendiges‹ Material ersetzt wurde. Nicht selten bekam er zu hören: »Aber ein Computervirus, das ist doch ein Programm! Das kann sich doch höchstens ein Computer einfangen?«

Dann, seit diesen *British Movie Days* letzten Juni, hatte ihm die historische Entwicklung ein Bein gestellt. Im Juli war sein Taschengeld ausgeblieben. Seimwas

Vermögen war beschlagnahmt worden – und hatte sich bei Konfrontation mit der Realität als pure Virtualität entpuppt. Die USSA gingen den Reichen ans Eingemachte und unter anderem die Verpflichtung ein, solche Renten wie die von Johnny weiterzuzahlen. Doch Tage später war er im Zuge energischer Sparmaßnahmen (mit dem größten Bedauern) aus dieser Regelung wieder ausgeschlossen worden.

Dann folgte eine Periode, in der er sich regelrecht häutete – auch die letzten Fetzchen seines alten Lebens fielen von ihm ab. Es tat nicht richtig weh. Mit seinem Bekanntheitsgrad schwanden auch seine Privilegien dahin. Niemand scherte sich mehr um den Eejay mit der QV-Infektion.

Izzy hatte ihre Telefonnummer gewechselt. Sie hatte ihm nichts davon gesagt. Von der Botschaft erfuhr er, daß sie umgezogen war. Ihre Beziehung zueinander war feindseliger geworden. Angeblich wollte sie Bel vor dem verderblichen Einfluß seiner politischen Einstellung bewahren, was reichlich albern war. Sie wußten beide, wo das Problem lag: Izzy hatte eine neurotische Angst vor dem Q-Virus. Er ließ sie in Frieden.

Der Verlust von Bella verblaßte; manchmal befingerte er die Narbe und fragte sich, wo sie herrührte. Eines Tages mußte er entdecken, daß er die ›Agnés‹-Interviews in einem Karton mit Büchern gelassen hatte, den er zusammen mit ein paar anderen Sachen verramscht hatte, als er ohne Job gewesen war. Vielleicht ein Wink des Schicksals. Die Aliens waren so weit weg wie der Mars, und das war auch besser so.

Zum ersten Mal wieder in London, hatte er gleich Nachforschungen über Braemar Wilson angestellt. Er hatte sich ihre Werbesendungen aus der Bibliothek geholt: *Death and the Human Family, Home and the World, The Safe and the Sacred.* Sie waren schlampig, aber erstaunlich gut – wie er mit Bedauern feststellte. In der öffentlichen Datenbank war weder ihr richtiger Name, noch ihr Geburtstag verzeichnet. Sie war verheiratet gewesen, und zwar mit Nirmal Anand Datar; hatte zwei Kinder, einen Jungen und ein Mädchen. Der Junge war tot, auch ihr Mann.

Johnny, der aus behüteten Verhältnissen kam, hatte immer den Eindruck gehabt, daß die Menschen in Europa in einem geradezu lächerlichen Ausmaß erkrankten und dahinsiechten. In den Nachrichten war ständig die Rede von Seuchen und Epidemien. Aber es war eine Illusion. Hier wurde nicht mehr gestorben als zu Hause außerhalb der peinlich sterilen Hochburgen. Trotzdem, Braemars familiäre Tragödie gab ihm zu denken.

Er nahm die Pastillen, die er konfisziert hatte, mit zu seinem Arzt. Jatinder war ein etwas zwielichtiger junger Mann, der sein Engagement im öffentlichen Gesundheitswesen als Aushängeschild für lukrativere Dienstleistungen benutzte.

Bei Johnnys nächstem Besuch gab Jatinder ihm eine der Pastillen zurück. In einem Plastiktütchen. »Kein Pfefferminz. Castanospermin, Interferon; eine Menge anderer Spuren. Muß ein böser Frühkrebs gewesen sein. Sie ist auf das Zeug angewiesen.«

Jatin sah verlegen drein. Alle Ärzte sind innerlich Amerikaner, der Mann schämte sich für Johnnys Freundin. »Ja, ich würde sagen, sie hat einen kontrollierten Krebs. Sie wird natürlich nicht jünger. Könnte aber den Umständen entsprechend ganz gut in Form sein – mit einer dieser maßgeschneiderten Drogen.«

»War sie sehr krank?«

Johnny wußte, daß sie Oneirizin, ein Kannabinoid, nahm, das die Europäer ›Lady-Droge‹ nannten. Er hatte angenommen, daß sie sich damit in Laune brachte, aber klinisch war es ein Reha-Mittel.

»Nehmen Sie's nicht so schwer, Johnny. Sie sollten mal hier sitzen, wo ich sitze, und versuchen, Leuten mit hundsmiserablen genetischen Werten zu einem Baby zu verhelfen. Hauptsache, leben und 'nen dicken Bauch haben. – Warum ein neues Auto, solange das alte noch fährt, Johnny? Sie hat sich doch bewährt, oder?«

»Ich lebe enthaltsam, Sie wissen das.«

Jatin schielte argwöhnisch. »Natürlich, Johnny. Natürlich tun Sie das.«

Johnny hatte auf irgend etwas Sensationelles gehofft, irgendeine billige, reißerische Erklärung für die Art und Weise, wie sie ihn behandelt hatte. Aber wenn es in Braes Medikament etwas gab, das die irdische Wissenschaft nicht kannte, dann war er bei Jatinder sowieso an der falschen Adresse. Es war ohnehin zu spät. Er hatte jedes Interesse verloren. Sie war schließlich kein Ingenieur. Selbst wenn er sie angesteckt hatte, war davon noch lange kein Apparat betroffen. Sie hatte ihn benutzt, hatte ihn sitzenlassen. Und versuchte noch immer, in die Nähe der Aliens zu kommen; am Rande bekam er ihre Anstrengungen mit. Die Aliens luden sie ein.

In Afrika war etwas Entscheidendes mit Johnny passiert. Er hatte lange gebraucht, um damit fertig zu werden, aber jetzt war er geheilt. Er war Braemar Wilson und dieser Außerirdischen dankbar. Der gebrochene und frustrierte Eejay Johnny Guglioli gehörte endgültig der Vergangenheit an. Er, Johnny, war jetzt jemand anders, ein gewöhnlicher, anspruchsloser und vor allem *heiler* Mensch.

Der Zug hielt. Johnny wachte auf und zwängte sich nach draußen, mied die Gefälligkeiten der hilfreichen Schaffner, die offenbar jeden zweiten für senil oder behindert hielten. Vergewisserte sich, daß er den richtigen Durchgang gewählt hatte. Eine Menge Leute taten das. Umging den Wall aus Bettlern und Musikanten in ihren mit Paketband markierten Standplätzen. Der Geruch von London schlug über ihm zusammen (im Zug hatte es nach Desinfektionsmittel auf Zitronenbasis gerochen); beißend, leicht kotig, sauerstoffarm und irgendwie heimelig. Er wohnte in der *Gray's Inn Road,* und genauso war die Straße auch: Die neuen ›Häuser‹ hatten aus den meisten Straßen von Zentral-London schmale Gassen gemacht. Johnny folgte den winzigen Fußwegen durch die kalte und düstere Krypta von *Holborn Infill**, wo man noch uralte, hart eingebundene Bücher auftreiben konnte, die sich hinten in plastikbespannten Buden stapelten. Der Wind war eisig. Er floh in das baufällige Wohnsilo, in dem er hauste und noch immer dem Tagtraum nachhing, Hargood würde ihn eines Tages zum Geschäftspartner machen. Er würde Verbindung mit Izzy aufnehmen, ihr das Geld für die Überfahrt schikken. Sie würden auf dem Land leben, am Rand von *Surrey,* in der Nähe des *National Forest.* Bel würde ein Pony bekommen. Wer träumt hat mehr vom Leben.

Er besaß eine lebhafte Phantasie. Braemar kam auch darin vor, doch solche Träume waren nichts für die U-Bahn.

»Wollen Sie denn nicht Ihre Post durchsehen, Mr. Gugliolo?« bettelte die Concierge. Sie hielt das Ende ihres Sari sittsam über die Stirn gezogen, eine speichelnasse Ecke zwischen die gelben Zähne geklemmt.

Johnny blieb resigniert stehen und wandte sich der Kabine zu. Die Concierge las alles, was hereinkam. Mußte schon etwas Unangenehmes sein. Er schlippte die Handschuhe über. Vorbei die Zeit, da er lieber verzichtet hatte, eine Tastatur zu berühren, als sich mit dieser demütigenden Maßnahme zu verraten. Aidshandschuhe waren kein sicherer Schutz gegen das Q-Virus – vorausgesetzt, es war überhaupt da. Doch dem neuen Johnny machte es nichts mehr aus, sich an die Regeln zu halten. Es war so einfach, sich dieser paranoiden, alten Welt anzupassen. Wie Braemar immer gesagt hatte: Du kannst ein ganz normales Leben führen.

---

* *Holborn* ist ein Stadtteil von London; *Infill* eine zusätzliche, auffüllende Bebauung.

Im New York vor der Revolution gab es *eine* Nummer, und die trug man wie ein Brandzeichen mit sich herum; aber sie hatte den Vorteil, daß sie alles abdeckte, wirklich *alles*. Er probierte es mit der einen oder anderen Eselsbrücke, die er sich irgendwann gestrickt hatte, und wehrte sich gegen das schreckliche Verlangen, einen Code einzutippen, der das Postamt vergessen machte, wie man e-mail buchstabierte. Er bekam nur selten Post.

Die Concierge kicherte grantig. »Nicht *da*, Mr. Guglioli. *Private* Post.«

In einem der staubigen Brieffächer lag ein weißer Umschlag. Was ihren Ärger erklärte. Wahrscheinlich verstand sie sich nicht auf das Öffnen von Kuverts.

Genau wie in Fo mußte er auch hier wie ein Aristokrat residieren; in diesem Haus war er der einzige, der ein eigenes Klo hatte. Die Miete riß jedesmal ein trauriges Loch in seine Finanzen. Doch selbst Briten (vorausgesetzt, sie hatten überhaupt ein Dach über dem Kopf) würden die Klosettbrille nicht mit einem Meldepflichtigen teilen. Sein schäbiges Zimmer war das größte auf der Etage, selbst wenn man die aus einem Stück gegossene Naßzelle abzog. Mrs. Frame, die Eigentümerin, bevorzugte berufstätige Singles – männliche Singles, ohne Kinder, versteht sich. Der Rest des Hauses bestand aus den üblichen Wohnabteilen, was Johnny gefiel. Er hatte eine Mikrowelle für Drinks und Fertiggerichte. Kochen war strikt untersagt. Er würde seinen Bonus Mrs. Frame geben. Ob sie etwas damit anfangen konnte?

Die Kleine brachte Toast mit Butter und eine Kanne Tee. Sie blieb mit dem leeren Tablett stehen und erzählte ihm von Gerald-ji Jones, einer TV-Größe, der sich zu Fuß nach Sri Lanka aufgemacht hatte, um die Europatournee der Aliens zu zelebrieren. Es gehe um die ›Einheit der Welt‹, erklärte sie mit diffuser Begeisterung. Sie hatte nur eine Hand, die andere war ein kleiner Klumpen mit einem Kamm aus runden, rötlichen Knübbelchen. Sie hatte die Angewohnheit, die letztere in die Hüfte zu stemmen, wo man sie nicht sah – was natürlich forsch aussah.

»Ihre Butterration ist fast aufgebraucht, Mr. Johnny. Soll ich Mrs. Frame fragen, ob sie Ihnen welche leiht?« Ihre Augen verschlangen den Brief. »Wollen Sie nicht wissen, was drin steht?«

Johnny hatte nie die Menschen verstanden, die immer nur aus zweiter Hand lebten, obwohl es ja geradezu sein Job gewesen war, emotionale ›Nachbeben‹ zu erzeugen. Doch die Neugier der Kleinen war so freimütig, daß er es nicht übers Herz brachte, sie zu enttäuschen. Vorsichtig öffnete er den Umschlag.

»Es ist eine Einladung.«

»Oooh! Bestimmt eine wichtige Hochzeit!«

Er hielt ihr die Karte hin, als ihm einfiel, daß sie ja nicht lesen konnte. Egal. Sie stellte das leere Tablett zwischen die Füße, nahm die Karte in die gesunde Hand und stand da und sagte: »Oooh!« und studierte sie verzückt, derweil Johnny ein Loch in die Wand starrte. Ich will das nicht, dachte er. Ich habe meine Tagträume, ich habe meinen Toast. Ich bin *glücklich.*

Der Empfang fand im *Barbican** statt. Der weiß behandschuhte Empfangschef stanzte ein Schildchen für den Rockaufschlag. *Kommt und seht die Aliens. Die Aliens sind gelandet! Die Aliens gehen auf Europatournee.* Schon komisch, an jeder Straßenecke solche Schlagzeilen zu lesen, während man dieses rechteckige, archaisch erlesene Stück Karton in der Tasche fühlt.

Hinter einem durchsichtigen schwarzen Vorhang

* *The Barbican:* Gebäudekomplex in London-City, zu dem u. a. das *Barbican Arts Centre* mit Konzert- und Ausstellungssälen, Theatern und Kinos gehört.

spielte ein Live-Kammerorchester, die Musiker unter ihren Videoclips waren blutrot gesäumt, die mathematische Morgenröte der Vibration. Es gab Becken mit ausladenden Pflanzen, elegante rötliche Ziegelpfeiler. Die Aliens waren weit hinten. Durch den Fries aus feierlicher Abendgarderobe erhaschte er dann und wann einen Blick auf diese Wesen, die sich wie Krankenschwestern ausnahmen. Der englische Premier, jene überdimensionale Null, und ein paar wirkliche Berühmtheiten machten ihnen ihre Aufwartung. Alle, die nicht an die Aliens herankamen oder sich nicht trauten, belagerten die TV-Monitore und verfolgten das mit erstklassigem Material angereicherte Hauptgeschehen, als sei das andere Ende der Halle am anderen Ende der Welt. Er stand da mit seinem Glas voll bourgoisem Champagner und beobachtete Carlotta mit ihrem Papagei. *Die Präsidentin der USSA.* Ein Ignorant würde sie glatt für einen Kabarettstar halten. Er wußte nicht, was er hier verloren hatte, außer daß die Kleine von Mrs. Frame sein Fernbleiben wie eine schallende Ohrfeige empfunden hätte.

Er entdeckte Braemar. Sie trug ein Kostüm von typisch asiatischem Zuschnitt: knapp sitzende weiße Beinkleider und lockeres, knielanges Hemd in Silber, Lindgrün und Mauve. Das Haar unter dem silbrigen Schleier schimmerte immer noch maulbeerrot. Er verfügte weder über ein Terminal noch über ein Telefon, um eine Gästeliste abzurufen, die ihm hätte zeigen können, ob diese Party die Mühe seiner Lordschaft überhaupt wert war. Er hatte auch so gewußt, daß Braemar hier sein würde. Worauf er allerdings nicht vorbereitet war, war die ebenso plötzliche wie schmerzliche Erkenntnis: Nur *ein* Mensch wußte, daß er, Johnny Guglioli, das allererste Interview mit einem Alien geführt hatte. Und der mußte ihm diese Einladung zugeschustert haben. Braemar!

Er zog sich an die Bar zurück, wo er sich keinen

Drink bestellen konnte, weil er seine Kreditkarte nur mit Handschuhen handhaben durfte, und das war ihm dann doch zu peinlich, ausgerechnet jetzt und hier. Soviel zum neuen Johnny. Er hatte die weiche, nasse Hitze der westafrikanischen Nacht in der Nase. Er verspürte eine schreckliche Sehnsucht nach dem knisternden, nervösen Elend jener Tage.

Braemar kam, sah ihn und machte eine rasche Kehrtwende.

Ein schwerer Brite in Königsblau plumpste neben Johnny an die Bar. »Bißchen voll hier, was?«

Das Schildchen verriet, daß er vom BBC war. Ein politischer Journalist also: einer von der Sorte, die Kollegen mit naturwissenschaftlichen Kenntnissen für Fußvolk hielten. Johnny konnte diese Burschen nicht ausstehen, und das ließ er sie spüren. Der hier hatte Glück: Johnny hatte noch nie von ihm gehört. Außerdem war der Mann betrunken.

»Darf ich Ihnen einen Drink spendieren, Johnny?«

Der Mann schnippte die Brieftasche auf und winkte damit. Der Barkeeper zog sich die passende Kreditkarte, langte herüber und stieß sie teilnahmslos durch die Kundenseite der Registrierkasse. Johnny zog ein halbes Grinsen, schlug aber das Bier nicht aus.

»Pole?«

»Auf ein Haar. Ich bin Amerikaner.«

Der Sarkasmus entging dem Burschen völlig.

»Ah. Die USSA. Daher das smarte Outfit.«

»Schon möglich.«

»Sie inter'ssieren sich also für unsere Samariterin.«

Braemar hatte sich nicht schnell genug verdrücken können. Das Kinn des Betrunkenen ruckte ihr hinterher: »Barearse Wilson.«*

»Ich dachte, sie ist Britin.«

Er lachte. »Ich dachte, ihr Amerikaner lest die Bibel.

---

* *Barearse* heißt ›zufällig‹ *Nacktarsch.*

Unsere Samariterin, sie betet nicht ganz auf dem richtigen Berg*. Aber wenn Not am Mann ist, hat sie ein großes Herz. Bei ihr sind Sie gut aufgehoben.« Der Schelm zwinkerte ihm zu. »*Une demi-mondaine toute complète.*«**

»Eine *was?*«

»Aber nicht doch!« Der Mann rollte mit den Augen. »Geld ist dabei nicht im Spiel, aber *was* wohl? Eine Professionelle, die immer nur Gefälligkeiten verlangt. Aber immer auf der Hut. Keine Penetration, nicht mal mit Kondom. Vom Feinsten, aber sauber eben.«

Das war, gelinde gesagt, peinlich. Johnny zuckte die Achseln. Es tat ihm leid, daß er das Bier genommen hatte. Der Betrunkene kippte seinen Whisky hinunter und schauderte.

»Ich habe Dünnschiß vor Angst. Äh, Johnny, ich will Sie ja nicht beläs'igen. Aber ich war dabei, wissen Sie? Ich habe mit eigenen Augen gesehen, wie sie das Mädel gekillt haben. Und wir haben nichts getan. Unser Hirn wa'nich mehr unser Hirn. Jetzt hat keiner mehr eins. Die sind überall, verseuchen die ganze Luft. Fragen Sie Barearse. Sie weiß Bescheid.«

Er stieß sich vom Tresen ab und wankte davon.

Johnny setzte sich auch in Bewegung; er wollte nicht noch mehr Verrückten begegnen. Es nahm ihn wunder, daß es immer noch Leute gab, die sich vor den Aleuten fürchteten. Ein Kellner trat ihm in den Weg, auf dem Tablett waren weder Gläser noch Appetithäppchen.

»Mr. Guglioli?«

---

* Vermutlich eine Anspielung auf das Schisma zwischen *Juden* und *Samaritanern:* Die Samariter bauten sich bereits im 8. vorchristlichen Jahrhundert auf dem Berg *Garizim* ihren eigenen Tempel. Interessant ist, daß *Jesus* ausgerechnet den *jüdischen* Gesetzeslehrern das Beispiel vom barmherzigen *Samariter* erzählt (Bibel, Die gute Nachricht nach Lukas, Kap. 10, 29–37).

** »Voll und ganz eine Halbweltdame.«

Johnny griff vorsichtig nach dem weißen Umschlag. Er wog schwerer als der erste. Er machte ihn auf, und stellte fest, daß man ihm hier etwas zuspielte, was er nicht ohne weiteres kapierte.

»Was ist *das* denn? Was soll ich damit?«

»Das weiß ich nicht«, sagte der Kellner interessiert und furchtsam. »Man hat mich lediglich beauftragt, Ihnen das zu überbringen.«

»Wer …?«

»Na ja, *die* eben.«

Der Mann fühlte sich gar nicht mehr wohl in seiner Haut und tauchte fort.

Johnny verspürte das dringende Verlangen nach Aufschluß. Was wurde hier gespielt? Er steckte das Kuvert in die Innentasche seines Rocks und steuerte entschlossen die Ehrengäste an.

»Johnny.«

Braemar versperrte ihm den Weg.

Er stand da und starrte sie an. Das neue Kostüm und das andere Gebaren verfehlten nicht ihre Wirkung. All die anderen fanden Braemar Wilson auf abgeschmackte Weise schön: die regelmäßigen Züge, die klare Haut, der anmutige Körper. Sie lagen falsch. *Braemar* war schön (Donnerwetter, was für eine Entdeckung). Schön, wie sie buchstäblich aus der Wäsche sah, was immer sie für eine Verkleidung wählte, um zu gefallen.

»Schön, dich zu sehen«, sagte sie.

»Ach was. Ich wüßte nicht, wieso. Hab *ich* dich etwa in die Gästeliste geschmuggelt? Verschwende nicht deine Zeit, Brae. Deine Freier könnten fremdgehen.«

Sie nickte und schluckte seinen Zorn mit dem traurigen Hundeblick, den er nicht hatte vergessen können. Er stand da, unerträglich gerührt von ihren Augen, ihrer atmenden Nähe.

»Hab ich die Einladung dir zu verdanken? Warum?«

»Diese Party? Sie wurde doch eigens für dich arrangiert, Johnny.«

Johnny bekam den Mund nicht zu.

Braemar nahm ein Kärtchen und einen goldenen Bleistift aus der Tasche. *New Things Inc.* Das war in Planter's Bar gewesen.

»Hier. Besuch mich mal. Es gibt da ein paar Dinge, die du wissen solltest.«

Da waren die ›Krankenschwestern‹! Die Prominenz war in Bewegung. Man gruppierte sich für den offiziellen Teil des Abends. Ein Alien lächelte. Das Lächeln galt nicht ihm. Wie dieser Mond durch die dunklen Wolken des Affengesichts brach, das erinnerte ihn lebhaft an ›Agnés‹. Braemar war davongehuscht. Die Anmut ihrer Bewegungen im fließenden Farbkleid mondheller Gärten (Lindgrün und Mauve! Keine andere Frau ...). Sie ging auf einen Laureaten der *Royal Society* zu. Johnny hörte sie lachen, das Lachen klang total falsch; es war wie eine Ohrfeige. Von einem Augenblick auf den anderen war er die ganze Chose satt.

Er suchte die Toilette auf und sperrte sich in eine Kabine. Er konnte nicht entziffern, was Braemar geschrieben hatte. Es war Italienisch. Es ärgerte ihn maßlos, daß er nicht dahinterkam. Er nahm das steife Kuvert aus der Innentasche. Was darin war, war immer noch ein Paß, ohne Zweifel ein gültiger europäischer Reisepaß, ausgestellt auf John Francis Guglioli. USS-Amerikaner und freier Journalist. Keinerlei Quarantänevermerk. Das war einfach absurd! Als er noch UFOs gejagt hatte, um nicht im Elend des Exils zu ertrinken, da war er wie ein Giftmüllcontainer gereist, zugepflastert mit lauter Sonderdeklarierungen. Heute brauchte er keinen Reisepaß mehr? Er drehte und wendete das eingeschweißte Dokument wie ein Affe, der seinen Fund begutachtet. Was soll das? Er kam sich vor wie eine Figur im Schachcomputer, eine hilflos ausgelieferte Formation von Pixeln. Jemand hatte ihn wieder aufs Spielfeld geholt. Wer? Und warum?

Eins stand fest: Die Gebrauchsanweisung fehlte. Ob

man ihm die... telepathisch übermitteln wollte? Er setzte sich auf den Klosettdeckel, den Kopf im Nacken, und harrte der Heimsuchung.

Vor seinem geistigen Auge flammte ein Bild auf, das aber nichts mit Aliens zu tun hatte. Carlotta vor der neuen Nationalflagge: das blutrote Banner mit den silbernen Sternen. Blut von meinem Blut. Ich schnitt mir die Pulsadern auf, ich entließ mein Leben in die Freiheit. Er bemerkte das allgegenwärtige Auge über ihm, ringsherum der zweifache, lapidare Hinweis: *Zu Ihrem Schutz.* Mit einem unartikulierten Schrei sprang er auf den Deckel und fuchtelte sinnlos in der Luft herum. Heilige Muttergottes!

QV-infizierter Ex-Journalist: ominöser Zwischenfall auf Hoteltoilette...

Der Gedanke an wildentschlossenes Sicherheitspersonal mit Null-Verständnis für revolutionäre Anwandlungen brachte ihn wieder zur Vernunft. Hastig stahl er sich aus der Toilette und floh – die Hände unter den Achseln, wie um seine Bestürzung warmzuhalten – hinaus in die kalten Straßen des Kaninchenbaus.

Er rief sie an. Zu seiner Überraschung hatte sie kein Videofon. Dabei war sie keineswegs technikfeindlich. Ihre Stimme klang rücksichtslos vertraut.

Sie bewohnte ein ganzes Haus südlich vom Fluß, im opulenten *New Cross Gate.* Keine Neubebauung. Das Pflaster der Bürgersteige ließ Raum für Bäume, und am Randstein parkten Privatautos. Der Nachbau eines Minicoopers, knallrot mit weidengrünen Details, sagte Johnny unmißverständlich, daß er hier richtig war. Dahinter parkte ein schmuckloser weißer Elektro-Van. Johnny sah das Profil des Fahrers, der eben die Seite einer Zeitung umschlug. Johnny atmete tief durch.

Er stand auf dem Fußabtritt. Der Bildschirm des zerbeulten Pförtners blieb tot, aus den Rillen drang eine verzerrte Stimme. Ein Teenager öffnete, die Hand in das Würgehalsband eines großen schwarzgelben Jagdhundes gekrallt. Die Augen der Kleinen waren so groß wie Untertassen und tiefbraun: Wimpern wie rußgeschwärzte Wälder. Sie trug ein T-Shirt mit dem deutschen Aufdruck *Ich bin ein Bangladeshi.*

Wuff! Wuff!

»Sei still, Trix. Sitz. Wir sitzen in der Küche fest, der Hausmaster ist kaputt.«

Die Küche im Souterrain war riesig, armselig beleuchtet und ekelhaft dreckig. Es roch nach undichtem Hausrecycling und irgendeinem tückischen Reinigungsmittel. Auf einem Wandtisch nahe der Tür hockte die Sorte Hausmaster, die Johnny von Kindesbeinen an kannte. Sechs Tasten an der Seite, auf dem Schirm ein eingefrorenes ›Drahtmodell‹ des Hauses. Was daran nicht stimmte, war nicht ersichtlich.

Braemar saß an einem langen Tisch voller Frühstücksreste; sie trug ein graues langes Wollhemd mit Leggins und war kaum zurechtgemacht. Der Hund setzte sich neben ihren Stuhl und schnupperte an der Tischkante. Eine Frau im buschigen, gestreiften Rock stand an der Spüle und schrubbte Pfannen. Am Boden saß ein etwa zweijähriger Junge (soweit man das beurteilen konnte). Das Mädchen mit den unnatürlich großen Augen stieg über ihn hinweg wie über eine Pfütze. Doch Johnny war sofort angetan von dem Knirps. Er und der Kleine starrten einander an, neugierig, abschätzend.

Das Mädchen suchte seinen Blickkontakt. »Ich bin ein Abschalter. Ein Stilleger.«

Neben dem Hausmaster hing ein flacher, verglaster Kasten mit einem bunt lackierten Sonarrelief: die versunkenen Inseln, die Überbleibsel von Honschu entlang der schwarzen Fallgrube des Grabens; die hellen Lippen der Lavaströme …

»Ich denke einfach an die Atome in meinem Reaktor, das ist alles. Ich brauche sie nicht mal zu besingen. Es ist ein Quanteneffekt. Der Zerfall einer instabilen Partikel wird durch den bloßen Akt der Zuwendung verhindert. Ist Ihnen klar, daß Menschen auf der ganzen Welt dazu beitragen, die Zenon-Phase in den Kernreaktoren da unten stabil zu halten, und das schon seit sechsunddreißig Jahren? Hauptsächlich die Japaner natürlich, vorneweg die Wissenschaftler, die vor der Katastrophe die Stillegung betrieben haben. Die Japaner waren so um Sicherheit bemüht, daß sie dabei draufgegangen sind. Das Projekt soll fünf Millionen Menschenleben gekostet haben, obendrein, versteht sich. Ikata, Fukuschima-Drei und Tokai-Drei waren supersicher, sie waren so programmiert, daß sie sich selbst abschalten konnten, und das haben sie getan. Da bleiben immer noch ...«

Sie hielt inne, um Luft zu holen, und zählte an den Fingern die atomaren Schwelbrände ab; kam nicht zurecht und wechselte das Thema. »Haben Sie einen Job?«

»Ich erschieße Kühe. Ähm ... Ochsen. Für einen Fleischverwerter.«

»Iiih. Ist ja ekelhaft.«

»Jemand muß es tun.«

Braemar lachte. »Kamla, solltest du nicht das Dimbleby-Gorbatschow-Interview studieren?«

Kamla zog eine Schnute.

»Husch, nach oben.« Braemar reckte sich und drückte Tasten an dem kaputten Hausmaster. »Und ich möchte das Band auf deinem Fernseher sehen. In drei Minuten ... Ionela?!«

Die Frau, die so balkanmäßig aussah, schepperte ein letztes antiquiertes Kochgeschirr auf den wackligen Stapel, legte ohne Hast die Schürze ab und steuerte auf eine Tür zu, die in den Hof – den Garten – führen mußte. Beim Hinausgehen strahlte sie Johnny an. Sie hatte wahrhaftig faule Zähne.

Als sie allein waren, setzte Johnny sich, und zwar

näher zu Braemar als ihm strenggenommen lieb war. Er wollte demonstrieren, daß ihm ihre körperliche Nähe nichts mehr ausmachte. »Sie führen ein strenges Regiment, Ma'am. Glückwunsch. Wie alt?«

»Fünfzehn. Billy ist zwei.«

Schien etwas kühl zuzugehen zwischen Mutter und Tochter, lag aber vielleicht an dem Baby. Fünfzehn kam ihm reichlich jung vor, doch er hatte sich das Geburtsdatum nicht gemerkt. Er wollte der Sache auch nicht nachgehen. Persönliche Interessen spielten keine Rolle, es ging einzig ums Geschäft. Er hatte Zeit gehabt, sich darauf einzustellen. Vielleicht wäre er Brae bei der kleinsten Ermutigung schluchzend in die Arme gesunken, wer weiß? Er wußte, es würde keine Ermutigung geben, und er wollte auch keine. Nur ein Narr fällt zeitlebens mehr als einmal aus dem Fenster.

»Na, Johnny, wie lebt es sich denn so?« Sie lächelte, die alte Provokation ohne jede Spur von Sex.

»Kannst du dir doch denken.«

»Langsame Pferde und schnelle Frauen.«

Er grinste. Ihm gefiel die Unverfrorenheit. Erbarmungslos wie eh und je.

»Du hast dich also in London eingenistet. Hättest dich ruhig mal melden können. Was ist aus Robert geworden?«

»Lebt auf Abruf.« Er fand es amüsant, wie sie vergangene Intimität beschwor. »Meine Wirtin erlaubt keine Tiere. Eines Tages stößt ihr die Schachtel auf, und dann muß ich den armen Teufel verleugnen und so tun, als hätte ich ihn in der Toilette gefunden und wollte ihn eben reinkippen.«

»Und das da? Deine Lektüre?« Sie schielte nach dem Titel der alten Ausgabe, die schwer an seiner Rocktasche zog.

»*A Separate Reality.*« Sie machte sich lustig. »Castaneda? Johnny!«

»Was stört dich daran? ›Um den Mantel des Lebens zu lüften‹ ... Mir gefällt das.«

Fehlte nur noch das Kaminfeuer. Die alten Freunde unterhielten sich über alte Zeiten. Vergessen wir einfach, wie sie zu Ende gingen. Wie britisch!

Er nahm den weißen Umschlag heraus und legte ihn auf den Tisch.

»Abgang: eine drogenabhängige Lady in Rot. Auftritt: die distinguierte asiatische Hausherrin, die nichts Härteres als Alka Seltzer nimmt und nicht ohne Schleier auf die Straße geht. Wer bist du wirklich, Brae? Kannst du dich erinnern?«

Sie lehnte sich herüber und nahm das Kuvert, zog den Paß heraus und überflog ihn. Sie zündete sich eine Zigarette an. »Sagen wir, du willst wissen, was es damit auf sich hat. Ich kann es dir nicht sagen, noch nicht. Aber ich gehe mal davon aus, daß du das Dokument für real hältst. Oder für ›quasi-real‹, sollte ich wohl sagen. Betrachte es einfach als eine Art Kostprobe. Damit du auf den Geschmack kommst. Clavel, unsere Agnés, hat dich nicht vergessen.«

Braemar Wilson war die anti-aleutische Augure. Er hatte die Entwicklung verfolgt und begrüßte die Taktik. Ein einziges Mal hatte sie haarsträubendes Glück gehabt, doch andererseits war die Alien-Story eine ziemlich harte Nuß für einen Unabhängigen. Präsentable Opposition war allerdings etwas, das den Promotern der Aliens nicht ganz ungelegen kam. Braemars Feindseligkeit war vermutlich reines Marketing. Die Lady hatte ganz gewiß nichts mit der kleinen, kraß extremistischen Zelle *Weiße Königin* zu schaffen, die angeblich britischen Ursprungs war und nicht müde wurde, die Welt davon zu überzeugen, daß da oben in Uji etwas Schlimmes, Schmutziges und Böses lauerte.

Doch Johnny mußte sofort an eine bestimmte Nacht denken: eine Journalistin mit tödlicher Waffe. Der Betrunkene auf dem Empfang hatte die Hosen voll gehabt und gesagt: *»Fragen Sie Barearse. Sie weiß Bescheid.«* Johnny betrachtete die respektable Ms. Wilson mit erwachender Neugier. Es juckte ihm (genauer, dem Journalisten) in den Fingern.

»Was geht da vor, Brae?«

Sie legte die Zigarette ab. »Ich weiß nicht.« Sie zögerte. Wahrscheinlich fragte sie sich, wie weit sie ihn ins Vertrauen ziehen konnte. Die Zigarette schwelte vor sich hin.

»Du warst da wegen der Sache mit Sarah Brown, hab ich recht?«

Braemar schüttelte den Kopf. »Sie hieß nicht Brown. Mädchen wie Sarah haben keinen Vater. Wenn Westminster Dienstmädchen einstellt, dann bedient man sich bestimmter Namen: Jones, Brown, Patel, Kelly.«

»Du weißt mehr über sie?«

Sie wechselte das Thema. »Wissen tut keiner was. Wer weiß etwas über dich, Johnny? Von den Aliens erfährt man auch nichts. Und warum? Weil sie so was wie ein Gespräch unter zwei Leuten einfach nicht unter den Hut kriegen. Clavel vielleicht, aber die scheut sich aus anderen Gründen. Du bist immer noch gefragt, Johnny. Wir könnten mit unserer Story immer noch auf die Titelseite.«

Er hielt sich bedeckt. So was Ähnliches hatte er erwartet.

Sie berührte den Paß. »Das hat nichts mit der Tournee zu tun, zeigt aber, daß sie versucht, dich zu ködern. Na, was ist? Zusammen sind wir unschlagbar. Ich frage mich schon die ganze Zeit, warum du unsere Story nicht zu Geld machen willst. Gib dir einen Ruck, Johnny. Oder hast du Angst, alte Wunden aufzureißen?«

Johnny schnappte nach Luft, hieb die Handballen an die Schläfen. »Shit! *Warum* hab ich mich das noch nie gefragt? Mein Gott, das muß ein posthypnotischer Befehl sein! Eine galaktische Verschwörung!« Sie ließ seine pathetische Ironie verpuffen. Johnny ließ die Hände fallen und starrte sie kalt an. »Du hast mich fallenlassen, weil du dachtest, du könntest die Sache alleine schaukeln. Du hast gemerkt, daß es nicht einfach ist, da wirklich ranzukommen, und auf einmal soll ich wieder mitmachen. Du mußt nicht ganz bei Trost sein. Seh ich aus wie ein Privatdetektiv? Die Bänder sind futsch. Verloren. Wenn ich was über die Aliens wissen will, schalte ich den Fernseher ein. Reicht mir dicke.«

Er schnippte nach dem falschen Reisepaß. »Du hast mir die Einladung zu dieser Party besorgt. Wahrscheinlich hast du das Ding selbst gefälscht und mir auf einem Tablett servieren lassen. Wenn er den Köder schluckt, hab ich ihn an der Leine. Nein. Du verschwendest nur deine Zeit.«

Der Knirps kroch brabbelnd unter dem Tisch heraus, ließ den kleinen rotblauen Müllwagen ausrollen und kam hastig auf Braemars Knie zugestapft. Sie nahm ihn hoch und rieb ihre Wange an dem flauschigen, dunklen Haar.

»Und wenn dich die Superwesen wieder auf Trab brächten? Hast du noch mal von Izzy gehört? Schickt sie noch Fotos?«

Nett, daß sie sich noch so gut erinnerte.

»Das ist gemein, Braemar.«

»Ich *bin* gemein, Johnny. Ich dachte, du kennst mich. Gemein und sentimental, wie James Bond.«

Sie setzte Billy ab, ging zur Spülmaschine und kramte einen Becher heraus. Sie füllte ihn mit Saft. Billy sagte danke schön und stapfte zu seinem Müllwagen zurück. Auf der Fensterbank hinter Brae standen lauter Töpfe und Schalen mit rankendem Grünzeug. Brae stand mit dem Rücken zum Licht, das süße Gesicht im Schatten.

»Okay, Johnny. Ich will dich nicht mehr mit den Aliens belästigen. Aber wir können doch Freunde sein, oder?«

Hinten im Zimmer erwachte ein Fernseher. Der Kopf der *Times*. Es mußte ein Uhr sein. Der Leitartikel beschäftigte sich mit Evas rebellierenden Töchtern in den GUS-Staaten: eine wogende Menschenmenge in den matschigen Straßen einer trostlosen Betonstadt.

»Die sind ja bescheuert«, sagte Braemar. »So liegen die Dinge nun mal. Die Männer geben den Frauen das Geld, die Frauen ziehen die Kinder groß. Je mehr sich eine Frau dagegen auflehnt, um so unglücklicher ist sie.«

Johnny lachte lauthals. »Glaubst du wirklich, da geht es um Sex?« Er zeigte auf die Ausschreitungen. Der Bildschirm, der von guter Qualität war, schien alles ringsherum zu verschlingen. Der Anblick eines Stiefels, der in ein Gesicht stampft – das ging an die Nieren. Gräßlich. »Uns gehen Land, Nahrung und Geld aus, Brae. Okay, wir wissen nicht viel über die Besucher, aber eins steht fest: Wir brauchen Hilfe, egal wie.«

Er lehnte sich zurück und betrachtete den Aufriß auf dem Monitor. Großes Haus. Großer Hund. Nach gewissen Vorschriften der Gesundheitsbehörde hätte ihr Hund ruhig etwas attraktiver sein dürfen. Der Betrunkene vom BBC hatte gewußt, wovon er redete. Sie war nichts weiter als eine erstklassige, auf ihr Image bedachte Dirne. Braemar hatte Köpfchen, vermutlich hatte sie sich den Zivilbullen im Van nur gemietet, um bei ihren Freiern Eindruck zu schinden.

Es konnte ihm völlig schnuppe sein, wie sie lebte – doch die Beziehung dieser Frau zu den Aliens war ihm ein Rätsel. Dieses Rätsel beschäftigte ihn schon seit Fo, und es war nicht auszuschließen, daß er gegen besseres Wissen versuchen würde, ein paar Wissenslücken zu schließen.

»Ist das ein richtiger Hund?«

»Ein Unikum. Sie frißt, hat aber noch nie einen Haufen gemacht. Ist das nicht toll? Sie wird auch nicht läufig, die Glückliche. Die Eizelle einer reinrassigen

Dobermannfrau namens Keymer Sunburst Orange, aber ich nenne sie Trixie.«

»Abgerichtet?«

»Nein. Ich habe sie selbst dressiert. *Attaque!* Trixie, *attaque!*«

Für den Bruchteil einer Sekunde gerann ihm das Blut in den Adern. Das geklonte Monster sprang auf die Füße – und krachte seitüber, streckte alle viere in die Luft und winselte.

»Ein echtes Weib, siehst du.«

Johnny hoffte nur, daß sie seine kurze Panik nicht bemerkt hatte. »Sehr geistreich. Und wenn du ihr sagst, sie soll sich auf den Rücken legen?«

Braemar grinste in Zeitlupe. »Dann kämpft sie bis auf den Tod.«

»Werd ich mir merken.«

Irgendwie erlöste sie den Hund, denn er nahm wieder seine heraldische Pose ein.

Johnny erhob sich. Er widmete sich wieder dem Hausmaster. Der Apparat war uralt, vorkorallinische Ära, und nie mehr nachgerüstet. »Du hast dein Telefon hier eingestöpselt, hab ich recht? Laß das lieber, Brae. Das funktioniert zwar, führt aber zu Störungen. Die blaue Keramik, na ja – das Silizium kommt da nicht mit. Da müssen schon ein paar Meter Kabel dazwischen.« Er seufzte, steckte den Paß in seine Schultertasche (die eigentlich eine Bauchtasche war) und streifte den Riemen über. Er durfte nichts reparieren, nie wieder.

»Du gehst schon? Zu blöd, hab dir nicht mal 'ne Tasse Tee angeboten.«

»Ich muß zur Arbeit. Kannst dich ja wieder melden. Mal sehen, was sich machen läßt.«

Mit Zwölf war Kamla zum ersten Mal schwanger gewesen. Braemar hatte sie gefunden und das blutende und heulende Kind mit dem erstbesten Unsinn getröstet. *Sei doch nicht dumm. Gott bestraft keine Babies, es muß sich nur wieder hintenanstellen* ... Sechs Monate später war Kamla wieder schwanger. Sie ließ nicht mit sich reden. Also hatte Braemar sie bei sich aufgenommen und sich den unsterblichen Haß von Kamlas Mutter zugezogen (aber der war älter als Kamla). Eine Dreizehnjährige, weder gescheit noch besonders hübsch. Natürlich wollte sie ein Baby. Eine andere Karriere stand ihr doch nicht offen?

Johnnys Reaktion auf die demonstrierenden Frauen war kindisch. Natürlich ging es um Sex. Es ging immer um Sex, wenn es nicht ums Geld ging. Und was kam zuerst? Die Henne oder das Ei? Braemars tief verwurzelte Furcht vor Männern (die sie nur sich selbst eingestand) erschien ihr völlig rational. Sie war überzeugt, Carlotta, die Präsidentin der USSA, empfand das genauso. Die männliche Vorherrschaft war ein unleugbarer Eckpfeiler des Lebens, wenn nicht *der* tragende schlechthin. Man sollte Pfeiler nicht bekämpfen. Sie konnten so nützlich sein.

Sie saß da, das Kinn in die Hände gestützt.

Seit Afrika hatte sie Johnny nicht mehr gesehen, hatte nie versucht, ihn ausfindig zu machen. Aber jetzt war er da. Eine Fügung des Schicksals – und der Aliens. Ein zweites Mal durfte sie das Geschenk nicht zurückweisen.

Hatte er sich wirklich abgefunden? Wie schön für ihn, wenn es denn so war. Was er verloren hatte, gab es nicht mehr, und er war noch jung genug, um diese Erfahrung zu verarbeiten. Vielleicht saß er auch nur in der Schmollecke: der flennende Achilles. Doch eins war so sicher wie das Amen in der Kirche: Egal, warum er die Medienszene mied, er wurde immer noch von seiner Neugierde geritten. Und da konnte sie den Hebel ansetzen. Ihr würde schon noch einfallen, wie sie Clavel und Johnny wieder zusammenbringen konnte; ihr reichte es, beim Stelldichein die Fliege an der Wand zu sein.

Sie japste ein schiefes, fast stimmloses Lachen.

War der Junge denn nie verliebt gewesen, daß er Clavels Botschaft nicht kapierte?

Braemar Wilson war nicht sein Fall, und das konnte man ihm wirklich nicht verübeln? Aber er war höllisch einsam. Er kam wieder, bestimmt. Braemar steckte sich die nächste Zigarette an und hing dem Vergnügen nach, das ihr für eine Weile ins Haus stand. Wieder mit ihm in einem Zimmer zu sein. Ihn zum Lachen zu bringen. Schatz.

Kamla kam herunter und produzierte einen theatralischen Seufzer der Erleichterung. »Er roch nach Blut. Warum willst du denn so einen Grobian um dich haben?«

»Er kann einem tüchtig den Rücken rubbeln. Was meinst du?«

Kamla lachte artig. Daß Erwachsene Sex haben sollten, ging ihr über die Hutschnur. Besonders bei älteren Familienmitgliedern.

»Omi, kann ich mir fünfzig Euro borgen?«

Mit dem geächteten Wort zog Kamla sich einen vernichtenden Blick zu. »Nein, kannst du nicht. *Keine Kosmetika mehr.* Später, wenn deine Freundinnen Lippenbärtchen und Melanome bekommen, wirst du mir dankbar sein.«

Braemar tippte an den grünen Filzbeschlag. Die Tür ging auf und lud in ein ewig altes Labor. Ganz hinten, wo es hell und modern aussah, war die Wissenschaftlerin bei der Arbeit. »Kommen Sie und sehen Sie sich das an.«

Vor Braemar tat sich ein Gang zwischen Stellagen voller eigentümlich geformter Glasgefäße auf, Retorten und Kolben, Zylinder, in denen sich schauerliche Kreaturen wanden. Überall die Reflexe farbiger Gasflammen. Die Wissenschaftlerin zeigte ihr eine Matrix länglicher Filamente, die in verschiedenen, zarten Mustern schimmerten.

»Sehen Sie sich das an. Hier und hier. Diese Stränge stammen von Töchtern derselben Zelle. Wissen Sie, was das ist? Natürlich nicht, warum frage ich? Das sind *Cairns-Hall*-Mutationen. Die Zelle gestaltet ihre ureigene Zukunft, indem sie maßgeschneiderte Proteine produziert, die mit jedem chemischen Stimulus fertigwerden, dem ich sie aussetze. Hier passiert es am zeitweise isolierten Strang. Da wird weiterprobiert. Die überlegen sich, was sie tun. Was Sie hier sehen, das ist Lamarckismus* in Reinkultur. Mehr noch. Die Entwicklung einer Konfliktlösungsstrategie – auf chemischer Basis, versteht sich.«

Die Wissenschaftlerin hielt diese egozentrische ›verrückte Professorin‹ für ihre Erfindung. Zum Glück ahnte sie nicht, daß alle, die sie realiter kannten, sie für nichts andres hielten. Die reale Frau mied persönlichen Kontakt wie die Pest und bevorzugte jede Form der Telekommunikation, weil sie einen dann jederzeit abschalten konnte.

»Was meinen Sie, Clem? Würde sich das auch im Hirn abspielen? Könnte es sich auf – auf so etwas wie ein Talent für Sprachen auswirken?«

Die Wissenschaftlerin zischelte ungehalten. »Alles hat seinen chemischen Ursprung. Warum nicht? Vielleicht. Obwohl es da Probleme gibt. Es sei denn, die Zellen verfügen über einen derzeit noch unbekannten Mechanismus, um genetisches Material auszutauschen... Doch im Augenblick studieren wir fremde Zellen und keine Märchen. Versuchen Sie sich zu konzentrieren, Verehrteste.«

»Pardon.«

---

* *Jean-Baptiste de Lamarck* (1744–1829), französischer Naturforscher, der in seinem Werk ›Philosophie zoologique‹ (1809) die Hypothese der ›organischen Evolution‹ skizzierte. Die als ›*Lamarckismus*‹ bezeichnete Auffassung besagt, daß durch Umwelteinflüsse bewirkte organische Veränderungen direkt vererbt werden können.

Ohne sich selbst daran zu halten, schweifte die Wissenschaftlerin ab. »Die Evolution braucht Jahrmillionen, daß ich nicht lache. An Ihrem Leib, Verehrteste, bauen stumpfsinnige Tier- und Pflanzenzellen. Was sich zu unserem Geist entwickelt hat, unserem Ego, ist fast überall abgeschaltet. Stellen Sie sich vor, Hochverehrteste, es würde in ihrem Leib von solchen hellwachen Zellen wimmeln und Sie würden über ein entsprechendes Drüsensystem verfügen; und jede einzelne Zelle wäre – wie soll ich sagen? – wäre so etwas wie *Sie* im kleinen – wäre ein winziges Vehikel Ihres Willens. Dann könnten Sie Zellen schwitzen, die wie winzige Fabriken arbeiten, die ihre hochverehrte Mutterkolonie sauberhalten – ganz so wie es die Zellkolonie macht, von der ich meine Kulturen abgezweigt habe. Oder man läßt sie wie *Werkzeuge* arbeiten. Man nehme ein paar Zellen und setze jede einem anderen Stimulus aus, gebe eine Prise Plastikabfall hinzu und vielleicht noch eine Prise Fäkalien, und Ihre intimen Diener züchten Ihnen – meinetwegen eine *Filmkamera.*«

»Diese mobilen Fabriken. Sind sie gefährlich?«

»Für Menschen? Nicht daß ich wüßte.« Clem schmunzelte. »Aber ich kann es nicht ausschließen. Geben Sie mir, na, sagen wir, dreihunderttausend Menschen und die Erlaubnis, die Hälfte zu töten. Dann könnte ich das Zellpaket dieses einen Alien – vielleicht – als *nicht gesundheitsschädlich* deklarieren.«

»Woraus bestehen die Aliens?«

Die Wissenschaftlerin gluckste. »Aus lauter Protozoen.«

Braemar war nicht beeindruckt. »Eja, wie Sie und ich.«

Die Wissenschaftlerin hatte ein für allemal erklärt, daß die Aliens kein ›Riesenschwindel‹ waren. Aber nützliche Informationen hatte sie nicht geliefert. Ein paar Kollegen hatten sich gefragt, ob die Aliens vielleicht im Regen schmelzen könnten. Sie hatte sich geweigert, dieser

Frage nachzugehen, und hatte mehrere ähnlich hoffnungsvolle Spekulationen mit unverhohlener Verachtung gestraft. Sie hatte sich nicht herabgelassen, eine einzige verheerende Allergie zu konstatieren: gegen Hausstaub oder Küchensalz oder gegen irgendeine irdische Aminosäure. Die Wissenschaftlerin ließ sich nicht beirren. Sie spielte. Sie stand gerne im Mittelpunkt. Und sie wußte, daß sie keinem Rechenschaft schuldete.

Es war ein akademisches Problem. Seit der Sarah-Brown-Affäre war es ohnehin nicht mehr möglich, der Welt zu verkünden, daß sich die Zellen der Aliens erwiesenermaßen wie normales biologisches Material verhielten und nicht wie die Astralsubstanz von Engeln. Wenn ruchbar wurde, was hier vorging, würde das eine weltweite Panik auslösen. Die Telepathen wußten vermutlich Bescheid, vorausgesetzt, sie waren wirklich welche. Bis jetzt waren sie jedenfalls nicht mit Blitz und Donner auf dieses Labor herabgefahren. Doch vielleicht war das nur wieder ein Beispiel für ihre erlauchte Barmherzigkeit.

»Da drüben. Kommen Sie.«

Der Tank war oben offen und innen geteilt; in jeder Hälfte regte sich ein farbenfrohes Wesen.

»Links, das sind Sie: die Simulation einer menschlichen Zelle. Rechts die Alienzelle. Sie sind es nebenbei wirklich, Brae. Ich habe Sie bestohlen, ha, ha, ha. Schlimm?«

»Hm.«

»Das hier« (die Schärfenebe verlagerte sich) »ist der sogenannte Zellkern. Da drinnen haben sich die Chromosomen von Mami und Papi vereint. Was Gott verbunden hat und der Mensch nicht trennen darf: die chemische Hochzeit Ihrer Eltern, *Sie*, Brae. Diese kleinen Dingerchen da, das sind die Mitochondrien, die Merkmale hier stammen nur von Ihrer Mami und werden nicht rekombiniert. Jetzt sehen Sie sich die fremde Zelle an.«

»Sie sieht genauso aus.«

»Falsch.«

Falsch zu liegen, zahlte sich manchmal aus. Die Wissenschaftlerin taute auf.

»So einfach darf man es sich nicht machen, Verehrteste. Ich werde mich hüten, dieses – Material – dieses große, unübersichtliche Konglomerat, dieses Katzenauge aus Basen, einfach ›DNS‹ zu nennen. ›Exo-DNS‹, ja, meinetwegen. Hier gibt es zum Beispiel keine Mitochondrien, auch nichts Entsprechendes. Und es gibt noch weitere gravierende Unterschiede.«

»Pardon.«

»Da gibt es zum Beispiel eine ganz ungewöhnliche Phosphatgruppe, eine ungewöhnliche Hydroxylgruppe, macht insgesamt sieben Basen. Es gibt Wasserstoffbrücken, die, was die Konfiguration innerhalb der Zelle angeht, erheblich von der menschlichen DNS abweichen. Ein kompetenter Beobachter käme nie auf die Idee, die beiden über einen Kamm zu scheren.«

»Ah ja, ich verstehe.«

»Aber der größte Unterschied ist der. Jedes Kind weiß inzwischen, daß der größte Teil unserer DNS – noch – unnützer Ballast ist. Anders bei der Exo-DNS. Trotzdem wird nicht alles, was Sie hier sehen, von dem fremden Individuum genutzt. Genau genommen nur ein winziger Bruchteil! Die Zelle leidet geradezu an multipler Schizophrenie; sie weiß nicht, wo ihr der Kopf steht. Sagen wir, in einem Ihrer Zellkerne, Verehrteste, wohnt eine einzige Person: Raten Sie mal, wie viele *verschiedene* Personen in diesem Kern hausen? Na?«

»Drei?«

»Zwischen drei und fünf Millionen. Schätzungsweise.«

»Ach was!«

»Jede einzelne etwa so komplex wie Sie und ich. Soweit man das sagen kann. Hoch konzentrierte, sehr konservative und sehr egozentrische Individuen. Und da ihnen die Erneuerung durch Rekombination verwehrt ist, geben sie vermutlich nichts auf, was eines Tages von Nutzen sein könnte. Da drinnen herrscht ein ziemliches Gedränge. Trotzdem ist Mr. Alien fein raus. Die Schlangengrube hat nämlich einen Deckel. Ich würde mal sagen, es gibt da ein chemisches Ereignis – vergleichbar unserem ›Moment der Befruchtung‹ –, das definitiv darüber entscheidet, welches Individuum zum Tragen kommt.«

Braemar hielt sich an einen Begriff, der ihr etwas Konkretes versprach. »Heißt das, Sie wissen, wie sie sich fortpflanzen?«

»Ich kann vermuten, wie sie es *nicht* tun. Schwer zu sagen. Aber dieses Alien hatte keinen Vater.«

»Parthenogenese?«*

»Ah, was für ein Wort. Wenn *ich* ein Kind bekäme, das keinen Vater hat, wär das Parthenogenese, ja. Abgesehen von ein paar willkürlichen Mutationen und den Auswirkungen gewisser Randbedingungen, die vor allem mein Körper stellt – wäre dieses Baby ein getreues Abbild von *mir*. Wenn Mr. Alien ein Baby bekommt. Na ja. Ich sehe keinen Grund, warum es nicht ein kleiner Mr. Alien sein sollte. Aber es spricht viel mehr dafür, daß es nicht so ist.«

Die geschlechtslose und blutleere Stimme schien Flügel zu bekommen.

»Das Unbegreiflichste an diesem Universum ist die Tatsache, daß ich es begreifen kann. Die Fremden sind uns ... Es ist klar, ihre Chemie ist wie die unsere, und trotzdem ist alles anders: Sie stehen uns so nah und trotzdem so fern.« Das Bild im Tank veränderte sich. »Das ist menschliches Adenin, das feurige Element.

---

* Sogenannte *Jungfernzeugung*, bei der aus unbefruchteten Eizellen Nachkommen hervorgehen (u. a. bei Ameisen, Bienen und Blattläusen).

Berühren Sie es, legen Sie Ihre Hände darauf, berühren Sie Ihren Zorn.«

Braemar ignorierte die Aufforderung. Sie war ein gebranntes Kind. »Ist es nicht höchst unwahrscheinlich«, wunderte sie sich, »daß Aliens uns so ähnlich sein sollen? Bedeutet das nicht, daß sie vielleicht früher mal Menschen waren, vor sehr, sehr langer Zeit?«

Die Wissenschaftlerin stieß ihr gackerndes Lachen aus. »Als die Götter die Menschheit ausgesät haben? Das glauben Sie doch selbst nicht. Gott ist die Chemie. Und die hat das Sagen, überall. Aber wie gefällt Ihnen mein neuer Scherz? Wie Sie wissen, besteht alles aus den fünf Elementen: Wasser, Feuer, Luft und Erde und der *quinta essentia* des Aristoteles*. Adenin ist die Base, die für Aggression und Appetit zuständig ist. Deshalb ›feurig‹.«

»Ähm. Könnte ich vielleicht noch mal einen Blick auf die Cairns-Hurt-Mutationen werfen?«

»Cairns-*Hall!*« Man durfte die Wissenschaftlerin nichts fragen. »Hören Sie, Verehrteste, ich habe nichts Neues für Sie, nichts, was Sie begreifen würden. Nichts als schlechte Analogien und wilde Mutmaßungen. Die Arbeit ist nicht so leicht, wie Sie vielleicht denken. Ich habe kein großes, modernes Laboratorium, keine Heerscharen von Robotern. Und diese Dinger sterben mir unter den Händen weg. Sie weigern sich standhaft, mir ein Alien zu bauen. Ich brauche den Auslöser, und wo ist er? Und dann fragen *Sie* mich: *Wie funktioniert ihre Telepathie?* Sie wollen Beweise: *daß es mit rechten Dingen zugeht, was die Aliens mit den ach so klugen Maschinen machen …* Machen Sie, daß Sie aus meinem Labor kommen! Raus, bevor ich Ihnen Beine mache!«

Braemar blendete sich aus und kehrte nach New Cross zurück. Sie pellte die Elektronik vom Kopf und

---

* Die *fünfte Substanz* ist der *Äther*, aus dem nach Aristoteles die himmlischen Sphären bestehen.

zog die Handschuhe aus, riß den Ausdruck ab und las und rieb sich die Stirn und kaute auf der Unterlippe. Sie fand es, nebenbei bemerkt, leichter, sich selbst einen Reim auf diese Dinge zu machen. Auf ihrem Außenbordmonitor prangte eine Warnung der Gesundheitsbehörde. *You are entering a computer-generated environment. Remember that nothing you see or touch or hear is real.** Zumal, wenn man es mit Clem Stewart zu tun hatte. Darunter erschien eine Nachricht: GET ME A FRESH ALIEN BUD. FAILING THAT A WHOLE LIVE ALIEN. THEN WE'LL BE COOKING!!!**

ii

Im Treppenhaus in New Cross hing ein Bild, das Johnny nicht mochte. Es war großflächig und unkompliziert. Ein Kinderbett oder eine Wiege in einer sonst leeren Mansarde. Die Maserung der Bodenbretter sprang einen an. Dann noch ein Lichtbalken, nichts weiter. Das Bild trug den Namen *Parsifal****, der Maler war ein gewisser Anselm Kiefer****. Es war ein Druck. Folglich mußte das Original ziemlich berühmt sein. Johnny hatte jedesmal den Eindruck, das Baby (welches

---

* *Sie betreten eine computerproduzierte Umwelt. Vergessen Sie nicht, daß alles, was Sie sehen, berühren oder hören, nicht real ist.*

** BESORGEN SIE MIR EINE FRISCHE ALIEN-PROBE. WENN DAS NICHT GEHT, EIN KOMPLETTES ALIEN, WIE ES LEIBT UND LEBT. DANN HABEN WIR AUSGESORGT!!!

*** *Parzival:* Held einer ursprünglich wohl walisischen oder bretonischen Sage des Mittelalters, die später mit der Sage vom Gral in Verbindung trat; literarische Bearbeitung durch Chrétien de Troyes: *Perceval* (um 1180, unvollendet) und durch Wolfram von Eschenbach: P. (um 1205); Musikdrama von Richard Wagner: *Parsifal* (Uraufführung in Bayreuth 1882)

**** *Anselm Kiefer:* (sehr) deutscher, neu-expressionistischer Maler, der zu den ›Neuen Wilden‹ (›Jungen Wilden‹) der achtziger Jahre zählt.

durch die Wiege suggeriert wurde) müsse tot sein. Meistens, wenn er die schöne, breite Treppe hinaufkam, wandte er den Blick ab: weil er an Braes Kind dachte, das gestorben war, und an Bella, jene Narbe, die zuweilen weh tat, wenn er müde war.

Es war eine Zeit, da die Küß-die-Hand-Galanterie des tiefen, kontinentalen Europa wieder einmal den Platz der Frau definierte. In der Mittelschicht war die alleinstehende und berufstätige Frau nicht gut angesehen, da konnte ihr Lebenswandel so rein wie frisch gefallener Schnee sein. Doch wie der Betrunkene gesagt hatte: ›Die Samariterin‹ hatte ihre Nische. Ihre neunmalklugen Freunde trafen sich jeden Mittwoch zu einem kultivierten Karaoke-Abend* und einem kleinen, ernsthaften Rollenspiel nach dem Abendessen.

Die Atmosphäre von Braemars London war dem Jahr 2004 zu verdanken. Der Kosmos hatte sich als Chaos entpuppt; seitdem herrschte die schockierende Gewißheit, daß *alles* passieren konnte; die Wahrsagerei erlebte eine Renaissance. Die Menschen warteten förmlich auf die nächste Weltkatastrophe, denn Katastrophen waren von nun an etwas Normales. Warum kein neuer, gewaltiger Lavastrom? Populärwissenschaftliche Publikationen meinten, das Jahr '04 könne durchaus der Anfang einer endgültigen Serie von verheerenden Katastrophen sein. Nichts war unmöglich. Die Nachbarsonne mochte zur Nova werden und die Erde mit tödlicher Strahlung überschütten; ein gigantischer Asteroid auf Kollisionskurs; die neue Virus-Mutation, die nicht aufzuhalten war; *The Night Of The Living Dead*** … Das war die Welt, die in Scharen dem dramatischen Kino und den Holofilmen den Rücken kehrte

---

* Eine ursprünglich japanische Form der Unterhaltung: Die Teilnehmer singen populäre Lieder vor dem akustischen Hintergrund der entsprechenden Musikkonserve.

** Film, USA, 1990, deutscher Titel: *Die Rückkehr der Untoten.*

und sich den Animationen und emotionalen Cartoons zuwandte. Dramatischer Realismus war zu träge, zu berechenbar – die Natur war es nicht.

Weiter oben auf der Treppe begegnete Johnny dann dem *Ritt der Walküre,* und im Salon jagte Elmer Fudd als Siegfried mit Tarnkappe Gnome und Kobolde rings um die Wände. Dann hörte er die Gäste der Samariterin neueste Titel diskutieren: *Things Can Only Get Weirder,* und *The Death Star Hypothesis – Still More.*** Statt der Aliens hätte Schlimmeres kommen können. Doch Braemars Freunde zollten dem Schicksal keinen Dank. Die Cocktail-Party begeisterte sich für die ›Weiße Königin‹, für die TV-Flugblätter der Bande und ihre Briefbomben-Kampagne; jene Sympathiebekundung mit der Fußnote: ›obgleich man die Methoden nicht billigen kann ...‹

Einen Frühling und einen Sommer lang gönnte Johnny sich regelmäßig diese New-Cross-Abende. Jener Arthur vom BBC war wie vom Erdboden verschluckt; sein berüchtigter Nachfolger, Pierre Larrialde, ein baskischer Diplomat, konnte zwar nicht mit einem Ticket nach Uji aufwarten, wohl aber mit Geld. Larrialde war einer der schärfsten Aleutengegner. Vielleicht weil der Mann spürte, daß er nichts zu verlieren hatte. Er hatte eine gezähmte Tuberkulose, fieberglänzende Augen und war schrecklich mager.

Die meisten Stammgäste waren abscheuliche Reaktionäre. Sie hielten es für klüger, nicht an QV zu glauben, weil: Das Phänomen hätte ja irgendwie mit den ›Superkräften‹ der ›Superwesen‹ zu tun haben können. Man befleißigte sich, den Salon zu durchqueren und Johnny die Hand zu schütteln, gleichsam ein versteckter Seitenhieb gegen Aleut *und* den Sozialismus. Er pflegte herumzustehen, den geschliffenen Stimmen der

---

* *Es kann nur noch verrückter werden / Die Todesstern-Hypothese und mehr ...*

britischen Mittelschicht zu lauschen und sich zu fragen, wer von diesen Snobs die wirklichen Terroristen waren.

»Die Weiße Königin hat da den Nagel auf den Kopf getroffen. Die Krung-Thep-Konferenz spielt doch den Leuten in die Hände, die schon seit Jahren an den Wurzeln nationaler Souveränität herumsäbeln.«

An diesem Abend stand Johnny wieder dabei und hörte zu, als auf seinem Arm eine Hand landete. Neben ihm stand ein aufgeschossener, hagerer alter Bursche mit schütterem weißen Haar, der ihn versonnen anstarrte. »Mr. Guglioli. Sie mögen die Krung-Thep-Idee von der ›geeinten Welt‹, nicht wahr?«

»Wüßte nicht, was daran falsch ist«, räumte Johnny ein. Seine Miene mußte ihn verraten haben. Die Schwätzer gingen darüber hinweg und zogen ab. Der alte Mann vergaß mitzugehen. »Wovor haben die Leute der Weißen Königin eigentlich Angst?« fragte Johnny. »Die Aleuten sind doch ganz nette Burschen, immerhin haben wir jetzt Frieden.«

Der alte Mann blinzelte in Zeitlupe, als wolle er stehenden Fußes einschlafen. »Man nennt mich den ›Weißen Springer‹«, murmelte er. »Nein, nein, Sie haben schon recht. Ihre Generation braucht sich da keine Sorge zu machen. Vielleicht nicht mal die nächste. Deshalb bedarf es ja solcher Konzentration, solcher Wachheit, um Angst zu haben. Haben Sie Angst?«

»Ich nicht«, sagte Johnny. »Ich bin hier wegen der Cartoons.«

»Ahja, die Cartoons. Eine vielschichtige Sache«, seufzte der ›Weiße Springer‹. »Das postliterarische Zeitalter ist angebrochen. Die Details lassen sich nicht mehr aufzeichnen: *Es gibt zu viele.* Wir flüchten uns in Diagramme und Algorithmen.«

Johnny nickte höflich.

»Im Cartoon kehren wir dem Quattrocento den Rücken. Wir sehen nicht mehr durch die Linse Albertis. Wir erleben Handlung nicht mehr als Traum – mit uns im Brennpunkt. Es gibt keinen Brennpunkt mehr, die Illusion ›realistischer‹ Tiefe ist ausgemerzt.«

Es war der klassische Zeichentrickfilm mit seinem Heer von Sklavenarbeitern, der hier vergöttert wurde. Diese Intellektuellen verpaßten keine Gelegenheit, den digitalisierten Realismus zu attackieren. Selbst der Schöpfer des berühmten, mit Preisen überhäuften Films *Red Chrysanthemums* galt in Europa nicht als Held. Das war Politik, die als Ästhetik daherkam. Wenn erst die großen Studios von der Frauenbewegung erfaßt wurden, würde das computergenerierte Material, und zwar mit heilen Quattrocento-Illusionen, von einem Tag auf den anderen wieder *en vogue* sein.

Johnny machte sich nicht die Mühe, ihm das zu erzählen. Der alte Bursche war der Typ, der sowieso nicht zuhörte: Johnny war nicht mehr als eine Leertaste für ihn. Außerdem ging es bei diesem Gespräch nicht wirklich um Cartoons.

»Und trotzdem, sehen Sie: Da gibt es exakt diesen Realismus unserer Situation. Fällt man in einem klassischen Cartoon ins Wasser, sind sofort die Haie zur Stelle.« Der ›Weiße Springer‹ hielt einen Augenblick inne, als erwarte er eine Reaktion auf diesen versteckten Köder. Dann tätschelte er Johnnys Arm und trollte sich.

Nach einer verschlungenen Tournee durch die Hauptstädte Europas war der Alien-Zirkus nach Uji zurückgekehrt. Überall gafften diese Affengesichter und schikanierten einen mit ihrer dunklen Scharte unter den Nüstern, und der flachen friedfertig abgesenkten Schnauze. Seit sie davon Abstand genommen hatten, die Welt in die Luft zu jagen, waren sie zu phantastischem Ruhm gelangt. Man respektierte sie mehr als den Vorstandsvorsitzenden von *Du Pont* und machte mehr Aufhebens um sie als um die populärste Königsfamilie vom Balkan. Es war alarmierend, wie viele

Fernsehkorrespondenten weltweit nicht nur davon ausgingen, daß die Erde binnen fünf Jahren von den Aliens regiert wurde, sondern dies auch noch guthießen. Die Verhandlungen über eine modifizierte Version des berühmten ›Grund-und-Boden-Deals‹ liefen weiter. Die Besucher waren hartnäckig.

Kamla war leicht zu beeindrucken. Sie strafte Johnny eine Zeitlang mit Verachtung, dann fing sie an zu flirten. Sie lauerte ihm in der Küche auf und schob ihm ein Science Fiction-Comic über den Tisch. An einer Stelle beulte das in Plastikfilm geschweißte, antike Papier ein bißchen.

»Was ist das?«

Sie verdrehte die großen Augen und warf sich in die Brust. Wieder so eine Dritte-Welt-Botschaft, die sich da über ihren plumpen Brüsten spannte: DON'T BLOCK THE EXIT. Sie trug auch so ein *Natural-Death-Movement*-Stirnband. Braemar war alles zuzutrauen; vielleicht ermunterte sie die unbedarfte Teenagermami zu solchem Aufzug. Das war Braes Humor: ein wandelnder Zweizeiler über die Absurdität aller Versuche, die menschliche Natur ein wenig menschlicher zu machen. Er mußte sich das Lachen verbeißen. Oder das Weinen verkneifen. Diese monströsen Augen waren schon aufreizend genug.

Er schob das Geschenk zurück. »Ich mag Bücher, keine Comics. Glaube kaum, daß du dir das leisten kannst.«

Braemar kam mit keinem Blick, keinem Wort und keiner Geste auf die afrikanischen Nächte zurück.

Er ging mit ihnen zum Strand: mit Kamla und Klein Billy und Kamlas Bruder, einem schlacksigen, arroganten Zehnjährigen in Schuluniform; der Ausflug war seinetwegen, doch der Junge schien nicht besonders begeistert. Sein Besuch war offenbar eines dieser gräßlichen ›Unterhaltungsprogramme‹, die sich hilflose Kinder von ihren Verwandten gefallen lassen, weil sie nicht die Traute haben, nein zu sagen. Johnny kam sich doppelt so groß vor wie sonst und spielte Bodyguard. Er blieb immer ein paar Schritte hinter seinen Schützlingen zurück und stieß mit der Fußspitze nach dem trostlosen Kies. Das Meer vor East Sussex war angeblich nicht verseuchter als vor vierzig Jahren. Es war grau und schaumig und schleimte eher über die dreckigen Kiesel als daß es nach ihnen leckte. Die Frau zog sich mit dem Baby zu einem Haufen Saurierknochen zurück (so sahen die verrottenden Formteile aus Beton jedenfalls aus). Johnny und der Junge, Piers hieß er, schleuderten Steine übers Wasser.

»Hier sind die Normannen angekommen«, sagte Piers. Er zeigte auf die Kopflinie von Bürohäusern über dem Deich. »Und da drüben waren *wir*, auf dem Hügel über dem Schlachtfeld; Senlac* heißt er. Damals war er weiter vom Meer entfernt. Wir hatten uns vom tobenden *Danish Harold*** nach *Scotch Corner* durchgekämpft, und alle wurden einfach niedergemacht. Aber wir mußten kämpfen.«

Herrje, die Normannen. Der Name von diesem Strand hatte mir nichts gesagt.

Er sah auf Piers hinunter: die Milchkaffeehaut mit den zwei Stufen dunkleren Sommersprossen, das scharfgeschnittene Profil, das einem wilden pakistanischen Adlerweibchen zur Ehre gereicht hätte. Irisch graue Augen, wolliges kastanienbraunes Haar in angehenden Dreadlocks. In diesem brillanten Mosaik schien kein Tropfen englisches Blut zu fließen.

»Die Angelsachsen, meinst du? Du siehst nicht nach einem Angelsachsen aus, mein Junge.«

---

* Ein Hügel in *Sussex*, wo sich der Herzog der Normandie (*Wilhelm der Eroberer*) im Jahr 1066 in der *Schlacht von Hastings* die englische Krone eroberte.

** *Harold II.* (*Godwinson*), letzter angelsächsischer König von England, der in der *Schlacht von Hastings* besiegt wurde.

Der Junge bekam diesen starren britischen Blick: gelassen, den popeligen Ausländer mit äußerster Ignoranz strafend. »Und wir waren es trotzdem.«

Johnny mußte an Larrialde denken. *Ich kann nicht mitansehen, wie mein Land noch einmal überrannt wird.* Die blinde Schlichtheit, mit der dieser territoriale Trieb daherkam. Er haßte Larrialde. Jede Wette, daß Larrialde kaum einen Gedanken darauf verschwendete, was für einen Bazillus er da aussäte. Stumpfsinniger Bastard. Ein Bild suchte ihn heim: Braemar in einer Wolke aus nilgrünem Taft, wie sie mit ihrem kranken Gönner im Schutz der Musik tuschelte. Er mußte schlucken.

Und dann drehte sie sich um, sah ihn an und lächelte. *Komm doch, Johnny. Mach doch mit bei unserer präventiven Widerstandsbewegung.*

Tja. Er hatte sich also nicht geirrt. Seit jener Nacht in Afrika hatte er gewußt, daß Braemar mit ihren wahren Absichten hinter dem Berg hielt. Es war trotzdem kaum zu glauben. Diese Absichten kamen so banal daher – so naiv und sahen Braemar überhaupt nicht ähnlich.

Es war schon spät. Johnny spielte Babysitter. Die Marmunes, die im Anbau hinter Braemars Hof lebten, waren vielbeschäftigte Leute. Und Kamla hatte eine Verabredung. Solche Gefälligkeiten waren für Johnny inzwischen zur Selbstverständlichkeit geworden. Der Hausmaster erwachte zum Leben. Die Tasten funktionierten wieder. Er sah, wie Braemar in ihrer Handtasche herumsuchte. Sie ließ sich selbst herein und kam die Treppe herunter, Trixie folgte ihr in leichten Sprüngen. Zu Johnnys Erleichterung blieb der Hund immer oben in der Diele, wenn Brae außer Haus war.

Sie kam vom *Times*-Studio, wo sie Material für eines der illustren Submagazine geschnitten hatte. Sie trug die neueste Mode. Aus Gründen, über die der ›Weiße Springer‹ sich wahrscheinlich *en detail* verbreiten konnte, hatte sich die uniforme Overall-Welt angesichts der Aleuten der körperbetonten Linie begeben und sich einer lockeren, zarten und duftigen Couture verschrieben. Braemar trug unter einer mehrschichtigen weißen Musselinjacke einen knappen apfelgrünen Hänger und seidene Leggins. Sie sah himmlisch aus, müde aber himmlisch. Zuweilen mußte er an die Kostüme denken, die sie in Fo getragen hatte, und dann kam er sich ein bißchen lächerlich vor.

»Irgendwo da draußen im Orbit«, nörgelte sie, »da gibt es dieses Schiff. Ein dreckiges, zerbeultes, überfülltes altes Mehrgenerationen-Monster. Das wir im vorigen Jahrhundert bequem hätten bauen können, wenn sich irgend jemand dafür stark gemacht hätte. Daß die orbitale Schrott-Ortung nicht anschlägt, heißt noch gar nichts. Es ist total schwarz, unsichtbar für Radar und hat einen starken Schutzschirm. Und sie halten Funkstille. Ich habe nie behauptet, daß sie Idioten sind. Nur Lügner.«

»Die Lagrange-Punkte?«

Johnny war im Weltraum gewesen, also zog sie bei diesem Thema den kürzeren. Die Frage stand ihr ins Gesicht geschrieben.

Er befreite sie aus der mißlichen Lage. »Du weißt doch, die Comsats, die man in die lunare Ebene gepflanzt hat, damit Gott und alle Welt mitansehen konnten, wie die Raumstationen ihre Trapeznummer abzogen: huckepack und ab zum Mars. Die Satelliten funktionieren immer noch. Schon komisch, daß sie *überhaupt* nichts registrieren.«

Sie brauste auf. »Na und? Das ... das ist eben ein riesiger Ozean da draußen. Das ist wie die Nadel im Heuhaufen.«

Sie hatte, ohne es zu wissen, recht. Johnny lächelte überlegen. Braemar füllte eine Kanne mit gefiltertem Wasser und stellte sie in die Mikrowelle. »Spät geworden heute, tut mir leid. Kaffee?«

Johnny kramte verstohlen in seiner Schultertasche (die eine Bauchtasche war). Um Neun machte die U-Bahn dicht. Er mußte sich eine Taxe nehmen und in *Pfund Sterling* feilschen, der tägliche Straßenkampf. Hoffentlich merkte sie nichts. Doch Braemar war auf den grünen Schimmer abonniert wie Robert auf Zuckerkrümel.

»Johnny, Liebling, war das eben eine Zwanzigpfundnote?«

»Ja, Ma'am. Und zwar meine. Ganz allein von mir. Einmal in meinem Leben möchte ich was rauskriegen. Dieser schmutzige, schmierige, geflickte Lappen wird mein persönlicher kleiner Triumph über das düstere Elend im London des 21. Jahrhunderts sein.«

»Ich geb dir zwei Fünfziger dafür.«

Fünfzigpfundnoten sah man relativ oft.

»Nichts zu machen.« Er stopfte den Schein mit Nachdruck zurück.

»Aber ich bezahle dir das Taxi.«

»Wenn du darauf bestehst. Den Zwanziger behalt ich trotzdem.«

Sie lachte. »Paß mal auf, du wirst noch eingebürgert. Hast du die Sache über Peenemünde Buonarroti gehört?«

Buonarroti war eine deutsche Physikerin. Sie war bekannt als der Welt erstes ›gentechnisch erzeugtes Genie‹. Künstliche Gebärmutter, zwei beglaubigte Genies als Spender. Ihre Eltern – besser gesagt, ihre Käufer – hatten ihr diesen schrecklichen Namen verpaßt, um sie mit den Glanzlichtern westeuropäischer Zivilisation zu schmücken. Erstaunlicherweise hatte da etwas funktioniert. Ms. Nazi-Raketen-&-Renaissance-Kunst war ein Wunderkind: zahlreiche Ehrungen, und ebenso viele Fördermittel. Doch wenn gegenwärtig ihr Name fiel, dann hauptsächlich, weil sie erklärtermaßen nicht an Aliens glaubte. Die Superwesen seien ein einziger Schwindel, und sie könne das beweisen.

Die ›Weiße Königin‹ wollte sich die Tatsache zunutze machen, daß man in jüngster Zeit nichts von Peenemünde-Buonarroti gehört hatte. Man hatte die Stiftung mit Bombendrohungen zu einer Gegendarstellung zwingen wollen. Buonarrotis Angestellte hatten sich nicht einschüchtern lassen. Buonarroti sei eine Privatperson, und wenn sie nicht ans Telefon gehe, sei das ihre Sache.

Selbstverständlich trat Braemar nicht als Sprachrohr für die Weiße Königin auf. Sie interessierte sich ganz zufällig für die Aktivitäten der Gruppe, na und?

Johnnys schräger Blick sagte: *Laß doch dem verrückten Frauenzimmer seinen Willen.* »Hoppla, tut mir leid. War weggetreten.«

Sie setzte ihm eine Tasse Kaffee hin und fing an, im Hausmaster nach Post vom Nachmittag zu fahnden. Was sie fand, waren Rechnungen. »Ah, wie findest du das? *How hard it is, to eat another man's bread and to climb another man's stairs …* Das ist doch Dante. Gepriesen sei der Mann, er nennt die Dinge beim Namen. Hast du noch deinen Dante?« Sie drehte sich in strahlender Verzweiflung um. »Das *Original*, Johnny. Man hat mein Original beschlagnahmt. Ich kann nicht arbeiten, statt dessen muß ich an solchen geschmacklosen Talkshows herumschnippeln. Ich kann erst meine Seele verpfänden, um das Ganze neu zu bearbeiten, wenn die verdammte ›Weltregierung‹ endlich zugibt, daß ich das Original nie wieder zurückkriege. Meine hübschen Kleider sind Requisiten; fast alles, was wir auf dem Teller haben, ist irgendwie zusammengeschnorrt.«

»Aha, da kommt es heraus. Nur deshalb bist du hinter diesen unglückseligen ET's her!

Sie lachte nicht. Plötzlich (Johnny war völlig irritiert) wurde sie ernst. Sie schüttelte den Kopf. »Nein, Johnny. Es geht mir nicht um Rache. Alle, die mich jemals verletzt haben, liegen im Sterben. Genügend davon, wenn ich denn so denken würde, leiden Schmerzen und Erniedrigung.« Sie kam zum Tisch, setzte sich und rieb sich die Augen. »Ich bin so kaputt, ich muß aussehen wie ein altes Weib.«

Totenstille. Er mußte daran denken, wie sie ihn mit dem Betrunkenen gesehen hatte und gegangen war. Es war Arthur vom BBC, dem sie aus dem Weg gegangen war, der Mann, der ihr Zugang zu Uji verschafft hatte. Was passierte den Menschen, die diese Briefbomben aufrissen? Womit bezahlte sie den lungenkranken Larrialde? Unwillkürlich landete seine Phantasie bei den seltsamen Praktiken der Europäer: *safe sex*. In seiner Kindheit war das der schmutzigste Ausdruck gewesen, den man sich denken konnte.

Wenn du eine Freundin hast, die eine Hure ist, und du merkst, wie geschickt sie mit dir umgeht, dann haßt du sie erst mal. Dann gewöhnst du dich dran und fängst sogar an, gewisse Dinge zu fragen. Doch er würde ihr nie unterstellen, daß sie es aus rein geschäftlichen Gründen getan hatte. Sie hatte ihm in einem Akt beispielloser Großzügigkeit das Leben gerettet. Nichts konnte ihm diese Erinnerung nehmen oder sie völlig in den Schmutz ziehen.

Sie stellten einander keine linkischen Fragen. Dieses große, leere Haus erzählte Braemars Geschichte: von der alleinerziehenden Mutter und der Familie, wie sie hätte sein können. Er fragte sich manchmal, was es mit Nirmal Anand Datar auf sich hatte. Es gab nirgends ein Bild von ihm, auch nicht von den Kindern. Doch er wollte nicht fragen. Auch Braemar versuchte nicht, in sein schäbiges Leben zu dringen. Sie waren zwei einsame Menschen, die einander trösteten.

Er baute ihr eine Brücke: »Kaoru hat sich umgebracht. Ich habe mich oft gefragt, warum. Hast du was draus gemacht?«

»Kaum der Rede wert. Er war über hundert. Er hat einfach aufgehört, seine Arznei zu nehmen.«

»Was ist mit den Aufsehern? Daß Robin Lloyd-Price bei der KT-Konferenz war, soll nur das Ergebnis eines ziemlich diffusen Eilantrags gewesen sein. Hat ein bewegtes Leben geführt, war leicht zu haben. Liegt länger zurück, aber vielleicht kannst du Licht in seine Vergangenheit bringen.«

»Werd ich weitergeben. Könnte von Nutzen sein.«

So ging das eine Weile. Sie redeten um den heißen Brei herum, und Braemar wollte erst zugeben, daß sie eine aktive Terroristin war, wenn Johnny sie geradeheraus fragte. Wohingegen Johnny sie das nicht fragen wollte, weil er noch nicht wußte, wie er sich gegenüber der ›Weißen Königin‹ verhalten sollte.

»Macht es dir gar nichts aus, daß alle anderen eine – eine völlig andere Meinung über die Aliens haben?«

»Es macht mir Sorge. Aber wenn ich sage, ich glaube nicht an Zauberei, und es muß eine vernünftige Erklärung geben, dann heißt es: Sie sind keine Menschen. Wenn ich sage, sie sind in einem Mehrgenerationen-Schiff gekommen, nichts, was wir nicht auf die Beine brächten, wenn wir wollten, dann heißt es: Nein, unmöglich. Das Ökosystem würde früher oder später einen Kolbenfresser kriegen und zusammenbrechen, ganz abgesehen von der kosmischen Strahlung. Gott gebe mir Kraft. Nein, wir glauben, daß sie schneller als das Licht sind, weil das so in den Stories steht. Aus keinem anderen Grund.«

»Und weil die Aleuten dasselbe sagen. Warum sollten sie lügen?«

»*Pah.* Um sich Freunde zu machen und andere zu beeinflussen. Warum nicht? Es geht nichts über eine gute Lüge. Es ist kaum zu glauben, daß sich die ganze Welt so zum Narren macht. Stell dir vor: Die USA und UDSSR standen vierzig Jahre lang am Rande eines globalen Vernichtungskrieges. War das etwa Einbildung? Es war Realität. Und dann – *ffffffft* – war alles vorbei.«

»Clavel hat mich überzeugt.«

Er fand es ärgerlich, daß sie ihn soweit gebracht hatte, Clavel-Agnés zu erwähnen, jene Episode, die (wie sie beide wußten) die Regeln des Normalen sprengte. Er ging zum Angriff über, bevor sie ihren Vorteil nutzen konnte.

»Sind wir mal einen Moment lang realistisch. Mit *einer* Sache ist Schluß, jawohl – und es tut weh, nicht mehr die Krone der Schöpfung zu sein. Aber sie *sind* uns überlegen. Es klingt abgedroschen, aber Tatsache ist, daß wir ihnen vertrauen müssen, wir haben keine Wahl.«

»O ja, sicher, wir sollten ihnen vertrauen. Die wollen doch nur ein paar Jagdgründe, um ein paar Truthähne zu schießen. Wie viele Verträge waren es, Mr. Americano? Zweihundertundzweiundfünfzig. Oder irre ich mich? Johnny, ich weiß, daß sie nichts Böses im Schilde führen. Das brauchen sie auch gar nicht. Es ist eine historische Tatsache. Wenn die uns *über* sind, sind wir *drunter*. Richtig? Und wenn wir die Unterlegenen sind, dann dauert es vielleicht mal eine Generation und die Aleuten sind in unseren Jobs, die Aleuten sind im Weißen Haus, und die Aleuten wohnen zwei Türen neben jedem Freizeit-Park: zwei Lebensformen, die sich ähneln wie das Ei der Kartoffel!«

Es war das klassische Mittwochabend-Gewinsel. »Ich glaube, du bist ein verdorbener Mensch, Brae.«

»Die ›Weiße Königin‹«, sagte sie, »ist eine Erfindung von Charles Dodgson, einem Mathematiker des neunzehnten Jahrhunderts, der eine Vorliebe für das Widersinnige hatte. Vielleicht hast du mal eine Animation gesehen. Das Besondere an der Weißen Königin ist, daß sie schreit, bevor sie verletzt wird. Und weißt du, wieso? Um Zeit zu sparen.«

»Danke. Ich habe die Bücher von Lewis Carroll* gele-

---

* *Charles Lutwige Dodgson* alias *Lewis Carroll* (1832–1898), Mathematiker und Autor der klassischen Kinderbücher: *Alice's Adventures in Wonderland* (1865) und *Through the Looking-Glass* (1872). In letzterem fabuliert Lewis Carroll anhand einer Schachpartie mit folgenden Figuren: **Weiße Königin, Weißer König, Weißer Springer, Weißer Turm, Weißer Bauer – Rote Königin, Roter König, Roter Springer.**

sen.« Er lehnte sich zurück. »Du steckst bis über beide Ohren in diesem schändlichen, reaktionären Geschäft, richtig, Brae? Die Briefbomben und das alles.«

Sie nickte.

Es ist immer wieder schockierend, wenn sich ein schwerwiegender Verdacht bestätigt...

Noch ehe er wußte, wie er reagieren sollte, brach sie das Schweigen. »Ich bin kein Terrorist, Johnny. Aber unsere Reaktion auf die Aleuten ist gefährlich. Das ist Massenhysterie. Es ist total bescheuert, sie wie Götter zu behandeln. Eine Handvoll Aleuten und ein paar Milliarden Menschen. Ich glaube, sie haben uns anfangs was vorgemacht, mehr oder weniger unwillkürlich, und inzwischen spielen sie die Rolle ganz gut, die wir ihnen zugedacht haben.«

»O ja, sicher.«

»Die Aleuten sind keine Telepathen. Sie halten sich bloß dafür.«

Johnny verschluckte sich und versprühte synthetischen Kaffee. »Ich glaube, du stehst unter Drogen.«

Sie warf ein schmuddeliges Küchentuch. Johnny fing es ab und trocknete sich mit dem Rockärmel. Sie beugte sich erregt hinterher. »Hör zu. Babies lernen nicht sprechen, weil sie kommunizieren wollen. Sie kommen auch ohne Worte zurecht, und zwar hervorragend, solange sie mit vertrauten Menschen zusammen sind. Hab ich recht?«

»Äh...«

»Wenn man sagt, man ›weiß, was jemand denkt‹ und man behält recht, ist das schon Telepathie? Gestik, Körpersprache: wenn man jemanden gut kennt, eine wohlbegründete Vermutung. So ist das bei den Aleuten. Stell dir vor, du lebst in einem Stummfilm, Johnny. Du kennst doch Stummfilme.«

Vor ein paar Jahren hatte es einen Run auf Stummfilme gegeben. Mehr wußte er nicht.

»Der Streifen erzählt eine Geschichte. Die Handlung

ist volkstümlich, und jeder kommt ohne größere Schwierigkeiten mit. Weil er weiß, wo's langgeht. Viel Gefühl, ängstlicher Blick und Situationskomik und ab und zu eine Zeile, ein paar hübsch gerahmte Worte, um etwas zu betonen. So und nicht anders läuft das bei den Aleuten.«

»Kann nicht sein. Sonst käme es dauernd zu Mißverständnissen.«

Darauf war sie vorbereitet. »Sieh mal, die Leute, die sich die Gibbons angucken, wie sie sich von Ast zu Ast schwingen: *toll*, denken sie, was für *perfekte* Akrobaten; wie kommt es, daß sie *nie* danebengreifen? Dann eines Tages guckt sich jemand die Gibbonskelette genauer an und entdeckt Knochen, die immer wieder gebrochen und verheilt sind. Sie greifen immer wieder daneben, stürzen immer wieder ab. Es liegt einfach daran, daß das Schwingen *statistisch* so gut funktioniert, daß es sich trotzdem lohnt. Die Aleuten sind jetzt schon ... wie lange hier? Und sie sind immer noch überzeugt, wir funktionieren genauso wie sie. Hört sich das wie *richtige* Telepathie an?

Tatsächlich hat sich ihre Theorie, daß uns die gleiche *selbstverständliche* Sprache verbindet, nur in einem einzigen Fall bestätigt. Und das war bei dir. Ist dir klar, was das heißt? Du und Clavel, ihr beiden könntet diese Begegnung zweier Welten von Grund auf verändern!«

Sich bei Braemar herumzutreiben, hatte Johnny keine wirklich neuen Erkenntnisse beschert: keine Details zumindest. Er wußte immer noch nicht, was es mit der Einladung ins *Barbican* auf sich hatte oder mit dem gefälschten Paß. Doch er kam immer wieder. Vielleicht, weil es ihn auf eine vertrackte Weise zur Weißen Königin hinzog. Er ertappte sich bei der alarmierenden Frage, ob er wohl beitreten konnte – unter Vorbehalt natürlich. Es war das alte, besiegte Bedürfnis, mit an Bord zu sein, das sich hier zu Wort meldete.

Sie übertrieb. Da gab es noch andere, die die lautlosen Stimmen der Aliens gehört hatten: anfangs in Alaska und auch später. Johnny war nur interessant, weil er in so greifbarer Nähe war.

Die Lampe auf dem Tisch verbreitete ein sommerliches Zwielicht. Braemars Arme schimmerten durch die Schleier aus Musselin, ihr Hals. Wie schön sie war, wenn sie log. Er lächelte und schob die Tasse mit dem Kaffeerest beiseite.

»Ich mag immer noch, wie du redest.«

»Danke. Aber ich versuche, dich zu rekrutieren, hast du das noch nicht bemerkt? Was sagst du dazu?«

Die Babyüberwachung des Hausmasters seufzte und mümmelte: Billy war unruhig. Kamlas Terminal glühte. Hinten im Raum schritt jemand argentinisches Weideland ab. Die erste Enklave wurde eingerichtet.

»In Afrika hast du dich ausgeschwiegen. Warum?«

Sie stöberte in all dem Zeug, das auf dem Tisch lag, nach ihren Zigaretten. »Ist das wichtig? Ich bin hier und jetzt so ehrlich, wie ich kann. Für dich sind die Aliens so was wie Retter in der Not. Okay, vielleicht hast du recht und ich liege falsch. Schön. Aber du wirst doch zugeben, daß wir uns näher mit ihnen beschäftigen müssen. Dazu müssen wir erstmal an sie rankommen. Und du bist womöglich der einzige Mensch, der das kann.« Sie grinste ihn an. »Na? Wie lautet dein Spruch? Willst du mitmachen oder mich anzeigen? Fürs erste könntest du ja mal versuchen, draußen dein Sprüchlein loszuwerden. *Habeas corpus delicti* ... Die ganze Zeit werfe ich mit Leichen nur so um mich, aber es scheint, als gebe es eine Verschwörung, die Weiße Königin nicht vor den Kadi zu zerren.«

Johnny runzelte die Stirn. »Als Sarah Brown starb, an dem Tag, da warst du doch in Uji.«

Braemar witterte Gefahr, sah aber keine Möglichkeit, sie abzuwenden. »Ja. Ich war dabei.«

»Das mit der Blutprobe war doch eine Schnapsidee

der Weißen Königin. Hat man dich nie damit in Verbindung gebracht?«

Ihre Lider zuckten. Braemar wußte, worauf er hinauswollte. Sie hantierte mit ihren Zigaretten. »Nein, hat man nicht. Man macht immer noch Westminster verantwortlich. Ich war Sarahs Rückendeckung, sollte für Ablenkung sorgen. Der Plan war, daß Sarah die Zimperliche spielte, während ich das Gegenteil tat. Wenn Sarah mit der Stopfnadel ausrutschte, sollte ich am anderen Ende des Saals Unruhe stiften. Wirklich eine Schnapsidee.«

»Das will ich meinen. Und eigentlich hast du sie auf dem Gewissen.«

»Wir wußten nicht, daß man sie töten würde. Woher auch?«

Johnny schüttelte den Kopf. »Das ist keine Entschuldigung, Brae. Jeder, der sich als Terrorist betätigt, nimmt so was bewußt in Kauf. Das weißt du besser als ich.«

Sie starrte ihn schweigend an, dann riß sie sich von seinen Augen los. »Wir haben trotzdem bekommen, was wir wollten.«

Sie haßte den Gedanken daran. An das winzige Ding, das sich in ihrem Mund gekrümmt hatte. Weiß der Himmel, was es da hätte anstellen können.

»Willst du mir weismachen, du hast irgendwas aus Uji rausgeschmuggelt?«

»Ungeziefer. Clavel war doch voll davon, weißt du noch? So eine Laus haben wir. Es ist aber keine Laus. Es ist eine mobile Abfallfresserkolonie. Die Dinger besorgen die Hygiene der Aliens.«

»Märchenstunde?«

»Die Dekontamination wurde abgekürzt. Niemand hat verlangt, daß ich den Mund aufmache. Dann hab ich das Ding in einem Glupscher Wundgelee nach London gebracht, im Erste-Hilfe-Etui. Zustand perfekt. Unsere Wissenschaftlerin war ganz aus dem Häuschen.

Das wär noch viel besser als Blut, hat sie gemeint. Die Telepathen haben nichts gemerkt. Es war so leicht wie Ladendiebstahl.«

Johnny sagte nichts, er starrte sie nur an.

»Wie du siehst, haben wir es nicht mit Engeln zu tun, wir können das beweisen. Die Alienzellen werden gerade analysiert.« Sie legte eine Pause ein. »Ich habe den Verdacht, daß sie lebende Zellen absondern, etwas wie diese Läuse, nur viel kleiner und – vielleicht irgendwie mit *Bewußtsein*. Sie geben die Dinger laufend an die Luft ab. Das hat aber nichts mit Telepathie zu tun. Da ist keine psychische Kraft im Spiel, das ist eher so etwas wie ein sehr intimer und sehr subtiler Austausch von Vermutungen mit hoher Trefferquote. Du und ich, Johnny, wir können uns auf aleutisch unterhalten: die *selbstverständliche* Sprache! Aber die physische Schiene erlaubt ihnen eine Treffsicherheit, die *uns* verwehrt ist.«

Endlich zündete sie sich die Zigarette an. Sie starrte in die Flamme.

»Manche meinen, die Dualität hat ein Bursche namens René Descartes* erfunden. Das ist Unsinn, wir sind schon immer so. Wir haben schon immer davon gesponnen, daß alles eins ist. O Mann! Aber die Erfahrung lehrt uns was andres. Ich sehe *dich* an, du siehst *mich* an. Irgend etwas springt von meinen Augen zu deinen über: Aber das kann nicht klappen, weil der Raum dazwischen *leer* ist. Nichts reagiert auf Entfernung. Das ist unser Dilemma. Wir sind allein. Selbst wenn wir reden oder uns berühren, glaubt der eine immer noch dies und der andere das. Das war so, ist so und wird immer so bleiben. Würden wir so leben, wie

---

* *René Descartes* (1596–1650), französischer Philosoph, Mathematiker und Naturwissenschaftler: unterschied zwischen *Res extensa* (Körper, Außenwelt) und *Res cogitans* (Geist, Innenwelt) – sogenannter *metaphysischer Dualismus*, der zur idealistischen Unterscheidung zwischen *Subjekt* und *Objekt* herangezogen wurde.

ich vermute, daß die Aleuten leben, in einer Art Suppe aus winzigen Boten unseres Egos, wo willst du da eine Grenze ziehen?«

Er schwieg.

»Die alten Bänder sind kaum noch zu gebrauchen, in diesem Klima nimmt uns das keiner mehr ab. Aber was ihr damals gemacht habt, du und Clavel, das könnt ihr doch noch mal machen. Ich weiß nicht. Die verrückte Wissenschaftlerin meint, die Chemie der Aliens wär prinzipiell wie die unsre. Nenn es konvergente Evolution, Anthropomorphismus oder sonstwie. Ein paar von uns stehen ihnen vielleicht somatisch semantisch näher, und du bist der Obernächste. Was du hast, ist *kostbar*, Johnny. Ein Stück von dieser grandiosen Story gehört dir, steht dir rechtmäßig zu.«

Er sagte kein Wort.

»Du könntest soviel lernen. Und sie *möchte* mit dir reden. Warum, glaubst du, hat sie dir ausgerechnet einen Paß besorgt? Sie möchte, daß du kommst, zu *ihr*.«

Da sie kein Aleute war, wußte sie nicht, wie ihre Karten standen. Sein Schweigen konnte alles mögliche bedeuten.

»Du hast dieses Kind getötet«, sagte Johnny und hieb die flache Hand auf den Tisch. »Ich dachte, du wärst nur hinter dem Geld her. Mir war schon klar, daß du den Aliens ans Leder willst, auch daß du mit den Briefbomben zu tun hast, aber ich hielt das für Strategie. Nicht im Traum hätte ich daran gedacht, daß du es ernst meinst. Du bist *krank*. Du wolltest beweisen, daß sie giftiges Blut haben, oder sonst einen rassistischen Unsinn – und damit hast du all die Menschen auf dem Gewissen, die nach diesem Vorfall ums Leben kamen. Du bist doch total übergeschnappt!«

Sie versuchte Ruhe zu bewahren. »Was immer wir vorhatten, es mußte offensiv sein. So *zufällig* ein bißchen Haut von den Aleuten erwischen, das war unmöglich. Man hat uns weisgemacht, sie wären gut und sanftmütig, Johnny. Und wir haben das geglaubt. Alles, was wir wollten, war Klarheit.«

Johnny stand auf. Seine Hände bebten, er steckte sie in die Hosentaschen. »O nein. Ich beiße nicht noch mal in denselben Köder, Ms. Wilson.« Die Wut löste ihm die Zunge. »Weil ich angeblich eine Antenne für exotischen Sex hab, soll ich das Alien für dich ficken, damit *du* wieder den Voyeur spielen kannst. Vielen Dank, aber da hast du dich geschnitten. Diese Aliens könnten mir das Leben retten, mich rehabilitieren. Ich erwarte nicht, daß du darauf Rücksicht nimmst. Aber die Welt stirbt den Hungertod, London ist vollgepackt wie ein Leichendepot. Der Planet dampft vor lauter Giftmüll. Wir brauchen Hilfe.« Er stieß mit dem Finger nach Kamlas Terminal. »Deine idiotische Nichte macht sich wenigstens *Gedanken.*«

Braemar war mit ihnen auf Tuchfühlung gewesen. Und hatte, verbohrt, wie sie war, nicht das Geringste begriffen. Wenn hier einer unzugänglich war, dann war es Braemar, sie war stockblind für die Wahrheit.

»Was für eine Horde hirnrissiger Faschisten! Kapierst du eigentlich, was, zum Teufel, *passieren* kann, und zwar *allen* von uns, wenn sie dahinterkommen, was du getan hast? Nur weil *dein* Leben so mies ist, daß es sich nicht lohnt... Du lebensmüde, mörderische Hure, du haßt nicht nur die Aliens. Du haßt dich selbst, du haßt uns alle!«

Er stürmte zur Treppe, wäre fast über Trixie gestolpert.

Erst mehrere Häuserblocks weiter, an der lokalen Müllverbrennung, kühlte sein Zorn ab. Es war nach Mitternacht. Er konnte von Glück sagen, wenn er noch ein Taxi erwischte. Er kam sich vor wie ein Narr und hätte auf ein Haar kehrtgemacht, um sich zu entschuldigen. Aber nein, das kam nicht in Frage. Die Weiße Königin war weit schlimmer, als er vermutet hatte. Da ging etwas Häßliches, zutiefst Schändliches vor, und damit wollte er nichts zu schaffen haben. Ende einer falschen Idylle.

iii

Das ›Büro für Aleutische Angelegenheiten‹ in Ruam Rudi würde gleich schließen. Martha und Robin standen noch in der Vorhalle und unterhielten sich leise. Sie pflegten zusammen hinauszugehen, sobald die Besucherlampe erlosch. Ellen saß am Schreibtisch des diensthabenden Sachbearbeiters. Der Anblick von Robins rosigem Gainsborough-Teint neben der gletscherkalten, amerikanischen Blondine zerrte an ihren Nerven: eine erbärmliche Farbkombination. Doch die Beziehung, wie weit sie auch gehen mochte (Ellen stellte keine Fragen), bewahrte den Jungen wenigstens vor Schlimmerem.

Chutima brachte die letzte Frachtpostlieferung. Darunter waren ständig Geschenke für die Aliens: Kleidung, Lebensmittel, Musik und Videos, auch lange und weitschweifige Briefe. Robin und Martha folgten ihr ins Büro, mehr aus Langeweile und Neugier. Es war Robin, der das Päckchen suspekt fand. Es gab keine Sicherheitsvorkehrungen in Ruam Rudi. Die Terroristen bombten für gewöhnlich die Behörden, deren Vorzimmerbesetzungen für sie traditionelles Freiwild waren.

»Schnell. In einen Eimer Wasser damit«, flachste er. Er wollte das Päckchen eben in einen der bauchigen Keramikkrüge werfen, die die Bürotür flankierten und in denen Ellens blauer Lotos schwamm. Die Krüge waren real. (*Please,* sagte ein höflicher Hinweis auf englisch, *remember the flower and the jar are real here.*) Irgendeine chemische Beschichtung riß. Eine glitzernde Blase blähte sich auf und entschwebte rasch zur Raummitte. Darin eine Dreisechzig-Straßenszene. Flüchtige Eindrücke längst vergangener Mode, heraldische alte Autos und weite, quirlige Boulevards. Musik. Abklingend. »Wir schreiben den 10. Mai 1940«, verkündete der Attentäter mit verstellter Stimme. »Whitehall, London. Die Panzerverbände haben die französische Kavallerie bei Dinant durchstoßen.«*

Eine Silhouette. Vor dem hohen Fenster stand eine wuchtige Gestalt und blickte auf die Parade hinaus; Staub hing über der Gardekavallerie; es herrschte eine für diese Jahreszeit ungewöhnliche Hitze. »Ich will hoffen, daß es nicht zu spät ist«, murrte Churchill und kaute auf der symbolischen Zigarre. »Ich befürchte allerdings das Gegenteil.« Er drehte sich um. »Erinnern Sie sich an ›Holosell‹?« knurrte er. »*Ziehen Sie das Etikett für Ihre Gratisgabe herunter*, und – *schwups* – war da das Hologramm eines Dreizimmerappartements in Ihrer Diele, das Sie von allen Seiten betrachten konnten. Wie vulgär! Alle wollten, daß man diese Art von Werbung ächtete. Hieß es jedenfalls. Als das übers Fernsehen kam, entpuppten sich *alle* als *la Bourgeoisie.* Die einfachen Leute mochten es.« Das Churchill-Konterfei grinste wie ein Schuljunge. »›Holosell‹ starb eines natürlichen Todes. Es lebe die Briefbombe, denn die Leute wollen es wissen. Sie kapieren, daß das der einzige Kanal ist, auf dem wir Outlaws sie erreichen können. Mit den Nachrichten, die andere unter den Teppich kehren.«

Es sah aus, als berühre er die Haut der Blase. »Raffiniert, was? Eine Hohlkugel, die durch neuorganisierte Luft begrenzt ist, die Moleküle so vernetzt, daß sie eine reflektierende Oberfläche bilden. Dreisechziger Videotechnik ist eine tolle Sache. Zu schade, daß nie jemand davon erfährt. Die Aleuten halten nichts von unserem Medienkram. Die ganze Telekommunikation, das kom-

---

* Am 10. Mai 1940 befahl *Hitler* unter Mißachtung der niederländischen und belgischen Neutralität den Angriff auf Frankreich.

plette Weltnetz, interessiert sie, wenn überhaupt, nur am Rande. Alles, was wir können, ist ohne jede Bedeutung für sie. Niemand wird sich je an dieses unglaubliche Zeitalter erinnern. Wir sind in einer Sackgasse, die Adern unserer Wissenschaft und unserer Kunst werden veröden. Wird es jemals eine neue menschliche Zivilisation geben, die unsere Relikte findet? Wir können nur hoffen.«

Das düstere, pompöse Geschwafel brachte Ellen derart in Rage, daß ihr die passenden Worte fehlten. Doch schweigen durfte sie nicht. Während der Besuchszeiten lauschten routinemäßig alle Nachrichtenagenturen der Welt in dieses Büro. Vermutlich wurde die Szene bereits von irgendeinem Sender ausgestrahlt, und bald würde die ganze Welt zusehen. Mit einer Briefbombe konnte man nicht diskutieren. Die Taktik bestand darin, dem Gespenst Kontra zu geben, eine mächtige Illusion zu entschärfen.

»Mr. Churchill, Sie unterschätzen maßlos die Intelligenz der modernen Gesellschaft. Die *einfachen* Leute sind sich sehr wohl der Tatsache bewußt, daß unsere Besucher *Aliens* sind. Bis jetzt wissen wir noch reichlich wenig voneinander. SETI setzt uns darüber in Kenntnis, daß es Generationen braucht, bis ...«

Aus Churchill wurde eine Frau, eine berühmte Persönlichkeit, die knapp die vorgeschriebenen dreißig Jahre tot war.

»Vor geraumer Zeit gab es etwas, das man ›kollektive Ideologie‹ nannte. Sie beschützte uns, hielt uns davon ab, Dinge zu verstehen, die wir nicht verstehen wollten. Ihr Menschen von heute habt SETI. Ihr habt Angst, den Aliens zu nahe zu kommen. Also sagt SETI: Haltet euch von ihnen fern. Ihr habt Angst, euch ihren Forderungen zu widersetzen, also sagt SETI: Tut, was immer sie von euch verlangen.« Die Verkörperung gepflegter Autorität legte eine Pause ein. »Ehrlich gesagt, ich glaube, euch gleiten die Dinge aus der Hand. Zu meiner Zeit, da war eine Datenbank nicht mehr und nicht weniger als eine Bibliothek. Sie war kein goldenes Kalb.«

Die Blase kollabierte in dem Augenblick, da die Besucherlampe erlosch.

»Tut mir leid«, sagte Ellen. »Ich bin mitten ins Fettnäpfchen getreten.«

Martha schlippte Handschuhe über und ließ die Überbleibsel des Päckchens in einen Beutel fallen. Die chemotechnische Vorrichtung schmolz bereits. Eine Untersuchung würde nicht viel an den Tag bringen. Man hätte zwar das private Studio identifizieren können, aus dem die Bombe stammte, aber es würde derart ›vermint‹ sein, daß man den Missetätern mit einer Beschlagnahmung nur zu noch mehr Publicity verhalf. Martha starrte auf die Stelle, wo die Blase gewesen war. Psychische Gewohnheit hatte die Stelle im Raum in einen blanken Bildschirm verwandelt. »Die Weiße Königin hat inzwischen einen Eejay rekrutiert.« Sie schrabbte sich nachdenklich die Achsel. Zu dem Weißblond gesellte sich das schiefe Gehabe eines weiblichen Ganoven.

»Sie meinen Johnny Guglioli«, sagte Ellen. »Den jungen Mann, der sich bei dieser Gala auf der Europatournee gezeigt hat.«

»Ehja. Der Mann ist gut, war er immer schon.«

Niemand hatte herausgefunden, wie Johnny Guglioli auf die Gästeliste im Barbican gekommen war, und was ihm da überbracht worden war; und von wem. Die Alienbetreuer hatten alle Hände voll zu tun gehabt, ihre Superwesen einigermaßen unter Kontrolle zu halten.

»Einer aus Alt Seimwas Stall mit einer eingebildeten Krankheit. Und eine alternde Medienkurtisane. Wer würde ihnen eine Träne nachweinen?« Martha setzte die eine Hand in die andere und zielte wie mit einer Pistole. »Ich finde, wir sollten sie ausschalten. Mit Sorgfalt geplant, ist Mord ein probates Mittel.«

»Ich weiß nie, wann du Spaß machst«, sagte Robin voller Bewunderung.

Chutima, die ältliche Thaifrau, und Ellen Kershaw sahen einander an.

»Wie kann sie nur so sicher sein?« murmelte Ellen.

Es war bekannt, daß Braemar Wilson ein Gründungsmitglied der anti-aleutischen Gruppe Weiße Königin war. Die übliche Lesart war, daß sie den Tod von Sarah Brown mitangesehen hatte und seither unter einem psychischen Trauma litt. Doch Ellen erinnerte sich an die Wellen unüberbrückbarer Feindseligkeit, die von dieser Frau ausgegangen waren, noch ehe irgend etwas schiefgelaufen war. Ja, es war grausam. Freilich gab es Risiken. Damit mußte man leben, alles lief darauf hinaus, daß man auf den guten Willen der Aleuten setzte. Aber was *wußte* diese Wilson? Was hatte sie Entsetzliches erlebt, das allen anderen entgangen war?

8 Parsifal

i

Clavel fuhr mit dem Dampfer *Asabo* bis Liverpool und schlug sich von dort nach London durch. Er wußte nicht, was schiefgelaufen war. Er hatte gewartet und gewartet. Aber Johnny kam nicht nach Fort Devereux.

Als er zuletzt in Fo gewesen war, hatte er sich nicht um sein Aussehen gekümmert. Er war *Clavel;* und wenn die Leute ihn nicht kannten, warum interessierten sie sich dann für seine Physiognomie? Doch er hatte die Rolle des Alien gut gelernt. Er kam nicht umhin, sich mit jedem Atemzug Alien zu nennen. Die Leute würden Notiz davon nehmen, sie würden hersehen, und sie würden einen der berühmten Aleuten sehen. Er trug eine Maske. Niemand wunderte sich darüber, Masken waren etwas Alltägliches.

Aditya hatte ihm etwas Schmuck mitgegeben, den er unterwegs zu Geld machen konnte, ein fairer Ausgleich für das zweifelhafte Vergnügen einer immerhin kleineren Konfrontation mit Rajath. Er mußte feststellen, daß der Kurs aleutischer Artefakte in die Höhe geschnellt war – was einem zu denken geben sollte. Rajaths Grund- und Bodenspekulation erwies sich mehr denn je als bloße Raffgier.

Es war ein weiter Weg bis London, und der Verkehr war lähmend langsam. Bei Dunkelheit parkte er wie viele andere Reisende auch. Er lag in seinem Wagen, zu aufgeputscht, um schlafen zu können, der Körper wimmelte vor Aufregung. Er starrte in ehrfurchtgebietende Fernen: diesen weiten Ozean, weiten Himmel; die winzigen Sterne waren nie weiter entrückt gewesen als hier unten. Er mußte an all die Sternenbanner in dem großen Versammlungsraum der Einheimischen denken.

Einmal hatte er versucht, sich mit Douglas, mit *Dunkler Fluß* (in der *selbstverständlichen* Sprache der Aleuten hieß er *der Traurige*) über hiesige formale Namen zu unterhalten: Ellen, was soviel wie *Leuchtende* bedeutete; deren leibliches Kind die *Helligkeit* war. So viele Sterne, so viele Menschen, die als Lichtgestalten zu sehen waren... was hatte das zu bedeuten? Doch Douglas hatte nicht darüber reden wollen.

Als er die Peripherie der Stadt erreichte, ließ er den Wagen zurück und ging zu Fuß weiter. Er war tagelang unterwegs, umgeben von den beiden Stämmen der Einheimischen. Clavel hatte erwartet, daß sie im großen und ganzen getrennte Territorien beanspruchten und nur zusammenkamen, um in ausgeklügelten Ritualen miteinander zu parlieren. So jedenfalls sah es in der toten Welt aus, und das paßte seines Wissens auch zu den Rahmenbedingungen eines heißen Kriegs. Doch in dieser Stadt lebten die Feinde zusammen, genau wie in Fo. Hoffentlich blieben sie von den Kämpfen verschont. Das wäre schrecklich: Mann gegen Frau in jedem Haus, in jeder Straße.

Seine Flucht aus Uji war mit der Barschaft des toten Mr. Kaoru leicht zu bewerkstelligen gewesen. Aber hier und jetzt war er so ziemlich auf sich gestellt. Ratschläge gab es viele, aber hilfreich war nur einer: Er solle auf keinen Fall noch mehr verkaufen. Er aß, was andere auf dem Teller ließen, und schlief, wo immer ihn die Müdigkeit übermannte. Er fragte jeden, der ihm über den Weg lief, nach Johnny Guglioli. Es gab vielleicht ökonomischere Möglichkeiten, ein Individuum aufzuspüren, doch Clavel wollte nicht viel Aufhebens machen: Zeit war billig.

Nach etlichen Tagen stellte er lediglich fest, daß er ganz, ganz schrecklich traurig wurde. Er hatte keinen Anlaß, unglücklich zu sein. Er war wieder Forschungsreisender und würde bald wieder bei Johnny sein. Doch eine Wolke aus Kummer hüllte ihn ein und kroch in seine Poren.

Nachts lief Clavel auf allen vieren. Einmal rollte er sich im Windschutz eines staubigen Torwegs zusammen und hörte ein paar Leute singen, es war ein schmerzlicher, schwermütiger Gesang:

Were you there when we crucified our lord?
Were you there when we crucified our lord?
Oh, sometimes it causes me to tremble, tremble, tremble,
*Were you there when we crucified our lord ...?**

Er konnte nicht alles verstehen, doch die Bedeutung durchrieselte ihn wie Wasser: Scham und Verlust und endloses Leid. Ihm war, als ob jede Geschichte im Schrein der Sänger gleichermaßen verstümmelt war, abgeschnitten am Tiefpunkt von Elend und Niederlage. Clavel ertappte sich, wie er hilflos weinte. Doch die Tränen waren unsäglich süß. Er wollte nicht aufhören zu weinen, wollte allezeit weiterweinen.

Er stieß auf ein Tunnelsystem, das von den Toten bewacht wurde. Die toten Züge erschreckten ihn mehr als Kaorus Düsenflugzeug. Doch an den Wänden gab es Karten und überall Schriftzeichen, die einem das Leben erleichterten. Er fing an, die Karten systematisch abzufahren.

Die Tunnel waren mal hell, mal dunkel, mal überfüllt, mal wie ausgestorben. Die Maske wurde überflüssig. Die Menschen, die ihn streiften, mit ihm zusammenstießen oder vorübereilten, behandelten ihn wie

---

* *Warst du dabei, als wir unseren Herrn kreuzigten?*
Warst du dabei ...
Oh, manchmal macht mich das zittern, zittern, zittern,
Warst du dabei ...

ihresgleichen. Mal mochten sie ihn, mal nicht, mal machten sie einer irrationalen Feindseligkeit Luft. Nichts daran war merkwürdig.

Er ging in eine Kantine und suchte die Tische ab. Hier eine Schale mit Reis, dort ein Teller mit rötlicher bitterer Soße. Er tunkte den Reis in die Soße und aß. Ein halbes Stück Kuchen beschloß seine Mahlzeit. Draußen auf dem Bahnsteig war nichts los. Überall gespenstisches Halbdunkel. Ein Bündel aus Kleidern watschelte herein und rief mit heiserer Stimme: »Sie sind tief gesunken, Miss, ja, das sind Sie!«

Clavel begriff plötzlich, warum diese Tunnelwelt wie Balsam war. Doch er konnte sich nicht entziehen. Er und der Zerlumpte setzten sich.

»Ich muß essen, aber ich kann mir nicht leisten, dafür zu zahlen.«

»Tief gesunken, sag ich. Mülleimer, ich halt mich an die Mülleimer. Doch nicht vom Teller, von dem einer gegessen hat, nein.« Er tätschelte Clavels Schenkel. »Sie müssen hübsch aufpassen, Miss. Wenn einem egal ist, was die Leute denken, dann geht es bergab. Ich weiß, wovon ich rede.«

»Keine Sorge«, sagte Clavel. »Ich werde schon nicht übermütig.«

Aus irgendeinem Grund begann plötzlich ein Ansturm auf die Züge. Draußen quirlte es im Nu vor Menschen. So viele Gesichter, langgezogen und elend. Dieser Kummer hatte ihn auch in Fo umgeben; und in Uji, wenn die Einheimischen zu Besuch kamen. Spüren konnte er ihn erst jetzt.

»Können Sie lesen?« fragte der Zerlumpte.

Lugha hatte es Mühe gekostet, die geschriebene Sprache zu verstehen. Anders Clavel. Er hatte irgendwann einmal gelernt, daß jeder träumt, sich aber nur diejenigen den Zustand des Träumens vergegenwärtigen können, die der Sprache mächtig sind.

»Wenn man ein Poet ist«, sagte er, »dann erinnert

man sich nicht bloß an seine Träume, sondern auch an das Träumen. Dann kann man es auch über Tag: Man vergleicht eine Konstellation mit der anderen, so daß sich allmählich etwas abzeichnet, was man ›Bedeutung‹ nennt. Ich könnte Ihnen nicht sagen, *wie* es geht, genausowenig wie ich Ihnen auf Anhieb erklären kann, wie ich es schaffe, einen Fuß vor den anderen zu setzen. Man ›weiß‹ es nicht, man tut es. Man kann es mit einprägsamen, abstrakten Mustern aus Linien tun, genauso leicht wie mit strukturierten Lauten... Es läßt einen nicht mehr los. Wir benutzen Worte, weil wir süchtig nach ›Bedeutung‹ sind, und weil wir uns nicht in Beliebigkeit ergehen können, und weil andere auf uns angewiesen sind.«

»Aha. Und was heißt das da oben?«

»Marble Arch.«

»Aha. Glauben Sie an Gott, Miss? Wir sind alle ein Teil Gottes, wußten Sie das? Jeder Mann und jede Frau, Teil eines ganz großen Ganzen. Unser Leben ist ein Augenblick, ein winziger Schritt. Körperlich sind wir Tiere. Wir zählen nicht, bis auf den Funken in uns, der fortdauert. Den göttlichen Funken. Pardon, Miss. Bin im falschen Film.«

Er raffte sich auf und watschelte hinaus. Er schien zur Treppe zu wollen. Clavel folgte ihm, doch die Menge verschluckte den Mann. Clavel war zutiefst bewegt, weil er bestätigt fand, daß diese Wesen vom gleichen Schlag wie er waren. Das Bindemittel war Leid. Jenes bodenlose Leid, das er sich nicht erklären konnte, es hielt diese Leute zusammen. Bei ihnen spielte es die Rolle der lebenden Wanderer. Er ging weiter, hellwach und in gehobener Stimmung. *Were you there*, sang er leise, *when we crucified our lord? Were you there ...?*

Johnny verlor ein bißchen den Verstand, nachdem er Braemar alles hingeschmissen hatte. Sie hatte diese Schimpfwörter einfach nicht verdient. Und wenn doch, dann nicht aus seinem Mund. Nicht *sie* hatte ihn in eine Falle gelockt, nein, *er* hatte sich in sie verliebt. Es war einzig und allein seine Schuld. Am liebsten wäre er zurückgerannt, um ihr alles zu erklären. Doch sie würde nichts wissen wollen. Und tatsächlich trug die ganze Kiste voller Würmer, die sie mit ihrer Hypothese über Clavel geöffnet hatte, nicht zur Erklärung bei. Also verlor er lieber ein bißchen den Verstand.

Von Heimweh gepackt saß er in seinem Zimmer und sah sich die britische Fassung der *Sesamstraße* an; und ärgerte sich maßlos über die ›bereinigte‹ Ausdrucksweise von Oskar, dem Griesgram. Der hatte eben Carlotta mit ihrem Papagei angewählt und brüllte seine Ratschläge und Kommentare in die Einweg-Verbindung. Mit den Aliens solle sie gefälligst Freundschaft schließen. Aber Vorsicht, warnte er, man habe es schließlich mit Telepathen zu tun. Die ein paar spinnerten Ostasiaten begegnet waren und ein paar paranoiden Europäern, und folglich immer den Teil für das Ganze hielten. *Rufen Sie ihnen in Erinnerung, daß wir auch noch da sind!* schrie er. *Bitten Sie sie zurück, laden Sie sie ein!*

Johnny räumte sein Zimmer auf, beseitigte den ganzen anti-aleutischen Krimskrams, der sich angesammelt hatte, und trug eigenhändig einen Haufen Papier und Chemoplast zur Müllverbrennung, wo er zusah, wie die ganze himmelschreiende Feindseligkeit in Rauch und Flammen aufging. Danach ging es ihm besser. Jetzt konnte Clavel kommen und ihn erlösen ...

Nachts wachte er auf und fühlte sich schleimig und klebrig an. Wie in der amerikanischen Klinik in Amsterdam, als er sich um Rehabilitierung bemüht hatte. Sein Therapeut unterhielt sich mit ihm über den Zusammenhang zwischen den diversen Restriktionen: Umgang mit Apparaturen, Geschlechtsverkehr, gesellschaftlicher Umgang. Der Arzt riet ihm, oft und regelmäßig zu masturbieren. Johnny sollte lernen, sich zu lieben, sollte den Selbsthaß bekämpfen, der sich in Gewalt entladen konnte. Denn Gewaltbereitschaft hätte eine langfristige stationäre Therapie bedeutet.

Sie hatten ihm ganz schön zugesetzt damals. Prinzipiell glaubte man an die Quarantäne im Freigang. Prinzipiell glaubte man auch an Johnnys Aufrichtigkeit. Aber die Verantwortung war schrecklich, und das ließen sie einen spüren.

Er träumte von der Zukunft. Ein guter Ort. Eine große, sehr große ökozyklische Promenade, hundertprozentig sicher und herrlich grün. Kinder mit albern geschminkten Gesichtern tollten herum. Es gab ein paar Kleinkinder – geliebt und gehätschelt, die keinem etwas wegnahmen. Aus solchen Träumen wachte er immer friedvoll und optimistisch auf. Er wußte, daß die Menschen in dieser Traumpromenade keine richtigen Menschen waren – auch keine falschen. Er fand das in Ordnung so.

Der späte August war heiß und grau und windig: Fieberwetter. Es gab weniger zu tun, weil jetzt weniger Frischfleisch gekauft wurde; folglich gab es auch weniger Geld, doch er kam zurecht. Der Müßiggang machte ihm mehr zu schaffen. Es war an einem trüben, frühen Septembertag in Holborn, als er zum ersten Mal halluzinierte. Das Alien blickte ihn aus dem Eingang zur U-Bahn an.

Er überquerte die Straße und fand einen Zeitungsspender, der Schlagzeilen in die Rush-hour schrie. Er inspizierte die Maschine: Bildschirm, Wahltastatur, grinsendes Ausgabefach. Er mußte eine Zeitung kaufen, um sich zu überzeugen, daß er nicht träumte.

Er machte die gleiche Erfahrung wie in Fo: eine unheimliche Simulation. Viel zu perfekt, um real zu sein.

Er ging turnusmäßig zur ärztlichen Untersuchung. Er sagte nichts über seine Probleme, ließ die rein medizinische Prozedur mit stoischer Verzweiflung über sich ergehen. Wenn es nach Jatinder ging, gab es nichts auszusetzen. Johnny hatte den Mann schon immer für einen leichtsinnigen Gauner gehalten. Er brauchte keinen Arzt, um zu wissen, was mit ihm los war. Die QV-Infektion, die er schon fast vergessen hatte, holte ihn jetzt ein. Die Hirnfäule begann.

Johnnys Zimmer hatte ein Fenster. Es blickte in den Luftschacht zwischen seinem Gebäude und einer zugebauten Fassade aus dem neunzehnten Jahrhundert. Das Fenster gegenüber war kaum einen Meter entfernt, die blinden Scheiben unter dem Sturz aus verwitterten Stuckblumen waren noch heil. Knapp hinter dem Glas lief eine Trennwand vorbei. Gegen Abend kam es zu einer optischen Täuschung: Dort spiegelte sich Johnnys erleuchtetes Zimmer, und zwar auf so trügerische Weise, daß er sich immer wieder bei dem Gefühl ertappte, einen Nachbar zu haben. Seit er unter Halluzinationen litt, stellte er jedesmal die spanische Wand vors Fenster, damit er erst gar nicht in Versuchung kam, sich da drüben ein Alien einzubilden. Die Kleine von Mrs. Frame, die Johnnys Ausblick in den Luftschacht offenbar für eine extravagante Annehmlichkeit hielt, trug das Möbel ebenso oft wieder zum Bett zurück.

Die Regenzeit begann früh in diesem Jahr. Alle waren glücklich. Der Kreislauf von Überfluß und Not hatte bereits Tradition: monatelang kein Wasser, dann so viel, daß man sich ersäufen konnte. Der alte eingeborene Brite bekam ein wohliges Gefühl und träumte sich in eine Zeit zurück, da man über Indien geherrscht hatte. *Mein Gott, die Hitze, Carruthers* … Johnny waren solche Anwandlungen nicht fremd. In der Nacht, als der Monsun richtig losblies, wurde er ruhiger. Er lag in seinem Bett und lauschte dem Sturm und stellte sich vor, wie Groß-London dampfte und ertrank. Die Londoner mußten sich bald entscheiden: Entweder wurden sie zu Amphibien, oder sie packten ihre Siebensachen und nahmen Reißaus vor den Fluten der Themse.

Braemar bagatellisierte die weltweite Reaktion auf die Aleuten; das sei immer noch der Katzenjammer von 2004. Die Menschen hatten in der Katastrophe ein Strafgericht gesehen, und die Aleuten wurden ähnlich interpretiert: also nichts als Unsinn und Massenhysterie.

Sie lag falsch. Das Strafgericht war ein Strafgericht, und es war noch nicht zu Ende. Gift sickerte in den Pazifik, überbevölkerte Reißbrettstädte in der Wüste; eine Zumutung für die Erde. Auch er war bestraft worden, bestraft für die wilden technischen Exzesse des zwanzigsten Jahrhunderts. Das war der Grund, warum sein krankes Hirn dieses Alien ausbrütete. Er schloß die Augen, ihm war elend zumute. Er hatte es immer gewußt, tief innen: Niemand konnte das NIH korrumpieren. Wenn die Großen Apparate sagten, er hatte sich infiziert, dann hatte er sich infiziert, egal wie und wo. Wie lange würde dieses Vorspiel dauern? Man wird immer zerstreuter, kann nicht mehr unterscheiden zwischen gestern und vor zwei Jahren. Zuerst vergißt man, *was* man gefrühstückt hat, schließlich weiß man nicht mehr, was ›Frühstück‹ überhaupt bedeutet. Wie wird ein Mensch mit der vorzeitigen Vergreisung fertig?

»Johnny, laß mich rein.«

Die Stimme klang so echt, daß er aufstand und um die spanische Wand herumging. Gegenüber im nassen Dunkel war das Alien, ganz merkwürdig mit dem Fenstersims verklammert. »Ich kann nicht!« schrie er. »Mein Fenster läßt sich nicht öffnen!«

Es schien mit seiner Kleidung zu kämpfen, dann lehnte es sich vor und streckte eine Klaue aus. Die Scheibe von Johnnys Fenster schmolz.

Johnny stieg ein beizender Geruch in die Nase. So wie das Alien herüberkletterte, erinnerte es an eine riesige Fledermaus. Dann sprang Clavel ins Zimmer.

»Was für ein Sturm«, sagte sie. »Stimmt da was nicht?«

»Eja, da stimmt was nicht. Wir versuchen es zu reparieren, aber es ist hausgemacht.« Er war nackt. »Entschuldige.« Er fuhr in die Jeans, dann holte er ihr ein Handtuch.

Sie barg ihr Gesicht darin und rubbelte sich energisch das Haar.

Trunken vor Erleichterung versuchte er, seine Gedanken zu ordnen. »Du bist es wirklich, nicht wahr, Clavel?«

Sie ließ das Handtuch sinken. Die Staubmaske, mit der sie sich maskiert hatte, hing quietschnaß unter ihrem Kinn. Die dunkle Scharte sah im Grunde gar nicht so schlimm aus. Er kippte vor ihr auf die Knie, sie faßte ihn bei den Schultern und *starrte*. Was für ein fester Blick! Er war so dankbar für ihr Verständnis.

»Ich kann mir schon denken. Jetzt, wo du berühmt bist, mußt du inkognito reisen. Vielen Dank, Clavel. Ich weiß nicht, warum du hier bist, aber ich bin so glücklich, daß du echt bist.«

Sie kniete sich hin, die Knie ganz wie ein Mensch gerundet, das Wasser tropfte in den rasenweichen Teppich von Mrs. Frame. »Du bist nicht gekommen«, erklärte sie ratlos. »Also bin ich zu dir gekommen.«

Er war wie in Trance. Er blickte gebannt auf das Geschöpf vom anderen Stern, der unsägliche Abgrund zwischen ihnen machte ihn schwindeln. Das Wunder ihrer Gegenwart war unvergleichlich größer als es in Fo gewesen war, denn jetzt war sie allgemein anerkannt. Sie war keine Farce, auch kein Produkt seiner Einbildung. Sie war *echt*. Er streckte eine zaghafte Hand aus. Sofort griff sie danach. Er registrierte die merkwürdige Textur ihrer Haut, sah die gestutzten Krallen, zählte die Finger, streichelte die dicken hornigen Polster, die ihr erlaubten, auf allen vieren zu laufen.

Clavel, den dunklen mongoloiden Blick in seine Augen versenkt, ließ ihn gewähren. Sie holte tief und stockend Atem. Er wollte sie nicht quälen und legte ihre Hand sanft an den Boden. Er stand auf und ging den Paß holen.

»Warum hast du mir das geschickt? Hast du doch, oder?«

Sie hob die Schultern; jene Geste, die ihre Augen erreichte und viel eher einem Lächeln entsprach als ihre gebleckten Zähne.

»Hat mir Jivanamukta gemacht. Einer von Lughas Leuten. Oh, ich mußte betteln, schnorren und stehlen, um dich wiederzusehen. Meine Feinwerker sind nämlich fast alle gestorben... Warum bist du nicht gekommen, Johnny?«

Ihr flüssiges Englisch erschreckte, ja enttäuschte ihn fast. Sie trug Straßenkleidung aus Karen, dunkel bestickte Kniehosen und Leinenbluse mit Fledermausärmeln; um die kräftige Taille war eine Schärpe geschlungen. Die Kleidung war so schmuddelig, als hätte Clavel sie schon Monate am Leib. Der niedliche Rucksack war ein asiatisches Erzeugnis.

»Egal«, sagte sie. »Ich bin ja gekommen, das macht keinen Unterschied.«

Sie wand die Schultern aus den nassen Riemen und förderte eine Flasche ohne Etikett zutage; darin war eine klare braune Flüssigkeit. »Das ist Whisky. Wir haben ihn nachgemacht. Drei von euren Monaten alt, Ehrenwort. Ich wollte nicht mit leeren Händen kommen.«

Sie sah ganz feierlich zu ihm auf, der Nasenbereich klemmte sich einwärts und ein scharfer weißer Zahn kaute auf der Unterlippe.

Wie unter Hypnose holte Johnny zwei Becher: Automatenbecher, die er so lange benutzte, bis sie splissen. Das kostbare Steingut von Mrs. Frame kam immer wieder in die Küche zurück. Immerhin, er war wieder am Ball. Arbeitstitel Krung Thep. Johnny Guglioli, der Phönix aus der Asche. Er dachte an Carlotta: an die Heimat und an die Freiheit.

»Shit, ich hab nichts zum Aufzeichnen.«

Clavel bleckte die Zähne. »Ich muß es dir sagen, Johnny. Ich hätte es dir vorher sagen sollen. Ich halte nicht viel von organisierter Religion.«

»Ich auch nicht.«

Er verstand zwar, was sie sagte, aber nicht, was sie meinte. Er hätte sie am liebsten in seinen Kopf eingeladen, aber wie machte man so was?

»Bist du einverstanden, wenn wir die Aufzeichnung nachholen?«

»Wenn du unbedingt willst.«

Er grinste. »Prima. Danke.«

Clavel schenkte aus, und sie tranken.

Clavel schluckte den Alkohol vorsichtig. Den Umgang mit offenen Bechern hatte er geübt, das Gesicht in den Becher und rasch den Kopf zurückkippen. Die falsche Sonne, die in ihm aufging, machte dem Frösteln kein Ende.

Er spürte den wohlvertrauten Hader in seinem Innern. Clavel trug soviel Rajath in sich wie jeder andere, und Rajath war wie eh und je auf Beute aus. Doch es war Gefahr im Verzug, Gefahr und Häßliches und Gemeines: Clavel sah das alles voraus. Das war Clavels Fluch und Segen, diese Fähigkeit, sich schon von weitem zu fürchten. Was uns jemals schadet, schadet uns jetzt. Was auch nur einem Teil unseres Ichs schadet, ist Unrecht.

Und so gewiß wie Johnny und ich eins sind, so gewiß ist diese Welt ein Teil von uns.

»Ich will dir alles erzählen, Johnny. Hören wir mit dem Geplänkel auf.«

Clavel hatte Mühe zu reden, so klapperten ihm die Zähne. Es war nicht die Kälte, es war die Erregung. Wie sollte er vorgehen? Er war seiner Sache so sicher. Noch nie hatte er jemanden so geliebt, so aufgewühlt wie jetzt war er noch nie gewesen. Aber wie stellt man es in diesem Stadium an? Sex? (Nein! Also wirklich – *mach kein' Quatsch, Clavel* –, da macht dir keiner was vor.) Er lachte und streckte die heftig zitternden Hände aus.

»Ich will aus diesen nassen Klamotten!«

»Oh, na klar doch.«

Johnny holte ein zweites Handtuch, und Clavel zog sich bis auf die Unterwäsche aus. Johnnys Augen folgten jeder Bewegung mit einer Freizügigkeit, die das Fieber schürte. Der Egoismus der Liebe setzt den Leib in Flammen. Meine Klaue in deinem Fleisch. Schlafen will ich mit dir, denn wir sind eins. *Jetzt*, dachten sie, Clavel und sein Geliebter, halb außer sich vor Wollust und rein geistiger Wonne. *Jetzt und hier, wir sind ich, und ich bin wir ...*

Johnny kannte den Mekong-›Whisky‹ der Thais: in vierzehn Tagen gebraut, war das Gesöff nicht viel stärker als Bier. Als er bemerkte, daß ihn das Universalgenie in seinem Schädel geleimt hatte, war es bereits zu spät. Das war kein Mekong. Das war ein sehr weiches und höllisch starkes Getränk. Johnny war kein richtiger Trinker. Er blickte mißtrauisch in den Becher. Das Zeug schien den Kunststoff nicht anzugreifen. Es war wie damals in Fo, er ging unbekannte Risiken ein. Doch die Kleine war harmlos. Von ihr ging keine Gefahr aus. Sie war jetzt ganz still geworden. War er ihr zu nahe getreten? Weil er ihre nicht vorhandenen Brüste begafft hatte, die komisch abschüssigen Schultern; das große V aus gleitendem Muskelgewebe unter der Wäsche, da wo Rippen hätten sein sollen? Der feuchte graubraune Body verriet jedes Detail.

»Wie du dich gesehnt hast«, sagte Clavel. »Ich kann dir geben, wonach du so sehr verlangst.«

Johnny war schockiert, als die Stimme in seinem Kopf die Dinge so unverblümt beim Namen nannte. Als habe ihn ein Geistheiler berührt. He, Sie da! Sie, in der hinteren Reihe, mit diesem fatalen Aussatz!

»Du weißt Bescheid? Ja, ich glaube, du weißt es. Und du könntest mir helfen?«

»Du mußt etwas *tun*«, sagte Clavel. »Ich bin bereit. Aber ich brauche ein Zeichen von dir. Ich *sterbe*, wenn du mich nicht berührst.«

Das Alien bekam regelrecht Schüttelfrost. »Häh? O ja.« Er streckte die Hand aus. Meinte sie *das*? Zwei halbnackte Leiber, ein stickiger Geruch nach Hefe. Ihm fuhr durch den Kopf, was er Braemar vorgehalten hatte. *Weil ich angeblich eine Antenne für exotischen Sex hab, soll ich das Alien für dich ficken ...* Doch er würde diese unglaubliche Chance nicht auf dem Altar seiner Zimperlichkeit opfern. Sie war fast noch ein Kind. *So* ungefährlich. Sie benutzte seine Hand als Anker und zog sich in seine Arme. Die Nähe war wohl unumgänglich. Haut an Haut.

»Meine Wanderer verstecken sich«, erklärte Clavel. »Weil ich so aus dem Häuschen bin.« Sie langte unten in ihren Body; als die Hand zum Vorschein kam, war sie wimmlig voll mit blutroten Läusen. Johnny tat keinen Mucks, angeekelt und fasziniert stierte er auf die glitzernden Tierchen. Sie hatte ihm den Arm um den Nacken gelegt und zog sein Gesicht nach unten. Fing an, ihn zu küssen, so wie Katzen küssen: dünn gezogene Lippen und Zahnkanten. Berührte seine Brustwarzen, verfolgte seine Haarkräusel bis zum Bauch. Drückte ihm die kratzige Scharte ins Gesicht, während die wimmlige Hand Einlaß in seine Hose begehrte.

»Küssen? Küßt ihr nicht?« Sie stupste nach seiner Nase. »Dein ... dein Dingsda. Es ist im Weg.«

Er war total perplex, wie gelähmt. Eine verrückte innere Stimme fragte noch todernst: *Lohnt sich denn diese Behandlung?* Dann wollte er sich sanft entziehen – und stellte fest, daß das nicht ging. Das war kein Scherz mehr. Clavel pellte sich aus dem Body. Der nackte, graupelhäutige Affe kam über ihn. Nahm seine Hand und grub sie bis zur Wurzel in eine wulstige Leistenfalte. Darinnen wimmelte es vor Leben. Etwas blähte sich und trieb Knospen ...

»Ah ...«

Der Affe packte sein Handgelenk und rührte damit in der Bauchfalte herum, seine Schenkel rieben sich an Johnnys Hüften. Also doch kein Mädchen. Clavel war eine Art Hermaphrodit. Etwas glitt aus der Falte heraus: eine umgestülpte schleimhäutige Fleischtasche, die sich zu einem abgekrümmten Ende verjüngte. Ein enormes Ding. Johnny erlitt einen Genitalschock wie beim Anblick mancher Hartpornos. Clavel sah ihm unverwandt in die Augen, *unverändert lieb und kindlich.* Plötzlich verlor er die Beherrschung. Er wehrte sich und protestierte, noch immer bestrebt, diesen ungeheuerlichen und grotesken Irrtum durch Lachen zu überspielen, während er innerlich in helle Panik geriet.

Das Alien kapierte nicht, was er wollte, oder scherte sich den Teufel darum. Es kam auf ihn herab. Er wollte schreien und konnte es nicht. Und davor hatte er schon immer Angst gehabt, deshalb war er auch vor Braemar geflohen. Nacktes Entsetzen! Darauf lief es *immer* hinaus. Vertrauen und Furcht, Staunen und Entsetzen lagen so dicht beisammen, daß er immer der Dumme war. Sie zogen ihn aus, raubten ihn aus und spuckten ihn hinaus wie einen ausgelutschten Kaugummi, hinaus in ein berstendes Vakuum.

»Johnny? Ich liebe dich. Bitte, Johnny, laß mich ...«

ii

Braemar, Priesterin des geschriebenen Wortes, arbeitete nie von zu Hause aus. War nie für Telefon-Interviews zu haben. Sie legte Wert auf einen gesteigerten Status von Mobilität: Aus mir macht ihr keinen verkabelten Roboter. Doch an einem Abend wie diesem war sie wirklich froh, die Leichenschublade hinter sich zu schließen.

Billy krähte. Kamla lag im Kinderzimmer und schlief

fest, den Kopf im TV-Helm, die Träume durchsetzt mit Werbung für eine Zielgruppe, die um die sechzig Jahre älter war. Brae ließ sie gewähren: Beim Abschalten würde sie nur aufwachen und nörgeln. Sie zog Billy einen trockenen Schlafanzug an und wechselte sein Laken. Danach wollte der kleine Bettnässer plappern; bestimmt hatte er heute noch kein Wort von seiner Mamie gehört. Doch sie blockte ihn ab. Man mußte klare Grenzen ziehen.

Trixie war abgefüttert. Der Geruch in der Küche war scheußlich. Braemar hatte es abgelehnt, einen von diesen Schickimicki-Robotern zu kaufen, wie Ionela ihn haben wollte, und das war jetzt die transsilvanische* Rache. Ionela, besoffen von der neuen Konsumphilosophie, seit Braemar die Verwandtschaft hatte nachkommen lassen, hielt es für ihre Christenpflicht, mit einem einzigen Reinigungsmittel auszukommen. Das böse Weib war schon ertappt worden, wie sie die antiken Möbel mit einem Toilettenreiniger aufpolierte.

Hausroboter funktionieren nicht und lassen einen über kurz oder lang im Regen stehen. Doch die Bäuerin war närrisch auf den Schnickschnack, war versessen auf alles, was Kraft versprach. Braemar hatte dieses Stadium längst hinter sich.

Sie war bei ihrem Apotheker gewesen. Zum Glück verschlangen die Armen die zugelassenen Medikamente in rauhen Mengen, sonst hätten untote Monster wie Braemar dumm aus der Wäsche geguckt. Von letzteren gab es zu wenige, als daß die illegalen Dealer davon hätten existieren können. Heutzutage ging alles verteufelt legal zu, und von den Quacksalbern (Braemar hielt nicht viel von Ärzten) bekam man immer nur Elektrizität verschrieben. Brach man sich ein Bein, wurde man mit Elektroschocks behandelt.

Sie sollte jetzt was essen. In der Speisekammer stand

---

* *Transsilvanien* oder Siebenbürgen ist ein Gebiet in Rumänien.

nur noch ein Schüsselchen Kartoffelpüree mit dem getrockneten Sabber von Billy. Und ein Rest Flüssigei. Sie rührte das eine ins andere und schob das Ganze in die Mikrowelle. Esse mäßig und bewahre die Ruhe. Vielleicht lebst du dann ewig.

Trixie folgte ihr in den Salon. Die TV-Tafel an der Wand zeigte nur mehr einen nächtlichen Fluß, ein Spiel aus grünen Schatten und mondtrüben Lichtern. Die wandgroßen Fenster waren naß und schwarz, das Glas so gedimmt, daß es weder Licht hereinließ noch reflektierte. Sie würde umziehen – vielleicht ins *Alison de Vere.* Sie ging hierhin und dorthin, räumte auf, vor dem Spiegel blieb sie stehen und machte sich zurecht. In dem pfauenblauen, mit Gold durchwirkten Anzug steckte immer noch ein hübsches Frauenzimmer. Sie spürte, wie sie der Liebe zu hübschen Sachen immer mehr Platz einräumte, derweil andere Freuden in den Hintergrund traten. Aus ihr würde ein Drache werden, der bis zum Hals in seinem schimmligen Gerümpel saß, das er eifersüchtig bewachte. Ganz so wie Großmutter in dem alten Haus in Nairobi (das längst nicht mehr existierte).

Draußen im nassen Dunkel gab es reihenweise glänzendes, hübsch gezogenes Gemüse, das nie auf Braemars Tisch kommen würde. Niemand kann sein Wesen ändern, sie war nun mal nicht freigebig. Aber sie hatte komischerweise Freude daran, genoß es fast wie ein Privileg, sich von der Marmune-Sippe ausnehmen zu lassen.*

Sie schaltete das Fernsehen ein und checkte ein paar Schlagzeilen. *Der Rubel legt kräftig zu. Korea in Sorge: Wird Neu-Israel Moskau noch einmal unter die Arme greifen? Versäumnisse von Neu-Israel: Überbevölkerung, militante Frauenbewegung, die Zeichen stehen auf Sturm.* Schon merkwürdig, zuzusehen, wie die Menschheit

---

* *Marmunes* ist eine anglisierte Bezeichnung für die *Maramureser*, die aus dem nordrumänischen Gebiet *Maramureş* stammen.

weitermachte, als sei nicht das geringste geschehen. Am liebsten hätte sie in die imaginäre Tiefe gelangt und den erstbesten wachgerüttelt.

Nachdem sich die Zeitungsbarone einmal der TV-Stationen bemächtigt hatten, war es klar, daß die Zeitungen auf den Schirm gingen. Die Boulevardblätter und die angesehenen Tageszeitungen und die Wochenendbeilagen: zur Frühstücksbar an der Ecke gefaxt und zugleich auf dem Multischirm im Wohnzimmer. Und wieder einmal vollbringt Geld das Selbstverständliche. Was konnte eine größere Meinungsvielfalt transportieren als eine *Zeitung*? Und Meinungsvielfalt war genau das, was der Mann (oder auch die Frau) des einundzwanzigsten Jahrhunderts brauchte.

Was sich nicht so deutlich abzeichnete, war das zweifellos traurige Los des übrigen Fernsehens. Da gab es den BBC (oder vergleichbare Sender), die zuständig waren für die Berichterstattung aus Westminster oder für achtbare Produktionen. Und das war es auch schon – reichlich wenig für die unübersehbare Fülle an Nachrichten. Nachrichten und Kommentare: Mehr wollten die Leute eigentlich nicht. Horror gab es reichlich, auch Konflikte und Kunst und Pathos; davon hatten sie genug – und ganz gewiß von Lügenmärchen. Brae hatte diesen Trend in einer kleineren Werbesendung aufgezeigt: *Death of a Sitcom.**

Unabhängiges Pay-TV war unter Braemars Würde. Wenn ihr jemand seinen hemmungslosen Schund präsentieren wollte, dann gefälligst kostenlos. Sie zappte durch die Tagescodes, die sie erwischt hatte… Und dachte darüber nach, wie absurd es war, noch an Kamla herumzuerziehen. Dachte an die unvorstellbare menschliche Vielfalt, die von diesem Apparat erreicht wurde, der da an ihrer Wand hing. Johnny Gugliolis

* Eine solche *situation comedy* ist zum Beispiel die Serie ›Golden Girls‹.

Weltsicht war so anders. Sein Planet Erde, das war die Zitadelle von New York: eine belagerte Festung, die auf die Kavallerie wartete. So jung. Was wußte er von der Welt, an die Braemar glaubte? Immer mehr Probleme, immer mehr Lösungen. *Das ist der ganz normale Wahnsinn, Johnny.* Wir brauchen keine Hilfe.

Heute abend war sie nicht gut drauf. Sie erinnerte sich, wie sie in dem Hotelzimmer in Karen bei diesem verstörten Ekel von Engländer geschwitzt hatte. Es stimmt, dachte sie. Ich habe die Kleine auf dem Gewissen. Johnny hat recht, von hier führt kein Weg in die Zivilisation zurück. Sie hatte Angst (*Angst?*), daß sie Johnny an jenem Abend zu hart angefaßt hatte. Vielleicht hatte sie ihn ja verjagen, bloß nicht noch tiefer mit hineinziehen wollen. Sie schloß die Augen. Da war er. Der ehrbare junge Amerikaner, der sich so selbstbeherrscht ausnahm zwischen ihren zweitklassigen Promis – und schäbig genug, um Thoreau zu gefallen. *Hütet euch vor allen Unternehmungen, die neue Kleider verlangen ...**

Na gut, er war fort, und die Weiße Königin mußte sich was andres einfallen lassen. Trial and error; jeder Irrtum ist wichtig.

Mehr war da nicht, entschied sie mißmutig. Besser hätte es nicht kommen können. Warum in aller Welt war es so verdammt wichtig, diese angeblichen Superwesen zu stoppen?

Sie öffnete ein Fenster. Nahm ein paar Tropfen Oneirizin, programmierte den Decoder, ein altes Band von *Miami Vice* zu ordern, blendete mit dem Schallfilter die Geräusche von London aus und veranlaßte die Hifi-Anlage, die Regengeräusche zu sampeln. Die Luft war lau und feucht wie die Nacht in Afrika, und durchtränkt mit Naturmusik, *musique naturelle.*

---

* Wortlaut nach ›Walden oder Leben in den Wäldern‹ von *Henry David Thoreau,* Diogenes, Seite 35.

Trixie ging still zum Kasten und erbrach ihre trockenen Eulenpillen, kehrte wieder in ihr Nest aus Kissen zurück, legte die Schnauze auf Braemars Knie und tat einen zufriedenen Grunzer. Das Annie-Mah-Kostüm mit dem Glühwürmcheneffekt … Braemar lag in einem Wachtraum idealisierter Erinnerung, ein rein sinnliches Vergnügen.

»Aufstehen.«

Am offenen Fenster stand Johnny Guglioli. Er war bis auf die Haut durchnäßt und hielt ein Jagdgewehr im Anschlag.

»Ich werde dich töten.«

Sie tastete die Hifi-Anlage aus. Johnny trug kein Hemd unter dem Rock, die nackten Füße steckten in Plastiksandalen. Das Haar troff. Er sah fürchterlich aus: schlaffer Mund, Gesichtszüge wie ausradiert. Mit der Haussteuerung in ihren Händen konnte sie allerhand ausrichten, doch ihr Verstand schien eingerostet.

»Du hast mich aufgegeilt!« kreischte er. »Das hast du. Du dreckige Nutte, ich bring dich um. *Ruf den Hund zurück!*«

Die Dobermännin trottete schwanzwedelnd auf Johnny zu.

»In den Korb, Trix!« Braemar stand vorsichtig auf; das Herz schlug ihr zum Hals hinaus; das Oneirizin quittierte den Stress mit eisigen Kälteschauern. »Was ist denn los, Johnny?«

Er schluchzte und stieß mit dem Lauf nach dem Tischchen in seiner Nähe, die hübsche Gallé-Katze* kollerte herunter und zerschellte auf dem Parkett. Er fegte den übrigen Nippes hinterher, fegte Bilder von der Wand und trampelte darauf herum und stieß wie mit dem Bajonett danach.

Sie fragte sich, ob sie die Initiative ergreifen durfte,

---

* *Émile Gallé* (1846–1904), französischer Kunsthandwerker (Jugendstil).

ihm entgegenkommen sollte, bevor er die Beherrschung vollends verlor Wie lange drückte er schon den Deckel aufs kochende Wasser? Wieviel Johnny war noch in dieser Vogelscheuche? Ein Striptease vielleicht?

Das nasse Haar fiel ihm ins Gesicht, er warf es mit einem Kopfruck zurück und zerschlug ein paar tyrische Glaswaren. »Dein Leibwächter ist nicht da.«

»Ich weiß. Die Branche streikt.«

Es gab nichts mehr in seiner Reichweite, was er demolieren konnte. Er richtete die Flinte wieder auf Braemar, seine Hände zitterten kein bißchen. Sie fixierte die Mündung, alles mögliche schwirrte ihr durch den Kopf, ihr Mund war trocken, die Verkrampfung löste sich … und plötzlich war sie sauer.

»Oh, meinetwegen. Ich bin dreiundsechzig. Ich bin müde, und meine Haut wird welk. Na, los doch! Erschieß mich. Mach mir ein Ende.«

»*Dreiundsechzig?* Du hast gesagt, du wärst siebenundvierzig.«

Sie lachte. »Das war vor zwei Jahren. Neunundvierzig steht mir nicht mehr. Nun mach schon, Johnny. Ich bin viel zu feige, mir selbst das Leben zu nehmen, da wär ich ja verrückt, wenn ich die Gelegenheit nicht nutzte.«

Die Mündung schwankte. »Das Alien ist bei mir eingedrungen«, flüsterte er. »Es hat mich vergewaltigt.«

»Vergewaltigt?«

Er blickte die Zähne. »Es … es sind Hermaphroditen.«

Sie ging auf ihn zu. Sie ging, bis sie die Mündung der Flinte auf ihrem Brustbein spürte. Sie nahm ihm die Waffe aus den Händen und sicherte sie gewissenhaft. Johnny ließ sie gewähren. Er setzte sich auf eine Chaiselongue mit geschwungenem Rücken, die teure Kopie eines herrlich dekadenten Regency-Möbels, und troff auf die moirierte Seide.

»Weiß ich, ob ich spinne?« fragte er. »Du nimmst

doch Onei, du mußt dich doch auskennen. Woher weißt du, wann du träumst?«

»Versuch dich zu erinnern, und zwar chronologisch. Und wenn du den Tagesablauf zusammenkriegst, ohne aufzuwachen, dann bist du wahrscheinlich längst wach – egal wie schlimm es dir vorkommt.«

»Unmöglich. Ich weiß nicht mal, wie ich hergekommen bin. Das ist QV, es geht zu Ende.« Er fing an zu schluchzen, die Handballen in die Augen gedrückt.

»Glaub ich nicht«, sagte Braemar. Er hatte recht, dachte sie. Sie wollte lieber tot sein, als zuzusehen, wie Johnny diesem tückischen Gift erlag, das sich in seinem Körper breitmachte. Besser, er brachte sie vorher um. Aber das hatte er gottlob nicht getan. Er war krank im Kopf. Sie berührte ihn und zog die Hand rasch wieder zurück, als er wegzuckte. »Erzähl doch.«

»Ich hab mich komisch gefühlt. Ich hab vom Planet der Aliens geträumt und die ganze Zeit vor der Glotze gehockt und mich nur geärgert; und ich weiß nicht. Ich bin einfach verrückt geworden. Dann hab ich sie auf der Straße gesehen. Natürlich hab ich das nicht ernstgenommen. Diese Nacht ist sie in mein Zimmer gekommen, durchs geschlossene Fenster. Clavel. Sie hat sich auf eigene Faust aus Uji verkrümelt und ist nach London gekommen, unerkannt. Den Paß hat irgendein ›Feinwerker‹ gemacht: Wir wissen gar nicht, was die alles können. Ich bin total überrumpelt worden. Sie wollte auspacken, mir alles verraten. Was du gesagt hast. Wieso sie keine Superwesen sind, wie sie uns ausgetrickst haben. Und dann ...«

Schweigen. Er stierte nur, mit Augen wie nach Faustschlägen.

»Du hast ›vergewaltigt‹ gesagt. Was soll das heißen?«

»*Was ich gesagt habe.* Was, zum Teufel, willst du hören, Brae?«

»Nein, ich will keine Einzelheiten.« Sie stockte wie

elektrisiert. Ihr Mitleid bekam eine metallische Stimme: »Aber du solltest dich darauf gefaßt machen. Andere wollen sie hören.«

Johnny sah sich um, als gewahre er seine Umgebung erst jetzt. Er fuhr sich mit beiden Händen durchs Haar. »Was für ein Wahnsinn.« Er schauderte. »Tut mir leid, Brae.« Er wischte sich die Hände am Rock ab, betrachtete sie, zog die Stirn kraus und wischte sie noch mal ab. »Sie sind weg!«

»Wer?«

»Das Ungeziefer. Ich war voll davon.«

Braemar holte tief Luft. »Clavel? Was ist aus Clavel geworden?«

»Clavel war ...« Wieder stierten die Augen, als wären da Monster, die nur er sehen konnte. »Sie waren überall.« Er grinste, ein abstoßendes Klaffen. »Ich glaube nicht, daß ich sie erschossen habe. Besser, du nimmst das Gewehr. Danach ist Clavel gegangen, und dann weiß ich nicht mehr viel.« Er nahm einen gewaltigen Anlauf. »Kann ich bei dir duschen?«

»Nein.«

Sie stand auf, stieg in ihre Hausschuhe und zerrte ihn auf die Füße. »Später. Erst gehen wir zur Polizei.«

Die Polizeiwache lag am Rande der Neubebauung. Die regelmäßige Straßenbeleuchtung verlor sich in einem blinzelnden Rattennest aus aufgespannten Glühbirnen und einem Wirrwarr aus erleuchteten Fenstern. Vor der Wache die tastenden Finger von Suchscheinwerfern. Die Polizei schien mit einem größeren Unfall beschäftigt. Die Straße war voller Menschen in fluoreszierendem Ölzeug, die Schirme über ihre Dreisechziger hielten oder mit elektrisch verstärkten Megaphonen herumliefen. Braemar fuhr an den Straßenrand und hielt, sie wollte dem Treiben nicht zu nahe kommen. Die Aufregung machte ihr Angst. So war Johnny wenigstens nicht allein diese Nacht. Das war also das Ende, die Spiegelfechterei war vorüber. Sie hatte den Moment fast herbeigebetet. Ihr war elend zumute.

Eine Gestalt im Ölzeug durchquerte ihr Blickfeld und schwenkte für die europäischen Nachrichtenschirme ein Plakat.

Braemar lachte. »Aber ja, das ist der Streik.«

Sie stieg aus. Johnny auch. Als sie sich umdrehte, war er fort. Er ging mit raschen Schritten die Straße zurück. Sie mußte laufen, um ihn einzuholen. Die Slipper spritzten Wasser.

»Johnny, wo willst du hin? Komm, bitte, nun *komm* doch. Du darfst keinen Vergewaltiger decken. Ich weiß auch, wie scheußlich das ist, aber du darfst nicht schweigen. Das kann man nicht machen.«

Er wurde keinen Deut langsamer. »Tut mir leid. Ich kann dir nicht helfen. Mom hat mich nicht großgezogen, damit ich Streikposten ignoriere.«

Sie packte ihn beim Arm. Er schüttelte sie ab. Sie überholte ihn und lief rückwärts vor ihm her, voller Inbrunst und Sendungsbewußtsein. »Johnny! Du darfst jetzt nicht davonlaufen. Man hat dich überfallen, physisch und schlimmer noch: hat dich auf das Gemeinste erniedrigt. Denk dran, das kann noch mehr Menschen passieren! Wenn sie erst mal die Maske fallen lassen, und wenn die anderen noch schlimmer sind als Clavel? *Was dann?*«

Er blieb stehen, die Schultern gegen den Regen gekrümmt. »Du unterschätzt meine Intelligenz, Brae.«

Zwischen ihnen fiel der Regen, klatschte in rauschenden Sturzbächen aufs Pflaster. Die Reklametafel über ihren Köpfen starb an einem Kurzschluß. Sie schmurgelte und krächzte gelegentlich, als wolle sie um Hilfe rufen. Auf dem Rahmen kauerten Sittiche mit farbigem Halsstreifen. Die Einwanderer stoben bei jedem Geräuschausbruch in die Nässe hinaus, sorbetgrün unter den Straßenlaternen, und kreischten ihre Trauer um eine andere Stadt aus Bäumen und Erde in den Regen, der nirgends so eisig war wie hier.

»Okay, lassen wir die Propaganda. Wie wär's mit Vergeltung?«

Johnny setzte sich auf den Rand des Bordsteins, die geballten Fäuste zwischen die Knie geklemmt. Er warf einen Blick zurück. Die kleine Schar von Streikposten und die Presseleute hatten nichts bemerkt. Schließlich setzte Braemar sich neben ihn. Er zwang sich, sie anzusehen. Er dachte an das erste Mal in Afrika. In jener Nacht war er überzeugt gewesen, daß das der beste Sex von der ganzen Welt gewesen war. Wenn Sex aus solcher Verzweiflung geboren wird, so *überwältigend* ist, dann ist er kaum noch von Vergewaltigung zu unterscheiden. Und dann stellst du fest, daß sie es die ganze Zeit so gewollt hat...

»Ich kann das nicht, Brae. Ich kann einfach nicht.« Er sah beiseite. »Ich weiß nicht, ob eine Anklage wegen Vergewaltigung Aussicht hat. Ich hatte mich nicht unter Kontrolle. Sie – es – hat es nicht zu Ende gebracht. *Ich* war das. Ich war... *Muß* ich das alles erklären?«

»Nein«, sagte Braemar schließlich und fügte sich seufzend in die Niederlage. »Du mußt nichts erklären.«

Sie parkte den Minicooper hart am Randstein. Es goß in Strömen. Sie saßen in der engen Geborgenheit, das Innenlicht brannte.

»Was hast du jetzt vor? Mich deiner verrückten Wissenschaftlerin vorführen, damit sie Proben nimmt?«

Braemar schüttelte den Kopf

»O Gott, Brae. Diese Läuse... dieses winzige Krabbelzeug...«

»Laß, Johnny.«

»Es weiß, wo ich wohne. Es hat mich tagelang observiert. Und die anderen wissen Bescheid. Ich konnte sie fühlen, sie waren dabei.«

»Mach dir jetzt keine Alpträume. Es sind Aliens, denk dran. Biologisch gesehen ist ein solches Tierchen auf unserer Haut wie ein Fisch auf dem Fahrrad.« Sie nahm seine Hand und drückte sie. »Sieh mal, Johnny. Vorsätzlich haben die Aleuten keinem was zuleide getan, und Sarah hat sie angegriffen, so sehen das die Aliens. Sie haben ein paar Maschinen verpfuscht, und es gab Unfälle. Aber wenn du mich fragst, waren diese Todesfälle nicht beabsichtigt. Okay, sie haben den Mund ziemlich voll genommen – aber wer tut das nicht? Sie sind nicht feindselig. Das kannst du mir glauben. Bestimmt nicht. Sie wird dir nicht mehr nachstellen. Das war ein gräßlicher Irrtum.«

Johnny drehte den Kopf und starrte sie ungläubig an.

Braemar schlug die Augen nieder. »Ja, okay, ich weiß. Ist nicht ganz auf meiner Linie. Aber ich will, daß du dir das klarmachst.« Sie seufzte. »Clavel ist in dich verliebt, Johnny. Weißt du noch, wie sie dich ›Daddy‹ genannt hat, damals in Afrika? Sie glaubt an die Wiedergeburt. Jede Generation könnte einen ›Clavel‹ hervorbringen. Das ist ihr großes romantisches Abenteuer: eine Ausgabe von sich selbst zu finden, sie ihren ›leiblichen‹ Vater oder du dein ›leibliches‹ Kind. Ich hätte dir das sagen sollen. Aber wie hättest du reagiert?«

»Danke. Das ist eine große Hilfe.«

Sie hätte nicht sagen können, ob er auch nur ein Wort begriffen hatte. Er klang bitter.

»Es tut mir so leid. Ich weiß nicht, wie ich es sagen soll, aber ich wünschte, es wäre nicht passiert.« Sie zögerte. »Ich glaube, du hast mich vor einer großen Dummheit bewahrt. So eine Enthüllung kann ganz schön nach hinten losgehen. Weißt du schon, wo du diese Nacht schläfst?«

Er gab keine Antwort. Er besah sich das Haus. »Ist dein Master wieder kaputt oder hast du die Lichter absichtlich brennen lassen?«

Das Licht fand eine rasche Erklärung. Der Pförtner

klebte als fahler, amorpher Plastikbrei an der Wand. Er mußte noch dazu gekommen sein, die Anti-Einbrecher-Routinen auszulösen. Die Haustür war nicht im Schloß. Sie wichen zurück.

»Mein Gott«, flüsterte Johnny. »Sie war nicht allein. Sie waren ganz in der Nähe und haben zugesehen. Ich dachte, das hätte ich mir nur eingebildet.«

»Wie viele waren es?«

»Vier oder fünf. Sie waren wegen Clavel gekommen. Ich weiß nicht, ob ich sie in meinem Zimmer *gesehen* hab, oder ob Clavel einfach nur wußte, daß sie da waren. Wir rufen die Polizei«, entschied er. »Und warten im Auto.«

»Die streikt«, sagte Braemar. »Und ich hab Leute da drin.«

Die Diele war still und leer. Trixie lag am Fuß der Treppe. Braemar winselte ganz leise und ging auf die Knie hinunter. Doch die instinktlose Hündin hob den Kopf und kämpfte sich umständlich auf die Beine.

»Guter Hund«, wisperte Brae. »Nicht lecken! Böses Mädchen!«

Johnny nahm Brae bei den Schultern und schob die beiden beiseite. »Sie sind noch im Haus, da bin ich sicher. Ich will erst das Gewehr. Bleib dicht hinter mir.«

Hinauf zur ersten Etage und nichts Auffälliges. Die Tür zum Salon stand offen, der Fernseher spulte durch seine meditative Schleife. Die Waffe lag noch, wo Brae sie hingelegt hatte.

»Ich muß zu den Kindern.«

Sie eilte zur Treppe, die instinktlose Hündin neben und Johnny hinter sich. Die Aliens kamen aus dem Kinderzimmer. Der Treppenabsatz war hell erleuchtet, überall lag Spielzeug herum: Die Figuren, die sich da aufpflanzten, schienen aus Naturharz. Hier draußen in der Menschenwelt wirkten sie derart deplaziert, daß sie glatt als Gespenster durchgegangen wären. Ein

Alien schulterte gerade die schlafende Kamla, ihr Kopf steckte immer noch im Helm.

»Ah«, machte dieses Alien. »Clavel?«

Sie waren zu viert. Die anderen drei trugen langläufige, klobige Gewehre: irdischer Machart.

»Wir sind unbewaffnet«, sagte Braemar rasch. »Fallenlassen, Johnny.« Die Flinte polterte die Treppe hinunter. »Clavel ist nicht hier. Er hat nichts zu befürchten. Ihr habt keinen Grund, eine Geisel zu nehmen.«

Die Aliens sahen einander nicht an, schienen sich aber zu beraten. Das Alien, das gesprochen hatte, legte Kamla an den Boden. »Unbewaffnet«, sagte es. Die ›Sprecher‹ von Uji, Braemar hatte die Namen vergessen. »Und was ist das da?« sagte es und zeigte die Treppe hinunter.

Plötzlich stürzten sie vorwärts, stumm wie Tiere. Braemar ließ Trixies Halsband fahren.

»Auf den Rücken, Baby!«

Trixie sprang, die Zähne gebleckt, und knurrte wie ein Höllenhund. Johnnys Flinte hatte keinen Eindruck gemacht, doch jetzt schrien die Aliens durcheinander. Eines feuerte, kreischte erst recht bei dem Knall und drückte noch einmal ab. – *Wusch!* – Hitzeflimmern, Trixie fiel wie ein Stein. Die Aliens fegten an ihnen vorbei, eines schrie wie drei Klageweiber. Rannten aus der Haustür und schlugen sie hinter sich zu.

Billy krähte inzwischen, war aber noch im Halbschlaf und ließ sich rasch beruhigen. Sie schafften Kamla ins Bett, die dank ihres TV-Helms unbeirrt und friedlich weiterschlief.

Draußen vor dem Haus blieb es still. Braemar ging mit einer Taschenlampe zu den Marmunes hinüber und schaffte es, Ionelas alten Onkel herauszuklopfen, der behauptete, nichts gehört zu haben, und stocksauer wegen der nächtlichen Störung war. Sie schafften Trixie in den Hof und kehrten in den Salon zurück. Regen wehte durchs offene Fenster, die Scheibe war zu Bruch gegangen. Braemar stieg über die Scherben zu ihrer kleinen Bar.

»Hier hört keiner was vom andern. Ziemlich schalldichte Umgebung. Drink?«

»Nein, danke.«

Sie setzte sich neben ihn, in der einen Hand die Whisky-Karaffe, in der anderen das Glas. Es war kaum Blut im Spiel gewesen, als sie Trixies ausgebrannten Kadaver eingesackt hatten, und das bißchen hatte der Regen fortgewaschen. Aber die moirierte Seide der Chaiselongue war ruiniert.

»Das hier tut mir wirklich leid, Brae.«

»Ein bißchen Kunst darf immer den Bach runter.« Sie kicherte. »He, sollen wir jetzt die Polizei rufen und sagen, die Aliens hätten hier wie die Vandalen gehaust?«

Johnny fuhr auf. »Oje, das Taxi. Ich bin mit dem Taxi gekommen. Ich glaube ... ich glaube nicht, daß ich den Mann bezahlt habe?«

Braemar sah ihn von unten bis oben an und grinste. »Mach dir man keine Sorge. Ich glaube, der ist heilfroh, daß er noch unter den Lebenden weilt.«

»Bis du wirklich dreiundsechzig?«

Ihr war schwindlig vor Erleichterung, sie nickte.

Er rechnete. »Kamla ist deine Enkelin.«

»Das ist sie.«

Johnny druckste. »Weißt du, daß sie mich regelrecht anmachen wollte?«

»Hab ich nicht anders erwartet.«

Es war so leicht, sich vorzustellen, daß die Aliens das Zimmer verwüstet hatten. Sie hinterließen so offensichtlich eine Spur der Verwüstung: aus Unbedachtheit, Unachtsamkeit, ganz ohne böse Absicht. Braemar stierte ein Loch in die Wand und zählte die Opfer: Das letzte war Johnny, wie er dagestanden hatte, mit wildem Blick, bebend und grinsend vor Adrenalin – ja, aber doch auch irgendwie zutiefst erleichtert.

»Kann man davon ausgehen, daß du jetzt bekehrt bist, Johnny?«

»Ejah«, sagte er gedehnt. »Ejah. Davon kannst du ausgehen.« Ein rachsüchtiges Grinsen brach sich Bahn. »Brae, ich fühle mich so ...« Ihm fehlten die Worte. »Als du mir gebeichtet hast, daß ihr Zellproben stehlt, war ich *tierisch* entsetzt ... Und dann kam Clavel. Ich dachte, er – sie – es ... o Gott. Ich dachte, Clavel wollte mich irgendwie von meiner Krankheit befreien.«

Die Schande war so vielschichtig: feucht-klebriges Erwachen in der Nacht, die Säuberungsaktion. Unkontrollierbare Körperfunktionen, verstörter, autoritätsgläubiger Junge, der große, leere Worte machte und weiter nichts. Der die großen Apparate vergötterte, weil sie bestrafen konnten; der die Aliens anhimmelte, weil er auf Belohnung hoffte. Was ihm passiert war, geschah ihm recht. Alles, was mit Johnny Guglioli zu tun hatte, war klein, dumm und schmuddelig.

»Am liebsten wär ich tot.«

»O nein«, sagte Braemar. Sie nahm ihn in die Arme und drückte ihn ganz, ganz fest. Johnny versteifte sich, doch im nächsten Augenblick gab er voller Inbrunst nach. Er stemmte sich zurück und sah ihr mit lauerndem Argwohn in die Augen.

»Was ist das? Erste Hilfe?«

»Nein.«

Sie küßten sich. Er küßte sie nicht zum ersten Mal, war sich aber nie sicher gewesen: Klein Johnnys hausbackene Philosophie war es, scheinheilig geschockt und insgeheim froh zu sein, daß so guter Sex nicht bedeutete, was er eigentlich bedeuten sollte. Doch der Kontext ist alles. Sie küßten sich lange, damit der Funke auch richtig übersprang. Legten schließlich eine Pause ein, klebten aneinander in einer verzweifelten Pose, die auf weit mehr als sinnliche Lust schließen ließ.

»Warum, zum Teufel, hast du mich in Fo einfach sitzenlassen?«

Sie drängte ihr Gesicht an sein durchweichtes Revers und hieb ihm zwei-, dreimal die Faust an die Schulter, während sie sich mit der anderen Hand an ihn klammerte, als rette er sie vor dem Ertrinken.

»Anständigkeit. Shit, ich hatte das nicht vor.«

»Schwamm drüber«, sagte Johnny selbstgefällig. »Was ist Anständigkeit? Muß man das wissen? Kannst du nicht einfach die Finger davon lassen?«

Sie wollte ihre Fassung nicht restlos verlieren und stemmte sich frei. »Ehrlich und fair sein. Ich wollte nicht, daß du in die illegale Arbeit verwickelt wirst, da solltest du lieber schlecht von mir denken. Und überhaupt …!« Sie zuckte lässig die Achseln. »Da war noch der Altersunterschied.«

»Jetzt reicht es, davon will ich nichts mehr hören.«

Braemar lächelte. »Meinetwegen, wegschweigen läßt er sich aber nicht. Aber mal im Ernst, Johnny. *Ich* mache den Aleuten keinen Vorwurf. Was haben sie denn groß gemacht diese Nacht? Es war doch ihr gutes Recht, Trixie zu erschießen. Sie haben gleich gemerkt, was sie da vor sich hatten: eine Waffe, was sonst? Ich mache denen *überhaupt* keinen Vorwurf, Johnny. Ich will aber nicht zusehen, wie gewisse liebgewordene Dinge zerstört werden und für alle Zeit verloren gehen, verstehst du? Ich will das um jeden Preis verhindern.« Sie brachte sich selbst in Verlegenheit. »Ich will dir ein Beispiel geben, lieber Vetter. Ich halte die amerikanische Verfassung für ein durch und durch beachtliches Dokument. Nicht so die Aleuten. Denen ist sie schnurzegal. Sie haben zweifellos ihre eigenen, genauso ergreifenden Vorstellungen. Ich sage ja nicht, daß wir besser sind als sie, überhaupt nicht. Ich würde keine Vermutung riskieren, weder in die eine noch in die andere Richtung. Aber wenn sie bleiben, und alles so weiterläuft wie bisher, dann geht diese Verfassung baden. Für immer. Verstehst du? Ich will, daß du mir hilfst, sie zu bekämpfen, aber nur aus *diesem* einen Grund, aus keinem anderen.«

Er musterte ihre ernste Miene, er war fasziniert. »Ich darf mich also als anti-aleutischer Terrorist einschreiben, aber nur aus rein ästhetischen Motiven, richtig?«

Sie nickte.

Was war aus der zynischen Befürworterin des Status quo geworden, jener käuflichen Halbweltdame? Wo war sie? Sie war hier. Braemar war immer noch Braemar, auch wenn sie sich zu gewissen Prinzipien bekannte, die einer abwegigen und schiefen Moral entsprangen.

Johnny lachte. Er schüttelte den Kopf. »Diese Sentimentalität erschreckt mich. Kann ich nicht einfach losgehen und mir ein paar Schlitzaugen schnappen, und danach mein Bedauern zum Ausdruck bringen?« Er warf einen Blick auf die TV-Tafel an der Wand, den unbeirrt fließenden, nächtlichen Fluß. »Du hast nicht zufällig ein Video von Jessye Norman, wie sie auf dem Gipfel des Mount Rushmore* *Battle Hymn of the Republic* singt?«

»Gibt es eins?«

»Keine Ahnung. Ich hab ein Poster. Hätte gut zu unserer Unterhaltung gepaßt.«

Es wurde ziemlich kalt im Zimmer. Braemar sah sich suchend um. »Hast du meine Zigaretten gesehen? Jetzt wär Duschen das Richtige.« Sie zögerte. »Ich weiß nicht, was passiert ist, und ich frage nicht nach Einzelheiten. Aber wenn du es nicht gewollt hast, dann war es auch kein Sex, egal wie du reagiert hast. Es war ein gewöhnlicher Angriff. Sie hat dich überfallen. Streich es aus deinem Leben.«

Er war gerührt. Sie mußte nicht so vorsichtig sein. Er

---

* Das *Mount Rushmore National Memorial* in den *Black Hills* im US-Bundesstaat *South Dakota* ist ein Berg, in dessen Flanke der amerikanische Bildhauer *John Gutzon Borglum de la Mothe* in den Jahren 1927 bis 1941 die Gesichter der Präsidenten *Washington, Lincoln, Jefferson* und *Roosevelt* gemeißelt hat.

war zwischen die Fronten geraten, jene Zone, die mal sein zweites Zuhause gewesen war. Wenn die Welt ringsum in Flammen aufgeht, dann quält man sich nicht mehr damit herum, was Stunden oder auch nur Minuten zurückliegt. Dann packst du die Gelegenheit beim Schopf.

Er hatte sich in London niedergelassen, weil das die Stadt war, in der Braemar lebte. Sie war seine Gegnerin, doch die Vorstellung, sie könnte ihm eines Tages über den Weg laufen, hatte ihm das Leben erträglicher gemacht.

»Ich habe so viel über dich nachgedacht.« Er berührte ihre Hand. Die unergründliche Selbstverständlichkeit, mit der er sie wieder berühren durfte, wirkte wie eine sehr starke und wohltuende Arznei: Ihm wurde durch und durch warm. »In meinem einsamen, kleinen Zimmer«, setzte er hinzu.

Braemar nahm seine Hand und drückte sie an ihr pfauenblaues Hemd, da wo ihr Herz schlug. Das lebhafte Pochen unter der Seide schien die Zeit aufzuhalten. Rief ihm die unerträglichen Pausen in Erinnerung, Teiche köstlicher Schwebe inmitten der aufgewühlten See.

»Erzähl schon«, sagte sie. »Ich will alles ganz genau wissen – und ausprobieren. Ist das nicht schmuddelig?«

»Und wie. Auf geht's!«

Trixie?

Der Cyborg hatte das Zeitliche gesegnet. Die Tatzen würden noch eine Weile durch die Flure ticken, die Hand noch eine Weile den samtweichen Kopf suchen. Der Hund würde verblassen: wie das Haus in Nairobi, wie die Schritte und Türschwellen der Vergangenheit, Geister, die sich um dich versammeln und dir auf den Fersen bleiben.

Braemar horchte. Sie war verwirrt. Konnte es sein,

daß die erotische Marionette, die sie hatte sein wollen, nicht so sehr von Johnny als von ihr selbst inspiriert war? Die Vorstellung jagte ihr einen Schauder über den Rücken. Johnny schlief tief und fest. Ganz leise verließ sie das Bett, streifte das graue Wollhemd über, das sie als Hauskleid benutzte. Bevor sie ins Bett gegangen waren, hatte sie das Gewehr entladen. Sie traute ihrer tröstenden Kraft nicht recht. Wenn er aufwachte, mochte der adrenalingesponserte Liebhaber über alle Berge sein, und dann war wieder der Teufel los. Wo war die Waffe denn jetzt? Sie konnte sie im Dunkeln nicht finden.

Morgen früh war wieder Afrika, nur daß sie es diesmal mit einem älteren und klügeren Johnny zu tun hatte (und einem viel liebenswerteren). Was, wenn er wieder so gut drauf war, daß er mißtrauisch wurde. Immerhin hatte sie ihm das komplette Exposé seiner Vergewaltigung entlockt? Sie hatte ihn noch nie mit Samthandschuhen angefaßt. Hatte ihn immer provoziert. Warum wollte sie jetzt kneifen? Hoffentlich stellte er keine dummen Fragen. Es gab Dinge, die man nicht buchstabieren wollte.

Du provozierst doch keinen Kampf, den du nicht gewinnen kannst. Heb dir deinen Vorteil auf und warte auf eine bessere Gelegenheit.

Sie schlich die Treppe hinunter. Im Salon sah es schrecklich aus. Die zerschlagenen Bijous waren ein einziger Vorwurf. Sie stand da wie ein Kind, das sein liebstes Spielzeug veruntreut hat. Da sie einmal auf den Beinen und ohnehin das Opfer depressiver Anwandlungen war, konnte sie ebensogut ein bißchen aufräumen. Also fing sie an, die Bruchstücke aufzulesen. Am offenen Fenster kauerte das Alien, so regungslos und abwesend, als sei es aus nassem Lehm geformt.

Es hob den Kopf.

Braemar starrte Clavel an. Dieser Augenblick mochte zwar nie in die Annalen der irdisch-aleutischen Beziehungen eingehen, doch diese Nacht hatte ein für allemal etwas verändert.

»Clavel«, sagte sie. »Deine Freunde waren hier, sie haben dich gesucht.« Ein flüchtiger Blick in den Raum und eine halb unterdrückte Geste schlossen das Bild der Zerstörung mit ein. »Bitte geh jetzt. Ich will nicht, daß sie zurückkommen.«

»Ist schon okay. Wir wissen, wo ich bin.«

Braemar hatte die konfusen Resultate der Wissenschaftlerin, die Bänder aus Afrika und die Veröffentlichungen aus Uji studiert, und das, bis ihr der Kopf geraucht hatte. Visionen stellten sich ein: flimmernde Bilder, die sich aus zwei Metiers nährten – in dem einen war sie Laienpriesterin, in dem anderen Profi. *Dieser Gebrauch der ersten Person Plural gab ihr zu denken.* Hieß es auf Aleut: *Wir* reißen die Straßen wieder auf, *wir* haben die Benzinpreise erhöht, *wir* gehn mir auf die Nerven? Es lag auf der Hand. Ellen Kershaw würde Augen machen.

Clavel bemerkte die TV-Tafel an der Wand, sie fuhr zurück wie der Teufel vor dem Weihwasser. »Eine Kapelle? Tut mir schrecklich leid. Johnny war außer Rand und Band.«

Braemars zaghafter Versuch, diesen Vandalismus Clavels Freunden anzuhängen, verpuffte. Es war zwecklos, einem Aleuten Lügenmärchen über andere Aleuten aufzutischen. War es denkbar, das *Clavel* Zeit genug gehabt hatte, alle ihre ›drei bis fünf Millionen‹ Möglichkeiten kennenzulernen? Manche kannte Braemar immerhin so gut, daß sie weder Drehbuch noch Update brauchte, um die Story zu verstehen. Sie werden also wiedergeboren, überlegte sie. Immer wieder wiedergeboren, bis alle Möglichkeiten ihrer Existenz ausgeschöpft waren und nichts Unerwartetes und Unbegreifliches mehr passieren konnte. Braemar starrte wie hypnotisiert in die Augen, die bereits vor dem Sündenfall das Licht der Welt erblickt hatten. So dumm war die menschliche Rasse doch nicht: Sie warf sich nicht grundlos in den Staub.

In Braemars Kreisen galt es im Grunde als erwiesen, daß Hirnchemie und Person ein und dasselbe waren. Aber auch, daß eine universelle Simulation des Hirns so unlösbar war wie die Aufgabe, sich am eigenen Schopf aus dem Sumpf zu ziehen. Der Tanz um den Blinden Fleck. Das Geheimnis mochte nie gelüftet werden: Wie wird das Genom zur Person?

»Sag mal, stimmt das?« fragte sie. »Erinnerst du dich wirklich an ein früheres Leben? Bleibst du – ich meine, in deinem Bewußtsein – immer dieselbe Person?«

Clavel machte tief hinten im Hals ein kratzig schnarrendes Geräusch.

»Was gibt es da zu lachen? Nein, sag jetzt nichts. Laß mich raten. Es sammelt sich Gedachtes an, lagert sich ab, Schicht um Schicht wie bei den Städten am Indus, und da müßtest du zu tief graben, um die Antwort zu finden.«

Braemar war unbarmherzig. Das unsterbliche Superwesen, gegenwärtig ein alleingelassener Teenager, konnte sich beim besten Willen nicht erklären, warum es mit diesem philosophischen Spott überzogen wurde. Wahrscheinlich wußte er – sie – es nicht einmal, was Braemar überhaupt mit Johnny zu tun hatte. Mit Telepathie verhält es sich wie mit anderen Verständigungsmitteln. Stress mindert die Sensibilität.

Clavel bekam krause Nüstern. »Bist du eine Frau? Ich dachte, ich wüßte einigermaßen Bescheid. Aber das Schlimmste war wohl, daß ich ihn wie eine *Frau* behandelt hab. Was ist so falsch daran?«

Touché.

Plötzlich empfand Braemar tiefes Mitleid. Wie fühlt man sich als hingebungsvoller Telepath, der mitten im Rausch der Leidenschaft entdecken muß, daß er aufs falsche Pferd gesetzt hat, daß die Geliebte keine seiner Botschaften empfangen hat, daß alles ganz anders ist, als er gedacht hat? Wie fühlt man sich, wenn man jemanden vergewaltigt, den man heiß und innig liebt? Sie gewahrte das Grauen in den Augen des Alien und wollte Clavel sagen, daß die Zeit alle Wunden heilt und das Leben weitergeht.

Clavel saß immer noch zusammengekauert da und rührte sich nicht vom Fleck. Vielleicht sagte sie soeben: Danke, ich weiß um die heilende Kraft der Zeit. Braemar empfing nichts dergleichen. Es gibt keine Telepathie. Aber unsterblich zu sein und weiblich und ohne die ständige Angst vor …

Braemar wurde von Neid und Ehrfurcht gebeutelt. Diese Regungen gehören zu mir wie die Wolken zum Himmel, sagte sie sich. Kopfgeburten. Sie ist ein Alien, das ist alles. Sie ist wie ich, bloß anders!

»Ich will dir alles erzählen«, sagte Clavel und nahm die Knie an den Boden. »Du sollst wissen, wie wir euch zum Narren gehalten haben. Ich wollte es Johnny erzählen. Das war es, was ich vorhatte. Bist du eine Priesterin? Du bist bestimmt eine. Machst du eine Aufzeichnung?«

Clavel tanzt immer noch am Steinzeitfeuer, malt immer noch an die Höhlenwände und führt immer noch, weil vor Äonen die Würfel so gefallen sind, ihre (seine) halbwilde Sippe zur Jagd.

»Nein«, sagte Braemar. »Du brauchst nicht zu beichten. Ich weiß Bescheid. Geh jetzt.«

Clavel kniete noch einen Augenblick. Dann stand sie auf, nickte traurig und huschte aus dem Fenster.

Johnny trug ein TENS-Armband, eine Art elektronisches Sedativ, das er nur unter Protest angelegt hatte. Er wurde jedenfalls durch ein Schluchzen geweckt, zerrte das Armband herunter, tastete im Dunkeln und fand den Knopf der Bettlampe.

Braemars Schlafzimmer war strohfarben, maisgelb und taubengrau: sanft geschwungenes Dekor; sparsam möbliert. Sie saß an ihrem Toilettentisch, nackt, den Kopf zwischen ihren Utensilien. Sie weinte nicht sehr laut. Er kam sich fast wie ein Einbrecher vor, konnte aber nicht so tun, als sei er nicht aufgewacht.

Sie hob den Kopf, als er auf halbem Weg war, und die Tränen versiegten sofort.

»Was ist denn, Brae?«

Sie schüttelte den Kopf.

Also brachen Henny-Penny, Cockie-Lockie und Chicken-Licken gemeinsam auf, um dem König zu berichten, daß der Himmel einstürzte. Niemand schenkte ihnen Gehör. Es hieß, Henny-Penny sei ein dummes, eitles Frauenzimmer, das sich bloß wichtig mache.

Sie betupfte ihr Gesicht mit einem zerknüllten Papiertaschentuch. »Ich fühle mich so alt«, flüsterte sie. »Ich seh aus, wie ich ausseh. Aber ich fühle mich mit dreiundsechzig so alt, wie ich immer befürchtet hab.« Sie starrte in den Spiegel. »Alt ist gar kein Ausdruck. Ich bin tot. Ich müßte längst tot sein.«

Johnny kauerte neben ihr und küßte sie sanft. »Ich paß schon auf dich auf.«

»O Johnny. Das hat Trixie auch immer gesagt.«

Sie faßte ihm ins Haar und zog sein Gesicht an ihre kleinen, weichen Brüste. »Ich komme mir so nackt vor wie ein Tier im Zoo. Ich glaube, die Aleuten sehen uns zu. Komm, wir gehn wieder ins Bett und stecken den Kopf unter die Decke.«

Sie hatte sich verändert seit Afrika. Ihr Leib war noch genauso gierig, aber nicht mehr so zugänglich, etwas schwieriger zu handhaben. Braemar zu lieben, sollte anstrengender werden, als die Techtelmechtel mit der Lady in Rot; und die Belohnung nicht so simpel. Aber unsäglich reicher.

9 Die fünfte Kraft

i

In Uji wurden Haus und Steingarten durch einen unsichtbaren Schleier von Wärme vor der kühlen Witterung bewahrt, die um diese Jahreszeit von den Hügeln fiel. Die Aleuten saßen in der offenen Laube und stießen Finger durch den Schleier in die kalte Luft. Kumbva, Rajath und Aditya ereiferten sich über ihr Abenteuer. Rajaths Stabswachtmeister war ruhiger, trug aber eine stille Bestürzung zur Schau. Es war unklug, schrecklich, wohltuend und schändlich. Darüber konnte man nicht einfach hinweggehen. Sich derart zu produzieren, solche barbarischen Waffen zu schwingen...

»Wie ich geschrien habe!« rief Kumbva mit dem größten Vergnügen. »Ich hatte solche *Angst.*«

»Wie wundervoll«, staunte Aditya. »Mir war schon klar, daß ich eigentlich tapfer und schnell bei der Hand bin, wenn es brenzlig wird. Und siehe da. Es stimmt!«

Ganz ohne Frage hatte Aditya ihnen das Leben gerettet, indem er die gräßliche Waffe der Hausbewohner erlegt hatte.

»Diese *Zähne!*«

Rajath stöhnte. Er lag hingeräkelt da, einen Schal um den Kopf gewickelt. Er stieß den Liebreizenden mit der hinfälligen Geste eines Schwerkranken an und sagte: »Bitte. Du machst mich noch krank.«

Der Aufwand war nicht nötig gewesen. Der streunende Clavel war wohlauf, und das Haus, in das seine Retter eingebrochen waren, hatte einer Freundin gehört. Die Haushälter der tollkühnen Bande taten ihr Bestes, um zu beschwichtigen und zu beruhigen, wohlwissend, daß offene Bestürzung den Drang zu erzählen so wenig drosseln würde wie alles andere. Die drei würden schon von alleine aufhören, und die Irritation würde sich verlieren. Was blieb, war eine frische Portion Bewußtsein. Seit Kaorus Tod hatten sie mit ihren einheimischen Führern diesen Planeten bereist, waren bedeutenden Persönlichkeiten begegnet und jedesmal einer neuen Horde von Klerikern. Doch sie hatten sich gründlich in der Größenordnung geirrt: So groß, wie diese Welt war, so gefährlich war sie auch. Ihre jüngste Eskapade war eine ganz neue Erfahrung gewesen.

»Dieses Ding ...« Aditya röchelte nicht, aber es hörte sich so an. »So was *Grausiges!*«

Die leblosen Waffen hatten sie inzwischen in den Schrank in Kaorus Cottage zurückgebracht. Adityas Augen glänzten. »Vielleicht sollten wir sie immer tragen?«

Rajath stöhnte angewidert.

Kumbva packte sich spaßeshalber das Muscheltäschchen auf den Kopf und lief durch die Dämmerung zu Kaorus Cottage hinüber. Er tanzte im nassen Gras, warf die Arme – ein typisch weiblicher Ausdruck von Besitzerstolz. Nach den schrecklichen Tagen des Ultimatums hatte ihr Sponsor es vorgezogen zu sterben, und trotzdem war ihnen sein Schutz in vielerlei Hinsicht erhalten geblieben. Er hatte ihnen seinen Landsitz vermacht, mit allem, was dazu gehörte: ein wahrhaft großzügiges Geschenk.

Sie hatten ein wenig Hand an den Schrein gelegt und Kaorus Lieblingssachen dorthin geschafft. Unablässig spielte das Band, das sie von ihrem Wohltäter aufgenommen hatten. Die richtige Aufzeichnung war nirgends zu finden. Das hier war nur ein bedeutungsloses Fragment, doch sie hielten es für eine hübsche Geste, es laufen zu lassen.

Clavel kniete steif vor der Vitrine mit dem Itschiku-Kimono. Sein Geistlicher stand ihm bei, doch der arme

Clavel sollte einfach nicht dazu kommen, auf diesem Planeten eine volle Beichte abzulegen, denn die Kleriker standen mit leeren Händen da.

Kumbva hockte sich hin und knetete die Schultern des Poeten. Er redete von dem entsetzlichen Augenblick, da Clavel die Wahrheit erkannt hatte: daß nämlich Johnnys Ehrfurcht, sein Hunger und seine schreckliche Angst – die Symptome extremer sinnlicher Leidenschaft – nicht auf Clavel persönlich gerichtet waren, sondern auf die ganze Expedition.

Kumbva, den nichts, was mit Sex zu tun hatte, je in Verlegenheit brachte, drehte und wendete diese Lektion über die Einheimischen mit großer Neugier, verglich sie mit anderen Vorfällen und Äußerungen und begriff plötzlich. Doch unter dem Ansturm von Clavels geschwächter Wut ließ er von dem Thema ab.

»Schon gut, schon gut … natürlich dürfen wir daraus kein Kapital schlagen.«

Clavel hatte sich schlecht benommen – er hätte sich gleich entschuldigen und verschwinden sollen. Noch so lange herumzufackeln, war obendrein leichtsinnig gewesen. Hatte er vergessen, wie die Einheimischen auf Sarahs Tod reagiert hatten? Was, wenn Clavels unfreiwilliger Liebhaber sich öffentlich Luft gemacht hätte? Das reservierte Verständnis von Johnnys Freundin, der Priesterin Braemar, hatte die Situation entschärft.

»Nimm's nicht so tragisch. Du kannst mir sagen, was du willst, aber du hast genau das bekommen, wonach du zielstrebig gesucht hast. Du hattest deine Tugendhaftigkeit satt.« (Kumbva unterdrückte ein Schmunzeln.) »Vielleicht wirst du allmählich erwachsen.«

Er hielt eine Rede: »Du hast keinen bleibenden Schaden verursacht. Die Vorstellung von bleibendem Schaden ist eine Ausgeburt kindlicher Angst. Schüttele sie ab. Stell dir vor, wie du später darüber denkst. Und frage dich: Warum nicht jetzt schon? Es sei denn, du willst dich ewig grämen, Reue ist Unsinn.«

Kumbva ließ ihn allein.

Clavel kniete mit geschlossenen Augen da und sah die Lichter in der Dunkelheit: orange und rot und schwefelgelb in dicht aneinandergeschmiegten Ketten. Du starrst sie an und starrst, überzeugt, daß so ein riesiges und regelmäßiges Phänomen keine menschliche Bedeutung haben kann. Dann bemerkst du, daß ein paar der winzigsten orangefarbenen Lichter sich gleichmäßig bewegen. Du beobachtest eine Prozession von Fahrzeugen, weit weg, aber tief im Herzen der Stadt. So unglaublich viele.

Die anderen waren ihm gefolgt. In der Nacht des großen Unwetters waren sie in London gewesen. Sie wußten, daß er in großen Schwierigkeiten war, also hatten sie Johnnys Zimmer aufgesucht. Sie kannten die Adresse. Lug hatte sie in einer lokalen Regierungsdatei gefunden. Und als Clavel ihnen dort entwischt war, hatten sie ein Auto gestohlen und waren Johnny gefolgt. Sie hatten gewartet, bis er mit der Priesterin aus dem Haus kam, und hatten sich gewaltsam Zugang verschafft, um vorsorglich eine Geisel zu nehmen. *Weil*, nach allem, was passiert war, die Erdlinge nicht anders konnten, als Clavels Auslieferung zu verlangen. Den vier Verrückten erschien das völlig plausibel.

In dem Park hinter Braemars Haus war er zu ihnen gestoßen. Zu viert hatten sie den Flieger aus dem Kofferraum des Wagens gezerrt und dafür gesorgt, daß er sich entfaltete. Sie waren furchtbar aufgeregt gewesen – so sehr, daß niemand danach gefragt hatte, was er mit der Priesterin gemacht hatte. Es war finster, so finster trotz der Lichter; und die Luft so feucht und so kalt, daß man sie kaum atmen konnte. Clavel hatte sterben wollen. Er wünschte sich, die Londoner würden den Park stürmen, damit er mannhaft sterben durfte. Doch niemand kam. London schlief. Die beiden Volksstämme taten, als sei nichts geschehen. Sie blieben zu Hause. Sie wollten sich grämen, noch mehr grämen, damit sie allezeit Grund zum Weinen hatten.

Clavel raffte sich auf und verließ das Cottage. Ach, wenn Kumbva wüßte. Aber das konnte man keinem schildern. Rings um Clavel lauter Stimmen: raunend, rufend, grummelnd, stöhnend vor Zufriedenheit; keuchend und hechelnd und pumpend im gierigen Vollzug der Vereinigung. Er ging inmitten einer Wolke von Liebenden, einem Brei fremder Präsenz, so dickflüssig, daß man meinte, ihn kauen zu können. Sie waren immer da gewesen. Es hatte nie einen Grund gegeben, ihr ›Dasein‹ zu beschreiben. Doch heute abend vernahm er sie mit den Ohren eines – den Ohren von Johnny. Es spukte in seinem Kopf.

Alle hielten sich in der ›Tennishalle‹ auf, einem riesengroßen, unterirdischen Raum, wo Kumbvas und Lughas Feinwerker damit beschäftigt waren, den noch etwas provisorischen neuen Flieger zu verbessern und zu überholen.

»Wir wollen das Gerät ›Shuttle‹ nennen«, verkündete Kumbva. »Das ist das ›menschliche‹ Wort für einen Flieger, der die Gashülle des Planeten durchquert.«

Es war das erste Mal, daß Clavel das formelle Wort ›menschlich‹ so auffiel wie eben jetzt. Niemand sonst schien zu stutzen. Er beobachtete die Gruppe und gewahrte, wie selbstverständlich sie inzwischen mit den äußeren Erscheinungen dieser fremden Welt umgingen. Während er seine Zeit darauf verschwendet hatte, sich mit den inneren Erscheinungen zu befassen. Die zweifellos viel wichtiger waren. Nur daß man damit nichts anfangen konnte.

Jeder verstand, warum Kaoru die Landefahrzeuge vernichtet hatte, und das war eine kluge Maßnahme gewesen. Aber sie brauchten unbedingt Verstärkung. Die Erdlinge waren fast soweit, ihnen die Liegenschaften zu übergeben, und würden sich fragen, was die wenigen Siedler mit so viel Land wollten.

Clavel gesellte sich zu Kumbva und dem Schlitzohr.
»Euer Glück wird nicht von Dauer sein. Beim nächsten Mal wird der Flieger entdeckt. Die Erdlinge werden euch beobachten, und dann wissen sie Bescheid.«

Rajath zuckte die Achseln. »In ›London‹ hat uns niemand erwischt. Wenn die Leute einmal überzeugt sind, daß etwas viereckig ist, dann ist es schwer, sie eines Besseren zu belehren. Außerdem sind die ›Menschen‹ leichtgläubige Narren.«

Clavel starrte ihn freudlos an. »Du bist nicht mir zuliebe gekommen. Du bist gekommen, damit ich dir keinen Strich durch die Rechnung mache.«

Doch Rajath, der Gipfelstürmer, sah nicht mehr zurück. Er hielt eine Rede: »Die Stimmung zu Hause hat sich gewandelt. Als Volk waren wir bestürzt, als wir diesen Planeten entdeckten, wir mißtrauten dem einzigartigen Erfolg nach so langer Zeit. Doch seit eh und je stand fest, daß wir landen und Beute machen würden. Alle hatten Zeit genug, sich daran zu erinnern. Es gibt inzwischen massenweise Anwärter, die ein Stück vom Kuchen wollen.«

Stimmt nicht, dachte Clavel. Das falsche Trachten haben wir längst überwunden. Aus uns wurden die Aleuten: Wanderer, Insulaner, die dank ihres klugen Umgangs mit den Almosen des kalten, unfreundlichen Ozeans überlebt haben. Wir erkannten, daß es nirgends eine Welt geben konnte, die für bestimmte Wesen wie geschaffen war, und die nicht von solchen wimmelte.

Niemand zollte dem Poeten Beachtung, am allerwenigsten er selbst. Er hatte nicht den Mut, seinen Einfluß geltend zu machen, das geheime Banner zu entrollen und zum Rückzug zu blasen. Es war zu spät, sagte er sich. Und er sagte sich, daß die Vorstellung von bleibendem Schaden eine Ausgeburt kindlicher Angst war.

Maitri nahm seinen Schützling in die Arme. »Wir

sind keine Schiffbrüchigen mehr. Wir wußten natürlich, was wir konnten, wenn wir es nur wollten, aber daß wir es geschafft haben, ist *so* eine Erleichterung!«

»Bist du es wirklich?« sagte Clavel teilnahmslos. »Oder bist du auch nur ein Spuk?«

Maitri traute seinen Ohren nicht.

Sie fuhren in die *Gray's Inn Road.* Vom Empfang aus rief Johnny bei den Hargoods an, um ihnen zu sagen, daß er Urlaub nahm, bis die Nachfrage wieder anzog. Unter dem argwöhnischen Blick der Concierge gingen sie zu Johnnys Zimmer hinauf. Es waren nur drei Tage gewesen, und Johnny hatte noch reichlich Kredit. Das Zimmer war geputzt worden. Das Fenster war mit Klebeband und braunem Packpapier geflickt; da war immer noch dieser merkwürdige Geruch nach kalt geschmolzenem Glas.

Johnny holte Robert den Kakerlak. Die Schabe kauerte apathisch in der hintersten Ecke der Plastikschachtel. Die Schachtel war so sauber wie immer. Das Leben dieser Kreatur brachte Johnny ins Grübeln. Sie aß kaum, ›schlief‹ nie; wie geschaffen, um unter schlimmsten Bedingungen zu überleben.

Robert war ein Vorläufer. Wenn die Erde wieder prosperierte, mochten seine Nachfahren zu galaktischen Kundschaftern avancieren, zu chitingepanzerten Telesensorien einer Menschheit, die an den einsteinschen ›Rollstuhl‹ gefesselt war. Ohne überlichtschnellen Antrieb würde er nicht mehr als eine Nebenrolle spielen. He, ist es nicht grade mal zweihundert Jahre her, daß jeder einen ›Piepmatz‹ hatte? Willst du mal schnuppern, wie es Robbys Schiff geht?

Der Kakerlak krabbelte los, klammerte sich an Johnnys Finger und betastete ihn eifrig. Kakerlaken sollten etwa die Intelligenz einer gewöhnlichen Maus besitzen. Johnny schauderte. *Du hast keine Wanderer,* hatte Clavel gesagt. *Warum nicht?*

»Muß das sein?« fragte Brae. »Ins Klo damit, runterspülen und fertig.«

»Er könnte sich vermehren, und dann krieg ich Ärger. Außerdem sind wir unzertrennliche Freunde. Wer mich liebt, muß auch meinen Kakerlak lieben.«

Er schob Robert in die Schachtel und steckte ihn ein. Viel mehr brauchte er nicht aus diesem Zimmer. Seine Bücher, ein paar Sachen zum Anziehen. Würde er je wieder hierher zurückkommen? Er war vom ›Land der Männer‹ zum ›Land der Frauen‹ gerudert, der Fluß dazwischen war ein treffliches Symbol. Das elterliche Haus zu verlassen, um Izzy zu heiraten, war nicht so anstrengend gewesen. Im Grunde genommen war es ihm ziemlich egal, was auf ihn zukam. Sollten ihre Gönner ihr doch die Miete finanzieren; Weiße Königin hin, Weiße Königin her, auch das war ihm Wurscht: Er schwor sich, keine Fragen zu stellen. Es würde lange dauern, unvorstellbar lange, bis das tiefe, emotionale Bedürfnis gesättigt war, nackt beisammen zu liegen und zu vögeln, wann immer sich eine Gelegenheit bot.

Das schmale Bett seiner schwülen Tagträume erinnerte ihn an Fo. Vielleicht konnte der Sex mit Brae ihn vergessen machen, was er mit dem Alien erlebt hatte. Der Geruch nach geschmolzenem Glas vergiftete einen jähen Ansturm sexueller Erregung. Einen Augenblick lang verspürte er eine spezielle Gewaltbereitschaft: sie zu vögeln, ohne sie zu berühren. Dann wollte er hinausrennen und einen von diesen Ganzkörperkondomen besorgen, wie sie von Perversen und Hygienefanatikern benutzt wurden. Wollte sie zwingen, sich auszuziehen: sie aufbrechen. Er war hermetisch versiegelt, würde rein bleiben, rein, rein, rein...

Er sank zitternd auf die Bettkante, doch er zitterte nicht vor Wollust. Es war unmöglich, den Menschen zu sagen, was es mit ihren kostbaren Aliens auf sich hatte. Die Wahrheit war zu abscheulich. Er spürte sie krabbeln, inwendig krabbeln. Kein Alptraum war so widerlich wie diese Realität. Nichts und niemand konnte dieses Gewimmel aus seiner Erinnerung löschen: Alles, was er anfaßte, wimmelte, wimmelte, wimmelte …

Braemar sah ihm an, daß er mit dem Grauen rang. Sie trat neben ihn, fühlte ihm den Puls, dann ging sie um die schäbigen Möbelstücke herum auf die andere Seite des Zimmers.

»Hast du noch mein Kärtchen aus dem Barbican? Ich wette, du hast es aufgehoben.«

Er versuchte ein hämisches Grinsen. »Die Wette hast du verloren. Bin ich ein Gefühlsdusel?«

Sie hob sein Bauchtäschchen vom Boden auf, wo es unberührt von der grundehrlichen Kleinen von Mrs. Frame gelegen hatte. Sie wühlte darin herum und förderte das grüne Kärtchen zutage.

»Du kannst gar kein Italienisch, richtig?«

Der kleine Bücherkoffer lag aufgeklappt auf dem Tisch, an dem Johnny immer seinen Toast aß. Sie zog seinen Taschen-Dante heraus. Sie brachte ihm das aufgeschlagene Buch und wies mit dem Kärtchen auf einen Vers.

Men che dramma
di sanque m'e rimasa che non tremi
conosco i segni dell'antica fiamma …

Er las die Übersetzung. *Not a drop of blood remains in me that does not tremble. I know the traces of the ancient flame …**

»Die ganze Zeit hab ich mir gesagt: Der Johnny in deiner Phantasie hat nichts mit dem wirklichen Johnny zu tun. Du wirst ihn nicht mal erkennen, wenn du ihm begegnest. Aber dann warst du da – genau mein Johnny.« Sie lächelte ein trauriges und hingebungsvol-

* *Ich zittere mit allen Fasern meines Seins. Ich spüre die Narben des vergangenen Feuers …*

les Lächeln. »Mir war klar, daß du das nicht verstehen würdest. Anständigkeit ist eine todsichere Sache.«

Er wollte einen nackten Leib, und sie überließ ihm einfach eine nackte Seele. Was fing man mit so einem Geschenk an? Außer, daß man es annahm. Und einer Welt sinnlose Rache schwor, die dieser schönen Frau einen Zerrspiegel vorhielt, daß sie ihre Seele wie ein Trostpflaster hergab.

Sie trug das Annie-Mah-Kostüm und nahm ihn mit in die Oper: *All Men Are Pigs*, eine ziemlich schwarze Komödie, die Neubearbeitung eines Musicals, das in den Achtzigern spielte, und in dem Sharon mit Tracy wettet, daß sie ohne die geringste Mühe aus ihren (also Sharons und Tracys) untadeligen New-Man-Boyfriends ganz widerliche Chauvis machen kann. Braemar amüsierte sich köstlich. Johnny fand die Musik reichlich manieriert, mußte aber dennoch lachen.

Braemar hatte vor, nach Deutschland zu gehen, um Peenemünde-Buonarroti ausfindig zu machen. Sie wollte, daß Johnny mitkam. Sie besprachen das im Park auf dem *Telegraph Hill.* Billy spielte im Sandkasten, hinter den Sträuchern hopsten zwei wilde Wallabys* herum und spähten neugierig durch das glühende Herbstlaub. Unten erstreckte sich das Leichendepot ›London‹. Sechsundneunzig Prozent der britischen Bevölkerung lebt in den Städten, rief Johnny sich in Erinnerung. Menschen über Menschen, Schubfächer über Schubfächer, turmhoch gestapelt. Dazwischen nur Naturschutzgebiet und Straßen und Lebensmittelindustrie: Eine Stimmung blasierter Selbstverleugnung hielt die eingepferchten Insulaner gerade noch bei der Stange. Es war eine andere Armut als in Afrika, doch sie war nicht minder erbärmlich.

»Ich glaube, es war Clavel«, sagte Braemar. »Clavel

---

* Känguruhs mittlerer Größe mit großen Rehohren und körperlangem Schwanz.

hat sich die Rache der Maschinen ausgedacht. Du weißt doch, wie sie über die Truck-Läden dachte.«

Johnny nickte. »Was *ist* sie eigentlich, bei ihresgleichen, meine ich?«

»Eine Poetin. Sie gehört zur nicht anerkannten Legislative.«

Johnny war bei Dr. Jatinder gewesen. Daß er ungeschützten Sex gehabt und sich womöglich infiziert hatte, schien Jatinder nicht zu schockieren. Der kriminelle Bastard ging einfach davon aus, daß Johnnys Partner anonym bleiben sollte. Zum Glück hatte der Arzt nichts Ungewöhnliches gefunden. Doch Johnny war nicht überzeugt, er fühlte sich nach wie vor besudelt und befleckt. Wie hatte Brae so ein Ding im Mund halten können? Er brächte das nicht fertig.

Die Nachwehen der Vergewaltigung wechselten ihre Farbe wie eine abklingende Prellung. Wie ein blaues Auge, das ihm das Schiffsgör auf der *Santa Maria* beigebracht hatte. (Und die Aleuten, die womöglich mitgemischt hatten.)

»Ich glaub, ich hab alles gründlich vermasselt, Brae. Dieses Interview können wir uns abschminken.«

Braemar nickte und wich seinen Augen aus. »Nein, die kommt nicht mehr zurück.«

Er häufte feuchten Sand in den rotblauen Müllwagen und schob ihn hin und her für Billy.

»Denkst du manchmal noch an Bella?«

»Ja«, er fing an, aus Sand einen Turm zu formen. »Das hört nie auf, weißt du?« Brae hatte auch ein Kind verloren.

Sie nahm Johnnys Paß aus der Handtasche. »Den können wir brauchen. Ein Techniker von der Weißen Königin hat ihn geprüft; ein Kontroll-Scanner müßte das Dokument akzeptieren, meint er. Aber vielleicht erübrigt sich das. Wir bleiben ja in Europa.«

»Und wenn wir einem Menschen begegnen? Oder einem unbestechlichen Gesichtsprüfer?«

Am Tag nach seinem bewußtseinserweiternden Erlebnis mit Clavel hätte er Uji stürmen können (mit einem Bowiemesser zwischen den Zähnen). Er hatte sich beruhigt. Er wollte auf keinen Fall zurückbleiben, er wollte mitfahren, doch das QV-Problem schüttelte seine schmierige Faust.

»Denk dran, offiziell habe ich immer noch die Tollwut. Macht zwar wenig Sinn angesichts der weltweiten Schräglage, aber außerhalb von Groß-London und ohne Papiere können sie mich ohne Anruf abknallen. Oder lebenslänglich in eine geschlossene Anstalt voller Chemotherapieverweiger- und-Kindesschänder stecken.«

Braemar grinste. »Keine Sorge. Wir gehen zur *Queen of Bohemia*. Sie wird dich so herrichten, daß selbst das NIH keinen Verdacht schöpft. Wie finde ich das? Du bist ja fast wieder konstruktiv.«

Mit einem Blattstiel puhlte Johnny Fenster in seine Kreation. »Guglioli«, sagte er. »Kleiner Stiel, richtig? Siehst du, so ungebildet bin ich gar nicht.«* Er blickte schelmisch zu ihr auf. »Die *Queen of Bohemia*. Du machst mich also mit einem leibhaftigen Mitglied dieser Bande bekannt. Heißt das, wir bleiben zusammen?«

Die *Queen of Bohemia* operierte von Folkestone** aus, gemeinhin bekannt als E2:500 (Entfernung Paris/Folkestone 500 km). Die Küste lag jetzt etwa zehn Meilen ›landeinwärts‹, und die traditionelle Freizeitindustrie war, ohne daß man es an die große Glocke gehängt hatte, nach und nach wieder aufgebaut worden. Die *Königin der Bohème* residierte offenbar in einem wuchtigen, viktorianischen Hotelblock direkt auf den Klippen. Die Inneneinrichtung war äußerst stilvoll. Johnny schritt durch das weite, herrliche Vestibül. Er konnte sich nur wundern über diesen weiblichen Weiße-Königin-

---

* *guglia, aguglia* (italienisch) = Obelisk, Kirchturm, Nadel.

** Hafenstadt in Süd-Ost-England an der *Straße von Dover*.

Hacker. Er war nicht abgeneigt, die nächste wunderhübsche und freizügige Alt-Britin kennenzulernen; und das hier war ein vielversprechendes Entree. Wer immer hier lebte – zumal es sich vermutlich um eine abtrünnige Biochemikerin handelte –, würde sich mit einem exzellenten Gesicht ausstatten. Und einem ebensolchen Körper.

Der Concierge war ein Roboter. Braemar ging vor und händigte ihm einen optischen Paß aus.

»Tsch. Das Personal ist nicht auf Gäste vorbereitet.«

Unter dem Hotel gab es gemauerte Gänge, die Farbe schälte sich, es roch nach Salzwasser. Es rauschte und gurgelte hinter den Wänden. Das Meer? Die Kanalisation?

In der Service-Garage war jemand bei der Arbeit und dirigierte unter einem italienischen Exoten seine Robotwerkzeuge. Der Mechaniker kam heraus und nahm den Kommandobügel vom Kopf. Die *Königin der Bohème* war klein und dünn und steckte in einem ausgebeulten Overall. Sie hatte einen großen Zinken und den Mund eines Kobolds, schwarzes straffes Haar mit vielen silbrigen Fäden und grüne, slawisch schmale Augen. Alter unbestimmbar.

Braemar machte sie bekannt. »Clem Stewart; Johnny Guglioli.«

»Clem«, sagte die *Königin der Bohème.* Sie hielt seine Hand zu lange. Sie blickte wie ein Polizist, und das war geschmeichelt. »Ich nehme doch an, Sie sind wirklich John Francis Guglioli. Ich erinnere mich, Sie sind der Strahlemann von Lettas Gnaden.«

Sie hatte einen leicht orientalischen Akzent

»Und Sie sind wirklich die *Queen of Bohemia?*«

»Aber natürlich. Durch praktisch legitime Erbfolge. Folgen Sie mir in die Höhle des Alchimisten.«

Die ›Höhle‹ war ein gut kaschierter Raum hinter der Garage. Da oben gab es bestimmt ein paar Hotelgäste, die Bescheid wußten. Johnny war die Einrichtung nicht fremd, sie war nicht neu, aber sie schien in Ordnung. Poster hingen an den Wänden. Wie britische Apotheken sie ausstellen müssen, um vor den Folgen einer selbstverordneten Gentherapie zu warnen. Hier schienen sie aus Ironie zu hängen. Johnny hatte die Morgenröte dieser kriminellen Industrie in New York erlebt: neue Wege, andere unter Druck zu setzen; morden, ohne Spuren zu hinterlassen. Neue Gesichter, komische Babies, ein Gruselkabinett. Er kämpfte mit einem Anflug von Übelkeit.

Der Troglodyt gluckste. »Mein Großvater hat immer für die Regierung gearbeitet, mein Vater auch. Nach England kam er kurz nach der Neunundachtziger Revolution. Er griff auf einen alten Familiennamen zurück – und da bin ich, wie man sieht. Böses Blut will leben, heißt es.« Sie machte sich zurecht, strich sich über das melierte Haar. »Ich könnte gute Stellen haben, überall. Im öffentlichen wie im privaten Sektor. Aber ich lebe lieber so. Es paßt zu mir. Hier bin ich nur *einem* Rechenschaft schuldig: mir.«

Wie ein Cowboy, der eben vom Pferd gestiegen ist, ging sie in eine Nische in der ›Höhle‹. Neben einem Armstuhl mit Petit-point-Kopflehne stand ein Tisch, darauf ein Glaskasten, darin lag ein Säbel mit gravierter Klinge und ein Arrangement aus uralten beigefarbenen Dokumenten. Sie posierte neben den Insignien und erwartete Johnnys Neugier.

»Clem ist ein direkter Nachfahre von *Elisabeth von Böhmen*«, erklärte Braemar. »Einer Tochter von … ähm … James dem Ersten und Sechsten. James Stuart.* Es war ihre Idee, uns zu Royalisten zu machen.«

---

* Sohn von *Maria Stuart* und *Heinrich Darnley*: als *James I.* war er König von England (1566–1625) und Irland (1603–1625) und als *James VI.* auch König von Schottland (1567–1625). Aus seiner Ehe mit *Anna von Dänemark* ging **Elisabeth**, die spätere Gemahlin des *Kurfürsten Friedrich V. von der Pfalz*, hervor; **Elisabeth, Kurfürstin von der Pfalz**, bewog ihren Gemahl, die **böhmische Krone** anzunehmen. Sie muß jene **Elisabeth von Böhmen** sein.

(Wie man sich irren kann, dachte Johnny: *Bohemia* hieß beides.)

Die Hackerin lächelte.

»Sie haben nie daran gedacht, den Thron zu beanspruchen?«

Sie fand diese Bemerkung wohl köstlich. »Ja, ja. Ein königlicher Geheimpolizist, Königin in Prag. Das wäre ein Witz, wir Tschechen lieben solche Witze. Aber reden wir nicht von mir.« Ihr Tonfall verriet Johnny, daß die Prozedur kein Kinderspiel war. »Sie sind neu zu uns gestoßen, verstehe. Sie brauchen ein neues Gesicht, kurzfristig. Also schießen Sie los: Allergien, schlechte Gene ...«

»Sie kennen meine schlechten Gene.«

»Politische Krankheiten sind irrelevant. Wenn nicht, können Sie mir trotzdem vertrauen. Ich will keine schlafenden Hunde wecken.«

Sie verließ die möblierte Nische und winkte ihm. Braemar blieb zurück.

Sie zeigte auf den Behandlungsstuhl. »Nehmen Sie Platz, Mr. Guglioli.«

Der Schaumstoff des Stuhls litt an einer Art Schuppenflechte. Johnny versank in dem Polster. Clem legte Augenschützer an und tauchte Hände und Gesicht in einen Sprühtank. Sie ›gähnte‹, um den Film über ihren Mund zu dehnen, dann ging sie ans Werk. Sie nahm eine Gewebeprobe vom Innern seiner Backe und betastete seine Backenknochen, Augenhöhlen und Kiefer wie eine Blinde. Dabei kam sie ihm ein bißchen näher, als strenggenommen erforderlich. Er konnte ihre Brüste spüren, die kleinen Stupse im Schutz des Overalls; er stellte sich schlampige Unterwäsche vor.

»Zahnprobleme?«

»Mh-mh.«

Die Kopfstütze dirigierte sein Gesicht nach vorn in einen schwarzen Trichter. Fühler, so fein, daß er ihre Berührung nicht spürte, ertasteten seine Totenmaske.

»Ganz stillhalten, sonst verwackeln sie das Bild. Sie können die Augen öffnen. Was sehen Sie?«

Er blickte in einen schwarzen virtuellen Spiegel. Die Wangen des Porträts schlossen auf, der Nasenrücken wurde breiter; der Abstand zwischen Augenlid und Braue schrumpfte. Das Kinn wurde stärker. Vielleicht war das Francis.

»Das sind Sie doch nicht, oder? Sie haben dieses Gesicht noch nie gesehen. Wir konzentrieren uns auf die Augenpartie, weil da die feinnervigsten Dinge ablaufen. Wie Sie vielleicht wissen, dient hauptsächlich *diese* Partie zur Identifizierung.«

Sie erlöste ihn, richtete sich auf. Jetzt kam das Kleingedruckte. Der Beipackzettel.

»Mr. Guglioli, ich muß Sie darauf aufmerksam machen, daß der allerkleinste gentherapeutische Eingriff unerwünschte, ernste und womöglich irreversible Nebenwirkungen haben kann.«

»Eja«, sagte Johnny. Ihn fröstelte. »Eja, ja.«

»Was haben Sie lieber? Augentropfen, Nasenspray, Pulver?«

»Pulver.«

Der Zauberkasten des Alchimisten erwachte zum Leben. Clem verschränkte die Arme und starrte ihren Klienten an.

»Nun verraten Sie mir mal«, sagte Johnny, um der Angst keinen Raum zu lassen. »Wie hat das alles angefangen?«

Sie lachte – ha, ha, ha – als habe ihr jemand ein Zeichen zum Einsatz gegeben. »Es war ein Spiel, Mr. Guglioli. Ein strategisches Fantasy-Spiel. Warum wir das gespielt haben? Wer weiß? Vielleicht, weil wir alle so ein Gefühl hatten, als wären die anderen Menschen Aliens und nur darauf aus, uns zu kidnappen. Ich war bei den ersten. Ich brachte die königlichen Namen ins Spiel. Das gefiel mir natürlich. Und Braemar kam auf die Idee mit Lewis Carroll. Weiß der Hacker, wie lange wir schon spielten. Wir haben *echte* Informationen gesammelt und sind dann eines Tages auf die hypnotisierten Alasker gestoßen. Es gab ein Netzmeeting: Ein paar Spieler hatten den Verdacht, daß wir da wirklich was aufgetan hatten. Wir tauschten unsere richtigen Namen aus, legten einen feierlichen Schwur ab. Und beschlossen weiterzumachen – aber auf der Weltbühne. Wir wollten unserem Verdacht auf den Grund gehen. Das Spiel hieß *The Aliens Have Landed.* Die Regeln waren so offen, daß man überhaupt nicht festgelegt war. Nach dem Auftritt in Krung Thep nannten wir uns Weiße Königin und gaben uns das Konzept des präventiven Widerstands. O nein, das war kein Fantasy-Spiel mehr.«

»Zu wieviel seid ihr?«

»Ha, ha, ha. Die Taktik, beiläufig dumme Fragen zu stellen. Natürlich behalte ich das für mich. Soviel sei verraten: Bald bekommen wir Zulauf.«

»Nimmt die *Weiße Königin* Ihre Dienste häufig in Anspruch?«

Ihr Mund dehnte sich unter dem Film. »›Sauberer‹ Sprengstoff? Verseuchte Klimaanlagen? Spurloses Gift? Das ist ein schmutziges Geschäft, da laß ich die Finger davon.« Sie schüttelte den Kopf. »Nein, Mr. Guglioli.« Sie tippte an ihren Zinken. »Das ist die erste falsche Nase, die ich beigesteuert habe.«

»Etwas *müssen* Sie doch tun.«

»Also hauptsächlich experimentiere ich mit Zellproben der Aliens. Ich habe das genetische Material studiert, und ein paar Dinge, die ich entdeckt habe, würden Ihnen den Schlaf rauben.«

Er zeigte sich unbeeindruckt.

Sie musterte ihn mit diesem Polizeiblick. »Sie mögen mich nicht, Mr. Guglioli. Da sind Sie nicht der einzige. Da sitzt nun der Wohltäter der Menschheit: Er kann mich zwar nicht leiden, aber er braucht mich. Das hab ich gern.«

Die Anlage fing an zu piepsen. »Aha.« Sie nahm das versiegelte Fläschchen heraus. »Ihre Tropfen, Euer Gnaden. Zwei vor dem Schlafengehen. Und wenn die Wirkung nachläßt, kommt es zu Blutergüssen. Sie und Braemar sollten sich was Fadenscheiniges über Türklinken ausdenken.« Sie tauchte Gesicht und Hände in den Tank, dann spannte sie die Haut rings um ihre Augen und fing die Augenschützer auf.

Braemar kam herüber. »Schon fertig? Danke, Clem.«

Clem zog sie in die Arme. Johnny gefiel nicht, daß Brae die Geste so enthusiastisch erwiderte.

Clem quetschte ihm die Fingerknöchel. »Hübsch vorsichtig, Weggefährte. Und tun Sie ihr nichts zuleide. Auch wenn das Frauenzimmer vor Vergnügen stöhnt, okay?«

Es war also ein Spiel. Weltbühne: lauter Spinner unterwegs, die um unsichtbare Hindernisse schlichen, die Köpfe zugekleistert mit einer wahnwitzig kitzligen Virtuality. Der Minicooper fädelte sich zur E2 ein. Die Briten hatten ihr Straßennetz gekappt und den Treibstoff drakonisch rationiert, mit dem Ergebnis, daß die wenigen verbliebenen Fernstraßen verstopft waren. Millionen von Junkies kamen dank des schmutzigen Schwarzmarkts jederzeit und überall zu ihrem Stoff. Johnny hatte ein schlechtes Gewissen. Er war nach Preußen unterwegs, und bis dahin brauchte es mehr als die sechzehnkommafünf Liter, die Brae monatlich zustanden. Plötzlich wünschte er, er hätte sich nie mit diesen banalen, kryptofaschistischen Verlierern eingelassen.

Andererseits wären Flugzeug und Schiff viel zu riskant gewesen für Johnny (und Züge empfand Braemar nun mal als Zumutung, seit die Frogs* *British Rail* aufgekauft hatten). Da gab es nur eins: die Tunnelstraße.

»Du bist die *Weiße Königin:* Wer ist die *Rote Königin?*«

Braemar grinste. »Pierre, wer sonst?«

---

* Abfällige (britische) Bezeichnung für Franzosen.

Die Antwort war geschmacklos. Das Bild des affenäugigen Larrialde, wie er verstohlen ein blutbeflecktes Taschentuch wegsteckt.

Sie sah ihn flüchtig an. »Was ist denn, Johnny? Du kennst doch das Szenario. Kommen die wundervollen Weißen daher, kriegen die Einfältigen das große Zittern. Da ist nur der gemeine, hinterhältige Medizinmann, der Ränke gegen sie schmiedet, vielleicht noch das arglistige, ausrangierte Weib des guten Häuptlings Mbongo. Die sprichwörtliche Minderheit der Querköpfe.«

»Tut mir leid. Aber ihr Hacker lauft mir eiskalt den Rücken runter. Wie kannst du so einer Frau vertrauen?«

Braemar lächelte säuerlich. »Clem ist keine Frau. Sie ist ein Mann.«

Ach, so war das. »Du meinst, sie ist transsexuell?«

Sie lachte über seinen spröden Tonfall. »Nein. Ich meine, was ich sage: Sie *ist* ein Mann. Clem sieht sich nicht als Frau, die mit einem männlichen Körper gestraft ist. Sie will nicht reinen Tisch machen. Ihr gefällt die doppelte Ausstattung.« Braemar blickte finster auf den Verkehr. »Männer tragen Frauenkleider, Männer werden schwanger. Männern wachsen Titten. Bald kriegen sie noch die Monatsregel. Clem ist alles zuzutrauen. Sie macht mich krank. Keiner von euch, nicht ein *einziger*, würde das lange aushalten, glaub mir.«

Die Galligkeit, mit der sie das sagte, überraschte ihn. Braemar war doch durch und durch ein Vollblutweib.

Cinqcents und London waren lückenlos zusammengewachsen und spulten ihre Skyline aus Friedhofstürmen ab. Johnny wartete, bis er glaubte, daß Braemars gereizte Stimmung verflogen war.

»Brae. Ich will dich ja nicht nerven, aber ist das wirklich wahr? Habt ihr tatsächlich Zellproben von den Aliens?«

»Ja.« Sie seufzte und bekam eine krause Stirn. »Der Haken ist... Du bist Clem doch begegnet. Als Hacker hat sie mein volles Vertrauen. Du kannst das Zeug bedenkenlos einnehmen. Aber wenn ich darüber nachdenke, was sie über die Aliens sagt, dann ist da nichts Greifbares. Gene: Was kann man auf dieser Ebene nicht alles behaupten? Nichts davon kann man sehen oder anfassen. Ich glaube, ich glaub ihr kein Wort.«

Clementina nahm in (ihrem)seinem Armstuhl Platz und pflückte immer noch Fetzchen dieses biologisch abbaubaren Films von der Haut. (Sie) er stülpte den verkabelten Helm über und sah zu, wie die Alien-Moleküle an ihren Kopien bauten, zarte Schneeflocken, die von außen nach innen wuchsen. Welche Schönheit und welche Allmacht! In wenigen Tagen würde (sie) er (ihre) seine Arbeit restlos vernichten, jede Notiz, jedes Band. Komm herbei, du finstre Zeit. (Sie) er empfand eine diffuse aber tiefe Zufriedenheit bei dem Gedanken, daß niemand unter den Anhängern der Weißen Königin so richtig wußte, was man mit Clem, der verrückten Wissenschaftlerin, anfangen sollte. Niemand ahnte, was (sie) er geleistet und wie weit (sie) er die Chemie der Aliens aufgedröselt hatte. Doch, doch: Da gab es nichts zu deuteln. Es hatte alles seine Richtigkeit. Bald schon (aber viel zu spät) würden ihnen die Augen aufgehen. Clementia nahm den Helm ab und saß da und starrte in die Vitrine und auf das angelaufene Metall des Säbels. (Sie) er dachte an einen Tag, der (ihr) ihm nicht erspart bleiben würde. (Sie) er zog einen schiefen Runzelmund. Clementia rechnete fest damit, als Widerstandskämpfer zu fallen. Trotzdem war es eine Ironie des Schicksals, was (sie) er über die Aliens herausgefunden hatte.

»Neue Rekruten. Viele, sehr viele Rekruten! Aber aus welchen Motiven? Was ist das meine? Ach, wer weiß schon, was er tut?«

Peenemünde stand unter Quarantäne. Oder besser gesagt: *had been sent to Coventry.* Die britische Metapher traf die Situation besser.* Die Universität verzichtete auf eine Entlassung; man wollte keinen Skandal. Doch man hatte ihr die Arbeit weggenommen. Auch die Dozentenstelle, wiewohl das niemand bedauerte; pädagogisch war sie nämlich eine Niete.

Peenemünde vermißte ihr Projekt. Noch mehr vermißte sie menschliche Zuwendung: ein feines Rinnsal, das sie erst gewahrte, als es ausblieb.

Niemand wollte mit ihr reden. Niemand. Man nickte kaum. Da Peenemünde zeitlebens fast nie eine Unterhaltung begonnen hatte, war ihr Los um so befremdlicher.

Sie hielt sich wie eh und je an die wenigen ausgetretenen Pfade und blieb völlig passiv. Daß sie mit jemandem zusammenstieß, war so gut wie ausgeschlossen. Sie aß allein in der Kantine, schöpfte dann und wann frische Luft, fütterte die Enten am Ententeich. Alle mieden ihre Nähe. Sie konnte ja verstehen, daß ihre Mitmenschen, bis hinunter zum Campus-Kehrer, nichts mit gewissen Ansichten zu tun haben wollten, die sie vertrat. Aber *mußten* sie denn unbedingt darüber reden? Vielleicht ja. Aliens hier und Aliens da, überall dasselbe. Wenn diese Superwesen so *wundervoll* waren, dachte Peenemünde, dann würden sie auch die unmaßgebliche Meinung eines einfältigen Erdlings tolerieren. Doch Universitätsleute sahen alles durch die Brille von Universitätsleuten.

Anfangs hatte sie wenigstens noch Fanpost bekommen. Da war diese promovierte Studentin, eine schöne

---

* *Coventry* ist eine Stadt in Zentral-England, deren Zentrum im 2. Weltkrieg fast völlig zerstört wurde; *to send to Coventry* = ächten, verbannen, ignorieren.

junge Frau, die in der Periode, als die ›Aliens‹ die Weltbühne betraten, von Krung Thep aus ihre Strafpredigt hielten, Großroboter in Monster verwandelten und drohten, Millionen von Menschen zu vergasen … die in dieser Periode fiebrige Augen und hohle Wangen bekommen hatte. Die Frau hatte einen Narren an Peenemünde gefressen, so sehr, daß sie unbedingt mit ihrem Idol ins Bett wollte. Peenemünde hatte keine nennenswerte sexuelle Veranlagung. Sie war einfach überrumpelt worden. Ein schreckliches Disaster. Eine dicke, maulfaule Professorin war ein schlechter Katalysator für Liebe, und Peenemünde war obendrein völlig unbeholfen in solchen Dingen.

Danach wurde die Frau eine glühende Verehrerin der Aliens. Doch ihre Augen blieben die Augen eines Menschen, der immer und überall von schrecklichen Visionen bedrängt wird.

Peene aß in der Kantine, ihre Pfunde quollen zwanglos über die schmale Bank. Trotz ihrer mißlichen Lage hatte sie nicht abgenommen. Es war ungefähr 2.00 Uhr früh, Ortszeit. Peenemünde stand (wegen ihres gegenwärtigen Zeitplans für die heimliche Nutzung des Cannon-Teleskops) mit dem normalen Tag-Nacht-Rhythmus auf dem Kriegsfuß. Was soll's? Niemand nahm Notiz davon. Unter den späten Gästen waren zwei fremde Gesichter: eine gut aussehende Frau mittleren Alters und ihr Sohn, der ihr gar nicht ähnlich sah. Vielleicht ihr Gigolo. In der ganzen Europäischen Föderation und Union hangelten sich Low-budget-travellers von Universität zu Universität, wie sie es ehedem mit den alten Christenklöstern getan hatten. Irgendwer war auf diese romantische Idee verfallen, die zufällig überdauert hatte. Theoretisch hätten sie sich als Studenten ausweisen müssen. Doch der Service war nicht eben üppig, also nahm man es nicht so genau.

Wie die meisten ungeselligen Menschen verfügte auch Peene über ganz ungewöhnliche Reserven an überschüssiger Neugier. Sie mutmaßte noch über das Paar, als ihr auffiel, daß die beiden *sie* beobachteten. Besonders der junge Mann.

Sie gefror innerlich. Sie sah sich in Inges Bett kauern, die Steppdecke um eine Leibesfülle gerafft, die ihr bislang egal gewesen war. Das schöne, goldgerahmte Gesicht von Inge mit dem Ausdruck störrischer Verdrossenheit, ihr eigenes wehleidiges Geplapper. »Sei mir nicht böse, bitte. Wir könnten uns doch einen erotischen Film ansehen…«

Peene verließ hastig die Kantine. Sie folgten ihr. Sie fiel in einen scharfen Trab. Weit und breit niemand, nur die beiden. Die Campus-Überwachung war ein Witz. Und ihre Selbsteinschätzung war eher hinderlich. Sie wußte, wie sie mit prekären Situationen fertig wurde… Am Eingang zu ihrem Gebäude gab sie auf und wartete keuchend.

»Gehen Sie doch weg«, sagte sie auf deutsch. *»Mit mir wollen Sie doch nicht reden, denn ich bin schwachsinnig. Idiotica: Ich bin eine Privatperson. Gehen Sie und sehen Sie sich lieber die Ausstellung der synthetischen Kristalle an. Oder die bunten Fenster der Kapelle.«*

Die Hand der Frau fuhr an Peenemünde vorbei und deckte den Schlüsselschlitz ab. »Mein Freund spricht nur Englisch.« Ihre Augen verrieten wilde Entschlossenheit. »Sie halten die Aleuten für Schwindler, Professor Buonarroti. Wir auch. Wir sollten uns unterhalten.« Um ins Haus zu kommen, hätte Peenemünde mit dieser zerbrechlichen, gut angezogenen Frau mit dem eisernen Blick um den Schlüsselschlitz kämpfen müssen. Das brachte sie nicht fertig.

»Können Sie nicht schreiben? Gehen Sie und schreiben Sie mir einen Brief. Es stimmt, daß ich nur ungern telefoniere, aber ich lese meine Post. Vielleicht bekommen Sie Antwort.«

Der Mann mit dem Kindergesicht schien sich zu ärgern, vielleicht weil er kein Deutsch konnte. Die wild entschlossene Frau schüttelte den Kopf. »Nein. Wir müssen reden. Von Angesicht zu Angesicht.«

Also ließ sie die beiden hinauf und sperrte ihr Zimmer auf. Die Besucher starrten auf die kleine ›Startrampe‹, wußten aber ganz offensichtlich nicht, was es damit auf sich hatte. Ihr wurde leichter ums Herz.

»Nehmen Sie Platz«, sagte sie auf englisch. »Möchten Sie Tee?«

Sie goß Tee auf und brachte einen Teller mit Keksen. Es tat weh, mit ihnen zu teilen, aber sie wußte, was sich gehörte. Es war das erste Mal seit Jahren, daß sie wieder Besuch hatte. Das Zeremoniell war wie Balsam, und der junge Mann war nicht so wie Inge. Niemand schert sich, dachte sie. Niemand schert sich darum, was ich sage, solange ich nur mit Idioten rede. Plötzlich flammte der Wundschmerz wieder auf. Nach nichts dürstet den Verlassenen mehr, als von seinem Liebsten zu reden.

Die beiden sahen sich um. Der Fremde musterte die Galerie ihrer Freunde, besonders das sepiabraune Porträt eines jungen Mannes: ein langes, ziemlich trauriges Gesicht mit einem zerzausten jugendlichen Bart.

»Professor Buonarroti«, sagte die Frau. »Ich heiße Braemar Wilson, und das ist Johnny Guglioli. Wir repräsentieren eine Organisation, die sich Weiße Königin nennt. Sie haben von uns gehört, ich weiß. Wir haben versucht, mit ihnen Kontakt aufzunehmen. Nach Auskunft der Universität haben Sie kein Büro, und Ihre Privatnummer ist nicht gespeichert. Sie benutzen keines der üblichen Pin-Boards. Wir *haben* Sie angeschrieben. Aber leider keine Antwort bekommen. Ich gebe zu, daß wir Sie regelrecht überfallen haben. Aber wir glauben dasselbe, was Sie glauben ...«

Peenemünde schüttelte den Kopf. »O nein«, sagte sie. »Das glaube ich nicht, Ms. Wilson.«

»Braemar.«

»Braemar. Ich weiß. Die Aleuten sind weder Aliens

noch Superwesen. Das wäre vollkommen unlogisch.« In die eine Hand nahm sie ihren Tee, in die andere einen Keks. »Bewußtsein. Was ist das? Bewußtsein, das ist die innere Inschrift vom Wesen der Dinge. Was ist das Wesen der Dinge? Die virtuellen Partikel springen hin und her zwischen Existenz und Nichtexistenz, die Neuronen feuern unaufhörlich, es gibt immer einen Grund. Strenggenommen ist das Bewußtsein und die Realität an sich weder ein Ding noch ein Ereignis. Das eine wie das andere ist eine bestimmte, kritische Konstellation von Informationen. Und genau die kann nur so und nicht anders sein. Um es auf den Punkt zu bringen: Es kann nichts existieren, was nicht den *Bedingungen der Existenz* entspricht? Man sagt zum Beispiel: Ein Atom *will* einen bestimmten Zustand erreichen, oder eine mathematische Funktion *begnügt* sich mit einem bestimmten Resultat aus einem definierten Lösungsfeld. Warum reden wir so? Weil, was wir als *Motivation* erleben, als *Verlangen* oder *Genügsamkeit*, eben nicht dem Menschen vorbehalten ist, oder anthropoiden Affen, höheren Säugetieren, Vögeln. Wenn etwas komplexer wird, dann verändert es sich nicht, es wird immer mehr *es selbst*. Das menschliche Hirn ist ein so unsäglich komplexes Organ, daß man es als Abbildung des gesamten Universums auf kleinstem Raum betrachten kann. Das Ergebnis ist unser Bewußtsein: So gewiß wie meine Hand aus Fleisch ist, besteht unser Bewußtsein aus den Strebungen und Regungen zwischen den Partikeln.«

Es war ein wohliges Gefühl. Peenemünde konnte nicht gut erklären und verlor gerne das Thema aus den Augen, aber sie genoß es, wenn man ihr zuhörte.

»Wenn ich sage, daß Kristalle *bestrebt* sind ... wenn ein gleichgesinnter Kollege sagt, die Ratte ist *gekränkt* oder *deprimiert*, dann ist das kein Anthropomorphismus. Es ist eher eine Degradierung des Menschen als eine Beförderung der niedrigen Geschöpfe; wenn man so will. Spermatozoen folgen chemischen Vektoren, die dazugehörigen Männer gehen nicht viel anders durchs Leben. Was komplizierter aussieht, läuft *quantitativ* auf dasselbe hinaus. Das ist eine Binsenweisheit, ja. Aber schon von Berufs wegen muß ich die Binsenweisheit drehen und wenden. Die Information, die wir *Selbstbewußtsein* nennen, kann nur als allgemeines Phänomen beschrieben werden, wobei konkrete Einzelheiten im dunkeln bleiben. (Sie kann überhaupt nicht *analysiert* werden. Aber das ist ein Bekenntnis der modernen Wissenschaft. Jede Form von Analyse bleibt eine unvollkommene Beschreibung.) Verstehen Sie? Wenn wir von *fremder Intelligenz* sprechen, dann kann sie unmöglich unseren Bedingungen genügen. Aber logischerweise kennt die Summe von Allem weder Außen noch Innen: die Definition von *Kosmos.* Damit ist alles gesagt. Was immer die sogenannten Aliens denken können, können wir auch denken. Sie können keine Gedanken lesen. Es sei denn«, räumte sie mit einem unsicheren Lächeln ein, »wir könnten es auch und wüßten es nur noch nicht. Was immer sie sind, wir sind es auch.«

Peenemünde bemerkte den winzigen Blickwechsel und war gekränkt. Das war der Moment, da ihr der Gedanke kam, sich an der ganzen undankbaren Welt zu rächen – ein bißchen wenigstens. Nur an diesen beiden.

»Sie können also nicht ausschließen«, drängte Braemar, »daß die Aleuten *doch* von einem anderen Planeten kommen?«

Peenemünde zuckte die Achseln. »Meinetwegen. Aber das ist eine Frage für die Biologen, nicht für mich. Egal, wo sie herkommen und wie sie beschaffen sind« – sie holte Luft – »sie sind jedenfalls nicht schneller als das Licht gereist. Das ist *völlig ausgeschlossen.* Das widerspräche meinem Axiom der Selbstreproduktion. Nur das Bewußtsein kann schneller reisen als das Licht. Jedenfalls nichts Materielles. Also, wissen Sie, diese mickrigen Raumfahrzeuge sagen doch alles.«

Sie aß ihren Keks auf. Die beiden hatten ›abgeschaltet‹, taten interessiert und warteten auf ein Stichwort, das ihre huldvolle Aufmerksamkeit wieder auf den Plan rief. Die Presseleute waren so. Sie hatte sie bis hier stehen. Immer dasselbe.

»Lassen Sie mich ausholen. Damals, vor 2004, da gab es ein internationales Raumfahrtprogramm. Da war die Marsmission: Eins kam zum anderen. Meine Stiftung kam zu der Überzeugung, daß unser Sonnensystem unausweichlich nationalen und blockpolitischen Interessen unterworfen war, und sich der kühne Entdeckergeist lieber den Tiefen des Alls widmen sollte. Körperschaften funktionieren anders als gewählte Gremien. Sie können in Jahrzehnten denken, in Jahrhunderten. Andere haben über die Idee des Ftl-Antriebs gelacht; meine Brötchengeber nicht. Alles, was sich bewegt, ob Sonden, Licht oder Radiowellen, wird von den kosmischen Distanzen ziemlich rasch zur Schnecke gemacht. Das ist das Grundübel bei der Erforschung des Weltalls. Warum die Hände in den Schoß legen? Das Projekt war eine Zeitlang auf Eis gelegt. Aber vor ein paar Jahren, zehn Jahren genau, da hab ich es geerbt. Man hat mich dafür bezahlt, Ideen für Materialien zu entwickeln, die über Löcher oder Tunnel oder Falten im Gewebe des Universums von A nach B gelangen können, aber nicht durch Ortswechsel, sondern durch *vermittelte Koexistenz*. Materialien mit Gradienten vergleichbar der Hülle eines Raumgleiters, so daß sie gleichzeitig mehrere Zustände haben können – heiß und kalt: *hier* und *woanders*. Arbeit, wie ich sie im Grunde schon an tankgezüchteten Werkzeugmaschinen zu erledigen hatte, nichts Umwerfendes.«

»Und? Hatten Sie Erfolg?«

Sie hatte bereits vergessen, wie der junge Mann hieß. Aber sie kannte den Typ. Er würde alles schlucken, was romantisch klang.

»Eine metallorganische Legierung, die durch die

Mauern der Zeit geht? Nein, ich glaube nicht, daß wir das jemals schaffen. Aber mir war ein kleinerer Erfolg beschieden. Um die Prozesse bei der Tankzüchtung in Gang zu setzen, müssen wir der Natur die *Information an sich* abringen. Was passiert, wenn wir sie haben, bar jeder materiellen Gestalt? Wir haben etwas ›Bedingungsloses‹, *abgesehen von seiner Selbstbedingtheit.* Setzen wir mal diese und nur diese Bedingtheit voraus.«

Sie legte eine Kunstpause ein. »Als die Aleuten kamen, war die Sache leider noch nicht spruchreif. Ich sah keine Anwendung, und das hielt mich ab, zu publizieren. Erkenntnisse ohne Anwendung stehen nicht hoch im Kurs.« Sie blickte finster drein. Gemäß jenem Axiom gab es zur Zeit keine Peenemünde-Buonarroti. Sie stand auf. »Kommen Sie, ich will Ihnen etwas zeigen.«

Die beiden sahen einander vielsagend an und waren gehorsam wie Lämmer.

»Da«, sagte Peenemünde. »Mein Prototyp.«

Die Couch, das Terminal, der Leuchtkasten. Sie reichte dem jungen Mann ein Bündel FOC-Aufnahmen* und das großartige Geschenk von Cannon: blasse Brokatmuster, herausgefiltert aus den Spektren einer Handvoll Hauptreihensterne. Das waren die Juwelen, in denen Peenemünde (und sonst niemand) die unverwechselbare Handschrift planetarer Atmosphären sah. Die Frau, Braemar also, sie hatte sich vor den Bildschirm des Terminals gesetzt und ließ sich hübsche Bilder zeigen, die niemanden etwas angingen. Peene mißtraute der Frau. Sie war Industriespionen begegnet (wie sich im nachhinein herausgestellt hatte), die sich genauso und nicht anders benommen hatten.

»Die Matrix aller möglichen Zustände ist zwar völlig unabhängig von der Größenordnung, aber die Berechnungen für einen kleinen Bereich sind ungemein

---

* FOC = FiberOptical Communication = Faseroptische Übermittlung.

schwierig. Deshalb würde der Versuch, mal eben ›schneller als das Licht‹ ins Zimmer nebenan zu reisen, den Aufwand nicht rechtfertigen. Unser Sonnensystem hat bekanntlich nur einen einzigen gastfreundlichen Planeten. Und die Information ›Ich‹ ist vermutlich nicht weniger anspruchsvoll als mein Körper. Das heißt, ich bin von Anfang an weit, weit hinausgegangen. Überall in der lokalen Gruppe gibt es Planetensysteme; das beweisen bestimmte regelmäßige Schwankungen in den Sternparametern. Sehen Sie sich jetzt diese Absorptionslinien an.« Sie zeigte in rascher Folge auf den bunten Strichcode. »Das, das und das sind Spuren planetarer Atmosphären. Die Gilde der Astronomen ist noch zerstritten, was die Existenz dieser Planeten angeht. Ich habe Grund zu der Annahme, daß sie existieren. Hier, auf diesen Aufnahmen, sind feinere Details zu sehen: Diese Planeten sind wie die Erde oder fast wie die Erde.« Sie schaufelte das Bildmaterial zusammen. Der junge Mann sah furchtbar interessiert drein, und die Frau war vom Bildschirm aufgestanden und schielte zur Couch.

»Ist so was teuer?«

Die beiden waren komplett ahnungslos. Peene hätte munter lügen können, aber ihre soziale Inkompetenz setzte sich durch.

»Ich brauche viel Strom und eine Menge Rechnerzeit. Einen Block weiter läuft ein offenes Industrie-Projekt. Da hänge ich mich immer rein. Du-Pont-Farben kann sich das leisten.«

Dann sagte Braemar Wilson etwas, womit sie das Herz der Wissenschaftlerin eroberte.

»Sie müssen sie wirklich hassen.«

»Die Aleuten?« Die Halbwahrheit kam ihr leicht über die Lippen, weil sie eigentlich die ganze sein sollte. »Überhaupt nicht. Das hat sich so ergeben. Aber was ist? Wollen Sie? Dann wären wir schon zu dritt.«

War das ulkig, diese Gesichter zu beobachten. Und *wie* ulkig das war.

»Falls Sie sich zu dem Experiment entschließen«, erklärte sie gedehnt, »dann würde mir das den nötigen Rückhalt geben, ein öffentliches Statement zur Aleuten-Frage abzugeben. Vorher ist mir das zu riskant. Ich könnte sonst meine Stelle endgültig verlieren. Es wäre schon ein ernster Schritt. Aber ich bin bereit, nur müßten Sie mir vorher Ihr Vertrauen schenken.«

Sie sahen einander flüchtig an, und dann in eine andere Richtung. Der junge Mann, dachte Peene, würde noch alles verderben. Wilson war soweit.

»Was passiert genau?« wollte sie wissen. »Und wo ist der Rest des Labors?«

Peenemünde lachte. »O nein. Mehr braucht ihr zwei beide nicht zu sehen, und ihr wißt alles, was ihr wissen müßt. Was Ihnen passiert, ist, daß Sie sich hinlegen. Sensoren im Schaumstoff erfassen den Umriß Ihres Körpers. Schon von Kirlian-Fotografie* gehört? Eingeborene haben eine Heidenangst davor. Die Couch macht so eine Aufnahme. Sie fängt die Seele ein. Dann sagen Sie sich: *Ich will da und da hin.* Den Ort, die Umgebung, die Umstände, die Situation müssen Sie im Kopf haben. Wie im Traum stehen Sie auf, wie wenn Sie morgens träumen, Sie seien aufgewacht. Sie sind da, wo Sie hinwollten, nicht als Geist, sondern leibhaftig. In dem Leib, der schon für sie bestimmt war, als die Welt noch Quark im Schaufenster gewesen ist.«

»Woraus besteht er?«

Peene hob die Schultern. »Plasma. In der gleichen Mischung wie vorher. Wasserstoff, Sauerstoff, Kohlenstoff; ein bißchen Eisen, Spurenelemente. Mir hat nie was gefehlt.«

»Und dann?«

»Man bleibt so lange, wie man sich traut. Von Mal zu

---

* Fotografische Aufzeichnung von Entladungsfiguren hochfrequenter Ströme am menschlichen Körper zu diagnostischen Zwecken (*Semjon D. Kirlian*, geboren 1938, sowjetischer Naturwissenschaftler).

Mal länger. Kriegt man es mit der Angst, kehrt man rasch zurück. Hier ist kein bißchen Zeit verstrichen.«

»Muß man sich nicht an exakte Raum-Zeit-Koordinaten halten?«

Peenemünde wußte um ihre Achillesferse. Und sie wollte sich nicht zu selbstmörderischem Leichtsinn bekennen. »Das Zeitliche läßt sich erstaunlich präzise aus den Cannon-Daten ermitteln. Man muß nur wissen, wie. Und es gibt eine verläßliche Strömung... Auch wenn man nicht gleich das *präzise* Ziel im Kopf hat, im Reisemodus durchläuft man quasi die Summe aller Möglichkeiten. Man hat alle Zeit, wo die Zeit nicht vergeht. Kann auch sein, daß es einen unbestimmten Moment lang nichts gibt, was man nicht weiß.« Ihr fiel noch ein Detail ein. »Ach ja, eh ich's vergesse. Vor dem Hinlegen räumen Sie besser auf in Ihrem Kopf. Werden Sie ganz still und ruhig. Was die Seele *nicht* brauchen kann, ist Ballast.«

»Das ist kriminell«, sagte der junge Mann.

Peenemünde blinzelte.

Er hatte das Kabel auf der Fensterbank entdeckt, das sie mit Klebeband befestigt hatte. Sie hatte ein enormes Loch in den Metallrahmen bohren müssen. »Seht euch den Durchmesser an. Das nenne ich weder ›klauen‹ noch ›stehlen‹, das ist Raub in Großformat. Mein Gott, Sie müssen ja den Saft einer Kleinstadt abzweigen!«

»Mein Kollege und ich müssen uns besprechen«, sagte Wilson.

Der junge Mann funkelte beide Frauen an, sein mysteriöser Zorn machte da keinen Unterschied. Peenemünde bemerkte zum ersten Mal, wie er bewußt oder unbewußt mit seinen sternklaren schwarzen Augen brillierte.

»Bitte schön. Meinetwegen. Aber um 5.00 Uhr deutscher Zeit legt das Du-Pont-Projekt eine längere Pause ein. Vorher sollten Sie sich einig werden.« Sie eilte in ihre Kochnische und kam mit einer schmuddeligen

Tüte zurück. »Hier. Füttern Sie die Enten. Dabei kommen mir immer die besten Gedanken.«

An der Tür drehte Braemar Wilson sich noch einmal um. »Falls die Aliens Ihr Patent nicht kennen, wie, glauben Sie, sind sie hergekommen?«

»Oh, sehr einfach. Sie haben ein Mehrgenerationenschiff. Rundlich und dunkel und abgeschirmt mit einer fünf bis zehn Meter dicken Wasserschicht zwischen starren mineralischen Schalen. Sie haben sich jedenfalls nicht auf der Ebene der Ekliptik genähert, so daß unsere Hardware zum größten Teil in die falsche Richtung geguckt hat. Parken tun sie ganz in der Nähe, vielleicht hinter dem Mond.«

Der Ententeich war etwas weniger als fünfhundert Meter entfernt, umgeben von Sträuchern, Büschen und ein paar Bäumen. Die trüben Kugellampen entlang der Campus-Pfade ertranken in der stillen Lichtflut, die ein Tag-und-Nacht-Block über den grauen Rasen schickte. Die Enten waren hellwach und kamen zielstrebig angeschwommen, als sich die beiden Menschen näherten.

Es war sehr kalt, der Himmel rußschwarz. Ein scharfer Ostwind blies über die baltische Seenplatte.

»Was ist los mit dir, Johnny?«

Er saß auf dem Steinrand und zerpflückte geistesabwesend altes Brot. »Hast du die Bilder über ihrem Bett gesehen? Mahatma Gandhi hing da, Chico Mendes. Die Chipko-Frau; Gaura Devi. Theresia von Lisieux, Theresia von Ávila. Der schmächtige Bursche in der Mitte hat das Gesicht vom Turiner Grabtuch.«

Braemar betrachtete ihn nachdenklich. »Das ist ungewöhnlich für einen jungen Eejay. Ich wußte gar nicht, daß du katholisch bist.«

»Ich bin nicht ...« Er stockte und zuckte die Achseln. »Der Name ist italienisch, wie? Für was hast du mich gehalten, für einen bescheuerten Kommunisten?«

Braemar setzte sich, sittsam in Grün gekleidet, Lodenjacke, Lodenbreeches, Strümpfe aus Englischleder; am hochgeschlossenen Kragen blitzte amethystfarbene Seide. Sie waren tagelang unterwegs gewesen, die elegante Lady und der junge Mann, der sich gar nicht wie ihr Sohn benahm. Es war herrlich gewesen: gewürzt durch Johnnys aufregende Maskerade. Gemeinsam etwas riskieren; und der Augenblick des Aufwachens; und das schöne Gefühl, wenn die Leute hersahen und rätselten. Braemar fragte sich, wie und wo sie anfangen sollte, sich auf die Sternenreise vorzubereiten. Denn die Idylle (die sowieso bald zu Ende sein würde) war natürlich auf Lügen aufgebaut, und die innere Ruhe konnte sie sich auch abschminken. Was hatte sie denn erwartet? Der ruhige Geist ist, wie die Realität an sich, nur eine Fiktion.

Sie blickte aufs Wasser. »*Femme je suis, povrecte et ancïenne …*«

»Was?«

»Pardon.«

> Ich bin nur eine arme alte Frau,
> die gar nichts weiß und niemals lesen konnte.
> Ich sehe in dem Münster der Gemeinde
> des Himmels Bild, voll Harfen und voll Lauten,
> auch eine Hölle, wo die Sünder sieden;
> das eine macht mir Angst, das andre Freude …

Villon. Er war ein Dichter, ein Looser im Mittelalter: begabter Junge, kam aber aus dem falschen Stall und lernte nie, sich zu benehmen. Ich bin weder Christ noch Hindu. Aber ich will es auf meine Weise richtig machen; und ich habe auf meine Weise Angst, was aus mir wird, wenn ich es falsch mache.«

Johnny sah sie an, nickte schließlich. »Ehja. Genau. Ich weiß zwar nicht, ob ich dich richtig verstehe, aber irgendwie …« Er betastete vorsichtig die entzündeten Augenhöhlen. Er hatte unterdosiert, zu früh ließ die

Wirkung nach. Sein Zorn war absurd gewesen. Große Wissenschaft und Religion sind ein und dasselbe, sie buddeln im gleichen Sand. Wie oft er das schon diskutiert hatte: Die sogenannten Rationalisten machten sich was vor. Unsere gottgegebenen Systeme, der aus dem Nichts gespeiste Datengott dahinter ... Immer das gleiche: stumme Ehrfurcht und naive Paranoia. Ein Narr, wer diese Dimension ignoriert: Niemand kommt viel weiter als der Bauer im Mittelalter.

Bekam er seine Gefühle je wieder unter Kontrolle? Er betrachtete seinen persönlichen Aufruhr als ein Fraktal der weltweiten Reaktion auf die Konfrontation mit der fremden Intelligenz. Die Milliarden von Menschen zu Tränen gerührt, in sinnlicher Lust, die Panik im Nacken, rasend vor Wut.

»Warum hat sie mir Tropfen gegeben. Ich *hasse* es, mir Tropfen in die Augen zu träufeln.«

»Ich meine, du hättest was andres gesagt.«

»Hä?«

»Das macht Clem immer. Spiegel-Logik. Tut mir leid. Ich hätte dich warnen sollen.«

Im kalten Morgengrauen östlich des nullten Meridians saßen sie da, die Schultern gegen den Wind gekrümmt, beklommen und stumm.

Buonarrotis Geschichte sprach zweifellos für die Aliens. Wenn die Brötchengeber dieser Frau seit Jahren an einem überlichtschnellen Antrieb arbeiteten – und das hörte sich durchaus plausibel an –, dann waren Braemar und Johnny womöglich über den Grund gestolpert, warum alle Geheimdienste und Spezialeinheiten der Welt die Finger von Uji gelassen hatten. *Sachte, Jungs. Sachte. Die sagen vielleicht die Wahrheit.* Da waren sie also den ganzen weiten Weg gekommen, nur um neue Anhaltspunkte zu finden, daß die Welt recht und die Weiße Königin unrecht hatte.

»In Ordnung«, brach Braemar das Schweigen. »Vergessen wir die kosmische Tragweite und kommen auf den Boden der Tatsachen zurück. Wir wissen, daß sie Amateur-Astronomin ist. Sie hat zwei Nobelpreise bekommen. Beide Male wollte sie die Feierlichkeiten boykottieren und das Geld ablehnen, solange man einen Nobelpreis nicht mit der Begründung anfechten könne, die Jury sei korrupt. Aber ihre Gesellschaft hat nicht mitgespielt.«

»Ich weiß, da war so was Komisches.«

»Ein bißchen pingelig vielleicht. Das sind die Neunmalklugen, die einem Mann wie Kissinger den Friedensnobelpreis geben.«

»Henry Kissinger?« Das Brot war alle. Er zerriß die Tüte und streute die Fetzchen übers Wasser. Die Enten machten sich gierig darüber her. Ihm ging die groteske Verschwendungssucht dieser idiotischen Partikel-Jagd im letzten Jahrhundert durch den Kopf, und er fragte sich, was allein ein weltfremder Professor Buonarroti der deutschen Energiebilanz antat.

»Die Frau ist eine Kriminelle. Wenn das publik wird, was dann?«

»Weil sie ein paar Euros von einer Du-Pont-Tochter abzweigt?«

»Ein paar Millionen, Brae. Ich weiß, wie moderne Starkstromkabel aussehen. Okay. Wollen wir sie nicht anzeigen, weil ihre Eltern Nazis waren und sie eine schreckliche Kindheit hatte. Aber was haben wir davon, wenn wir diesen Humbug mitmachen, der nie und nimmer funktioniert?«

»Ich weiß nicht, aber entweder packen wir's oder wir kehren mit leeren Händen zurück. Buonarroti ist exzentrisch. Wahrscheinlich will sie sich nur lieb Kind machen. Vielleicht gibt sie ja klein bei, wenn wir's ihr auf den Kopf zusagen. Wichtig ist, daß wir sie brauchen. Genies stehen immer auf der Kippe. Die Leute würden sie mögen. Auch wenn sie Unsinn verzapft. Unser Publikum hört so genau nicht hin. Die Idee hat nichts mit den Aleuten zu tun … und, und ist einfach stark!«

Wie mühelos und stillschweigend hatte Peenemünde ›Zeit‹ für ›Raum‹ ausgegeben. Nicht ›Ort‹ sondern ›Zustand‹ gesagt. Das Universum ist eine vierdimensionale Landschaft.

Braemar sah sich in jungen Jahren den Kinderwagen schieben, ihr Gesicht eine komisch grimmige Maske, wie ein Schraubstock hielt sie das Handgelenk ihres Töchterchens umspannt. Die Kleine quengelte, der Dreijährige schluchzte herzzerreißend. Für den Bus reichte es nicht, weil sie heimlich für ihre Flucht sparte. Es kommt der Moment, da das Kosen und Gutzureden ein Ende hat und Moms wirkliche Gefühle sich auf barbarische Weise Luft machen. Die Kinder *staunen*, was kein Wunder ist bei dieser Verwandlung. Sie schreien und kreischen. Sie sträuben sich mehr denn je; es ist die Halsstarrigkeit der Verzweiflung. Du weißt, was gleich passiert, aber, ach, die köstliche Erleichterung dieses allerersten Moments. Ich habe sie nie geschlagen, dachte sie. Ich habe es nie gewollt, außer wenn ich sie hätte umbringen können.

Der Bub hatte das Weite gesucht, war da, wo ihm nichts mehr zustoßen konnte. Aber immer noch zerrte sie an dem Ärmchen der Kleinen und empfand eine garstige Schadenfreude, wenn die kleinen Füße stolperten, weil sie nicht mitkamen. Meine Tochter haßt mich, dachte Braemar. Wenn es jemals, in irgendeiner möglichen Welt, einen Weg zurück gibt, um ungeschehen zu machen, was …

Buonarroti hatte sie beide erschüttert. Glücklicher Johnny, sein Leben war so untadelig, daß seine Seele außen vor blieb. Sie seufzte. Das Angebot stand, sie mußten darauf eingehen, koste es, was es wolle. Denn dieser Deal, wie er einmal freundlich unterstrichen hatte, war eine Nummer zu groß, um zu kneifen.

»Noch eine Sackgasse halt ich nicht aus.«

Johnny gab nach. Er drehte den Rücken zum Wind und nahm sie in die Arme.

»Okay, Liebes. Wo darf's denn hingehen?«

Braemar lachte. Konnte er sich das nicht denken? »Zum Mutterschiff der Aleuten, wohin denn sonst?«

Die Enten, einander zuschnatternd, daß es hier nichts mehr zu holen gab, schwammen in die Düsternis zurück. Johnny zog Braemar auf die Füße, knöpfte erst seine Jacke auf, dann ihre, und zog sie, den Mund an ihrem Hals, so fest an sich, wie es nur ging. Ein unsägliches, fadendünnes Glücksgefühl durchrieselte ihn: ein ätherischer Orgasmus, der sich an die vorgeschriebene Route hielt. »Und wenn das Schiff nicht da ist, sind wir tot.«

»Sei ernst, Johnny. Uns wird nichts zustoßen.«

Er löste sich behutsam und zog die Plastikschachtel aus der Tasche. »Brae, wenn ich nicht durchkomme, versprich mir, daß du dich um Robert kümmerst.«

Plötzlich prusteten und kicherten sie. »Vielleicht träumen wir nur oder sind Schlafwandler.«

Sie machten sich auf den Rückweg. Braemar hielt sich an seinem Arm fest. Er merkte, wie sie fror.

»Hör zu, Johnny. Für den Fall, daß der Chronostat zu ungenau ist. Für den Fall, daß du dich auf die Couch legst und gestern in deinem eigenen Bett erwachst, dann ist da eine Kneipe, *The Back Of The North Wind*, Ecke Kingsway/Parker Street. Da warte ich auf dich, sagen wir, um 20.00 Uhr Londoner Zeit, von heute an in vierzehn Tagen.«

»Wer geht zuerst?« fragte Buonarroti.

Kopf oder Adler. Keiner hatte eine Münze.

»Alter vor Schönheit«, sagte Braemar und legte sich hin.

»Wir ziehen uns zurück.« Die Professorin zog Johnny mit sich fort. »Es dauert nur einen Moment.«

Kaum, daß sie dalag, begriff sie schlagartig, warum dieses abstruse Märchen ihnen so zugesetzt hatte: Es klang nach Tod. Nach Sterben.

Oh.

Peenemünde wunderte sich über Ms. Wilsons Kleidung. Sie selbst pflegte nackt zu reisen. Doch die beiden würden eher sterben, als sich ausziehen. Sie lachte sich ins Fäustchen. *Da gingen den beiden die Augen auf, und sie erkannten, daß sie nackt waren.* Mr. Guglioli starrte auf die Bildergalerie, die schwarzen Augen voller Galaxien.

»Sie wissen, daß das eine Fälschung ist?«

Peenemünde zuckte die Achseln. »Es ist ein Bild, das genügt.«

»Sie sollten keinen Moment zögern, sich der Weißen Königin anzuschließen. Das da sind doch Menschen, oder? Wollen Sie, daß sie in Vergessenheit geraten?«

Peenemünde wußte sich nicht zu helfen. So sprang die Presse immer mit einem um. Menschen? Daß diese Leute einem nie zuhören können.

»Die den Tod säen, sollen ihn auch ernten, Mr. Guglioli.« Wie banal, dachte sie.

Johnny funkelte aus blutunterlaufenen Augen. Dieses kleine Zimmer, diese Zelle strotzte vor Bedeutung. Seine Erinnerungen an die letzten vierundzwanzig Stunden mit Braemar waren ein heilloses Durcheinander.

»Machen Sie das zum ersten Mal? Eine Person nach der anderen, meine ich?«

Sie gab keine Antwort. Mußte sie auch nicht. Ihre Miene sagte alles.

Tod. In der unwägbaren Pause vor dem Erlöschen vernahm sie Stimmen. Der Minicooper hoppelte mit seinem unverwechselbar halsbrecherischen Effet dahin. Neben ihr fabulierte Johnny über die Risiken kontinentalen Reisens: Kolibakterien so groß wie Katzen, die sich in den Kloaken des verwaisten Lyon tummelten. Riesige friesische Rindviecher, jene sagenhaften fleischfressenden und supergescheiten Kühe, die einsam durch die belgische Heide streiften und Jagd auf ahnungslose Reisende machten … Johnny suhlte sich. Er fand es herrlich, wieder auf Safari zu sein, solange ihm solche schleimigen Schimären wie Clem vom Leib blieben. Sie hatte mit dem Gedanken gespielt, ihn durch Zone-E zu kutschieren, nur um ihn zu amüsieren; fragte sich bloß, was von zwei so verdammten Narren übrig war, wenn man sie auflas.

Sie hörte sie ihre Empfindungen schildern: wie betroffen sie war angesichts dieser kontaminierten Welt; wie sehr sie die fröhliche Unverdrossenheit bewunderte, mit der diese Menschen weitermachten.

Ihr Mann war tot. Sie scheute keine Mühe, einen neuen zu erobern, nur weil sie Angst hatte, allein die Straße hinunterzugehen, allein ein Zimmer zu betreten. Sie mußte einen von ihnen bezahlen, damit er sie vor den anderen in Schutz nahm. Das Geld war zu verschmerzen, aber die Auswahl war groß. Es sah so einfach aus, so leicht. Dann ging sie ins Bad und erwischte ihn, wie er am Schwänzchen des Kleinen spielte, der sich mit unwissenden Händchen an der Erektion festhielt. RAUS, sagte sie. RAUS MIT DIR, SOFORT! Ohne Zorn, fast lachend. Was kannst du erwarten, wenn du auf Partnersuche bist? Die Kontamination existiert, du mußt damit leben.

Sie machte dem Kerl wirklich keinen Vorwurf. Sie war längst immun gegen Unrecht. Eine gute Fee hatte sie ein für allemal aus der Rolle des Opfers befreit.

Sie schlug die Augen auf und fand sich dasitzen, mit dem Rücken gegen eine glatte, lauwarme Fläche gelehnt. Sie war nackt. Sie hatte den mentalen Nachgeschmack eines langen und komplizierten Traums. Ja. Ihr ganzes Leben war an ihr vorbeigezogen … Wo war Johnny?

Sie sah nach unten. Obwohl sie eine Wand im Rücken hatte, ›saß‹ sie im Leeren, es gab nichts, was sie stützte. Sie hing in einer geräumigen Röhre, keine wahrnehmbare Gravitation. Aus einem blauen Band längs der Röhre fiel diffuses, taghelles Licht. Die Luft schien normal. An manchen Stellen buckelte die Wandung, und immer wieder eine geschlossene Luke, etwas Technisches also. Sie fing an, sich rasch voranzuarbeiten, Hand über Hand. Sie stieß auf offene Luken mit balgenartigen Ausgängen. Sie duckte sich vorbei oder schlängelte sich darüber hinweg. Alles war wie ausgestorben. Ihr war immer wieder, als ob sich die Buckel regten; doch sie ertappte nicht einen einzigen dabei.

Eine auffallend große Luke stand offen. Dahinter gab es eine Reihe von Dingen, die an Schlitten erinnerten und unter einer Art Parkplatz aufgehängt oder aufgebockt waren (die wechselnde Orientierung war ätzend). Die ›Taxis‹ waren an großen Spulen aus feinem Draht oder Garn befestigt. Von den Fahrern keine Spur; nur das unheimliche Gefühl, von diesen Vehikeln angestarrt zu werden. Sie wandte den Blick ab und tauchte vorbei. Direkt vor ihren Händen öffnete sich ein Schott. Ein kleiner Raum. Der Wandabschnitt gegenüber hatte Fächer, darin Behälter mit kleinen Instrumenten; baumelndes Riemenzeug. Ein Büro. Arretierte Arbeitsmöbel. Aus dem Augenwinkel betrachtet kam ihr die Anordnung vertraut vor: Tastatur, Bildschirm, Peripheriegerät. Wenn sie richtig hinsah, war da nur ein unergründlich komplexes Formteil. Sie schob sich über den Rand, verlor den Halt und fiel an die hintere Wand. Sie tat sich auf. Ein tiefer Schrank, darin transparente, frei treibende Beutel, vollgepackt mit graubrauner Kleidung.

Es war der Inhalt, der ihr jählings die Augen öffnete – ihr sagte, wo sie sich befand, und was passiert war.

Braemar hielt sich mit einer Hand an der Schranktür fest und wühlte sich mit der anderen in eine der Fruchtblasen hinein. Nach einer Verschnaufpause ließ sie sich kurzerhand auf den Kampf mit der Kleidung ein. Niemand störte sie beim Anziehen. Sie kraxelte hastig in die Röhre zurück. Bald schon merkte sie, daß sie sich nicht mehr voranzog, sondern daß sie sich hangelte. Sie wurde schwerer. Nicht lange, und sie konnte gehen. Ein Schott versperrte ihr den Weg. In Ellbogenhöhe daneben war eine Kontaktfläche eingelassen, die mit einem einfachen Bildzeichen gekennzeichnet war. Sie drückte dagegen, stocherte mit dem Finger, legte die Handfläche auf. Nichts tat sich. *Wanderer! Ich habe keine Wanderer.* Verzweifelt rieb sie die Kontaktfläche wie Aladin die Wunderlampe. Das Schott glitt zur Seite. Braemar besah sich die potente Fingerspitze und mußte kichern.

Sie mußte aus einer Art Produktionsbereich kommen, denn überall waren jetzt Leute. Und Abfall und Blumenbeete, lange Fahrzeuge, die an Busse und kurze, die an Pkws erinnerten. Der Lärm war fast menschlich, ein wortloser, stummer Lärm. Ein Dunst hing in der Luft, sie mußten husten. Niemand schien sie zu bemerken. Sie senkte den Kopf und ging mitten in das Treiben hinein.

Johnny besah sich seine Hände, drehte und wendete sie.

»Das ist ja Virtuality!« lachte er.

Er war erschrocken gewesen, aber nur kurz. Wenn eine Biophysikerin von absoluter Weltklasse dir allen Ernstes sagt, daß sie dich mit dem Wesen des Seins vertraut macht, dann... Johnny fuhr auf so was ab, das war sein heimliches Laster. Glückliche Brae. Ihr war wohl erst gar nicht in den Sinn gekommen, daß die Gefahr, sich zu verpassen, im allwissenden Antlitz Gottes verschwindend klein war.

So also reist man schneller als das Licht. Die Wissenschaft kommt wieder aus einem Engpaß heraus, und das Übernatürliche wird wieder einmal in seine Schranken verwiesen. Allein, er glaubte nicht daran. Der Ort war wie ein Spielort, das Innere eines Spiels. Er kannte sich nicht aus mit diesem Phantomkörper-Effekt. Wann hatte er sich zuletzt auf ein Spiel eingelassen? Das war so lange her. Vielleicht war das alles nur kalter Kaffee.

Plötzlich stolperte sein Herz. Er hatte sich in ein Virtuality-Spiel stöpseln lassen, ein Spiel vom Feinsten, und das Zauberwort hieß ›Korallin‹. Er hatte die Quarantäne gebrochen!

Der Reflex verlor sich. Es gibt keine Regeln, dachte er. Ich habe den Fluß überquert. Ich bin kein QV-Opfer mehr. Ich bin ein Freiheitskämpfer.

Und überhaupt, das ist nicht die Wirklichkeit: Nichts hier ist real. Ich träume.

Der düstere und enge Gang hatte an beiden Seiten Schotts, die aufglitten, wenn Johnny auf die unsichtbaren Induktionsschleifen trat. Sie enthüllten Leitungen und Kabel, die zu einem unentwirrbaren, organischen Dickicht verschlungen waren. Eine Kammer enthielt eine Reihe frei hängender harter Puppenhülsen, die, als Johnny sie berührte, aleutische Uniformen entluden. Er zog sich an. Ein Stück weiter, an einer Kreuzung, fand er an der Wand eine schematische Darstellung, offensichtlich eine Art Lageplan. Das Labyrinth aus farbigen Linien war nicht etwa gemalt oder gedruckt: Es war integraler Bestandteil der metallischen Wandfläche. Frische, helle Farben. Johnny studierte die Karte eingehend.

Er war am Ziel: ein Glückstreffer oder die allwissende Fügung hinter den Kulissen dieser Spiel-Traum-Welt. Bestimmt befand er sich in einem System aus Wartungstunneln; was erklären würde, warum er niemanden zu Gesicht bekam. Schließlich landete er im bauchrunden Ende einer Sackgasse vor einem Arbeitsplatz mit Sitzgelegenheit: Das Ganze war ein einziger großer Preßling mit gerundeten Übergängen.

Es gab so etwas wie eine Tastatur und einen Bildschirm, und die Anlage war betriebsbereit. Johnny begann herumzuspielen. Er entdeckte, daß er *reiben* mußte, nicht drücken oder tippen. Nichts war hier völlig fest oder starr. Der Vergleich, der sich ihm aufdrängte, war makaber und wenig ergötzlich: Alles hier hatte die Konsistenz von festem Fleisch. Na, wenn schon. Er stellte fest, daß er die Bildsymbole lesen konnte, und probierte weiter.

Du befindest dich im Lymphsystem einer Welt, erzählte ihm der Schirm. In einer der zahlreichen Überwachungskammern, in einer Kontrollzelle. Du hast hier noch nicht gearbeitet. Du bist nur neugierig. Vielleicht bist du ein Kind. Hier sind Informationen.

Hier ist die Welt.

Die Symbole machten einem zweidimensionalen Bild Platz. Die Auflösung war schlecht, vergleichbar mit der Qualität eines einfach beschichteten Videobandes. Er berührte den Schirm: Er war nicht aus Glas, fühlte sich an wie ein Kissen, das prall mit Gelee gefüllt ist.

Da hing ein kieselglatter Kloß in der funkelnden Schwärze, eine gedrungene, abgeflachte Kugel, eine schwarz angelaufene Aubergine, die aussah, als hätte Mutter Natur sie eigens für den Weltraum gebacken. Vor der eingefrorenen Kulisse aus Sternen zogen in Zeitlupe kleine, leuchtende Punkte vorbei. Er hatte keine Ahnung, wie die Größenverhältnisse waren. Er erinnerte sich an Clavels Worte: Ja, wir haben Trabanten, aber nur sehr kleine. Erst stand Johnny quasi auf einem der Trabanten, dann auf der Aubergine. Die ›Kamerafahrt‹ dauerte relativ lange. (Nein, er glaubte nicht, daß das Realzeit war; so gigantisch war die Aubergine nicht.) Er kannte das weißgraue pockennarbige Riesengesicht, das ein Drittel des Schirms füllte. Über Aleut schien der Mond. Dann mußte auf der Erde Neumond sein, oder? *Die Rückseite ...* hauchte er. *Siehst du das, Brae? Die Rückseite des Mondes.* Die Aufzeichnung erlaubte ihm nicht, sich umzusehen nach dieser großen sengenden Sternscheibe: jener grellen Weißglut in der Schwärze des Alls.

Weiter?

Neue Symbole. Über eines strich er mit der Fingerkuppe.

Hier ist der *Planet*, unsere wandernde Heimat im Querschnitt.

Eine neue Sequenz, genauso niedrig in der Auflösung. Er sprang hin und her zwischen den Bildern.

Da die Produktionsstätten für Nahrung und anderes: Schwerelosigkeit, lauter exzentrisch aussehende Roboter, keine Menschenseele. Hier dagegen ein Platz mit spielenden Kindern, ein Park, ein See, Gärten. Schichten von Wohnungen in konzentrischen Schalen. Da die Zusammenschau von Wohnbereich, Produktion und den Brachen mit Gravitationsgefälle. (*Ist Bergsteigen auch verboten?*)

Clavel hatte ihm alles darüber erzählt: Die Städte sind eingekapselt. Niemand lebt im Freien, im künstlichen Freien, das in Wirklichkeit *drinnen* liegt, wo wir unsere Nahrung züchten. Bei uns gibt es genauso viel nutzlose Wildnis wie auf eurem Planeten. Telepathen lügen nicht, sie übersetzen nur ihre Begriffe. Aleut ist ein Raumschiff.

Johnny dämmerte, daß er mit beiden Füßen in der Realität stand. Er hatte auf irgendeine irre Weise eine Viertelmillion Meilen überwunden – und stand in Aleut. Er war traurig, fühlte sich betrogen und hätte am liebsten gejauchzt. Brae hatte recht gehabt, die ganze Zeit.

Er versuchte dem Terminal die Koordinaten der Aliens zu entlocken, um sie von irgendwem auf der Erde entschlüsseln zu lassen. Doch die Maschine reagierte immer nur mit ihren Lektionen.

Ein paar hungrige Seelen gehen hinaus in das skelettierte Innere dieser Aubergine, um ihren Mut zu beweisen oder Gott zu finden; oder wenigstens ein abenteuerliches Picknick zu halten …

Weiter?

Das Innere einer sehr, sehr weiten Halle, die an ein Museum erinnert. Kästen mit Artefakten, die nicht deutlich zu erkennen sind. Bei jedem Kasten ein Fernsehgerät, manche mit sehr kunstvollem Design. Jeder Schirm in Aktion: Spielfilme oder freie Animationen. Johnny kam nicht an das heran, was da im einzelnen lief, war aber fasziniert von dem, was er für ein Aufnahmestudio hielt. Es befand sich an der einen Seite der Halle. Sie war mit Glas abgetrennt. Hinter dem Glas ein paar Akteure. Er wurde ganz nahe herangeführt; die Art des Zooms und wie das Studio ins Bild gesetzt wurde, verrieten, daß es sich dabei um etwas Wichtiges handelte (oder handeln sollte): respektvolle Präsentation.

»Was *ist* das?« flüsterte Johnny.

Die Bildsymbole gingen auf eine humanoide Gestalt zurück. Das Schiff war ein Strichmännchen mit Pfeilkopf, kein hohler Kieselstein; Blut und Lymphe und Gedärm standen für die verschiedenen Lebenserhaltungssysteme. Von der ›Bergsteiger‹-Sequenz zur TV-Halle war er dadurch gelangt, daß er über ein großes Auge mit Strahlenkranz gerieben hatte. Die Erklärung war wundervoll: Aus dem Auge blickt die Seele! Plötzlich und ganz deutlich sah er Clavel vor sich, wie sie in einer Geste tiefen Respekts ihr Gesicht bedeckte. *Die Weltseele ist Gott.*

Oh, es war unheimlich!

Man zeigte ihm den Tempel, die Kathedrale. Telekommunikation hat eine übernatürliche Bedeutung für die Aleuten ... als ob er das nicht geahnt hätte. Was hinter dem Bildschirm geschieht, das geschieht im ›Land der Toten‹. Und sie bewahrten Videoaufnahmen, die sich nur mit ihrer Person befaßten, an einem gesonderten Ort in Uji auf. Und behandelten sie als etwas Besonderes. Niemand wußte genau zu sagen, warum sie das taten. Nicht einmal seine heißgeliebte Autorität für aleutische Kultur (es sei denn, sie behielt es für sich). Folglich war das Kommunikationszentrum eine ›Kirche der Weltseele‹. Doch hier stand er am Informationsschalter für Touristen und bediente sich. So fremd konnte es im TV-Tempel nicht zugehen.

»Und was ist mit diesen Trabanten?« murmelte Johnny.

Hier sind unsere Satelliten. In der normalen Konstellation ist eine Lücke. Ein Satellit fehlt. Nein, er ist unterwegs … ein Stielauge, das um den großen Mond späht.

Er starrte auf den Schirm. Auf der Erde waren die Aliens noch nie beim Senden oder Empfangen ertappt worden. Sieh einer an! Im Notfall konnten die *Telepathen* also nach Hause telefonieren.

War er nun wach oder träumte er? Schwer zu sagen. Aber, flugs, kam ihm eine brillante Idee. Er könnte ihre Kommunikation anzapfen. Könnte aufdecken, was sie zu verbergen hatten. Aber ja doch. Das war (ein feiner Luftzug streifte sein Gesicht) der Schlüssel zur Macht über die Aliens!

Schuldbewußt gewahrte er Braemar, wie sie dastand und ihn wortlos gewähren ließ. Übernimm du jetzt die Führung, schien sie zu sagen. Und er spürte, daß er in ihrer Nähe zu allem fähig war, in ihrer zärtlichen, omnipotent machenden Gegenwart. Wie selbstlos hatte sie sich in Fo mit dem Flair von Verworfenheit umgeben, nur um ihn moralisch bei der Stange zu halten. (Oder aus ähnlich esoterisch-weiblichen Beweggründen, die er vermutlich nie verstehen würde.) Warum war sie so hart gegen sich?

Es gab ein Spiel, es schien ihr Lieblingsspiel zu sein, bei dem sie immer *nein* sagte … und *bitte, Johnny, nein*; und ihn sanft abwehrte und sich rücklings um die Möbel tastete. In Afrika hatte sie ihn darin eingeführt: erst ködern, necken, dann das hautnahe Umschlagen ins Gegenteil … Ein schrecklich aufregendes Spiel, und so *völlig gegen die Regeln.* Nicht nur für ihn, auch für sie. Dann schien sie den Verstand zu verlieren, wußte nicht mehr aus noch ein, wenn er über ihr war und in sie eindrang. Sie hatten das Spiel nicht mehr gespielt, nicht mehr seit dem Vorfall mit Clavel.

Er spürte, wie sich eine Erektion anbahnte.

Er war auf dem besten Wege hyper-assoziativ zu werden. Der Gedanke, auch diesmal *die in ihn gesetzten Erwartungen zu erfüllen,* war sexuell stimulierend. Ein Alien zu ... Moderne Computerspiele vermittelten diesen (nicht bloß sexuellen) Kick, ein Grund, warum er sie immer gemieden hatte. Geistig stabile Menschen benutzten diese Psychodroge nur zur Fortbildung.

Er trat zurück. »Mach *du* jetzt mal«, sagte er wie ein Schulkind.

Da war keine Brae. Natürlich nicht.

Ein strammer Marsch zurück durch den gespenstischen, irrealen Korridor brachte ihn wieder zur Raison. Er fragte sich, wie, um alles in der Welt, er Brae finden sollte, wenn sie denn überhaupt hier irgendwo steckte. Der Korridor war inzwischen lebendig geworden. Scharrende Geräusche, seltsame Schatten. Man beobachtete ihn, folgte ihm. Sicherheitskräfte? Was hatte er zu befürchten? Nichts. Und wenn Braemar recht hatte, dann brauchten die Aleuten keine technische Überwachung. Doch auf Vernunft ist kein Verlaß. Süchtige Spieler werden im klassischen Sinne *paranoid.*

Er prallte auf eine nachgiebige Wand, trat zurück, rieb das Bildzeichen auf der Kontaktfläche und stolperte förmlich auf eine Straße hinaus, eine Stadtstraße. Er machte eine flinke Kehrtwende. Etwas grapschte ihn beim Arm. Er wollte schreien: Es war Braemar.

Er riß sie überschwenglich in die Arme. »Ich hab ein paar Sachen rausgekriegt. Und du?«

Sie schüttelte nur den Kopf. Sie schien überwältigt, ihre Augen starrten wie geblendet. Er umarmte sie wieder.

»Ist das nicht toll? O Gott. Wir haben sie gefunden, Brae.«

Die Passanten nahmen keinerlei Notiz von ihnen. (In Fo war Clavel doch auch nicht aufgefallen!) Es war leicht, ein Alien zu sein. Er ließ den Arm um Braemars Schulter und zog sie in den Korridor, aus dem er gekommen war.

»Ich habe einen Plan. Hast du irgendwelche Lagepläne gesehen? Wir sind hier in der Nabe, im Mittelpunkt. Wir klettern in das Stützwerk. Und klettern auf einer anderen Ebene wieder raus. Wo wir hinwollen, das liegt zwei Etagen über uns, in der Nähe des Äquators.«

»Wie kommen wir dahin?«

»Kein Problem. Wir nehmen einen Bus.«

Sie standen mit gesenkten Köpfen da und spähten umher. Hier draußen, knapp außerhalb des Wohnbereichs war es bereits frostig kalt. Die Träger waren von einer Größenordnung, die alles in den Schatten stellte, was Menschen je geschaffen hatten. Eine schwindelerregende, unwirkliche Landschaft aus Streb- und Stützwerk schwang sich, ohne daß ein Ende abzusehen war, in die Düsternis hinauf. Man konnte sich denken, wie es junge, waghalsige Aleuten da hinauflockte, und schon so manchem das dumme Genick gebrochen hatte.

Der Bus hatte sie an der Endstation abgesetzt, zuletzt waren sie die einzigen Fahrgäste gewesen. Der Übergang vom Wohnbereich zur ›Wildnis‹ war seltsam natürlich. Hinter ihnen die abgekapselte Stadt. Am Rand der Wildnis finstergrünes Buschwerk, das an riesigen Bärlapp erinnerte, Gräser und blühende Pflanzen. Hier war niemand unterwegs. Johnny erklärte ihr seinen brillanten Plan. Er unterwies sie im Lesen der Bildzeichen und las ihr die Informationen an der Haltestelle vor. Da die Aleuten offenbar kein Fahrgeld erhoben, schien es angebracht, sich auch weiterhin der öffentlichen Verkehrsmittel zu bedienen. *Aber* – das wäre wohl ein bißchen zu riskant gewesen. Braemar sagte nicht viel. Er hatte den Eindruck, als habe sie den einsamen Teil ihres Abenteuers mit nichts anderem zugebracht, als in einer Art Schocktrance einen Fuß vor den anderen zu setzen.

»Denk dran: *Hinunter* ist *raus*«, sagte Johnny. »Hinaus zu den Schalen. Wir wollen nicht zu lange herumkrebsen, nur ein bißchen um den Wohnbereich herum, bis wir eine andere Haltestelle finden.«

Sie kletterten in das Steinskelett. Orientierung und Perspektive verschoben sich. Bald schon hatten sie den Eindruck, sich unter einer konvexen Fläche und über einem konkaven, weit entfernten ›Boden‹ zu bewegen, in einem Wirrwarr aus asymmetrischem Stützwerk zwischen zwei annähernd konzentrischen Sphären.

Koboldklauen kratzten an Braemars Aufmerksamkeit. Sie sah sich immer wieder um, und irgendwelche ekligen Dinger schlitterten davon. Sie bekam sie nie zu Gesicht. Sie kletterte durch einen Algenflor an Erinnerungen, die Luft war voller Fragmente ihrer Vergangenheit, sie atmete bruchstückhafte Bedeutungen. Sie hatte gesehen, was sie hatte sehen wollen, sie hatte genug von Aleut. Doch Johnny mußte sein Abenteuer haben. Sie hatte Angst, ihm zu widersprechen, fürchtete sich richtig vor seinem Zorn, und das, wo er so ein Kindskopf war.

Bei jedem Schritt hatte sie Angst, aus dieser instabilen Realität in eine zuckende Leere zu stürzen, wo *Zorn* der Stein, *Furcht* die Luft und *Schande* der Boden unter ihren Füßen war. Sie folgten den Wegweisern durchs Spinnennetz, die gleich den Lageplänen integrale Bestandteile waren. War das nun Stein, oder war es Metall? Das Material hatte von beidem; es war ziemlich abgewetzt. ›Bergsteigen‹ war sicher kein

Volkssport bei den Aleuten, also mußte dieser Pfad beliebt sein.

»Johnny? Glaubst du, das hier ist real?«

»Wer weiß?« sagte er. »Aber es ist ein verteufelt geiler Spaß. Warte mal. Hinunter ist nach außen: Ich glaube, wir müssen da lang.« Er schloß die Augen, um zu prüfen, was sein Gleichgewichtsorgan dazu sagte und fiel jaulend auf die Hände.

»Wau. Mach das nicht noch mal.«

»An den Maschinenraum war nicht ranzukommen«, rief Johnny. »An ein Video, meine ich. Aber ich glaube, sie machen den Strom aus der Sonne. Muß sein. Irgendwelche riesigen Kollektoren für den Sonnenwind, für die Energieausläufer der Sterne, die auf ihrem Weg liegen. Soll ich dir *was* sagen? Die haben sich verirrt, die müssen sich verirrt haben. Wer kommt schon absichtlich in diese gottverlassene Sackgasse von Spiralarm.«

Der ganze primitive Mechanismus kränkte ihn zutiefst. In einem Winkel seines Herzens hatte die Vision des *Planeten Aleut* überdauert: reine Gewässer, ein Meer aus Wiesen, niedliche, laubige Öko-Promenaden, eingestreut wie Tautropfen.

»Zwecklos. Sie sind nicht besser dran als wir, sie stecken selbst in der Klemme.«

Er verhandelte mit dem hyper-assoziierenden Johnny, dem die Ausflüchte nicht paßten, weil er die Aliens richtig *aufs Kreuz legen und pfählen* wollte. Irgendwie hatten sich die Aliens mit Braemar verquickt. Kusch dich, du debiles Tier! Der Kampf in seinem Geist-Körper-Gespann war unheimlich und schrecklich. Brae brauchte nicht zu wissen, was da vorging. Sie wäre nur entsetzt gewesen.

»Andererseits«, wandte Braemar sanft ein, »verstehen sie es, die Geschicke ihrer Welt so zu lenken, daß wir nur von ihnen lernen können. Wir brauchen sie.«

Sie betastete die von Händen und Füßen ausgewetzten Stellen; die Aleuten schienen hier auf allen vieren zu gehen. Ein so altes Geschlecht von Wanderern. Ein so uralter und einzigartiger Metabolismus. Ich *brauche dieses Schiff,* hatte sie gesagt, und hier war es. Aber wo stand geschrieben, daß die Aleuten ebenbürtig waren? Sie wollte, daß sie ebenbürtig waren. Warum sollte es Unterlegene geben? Warum durften sie nicht ebenbürtig sein? Warum sollte sie immerzu Angst haben müssen?

Kobolde verkrochen sich.

»Einen Trost haben wir«, rief Johnny fröhlich über die Schulter. »Das hier ist ein Raumschiff. Je höher, nein, je tiefer wir klettern, um so niedriger wird die Gravitation. Das macht uns die Arbeit leichter …«

Dann stürzte er ab.

Es ging blitzschnell, kaum, daß sie ihm mit den Augen folgen konnte. Sie schrie und klammerte sich fest. Er lag da unten, gut dreißig Meter unter ihren Füßen, in der Gabelung von zwei steinernen Ästen. Angstvoll, aber noch nicht in Panik, kraxelte sie nach unten.

Johnny wälzte sich auf die Seite. Er war also nicht bewußtlos, hatte auch nicht das Rückgrat gebrochen. Er fummelte mit beiden Händen an der Innenseite des Schenkels, wo ein roter Quell aus dem graubraunen Stoff sprudelte. Er wollte die Oberschenkelarterie abdrücken.

»Kann … das nicht stoppen.«

»Warte, *ich* mach das!«

Sie zog den aleutischen Anzug aus. Das Zeug wollte nicht durchreißen, sie knüllte das Ding zusammen und preßte es mit aller Kraft auf die Wunde. Der graubraune Body, im Schritt der Einschub für das ›Binden‹-Arrangement der Aleuten, beutelte an den Hüften und engte die Schultern ein.

O Gott, warum hilft denn keiner …?

»Bleib ruhig, atme flach. Beweg dich nicht.«

Wir wachen nicht auf, warum wachen wir nicht auf? Man wußte von Leuten, die in der Virtualität gestorben waren. Der ›Huxley-Effekt‹, das kann ganz leicht passieren. Bis zu diesem Augenblick war sie halbwegs überzeugt gewesen, daß sie tot und alles nur ein Traum ihrer kollabierenden Neuronen war. Phantasie war es ohnehin: Halluzination, Wunschdenken. Aber sie konnte sich nicht selbst aufwecken. Das Herz schlug ihr im Hals. Johnny lag rücklings da, schlaff, atmete flach und beobachtete sie unter halbgeschlossenen Lidern und lächelte ein schwaches, entschuldigendes Lächeln. Er verlor das Bewußtsein. Aber er war noch immer da. Aleut löste sich nicht in Wohlgefallen auf, und das Blut sickerte.

Etwas bewegte sich über ihr. Sie sah nicht auf. Es kam scharrend und schabend in ihr Blickfeld. Ein kleines Geschöpf mit gekerbtem Chitinpanzer und etlichen Klauen. Der Kopf trug ein richtiges Gesicht mit den Augendeckeln einer Raupe.

Das Gesicht war menschlich.

Etwas landete mit einem fleischigen Plumps. Und hüpfte wie eine Spiralfeder auf dem einzigen Hinterbein. Es hatte eine ganze Reihe von Augen, menschliche Augen – und zwei Paar speckige Säuglingshändchen.

Es kamen noch weitere hinzu, keines größer als ein Eichhörnchen. Ein paar waren sehr klein. »Verschwindet doch!« schluchzte sie, die Hände in Johnnys Blut gestemmt. Doch die Kobolde kamen näher. Sie machten sich über sie und Johnny her, fahndeten nach Informationen, bevor die Aleuten eintrafen.

Nachdem er den verletzten Eindringling so gut wie irgend möglich versorgt hatte, kam der Arzt zurück. Braemar kauerte halbnackt und blutverschmiert im Wartezimmer der Ambulanz. Der Arzt ging vor ihr in die Hocke. Dann streckte er die Hand aus. Die Haut der

Fingerkuppen wimmelte, Staubteilchen tanzten in der Luft. In Aleut hielt man nichts von Distanz. Ein stummer Diener kam herbeigerollt. Der Arzt nahm eine Decke aus dem Behälter und tätschelte die Maschine – eine übertriebene Geste aus dem Repertoire aleutischer Tierliebe, eine der zahllosen chemischen Liebkosungen, die alles zusammenhielten.

Der Arzt legte ihr die Decke um die Schultern. Die Decke lebte – nicht für Braemars Sinne, doch wie der Arzt sie anfaßte, sagte alles. Alles hier lebte: Stein, Metall, Nahrung, Geräte. Alles wimmelte, alles war von Aleut befallen: eine Welt aus Fleisch, das mit dem Leben dieses Völkchens infiziert war.

Er hielt eine kurze Ansprache auf aleutisch.

Vielleicht sagte er: »Wie sind Sie hergekommen?«

Keine Antwort.

Er versuchte, ihr etwas zu erklären. Die Pantomime, die er benutzte, die grotesken, halb lebendigen Instrumente, die er ihr zeigte: Das alles sagte ihr nichts. Mußte es auch nicht. Sie war eingetaucht ins aleutische Paradigma. Sie spürte, was es ihn für Überwindung kostete. Sie wußte, was er meinte.

Ihr Freund braucht Blut. Ihr Blut.

Sie schüttelte verzweifelt den Kopf.

Er hatte nichts anderes erwartet. Der Diebstahl von Körperzellen ist ein kriegerischer Akt. Er bedeckte sein Gesicht, die Geste tiefen Respekts. Er gab sich große Mühe, dem Alien zu versichern, daß er nichts dergleichen im Sinn hatte. Vielleicht schwor er sogar einen Eid: *So wahr mir Gott helfe ...*

»Nein.«

Ihr Freund wird sterben.

Keine Antwort.

Der Arzt war geduldig, irritiert, aber erstaunlich gleichmütig. Aleut war ein so kleiner Ort. Ganz gewiß hatte er von der Expedition gehört und wußte, daß vor seiner Haustür eine fremde, bewohnbare und bewohnte Welt lag. Und trotzdem: Das Alienpärchen in seinem ›Wanderzirkus‹ schien ihn nicht weiter aufzuregen. Auch die Frage, wie es von dort nach hier gelangt war, schien ihm nicht auf den Nägeln zu brennen. Für ihn hatte das Unbekannte nichts Prickelndes, nichts Erregendes und schon gar nichts Ehrfurchterregendes.

Auf einer Art Theke standen Gefäße, in denen Dinge heranwuchsen: seine Zimmerpflanzen, seine Lieblinge, seine Kinder. Ein paar hatten Augen, die fast schon einen Funken Bewußtsein verrieten.

Braemar mußte ihn aufklären. Es sollte nicht schwerfallen, er war Arzt.

»Ich bin krank«, sagte sie in der *selbstverständlichen* Sprache. »Mein Blut könnte ihn töten.«

Hoffentlich band er das nicht Johnny auf die Nase. Aber woher sollte er wissen, daß Erdlinge nicht damit hausieren gingen? Er gab ihr einen neuen Anzug. Er betrachtete ihren nach wie vor schmutzigen Körper mit nachdenklichem Widerwillen, doch sie war zu erschöpft, um noch viele Worte zu wechseln. Die Aleuten wuschen sich nicht, und es war fraglich, ob er überhaupt soviel Wasser hatte. Er schickte sie in die Krankenstation hinter dem OP.

Johnnys Tür stand halb offen. Sein Gesicht war wächsern, gelbweiß. Er lag bis zum Kinn unter einer lebendigen Bettdecke; darauf ein Ding, das seinen Oberschenkel, und ein anderes, das seinen Arm umklammerte. Vielleicht hatte er erraten, was sie ihm längst hätte sagen sollen. Seine Augen waren geschlossen, er war nicht da. Wo ist Johnny? Johnny ist fort. Als ihr Mann schon im Sterben lag, hatte sie sich mit ihm gezankt. Sie hatte das Krankenhaus mit dem Vorsatz verlassen, sich morgen wieder zu vertragen. Aber dann hatte er sie nicht mehr erkannt; sein Hirntod hatte ihr einen Streich gespielt.

»Ich möchte es richtig machen«, flüsterte sie. Aleut war so real wie der Tod. Während sie allein gewesen war, hatte sie Triftiges und Handfestes in Erfahrung gebracht. Sie mußte nach Hause und ihr Wissen weitergeben. Ach, wär doch hier und jetzt mit allem Schluß. Wie gerne hätte sie mit Johnny getauscht. Sie wollte ihm ja die Wahrheit sagen, aber die Angst schnürte ihr die Kehle zu.

Er schlug die Augen auf. »Ich brauche eine Bluttransfusion. Kapieren die das? Brae, du hast dieselbe Blutgruppe wie ich. Das hab ich in deinem Paß gesehen. Weißt du noch, in Fo, in der Hotelbar?« Er hatte panische Angst. Bekam kaum den Kopf hoch. »Meine Sachen sind in der Tasche… Wo haben wir unsere Taschen gelassen?«

Er hatte vergessen, wo sie waren. Er war in Afrika oder sonst einem der vielen trostlosen Erd-Reservate… und starb, weil er auf der Jagd nach einer Story ein blödes Risiko eingegangen war. Stühle gab es nicht. Sie kniete sich an die Pritsche.

»Der Arzt wird dir eine Blutprobe entnehmen und Ersatzblut herstellen. Die können das hier, aber er braucht deine Zustimmung.«

»Warum? Warum nehmen sie nicht *dein* Blut?«

Er wollte sich von keinem anderen helfen lassen, nur von ihr, sie hatte sein ganzes Vertrauen.

»Ich bin krank«, flüsterte sie heiser. »Ich habe AIDS.«

Braemar fing an zu zittern. Johnny setzte sich auf. Seine Augen, eben noch hohl und ausdruckslos, loderten vor Zorn. Er schwang zu ihr herum und schlug ihr die offene Hand wie eine Schaufel um den Kopf. »Du *Miststück!*« Sie versuchte, ihn abzuwehren, er schlug nach ihren Brüsten, nach ihrem Gesicht. Er war auf den Füßen, die Wunde war vergessen. *»Das war der schönste Augenblick in meinem Leben, du dreckiges, verlogenes Miststück!«* Braemar kauerte mit eingezogenem

Kopf, er packte sie bei den Schultern, zog sie halb hoch und stieß sie zu Boden. Er schlug und trat wie ein Tobsüchtiger. *»Nein, Johnny«*, wimmerte sie. *»Johnny, bitte nicht…«*

Sie nestelte an ihren Sachen, gab sich willfährig, sie wußte sich nicht anders zu helfen. Alles fiel von ihr ab.

10 *The Back Of The North Wind*

Ein nasser Abend in London. In den Gäßchen von Holborn war alles auf den Beinen, was Beine hatte; die Rinnsteine liefen über und die Abflüsse gurgelten; die mageren kleinen Stände schützten sich mit steif imprägnierten Bettuchmarkisen, die weniger hielten, als sie versprachen, und den Regen in die Kostbarkeiten pinkelten. Aus dem Eingang einer Bar hörte man jemanden mit Bing Crosby *I'm dreaming of a white Christmas* singen, und die Läden verkauften blauen und silbrigen Flitterkram, Regentropfen-Girlanden und Comic-Karten, auf denen Familien auf dem Dachfirst inmitten einer Wasserwüste ihr Weihnachtsessen zelebrierten. Die dreimonatige Orgie hatte begonnen.

Im späten Dezember, wenn Holborn ein Mangrovensumpf war, sprühten sie in den Vororten immer noch Frost auf den Rasen. In einem Land, wo alles Gute in der Vergangenheit liegt, da geben die Armen den Ton an.

Johnny ging mit der Menge, den Kopf gesenkt, Fäuste in den Taschen. Singende Girlanden, Karaoke, Holo-Helme, Kinder mit sprechenden Jacken. Schwer zu glauben, daß der Lärmpegel vor fünfzig Jahren höher gewesen sein sollte. *The Back Of The North Wind* war eine hübsche, nostalgische Oase. Das handgemalte Wahrzeichen war eine mächtige Baumkrone vor blauem Himmel: In den Ästen saßen ein paar brave Kinder. Das mußte etwas zu bedeuten haben, zumindest für Briten oder eine Teilmenge davon.

Die Leute an der Bar und an den Tischen unterhielten sich leise. Hier glitzerte Pinkepinke. Roter Teppich, jede Menge dunkles, gewachstes Holz. Die allgegenwärtige Kirmes der Meta-Weihnacht fand hier nicht statt. Es gab keine Girlanden. In geschlossenen Räumen machten ihm die Nachwehen des Ftl-Antriebs immer noch zu schaffen. Er hätte durch die Tische waten können, die Wände waren fast durchsichtig.

Braemar saß allein, das Kinn in die Hand gestützt. Er musterte ihr Gesicht, die eingefallenen Schläfen, die brütenden Augen, den Mund, der schmal und hart war wie eine Messerschneide. Ihre gläserne Blässe ohne den wärmenden Anflug von Englischrosa wirkte mythisch und unmenschlich. Sie sah aus wie das, was sie für ihn gewesen war: die Verkörperung von Unglück, Ruin und Leid. Brae, nicht das Virus, hatte sein Leben zerstört. QV hätte ihm nicht den Glauben an seine Unschuld geraubt.

Die Maske war fadenscheinig, fast durchsichtig geworden. Was da saß, war weder weiß, noch Königin. Sie trug den ironischen Titel wie eine Schattenkrone der Wahrheit. Eine Frau kann die Rolle einer Frau spielen. Eine kluge asiatische Matrone (bestimmt floß da noch mehr in ihren Adern) kann ihr Leben in fleißiger Beflissenheit verbringen und unbemerkt als Weiße durchgehen. Doch schält man die Doppelmaske herunter, dann war sie beinah wie er – verrückt, ängstlich und borniert: unablässig den Muschelkalk aus blitzgescheiten Ideen und neunmalklugen Worten produzierend, unter dem sich der verängstigte nackte Wurm verbarg. Johnny wußte nicht, daß er lächelte. Er hatte die Lady in Rot verloren und hatte sein verlorenes Kind gefunden. Und überließ Bella, das kleine Mädchen, an das er sich nicht mehr erinnerte, dann doch der Obhut eines anderen.

Die Abschiedsparty war nicht das gewesen, was man sich gemeinhin darunter vorstellt. Er hatte Angst, ihr gegenüberzutreten, Angst, diesem mysteriösen Blick der Unterwerfung zu begegnen, der ihn früher so verlockt hatte. Er wußte jetzt, woher dieser Blick kam: dieser schuldbewußte Blick eines geprügelten Tiers.

Braemar sah ihm entgegen. »Du humpelst ja nicht, Johnny?«

»Nicht die Spur. Erste Hilfe vom Feinsten in Aleut.«

Er setzte sich. Er blickte sie unverwandt an. »Er hat dich geschlagen, er war so ein Typ, hab ich recht?«

»Was?«

»Dein Mann vermutlich. Der Kerl, der dich angesteckt hat.«

Sie sah ihn an, dann an ihm vorbei: in die Vergangenheit. Johnny fühlte sich wie ein Voyeur.

»Du hast recht. Ich war ein sittsames Mädchen. Ich wußte es nicht anders. Und er hat mich geschlagen. Bourgeoise Asiaten betrachten Mischlinge mit gemischten Gefühlen. Er hat mich geheiratet, weil ich hellhäutig und einigermaßen gebildet war. Er war nicht besonders selbstsicher, auch nicht das, was man klug nennt. Er stieß sich an – verschiedenen Dingen. Dann verdrosch er mich und vögelte mich; und ich mochte das. Mit der Zeit mochte ich diese Kombination. Dann fing er an, mit anderen herumzuficken, rief mich aus Hotelzimmern an und warf mir seine Schuldgefühle vor. Das war so mies von ihm. Aber das Ganze war wie eine Sucht. Das kann scheußlich Spaß machen, immer der Geschundene zu sein, wenn da immer jemand ist, der zerknirscht ist und dich um Verzeihung bittet. Aber das weiß nur, wer es durchgemacht hat.

Eines Tages verlangte ich einen HIV-Test von ihm, nur um ihn zu demütigen. Mir ist immer, als hätte ich ihn auf dem Gewissen, denn er war vollkommen gesund… und ein Jahr später dann, da war er tot. Krishna starb mit fünf. An AIDS. Meine Tochter ist auf und davon. Ich mußte damit leben: HIV-positiv, AIDS ohne Symptome oder wie man das nennt. Halb so schlimm, könnte man meinen. Weit gefehlt. Damals gab es zwar keine Quarantänebestimmungen, dafür aber eine hysterische Angst vor Ansteckung. Also behält man es für sich, kein Wort, keine Silbe. Aber ich habe immer schön aufgepaßt. Meines Wissens habe ich nie jemanden infiziert. Und ich bin nie ernstlich krank gewesen, also kam es nie ans Licht. Es gibt den Apotheker, ein paar Krankendaten. Aber mir ist nie einer draufgekommen. Außer meiner Familie weiß es niemand, da bin ich sicher.«

Das AIDS-Virus schützt gegen QV. HIV-Träger sind gegen den mutierten, fernen Ableger ihrer Krankheit immun. In der Amsterdamer Klinik war das für ihn ein schmutziger Witz gewesen. He, Johnny, falls du ihn bei einem ausgebrannten, alten Schwulen hochkriegst, die Abteilung ist da lang.

»Dann eines Tages bin ich für die Weiße Königin nach Afrika. Wir hielten die Leute im Auge, die hinter Aliens her waren, und damals warst du ein bunter Hund für uns: der Eejay mit dem QV. Also wußte ich, daß Johnny Guglioli schon vor Ort war, und hatte alles dabei, um mich interessant zu machen. Als ich dahinterkam, was mit dir los war, mußte ich um jeden Preis attraktiver sein: Sie durfte dich nicht hypnotisieren. So dachten wir damals. QV konnte mir nichts anhaben. Was soll ich sagen? Ich hielt es einfach für eine gute Idee. Dann schlug die Story einen Haken, du warst mit einmal nicht mehr wichtig für uns. Ich ging. Und ich hielt mich fern von dir, bis der Wind sich drehte.«

Ihr Gesicht schob Falten. »Als du wieder aufgetaucht bist, sollte es keinen Sex mehr zwischen uns geben, weil der Plan sich geändert hatte: Du warst für Clavel bestimmt. Du meinst, ich hätte Verrat begangen in jener Nacht in Afrika? Johnny, das war nur der Anfang. Ich war immer bereit, dich zu benutzen, alles zu tun, was der Sache nutzte. Nur eins wollte ich nicht mehr: dich benutzen und gleichzeitig mit dir schlafen. Weil ich dich wirklich lieb habe.« Sie schauderte mit den Schultern. »Ich habe dich immer lieb gehabt, jedenfalls sehr bald. Das mit dem Blitz war ehrlich gemeint, und trotzdem hab ich dich weiter belogen. Ich bin ein skrupelloses Frauenzimmer, Johnny.«

Er lächelte. »Grausam und sentimental, ganz wie James Bond. Aber du hast mich gewarnt.«

»Na ja, jetzt kennst du die Wahrheit. Fühlst du dich erlöst?«

»Brae.« Er griff nach ihren Händen. »Brae, *ich* bin es, der auf die Knie fallen müßte. Ich kann nicht ... ich weiß nicht, was mit mir los ist ...«

»Laß.« Sie zog die Hände zurück. »Ich habe dich belogen, Johnny. In einer Sprache, die wir ruhig Aleutisch nennen können, weil wir kein Wort dafür haben. Es sind nicht die Worte, es ist auch nicht die Körpersprache, es ist etwas dazwischen. Ich habe Schreckliches getan. Nicht bloß in dieser ersten Nacht, sondern immer wieder und wieder seither.«

»Dann habe ich auch gelogen. In derselben Sprache. Ich bin nicht gesund. Tja, Shit, vielleicht bin ich gesund, aber ich habe das nie geglaubt. Die schäumende Unschuld war immer nur fauler Zauber.«

Er langte wieder über den Tisch.

Sie blickte auf die Hände über ihren Händen und tat einen langen, stockenden Seufzer. »Okay.«

Der physische Kontakt gab ihnen Halt, darüber zu reden, was passiert war.

»Johnny, sag mir, woran du dich erinnerst.«

Er versuchte sich zusammenzureißen. »Ich weiß, daß du dich hingelegt hast, und als ich wieder hinsah, da warst du fort. In dem Moment ... ich weiß nicht mehr, in welcher Verfassung ich war, aber in dem Moment hab ich allen Ernstes gedacht, du hättest dich hinter der Tür versteckt oder wärst im Spiegelkasten eines Magiers verschwunden. Es war, als ob ... – okay – wir wollten ihr ja den Gefallen tun. Also hab ich mich hingelegt, und dann war ich in einem großen Raumschiff, und es passierten ein paar aufregende Dinge, die aber so ungewöhnlich nicht waren, wenn du weißt, was ich meine. Dann ...«

Sie waren durchs Reich der Seelen gereist. Diese unverblümte, entwaffnende Erfahrung ging ihm nach und blieb, was sie war: eine Zumutung für den rationalen Verstand. Sowie er darüber nachdachte, nahm sich alles wieder so hautnah und wirklich aus, als sei nicht mehr daran zu rütteln. Die Entartung im Herzen ihrer Liebe, die Gewalt und der Verrat, waren so lebendig wie die Liebe selbst. Er verzieh ihr nicht. Was er empfand, war so unmittelbar, so intim, daß weder Vergebung noch Scham darin Platz hatten. Diesen Moment, da sie sich miteinander betrogen hatten, wollte er nicht mehr missen. Er wollte zeitlebens darin verweilen, in Braes Armen, nichts weiter.

Er sah ihr tief in die Augen, zitterte. »Dann kam es zu diesem Psychodrama. Wie ging es aus? Die Rückkehr, ich weiß überhaupt nicht... Shit. Ich kann mich dunkel erinnern, daß wir nach England zurückgefahren sind, mit dem Auto. Mir kommt das so vor, als... als wären wir von dieser Ambulanz in diese Kneipe spaziert.«

Braemars Hände zuckten zurück. »Au, ja, ich weiß, was du meinst. Geht mir genauso. Johnny, ich geb ja zu, meine Kenntnisse in Physik sind fast fünfzig Jahre alt und entsprechen... ähm... nur der britischen Ausgabe der Junior High School. Ich bin sozusagen eine Hausfrau mit untypisch guten Kenntnissen in Telekommunikation, nicht mehr. Aber Peenemündes Ausführungen waren Kauderwelsch. Sicher, ich hab nicht besonders aufgepaßt. Aber ich bleibe dabei. Ich halte sie für eins dieser Superwesen, bei denen sich die linke Hirnhälfte abschaltet, wenn sie gewöhnliche Sterbliche vor sich haben. Sag mal, hast du *irgendeine* Ahnung, was passiert sein könnte? Aber bitte in Worten, die eine untypische Hausfrau versteht.«

»Oh.« Er verdrehte die Augen und druckste. »Nichts

ist real. Es gibt die Leere. Die ganze Zeit passiert Realität oder verschwindet. Peenemünde … In Preußen mußten wir verschwinden, schon wegen der lokalen Phasenerhaltung. Sie hat unsere Phase moduliert. Wir wurden annulliert, vielleicht durch Interferenz, und woanders wiedererschaffen. *Da* anstatt *hier*.«

»Mehr kriegst du nicht auf die Reihe?«

»Äh … nein.«

»Ich bin gescheiter, als ich dachte.«

»Gott, es war *entsetzlich*. Ich kann mir nicht vorstellen, daß so was in Mode kommt. Das kann man so nicht lassen. Die Leute wollen nicht erst ihre Seele waschen, bevor sie nach Beteigeuze dürfen.«

»Wenn das wirklich Aleut war«, sagte sie, »was ist denn da passiert? Was hat der Arzt in die Kartei geschrieben, falls er eine hat? Aber wenn das *Bewußtsein*, das *Ich*, herausgenommen und neu wieder zusammengesetzt wird, sind wir da nicht ein bißchen kleinkariert, wenn wir meinen, dabei dürfte uns nicht schwindlig werden? Da muß eben eine Art Reisekaugummi her, fertig.« Sie schüttelte den Kopf. »Ich glaube, wir sind überempfindlich. Wir sind zwei Wilde, die zum ersten Mal im großen Silbervogel geflogen sind. Wir drehen durch, weil unsere Metaphysik eine Nummer zu klein ist. Die Leute werden schon lernen, nicht mehr auf der kulturbedingten Frage herumzureiten, was im Ftl-Modus mit dem Geist passiert. Oh …« Sie nahm etwas von dem Stuhl, der neben ihr stand, und legte es auf den Tisch. Roberts Mobilheim. »Eine schlechte Nachricht. Ich hoffe, du verkraftest das. Ich fürchte, er hat es nicht überlebt.«

Johnny zog die Lade heraus. Keine sichtbaren Schäden, doch der unzerstörbare Kakerlak war mausetot.

»Du großes Elend. Du hast ihm doch nichts reingetan?«

»Wie *kannst* du? Gemocht hab ich ihn nicht, aber ich würd ihm doch nichts antun!«

Johnny fing an zu lachen. Aus irgendeinem unerfindlichen Grund war der tote Kakerlak, der die Reise durch die Raumzeit verpaßt hatte, unwiderstehlich komisch.

»Wir müssen weniger vom Kakerlaken haben, als wir meinen.« Er stöhnte und massierte seine Augäpfel. »Mir geht es dreckig, körperlich, meine ich. Mir ist, als wär ein Teil von mir noch immer über die Matrix aller Möglichkeiten verschmiert. Als hätte ich einen monströsen Kater. Wetten, daß man vom überlichtschnellen Reisen ganz schnell eine Leberzirrhose kriegt?« Er ließ die Hände fallen. »Dir ist klar, daß wir noch mal hin müssen. Die Idee ist unsäglich scheußlich, und ich weiß nicht, ob es nicht doch vielleicht nur eine Halluzination ist – aber wir müssen es probieren.«

»Ich weiß«, sagte sie melancholisch.

Er stand auf. »Ich lade dich zu einem Drink ein. Was hättest du gerne? Sollen wir uns betrinken?«

Johnny stand an der Bar. Braemar sah ihm zu. Sie gab sich große Mühe zu bedauern, daß es ihr nicht gelungen war, ihn zu erlösen. Das Barmädchen starrte in einen Holoschirm, der auf dem Tresen stand, löste sich aus irgendeiner Szene, die nur sie etwas anging, und drehte die Lautstärke des Overhead-Schirms auf.

IN BY CHRISTMAS! jubelte ein Kultur-Magazin.

Ein unerträglich fröhliches junges männliches Gesicht blendete in eine blaubraune rotierende Weltkugel über. Derselbe Typ hampelte neben dem Globus, verkleinert jetzt, und trieb sein lüsternes Spiel mit einem langen, rosaroten Zeigestock. Im linken oberen Quadranten ploppte jene gesetzte, ältere Lady ins Bild, das Qualitätssiegel für ›seriöse‹ Berichterstattung. *»Die Weltregierung gibt bekannt, daß sich innerhalb der nächsten Wochen ein neues Kontingent an Besuchern einstellen wird. Die Siedler sind …«*

»Siedler!« griff jemand das Wort auf, so laut, daß alle es hören konnten.

Johnny drehte sich um. Ihre Augen fanden sich, eine Berührung, die unter die Haut ging: In Aleut hielt man nichts von Distanz. Er kam zurück, und sie küßten sich, nach den ungeschriebenen Gesetzen dieser Epoche eine schockierende Zurschaustellung. Niemand protestierte. Es war die Zeit des Festes.

11 Der Katze die Schelle umhängen

November 2040

Sie waren durch Europa getingelt, durch Asien, durch Nord-Asien, durch Südamerika. Die Aleuten hatten sich alles angesehen. Sie hatten ein paar wundersame Dinge vollbracht. Sie hatten Karen City gereinigt. Der Kok-Fluß führte jetzt das klarste und lebendigste Süßwasser der Welt. Sie stellten in Aussicht, etwas gegen das Gift zu unternehmen, das in den Pazifik sickerte, und das Problem vielleicht für alle Zeit zu lösen. Doch sie ließen sich weder auf die Finger noch in die Karten gucken.

Zusammengepfuschte ›Hox-Tools‹, ein Begriff, den SETI aus der Genetik entlehnt hatte. Aleutische Geräte waren ein Symbol für die Existenz von Aleut. Ihre Funktion ließ sich durch Analogiebildung ergründen: Camcorder, Computer, Lebensmittel-Prozessor, Musikinstrument. Doch keiner wußte, wie sie funktionierten. Die glücklichen (oder unglücklichen) Bewohner von Karen waren die Versuchskaninchen. Inzwischen nahmen die Enklaven Gestalt an. Rajath kündigte die Ankunft von permanenten Siedlern an, zumindest wurde er so verstanden. Zu diesem Zeitpunkt entschlossen sich ein paar der ursprünglichen Uji-Beobachter zu konspirieren.

In aller Stille – theoretisch zumindest – wurden in Afrika und in den USSA aleutische Artefakte studiert, doch an die Resultate war schwer heranzukommen. Zuständigkeiten und Zonen behinderten den Informationsfluß. Keiner wollte den allmächtigen Telepathen auf die Füße treten. In ihrer Nähe durfte sich kein

Labor mit dieser Arbeit befassen. Es war, vor allem in den USSA, zu heftigen Ausschreitungen gekommen. Eine frühe Analyse der Abwässer von Uji, beendet, noch bevor das Aleutenfieber richtig Platz greifen konnte, förderte lediglich zutage, daß die Aleuten sich darauf verstanden, hinter sich zu ›klären‹. Das Wasser enthielt absolut nichts Ungewöhnliches.

Es war Ellen, die vorschlug, im Landsitz von Uji eine Wanze unterzubringen. Den Telepathen, so ihr Argument, war nichts gleichgültiger als eine mechanische Überwachung. Wenn man sie freiheraus fragen würde, würden sie wahrscheinlich dagegen sein, aber nur wegen des ›übernatürlichen‹ Kontextes. Wenn man ihnen die Wanze aber unbemerkt ins Nest schmuggelte, dann würden sie sie nicht entdecken, weil sie nicht danach suchen würden. Und wenn doch, würden sie um ein unerlaubtes Stück Totenzeug bestimmt nicht viel Aufhebens machen. Wie auf den Diebstahl von Blut würden sie jedenfalls nicht reagieren.

Das Büro in Ruam Rudi stand mit den Sprechern der Aleuten über Audiofon und Fax in Verbindung. Man hatte viel um die Ohren, vor allem wenn eine Tournee zu organisieren war. Immerhin konnten Rajath, Lugha und Clavel inzwischen fließend Englisch lesen. Die ›Prinzessin der Poesie‹ oder der ›Teufelskerl‹ konnten auf direkte Fragen schriftliche oder mündliche Antworten geben, die manchmal durchaus verständlich formuliert waren. Seit dem Vorfall mit Sarah Braun hatte (außer Kaoru) kein Mensch mehr den Landsitz von innen gesehen. Niemand kam weiter als bis zur Helikopter-Plattform. Versorgungsgüter und vorsortierte Fanpost wurden durch Kaorus Angestellte geliefert, die jetzt vom Nachlaß bezahlt wurden. Dasselbe Team flog die Aleuten nach Bang Khen hinunter, wenn sie wieder auf Tournee gingen.

Ellen entschied sich für Robin als Pilot. Sie mißtraute Kaorus Leuten. Gegen 16.00 Uhr Ortszeit an einem stillen, kühlen ›Wintertag‹ landeten sie in Uji. Als die Rotoren verstummten, meinte sie, das Rauschen des Flusses zu hören. Die hohen Bäume versperrten die Sicht ins Tal. Zwei Gestalten im graubraunen Overall, Rajath und Clavel, näherten sich. Drei Namenlose zuckelten hinterher. Ellen und Robin stiegen aus.

»Soviel zu dem Ort, an dem es keine Intimsphäre gibt«, murmelte Robin. »Trainingsphase eins beendet. Wenn die mal einen Engpaß haben, können sie jederzeit auf uns zurückgreifen.«

»Psch!«

»Home sweet home!« rief Rajath und grinste zwischen hochgezogenen Schultern.

Trotzdem wirkte er wachsam und mißtrauisch. Ellen wappnete sich. »Wir dachten, wir könnten ruhig mal den Briefträger spielen.«

»Bürohengste brauchen auch mal Auslauf«, fügte Robin leutselig hinzu.

Es fiel schwer, sich nicht nach Veränderungen umzusehen. Kaorus Sicherheitskräfte wiesen am Rand der Enklave das nie versiegende Rinnsal hoffnungsvoller Pilger ab. Soweit man in Ruam Rudi wußte. Die Weltregierung hatte zwar immer noch partiellen Zugang zu Kaorus System, doch die Aleuten waren hier schon lange unter sich. Niemand wußte, was sie trieben. Offiziell verließen sie Uji nur, um auf Tournee zu gehen. In Wirklichkeit gab es keine Kontrolle, sie konnten sich völlig frei bewegen.

Die Menschen luden zwei Postsäcke aus, an denen die Aleuten nur geringes Interesse zeigten.

»Und ich habe Ihnen ein Geschenk mitgebracht.« Ellen überreichte ihrem alten Freund, dem Piraten, eine längliche Schmuckschatulle. »Nur eine lustige kleine Rarität, nichts sehr Wertvolles.«

Geschenke aus aller Welt trafen in Uji ein, von einzelnen Menschen, Schulklassen und Einrichtungen. Ellen, die nicht vergessen hatte, wie gerne die Aleuten sich mit allen möglichen Dingen schmückten, hatte eine Halskette fertigen lassen. Hübsch gerundete knallbunte Beatrix-Potter-Kaninchen*, ein jedes um die zehn Zentimeter hoch, zwanzig solcher Peter Rabbits, und als Abstandhalter kleine Kopfsalate, Mohrrüben und Zwiebel.

»Man nennt es Neo-Chinoiserie«, erklärte sie. »Im Tokio der Jahrhundertwende waren solche Arbeiten sehr beliebt.«

»Oh! Wie entzückend!«

Die Prinzessin der Poesie trat näher und sah Rajath über die Schulter.

»Er wird es hüten wie seinen Augapfel«, sagte Clavel.

Der Piratenkäpten unterdrückte ein Grinsen und zog die Schultern extrem hoch. »Möchten Sie zum Tee bleiben?«

»Nein, vielen Dank. Wir müssen zurück, leider. Aber ich hoffe, Sie haben nichts dagegen, die Halskette anzunehmen. Und denken Sie daran, es ist ein persönliches Geschenk von mir. Nur von mir, von sonst niemandem.«

Die Mehrheit der Delegierten in der Multifonkabine wäre über dieses ›Attentat‹ entsetzt gewesen.

Das schwere Laubwerk der Bäume rasselte und wogte, als der Helikopter abhob. Ellens Blick schweifte durchs Uji-Tal, so etwas wie Heimweh kam auf. Als man einmal unterwegs war, war es in der Kanzel leise genug, um sich zu unterhalten. Aber beide schwiegen und hingen ihren Gedanken nach.

Milliarden Menschen, dachte Robin, halten die Aleuten für Engel, ignorieren die Aleuten oder schlagen Profit aus ihnen. Vielleicht haben sie recht. Vielleicht ist alles ganz toll, oder erweist sich im nachhinein als Flop. Aber ich bin eine Figur in dem Spiel. In

---

* *Helen Beatrix Potter* (1866–1943), schrieb und illustrierte Tiergeschichten für Kinder, u. a. *The Tale of Peter Rabbit* (1902)

vierzig Jahren vielleicht, da blicke ich zurück und stelle fest, daß ich hier und jetzt mein Handwerk gelernt habe, gelernt habe, auf das scheinbar Nebensächliche zu achten, gelernt habe, mich in den Griff zu bekommen. Jetzt bin ich mittendrin, es gibt keine äußere Warte. Es gibt nur die Aleuten. Seine Weggefährtin erteilte ihm eine unerwartete praktische Lektion. Man konnte ein Leben lang in Brüssel oder Westminster verbringen, ohne je zu erfahren, was es hieß, dieses Leben ganz bewußt für ein politisches Ziel aufs Spiel zu setzen.

»Sie brauchen sich keine Sorge zu machen, Robin«, sagte Ellen mit fester Stimme. »Die glauben nicht an unsere magischen Kräfte.«

Wieder im Haus, sagte Clavel: »Hab ich's nicht gesagt. Es gefällt ihnen nicht. Sie wollen wissen, was wir tun. Das hat Ellen eben gesagt.«

Doch Rajath war mit der Halskette beschäftigt. »Scheußliches Ding. Diese Dinger mit den langen Ohren, sind das etwa Waffen? Unter Schmuck stell ich mir was andres vor.«

Eine Zeitlang hatte das Meinungsbarometer (dank Clavel) auf ›Vorsicht‹ gestanden. Doch ein paar Nächte darauf, als Neumond war, hob Lugha mit dem Shuttle ab.

Oh, wir hatten Angst … Niemand wollte Brunhilde verraten, aber wir hatten solche Angst …

Braemar kauerte, eine Decke um die Knie geschlagen, auf ihrer Couch im Arbeitszimmer und sah sich die Eröffnung des dritten Akts der *Walküre* an. Die Krieger-Maiden erzitterten beim Geräusch von Daddy Odins Tritten auf der Treppe. Sie wollten Brunhilde ja beistehen, doch gutheißen konnten sie ihr Verhalten nicht. Niemand wollte die Schuld mit ihr teilen. *Daddy wird sie strafen …* Damit ließ sich leben. Es war mühseliger, mit dem *Daddy* im Herzen fertigzuwerden, der kleinen Stimme, die so sehr nach der eigenen klingt.

Sie ging in die Küche hinunter, wo Johnny am Terminal des Hausmasters werkelte. Auf der Schwelle hielt sie inne. Die vorgebeugten Schultern, das friedliche Profil. So hatte sie ihn noch nie erlebt, diese aufmerksame Dreierbeziehung zwischen ihm, den Tasten und dem Bildschirm. Er sah richtig glücklich aus.

»Ich fahre nach Folkestone. Hab was mit Clem zu bereden, kann das aber genauso gut persönlich tun. Hier kann ich dir doch nicht helfen. Es wird nicht spät.«

Braemar hatte Buonarroti einen Brief geschrieben, per freigemachtem Kuvert. Die Professorin hatte artig geantwortet, per Fax. Sie sehe einem zweiten Treffen, beziehungsweise dem gewünschten Interview, mit Freude entgegen. Buonarroti dachte nicht im Traum daran, einen geschlossenen Brief zu schreiben. Doch das Fax war diskret und klang kooperativ. Inzwischen gab es Torschlußreaktionen auf die aleutische Besiedlung. Die Weiße-Königin-Verbindung in Krung Thep wußte nichts Genaues, nur daß sich etwas anbahnte, neue Entwicklungen, die Leute wurden nervös. Noch konnte Johnnys Trapeznummer etwas bewirken.

Braemar stellte sich die Weiße Königin als eine Kompanie von Krieger-Maiden vor. Egal was sie für ein Geschlecht hatten, sie waren allesamt *weiblich, weil sie in Opposition zur Mehrheit standen*. Sie waren die Partei der Ohnmächtigen, die Partei, die per definitionem nie an die Macht kam. Sie wunderte sich gar nicht über ihre Reaktion auf diesen jüngsten Plan. Sie fuhr nach Folkestone, ließ sich von der einzig wirklich brauchbaren Amazone ins Bild setzen und ertrug Clementia für eine Weile.

Auf dem Heimweg lenkte sie den Wagen auf die Pannenspur, hielt an und legte die Stirn ans Steuer. Clems lieblose Stimme hämmerte ihr noch in den Ohren.

»Diese Kreaturen sind ausgezeichnete Aristoteliker. Der gebärende Leib ist weiter nichts als ein Wirt, *le serment**: nur eine Hülse.« Und dann wieder: »Ihre Gesellschaft muß traumhaft stabil sein. Denk an unsere kleine neue Wissenschaft, die Nanotechnik. Stell dir eine Welt vor, in der die Menschen seit jeher die chemischen Fabriken sind. Ihre Physik ist Biochemie. Ihre Technik besteht darin, diese chemischen Fabriken zu manipulieren, den Stoffwechsel zu verändern, die Körperarchitektur zu beeinflussen und und und … Denk nur, wie unsere kapitalistische Technik die Hände nachgeahmt hat, die Füße, die Kiefer: Maschinen, die hundert Hände ersetzen. Und nun meinst du, ein Wesen, das lauter Fertigungsprozesse aus den Poren schwitzt, dem müsse doch die Welt zu Füßen liegen. O nein! Das glaub ich nicht. In dieser Welt gibt es ›Personen‹, die erbbedingte Diener sind, Lehrer, Büchsenöffner, Abfallentsorger; deren Bild von sich selbst kein revolutionärer Prediger erschüttern kann. Die kommen genauso schlecht damit zurecht wie wir, ist das nicht komisch?«

Der gebärende Leib ist nur eine Hülse … Wie (wenn sie erst mal die Humanphysiologie begriffen hatten) würden die Aleuten über irdische Frauen denken? Sie würden die Frage erst gar nicht verstehen. Und was dann? Aber diese Erdlinge, die sich immer nach Aristoteles verzehrt hatten, würden bald alle Hände voll zu tun haben mit den angeblichen Segnungen dieser Herrenrasse.

Sie rief sich die Szene im Botanischen Garten in Erinnerung. Clavel und Johnny waren sich so ähnlich, die Missionarin und der Journalist. Clavel hatte eine Menge von Johnny gelernt. Und es geschickt eingesetzt. Zum Kuckuck mit ihr. Durch diese Interviews waren die Beziehungen zwischen Aleuten und Menschen geprägt worden; jedesmal, wenn sie daran dachte, fuhr

---

* Versprechen, Beteuerung.

ihr der Schreck in die Glieder. Für Clavel war das ein Spiel gewesen. Man konnte ihr keinen Vorwurf machen. Alle Welt meinte es nicht böse, und niemand argwöhnte.

Sie nahm ein Dokument heraus, an dem sie arbeitete.

> Die aleutische Gesellschaft ist feudal und stagniert. Die Spezies besteht nicht aus zwei Geschlechtern, sondern aus einer unbekannten Anzahl von ›Arten‹. Sie orientieren sich an einem, sagen wir, psychologischen Spektrum, das sie spontan mit unserer Unterscheidung zwischen ›maskulin‹ und ›feminin‹ assoziieren. Aber es hat nichts mit dem Kinderkriegen zu tun, und ist auch nicht ausschlaggebend für die erotisch-kameradschaftliche Paarbildung. Jedes Individuum kann Kinder kriegen, jeder Körper enthält potentiell die Summe aller genetischen Varianten der ›Art‹. Ein Teil der zeitlebens erworbenen Fertigkeiten wird ins genetische Material übernommen, und diese genetischen Veränderungen teilen sich der eigenen ›Art‹ durch den für Aleuten typischen Austausch ›mobiler Zellen‹ mit. ›Wiedergeborene‹ Individuen verfügen über die chemische Erinnerung an ihre vergangenen Leben. Sie sind gewissermaßen Unsterbliche, die sich dennoch entwickeln. Aber ihre Eigenschaften bleiben im wesentlichen durch alle Awataras* hindurch erhalten. Die Kinder werden bei der Geburt identifiziert (wie, das wissen wir nicht) und als lang vermißte Prinzen oder Geschirrspüler erkannt. Ein intensives Studium der Aufzeichnungen ›ihrer‹ früheren Leben befördert die psychische ›Selbstwerdung‹. Sie haben Anspruch auf Einkommen und Einfluß der letzten Inkarnation und übernehmen die Pflichten und Rechte dieser Person. Die soziale Mobilität innerhalb einer Generation mag aus irdischer Sicht erschreckend sein, sie ist summa summarum gleich Null ...

* Die zehn Inkarnationen des indischen Gottes Wischnu ...

Sie schrieb mit Tinte auf Papier. Daran bekam kein Computer die Nase, das ging keinen Speicher was an. Soviel von ihrer kleinen, präzisen Handschrift auf einmal sah schon merkwürdig aus: wie das Ergebnis eines obskuren Hobbies, wie ein Petit-point-Kissen. Aber es ging: Man mußte auf das Schlimmste gefaßt sein. Sie verstaute die Papiere wieder und saß da und starrte …

Da draußen gab es irgendwo einen Stern. Kein Mensch wußte, in welcher Entfernung. Höchstwahrscheinlich eine gelbweiße Sonne, Klasse G2V; warum nicht? Er besaß einen erdähnlichen Planeten, der ihn in gebührender Entfernung umkreiste; der Planet besaß eine Stickstoff-Sauerstoff-Atmosphäre und chemische Gemische, die Verbindungen eingingen und das hervorbrachten, was man… – *Es reicht, das sind genug schwierige Wörter*, rief Humpty Dumpty –, was man *Leben* nennt. Und das sogenannte Leben verhielt sich nicht viel anders als auf der Erde. Aber irgendwas verrutschte und kam vielleicht nur um Haaresbreite anders raus. Die verschiedenen chemischen Gruppierungen zeigten eine Tendenz, sich weniger als abgeschlossene Domänen und mehr als Bereiche größerer Konzentration in einer einzigen Ursuppe zu betrachten, so daß sie dauernd mit ihren Nachbarn Substanz austauschten, mit ihren Nachbarn und – indirekt – mit allen anderen *verschwommenen* Entitäten der Biosphäre. Nur um Haaresbreite: Doch während das Leben hier Menschen fabrizierte, brachte es dort durchaus menschenähnliche aber absolut andersartige Wesen hervor. Sie hatten den gleichen Kuchen aufzuteilen und teilten ihn asymptotisch zu den Schnittlinien der Menschen, aber eben nur *asymptotisch*. Die Aleuten waren eine alternative Antwort auf die exakt gleiche Frage: eine Antwort, die dieselben Heerscharen von Möglichkeiten abdeckte und die im großen und ganzen genauso aussah und genauso funktionierte – nur besser.

Braemar dachte an die Nachwelt, was albern war,

aber sie konnte nicht anders. Man würde die Hintergründe recherchieren und auf Nirmal stoßen. Es würde heißen: Braemar Wilson hat die Aliens – die Superwesen – mit dem Mann identifiziert, der sie die Ohnmacht gelehrt, der sie zum Paria gemacht hatte. Was immer sie tat, ließ sich auf die eine oder andere Weise als persönliche Rache auslegen ...

Eine ohnmächtige Wut bemächtigte sich ihrer, Wut gegen diese fiktiven Pandits.* Sie würden aus ihr ein Klischee machen und erst gar nicht auf die Idee kommen, eine *Braemar Wilson* könnte sich selbst genauso eingehend hinterfragen und ihre komplexe Motivationslage akzeptieren und trotzdem weitermachen und tun, was getan werden mußte. Sie beschwichtigte sich lächelnd. Wenn man sich den Mund zerriß, dann doch nur, weil da offenbar etwas funktioniert hatte. Das war den Preis doch wert.

Sie schaltete den Minicooper auf Automatik und ließ sich vom Kriechverkehr nach Hause tragen, derweil sie dasaß und die Uji-Bänder Revue passieren ließ, die Gesichter und Stimmen der Affen, die so *menschlich* waren wie sie.

Johnnys Zuversicht war rührend. Wie sehr glaubte er wirklich an seine Eejay-Nummer? War er wirklich überzeugt, etwas bewegen zu können? Sie wollte ihn das nicht fragen. So lange schon hatte sie sich niemandem mehr anvertraut (und war ganz gut zurechtgekommen damit). Es wäre nicht fair, das jetzt ändern zu wollen.

Johnnys Plan war simpel. Nicht leicht, aber simpel. Er wollte eine aleutische Telekomquelle kapern und ein Signal für eine bestimmte terrestrische Hardware absetzen – für einen der wenigen wissenschaftlichen Satelliten, die nach oben und hinaushorchten anstatt

* Brahmanischer Gelehrter, weiser Mann, Augur.

nach unten und einwärts. Hatte er erst mal die Aufmerksamkeit der Hardware, würde sie das Signal zur Erde weiterleiten, wo es von den verschiedensten Empfängern registriert wurde, die sich immer noch für Daten aus den Tiefen des Alls interessierten. Johnny wußte noch nicht, von wo er wie, was und wieviel senden konnte. Im Idealfall wollte er von Aleut aus ein Video übermitteln, aber darauf kam es nicht an. Er brauchte nicht persönlich aufzutreten, brauchte nicht persönlich zu werden: Er brauchte überhaupt nicht viel zu sagen. Es ging nur darum, *daß* da oben jemand war und sendete, wo niemand einen Sender vermutete. Und daß SETI davon erfuhr, aber das würden die Agenturen schon besorgen.

Vielleicht waren manche dieser Agenturen nicht vertrauenswürdig. SETI war in den Händen der Alien-Gemeinde. Und die Gesellschaften hatten zweifellos eine Geheimpolizei. Getrennt oder gemeinsam konnten sie den Aliens zuliebe sehr wohl sensible Informationen unter den Teppich kehren. Doch da waren noch andere: Funkamateure, Piratensender und Hacker... Johnny ging davon aus, daß es außer der Weißen Königin noch andere Gruppierungen gab. Wo Geheimnisse sind, da sind auch Leute, die sie lüften wollen. Das Rudel hatte bereits Witterung aufgenommen. Er spürte das förmlich, seit er selbst in der Höhle des Löwen gewesen war. Vielleicht gab es längst Erdlinge, die Bescheid wußten und hinter dem Berg hielten; es mußte noch weitere geben, die auf der Pirsch waren. Es war Jagdzeit, Johnny roch das. Doch er war optimistisch. Er war ihnen eine Nasenlänge voraus. (Und wie lang die Nase war, das wußte nur er.) Er würde als erster durchs Ziel gehen, das war *seine* Story.

Er brachte Stunden damit zu, mit Weiße-Königin-Spielern mentale Experimente durchzuexerzieren: sein Geheimwissen über Funksatelliten auf den neuesten Stand zu bringen und Hypothesen über die Technik der

Aliens auszuarbeiten. Dabei versuchte er den Leuten natürlich weitere Informationen über die Weiße Königin zu entlocken. Ohne Erfolg. Er gewann den Eindruck einer niedlich pingeligen ›Organisation‹. Und fragte sich, was die wohl mit sich und ihrer Zeit anfingen, wenn die Scharade erst vorüber und die Aliens aufgeflogen waren.

Schließlich war er es leid, irgendwelche manisch detaillierten Diagramme denkbarer kosmischer Relaisstationen zu studieren.

Er schlippte die Handschuhe von den Fingern, knüllte sie zusammen, besah sie sich und lachte. Das war die Macht der Gewohnheit. Hier auf der Erde hatte er sich immer an die Spielregeln gehalten. Er wanderte in der Küche herum, beäugte das faulende Grünzeug hinter der Spüle. Stieß auf ein Schränkchen mit Glastür, darin eine Reihe alter Kochbücher. Er griff eines heraus, schlug es auf und las den akkurat geschriebenen Namenszug auf der Innenseite des Einbands: C. M. Wilson. Das Papier war goldgelb vor Alter und sah aus, als müsse es beim Umblättern zerbröseln.

Er stieg ins Arbeitszimmer hinauf, wo er auf Braemar warten wollte. Die Dekorateure hatten Feierabend gemacht. Im Salon herrschte ein heilloses Durcheinander aus Sprühschutz, Leintuch, Leitern und Essensresten. Sie hatte sich entschlossen, alles umzukrempeln. Es war spät. Das Haus war kühl und düster. Der nagenden Kälte des britischen Mittelschichtwinters war die schwache Heizung nicht gewachsen. Oben schliefen Kamla und Billy, doch das Haus kam ihm leer vor. Parsifals Wiege starrte ihm entgegen und beschwor unsichtbare Schreckgespenster.

Er entdeckte, daß sie sich Wagner angesehen hatte, schnitt eine Ekelfratze und zappte durch die Kanäle. Die frische Ausgabe des *New Scientist* brachte einen Bericht über die ›ständige Konferenz zur Bewältigung der

Energiekrise‹. Johnny sah gelangweilt zu, bis seine Aufmerksamkeit durch eine Frage aus dem ›Publikum‹ geweckt wurde. Zuerst konnte er das Gesicht des TV-Korrespondenten nicht einordnen, auch nicht die alte Stimme – stockend und bedächtig, aber beharrlich wie eine uralte Marinersonde.

Der *Weiße Springer*. Unten auf dem Schirm wurde immerhin der Name eingeblendet. Der Name war nichtssagend, doch offenbar war der greise Springer in seinem früheren Leben Hochenergiephysiker gewesen. Johnny fand es gut, solche Leute im Team zu haben, wenn es um das Remake eines altmodischen B-movies über Invasoren aus dem Weltraum ging.

Er hörte Braemar auf der Treppe und wechselte aus einem unerfindlichen Grund flugs wieder zur *Walküre.*

»Igitt. Und nicht mal Patti Smith? Ich dachte, du kannst Wagner nicht ausstehen.«

»Kann ich auch nicht. Hab nur die Zeit totgeschlagen.«

Er hockte am Boden neben der Couch. Sie kam hinter ihm ins Zimmer. Er sah zwar ihre Miene nicht, spürte aber ihre Stimmung. Vielleicht hatte sie nur Angst vor dem nächsten Ftl-Trip; seit dem Friedensschluß in *The Back Of The North Wind* war sie nicht sehr gesprächig gewesen.

»Ich hab mir eben was über die Energiekrise angeguckt. Da hab ich unseren alten Freund entdeckt, den Weißen Springer … Mal sehen, ob er noch bei seinem staatsbürgerlichen Beitrag ist.«

»Pah. Bloß nicht. Hab jetzt keinen Bock auf ›*slowdown*‹-Heucheleien.« Sie ließ sich auf die Couch fallen.

Johnny schaltete die Oper ab, und sie waren mit dem blanken Schirm allein. Der Ftl-Trip hinterließ einen bleibenden bitteren Nachgeschmack. Wann immer man glaubt, ein heterosexuelles Vergehen ausgelotet zu haben, tut sich irgendwo ein neuer Spalt auf. Was stimmte denn jetzt wieder nicht?

Er legte rücklings den Arm über ihre Knie und drehte sich um. »C. M., wofür stehen die Buchstaben?«

»Du hast also spioniert. Sag ich nicht. Ein Mädchen muß ein Geheimnis haben.«

»Hast du Lust, über Psychodramen zu reden?«

»Nein.« Sie langte vor, wickelte den Zopf aus aalbraunem Haar um die Faust. »Nie mehr.« Ihre Finger spürten der Knochenform nach, der versiegelten Kapsel voller Geheimnisse unter dem Pelz eines warmen Tiers. »Lohnt nicht, sich den Kopf zu zerbrechen. Die ganze schmutzige Wäsche, jeder hat dasselbe Kreuz.«

Johnny setzte sich neben sie und übernahm die halbe Decke. »Die Aussicht auf noch ein seelisches Säurebad ist nicht gerade verlockend, aber meinst du nicht, wir sollten uns aufmachen? Worauf warten wir noch?«

Kalte Hände schlüpften in seine Kleidung, ein erlesener Schock. »Du hast recht. Hab ich Ausflüchte gemacht? Tut mir leid. Es ist nur, weil ich den Salon nicht auf Gedeih und Verderb den Dekorateuren überlassen will.«

Eine absurde Entschuldigung. Die stimmen konnte. Sie hatte einen Heißhunger auf Besitz, und vielleicht sah sie ihre Schätze ja nie wieder. Doch da steckte mehr dahinter, aber nachzuhaken hatte er nicht die Courage. Statt dessen umarmte er sie und überließ sich diesen erfahrenen Händen.

Am Tag darauf machten sie sich auf den Weg nach Preußen.

Schwarze Nacht über Krung Thep. Einer jener buddhistischen Einkehrtage, an denen alles geschlossen hatte, die Dienstleistungen auf ein Minimum beschränkt waren und man zu Hause blieb, um für den Planeten zu beten. Die tödliche Zeit, die heiße Periode, stand bevor. Hier in der ›Stadt der Götter‹ und in ganz Thailand würde es wieder zu den üblichen Epidemien kommen. Die Menschen würden sterben: die Alten, die schwächlichen Kinder, die kontrollierten Krebskranken und die Meldepflichtigen. Die überforderten medizinischen Kräfte würden erst gar nicht den Versuch machen, diese marginalen Verluste einzudämmen. Die Verwandten würden sich in den Riten jeder größeren Religion liebevoll für das Sterben des Angehörigen bedanken. Es war überall auf der Welt dasselbe, wenn man vom unterschiedlichen Grad an Heuchelei absah. DON'T BLOCK THE EXIT.

Ein Summen an der Tür, ein Gesicht auf dem Schirm der Einlaßkontrolle. Ellen reagierte träge. Sie sah fern und hätschelte ein halbleeres Glas.

Die Wanze in Kaorus Landsitz hatte einwandfrei funktioniert, doch die Resultate waren enttäuschend. An der Halskette schien niemand Spaß zu haben. Anstatt in der Privatsphäre der Aliens herumzugeistern, lag sie zusammen mit anderen Präsenten auf einem Tisch im Empfangssaal. Die ›Kette‹ sah Aleuten, die sich verhielten, wie sie sich immer verhalten hatten. Sie übertrug fabelhaft aufgelöste Bilder der ›Hox-Tools‹, konnte aber deren Geheimnisse nicht lüften. Überflüssig zu sagen, daß es kaum Dialog gab.

Dann urplötzlich nichts mehr.

Seit fünf Tagen schon. Kein Lebenszeichen von den Aleuten, kein Mucks von der Wanze. Fünf Tage und Nächte verhaltener Panik für die Eingeweihten.

Ellen suchte die Schuld bei dem Gerät. Sie hatte etwas haben wollen, was so simpel wie möglich funktionierte, war aber überstimmt worden. Jeder Peter-Rabbit war dicht gespickt mit winzigen Lichtsensoren, unterstützt von einer ›Zwiebel‹ aus erlesenen Galliumarsenid-Schaltungen – kein Korallin natürlich. Jetzt, wo das Ding versagte, drängte sich ihr die Tatsache auf, daß der koreanische Hersteller in Krung Thep in ex-japanischen Händen war.

Die Einlaßkontrolle biß aus lauter Verzweiflung ein großes Stück aus dem Fernsehbild und setzte Robins Konterfei in die Lücke. Endlich machte Ellen auf.

Er war ein bißchen privat gekleidet: graues Trikothemd, schlabbrige schwarze Shorts. Das glatte blonde Haar war dunkel vom Schweiß. Um den Hals trug er eine klobige Girlande aus Jasminknospen und mauvefarbenen Orchideen.

»Kommen Sie«, sagte er mit einem großen, sentimentalen Grinsen, das ihm überhaupt nicht ähnlich sah. »Ein paar von uns treffen sich. Eine kleine Party. Sie würden uns fehlen.«

Es waren zwei Girlanden. Er pflückte sie auseinander und hielt ihr die eine hin.

Ellen starrte ihn fragend an. Robins Grinsen wurde breiter. Sie wies die Girlande zurück.

»Ich soll wohl wie ein bunter Hund aussehen.«

Die dreirädrige Thai-Rikscha tuckerte durch eine Stadt, in der nicht alle bußfertig waren. Während man sich durch den fast lichtlosen Verkehr schlängelte, saß Ellen zurückgelehnt und genoß den kühlen Fahrtwind.

Sie dachte an Sarah Brown. Ellen hatte Wert darauf gelegt, daß man das trügerische Geschenk ausschließlich ihr zuschrieb. Diesmal drohte der Menschheit keine Gefahr. Der Schuldige konnte feuchtfröhlich ausgeliefert werden, und die aleutische Auffassung von persönlicher Verantwortung würde den Schaden begrenzen.

Sie stellte keine einzige Frage. Robin bewunderte ihre Ruhe und kämpfte mit der wühlenden Nervosität in seinen Eingeweiden. Er wußte, was in ihr vorging. Sie fühlte sich als Todeskandidatin. Sie konnte recht behalten. Womöglich nahm sie sogar an, daß er sie zur Urteilsverkündung brachte.

Sie überquerten den Fluß nach Thonburi und kamen in eine Gegend, wo nichtssagende ältere Häuserzeilen von der spinnerten ›Fun-Architektur‹ des *Fin de siècle* unterbrochen wurden. Das Freudenhaus *Sweet Beach-Bums,* ihr Bestimmungsort, teilte sich mit einem Jazz-Club, ein paar Fitneßstudios und einer kleinen Shopping-Passage ein Gebäude, das die Gestalt eines Wasserbüffels hatte. Die Beine des Büffels waren hochwasserfest: Aufzüge und Treppen passierten hermetisch schließende Schotts, und an den buckligen Knien des Tiers gab es Rettungsplattformen. Der Jazz-Club lag im Bauch. Ham Yon, der Trakt mit den Privat-Clubs, lag auf derselben Ebene weiter südlich.

Die Bauchpassage hatte einen transparenten Boden. Die verschwommenen Schemen unter den Füßen vermittelten den Eindruck, als stünde die Stadt bereits unter Wasser. Da heute Einkehrtag war, war das Mädchen am Tresen des privaten Vorzimmers aus Gründen der Energieersparnis leibhaftig zugegen. Konfus, wie sie war, bot sie an, ›sich abzuschalten‹, als Robin und Ellen eintraten.

Überall standen Liegen herum, zwanglos und mit hübschen Überzügen, die aussahen wie handgewebt. Einige waren belegt. Da waren Punsuk, Douglas Milne, Martha Ledern und Wu Nyang Hong und der Multifon-Ingenieur Tavit Burapachaisri. Und die Präsidentin der USSA war zugeschaltet. Tavit hatte das Vertrauen der konspirativen Gruppe. Carlottas Gegenwart war so bizarr, daß Ellen einen Moment lang gedacht hatte, ihre Freunde hätten bloß ferngesehen.

Robin legte die Girlanden ab und nahm eine träge, orientalische Pose ein, die offensichtlich ungemütlich war. Ellen versuchte, die Emotionen einzuschätzen. Martha wußte etwas, die anderen nicht. Die Luft knisterte vor Konfusion und Erregung. Keine Panik.

»Ich halte nicht viel von solchen Rendezvous«, sagte Carlotta aus dem Bildschirm schielend. »Ich darf um einen Ortswechsel bitten, bevor ich das Wort ergreife.«

Die ›Augenweiden‹ jenseits des imaginären wandgroßen Fensters schlenderten und posierten auf einem hübschen Strand, den es an der verdreckten, von Städten überwucherten Küste am Golf von Siam so nicht mehr gab. Hin und wieder schien der eine oder die andere da draußen von den Gästen Notiz zu nehmen und lächelte.

»Carlotta, das da draußen sind keine Menschen. Das waren nie welche. Das sind hübsche Computergrafiken, weiter nichts. Jungen und Mädchen, die sich an ein Freudenhaus verdingen, verlieren dabei nicht das Geringste. So will es diese Kultur.«

»Jesus. So was wie harmlose Pornografie gibt es nicht, Dougie. Auch keine kulturellen Unterschiede in Sachen Moral. Diese Theorie ist überholt.«

Der Papagei stieß einen wilden, schrillen Schrei aus, als sei er gezwickt worden. Irgendwie mußte sie ihn gezwickt haben.

»Klar, die Astralhuren werden respektiert. Vermutlich gibt es sogar Konserven von Saowapua und Klein Samanta, die ihre Tantiemen für den *World Wide Fund for Nature* spenden.«

Saowapua und Samanta waren königliche Prinzessinnen.

»Wir respektieren Ihre Vorbehalte, Ma'am President.«

Punsuk genoß das wohlverdiente Interim. Trotz der Anspannung, die dieses Abenteuer mit sich gebracht hatte, wirkte sie vitaler als sonst. Sie lag auf dem Ellbogen gestützt und war hellwach. Diejenigen, die keine Thais waren, hielten sie nervös im Auge, obwohl Miene und Tonfall nichts als reservierte Höflichkeit verrieten.

»Andererseits, ein Freudenhaus ist ein außergewöhnlich privater Ort. Kein gewöhnliches Bordell kann sich soviel Privatheit leisten, denken Sie nur an die Bediensteten.«

»Und *sollte* sich jemand an unsere Fersen geheftet

haben«, setzte Martha Ledern hinzu, »dann wird ihn der Einkehrtag verraten.«

Martha agierte als Wachhund. Sie hatte ihr Notebook auf den Knien, den Textilschirm aufgespannt und rief die relevanten Thonburi-Infras aus der CB-Info-Bank ab. Normalerweise konnten sich aberhundert Wanzen und Maulwürfe in diesem wimmligen Palimpsest aus Daten und Energie verstecken; aber heute nacht herrschte mäßiger Betrieb.

Sie sah zu Ellen hinüber. »Die Präsidentin hat mich angerufen. Gleich, als ich kapierte, was sie bereden wollte, hab ich ein vertrauliches Treffen organisiert.« (Man hatte sich schon einmal in ›Sweet BeachBums‹ getroffen.) »Ich gehe davon aus, daß wir hier sicher sind.«

Carlotta war nicht überzeugt. »Ich dachte, die Burschen, vor denen wir Angst haben, brauchen keine Technik?«

»Telepathie? Oh, was das angeht, da brauchen wir uns keine Sorge zu machen.« Chas, der alte Vietnamese, redete sanft und ernete ein schiefes Lächeln von seinen Uji-Gefährten. Außenstehende hatten verrückte Vorstellungen über Telepathie und schrieben den Aleuten eine Macht zu, für die es so gut wie keinen Beweis gab; und gegen die ohnehin kein Kraut gewachsen war.

»Okay«, sagte Carlotta. »Kommen wir zur Sache. Ich habe Ihnen etwas mitzuteilen.« Sie grinste träge. »Nun, ja. Das dürfte Ihren Puls beschleunigen. Aber haben Sie noch ein wenig Geduld. Ich will die Geschichte auf meine Weise erzählen.«

Eines der Strandmädels breitete ein Badetuch aus, streckte sich im Tennisdreß in die Sonne und setzte den Augenschutz auf. Eine andere begann sie im Western-Stil zu massieren. Sie schob die Hand in das weiße Höschen unter dem Minischurz und sah sich lächelnd um.

Carlotta runzelte die Stirn. »Kann man das verdammte Ding nicht abstellen?«

»Nur schwer, Ma'am President. Das ist Werbung.«

Robin stand auf. Er und Martha schoben zwei Liegen an die Fensterwand und lehnten sie über den obszönen Bereich.

»Schon besser.« Pirat murrte ein bißchen, doch die Präsidentin schien besänftigt. »Vielleicht ist Ihnen nicht entfallen, daß wir im Orbit noch eine teilweise funktionierende Raumstation haben. Seit der Revolution ist niemand mehr da oben gewesen, und ich denke, daran wird sich so bald nichts ändern. Aber ein paar Geräte sind noch in Betrieb. Signale zum Beispiel werden empfangen und weitergeleitet.«

In den ruhmreichen Tagen hatte es eine Debatte gegeben, ob man die Station – nur, um ein Zeichen zu setzen – zerstören sollte. Aber dann hätte man Probleme mit den Russen bekommen, und niemand wußte, ob es nicht zu einem Fallout an Q-Viren kam. (Und ein paar Rebellen konnten sich des Gefühls nicht erwehren, daß eine halbe Raumstation besser war als gar keine.) Dabei ließ man es bewenden.

Die extraterrestrische Wissenschaft hatte schwer unter der Revolution gelitten. Die SETI-Station in Kalifornien war eine der wenigen Institutionen, die überdauert hatten; und in SETI hatte die Weltregierung mehr zu sagen als die Regierung der USSA. Die Geschichte, die Carlotta zu erzählen hatte, stammte von zumindest potentiell gefährlichen Spinnern und erst in zweiter Linie vom Militär. Der Teufel sollte sie holen, wenn sie diesen hochnäsigen Eurasiern Videos von nasenlosen Sektierern mit Sat-Schüsseln made on Earth verkaufte, die sich werweißwo zur Messe versammelten … Die Sache war delikat. Carlotta war der Ansicht, daß Leute, die ›geheime‹ Treffen abhielten, geistig minderbemittelt und von öffentlichen Ämtern auszuschließen waren. Sie glaubte nicht mehr an Geheimhaltung, seit *Santa Claus* sie enttäuscht hatte. Sie war schlicht gekleidet: ein hausbackenes Mom-and-apple-pie-T-Shirt und Drillichjeans. Das T-Shirt trug das Emblem der durchgestrichenen Rakete und das beliebte Anti-Raumfahrt-Logo SOMETIMES GOD SAYS NO.

Es war eine Gratwanderung, das Demütigende an diesem ›Leck‹ zu enthüllen, ohne die Anti-Raumfahrt-Lobby zu schockieren. Doch die USSA wollten mitmischen bei dem aleutischen Poker. Sie wollten das schon lange, hatten aber das Gegenteil geheuchelt, weil eine Tournee undenkbar war.

»Bevor ich fortfahre, sollten Sie eins wissen: Die Quelle des Materials, das ich Ihnen präsentiere, bleibt anonym.«

Diese Idioten dachten doch wahrhaftig, sie hätten den Planeten der Aliens ausgemacht. Sie kamen nicht mal auf die Idee, daß TV-Bilder, die man von irgendwo aus der Galaxie bekam – daß sie ein Aleut gezeigt hätten, das mindestens zwanzigtausend Jahre alt war.

Sie wollte sich die Frage nicht nehmen lassen. Die Pointe kam immer an. Ihr Blick vollführte einen perfekten Stereokameraschwenk. »Von wem stammt also der ruhmreiche Einfall, der Katze die Schelle umzuhängen?«

Pirat kreischte bei dem verhaßten Wort.

Die Gruppe in Krung Thep war entsetzt.

Im weltumspannenden Datennetz spukte es. Merkwürdiges ging da vor, und nicht erst seit 2004. Einem Kabel konnte man vertrauen, nicht aber dem Netz. War ihr Signal vom Weg abgekommen und hatte sich zur Raumstation verirrt, die es prompt dem USS-Militär zugespielt hatte? Ein schreckliches Pech, aber nichts war unmöglich. *Ich wußte es*, stöhnte Ellen lautlos. *Zuviel Energie! Kraftmeierei rächt sich immer ...* Die Todesfurcht wich, blieb aber auf der Lauer. Wenn die Präsidentin der USSA wußte, daß Uji verwanzt war, dann wußten es alle. Ellen zögerte nicht länger.

»Von mir«, sagte sie mit fester Stimme. »Unsere Art der Überwachung erwies sich als wirkungslos. Ich fand, daß es ein Fehler war, sie einfach sich selbst zu überlassen. Also ließ ich das Gerät installieren.«

Carlotta bekam einen zynischen Ausdruck. »In Uji? Ach, das ist ja interessant, Ms. Kershaw. Aber ich glaube nicht, daß Sie verstehen, worum es geht. Ich will Ihnen ein paar private Videos zeigen. Die Qualität läßt leider zu wünschen übrig.«

... Ellens erster Gedanke war, daß sich ein Aleute mit der präparierten Halskette auf und davon gemacht hatte – und ›jetzt‹ an Bord eines Unterseebootes war. Aber das machte keinen Sinn. Er oder sie schien die Kette um den Hals zu tragen. Die ›Kamera‹ bewegte sich ohne Holperei aus einem schmalen Korridor auf eine breite, strahlend helle Passage hinaus: Das Unterseeboot wurde zur überdachten Straße. Da waren Leute, viele Leute. Keine Menschen. Es waren wildfremde Aleuten. Ellen schlug das Herz zum Hals.

Das Bild verlor Farbe, wurde bis zur Unkenntlichkeit verzerrt, formte sich neu. Eine riesige Halle, eine stehende Menge. Die ›Kamera‹ blickte durch Lücken auf ein Podium. Da war *Lugha.* Und der Teufelskerl *tanzte.* Dahinter eine Reihe von bequem liegenden Aleuten. Sie trugen farbige Roben über den graubraunen Overalls – eine Variante, die man noch nie gesehen hatte. Eine zarte, erhabene Musik lag in der Luft, ansonsten herrschte Stille.

Carlotta erschien vor dem Bild.

»Wir wissen, wo die Bilder herkommen. Wir haben das Signal zurückverfolgt. Wir dachten uns, daß es eine Wanze war, denn die Aleuten haben nicht das geringste Interesse, daß wir ihnen auf die Schliche kommen. Sie behaupten, sie hätten kein Mutterschiff. Der Bluff hat seine Wirkung nicht verfehlt. Aber diese Zeremonie fand in *unserem* Hinterhof statt.«

»Ma'am President ...« Douglas rang um seine Fassung. »Wir wissen, daß Sie diese Bilder nicht von SETI haben. Heißt das, die Militärs sind involviert?«

»Dougie, du überraschst mich.« Sie war verwirrt und konsterniert zugleich. »Wir haben doch keine ›Militärs‹, jetzt nicht mehr. Nicht, wie *du* das meinst. Unsere Soldaten sind Menschen, die zufällig bereit sind, ihr Leben für uns zu opfern. Und sie verplempern nicht ihre Zeit damit, ins Weltall zu lauschen.« Sie grinste. »Jetzt wissen wir also, was Sie vorhatten. Ich kann Ihnen die genauen Koordinaten geben. Ich kann Ihnen, falls Sie es wünschen, die Abmessungen des Schiffes geben; und ein paar Emissionsdaten, die höchst aufschlußreich sind, was die Antriebsenergie betrifft. Respekt, Kameraden. Ich weiß nicht, wie Sie das gemacht haben, aber es scheint, daß wir die Lage neu zu bewerten haben.«

Robin erhob sich, nahm eine der Girlanden aus Jasmin und Orchideen vom Boden und kam quer durch den Raum. Er bot sie ihr mit einer höflichen Verneigung und strahlendem Lächeln an.

Diesmal wies Ellen sie nicht zurück.

12 Östlich der Sonne und westlich des Mondes

Bis man die Rezeption der Universität erreicht hatte, um sich als Pilger registrieren zu lassen, hatte die Wirkung des minutiös geschneiderten Eingriffs in Johnnys Chemie schon wieder nachgelassen. Seine Abneigung gegen Augentropfen war ungebrochen. Die Blutergüsse machten ihn so nervös, wie sie sein Gesicht gegen jede Berührung allergisch machten. Er hielt sich im Hintergrund, derweil der Bedienstete Braemars Berechtigungskarte mit dem Code für kurzfristigen Campus-Service versah.

Der Mann erkannte sie wieder und war neugierig. »Sie wieder?«

»Ja«, sagte Brae. »Es ist ein Spiel. Wir spielen *Thirty Years of War.* Wir sind schwedische Spione, die von Wallensteins Agenten verfolgt werden. Eigentlich dürfte ich Ihnen das gar nicht sagen.«

»Ah, Spieler!« Der Mann nickte respektvoll. Nur Reiche spielten in solchen Dimensionen, Leute mit üppigen Beziehungen. Man konnte nur hoffen, daß etwas von dem Goldstaub abfärbte, wenn man mit von der Partie war. Mit einem gestischen Schnörkel gab er die Karte zurück.

»Weidmannsheil... Nein, das Gegenteil wohl!« Er strahlte wie ein Honigkuchenpferd und fügte heiser hinzu: *»I never saw you.«*

Spieler. Das Zauberwort. Unter dem Deckmantel konnte man *alles* tun. Aber auch der Gegner.

Die Zimmer, die sie bekamen, lagen in einer drögen Studentenkaserne. Drinnen herrschte die trostlose Skelettierung eines Provinzflughafens aus den letzten Dekaden des zwanzigsten Jahrhunderts: die *Hohe Schule des Elementaren*, wie die Kunsthistoriker das nannten. Mit der altmodischen Architektur hatte auch ein Zug des alten Puritanismus überlebt. Unverheiratete Paare bekamen ohne Einspruchsrecht zwei auseinanderliegende Zimmer zugewiesen: Braemar auf einem Korridor für weibliche Studenten, Johnny auf einem für männliche. Sie trafen sich in Braemars Zimmer. Es war spartanisch eingerichtet: ein schmales Bett mit dunkelorange bezogener Steppdecke; ein Terminal, das sich auf Fernsehen umschalten ließ; eine Naßzelle aus einem Guß, ein nicht voll bestückter Nahrungs- und Getränkeautomat und ein fest in der Wand eingelassener Bildschirm für die Hausordnung, den Service-Plan und Alarmmeldungen. Der Schirm sagte in Deutsch, Englisch und Französisch: VEREHRTER BESUCHER, BITTE VERLASSEN SIE DIESEN RAUM SO, WIE SIE IHN VORGEFUNDEN HABEN. Er leerte sich und sagte dasselbe in Spanisch und Ungarisch. Das war schon alles. Ein Fenster blickte auf drei Schuttcontainer hinunter, ein paar rostrote halbtote Koniferenbüsche und weitere freudlose Gebäude hinter dem gräulichen Rasen. Die Dämmerung brach herein. Die Kälte drinnen war schlimm.

Da Buonarroti nicht telefonierte, hatte sie eine Nachricht hinterlassen. Um 3.00 Uhr früh Ortszeit sollten sie zu ihr kommen.

Johnny starrte mißtrauisch auf den Wandschirm. »Glaubst du, wir werden beobachtet?«

»Denk mal nach, Kleiner.« Sie setzte sich neben ihn aufs Bett. »Weißt du nicht mehr, was passiert ist, als man die Seifenoper-Abos nach hier exportieren wollte? *Ces gens ici**, sie haben eine pathologische Abneigung, sich um andrer Leute Dinge zu kümmern.« Sie berührte ihre bloßen Schläfen, ihr Handgelenk. »Erinnerst du dich an die Nacht in Fort Devereux?«

---

* *Diese Leute hier ...*

Achtung! Versteckte Kamera!

Er tat einen tiefen Seufzer. »Meinst du, du kriegst deine Bänder zurück?«

»Keine Chance. Ich werd mir neue kaufen – vom Honorar für *How We Blew the Whistle on the Bug-eyed Baboons.** Nur von meinem Anteil natürlich. Sechzig vierzig vom Netto, oder? Ich will dich nicht über den Tisch ziehen.«

»Ich bin plötzlich überzeugt, daß wir in eine Falle laufen.« Johnny rettete sich in Galgenhumor. »Sie versetzt uns in den Kirlian-Zustand, fängt uns in einer Vakuumröhre und liefert uns dem Mob aus.«

»Mein Gott, ja.« Braemar lachte. »Aber wie macht sie das, ohne dem schrecklichen Schicksal einer allzu abstrakten Publikation zu entgehen?«

»Im Ernst, am liebsten würd ich die Idee sausen lassen. Hier will ich mit dir bleiben. In diesem beschissenen Zimmer, na und? Wir haben einen Fressomat und ein Klo. Man wird uns schon nicht sterben lassen. Wir werden eine Touristenattraktion. Hast du abgesperrt? Ich nehm den Pocketflammenwerfer und schweiß die Tür zu. Gib mir deine Karte, ich brech sie durch.«

Er spielte den mutlosen Helden, und Braemar gab ihm Contra.

»Johnny, mein Liebster, du machst dir was vor. Was wir füreinander empfinden, ist aufregend, ist riesig. Aber das Universum ist größer. Das ist ein Job, den sonst keiner kann, und wir können nicht kneifen. Unsere *Weltanschauung* braucht uns.«

Er hielt ihre Hände. »Ich bin das beste Publikum, das du je haben wirst. Mehr Publikum brauchst du nicht.«

(Vorhang.) Es folgte ein langes Schweigen.

»Früher war ich in dich verliebt«, sagte Johnny. »In

---

* *Wie wir die glotzäugigen Paviane entlarvt haben.*

meinen lichten Momenten begriff ich, daß ich keine Chance hatte. Die meiste Zeit war es nur Spielerei. Uns trennten unüberbrückbare Barrieren: politische und weltanschauliche und andere. Ich konnte so leidenschaftlich für dich empfinden, wie es mir paßte, konnte dieser grausamen sexuellen Pein frönen, ohne Gefahr für Leib und Leben. Ich bin nicht mehr verliebt. Ich liebe dich einfach, das hört nie auf. Aber da ist das Q-Virus. Du kannst mit AIDS leben, aber mein Krankheitsverlauf ist unaufhaltsam. Wenn ich das Virus wirklich habe, mach ich's nicht mehr lange. Es sei denn, die Aleuten ...«

Er stockte und stierte hilflos vor sich hin. Wie hübsch er aussieht, wenn er lügt, dachte Braemar. In seinen wortlos aufrichtigen Augen sah sie die Miniatur einer alten Frau, die an einer alten Krankheit starb; und den brillanten jungen Eejay, dem die ganze Welt offenstand, einschließlich Aleut ...

»Glaubst du immer noch, daß sie dich retten können?«

»Uns, uns alle. Ich glaube nicht, ich hoffe. Wenn wir ihnen von Angesicht zu Angesicht gegenübertreten, als Gleichberechtigte, dann werden wir Freunde. Darauf baue ich.«

Das schmale Bett war groß genug, um sich zu lieben, aber zum Schlafen zu klein. Zumindest für Johnny. Er lag wach, das Gesicht pochte, hier Braes Körperwärme und dort ein arktischer Kältehauch. Der Wandschirm sprang um und um. Warum Spanisch, warum Ungarisch? Ging es da um Pferde? Vielleicht ein Komplott von Spieleprogrammierern, um den deutschen Markt auf virtuellen Stierkampf zu trimmen? Es mußte eine Erklärung geben. Es gab immer eine Erklärung. Für jedes Löchelchen und jedes Knötchen im Gewebe der Welt. Sie mochte direkt in der Hardware liegen, die wuchert wie ein Korallenstock, aber anders als die Korallen nicht stirbt, wenn sich die Umwelt verändert, sondern sich ständig selbst verdaut und reorganisiert. Er tauchte in die Welt der Korallen hinab...

Braemar träumte, daß sie ein Kind ins Krankenhaus brachte. Das warme, runde Bündel in ihren Armen war übersät mit Schrammen und Blutergüssen und schwärenden Wunden. Sie spürte, daß Knochen gebrochen waren, ahnte die inneren Blutungen. Jemand wollte ihr das Kind fortnehmen und sie schrie: *Leave me alone we'll be all right, leave me alone we'll be all right.*

Es war ein Alpdruck, nicht die Realität. Sie weigerte sich, ihn weiterzuträumen.

Sie bastelte an einer Briefbombe. Die Konstruktion war auf Ellen Kershaw zugeschnitten. Man braucht ein Ziel. Für Braemar war die Bombenkampagne zu einem persönlichen Duell geworden. Sie pflanzte Bilder ein, die so kalkuliert waren, daß sie Assoziationen auslösten, die der alte Drache haßte, aber nicht unterbinden konnte. Ihr gefiel die Vorstellung, daß Kershaw genau wußte, was da ablief.

Dieses Modell fing ganz harmlos mit der Wiederbelebung des Ostens an. Vierzig Jahre alte Erste-Welt-Stimmen jammerten vor Entsetzen: *It's like walking into Auschwitz.* Der Adressat sah die Szene wechseln. Der dreckige Smog, die toten Bäume und die grauen hustenden Kinder verwischten zu einem Nebel, der sich rasch verzog. Die Kinder liefen kichernd und kreischend durch die Sommerwiese am Ufer eines großen, majestätisch glänzenden Flusses. Eine junge Frau kniete am Wasser. Slawisch-weiß, dunkeläugig und freundlich ernst: typisch fernöstliche Konsumgut-Präsentation. Ihre Umrisse waren verflimmert, für den Fall, daß sie zu große Ähnlichkeit mit einer lebenden Werbe-Darstellerin hatte. Sie beugte sich vor und schöpfte mit hohlen Händen Wasser. »Dieser Fluß trägt den Namen Donau. Vor dreißig Jahren hätte er mich umgebracht.« Ehrfürchtiges, sakrales Schlucken. »Mit

Gottes Hilfe haben wir unsere Mutter gerettet, das lebenspendende Naß; uns selbst.«

So viel zur Reinheit von Ujis unbedeutendem Strom.

(Sanft geflankte Lügen! Sie glaubte zu hören, wie Ellen daherplapperte.)

Die ›Kamera‹ folgte dem Fluß (es war ein anderer Fluß) bis zu einem kiesbedeckten Uferstreifen. Braemar machte einen kontrollierten Schwenk. Möwen schrien: wilde, freie Laute. Aufblenden der Henry Wood-Fantasie … *Anchors Aweigh.* (Komm schon Ellen, du sentimentales altes Ding, gestehe. Als Mädchen hast du Geschichten vom Krieg verschlungen, lange vor der roten Fahne und deinem Kampf um soziale Gerechtigkeit. Diese kotzigen alten Shanties von Ruhm und Ehre holen dich jedesmal wieder ein, wenn du blau bist.) Das Kind kam um das stumpfe Ende des umgedrehten Bootes und fand die Männer. Sie trugen hohe, weiche Stiefel und gepolsterte Wämser; sie hatten die Gesichter von Seeleuten: dunkler Bart, gegerbte, verwitterte Haut und schrecklich helle Augen. Einer trug eine Perle am Ohr. Sie saßen bequem da, aber voller Tatendurst. *»Are we ready?«* fragte der Mann mit der Perle am Ohr.

*»'ware an' wakin', captain!«**

Leiser Trommelschlag am Ufer, dann immer lauter; jemand schlug eine kleine Trommel: *rataplan rataplan.*

Churchill, Drake, Davy Crockett, Robert the Bruce, Wilhelm Tell, Prinz Diponegoro, Rama von Ayutthaya.** Braemar war nicht zu bremsen. Die ganze

---

* *»Aware and waking, captain!«* bedeutet soviel wie: *»Und ob, Käptn!«*

** *Sir Francis Drake* (um 1540–1596), englischer Admiral und Seeheld.
David (Davy) Crockett (1786–1836), amerikanischer Politiker und Soldat.
Robert the Bruce alias *Robert I.* (1274–1329), König von Schottland, erkämpfte die Unabhängigkeit Schottlands.
Wilhelm Tell, der Sage nach ein Schweizer Nationalheld.
Ayutthaya – bis 1767 Hauptstadt von Thailand (Siam), am Chao Phaya unweit von Bangkok (Krung Thep) gelegen.

Bande mußte herhalten. Als sie mit Ellen fertig war, konnte sie zu Johnnys Galerie übergehen. Wie wär's mit einem dürren, kahlen Rechtsanwalt in indischer Schurzhose?* *Verlaßt Indien!* (Arroganter, geiler Bastard...) In der Freimütigkeit ihres Traums lächelte Braemar. So sind die richtigen Helden nun mal: im-mer das Produkt wirklich beschissener Umstände. Korrumpiert und Dreck am Stecken, einer wie der andere.

Etwas lief schief. Zuviel bewußtes Reflektieren hatte sie verunsichert; doch anstatt die Realität loszulassen, ließ sie den Traum los. Der längst zu Staub zerfallene Pirat, galanter Verteidiger seiner Heimatinsel, wandte sich dem Kind mit dem wimmligen Gesicht und der dunklen Scharte zu...

Sie wachte mit nassen Augen auf, die Trommel war noch zu hören.

Buonarroti war nervös. Johnny versicherte ihr, daß die Aleuten nichts zu befürchten hatten. Es würde lediglich zu einer harmlosen Presseerklärung kommen.

Sie willigte ein, war aber gar nicht glücklich darüber.

Auch Johnny war nicht glücklich. Dieses seltsam vertraute Zimmer zwang ihm die Tatsache auf, daß ihre Rückkehr ein weißer Fleck war. Die Ereignisse waren in seinem Gedächtnis, er spürte, daß sie da waren – aber sie waren verschollen: wie die letzten Augenblicke vor einer Gehirnerschütterung. Buonarrotis Möbel hatten eine Aura gegenstandsloser Panik, die dem Ganzen wieder den Stempel des Psychischen aufdrückte. Es gab kein Schiff, er und Braemar hatten die Erde nicht verlassen.

»Gibt es etwas, das Sie uns nicht gesagt haben?« wollte er wissen. »Helfen Sie uns auf die Sprünge. Ich wüßte gerne besser Bescheid, bevor es wieder losgeht.«

---

* *Mahatma Gandhi.*

Peenemünde kauerte unter den Augen der Heiligen auf ihrem spartanischen Bett und drehte und wendete die Hände zwischen den Knien. Diesmal hatte sie ihrem Besuch nichts angeboten.

»Besser Bescheid? Na, gut. Überlegen Sie mal. Ihr Geist, der offenbar in Ihrem Schädel eingesperrt ist oder in Ihrem physischen Körper, hat selbst kein bißchen Platz in sich. Oder fast keine Zeit. Wenn Sie versuchen, einen Gedanken von der Matrix des gesamten Denkens zu isolieren, um ihm einen eigenen Platz einzuräumen, wann oder wo auch immer, dann klappt das nicht. Frühstück, Angst, das Glück von vorgestern, die Lösung eines mathematischen Problems, das alles bleibt verzahnt. Das ist gleichsam das holistische Echo auf die Leere und ihre substantielle ›Bevölkerung‹, den Makrokosmos, der auf seine Weise auch ›eingesperrt‹ ist.«

Johnny warf Braemar einen Blick zu. Braemar zuckte beredt die Achseln.

»Hören Sie«, sagte Johnny. »Ich will hier und jetzt den Lauf der Geschichte ändern. Mir käme da schon ein bißchen Unterstützung und Rückendeckung nicht ungelegen. *Was ist passiert,* als wir hier wieder aufgetaucht sind?«

Zum ersten Mal fiel Braemar auf, wie blau die Augen dieser dicken Frau waren. Zum ersten Mal registrierte sie das pure Gold dieser vollen, locker hochgesteckten Haargarbe. Sie versuchte sich das Genie als statueske arische Schönheit vorzustellen. Nein, diese leicht unbestimmten Züge, die sich in dem vollen Gesicht verloren, hatten nichts Gewinnendes, nichts Liebenswertes. Sie bemerkte, daß Peenemünde sie ansah, den irritierenden stummen Vorwurf im Blick. Peenemünde sah erschrocken beiseite.

»Sie sind zurückgekehrt. Frau Wilson zuerst, dann Sie. Es gibt immer eine klitzekleine Verschleppung: *Fast* keine Zeit, habe ich gesagt. Ein winziger Unterschied genügt, er wird vergrößert. Man läuft nie Gefahr, wieder aufzutauchen, *bevor* man aufgebrochen ist. Kann es sein, daß Sie subjektiv unangenehme Nachwirkungen hatten?«

»Könnte man sagen.«

»Ja, das ist schon möglich. Wichtig ist, daß man die Ruhe bewahrt und immer weiß, was man tut. Emotionaler Aufruhr ist gefährlich.«

Ihre Miene war wie versteinert, und Johnny fragte sich, was sie getan hatten, in welchem Zustand sie hier wieder aufgetaucht waren. Im nächsten Moment verlor er das Interesse an Aufklärung. Professor Buonarroti mußte mit den Nebenwirkungen des Ftl-Reisens vertraut sein. *Ihre Eltern waren Nazis, und sie hatte eine hundsmiserable Kindheit genossen.* Sie war durch die Schule des Grauens gegangen. Sie hatte behauptet, noch keine kommerzielle Anwendung für ihre Erfindung zu sehen. Das hatte wie eine leicht durchschaubare Ablenkung von der Tatsache geklungen, daß die Erfindung noch nicht ausgereift war. Vielleicht tat er ihr Unrecht.

»Okay, heben wir ab.«

Diesmal ging er als erster.

Braemar legte sich auf Buonarrotis Couch. Das Genie sah auf sie hinunter. »Bitte, tun Sie es nicht.«

»Was soll ich nicht tun?« sagte Braemar. »*Er* will den Lauf der Geschichte ändern, nicht ich.« Sie grinste. »*Ein* Schwert muß den Streich führen. Und Siegfried ist nun mal der Held!«

Die arme, schwache Peenemünde sah aus, als ob sie jeden Moment in Tränen ausbrechen würde. Dann verschleierten sich ihre Augen und sie fielen, die Tränen.

Braemar entwich in eine zuckende Leere, wo sich das Denkbare drängte. Sie flog durch die weiten Granatapfelplantagen des Kosmos, die materiellen, vom Zufall geformten Bienenstöcke reicher, saftiger Zellen aus

Leere. Sie barg in ihren Händen einen Tropfen Salzwasser, das Kostbarste, was sie je besessen hatte.

Sie sah einen Teich, einen sprudelnden Quell im Sternenlicht. Daneben saß die Professorin. Und da war Clavel, jener kraftvolle, junge, *weibliche* Aleute mit den traurigen und furchtlosen Augen. Die beiden unterhielten sich. Braemar spürte, wie sich ein Ozean aus Bitterkeit und Verlust in ihr auftat. *Du hast hier nichts verloren!* schrie sie. Das ist für *uns* bestimmt! Das haben *wir* entdeckt! Die Professorin hob eine hohle Hand voll Flüssigkeit, und Clavel schien zu trinken.

Als sie in Aleut ankam, da wußte sie mehr als vor ihrer Abreise. Eine Ironie des Schicksals, ein Geheimnis, das sie mit ins Grab nehmen würde.

Es war schockierend, wie sich dieselbe Ungewißheit in die Knochen fraß: wie das eigene Fleisch zum Gespenst wurde, die Hände sich verselbständigten, der Geist über die knöchernen Ufer trat. Es gab so viele Metaphern für das überlichtschnelle Reisen, und so wenige, die ihrer mächtig waren. Drogen müssen her. Der Käpten, der nicht high ist, zerstäubt zu einer kreischenden Wolke aus gemarterten Pixeln, wenn er durch das Auge des kosmischen Siphons fällt. Nichts war Phantasie, alles traf zu.

Die Erfahrung wiederholte sich, nur daß man beim zweiten Mal wußte, was auf einen zukam. *Dagegen wird es in Zukunft eine Spritze geben, den Ftl-Schuß.* Bei dem Gedanken verlor der Wahnsinn seinen Schrecken. Als Pionier mußte er diese ›Reisekrankheit‹ über sich ergehen lassen, zum Wohle anderer. Dieses historische Privileg gab dem Karussell den entscheidenden Kick.

Diesmal hielten sie sich an ein ›Drehbuch‹. Und es hätte besser nicht funktionieren können. Als Johnny aufwachte, wanderte er durch einen engen Gang, der genauso aussah wie der, in dem er schon einmal gelandet war. Er stieg in den Zustand, wie man in einen

Anzug steigt, rührte mit den Schultern, ruckelte sich zurecht: Und da war auch Braemar. Sie fanden einen Schrank und zogen sich an. Dann brach Braemar das Schweigen.

»Ich habe Angst, da rauszugehen«, flüsterte sie. »Wir wissen nicht, was letztes Mal passiert ist, *wirklich*, meine ich. Wieviel war Einbildung, was war Halluzination? Wir wissen nicht, wie lange wir hier waren und wie lange das her ist...«

Gegenwärtig kam Johnny der Ausflug völlig real vor, Ftl-Reisen war für ihn ein konkretes Wunder der Technik. Vielleicht, wenn man binnen Sekunden zum Mond reiste, kam es zu einem winzigen Einstein-Effekt; aber den durfte man getrost vernachlässigen. Er ergriff Braemars Hände.

»Ruhig Blut. Beim letzten Mal gab es einen knallharten Unfall, der zufällig ein paar Dämonen in uns geweckt hat. Jetzt kennen wir den Effekt und können uns dagegen wehren. Es ist drei Wochen her, daß wir hier waren. Wir sind zum zweiten Mal hier. Kann sein, daß sie jetzt die Lichtschranken anlassen, na und? Hast du noch nie versucht, dich irgendwo einzuschleichen, wo man versucht hat, die Presse außen vor zu halten? Denk mal positiv. Du bist ein harmloser Passant. Mach es wie Clavel in Fo.«

Sie starrte ihn an, Angst und Erschrecken in den Augen. Er ahnte nicht, was sie sah. Zum Glück war seine ureigene Krankheit bezähmbar: kein grausamer hyper-assoziativer Exzeß diesmal, keine Gewalt. Er war Johnny Guglioli, der Eejay, der den Behörden in einer fremden Stadt ein Schnippchen schlagen wollte. Er war aus dem jahrelangen Alptraum ausgestiegen und machte einen Ausflug in die Normalität.

Sie fanden einen Lageplan und nahmen einen Bus. Der Tag schien auszuklingen. Die Lampen waren gedimmt, die Straßen halb leer. Winzige Teilchen in der dunstigen Luft mochten die Kunde von Eindringlingen verbreiten. Es gab nur eins: den nächsten Schritt zu tun.

Der weite, unregelmäßige Platz vor dem Telekom-Zentrum war mit Bäumen bepflanzt und wurde von einem dieser Denkmäler beherrscht, die allerorten die Bildhauerei in Verruf bringen. Der Himmel war indigograu mit einem düster rubinroten Abgesang der Sonne über den Dächern. Auf einer Bank in der Nähe des Denkmals saß ein altes, rege nickendes Paar. Die Geschäfte hatten die Läden heruntergelassen. Weiter hinten spielten Kinder eine Art Räuber-und-Gendarm. Der Abend (wenn es denn einer war) war so still, daß man die kleinen Lungen pumpen hörte.

Clavel in Fo. Du schaltest den automatischen Abgleicher ein und überläßt dich dem ständigen Strom von analogen Adaptionen. Johnny kniff kräftig die Augen zu, um (hernach) besser sehen zu können, ohne daran zu denken, was das für eine gräßliche Wirkung hatte. Er schrie nach innen, ein absurder, infantiler Laut des Schreckens. Braemar faßte ihn beim Arm. Sie passierten unauffällig den großen, überwölbten Eingang.

Die Haupthalle war riesig, überkuppelt, erleuchtet und nur mit kunstvollen Bildschirmgeräten geschmückt und mit Glaskästen, die Denkwürdiges zur Schau stellten. ›Die Kirche der Weltseele‹ war verwaist. Johnny und Braemar spazierten herum wie gewöhnliche Besucher und blieben hin und wieder stehen, um einen Blick in die Biografien von Berühmtheiten zu werfen, zweidimensionale Präsentationen, die genauso schlecht aufgelöst waren wie das Material, das Johnny bereits kannte. Schon merkwürdig, daß es sich hierbei nicht um berühmte *Tote* handelte. Diese Aleuten wurden wiedergeboren oder lebten bereits wieder. Ringsherum liefen Galerien. Treppen führten zu anderen Emporen. Und die Studios lagen genau da, wo Johnny sie in Erinnerung hatte, ganz am anderen

Ende der Halle, gegenüber den Portalen. Dorthin schlenderten sie.

»He!« flüsterte Johnny.

Das Wörtchen verebbte wie fernes Donnerrollen. Er scherte aus.

»Sieh dir *das* an!«

Da stand ein neues Exponat. Es hatte die gleiche Form wie die anderen, ein kubisches Bildschirmgerät auf einem Sockel, daneben ein Schaukasten. Doch das Video, das hier lief, war faszinierender als alles, was sie bisher gesehen hatten.

»Shit«, zischte Johnny hingerissen. »Das ist der absolute Hammer. Auf der Erde stünden die Leute Schlange, um sich das anzusehen ...«

Der Raubzug hatte begonnen. Die Piraten hatten die ersten Häppchen nach hier verschifft. Hätte ein Aleute mitansehen müssen, wie seine Fleischschnipsel beiseitegeschafft wurden, er hätte nicht bestürzter sein können als Braemar. Johnny sah sich alles sehr genau an und amüsierte sich über den schlechten Geschmack der Aliens. Braemar traute sich nicht, näher hinzusehen.

»Brae, kannst du mir mal sagen, wie das Zeug hierherkommt? Meines Wissens ist noch keine Rakete von Uji gestartet. Shit, vielleicht sind wir auf dem Holzweg, und die haben einen Materietransmitter.«

Um Gottes willen, nun komm doch. Sie schluckte an ihrer Verzweiflung, während die schrecklich vertraute Situation sie zu verschlingen drohte. *Sei ein braves Bübchen und tu, was die liebe Mama möchte.* Es war, als ob eine Woge über sie hereingebrochen wäre und sie in ein Meer an Bedeutung zerren wollte.

»Wir wissen nicht, wieviel Zeit uns noch bleibt.«

Er riß sich los.

Das Studio (es mochten mehrere sein) schien verwaist, hinter der Glaswand herrschte Halbdunkel, kein Laut drang nach draußen, nirgends brannte eine

Warnleuchte. Sie entdeckten eine unverschlossene Tür. Johnny ging hastig zu den Terminals. Er musterte die Anlagen, musterte sie wieder und wieder, ohne irgend etwas anzufassen. Er trat zurück und schob tiefe Falten in die Stirn.

»Ohhh-kay.« Seine Hand fuhr an die Schulter des graubraunen Overalls. Er besah sich die Hand und lachte leise. »Ich dachte, ich hätte die Tasche dabei.«

»Und? *Und?*«

»Man kann nur probieren. Hab schon verrückteres Equipment gesehen. Nicht oft, nicht viel, aber … Mal sehen, wie wir da reinkommen.«

Er studierte die Workstation neben der Tür, machte eine Reihe Bildtasten aus. Da war ein geteilter Kreis, eine Hälfte hell, die andere dunkel. Er setzte den Finger darauf, rieb. Die Glaswand lief schwarz an, und innen flammten Lampen auf. Das Bildzeichen daneben war ein Kreis mit einer gestrichelten, horizontalen Mittellinie. Er setzte den Finger darauf und rieb. »Probier mal die Türen.«

Das Glastüren waren nahtlos mit der Glaswand verschmolzen: in drei sichtbaren Querbändern, eins in Kopfhöhe, eins in Hüfthöhe, eins in Kniehöhe.

Er kicherte vor Vergnügen.

»Sperr wieder auf, Johnny. Ich warte draußen.«

Der Kampf zwischen den Geschlechtern war hier fehl am Platz. Die Devise hieß Handeln. Johnny war der Ingenieur. Für genau solche Gelegenheiten hatte ihn der *State of The Nation* ausgebildet – der ›nackte‹ Reporter, weit weg von zu Hause, konfrontiert mit beinah undefinierbarer Technik. Johnny schob jede erdenkliche Stirnfalte. Das stand nicht mehr im Drehbuch. Er wollte, daß sie blieb, aber sie hatte recht. Außen vor der Kathedrale konnte sie ihm notfalls ein paar kostbare Augenblicke Luft verschaffen.

»Johnny, vielleicht komme ich nicht mehr zurück. Wenn du fertig bist, oder ein Alarm ausgelöst wird, *dann mach, daß du heimkommst.* So wie du hergekommen bist, du mußt es nur wollen.«

Er wäre zu gerne geblieben, um seinen Triumph auszukosten, doch das war zu riskant. Was, wenn sie ihn in der ersten Aufregung zur Ader ließen?

»Verstehe«, sagte er. »Hals- und Beinbruch.«

»Dito.«

Sie stand da, einsam und eingehüllt in das unergründliche buonarrotische Mysterium. Johnny öffnete die Arme. Sie umarmten sich. Er küßte ihr Gesicht, das irreale Fleisch, eine Braemar-Version aus interplanetarem Plasma. Sie schmeckte salzig.

»Nicht weinen. Wir werden berühmt.«

Stillschweigend hatte man eine ganze Etage des Multifontrakts für die Auswertung des Materials reserviert. Man versuchte, die Daten aus dem aleutischen Mutterschiff geheimzuhalten, sich vor Trittbrettfahrern zu schützen. Doch diese Anstrengungen waren müßig. Der Kreis der Mitwisser umfaßte die Präsidentin der USSA und in ihrem Schlepptau ein ganzes Rudel von ungenannten Gewährsleuten. Unmöglich zu eruieren, wie viele ihrer Landsleute und Gesellschaften bereits Zugang zu dem Sprengstoff hatten. Aber vielleicht war das nur Zweckpessimismus. Im großen und ganzen schenkte man der Wissenschaft im Dunstkreis der alten Raumfahrtprogramme kaum noch Beachtung. Aber man mußte auf alles gefaßt sein. Jeden Moment konnte das ohrenbetäubende Schweigen implodieren. Die Verschwörer rangen um eine ausgewogene Verlautbarung und stritten noch um den richtigen Moment, mit den bestürzenden Erkenntnissen ins Multifon zu gehen.

Hatte man erst die Weltregierung unterrichtet, würde sie darauf bestehen, die Aleuten zu unterrichten. Daran führte kein Weg vorbei. Aber dann wußten Gott und alle Welt Bescheid, und wer wollte die Hand dafür ins

Feuer legen, wie die Menschheit auf die Demontage ihrer Engel reagierte? Über den Aleuten schwebte ein Damoklesschwert. Es schien nur vernünftig, all das so weit wie möglich hinauszuzögern: Der Informationsstand wurde mit jeder Minute besser.

Die Sicherheitsvorkehrungen im Multifontrakt hatten bislang keinen Verdacht erregt. Geheimnisse gab es heutzutage zuhauf in Dusit: Viele verschiedene Gruppierungen trieben ein undurchsichtiges Spiel, bei dem es um die Evakuierung von Enklaven und künftige Joint-Ventures mit den Superwesen ging. Manche Abfallbeseitigungsprobleme, um deren Lösung man die Aleuten ersuchen wollte, waren von höchst sensibler Natur.

Die konspirative Gruppe hatte von Anfang an sichergestellt, daß man ihr alle physikalischen und biochemischen Laborbefunde zur Kenntnis brachte. Eines langen, bangen Tages unter vielen, erreichte sie ein Bericht aus dem Abdus-Salam-Institut in Banjul.* Das Institut war in südostasiatischen Händen, auf du und du mit den Westpazifikstaaten, was unverkennbar nach ›Filz‹ roch. Sie nahmen die Info-Quarantäne sehr ernst. Informationen wurden nur mündlich weitergegeben oder höchstens auf Papier mit einem Zerfallsdatum von Tagen. Jemand hatte den Bericht vom Dokument-Handler des Multifons abgeschrieben; jetzt saß man zusammen, und jeder las seinen Teil und reichte ihn weiter.

Durch die rauhe Textur des Papierersatzes fühlte Ellen sich in die rauhe und verzweifelte Zeit von 2004 versetzt; damals war die ganze Welt zusammengerückt, und Courage und Tugend wurden die Währung des

---

* a) *Abdus Salam* (geboren 1926), pakistanischer Physiker, teilte sich 1979 den Nobelpreis mit Glashow und Weinberg.
b) *Banjul* (früher *Bathurst*), Hauptstadt des westafrikanischen Staates *Gambia*.

politischen Lebens (ein Geschenk, das Millionen mit dem Leben bezahlt hatten). Doch der Vergleich hinkte. Sie kam sich eher vor wie irgendein Hofbeamter des siebzehnten Jahrhunderts, der in Krisenzeiten die gedruckten Werke der Wissenschaft beiseitewarf und seine Zuflucht in astrologischem Hokuspokus auf Pergament suchte. Sie war sich darüber im klaren, daß alles, was sie hier las, durch die Zensur einer größeren, bis dato nicht identifizierten Gesellschaft gegangen war, die schon lange das afrikanische Material kontrollierte. Es war durchaus möglich, daß kein Wort der Wahrheit entsprach.

»Diese sogenannten *aktiven Zellkomplexe der Aliens*«, sagte Chas leise. »Gibt es da einen Zusammenhang mit ihren Körperläusen?«

Niemand wußte eine Antwort. Keiner hatte den Läusen viel Aufmerksamkeit geschenkt. Aus irdischer Sicht war es reichlich peinlich, daß die Superwesen verlaust sein sollten.

»Und was ist, wenn Menschen diesen lebendigen Staub in sich aufnehmen?«

Die Antwort war Schweigen, derweil Papiere raschelnd den Leser wechselten und andere überhaupt erst den Zusammenhang zwischen Frage und Text erkannten. Die Artefakte der Aliens waren übersät mit winzigkleinen Organismen. Die gleichen Organismen hatte man in Luftproben des Forschungslabors gefunden.

Seit die Besucher in den Zeiten mit Spitzeneinschaltquoten als Superwesen gehandelt wurden, war das durchaus naheliegende Risiko einer Kontamination so gut wie vergessen. Man nahm es für selbstverständlich, daß sie *unabsichtlich* keinen Schaden anrichten konnten … und gegen *strafende* Engel war man ohnehin machtlos.

Ellen brütete über den eng beschriebenen Blättern. »Hört sich an, als hätten diese *Mikroorganismen* etwas mit der Funktion und der Herstellung der Artefakte zu tun. Ich säh gerne mal einen Bericht über die Maschinen, die Amok gelaufen sind – falls es so was noch gibt.«

Das war unwahrscheinlich. Nach dieser ›Seuche‹ hatte sich niemand getraut, die betreffenden Maschinen zu untersuchen. Man hatte sie gründlich entsorgt.

»Aber wenn ich die Zahlen richtig verstehe, dann war die Konzentration des aktiven Materials in der Luft doch verschwindend gering.«

»Vielleicht gut, daß wir nur ein paar Aleuten haben. Aber die neuen Siedler, was ist mit denen?«

Da müssen wir eben das Korallin abschaffen, damit sie uns nicht dazwischenfunken! entschied Douglas Milne bei sich, und zwar mit einem Effet, als sei er der König der Welt und könne das noch heute per Dekret veranlassen. Dann fiel ihm ein, daß Carlotta schon damit begonnen hatte. Er litt unter einer kurzen Depression und starrte ein Loch in die Zeit.

Was wird aus uns werden …?

Punsuk stützte den Kopf in die Hände. *Ich war dabei, als die Welt sich geeint hat.* Unmöglich, darauf nicht stolz zu sein. Doch für Punsuk war es ein Glaubensartikel, im Multifon nicht präsenter zu sein als die Milliarden anderer Menschen, die mit ihr vernetzt waren. Die Lichtleiter, die weltweite Vernetzung, das war *die* Chance der Menschheit, der weiblichen wie der männlichen, gemeinsam zur Erleuchtung Buddhas zu gelangen. Was, wenn die Aliens, die nichts von Telekommunikation hielten, das alles ruinierten?

Sie war zu müde, um noch mehr zu lesen. Eine schreckliche Schwäche übermannte sie, ihr war, als laste die Luft zentnerschwer auf ihren Schultern. So lange schon übte sie sich darin, nie weiterzudenken als: Das ist ein schlechter Tag, das ist ein guter Tag. Sie hatte sich bemüht, ihre körperlichen Leiden mit derselben kühlen Distanz zu behandeln, wie diese es mit der ärztlichen Kunst taten. Und jetzt, da dachte sie: Ich sterbe, und sie könnten mir helfen. Eine Disziplinlosigkeit sondergleichen.

Martha wandte sich leise an Robin: »Meinst du, daß man Carlotta warnen sollte?« Das wär noch schöner. Punsuk hatte sich nichts anmerken lassen, als Carlotta sich so schnoddrig über die Prinzessinnen geäußert hatte. Aber das machte man einfach nicht, es gehörte sich nicht, so über die Königsfamilie herzuziehen.

Ellen hörte mit. »Ich wüßte nicht, wieso«, raunte sie. »Die Präsidentin ist ein Schandmaul, geschieht ihr recht, wenn sie dafür büßen muß.«

Martha bezweifelte, ob Ellen wußte, wie knallhart es hinter den Kulissen der Thai-Politik zuging. Sie warf einen neugierigen Blick; die Miene der Engländerin war indifferent.

Sie will mich nicht. Robin rückte innerlich einen Millimeter von Martha ab. Es ist vorbei. Er lächelte schwach und sah in eine andere Richtung: *Ich kann Aleutisch.* Die Euphorie jener Nacht im Multifon war längst verflogen. Das hier war die Realität. Die Aliens sind Flüchtlinge. Noch mehr verdammte Flüchtlinge. War das des Pudels Kern? Nichts weiter? Etwas schrecklich Schönes hat uns den Mund wäßrig gemacht, dachte er. Der Rest ist Politik.

Die Handschrift eines Thai-Technikers, der nur zum Teil der lateinischen Schrift mächtig war, löste sich in bedeutungslose Punkte und Kringel auf. Wörter wurden zu elektronisch vergrößerten Genen, greifbar und mysteriös. Er gab es auf, sie zu entziffern. Morgen war auch noch ein Tag, um sich den Kopf über die Biochemie der Aliens zu zerbrechen.

Er kam zu dem Schluß, daß die Weltregierung höchstwahrscheinlich Abgesandte nach Aleut schikken wollte, zu diesem Mutterschiff. Er stand zur Verfügung.

Das Leben besteht aus ruhmreichen Momenten. Einen tieferen Sinn gibt es nicht. Meine Karriere fußt auf der Tatsache, daß ich einer der Ersten in Uji war. Ich werde ganz groß rauskommen, weil ich das Spiel nur wegen des Lustgewinns spiele, konventionelle Motive sind mir fremd. Er rieb sich beidhändig durchs Gesicht.

Die Krung-Thep-Luft war heiß und trotz Filterung verpestet. Es wurde sehr still im Zimmer. Die Verschwörung war ein Versuch gewesen, das Verhältnis zu den Aleuten zu normalisieren – die Superwesen zu entlarven, wenn man so will. Als dann das Schiff entdeckt war und Carlottas Tüftler begannen, seine gar nicht so superhaften Geheimnisse zu lüften, da kehrte der alte Beschützerinstinkt zurück. Und doch setzte sich eine andere Gefühlslage durch. Wenn die Aleuten keine Superwesen waren, dann war ihr Benehmen – allein schon ihr Hiersein – völlig anders zu bewerten. Das Menschlich-Animalische meldete sich zu Wort.

Macht, daß ihr fortkommt, dachte Ellen. *Kommt in fünfhundert Jahren wieder. Wir können euch jetzt nicht brauchen. Wir haben genug mit uns selbst zu tun.*

Doch wann immer die Aliens kamen, sie würden dieselbe Erde vorfinden: viele kleine Kriege, althergebrachte Ressentiments, die sich Luft machten, zerbrechliche Anfänge. Und sowie sie landeten, waren sie mitten drin. Die fremden ›Horden‹ wurden unentwirrbarer Bestandteil der immer gleichen Situation.

Rajath und seine Crew waren der stabile Katalysator, der einen originär menschlichen Prozeß beschleunigte. Schon hatten sich die irdischen Verhältnisse verschoben. Die alten Machtblöcke zerbröselten, und die Brösel drifteten auf eine neue Art von Einheit zu. Aber es war zu schnell gegangen, die Gebilde waren so anfällig. Ohne die Aleuten als Engel hatte die zarte Pflanze im Treibhaus des Multifons nur geringe Überlebenschancen.

Die Nachricht wurde von einem schlaksigen jungen Mann überbracht; Tonsur und gelbes Halstuch wiesen ihn als zeitweilig Berufenen aus. Er oinkte irgendwas, als er sie Ellen aushändigte. Die Worte waren so englisch wie unverständlich. Ellen sah ihn konsterniert an.

»Man hat eine menschliche Person im Weltraum gesehen«, wiederholte der Teilzeit-Mönch langsamer.

Die Sequenz war knapp und absolut klar. Das Gesicht war den ›Verschwörern‹ wohlbekannt. Johnny Guglioli, der Haus-und-Hof-Eejay der Weißen Königin. Robin Lloyd-Price mußte lachen.

»Mein Gott, das war ein Schwindel! Da ist überhaupt kein Mutterschiff. Wir sind einer Briefbombe aufgesessen. Eine ganz neue Masche, das ist alles!«

»Vielleicht, Sir«, sagte der Techniker, der sich den Code auf einem Nebenschirm besah. Er blickte auf, lächelte höflich. »Alles kann Schwindel sein. Aber alles spricht dagegen. Wir meinen, daß er da draußen ist.«

Plötzlich verschwand Robins Grinsen. Er klemmte sich vor ein Terminal und fing an, die Tasten zu malträtieren.

Punsuk saß in ihrem motorisierten Rollstuhl und sah von einem Gesicht zum anderen. »Was hat das zu bedeuten?«

»Briefbomben sind eine Verletzung geltenden Rechts«, sagte Robin. »Wir wissen, daß die Weiße Königin weit Schlimmeres getan hat, um an Informationen zu kommen. Aber man bringt keine Medienmanipulatoren vor Gericht... Leider hat niemand Zugang zu Wilsons Telefon. Ein paar Informationen kriegen wir allerdings über die Gespräche eines anderen Spielers, eine ziemlich unangenehme Randtype weit abseits von den Aktivitäten der Gruppe. Vor ein paar Tagen hat Braemar Wilson auf seine Kosten telefoniert, mit einem dritten Mitglied der Weißen Königin, dem sogenannten

Weißen Springer. Der Mann war Kernphysiker. Wir kennen den Wortlaut noch nicht. Wir müssen warten, bis uns die Polizei Einblick gewährt.«

»Ich hasse das«, sagte Martha.

Johnny war von der Bildfläche verschwunden. Die Peter-Rabbit-Kette sah nur die weite Halle, die still und leer geblieben war seit der Messe, die Carlotta ihnen vorgeführt hatte.

»Vielleicht haben sie vor uns von dem Schiff gewußt. Die haben immer schon behauptet, daß es existiert. Verdammt noch mal, wo ist der Bericht von diesen Carlotta-Freaks?«

Das Raumschiff der Aliens wurde vermessen, als handle es sich um einen neuen Asteroiden.

Punsuk sah immer noch von einem zum anderen. In den Gesichtern stand Bestürzung.

»Wovon reden wir?«

Ellen erklärte: »Guglioli und Wilson haben London vor ein paar Tagen verlassen. Wahrscheinlich sind sie über den Kanal. Wie und wohin, wissen wir nicht. Guglioli hat keinen Paß, aber das läßt sich deichseln. Wie Robin gesagt hat, uns sind die Hände gebunden, wir können nicht mehr als observieren. Mehr haben wir nie verlangt. Uns war daran gelegen, die ganze Frage nach anti-aleutischen Umtrieben möglichst tief zu hängen.«

Die Weiße Königin wuchs sich plötzlich zu einem bedrohlichen Riesen aus. Um jemanden ins All zu katapultieren, brauchte man einen verdammt reichen Sponsor. Doch die Transportfrage war jetzt zweitrangig.

»Johnny ist also da oben«, sagte Martha. »Und allein ist er bestimmt nicht. Wo ist die Lady?«

Sie sah sich um und spürte eine Atmosphäre, in der bloßlag, wovor sie solange den Kopf in den Sand gesteckt hatten: Man hatte es mit einer nicht zu unterschätzenden terroristischen Fraktion zu tun!

»Ich glaube, die Aliens sind nun durch Sabotage gefährdet. Was, zum Teufel, machen wir jetzt?«

Ihr Ziel lag nicht weit von der Kathedrale entfernt. Mit einem aleutischen Lageplan kam sie so gut zurecht wie Johnny. Und sie hatte sich den Weg gemerkt. Journalisten brauchten ein gutes Gedächtnis. Die abendliche Straße lag verlassen, doch Braes Nerven schrien Zeter und Mordio. Sie sah rechterhand eine schmale Seitengasse und tauchte ab. Ein schmutziger Schlauch, eine Abkürzung, wie nur Kinder sie benutzen, niemals Erwachsene. Schmutz war ein gutes Omen: Aleuten kamen hier selten durch. Der Schlauch wurde sehr eng, lief aber in die gewünschte Richtung, also ging sie weiter. Hierzu eine Prise Hurra-Patriotismus von der übelsten Sorte. Charles Villiers Stanford*, *Songs of the Sea.* Haben wir das auf Band? Könnte noch schwarzes Vinyl sein. Prä-europäische Musik.

Drake, he's in his hammock an' a thousand miles away,
(Capten, art tha sleeping there below?)
If the Dons sight Devon,
I'll quit the port o' Heaven.
*And drum them up the channel, as I drummed 'em long ago ...***

Die imaginäre Briefbombe, zynisch sentimental, kanalisierte Emotionen und hielt bei der Stange.

---

* *Sir Charles Villiers Stanford* (1852–1924), irischer Komponist und Liedermacher

** *Drake liegt in seiner Hängematte und ist tausend Meilen weit weg,*
(Käptn, schläfst du da unten?)
Wenn die Granden Devonshire sichten,
Werd ich das Fegefeuer verlassen und sie den Kanal hinauftrommeln, hinauftrommeln wie damals ...

Rataplan, rataplan rataplan, machte die kleine Trommel.

Der schmutzige Spalt entließ sie ins Tageslicht. Sie mußte so etwas wie eine Zeitzone überquert haben. Da waren Aleuten. Hunderte, die unterwegs waren, Gesichter schnitten, sogar laut redeten. Es gab Verkehr: Schienenbusse, Zweiräder, die wie Mopeds aussahen … Braemar war entsetzt. Sie nahm die Hand vors Gesicht und schluchzte.

Sei tapfer.

Auf der Erde würde man das Kraftwerk weitab von jeder menschlichen Ansiedlung plazieren. Vielleicht waren sie pragmatisch. Hier kam man nicht sehr weit, und es hatte wenig Zweck, sich zu verkriechen, wenn es zum großen Gau kam. Vielleicht hatten sie einfach keine Angst. Braemar ging draufzu, mied die Straße. Das Personal merkte auf, als sie vorbeikam. Sie lieferte ihnen Desinformation: *Kein Grund zur Sorge, man hat mich herbestellt.* Man schenkte ihr Glauben. Politisch schien hier Funkstille zu herrschen, und Sicherheit war offenbar kein Thema für Aleut.

Alle trugen die gleiche Kleidung. Graubraune Monotonie, das schwarze Haar glatt bis auf die Schultern: ein paar Armspangen, Broschen und Schärpen. In Aleut ist Kleidung nichts Individuelles. Man wählt sie nicht, kauft sie nicht, man benutzt sie wie ein Papiertuch in einer öffentlichen Toilette. Nur wenige Dinge haben den Status von Konsumgütern: ein paar Extras, Schmuck. Das Spektrum ökonomischer Aktivität ist viel schmaler als bei uns … Und hinter der sozialen Analyse rasselte das stürmische Seemannslied. Solange der Clip nur eine Kopfgeburt war, spielte es keine Rolle, ob die Dinge zueinander paßten – sie behielt einen klaren Kopf.

Die Symbole verrieten ihr, daß sie sich der Reaktorkammer näherte, und noch immer hielt sie niemand auf. Immer wenn sich leise Schritte näherten (das

Schweigen von Aleut), fand sich ein Eingang oder eine Biegung, um wegzutauchen. Dann stand sie in einer Sackgasse; wie sie das Bildzeichen auch reiben würde, das Schott würde sich nicht öffnen. Sie fand den Spind mit der Schutzkleidung (und setzte diesmal den Helm auf). Die Berührung mit dem Handschuhfinger wirkte Wunder.

Was kann man einer Virtualität entnehmen? Informationen. Und was kann man mit hineinnehmen? Der Weiße Springer hatte ihr das Rüstzeug gegeben, um Aleut ins Chaos zu stürzen. Die Spiegel-Parallelen liefen weiter. Die Aleuten sind alles, was wir nicht sind; sie können alles, was wir nicht können. Doch der Spiegel hat ein winziges Leck, das winzige Tröpfchen schwitzt. Aleut lebt am Rand unserer Möglichkeiten.

Die trägen Worte des Weißen Springers klangen ihr noch in den Ohren, die Worte, die ihr Schicksal besiegeln sollten.

Was Sie da gesehen haben, hört sich ganz nach einem Fusionsreaktor an. Wir können etwas ganz Ähnliches bauen: Das Ding heißt ›Spheromak‹. Aber das Biest gehorcht uns nicht, wir können es nicht zähmen.

Für alles und jedes hatten sie ein Analogon. Selbst für die Gleichberechtigung der Geschlechter, selbst für das Metaphysische. Sogar für den Tod. Die Unsterblichen wußten nicht um die zermalmende Last der Sterblichkeit. Doch selbst sie, auf Schritt und Tritt von ihrem eigenen Leben umgeben, kannten ein unerreichbares, ein ehrfurchtgebietendes Reich: die Domäne unberechenbarer physischer Mächte. Wenn sie dieses Reich betraten, dann nur im Schutz der (wie wir Menschen es nennen) Religion. Andererseits waren diese Mächte in Aleut dieselben wie sonstwo im Kosmos. Es waren die Kraftfelder, die Energien. Der Stoff, der die Räder des Kosmos in Gang hielt, der Treibstoff jedweder Entwicklung.

Der Korridor, der rings um den Kern des Reaktors

lief, schien verwaist. Da war das blaue Gleißen, eingesperrt in einen mächtigen Zylinder aus dickem, schlierigem Glas. Als sie diesen Traum zuletzt geträumt hatte, da hatte sich das Schott geöffnet, und sie war weggerannt. Halb geblendet war sie weggerannt – in dem Glauben zu schlafen oder tot zu sein, war sie geflohen wie in einem Alptraum. Doch sie hatte diesen flüchtigen Eindruck mitgenommen und noch vor ihrer Unterredung mit dem Weißen Springer geahnt, was sie da gesehen hatte. *Das Herz von Aleut*.

Die Sonne im Käfig: eine bedrohliche, unbändige Gefangene, die hier im Zustand anomaler Stabilität gehalten wurde. Etwas, das eigentlich unmöglich war und in irdischen Laboratorien nur für den Bruchteil eines Bruchteils einer Sekunde gelang. Die Aleuten mußten, so der Weiße Springer, eine superharte Metallegierung haben, die dem Strahlenbombardement standhielt. Wie sie die Miniatursonne erzeugt und vor allem gebändigt hatten, war ihm ein Rätsel.

Braemar sollte den Druck ansteigen lassen. Das mußte möglich sein, denn der anomale Zustand der blauen Sonne konnte nur das Ergebnis einer ständigen automatischen Regelung sein. Nicht mit dem materiellen Teil des Käfigs brauchte sie sich zu befassen. Der wichtige Teil bestand nicht aus Materie.

Die blaue Sonne hinter dem Glaspanzer war unerträglich hell, daran konnte auch das dunkle Helmvisier nichts ändern. Ein Wunder, daß sie beim letzten Mal nicht erblindet war. Das Licht brüllte wie eine Million stummer Schmelzöfen. Die zottige blaue Kugel hatte etwas von einem wilden Tier, das sich mit Klauen und Zähnen gegen die unnatürlichen Fesseln aus Metall wehrte, zwischen denen es hing.

Die Aleuten auf der Erde, der Landetrupp, sie hatten sich aufgeplustert, weil sie Angst hatten. Sie glaubten nämlich, unter Ebenbürtigen zu sein, und sie hatten nichts im Rücken als diese verwundbare, planetoide

Bleibe. Es war nur natürlich, daß sie kurzfristig auf den Putz dieser hoffnungslos beeindruckbaren ›Aliens‹ klopften. Aber es war eben nicht so, wie sie glaubten – sie waren mehr als irgendwelche Leute, mehr als ein harmloses Völkchen …

Sie waren genau das, was ihre Vorhut zu sein vorgab: Superwesen mit magischen Kräften. Nicht, daß sie Böses im Schilde führten. In voller Blüte waren es, wenn Clem recht hatte, erst wenige. Doch diese ›drei bis fünf Millionen‹ würden schon bald das Regiment übernehmen und jene elende Rasse von Wilden, auf die sie gestoßen waren, total umkrempeln. Konnte man es ihnen verdenken?

Alles wäre für die Katz gewesen. Alles, was Menschen je gedacht, getan und gemacht hatten: gestorben, tot und schlimmer noch – *sinnlos.*

Braemar fand eine Kontrolltafel mit Tastfeldern. Sie starrte die Bildzeichen an. Bis jetzt hatte es noch auf jedes Zeichen, das sie und Johnny probiert hatten, eine Reaktion gegeben. Bislang hatte der biochemische Abdruck des berührenden Fingers keine Rolle gespielt. Das konnte hier anders sein. Dagegen sprachen allerdings die Handschuhe. An der Außenwand des Korridors saßen solche objektivlosen Dinger, die aussahen wie die aleutischen Camcorder in Uji. Sie schienen aber nicht auf die Kontrolltafel gerichtet. Vor ihresgleichen brauchten die Aleuten keine Angst zu haben. Sollte einer mal durchdrehen und hier herumpfuschen wollen, dann wußte man das lange, bevor er hier war. Sollten sich aber die Bedingungen innerhalb des Reaktorbereichs ändern, bekam sie vermutlich ziemlich rasch Gesellschaft.

Das Schott angelehnt lassen. Zurück zu Johnny. Zurück nach Preußen. Er wird nie erfahren, was ich getan habe. Eine schreckliche Koinzidenz eben. Nein, er wird mir draufkommen, aber er wird mir vergeben. Und fortan glücklich sein.

Ich bin wahnsinnig. Ich bin wahnsinnig und praktisch schon tot.

Rataplan, rataplan rataplan. Tränen verschleierten ihr den Blick und rannen in den Helmkragen. Wie entsetzlich, zu töten für etwas, das Generationen in der Zukunft lag. Woher nahm sie die Gewißheit? Aber sie war sich ihrer Sache sicher. Die Geschichte lehrte es.

In Krung Thep hatte die Sitzung der Weltregierung plötzlich eine Nachrichtensperre verhängt. Die Pressetribüne war fuchsteufelswild; man wollte wissen, wem man das zu verdanken hatte. Im Multifon waren die Nachrichten einfach abgewürgt worden. Es gibt ein Mutterschiff. Wir haben eine automatische Überwachung an Bord. Wir haben menschliche Saboteure da oben. Und weiter?

Punsuk Masdit hatte ihr Pult verlassen und sich unten zu den Asiaten gesellt. Nicht viele nahmen Notiz davon, es fiel lediglich auf, daß der Hauptschirm mit ungebührlicher Geschwindigkeit und ziemlich formlos den Redner wechselte. Dran kam, wer den Finger im richtigen Augenblick am Drücker hatte. Niemand konnte sich erinnern, daß das eine Sitzung unter Ausschluß der Öffentlichkeit war. Diese professionellen Schauspieler hielten bombastische Ansprachen an ein nichtexistierendes globales Publikum, machten theatralische Gesten und zeigten das jeweils beste Profil. Wer hatte eine Überwachung der Aleuten veranlaßt? Handelt es sich um ein überlichtschnelles Raumschiff? Wer ist für die Sabotage verantwortlich? Hatte man Uji informiert? Ist diese Geschichte nicht offensichtlich eine von ICI lancierte Fehlinformation …?

Könnten wir es bitteschön als Faktum akzeptieren, forderte Martha Ledern, daß der physische Aufenthaltsort unseres Überwachungsgeräts *nicht* in Frage steht. Das Schiff ist tatsächlich da oben. Wir wissen nur wenig über seine Technik. Wir können Rückschlüsse ziehen, aber wir können diese Rückschlüsse später diskutieren. Jetzt und hier geht es um Terrorismus und Sabotage. Und das duldet keinen Aufschub.

Nein, Uji weiß bis jetzt noch gar nichts – soweit uns bekannt ist.

Marthas Rede brachte ein bißchen Licht ins Dunkel und offenbarte die Existenz eines internen Zirkels, der merkwürdig gut informiert war. Doch bevor man sich noch empören konnte (in Empörung war man geübt, denn das Multifon war nur so durchlöchert von internen Zirkeln), da begriffen die Delegierten urplötzlich, welche Frage hier zur Entscheidung stand.

Auf wessen Seite stehen wir?

Die Aufregung schrumpfte beträchtlich. Martha bat um Abstimmung in Anbetracht der Tatsache, daß wir nicht umhin kommen, die Entdeckung des Schiffes bekanntzugeben. In Anbetracht der Tatsache, daß sie womöglich feindselig reagieren und vielleicht nicht glauben, daß diese Saboteure auf eigene Faust handeln. Und in Anbetracht der Tatsache, daß sie zwar keinen Ftl-Antrieb aber womöglich verheerende Waffen haben… In Anbetracht all dieser Tatsachen: Sollen wir die Aleuten warnen?

Ellen konnte nicht hinsehen. Sie und Punsuk hatten darauf bestanden, das Geheimnis zu lüften. Sie hatten die Abstimmung im internen Kreis gewonnen, und seither hatte Ellen panische Angst, daß ihnen die Sache über den Kopf wuchs. Das Multifon informieren, hieß Babylon einladen, und inzwischen trieb sich in einem unschuldigen und verwundbaren Gemeinwesen ein Terrorist herum. Vor knapp zwanzig Minuten war der Bote erschienen, und die Aufzeichnung mit Johnny Guglioli war nicht viel älter. Man hatte zügig reagiert, doch in der Politik zählt jede Minute.

Die Konspiration war vorüber, die Loyalität wiederhergestellt. Wenn nicht Engel, dann eben Feinde… Ellen saß wie gelähmt da. Sie versuchte sich einzureden, daß Wilson eine Briefbombe legen wollte. Doch sie erlag dem Horrorszenario, das an so vielen Stellen der Welt an der Tagesordnung war: zerfetzte Leiber und ein Meer von Scherben in irgendeiner aleutischen Straße. Tränenüberströmte Gesichter von Angehörigen. Sie mußte nicht alle Tassen im Schrank haben, sie mußte am Rand eines Nervenzusammenbruchs stehen, wenn sie insgeheim dem Gedanken frönte, dieser Wilson würde gelingen, was immer sie vorhatte, und das Multifon würde Stillschweigen beschließen. Obwohl sie durch nichts zu bewegen war, so abzustimmen... Sie hielt die Augen ganz fest geschlossen, als die Erregung Wogen schlug.

Dann starrte sie auf den Stimmenzähler an ihrem Pult, und langsam entspannten sich ihre Hände. Sie war gerettet.

Die Aleuten hatten ihre Wirkung nicht verfehlt. Teils aus Furcht und teils aus sehr ehrenwerten Motiven hatte die Weltregierung einstimmig beschlossen, sich auf die Seite der Aliens zu stellen und die Terroristen preiszugeben. Punsuk übernahm den Hauptschirm und hielt eine kurze Ansprache.

Man nahm unverzüglich Kontakt mit Uji auf. Wie nicht anders zu erwarten, machten Rajath und seine Leute kein Aufhebens um die Tatsache, daß man sie enttarnt hatte.

Sie war wieder das kleine Mädchen in jenem weiten Land aus Hitze und Gebären, schwitzte in einer kratzigen, weithergebrachten Uniform. Sie stand da und sang die Kriegslieder einer kalten, kleinen Insel, schüttete ihr Herz aus. Falsche Hautfarbe, falsches Geschlecht, falsche Kultur; doch das Bedürfnis nach Geborgenheit war stärker als die Selbstachtung. Sie hatte immer von Abenteuern geträumt, tapfer sein wollen, ein Held zu Lebzeiten. Sie spürte die Last auf ihren Schultern, die Rüstung und den Helm mit dem Federbusch. Der

Kämpe betrat die Arena, eine Frau mit dem Stolz und dem Mut eines Mannes.

Eines weißen Mannes obendrein. Was für ein schmählicher Unsinn.

Sie rieb das Bildzeichen, das seine gefährliche Bedeutung in der aleutischen Gemeinsprache kundtat. Eisblaue Peitschenschnüre schnellten aus der zottigen Kugel. Das Licht wurde um fünftausend Bogenlampen heller.

Niemand, der bei gesundem Verstand war, konnte so etwas tun. Sie spürte, wie die Bedeutung sich wieder verschob, von der Vernunft abrückte: Sie ließ es geschehen. Sie war *Mutter,* sie war *Königin.* Das Bewußtsein der Erde bediente sich einer Frau, um mit dem Eindringling zu kämpfen. Mutter hat keine Wahl, übernimmt die Verantwortung und steckt die Prügel ein... Ich glaube nicht, daß ich eine gerechte Sache vertrete, es gibt keine gerechte Sache. Trotzdem muß ich gegen dich antreten. Bitte, hab ein Einsehen, ich kann nicht anders.

Sie hatte keinen Schimmer, wie sie nach Preußen zurückkehren sollte. Sie hatte nie an Rückkehr gedacht. Jeder vernünftige, ausgewachsene Terrorist weiß, daß sein Leben zur Disposition steht. So Johnny. Doch wenn die ersten Wolken aufzogen, ging er stiften. *Er* würde zurückkehren.

Hoffentlich ahnte er nicht, was sie vorhatte.

Ach, er war ein Kind, kein Liebhaber. Schade.

Die blaue Sonne hatte inzwischen die Form eines Eises angenommen; der Dotter war ein sattes Violett.

Ich kann nicht anders. Um deinetwillen, mein Baby...

Das Schott schwang auf. Die Aleuten starrten sie an. Bläuliches Licht spielte auf den Helmen, flackerte in den blinden, dunklen Visieren. Vier warfen sich auf sie, zwei andere stürzten zur Kontrolltafel. Es fiel kein Wort.

Moderne Kommunikation arbeitete mit Chemie und moduliertem Licht, also mit Korallin und Lichtleitern. In der Praxis schaltete und waltete aber immer noch die technisch überholte Elektronik: in den TV-Netzen, der unteren und mittleren Administration und nicht zuletzt in Braemars marodem Hausmaster. Der fortschrittliche Teil der Welt verfügte über ein Puzzlespiel aus Adaptern, um das eine mit dem anderen zu verbinden. Die ›Wildnis‹ außerhalb des Weißen Nordens brauchte einen Eejay wie Johnny Guglioli – ein wandelndes Interface, das auch die älteste Elektronik überreden konnte, sich mit den neuen Systemen zu vertragen. Das war also nicht das Problem. Wenn ihn nicht alles täuschte, dann basierte auch die aleutische Telekommunikation auf Chemie und Licht. Aber wie da hineinkommen?

Er stand mitten im Studio. Er wußte weder, ob hier aufgezeichnet oder gesendet wurde, und schon gar nicht, was und wozu. Da waren glatte, klobige Konsolen, Pulte in Oberschenkelhöhe. Über jedem Doppelpult ein annähernd rechteckiger blinder Bildschirm und davor zwei Sitzgelegenheiten. Die Schirme konnten chemisch reagierende Folien sein, die optisch moduliert wurden – oder akustisch. Unterhalb der Schirme gab es Riegel aus farbig glühenden Rauten, die an Feedback-Anzeigen erinnerten. Vor jedem rechten Sitz gab es eine handförmige Vertiefung im Pult; wie bei einem Fahrschulsimulator – ein Sitz für dich und einer für den Fahrlehrer; aber es gab kein Armaturenbrett. Das Pult an der Tür war das einzige mit einem Tastenfeld. Er hatte keinen blassen Schimmer, was er tun sollte.

Er hatte panische Angst, daß hier gleich ein paar Aleuten hereinplatzten, die seine Panik witterten. Aber das war unwahrscheinlich, sagte er sich. Wer nicht wußte, wie ein Signal zu deuten war, hielt es für ein Hintergrundgeräusch. Wenn die Aleuten die chemischen Botschaften ihresgleichen verstanden, hieß das noch lange nicht, daß sie auch die menschliche Version kapierten.

Dieser Plan war im Kern eine wilde Spekulation. Rechnete mit einem brillanten technischen Manöver, das einen Satelliten der Aliens dazu brachte, über einem der Lagrange-Punkte irdischen Binärcode zu verklappen – oder sogar direkt in das irdische Comsat-Netz zu speisen. Was hatte er sich da eingebildet? Das war doch Schwachsinn. Aber irgendwas *mußte* möglich sein.

Keck setzte er sich und legte die Hand in die Vertiefung.

»Ich will …«

Die Mulde erwärmte sich leicht. Eine Flut farbiger Lichter lief durch die Rauten. Der Schirm baute ein Gesicht auf … Wie elektrisiert sprang Johnny zurück.

Er hatte sich gleich wieder gefangen. Immerhin, sagte er sich, die Meerkatze hat den Knopf zum Einschalten gefunden.

Er brauchte kein ›Stielauge‹ zu knacken. Er brauchte diese Technik nicht zu kapieren. Hier ganz in der Nähe mußte ein ungewöhnlich starker Sender sein. Er mußte bloß den richtigen Knopf finden und vor dem Schirm seine Pantomime abziehen. Die Videosendung wurde verklappt und von einem ›Stielauge‹ automatisch aufpoliert und weiterverklappt. Via Comsat würde Johnny Guglioli mitten ins globale TV-Netz platzen. Die Comsats waren Zwitter-Systeme, Licht und Elektronik, Hightech vom Feinsten damals; die würden das schon machen. Die nahmen, was sie kriegen konnten, und pumpten es zur Erde, und die Nachrichtenagenturen siebten heraus, was sie heraussieben konnten. Und falls Johnny wirklich im TV-Netz landete, dann, na ja, konnte er sie zur Kasse bitten …

Konnte sein, daß ihn alien-fromme Zensur unter den Teppich kehrte. Egal. Es gab genug Frequenzpiraten,

Hacker und wissenschaftliche Außenseiter, die ein Ohr im Weltraum hatten. Das Video war nicht totzukriegen, man würde sich darum reißen, man würde recherchieren, kurzum: schlechte Aussichten für die Alien-Gemeinde.

Er kehrte an das Tastenfeld zurück. Da war ein Bildzeichen, das aussah wie das aleutische Äquivalent zu einem Alarmknopf: konzentrische, unterbrochene Kreise rings um ein Strichmännchen. *Alle Mann in die Rettungsboote?* Konnte sein. Oder: *Alle Mann an Bord! In fünf Minuten legen wir ab.* Was es auch hieß, eine innere Stimme beschwor ihn: *Probier es, Junge. Probieren geht über Studieren.* Die alte Verwegenheit kehrte zurück. Er würde das Bildzeichen jetzt kitzeln und sich an die Welt wenden. Vielleicht klappte es, warum auch nicht? Er erinnerte sich an die Aliens im Fernsehen: *Aber selbstverständlich verstehen wir Ihre ›Computer‹. Was gibt es da zu verstehen?* Zeit, den Spieß umzudrehen.

Alienpack! Versucht nur ja nicht, mich aufzuhalten.

Trotzdem, er hatte keinen festen Boden unter den Füßen. Sein Leib lag im Koma, in Deutschland. Er träumte. Die Ungewißheit zerrte an seinen Nerven. Das war wie mit dem Q-Virus. Ja oder nein. Hier oder da. Wenn es nach dem Therapeuten in Amsterdam ging, dann hatte er sich infiziert, aber er *sich.* Selbstansteckung. *»Das Q-Virus ist ein Analogon Ihrer politischen Aktivitäten. Sie müssen die Zitadelle wie soll ich sagen – aufsprengen.«* Es war schon verrückt, so über ein Designer-Virus zu reden, aber die Amerikaner sind so verstiegen, einer wie der andere.

Wenn er wieder auf der Erde war, würde er zuerst – also nach der Siegerparade – da würde er von Carlotta verlangen, daß man die QV-Story einmal gründlich unter die Lupe nahm ... Er wurde rehabilitiert. Mit *der* Trapeznummer im Koffer und so dumm, wie die Aliens aus der Wäsche guckten, standen ihm alle Türen offen. *Johnny Guglioli? Ist das nicht der Eejay, der ...*

Er sollte sich beeilen; sonst bekam Brae noch das Fürchten.

Sowie er das dachte, wußte er, daß sie da draußen nicht wartete. Bei der letzten Stipvisite war sie erst allein unterwegs gewesen, und das ziemlich lange. Und so merkwürdig, wie sie sich benommen hatte in den letzten paar Tagen in London. Er hatte so ein Gefühl, ein *aleutisches*, daß sie etwas im Schilde führte. Etwas, das mit dem Weißen Springer zu tun hatte, diesem alternden Lebenskünstler, der sich in Hochenergiephysik auskannte. Er wollte erst gar nicht weiterdenken. Sonst mußte er ihr am Ende noch nachrennen, um sie aufzuhalten.

Das Problem war, sowie er ins Glasfaserkabel ging, löste er zwangsläufig einen Alarm aus, und das bei einer so vergleichsweise harmlosen Sache.

Er blickte zu der Konsole hinüber, die seine Berührung erkannt hatte... *»Hallo. Ich bin Johnny Guglioli aus New York City...«*

Er konnte sich denken, wieso er erkannt wurde. Plötzlich bebte er innerlich vor Wut. Er war kontaminiert. Clavel hatte das von Anfang an gewußt. Das Petrovirus war die Brücke – die Schmiere. Er haßte die Vorstellung, ihr irgendwie nahe zu sein. Diese gräßliche Erniedrigung, die Vergewaltigung, die elende Angst, mit der er hatte leben müssen seit jener ersten Nacht in Afrika. *Wie ein Stück Dreck haben sie mich behandelt,* dachte er. Bei der Vorstellung, wie sie Braemar ohrfeigen würden, *bis sie nach Ohrfeigen winselte,* wurde ihm speiübel. Nein, ich will hier nicht leben. Um keinen Preis.

In der Realität hätte er sich jetzt beherrschen müssen. Hätte er den Alarm auslösen und Brae aufhalten müssen. Man darf sich nicht von seinem Zorn leiten lassen, man darf ihn nicht an Unschuldigen auslassen. Zum Glück war das nur ein Traum.

Wenn Brae in dem Traum etwas Schreckliches anstellte, was konnte *er* denn dafür? Er wußte von nichts, er würde seine Hände in Unschuld waschen.

In seinem Rücken zerriß ein Tuch (so hörte es sich jedenfalls an). Die Glastüren waren gewaltsam geöffnet worden. Johnny stürzte sich an ein Aufnahmepult, klatschte die Hand in die Mulde... Aber irgendwo mußte jemand den Stecker gezogen haben.

13 *Liebestod*

Ellen Kershaw befand sich im Dialog mit einem aleutischen Prinzen. Es ging um das Schicksal der Saboteure. Der Prinz benutzte Lugha als Dolmetscher. ›Er‹ hing an den Lippen des Teufelskerls, und nach der zweiten Runde vertrat er sich selbst in einem stilvollen, aphoristischen Englisch. Es stellte sich heraus, daß Namenlosigkeit nicht einherging mit der Unfähigkeit zu artikuliertem Sprechen. Namenlosigkeit war gang und gäbe in Aleut. Ellen *spürte* den Prinzen (er war eine Spur männlicher denn weiblich), sie *spürte* ihn Gestalt annehmen, und dann war es, als sei er zugegen. Sie würde ihn immer und überall wiedererkennen, doch sein Name war Schall und Rauch, er wechselte ständig im Laufe eines Gesprächs.

Der Dialog zog sich über Wochen hin. Die Tatsache, daß der Prinz glaubte, an einem religiösen Ritual teilzunehmen, komplizierte die Sache; denn er war nicht besonders interessiert an Religion.

»Sie-wir waren nicht einer Meinung über den Angriff. Sie selbst waren geteilter Meinung.«

»Wir haben Ihr Mutterschiff gefunden«, erwiderte Ellen. »Wir haben es in seinem Versteck hinter unserem Mond entdeckt. Wir respektieren Ihr Interesse, die Position von Aleut geheimzuhalten; sogar, daß man uns bis zu einem gewissen Grad täuschen mußte. Aber Sie müssen verstehen, daß dadurch Ihre Landung auf der Erde in einem anderen Licht erscheint. Braemar Wilson ist eine unerschrockene Person, dasselbe gilt für Johnny Guglioli. Das heißt noch lange nicht, daß Wilson fähig wäre, Gewalt anzuwenden. Die beiden haben keinen Schaden angerichtet, wiewohl wir ihr Gebaren nicht gutheißen können.«

Es war verflixt anstrengend, die Wahrheit zu sagen, die ganze Wahrheit und nichts als die Wahrheit. Die Miene des Prinzen wechselte wie der Jahreshimmel im Zeitraffer. Er trug eine tiefblaue Robe, die mit lauter Goldquasten besetzt war. Dieser Putz über dem ewig graubraunen Overall ließ ihn aussehen wie ein Kind, das sich aus der Kleiderkiste auf dem Speicher bedient hatte. Er pflegte sich von der Couch zu erheben und nervös auf und ab zu gehen. Wie er die weiten, baumelnden Ärmel zurückwarf, das sprach Bände in einer Sprache, in der Ellen gerade mal einen Satz stammeln konnte.

»Johnny Guglioli hat sich bloß an Kirchenmöbeln vergriffen.«

Ellen pflichtete ihm vorsichtig bei. Kein Mensch durfte Guglioli oder Wilson kontaktieren. Offenbar hatten die beiden Erklärungen abgegeben, oder etwas, das die Aleuten als Erklärung betrachteten. Wahrscheinlich verstanden die Aleuten die Bitte um Aufschluß gar nicht. Alle Kontakterfahrenen stimmten darin überein, daß es unklug war, die Sache zu forcieren. Man konnte die Gefangenen nur retten, indem man sich normal verhielt – im aleutischen Sinne.

Lugha saß da, wie jemand, der sich höchst überflüssig vorkommt. Ellen spähte in den Hintergrund. Da lag die Zukunft, die Zukunft zweier Rassen. Sie hing gleichsam in der Schwebe. Größere Sabotage wurde mit dem Tod geahndet, das hatte man durchblicken lassen, und dagegen war prinzipiell nichts einzuwenden. Doch die Weltregierung mußte das Leben dieser beiden Menschen retten. Es war wichtig, den Aleuten dieses Zugeständnis abzuringen. Die Aleuten konnten nicht wissen, *wie* wichtig das war. *Gnade vor Recht ergehen lassen.* Sie wußten nicht, welche Rolle das in der irdischen Politik spielte. (Oder doch?) Und während sie spähte, zerrten die kommenden Jahre an ihr.

Da war nichts zu erkennen hinter dem Prinzen und dem Teufelskerl, nichts als nächtliche Schemen.

»Aber er ist nun mal der Jüngere, und das leibliche Kind ist Elter des leiblichen Elters. In allen Geschichten, die ich kenne, ist das so.«

Sie hatte keinen Schimmer, worauf er hinauswollte, sie folgte ihrem Instinkt. »Der Geliebte regiert den Liebenden? Ja, solche Geschichten kennen wir auch. Bei uns gab es einen Mann, der hieß Achilles ...«

Die Person, deren Lieblingsfarbe Blau ist, setzte sich wieder auf die Couch in ihrer Privatkapelle. Sie befaßte sich mit einer Quaste an ihrem Ärmel, spielte beinah zärtlich mit den Goldfäden. Die Person, die in den Glanz des Goldes verliebt war, sollte eben jetzt zu ihrem Urteil kommen.

»Was als harmloser Unfug geendet hat, hat so nicht begonnen. Jemand muß eines Besseren belehrt werden. Kehren wir ins Land der Lebenden zurück.« Die Person, die an Gesetz und Ordnung glaubt, brachte ihre derangierten Ärmel in Ordnung. Auf den Kirchenstufen rückte der Prinz seinen Hut zurecht, er tat es energisch, wenngleich er leicht irritiert war am Ende dieser ermüdend langen Andacht. Er berührte das Symbol für eine bestimmte Kulisse im großen Charakterschrein; sie erschien für wenige Augenblicke und vertrieb die Schatten von Ellens Schirm. Die Übertragung war zu Ende.

Die Person, die nicht selten eine haarsträubende Lauterkeit vertritt, war längst wieder zu Hause. Von dort fuhr der Prinz in die Stadt der Sonne, wo er im Haus der Justiz mit Clavel verabredet war. Mehrere Interessierte hatten sich eingefunden: ein paar obligatorische Wissenschaftler, ein paar Scholaren; und notabene ein Feinwerker, der zwar seinen Abstand zu den Bedeutenden wahrte, sich aber durchaus wohl zu fühlen schien. Die Person, deren Lauterkeit mit lauter schrecklichen

Irrtümern gespickt war, besah sich den Feinwerker und schrumpfte die konkave Nase, bis die Nüstern einen scharfen, weißen Rand bekamen.

Der Arzt aus dem Ambulanz-Außenposten, der Johnny Guglioli verarztet hatte, stand mit verschränkten Armen da. Seine Miene war gallig.

»Du bist schuld«, funkelte Clavel. »Du hättest sie aufhalten können, soweit hätte es nicht kommen müssen. Du allein bist schuld.«

Der Arzt funkelte zurück und hielt eine Ansprache. »Ich betreibe eine Ambulanz«, sagte er. »Die Leute stürzen ab und verletzen sich. Ich hole sie und tue, was getan werden muß. Ich lehne es kategorisch ab, mich in irgendwelche belanglosen bürokratischen Angelegenheiten verwickeln zu lassen.«

»Verzeihung.« Einer der Wissenschaftler bat zaghaft um Gehör. »Du hast diesen Fremdling mit gewöhnlichem Blutplasma vollgepumpt?«

Der Arzt hob die Augenbrauen. »Unsinn. Wir haben das Blut anhand einer Probe synthetisiert. Der Gefährte weigerte sich zu spenden, und zwar aus durchaus verständlichen Gründen. Ich hatte keine Wahl.«

Einige wurden von einer sträflichen Unruhe erfaßt.

»Könnte es sein, daß noch eine Spur von der Probe übrig ist?«

»Ihr verletzt meine Berufsehre. Ich bin Arzt, kein Waffenzüchter. Alles wurde gründlich gesäubert.«

Niemand in Aleut konnte ernstnehmen, was Braemar versucht hatte. Die abgewandte Katastrophe hatte keine Narbe hinterlassen. Man war nicht aufgebracht gegen die Saboteure – zumal sie Erklärungen abgegeben hatten, die zwar konfus aber voller Reue und Zerknirschung waren. Doch der Zwischenfall hatte sich kurz nach Lughas Rückkehr ereignet und trug dazu bei, die ganze Frage dieses großmächtigen Planeten da draußen in den Mittelpunkt des allgemeinen Interesses zu rücken. Es war sehr lange her, seit der ›Wanderer‹ seine eigene großmächtige Welt verlassen hatte. Nur die allerstursten konservativen Geister hatten sich den Glauben an ein Ziel bewahrt, an eine Landnahme. Wenn da nicht Johnny und Braemar gewesen wären, wäre Rajaths Vorstoß für eine Randgruppe verführerisch gewesen und von der Majorität ignoriert worden. Aber jetzt, urplötzlich, war jedermann an der neuen Welt interessiert, die so greifbar vor der Haustüre lag.

Die Person, die sich immer des Zuspruchs der abertausend Lebenden und der Millionen zur Zeit Ungeborener erfreute, sie glättete bedächtig ihre Ärmel.

»Soviel steht fest, wenn wir die beiden mit einem Klaps nach Hause schicken, dann sind wir Freiwild für unsere Nachbarn. Wie sind diese beiden eigentlich verwandt? Ist da nicht ein Krieg im Spiel? Eine Geschichte wahrer Liebe, die vereitelt wurde? Mein aufrichtiger Vetter kann sich nicht irren, wer also hat ihm seinen Liebhaber gestohlen?«

Clavel ertrug es. Die Person, die ihm bei jeder sich bietenden Gelegenheit eins auswischte, wußte natürlich alles. *Und nichts.* Niemand hier hatte auch nur die leiseste Ahnung, wie es auf der Erde war. Er hielt eine Ansprache.

»Wie ihr wißt, gibt es da unten zwei Stämme. Braemar ist ein obligater Gebärer, Johnny ein Schmarotzer. Sie wurden in verschiedenen Lagern geboren, aber sie lieben sich.«

»Ah! Das erklärt alles. Selbsttötung aus Liebe. Also hatte das gar nichts mit uns zu tun.«

»Nein!« schrie Clavel. »Das war es nicht. Es war eine Geste, die uns galt. Eine Stellungnahme, die wir nicht ignorieren dürfen!«

»Wirklich? Könntest du das in einer Ansprache erläutern?«

Das konnte Clavel nicht. Nicht jetzt und hier; nicht unter Eid. Er war sich seiner Sache nicht sicher.

Der Prinz wandte sich an die Wissenschaftler. »Beide haben sich erklärt, aber es wird behauptet, daß einer unbotmäßig beeinflußt war, was mir erwiesen scheint. Das kommt uns entgegen. Es wird einen Leichnam geben. Euer Argwohn könnte gerechtfertigt sein. Aber um den Körper sicherzustellen, brauchen wir eine plausible Entschuldigung.«

Clavel wollte sich nicht länger beherrschen. Er schnellte dem Prinzen mit Klauen und Zähnen an die Gurgel. Doch diese Zeiten waren vorbei. Die anderen packten seine Ärmel und hielten ihn fest. Der Prinz seufzte.

»Kümmert euch um die lautere Person. Bringt sie fort und legt ihr einen Prostituierten ins Bett. Wir wissen ja, wie ihre Säfte drängen: Das wird ihr den Schaum von den Lippen nehmen.«

Ach, Clavel. Immer das gleiche mit Clavel.

Johnny war in einem kleinen, sauberen Zimmer untergebracht, er hatte Besuch. Clavel war bei ihm.

»Es war also deine Idee, Johnny?«

Johnny wußte nicht, wie es um ihn stand, und zu Braemar durfte er nicht. Ihre Trapeznummer schien völlig geplatzt zu sein, während man *ihn* auf frischer Tat ertappt hatte. Er hatte sich damit abgefunden, hier noch lange einzusitzen. Es war albern, aber er fand es traurig, daß es hier in Aleut Polizeigewahrsam und Wärter und Mühlen der Justiz gab. Würde man ihm einen Dolmetscher stellen, könnte er sich verteidigen. Er tat sich schwer, ausgerechnet Clavel als Dolmetscher zu benutzen. Er zuckte die Achseln.

Sie kauerte sich zusammen, Hüftgelenke nach hinten gewinkelt, die Knie verkehrtherum. »Du wolltest, daß Braemar den Magnetmantel unseres Hauptreaktorkerns zerstört?« Sie krümmte sich zu einem schlimmen Knäuel aus Gliedern, so wie es kranke Katzen tun.

Johnny lauschte den Worten hinterher. Schluckte sie und verschluckte sich. Er blinzelte. »Sagt sie das?«

»Anscheinend.«

»Wie schön von mir.«

Sie schwieg eine Zeitlang und blickte ihn gedankenverloren an. »Dein Liebhaber ist eine komplizierte Person.«

»Ich auch«, sagte Johnny. »Aber ich kriege die bessere Presse. *La lutte* geht weiter.«*

Die Zelle war ausgesprochen komfortabel. Braemar lebte still vor sich hin: aß, schlief, machte Toilette. Sie wollte überleben. Aber auf unschuldig plädieren, das brachte sie nicht fertig; also hielt sie den Mund und versuchte, Gesicht und Körper zum Schweigen zu bringen. Einmal hatte sie Besuch bekommen: von anderen Gefängnisinsassen. Sie waren besorgt gewesen, geradezu affektiert. Vielleicht hatten sie gesagt: *Reiß dich zusammen, das hier ist keine Erholungskur. Wie wär's mit einer Beschäftigungstherapie?* Sie waren nicht wiedergekommen.

Schließlich war Clavel gekommen und hatte ihr mitgeteilt, man habe ihr Plädoyer auf unbotmäßige Beeinflussung akzeptiert und Johnny übernehme die volle Verantwortung. Kein Wort war über ihre Lippen gekommen, und was immer sie Clavel in der *selbstverständlichen* Sprache gesagt hatte, es schien nichts an ihrem Plädoyer zu ändern. Als Clavel fort war, lag sie tränenlos da wie ein Tier im Käfig. Sie konnte nicht weinen. Sie hatte es geschehen lassen und würde keine Pillen schlucken und sich nicht trösten. Sie harrte aus und träumte von Johnny und versank in süßen Erinnerungen. Sie hatte die fixe Idee, man habe für den Fall, daß es wirklich brenzlig wurde, irgendeine Befreiungsaktion geplant. Doch das war närrisch.

---

* *la lutte* = der Kampf.

Lange Zeit ging Johnny davon aus, er werde, wenn es wirklich brenzlig wurde, endlich aus diesem langen und komplizierten Traum erwachen. Er nährte diese Illusion, um nicht in Panik zu geraten, sich nicht lächerlich zu machen. Doch dann dämmerte ihm, das *Angst* die Wurzel allen Übels war. Er dachte an die Nacht in Afrika, sein feiges Erschrecken, an Braemar mit ihrer tödlichen Waffe. Das war schon die ganze Story.

Er dachte viel an Bella, nicht an die schmerzende Narbe sondern an die lebendige Bella. Er hielt sie auf den Armen und tanzte mit ihr, wirbelte sie nach der schnulzigen Melodie eines Country-Walzers durch das vollgestellte kleine Wohnabteil in der *Upper West Side*. Er sah in das zweijährige, verzückte Gesichtchen. Du wirst dich an keinen dieser Augenblicke erinnern, mein Baby. Vergangen und vergessen, ich werde ein alter Kauz sein, der dir nichts als Ärger macht. Aber eines Tages wird dich jemand in den Arm nehmen und mit dir tanzen: Und *das* wirst du suchen, auch wenn du es nicht weißt. Es braucht Liebe, um sich zu lieben, Baby... Und wie es aussah, gab es da kaum einen Unterschied zwischen Erdlingen und Aleuten.

Er dachte auch an Izzy. Sorry, an Isabel. Du warst nicht die Liebe meines Lebens, und ich nicht die deine. Aber du warst ein guter Freund, und ich hab dir verdammt zuviel abverlangt.

Am meisten dachte er an Braemar. Das Glühwürmchen-Kostüm, und wie amüsiert und mit welch erlesener Arroganz sie darin die Treppe herunterkam in die Gartenbar des L'Iceberg. *Musique naturelle*, wie sie unter seinen hungrigen Hundeaugen mit David Mungea tanzte und ihm dieses maliziöse Lächeln schenkte. Der aquarellfarbene Salon, wie sie kerzengerade dasaß in einer Wolke aus nilgrünem Taft und mit Larrialde tuschelte. Ihre nackten Schultern und der Blick, mit dem sie ihn ertränkte, da wo er stand und versuchte, seine klägliche Eifersucht zu überspielen.

Der Duft ihres Haars. Die märchenhafte Brücke zwischen Wortgeplänkel und nackter Lust. *Ich lasse dich in mein Nest.* Selbst jetzt ertrank er, wohlwissend, welche Kehrseite der Zauber hatte. Er wußte, wie so ein liebreizendes Geschöpf entstand; gewahrte die unausweichliche Verkettung von Umständen, angefangen bei den ›schöpferischen‹ Kräften, denen er Brae verdankte, bis hin zu diesem hoffnungslosen Dilemma. Er schmeckte das Gift, die Angst und den Machtmißbrauch: zwischen Menschen und Aliens, zwischen Männern und Frauen. Aber konnte man ändern, was seit jeher so und nicht anders war?

Keiner wollte wissen, wie sie nach Aleut gekommen waren. Er tappte ja selbst im dunkeln. Es schien belanglos zu sein. Er war froh, wenn die ›Leertasten‹ der Weißen Königin mit heiler Haut davonkamen.

Flankiert von Gefängnispersonal betrat Johnny den Schrein. Stunden zuvor hatte ihn der Scharfrichter in der Zelle aufgesucht und sich vorgestellt. Er kam ihm entgegen, und zusammen gingen sie weiter. Johnny schien gefaßt. Auf den Stufen zum Tanzboden blieb er plötzlich stehen.

»Wird das jetzt aufgezeichnet?«

Rings um die Bühne und hinter der dicht besetzten Loge hatte sich ziemlich viel Volk versammelt. Die gänzlich unerwartete Ansprache verblüffte Johnnys Wärter, doch sie wußten gleich, was er meinte. Flüchtige Unruhe, Verlegenheit. Durch ein ungewöhnliches Versehen hatte man keine Vorkehrungen getroffen.

»Ich möchte die Kamera sehen«, sagte Johnny störrisch. Es sah ganz so aus, als wolle er das uralte Recht des Verurteilten ausnutzen, zu kämpfen oder zu fliehen: die Dinge zu erschweren. Kurze Zeit später konnte der Scharfrichter dem Gefangenen versichern, daß man seinen Tod aufzeichnen werde. Der zweite Gefangene hinten an der Bühne lächelte. Offenbar spürte Johnny die Berührung. Man sah, wie seine Augen die Menge sondierten, wie sich die Blicke der Partner trafen.

In dem Augenblick, da sie ihn sah, fiel es ihr wie Schuppen von den Augen.

»Johnny!« rief sie in höchster Not und stürzte vor. »Das muß nicht sein. Du mußt nicht sterben! Du kannst *fliegen!* Verschwinde!«

Der Tumult hielt sich in Grenzen. Die Person, deren Anblick nicht selten ein Trost für den Unterlegenen ist, war rasch zur Stelle.

»Ich will eine Ansprache halten«, sagte der Gefangene.

Die Person, die sehr wohl weiß, daß vergossenes Blut spritzt und Flecken hinterlassen kann, war nicht zugegen. Doch mehrere ihrer engsten Freunde erklärten, der Wunsch sei durchaus vertretbar.

»Ich weiß, daß ich hier nichts verloren habe.«

Johnnys Ansprache war in der *selbstverständlichen* Sprache klar zu verstehen, doch seine physische Aufmerksamkeit war derart gebündelt, daß nur wenige Aleuten mitbekamen, was er sagte. Es spielte keine Rolle. Seine Rede galt ja nicht ihnen.

»Ich bin auf eigene Faust gekommen. Ich weiß, was wir vorhatten, und ich weiß, daß ich mein Leben verwirkt habe. Es ist, wie es ist. Ich will nichts beschönigen. Ich stehe zu jedem Augenblick«, sagte er. »Ich leugne nicht eine einzige schäbige virtuelle Partikel, ohne die ihr nicht wärt, was ihr seid.«

Clavel war bei Braemar. Er hatte die Wärter überredet, sich zurückzuziehen und dem Gefangenen Spielraum zu lassen. Er blieb auf Tuchfühlung, versuchte den schmerzlichen Gram zu lindern, den er für eine belanglose, spontane Anwandlung hielt.

»Möchten Sie sich bei mir anlehnen?«

Braemar schüttelte den Kopf.

Da! Die Klinge. Der Born des Lebens …

Dem Aleuten war, als fahre die Klinge in Braemars Leib. Der Erdling wäre zusammengesackt, hätte Clavel ihn nicht gehalten.

»Geh zu Johnny«, raunte er drängend. »Du *mußt*. Der Neugestorbene vergißt nicht: Er wird dich erkennen, wenn ihr euch wieder begegnet.«

Sie stürzte die Stufen hinauf, lief über das Podium, fiel auf die Knie. Nahm ihn hoch und hielt ihn. Sie wollte aufwachen, wollte befreit werden, sich in die Leere stürzen. Doch sie waren zu lange geblieben, und der Traum war Wirklichkeit geworden. Da war nur Johnny, warm und schlaff in ihren Armen; und schwerer als sonst, schwer wie ein schlafendes Kind. Sie legte die Wange an sein Haar, schloß die Augen. Niemand störte die beiden, man ließ sie für köstlich lange Minuten gewähren.

14 Abgesang: Selig, die reinen Herzens sind

Ein aleutisches Shuttle brachte Braemar Wilson zur Erde: zusammen mit Johnny Gugliolis Leichnam und der Aufzeichnung seines Todes. Es war schon vorgeschlagen worden, sie solle die lebenslängliche Haft, die von der UNO für Terrorismus in Friedenszeiten vorgesehen war, in einem englischen Gefängnis verbüßen. Doch es herrschte Windstille: keine Anklage, keine öffentliche Debatte; auf dem Weg von Thailand nach Hause kam sie der Polizei abhanden … Aber wie waren Johnny und Braemar überhaupt nach Aleut gelangt? Man setzte alle Hebel in Bewegung, um das Geheimnis zu lüften, offiziell: um es dann ebenso wie den Verbleib von Braemar still zu den Akten zu legen. Das war nicht die Zeit, da eine Weltregierung sich damit befassen wollte, eine anti-aleutische Verschwörung unter ›raumtüchtigen‹ Regierungen und Multimilliardären aufzudecken.

Die Weiße-Königin-Gruppe operierte fortan unter dem Namen ›Oroonoko‹ und steckte ihren Rahmen deutlich enger. Braemar ließ alle Verbindungen ruhen und kehrte nie mehr nach London oder in das Haus in New Cross zurück. Achtzehn Monate nach Johnnys Tod tauchte sie wieder auf: ein Gesicht in vorderster Linie einer Frauendemonstration in Leipzig. Einmal Terrorist, immer Terrorist. Niemand, der sie auch nur ein bißchen kannte, nahm ihr die Feministin ab. Man befürchtete, die Weiße Königin könne neue Verbündete um sich sammeln, erfahrene Guerilla-Krieger.

Doch um Braemar Wilson brauchte sich niemand

mehr zu sorgen. Sie tauchte noch einmal auf, diesmal am Meldetresen eines großen öffentlichen Hospizes in einer englischen Stadt. Auf Wegen, die so wieselflink wie krumm waren, gelangte die Neuigkeit ins Fernsehen und lief um die Welt, noch ehe die Polizei oder das ›Büro für aleutische Angelegenheiten‹ davon erfuhr. Für das Weltpublikum war Braemar kein Quotenrenner. Das Sabotage-Drama war lange her, und antialeutische Ressentiments waren nicht weit verbreitet. Doch das allgemeine Interesse genügte, die Kräfte von Gesetz und Ordnung in Schach zu halten, für ein Weilchen wenigstens.

Braemar blieb bis zu ihrem Ende eine symptomlose Trägerin des AIDS-Virus. Aber sie hatte Lungenkrebs, gefördert durch Nikotinmißbrauch. Sie hatte sich zu lange versteckt und jetzt kam jede Behandlung zu spät. Sie war sechsundsechzig.

Sie lag unter dem weißen Laken, ein denkender Dotter an der Nabelschnur des Todes. Einen Schwimmtank hatte sie abgelehnt. Ihr zuliebe hatte man ein Bett gewählt, das äußerlich einem Krankenbett der Jahrhundertwende glich, ansonsten aber wahre Wunder wirkte. Wenn man Geld hat, stirbt es sich leichter. Die Leute sind dankbar.

Die Aleuten werden uns in Neo-Archismen stapeln, dachte sie. Weil sie davon etwas verstehen. Und wir werden ihnen dankbar sein. Wie lächerlich. In Anbetracht der Zeitbombe im Japanischen Meer, der Krebsrate und all der anderen Probleme … Überbevölkerung ist ein Problem, das sich bis zum Ende dieses Jahrhunderts erledigt, und zwar ohne unser Zutun (oder das der Aleuten). Sie sprach noch immer auf Band. *Braemar Wilson, New Things Inc.: die aktuelle Meinung zu jedem Thema, jederzeit.* Sie hob die Hand, die keine Schmerzblocker-Spange am Gelenk trug. Die Hand sah noch menschlich aus. Noch richtig intakt und gesund. Wie wenn man mit einem fürchterlichen ›Kater‹ aufwacht oder aus einem dieser zähen, ekelhaften, zentnerschweren Alpträume.

Manchmal, da war ihr, als liege sie auf der Couch in Buonarrotis Zelle und sei in die Leere gestürzt und warte noch immer auf ihre Rückkehr. Doch überlichtschnelles Reisen war eine Kopfgeburt. Es konnte nicht wirklich passiert sein. Das Ganze war ein Gaukelspiel. Menschen können nur zweimal das Tor von Leben und Tod passieren. Nackte Seelen können keine terroristischen Anschläge verüben... Manchmal fand sie es durchaus plausibel, daß sie und Johnny gescheitert waren.

Sie war damals in einem so merkwürdigen Zustand gewesen, als sie sich selbst zum Leben und die Aleuten – und Johnny – zum Tode verurteilt hatte. *Von hier führt kein Weg in die Zivilisation zurück.* Sie war immer so bedacht gewesen, seine Unschuld zu bewahren. Wenn der Geist sich auflöst, klammert man sich mit verrückter Hingabe an die wenigen intakten Erinnerungen, die einem noch bleiben. Seine letzten Worte gingen ihr oft durch den Sinn. Begriff er überhaupt, was er da sagte? Sie wünschte sich, daß es so war. Er war aufrecht gestorben, ohne Ausflüchte und Vorwürfe. Und wann immer sie jetzt in seine hübschen Augen sah, sie fand darin keinen rassistischen Mörder. Sie hätte gelacht, wenn sie gekonnt hätte. Wie verkehrt alles gelaufen war. Doch den Feind lieben, die beiden Seelen in der eigenen Brust vereinen, das ist nicht so einfach. Fährt in diese Zwietracht noch der kosmische Schock des Erstkontakts, was bleibt zwei armseligen Menschenkindern anders als herauszuschreien: *Das ist die Welt, die wir lieben, abgrundtief schlecht vielleicht, aber wir wollen sie so und nicht anders.*

Ich bin froh, daß wir es versucht haben. Und so unendlich dankbar, daß wir gescheitert sind, aber, hol's der Teufel, auch froh, daß wir's probiert haben. Du und ich, wir beide.

Schade, daß sie aufgeben mußte. In puncto Schadensbegrenzung war noch viel zu tun. Wenigstens war sie diese schrecklichen Weiber los.

Johnny?

Sie legte die Hand zurück, wobei ihr war, als habe sie etwas in die Luft geschrieben. Eine Inschrift für die alte Welt? *Exoriare aliquis nostris ex ossibus ultor?** Nein. Sie schloß die Augen. Gleich würde sie aufwachen. *Und wieder scheitern. Trial and error. Jeder Irrtum ist wichtig.*

»Ich mag das«, murmelte sie. »Es geht voran.«

Es ging auf 17.00 Uhr zu. Um diese Zeit, im warmen, gebrochenen Licht des Monsunhimmels, zeigte das Fort sich von der besten Seite. Die Palmen nickten würdevoll im Schatten der romantischen Mauern. Die Farne und Blumen in den bröckelnden Kanonenscharten glänzten nach dem Regen. Nebenan lag das ›Westafrikanische Büro für Aleutische Angelegenheiten‹. Seine Gartenanlage ging nahtlos in das öffentliche Gelände des Denkmals über, die weiß gestrichene Frontveranda blickte über eine ebene grüne Rasenfläche zur alten Festung hinüber.

Ellen saß auf der Veranda und behielt die Landstraße im Auge. Sie erwartete Besuch und hatte nichts Besseres zu tun. Das Asabaland-Büro war die ruhigste Niederlassung überhaupt, kaum mehr als ein Rasthaus für aleutische Reisende. Von letzteren gab es jetzt ein paar: Sie gehörten zu den Neugierigen, den Nachdenklichen und Unternehmungslustigen. Ellen stand ihnen mit Rat und Tat beiseite, so bei Quarantänebestimmungen und Kollisionen mit örtlichen Sitten und Gebräuchen.

Nur wenige verstanden, warum Ellen diesen Posten

---

* *Mag ein Rächer erstehen dereinst aus meinen Gebeinen* (Vergil, *Aeneis*, IV. Gesang, 625. Hexameter).

übernommen hatte. Sie hatte Zugang zum Multifon und wurde häufig vom Hauptbüro in Krung Thep konsultiert. Doch sie schlug, wie es schien, eine vielversprechende dritte Karriere in den Wind. Sie hatte durchblicken lassen, daß sie sich alt fühle und kürzer treten wolle.

Der letzte örtliche Bus kämpfte sich die Granderoute Macmillan herauf. Ein hinten offener Kasten, eines dieser nahezu unverwüstlichen afrikanischen Fahrzeuge: der improvisierte Umbau einer Dreckschleuder aus den Zeiten, da es hier noch drunter und drüber ging. Der Bus hielt. Ein Fahrgast sprang heraus. Der Fahrer kam, um zu kassieren, und wurde mit einem wüsten Wortschwall empfangen. Der Mann prallte regelrecht zurück. Die zerbeulte Motorhaube gähnte, und der andere zeigte in das finstre schüttelnde Innere und machte energische, sarkastische Vorschläge.

Das alles war den Gesten zu entnehmen.

Ellen sah keinen Anlaß, sich einzumischen. Der Fahrer schlug die Haube zu, und gleich darauf war der Bus wieder unterwegs. Es brauchte mehr als ein paar empörte Touristen, um die versteinerten Herzen irdischer Habenichtse ausgerechnet für Maschinen zu erweichen.

Clavel trug einen dunklen Straßenanzug, das leichte, gut geschnittene Jackett hing offen. Ellen war entsetzt über das T-Shirt: DON'T BLOCK THE EXIT. Seit mehr als einem Jahr hatte Ellen die sogenannte ›Prinzessin der Poesie‹ nicht mehr zu Gesicht bekommen. Ihr war aber zu Ohren gekommen, daß Clavel der ICI beigetreten war, was immer das zu bedeuten hatte. Nicht im Traum hatte sie daran gedacht, daß Clavel jemals Reklame laufen würde.

»Haben Sie die Nachrichten gesehen?« sagte Clavel. »Ziemlich sang- und klanglos, finden Sie nicht.«

Die Geschichte mit Clavel und Johnny und Braemar war in Aleut längst zur Legende geworden. Diese tragische Kollision von Loyalitäten und das *eine Ich*, das das *andere Ich* im falschen Lager findet: Das war der Stoff, aus dem aleutische Romanzen sind. Clavel beizubringen, daß das globale Publikum sich kaum für den Tod von Braemar Wilson interessierte, würde nicht leicht sein. Er gab sich zwar Mühe, es zu verstehen, doch er *mußte* einfach davon ausgehen, daß die menschliche Rasse eine einzige große Entität war. Nach seiner Überzeugung hatte dieses Wesen in seiner Gänze (als planetares Ich) fast so hautnah wie er an diesem Drama teilgenommen – das nicht mehr war als eine Kammertragödie, die sich in aller Stille hinter den turbulenten Schlagzeilen der letzten drei Jahre abgespielt hatte.

Ihn eines Besseren belehren? Wozu? Die Aleuten würden sich nicht ändern. Die Menschen mußten zusehen, wie sie mit den neuen Problemen fertig wurden. Der Diskurs zwischen der eingeborenen Kultur und den weit hergekommenen Eroberern war nie anders gelaufen.

»Kommen Sie rein«, sagte sie in ihrem Pidgin-Aleutisch. Sie beherrschte diese Sprache immer noch nicht. Mal strengte sie sich mehr, mal weniger an. Hatte sie zu barsch geklungen?

Sie gingen ins Haus. Ellen goß Tee auf. Sie ließen sich in der Kühle des Wohnraums nieder. Der Aleute kauerte sich an den Boden, die Menschenfrau bewahrte ihre Würde in einem Rattansessel. Sie sprachen über Robin, der in Aleut lebte. Junge Persönlichkeiten, die vorhatten, die Erde zu besuchen, nahmen bei ihm Englischunterricht.

Sie sprachen über Clavels Entscheidung, aber nur kurz. Die Entschlossenheit des Aleuten, in den Dienst der menschlichen Gottheit zu treten (wie Clavel das sah), war eng mit seiner tragischen Liebe zu Johnny verknüpft. Ellen zeigte Verständnis, wollte aber nicht weiter darauf eingehen.

Clavel las Marx, das gehörte zu ihren (oder seinen) Studien. Sie oder er fischte das dicke alte Taschenbuch aus dem kleinen Rucksack.

Aleuten hatten eine Abneigung gegen irdisches Kommunikationsgeschirr. Sie taten sich schwer mit Compact-Büchern, Playern und Video-Helmen: lauter Sachen, die kein aleutisches Mikroleben und nur Botschaften aus der Welt der Toten enthielten. Freilich gab es Feinwerker, die dieses Spielzeug anpassen konnten, doch zur Zeit hielt Aleut sich noch bedeckt.

»Es ist mühsam, Ellen. Aber, oh, hören Sie sich das an: *Along with the tool, the skill of the worker in handling it passes over to the machine. The capabilities of the tool are emancipated from the restraints inseparable from human labour power. This destroys the technical foundation on which division of labour …** – Wissen Sie, was das bedeutet? Ich, ja! Ich habe das vor langer Zeit gelernt. Das *Ich* ist beides: Werkzeug und Hand. Das eine vom anderen zu trennen, ist eine der *Fundamentallügen*, ohne die wir nicht funktionieren.«

Clavel war sich nicht bewußt, daß sein Zitat mitten im Satz abbrach. Wie immer das Lesen bei den Aleuten vonstatten ging, es funktionierte anders als beim Menschen. Vielleicht schickten seine Augen winzige Stäubchen aus, um auf chemische Weise die Ur-Hieroglyphen hinter den Buchstaben zu rekonstruieren: irgend so was Atemberaubendes. Ihre Physiologie, zumal der neurologische Teil, war ein bizarres Mysterium.

»Ach«, sagte Ellen, »dabei fällt mir was ein.« Sie stand auf, ging in ein Nebenzimmer und kam mit

---

* *»Mit dem Arbeitswerkzeug geht auch die Virtuosität in seiner Führung vom Arbeiter auf die Maschine über. Die Leistungsfähigkeit des Werkzeugs ist emanzipiert von den persönlichen Schranken menschlicher Arbeitskraft. Damit ist die technische Grundlage aufgehoben, worauf die Teilung der Arbeit …«* Zitiert aus *Das Kapital* von Karl Marx, A. Kröner Verlag, Stuttgart 1957, Seite 260.

einem merkwürdigen, wattierten Überwurf zurück, den sie über den Kopf zog. Er war graubraun und gesteppt, vorne zu überproportionalen Brüsten geformt und hinten zu überbetonten Hinterbacken.

»Ich hatte vergessen, meine Uniform anzuziehen.«

Den Aleuten war die fixe Idee ›vom Krieg zwischen den zwei Stämmen‹ nicht auszutreiben. Sie waren überzeugt, daß das schwärende Problem, das zu den Frauenaufständen führte, *der* Angelpunkt irdischer Politik war. Alle offiziellen Dementis prallten an dieser Überzeugung ab.

Clavel fuhr brüskiert in die tierische Sitzhaltung. Wenn er ein Mensch gewesen wäre, er wäre puterrot geworden.

»Na, was ist?« Ellen fand nichts dabei, ihn spüren zu lassen, wie sie sich vorkam. Sie kam näher, und das Alien wich vor ihrem Zorn zurück. »Was soll das Geschwätz über *Ei-* und *Pollenleute?*«

»Das geht vorbei.« Clavel entblößte die Zähne und hob beschwichtigend die Schultern. »Da sind ein paar absolute Idioten. Die meinen, wenn wir uns den Unterschied zwischen dem einen und dem anderen Stamm nicht vor Augen halten, daß wir dann allzu leicht zwischen die Fronten geraten. Seien Sie unbesorgt, Ellen. *Die probieren nur, wie weit sie gehen können.*«

Ob sie wollte oder nicht, die Ausdrucksweise entlockte ihr ein Lächeln. »Ich bin nicht besorgt. Eines heißen Wintertags in Thailand vor zwei Jahren, da hab ich aufgehört, mich um euch zu sorgen. Es kommt, wie es kommt. Aber verlange keiner, daß ich begeistert bin.«

»Tut mir leid, Ellen.«

Sie schwiegen sich an. Der groteske Überwurf gab beiden, dem unsterblichen Alien ebenso wie dem menschlichen Politveteran, eine Ahnung von den möglichen Beschädigungen künftiger Generationen.

Clavel seufzte. »Ihr betrachtet unsere Persönlichkeiten, die Benutzer der Lippensprache, als Herrscher.« Seine konkave Nase schob nachdenkliche Fältchen. »Wir haben keine Herrscher. Wir haben, denke ich, eine *Anarchie* – aus dem Griechischen *an-arche*, die Abwesenheit von Herrschaft. Jeder von uns macht alles mit sich selbst aus.«

»Hm-ph.«

Clavel zuckte die Achseln, akzeptierte Ellens Skepsis. »Na, gut, selbstverständlich gibt es welche, die von Natur aus was dahermachen und andere um sich scharen. Aber das ist was andres … Das hat noch nichts mit der Lippensprache zu tun. Nennen Sie uns das *Bewußtsein* von Aleut. Fragen Sie sich das mal als *Einzelperson* und *ohne* zu werten: Ist das *Bewußtsein* ein Herrscher?« Er brachte seine Gelenke in eine andere Position, nahm wieder Haltung an. »Aber eigentlich wollte ich Sie aufmuntern, Ellen. Glauben Sie mir, Johnny ist nicht tot. Er ist nicht auf immer von uns gegangen, auch nicht unser Freund Braemar. Unsere Freunde sind nicht verloren, Sie sollten sich nicht grämen. Was die beiden getan haben, war schön und tragisch und vor allem *richtig*. Wenn sie wiederkommen, werden sie als Helden begrüßt, Sie werden sehen.«

Ellen war in Uji gewesen, doch so sehr sie gebettelt und gefleht hatte, niemand hatte intervenieren wollen. Später erst hatten die Aleuten das Entsetzliche und die Menschen das Unglaubliche erfahren: Menschen hielten den Tod für etwas Endgültiges, Aleuten waren unsterblich. Das Urteil war ein furchtbares Mißverständnis gewesen. Aleut hatte keine Ahnung gehabt, was man Johnny antat. Die aleutische Reaktion war typisch: Kopf in den Sand. Man weigerte sich schlichtweg an den endgültigen Tod zu glauben. Doch Clavel hatte Ellen angerufen und ihr alles erzählt: die erste Begegnung mit Johnny, das süße Werben, die Vergewaltigung, der Einbruch in Braemars Haus; und das späte Begreifen.

Ellen hatte die Verteidigung übernommen, nicht zuletzt, weil sie sich insgeheim mitschuldig fühlte. Bis zur Vollstreckung hatte sie mehr erfahren, als ihr lieb war, und mußte sich ihre unterschwellige Sympathie für die beiden Terroristen eingestehen. Sie hatte Braemar nie leiden können. Sie hatte die beiden als ihre Gegner betrachtet. Doch das Schicksal dieses Liebespaars würde sie zeitlebens heimsuchen. Immer noch sickerten Szenen aus dem Video der Hinrichtung in ihren Schlaf. Braemar und Johnny, getrennt durch die Menge der Anwesenden: ihre komplizierte menschliche Beziehung, ihr verzweifelter Edelmut. Diese Aufzeichnung legte ein so rücksichtsloses Zeugnis ab, daß man sie tunlichst unter Verschluß hielt.

Clavel sah sie mit ernster Miene an. »Ihr habt Braemar entkommen lassen.«

Ellen runzelte die Stirn. »Das pfeifen doch die Spatzen von den Dächern.«

»Ich meinte: Das war nur klug. Aber aufhalten konntet ihr sie nicht. Machen Sie sich keine Vorwürfe, Ellen, die beiden waren nicht zu retten. Diese Geschichte von den Ei- und den Pollenleuten ist ein solcher Unfug. Und *ich* habe das in die Welt gesetzt, leider. Ich sage ja nicht, daß ich es schon schlüssig beweisen kann, aber ihr seid todsicher von ein und demselben Stamm. Johnny und Braemar waren ein leibliches Liebespaar, davon bin ich überzeugt. Denn das *Ich* kann nur das *Ich* lieben. Und das, Ellen, ist der wahre Grund, warum die beiden sterben wollten: Sie hielten sich für ein inzestuöses Paar, das Exogamie* beging.«

Exogamie, dachte Ellen, mußte so sündhaft sein, daß Clavel sich gleich in Johnny vergafft hatte. Das Alien war ein ausgemachter kleiner Jesuit, der sich die Religion so zurechtlegte, wie er sie brauchen konnte. Aber

---

* *Exogamie* meint hier *Kreuzungspaarung.*

das war typisch. Kaum wollte man sie für abergläubische Wilde halten, zeigten sie einem ein anderes Gesicht. In puncto Moral waren sie bourgoise Individualisten.

Clavel senkte den Blick, die Nüstern bebten. »Ich bin der ICI beigetreten, um zu lernen. Ich bin ein Abenteurer, Handel ist mein Metier. Doch ich mußte erst zur Erde kommen, um zu erleben, daß *Handel* ein Aspekt des Ganzen ist, der Weltseele. Dadurch ist tief in meinem Innern etwas Geteiltes *ganzgeworden.* Aber da ist noch etwas. Ich habe euch Unrecht getan. Ich war verliebt, und vor lauter Ideen war ich ganz durcheinander; so ist das immer bei mir: Ich weiß, was richtig ist, und tue trotzdem das Falsche. Aber um Johnnys willen werde ich jetzt und in allen künftigen Leben wiedergutmachen, was wir verbockt haben.«

Ellen zog den Überwurf aus und brachte ihn ins Nebenzimmer zurück. Als sie zurückkam, war Clavel schon draußen auf der Veranda; er fühlte sich unbeobachtet und bot ein Bild großer Einsamkeit. Sie seufzte. Unter bestimmten Lichtverhältnissen sah sie immer noch das Mädchen, in dessen Gesicht die allerreinste Flamme des Idealismus brannte.

Wenn die Sprecher das Bewußtsein sind, dachte sie, dann bist du ihr Gewissen. Wie viele Clavels gab es? Ganz wenige, dachte sie zynisch. Es war schon makaber, daß Clavels ›Stimme‹ in Aleut genau das gleiche Gewicht hatte wie seine Stimme auf der Erde. Menschen und Aleuten waren sich so ähnlich. Äußerlich waren sie fast identisch, auf den ersten Blick zumindest; bei näherer Betrachtung stellte sich dann heraus, daß sie in jedem noch so winzigen Detail hoffnungslos verschieden waren.

»Ich werde jetzt gehen. Darf ich Sie manchmal besuchen?«

»Das fänd ich prima. Ich bitte darum.«

Clavel ging über den Rasen. Der Schnitt des dunklen

Jacketts begradigte die Schulterlinie und kaschierte die schweren, übergroßen Hüftgelenke. Das glatte Haar war liebevoll zu einem spröden Zopf geflochten, der auf den Schultern pendelte. *Das Kapital* beulte die Jackettasche aus, er (oder sie) hatte vergessen, es wieder in den Rucksack zu stecken. Ellen bekam eine krause Stirn und wollte sich die Augen reiben, vergaß es dann aber.

Einmal hatte sie Rajath nach der Romanze gefragt. Inzwischen verstand sie ein wenig davon, wie Aleuten ihre Identität erkannten. Die graubraunen Overalls machten deutlich, daß physische Merkmale nicht von Bedeutung waren. Die namenlose, tausendnamige Person wohnt woanders.

»Und der absurde Irrtum? Glichen sie sich denn? Sie haben doch Aufzeichnungen von Johnny Guglioli gesehen.«

»In der Tat, ja.« Rajath zog die Schultern bis an die Ohren, die Augen funkelten. Seine aufgeblasene Persönlichkeit brachte den Schirm zum Überlaufen. Er würde immer ihr Liebling sein. *Nie genieren und eine Lippe riskieren,* pflegte Rajath zu sagen. Er dachte, er hätte diesen Aphorismus gestohlen und bewunderte ihn redlich. Ellen ließ ihn dabei. Der Bursche hatte Talent. »Wie ein Ei dem anderen, Ellen. Das Verrückteste, was ich je erlebt habe.«

Clavel blieb stehen und starrte auf Fort Devereux. Die kurze tropische Dämmerung brach herein. Er ging weiter die Straße hinunter und gesellte sich zu einer Handvoll Afrikaner, die an der unmarkierten Haltestelle auf einen Bus oder ein Taxi nach Fo warteten.

Aus dem Schuppen drang das leise Geplapper der Satelliten-Nachrichten. Frauendemonstrationen, Ausschreitungen, große Probleme zwischen den Ex-Japanern und ihren verschiedenen Gastgebern. Der amerikanische Nord-Süd-Konflikt drohte immer noch in einen Krieg zu münden. Das Indonesische Reich wurde von blutigen Unruhen gebeutelt. Die Initiative der Westafrikanischen Föderation betrieb ihre Geburt, fest entschlossen, eine größere politische Macht zu werden. Verglichen damit war die ›Weltregierung‹ in Thailand ein Nebenschauplatz. Und die Aliens waren nicht mehr als eine Attraktion auf dem globalen Jahrmarkt.

Zuweilen kam Ellen sich wie ein Zeitreisender vor, der in einer Welt gestrandet war, die es noch gar nicht gab: das Relikt einer Zukunft, die sie nicht mehr erleben würde.

Aus irdischer Sicht konnte es sein, daß sowohl die ›Unsterblichkeit‹ der Aleuten als auch ihre ›Telepathie‹ kulturelle Artefakte waren, die ihrer exotischen Physiologie entsprangen: verbindliche Illusionen eben. Doch das war Logelei. Aleuten blieben natürlich telepathische Unsterbliche. Wenn nicht aus Überzeugung, dann auf Biegen und Brechen. Diese Attribute waren der denkbar beste Schutz gegen die Einflüsse der Menschen. Aber die Menschheit, die würde sich verändern. Ellen ahnte, wie sich Clavels Wiedergutmachung auswirken würde: das dritte Geschlecht, orientiert an der Praxis der Aliens; die Herabsetzung der großen Masse, die da nicht mithalten konnte.

Aus Furcht vor Kontamination würde die Erde das Korallin aufgeben; würde die biochemische Technologie aufgeben, weil die Aliens das von Natur aus mit links machten. In ein paar hundert Jahren, wenn man in alten Texten den Abglanz einer anderen Version dieser Begegnung entdeckte, dann würde weder die ›überlegene‹ noch die ›unterlegene‹ Rasse ihren Augen trauen.

So würde sie weitergehen, die nichtvollzogene Ehe, die unheilbare Beinahe-Kompatibilität zweier Welten. Es gab ein starkes Dafürhalten in Aleut, die Reise fortzusetzen, diesen schönen, faszinierenden Planeten zu verlassen und sich mit dem dunklen Ozean und den Sternen zu begnügen. Aber man würde bleiben. Und

Clavel würde sie mehr als jeder andere darin bestärken. Clavel mit seinem intuitiven Verständnis für die fremde Kultur, Clavel mit seiner Poesie und seinem aufrichtigen guten Willen.

Nein, dachte Ellen, bloß nicht in Selbstmitleid ertrinken. Die menschliche Rasse hatte ein Horrorszenario angezettelt, und die Aleuten waren immer noch die Retter, was immer dabei herauskam. Auch Absonderliches passiert, und das Absonderlichste ist, daß *überhaupt* etwas passiert (so Buonarroti). Auf lange Sicht mochten die beiden Rassen voneinander profitieren. Irgendeine gedeihliche Beziehung unter ein und demselben Himmel mußte möglich sein.

Viel Glück, Clavel. Keine Sprache paßt ganz auf die andere, keine paßt ganz auf die Welt. Aber beinah, fast… und irgendwie kommt zwischen den fallengelassenen und aufgenommenen Maschen dieses immateriellen, unmöglichen Gewebes die Bedeutung ans Licht.

Aber ich bin ein zu alter Hase, um noch neue Sprünge zu lernen.

Clavel stand noch immer an der Haltestelle. Die Afrikaner wunderten sich über den betuchten Touristen, der sich so anbiederte.

Ich muß ihm das T-Shirt ausreden, dachte Ellen.

Clavel schaukelte im offenen Bus, er träumte von Uji. Das Landhaus. Es war jetzt so gut wie unbewohnt, der Park überwuchert. Alle anderen waren nach Aleut zurückgekehrt oder umgezogen. Das Geräusch des Regens, das Geräusch des Flusses: ein Gießen und Fließen. Er schlief in der großen Halle. Nachts wachte er unter Tränen auf und fragte sich, wie lange der Gram noch so wehtun würde.

Der Fluß strömte dahin, das kurze Aufglänzen von Treibholz im Tanz der Wirbel, bevor es verschwand. Eines Tages würde sich ein Tor in eine andere Welt auftun; wie weit von dieser oder wie nah, das wußte er nicht. Er würde Johnny wiedersehen, zu ihm hingehen und jauchzen: *Daddy, Baby, kennst du mich noch?* Diesmal würde es sich erfüllen. Es würde sich *nicht* erfüllen. Johnny gehörte einem anderen, und Clavel durfte nicht einmal von ihm träumen.

Doch er würde sich an diese süße Vorstellung klammern, wohlwissend, daß sie falsch war. Er lernte dazu. Er hatte endlich gefunden, warum die Leute das Ungewisse mieden, und was es mit der sogenannten ›Notlüge‹ auf sich hatte. So schmerzlich das auch war! Gut ist es, dachte Clavel. Ich werde das lernen, ich werde es mir aneignen. Zeit ist billig. Und diese Lektion über ›unversöhnliches Leid‹ blieb nicht bei Clavel, sie sickerte tief in ihn hinein und schwitzte sich nach Aleut.

Der Fluß. Dunkles Wasser im Sternenlicht. Leid ist etwas Wirkliches.

Der nächtliche Sommerhimmel über Neubrandenburg war ein einziges graues Wolkentuch. Peenemünde stieg zu ihrem Versteck hinauf, für eine Frau wie sie eine beschwerliche Kletterpartie. Das Labor war ein riesiger, trockener Wassertank auf dem Dach ihres Gebäudes. Sie hatte alles dorthingeschafft. Die Aliens machten jetzt redlich Arbeit. Professor Buonarroti hatte ihre Lehrtätigkeit wiederaufgenommen, ihr Zimmer stand wieder jedem offen.

Am Fuß der letzten Eisenleiter hatte sie keine Puste mehr, hockte sich an die Sprossen und sah in die milchige Düsternis hinauf, die den Blick in das herrliche, weite Land verwehrte, in die schwarze und strahlende Prärie der Zeit.

Niemand würde je erfahren, was sie getan hatte. Die Aleuten dachten, man könne ein illegales Spaceshuttle einfach zusammenknüllen und in den nächstbesten Müllcontainer stopfen. Daß die Körperchemie der Erdlinge das nicht hergab, hatten sie noch nicht richtig verinnerlicht; sonst hätten sie längst kapiert, daß es *tatsächlich* ein Mysterium gab. Die irdischen Regierungen wunderten sich nur deshalb nicht, weil jeder jeden verdächtigte, und keiner den Schleier wirklich lüften wollte.

»Und deshalb«, murmelte Peene, »wird die Legende brachliegen und eines Tages mythische Blüten über die magischen Kräfte der Erdlinge treiben. Pah!«

Sie kletterte weiter. Das überlichtschnelle Reisen war nichts für Menschen. Jedesmal, wenn sie sich hinlegte, dachte sie an das Risiko. Man konnte das Rückticket so leicht verlegen, auch wenn man ein Leben führte, das müßig wie Haferbrei und akurat wie eine Siliziumschaltung war.

Sie stieg in die Kälte hinab, der Tank wiederholte jedes Geräusch, sie traf die Vorbereitungen. Wenn sie in ihrem Bett lag und aufsah, begegnete sie immer den vorwurfsvollen Blicken ihrer Freunde. Sture Peenemünde! So weit hätte es nicht kommen müssen. Wenn du wenigstens offen und frei heraus gewesen wärst, ein bißchen verantwortungsbewußter. Die schöne Lady mit den eisernen Augen und dieser romantische Junge: Ein paar sanfte, stichhaltige Argumente hätten genügt, um sie von ihrem Plan abzubringen. Peene hatte gewußt, daß die beiden gar nicht in der Lage waren, irgendwelchen Schaden anzurichten. Nicht vorhergesehen hatte sie die Konsequenzen für die beiden selbst. Mit ›Situationen‹ kannte sie sich nicht aus.

Wir nehmen nichts mit in die Welt, und ganz gewiß nichts mit hinaus … Peenemünde hatte gemerkt, daß diese düstere Gewißheit höchstwahrscheinlich nicht auf die Aliens zutraf. Die Shuttles zum Beispiel, die sie sich aus ihren eigenen Körperzellen züchteten. Wie stand es damit? Vielleicht konnte Buonarroti den Aliens geben, was man ihnen angedichtet hatte: die richtige Freiheit zwischen den Sternen.

Die Couch schloß sich um Peenemünde. Die Versuchung war manchmal schmerzhaft, aber soviel konnte sie für Braemar und Johnny tun. Sie konnte schweigen. Bald würde ein anderer die gleiche Entdeckung machen wie sie: Passiert das nicht immer in der Wissenschaft? Sollte der es doch veröffentlichen.

»Zeit ist billig. Sagen die doch, oder? Sollen sie warten.«

Dann war sie fort.

Danksagung

Thank you: Storm Constantine for the use of her pronouns. Sam Daniels for the petrovirus. Dr. A. J. Power for the blue sun. Richard Ridley-Jones for a patriotic sentiment. Ruth Sinclair-Jones for vetting KT 2583. Peter Gwilliam for support, advice, criticism; and, not least, for the paradise slices.

Aleutian Comms Tech courtesy of D&P: Thank you very much.

Thank you also (a short bibliography): Chuck Jones for *What's Opera, Doc?;* Wole Soyinka, Chinua Achebe and others, for all their West African novels; Louise Gerard for *The Golden Centipede,* the book that distantly started it all; and the chickenpox virus. Thank you Susako Endo, Murasaki Shikibu; and Sakyo Komatsu for the brilliant *Japan Sinks.* Ian Stewart for *Does God Play Dice?;* Gaston Bachelard for *The Poetics of Space;* Powys Mathers, the translator, and Chauras, the original composer of the Sanskrit Poem known in English as *Black Marigolds*.

Anmerkung der Übersetzer

Wir möchten unser Anliegen mit den (übersetzten) Worten von Gwyneth Jones zum Ausdruck bringen, die sich gegen Ende des Buches finden:

»Keine Sprache paßt ganz auf die andere, keine paßt ganz auf die Welt. Aber beinah, fast ... und irgendwie kommt zwischen den fallengelassenen und aufgenommenen Maschen dieses immateriellen, unmöglichen Gewebes die Bedeutung ans Licht.«

HENDRIK P. und MARIANNE LINCKENS
im März 1996